YABU NO NAKA

ヤブノナカ

金原ひとみ

文藝春秋

目次

装画　岡村芳樹
装丁　大久保明子

YABUNONAKA

―ヤブノナカ―

1　木戸悠介

こんな風になったのは、いつからだろう。砂漠に立てられた棒に括りつけられた布切れから飛び出す、どんなに小さな風にもなされるがままなびき続ける一本の糸くず。自分がそんな、卑小で心許ない存在に感じられるようになったのは。でも、自分が大きく、頼り甲斐のある存在に感じられたことなど今まであっただろうか。ブラックな出版社から今の会社に転職した時、ずっと憧れていた人と付き合えた時、自分が担当した本が大きな賞を取った時も、自分はどこかで引いていた。こんなの身の丈に合っていないんじゃないか、人前ではおくびにも出さなかったが、そんな引け目がいつもどこかにあった。

「叢雲《むらくも》」の副編集長になり、当然のように編集長になってもどこかで自分は文学的センスのない人間だというコンプレックスを捨てられず、いやもっとずっと前、文芸の世界に入った頃からセンスのなさには気づいていた。センスのなさを押し隠して、分かってますよという顔をしていただけだ。

背の高い人と低い人がいるように、運動神経の良い人と悪い人がいるように、体の強い人と体の弱い人がいるように、この世には文学的センスのある人間と、文学的センスのない人間がいる。それぞれ持って生まれたセンスがあるのだ。音楽好きな人ほど歌や楽器がうまいわけではないように、スポーツ好きな人ほどスポーツがうまいわけではないように、小説や文学に惹かれる人ほど文学的センスがあるというわけでもない。もちろん後天的にセンスを身につけていく人もいるが、先天的な才能と後天的な才能は種類が違い、そして後天的な才能の中でも、楽々身につけた才能と苦労して身につけた才能はまた違う。ごく稀に、頭が空っぽで何も考えていないのにセンスだけで文学に携わる仕事に就き、またその空っぽさにすら文学性が宿ってしまうという奇跡のような人間がいる。私が最も自分に持っていないものを感じ、嫉妬で満たされるのはそういうタイプの人間だった。同僚、他社の編集者、作家と知り合うたび、相手の文学レベルを先天、後天、知識（海外古典）、知識（日本古典）、知識（現代）、とジャンル分けして十点満点形式で採点していたこともあった。今思えばただのコンプレックスの塊なのだが、そうして人に点数をつけて文学的センスの高い奴に苦手意識や嫌悪感を持ったり、自分より低いやつにホッとしていたという事実は、自分が他人と有機的に関わりながら生きていると信じられていた証拠でもある。今の私は自分と他人とを比べることをしない。そしてそれはもちろん、ポジティブな意味でではない。

それっぽいテーマを設定し、テーマに似つかわしい作家や批評家に依頼をし、翻訳家や研究者にテーマに合う未翻訳の海外文学作品を探してもらい、まとまればそれなりに体裁の整った特集が出来上がり、なんだかんだで校了を迎えれば雑誌を作り上げた達成感も相まって部員皆で校了会をして喜びを分かち合う。たまに〇号記念や、新年号、作家の死によって組まれる追悼特集、新人賞などのイレギュラーな号もあるが、基本的に自分が編集長を務める間やってきたのは基本この繰り返しだ。しかし結局のところ、文学性というのは己に通底するテーマを深掘りし続けるそのスタンスに表れるのではないだろうか。自分の企画する特集の凡庸さ、有名どころの文芸誌の創刊時からのバックナンバーを漁り様々な特集テーマをストックし、その焼き直しや改変でお茶を濁し続けてばかりの自分の浅はかで空っぽな手法に疑問を持った時、そう思い至った。逆に、自分の好きな作家たちの多くは、手を替え品を替え様々な小説を書いていると思わせながら、実際には生涯をかけて同じテーマを書き続けている。そう気づいたとも言える。彼らは対社会、対体制、対外部的な小説を書いていると思わせつつ、実際にはずっと個人的な問題と向き合い続けているのだ。個人的な問題とは、フェティシズムや変態性欲、コンプレックス、偏執、タブーや死への衝動など理性や理論では語り得ないものであることが常で、だからこそ彼らはそれらと生涯をかけて向き合い続けられたのかもしれない。

新人賞に直接的に携わった期間が長かったこともあって、たくさんの作家のデビューとその後を目の当たりにしてきた。狂気のような才能、この小説はドラッグを超えた嗜好品、私はこの作品にひざまずいた、などと選考委員に言わしめた作家たちが二作目三作目を書けず、書いてもデビュー作を超えられず、いつしか消えていくのを幾度も目にしてきた。大抵の人間が、自分の一世一代の実体験を活かして小説を書けばそれなりに面白いものができあがるものだし、それなりの文章力と語彙と構成力とポエジーがあれば新人賞デビューもできる。しかし書き続けられるかどうかは、己を生涯小説へと駆り立て続けるテーマがその人自身にあるかどうか、で決まるのだ。

生涯を貫く編集者としてのテーマが自分にはなかったと気づくまで、私は大学卒業と共に小さな出版社に就職してから二度の転職を経て辿り着いた創言社《そうげん》の「叢雲」編集長に就任して数年が経つまで、の三十年近い歳月を要したということだ。そもそも、文芸誌編集長という責務には、黒字とまでは言わずとも、まあそれなりに赤字を減らさなければならないという高いハードルがあって、それを越すためある程度の犠牲を払わなければならなかったという側面もある。昔は出版業に、出版されゆく雑誌や本に未来と希望を見つめ、小説に全てを捧げてもいいと妄信的とも言える情熱を抱いていたけれど、いつからか出版は私にとって機械的な業務になった。この業界に入って三十年以上、自分はもう引退間近なのだから大人しくこのベルトコンベアに乗って道が絶たれるのを待ち、あとは嘱託でお茶を濁そうという消極的な生き方を消去法的に選んでいる。

「もし良ければ読んでください。よろしくお願いします。」

メールの最後はそう締め括られていて、送信者は七年くらい前に「叢雲新人賞」でデビューをした西村小夏という作家だった。デビュー作が他の文学賞の候補になることもなく、その後中編を二本程度掲載したものの反応は薄く、一、二年は「最近は書かれていますか」と定期的に連絡していたが、他誌からの依頼もなかったのか、あっても書けなかったようで、ほぼ無名だ。

編集長の任を解かれて文芸第一編集部部長に就任したのが昨年の夏。大体の作家やデザイナーには連絡したものの、頻繁にやりとりをしていない人には連絡をしていなかったのだ。編集長になった時に、それまで担当していた作家を半分以上他の人に引き継ぎ、部長になって自分が担当しないとどうにもならないという作家以外は引き継ぎ、残ったのは四人。厄介な人で、不良債権すぎて譲れない作家が二人、まあまあ売れっ子で自分を気に入っているため譲れない作家が二人だ。編集長になるまで常に二、三十人の担当を抱えていた自分にとって、四人というのは革命的な数字だし、四人とも部長になってからほとんど物理的な仕事は生じていない。可食部分だけになったブロッコリーの茎のように、自分は削ぎ落とされ、そして削ぎ落とされたにも拘らず残ったのはこのぎりぎり肥満体と言われない程度ではあるものの、総コレステロールと中性脂肪が毎回基準値をオーバーしている老いた体だ。

三十代後半くらいから少しずつ食事の量が減り、今では三十年前の半分くらいしか食べられないにも拘らず、体重は三十年前と比べて十キロ増。恐ろしいと思いつつ、見た目の維持や健康のために運動や規則正しい生活をしようと思いもしないこの怠惰さこそが恐ろしいとも言える。自分は何も求めていない、そして何も求められていない。世間からは社会の歯車として回り続けろと要請されている気もするが、それは日本国を回すための社会のポーズでしかない。この人生は私に何も残さなかった。綺麗に何一つ、残さなかった。

独立した島のような自分のデスクから七歩ほど歩き、「叢雲」編集部のデスクが集った大陸を訪れる。

「五松《ごまつ》くん」

デスクに向かってパソコンを開きながらスマホをいじっていた五松に声を掛けると「おはようございます木戸さん」とどことなく間抜けな声を上げた。五松はほとんどの仕事をスマホで終わらせる。作家から届いた原稿も初読は基本スマホで読むし、メールもスマホで打つし、メモもスマホで取る。なぜ自分が生きているのかについてなど考えたこともなさそうな顔をしている。根拠なき己の存在にこんなにも無頓着でいられる彼が、私には眩しい。

「西村小夏さんて知ってる？」

「や、知らないです」

「五松くんが来る前、七年前に新人賞デビューした作家で、何年も音沙汰なかったから引き継ぎリストに入れてなかったんだけど、昨日突然メールがきて、原稿読んで欲しいって言われてさ。よかったら五松くん、担当してくれないかな」

五松はあからさまに嫌がりはしないものの、なるほどーと言った後考えるような表情を見せ、

「女性なら、遠藤さんの方が良くないですか?」とこともあろうに性別を理由に、どんな小説を書いているのか聞きもせずやんわりと辞退を申し出る。

「遠藤さん担当かなり多いし、片山さん的には、今後彼女にはできるだけ批評系を任せたいんじゃないかな」

「フェミ学んでた女性って今強いですよね」

五松のスレスレな感覚に、こっちが戸惑う。この無邪気さが現代に於いて「いわゆるデフォルトマンのみが持ち得る最も脆弱で愚かな武器」とされていることに彼が気づいていないのだとしたら、文芸編集者として先行きが不安だ。どこか無責任にそう思う。

「じゃとりあえず読んでみるんで原稿送ってください。受賞作はバックナンバーにあるってことですよね?」

「うん。じゃあよろしく。本人は特に変わった人でもないし、トリッキーでも卑屈でもなかったし、付き合いやすい人だから。なるべく早く返事もらえると助かる」

分かりました。とデスクに向き直った五松の背中を見た瞬間、先月会った恵斗《けいと》の、使い込んだせいで少しテカったブレザーが思い出される。

「もうそんな長々と話すこともないし、会いたい時に会うんでいいんじゃないかな」

離婚した当時、四歳だった恵斗との面会は月に一度だった。パパが嫌だと泣く時期があり乱れはしたものの、そのペースは中学まで続いた。恵斗が中学二年の頃、学業が忙しいからと控え目に牽制され三ヶ月に一度になり、去年高校に入学した頃、とうとう会いたい時には連絡をするからシステマティックに何ヶ月に一度という会い方はやめないかと提案されたのだ。「その方が、もっといい関係になれるんじゃないかと思って」、とこちらを傷つけないよう気遣う彼の落ち着いた態度に虚をつかれ、同時に彼がそんな提案ができるようになるほど成長したことに、ようやく気付いた。

息子はいつの間にか成長期を迎え、声変わりをし、私の背を追い越し胸板も厚くなった。制服の下には、ぶよぶよした私の体を嘲笑《あざわら》うかのような引き締まった肉体が収められているのだろう。赤ん坊の頃はクリームパンのようだった体が、会うたびグングン大きくなりゴツゴツした長身痩せ型に育っていく様子を見ながら、私は自分の変わらなさを思った。明るく友達想いな彼を見ながら、私は自分の暗さと卑屈さを思い知った。初めてできた彼女にぜひ会って欲しいと連れてきた時には彼の女性に対する屈託のなさ従順さに驚き、自分もこんな風に女性に接することができれば二度の離婚などせずに済んだのだろうかと、過去の自分の行いに思いを馳せた。

自分が枯れゆき、息子が花開いていく、息子は私を拒絶し、華やかな世界の住人となり、私は流木、いやそんなに良いものではなく、幹から切り落とされた無骨な枝のように、どんどん中の水分を喪失し続け朽ちていく最中にある。十年ほど前に父が死に、母親は五年前に脳梗塞で倒れ要介護となり、あとは死を待つばかりの老人となった。息子はもしかしたらもっと前からそうだったのかもしれないが、精神的にも物理的にも父親を必要とするフェーズを終えた。

息子から言われ定期的に会うのを止めることになったと元妻に伝えると、「私の方にもそうしていいかと相談がありました。恵斗はもうかなり自立しているし、会う会わないをこちらが決めるのはどうなのかなと、私もちょっと前から思っていました。もちろんあなたが父親ということに変わりはありませんし、進学や就職についてなど、必要な時は相談に乗ってあげて欲しいです。今後ともよろしくお願いします。」と離婚以来貫かれている他人行儀な態度でＬＩＮＥが返ってきた。今後ともよろしくお願いします。彼女のその言葉は、定期的な面会がなくなったら養育費が支払われなくなるのではという懸念から生じたに違いない。離婚して十二年、一度たりとも支払いを怠ったことはないというのに。こんな風に、離婚された夫というだけで自分は何かしらの加害者であるかのような気がしてしまう。もちろん、自分が何の害も及ぼさなかったとは思っていないし、自分の存在自体が加害的であるという可能性も承知の上で、それでも被害妄想を持て余したまま、もう怒ることも悲しむこともできない。

自分のデスクに戻ると五松に原稿を送り、バックナンバーを調べて西村小夏のデビュー作は二〇一六年の十一月号掲載だとも付け加えた。

届いた瞬間に一度ちらっと中を覗いたデータファイルを、もう一度ダブルクリックしてみる。主人公は平凡な女性、変わった女性と知り合い生活を引っ掻き回される、ざっとスクロールしてみた感じ、そんな話のようだった。二年ぶりに書きましたと送ってくる原稿にしては地味だ。大スペクタクル的な小説を求めているわけではないが、私は文芸誌に載る小説のほとんどを地味に感じ、生きていればそのくらいのことはあるだろうと普通に納得してしまう。今だったら、「罪と罰」や「地下室の手記」あたりを読んでもそんな感じの感想を抱くかもしれない。結局、受け取る側が生きていなければ、どんな名作にも息吹は宿らないのだ。三十年以上文芸に携わってきた自分が、そんなところに到達してしまったという事実に、罪悪感に似たものを抱くフェーズも、もはや終わりかけている。

ラーメン、イタリアン、寿司、牛丼。電車の中でずっと考えていた夕飯の候補に挙がった店々を「何か違う」と次々通り過ぎ、結局行き着いたのはスーパーで、広い惣菜コーナーを二度往復するもののやはり「何か違う」のだが、もうこの先にロクな店はないから仕方なく三割引の焼き鳥五本セットと三割引のチョレギサラダ、ビールと切れていたトイレ洗剤をカゴに入れてセルフレジに向かう。コロナで皆が在宅勤務をするようになったこと、会議がリモートで行われるようになったこと、飲み会が無責任な人々の娯楽と認識されるようになったこと、自制しているうち部署の飲み会や食事なども特に必要ないと皆が気づいてしまったこと、人件費削減のため合理化が各所で行われていることにより、私のような独り者は人と顔を合わせる機会がぐっと減った。でも実際、スーパーの店員や牛丼屋の店員といちいち顔を合わせてAIみたいな会話をするよりは、この方が気楽だという思いもある。結局のところ、外部だけでなく私も閉じているのだ。

今日食べるものだけを買い、次に外に出る時、帰宅してから外出までの間に出た分のゴミを捨てる。私の生活はそうしてシンプルに回る。今日は焼き鳥とチョレギサラダ、それから冷蔵庫の中にあったチーズと三日前に作り置きしておいたゆで卵を一つ、入念に匂いを嗅いでから食べた。明日の朝、私は惣菜のパックとゆで卵の殻、トイレットペーパーの芯やティッシュなどを詰めた袋とビールの缶二本を持って家を出て、マンション内のゴミ捨て場に寄ってから会社に行くだろう。この部屋には何も溜まらない。廊下に本棚が二台設置されているが、一台は辞書や全集に使い、二台目に現代作家の小説を入れているが、半分以上は埋まらないようにしている。ほとんどをクラウド保存したというのもあるし、本に埋もれる生活が嫌になったというのもあるし、そもそも小説にかつてのような興味を持てなくなったというのもある。二台目の半分以上に本が増えそうになると、本を捨て必ず半分以下に抑える。つまり十冊増えれば十冊、二十冊増えれば二十冊捨てるのだ。五年くらい前に大規模な断捨離を行い、本は一・五台分のみ、カラーボックスや無駄な物入れになっていた収納なんかも処分、三十代四十代の頃にハマって揃えていたコムデギャルソンの服をほぼ捨て、ファストファッションの同じシャツとパンツとジャケットを数枚ずついった内容でクローゼットを完結させてから、まるで死に支度を終えたように心も生活もすっきりした。当時流行り始めていたミニマリストという言葉に触発された部分もあった。でもそれから五年が経ち、本当に何ものにも執着や愛情のない生活を送っている内、もはや自分はこの物を失いがらんとした部屋同然、半分死んでいると感じるようになった。

キッチンカウンターで終えた食事の片付けをするとソファに移動し、二本目のビールを飲み干すとマッカランをロックで飲み始めた。１ＬＤＫのこの家は、住み始めて八年になる。何があっても引っ越したくない。その思いは、この家の快適さや立地の良さにではなく、二度と引っ越しや断捨離などという面倒なことをしたくないという嫌悪に依拠している。ふと、月初であることに気づきスマホで銀行のアプリを立ち上げる。ここの家賃が十五万、コヤマハナエに自動振替で十万、シンニチBKに十八万円、スマイルライフに二十万、いつも通り毎月の支払いが引き落とされている。養育費に十万、それに加えて家のローンまで払い続けているというのは異常だと、いつだか私から細かい金の話を引き出した作家がまくしたてたけれど、彼らが幸せに生きていってくれればそれでいいと本気で信じていた私は向こうの要求に異議を申し立てることはしなかった。一回目の離婚の時も、共同購入したマンションを相手が欲しがったため渡し、その後十年弱かけて完済したという成功体験が、変な形の自信に繫がっていたのかもしれない。

そして五年前から、予想もしていなかった母親の老人ホーム費用月額二十万という大きな支払いが生じるようになった。入居一時金を五百万ほど支払ったため償却金として少しずつ返済されていたものの、最近になって償却分はなくなり全額負担となった。少しくらい援助する気はないかと、十年ほど会っていなかった妹に連絡を取ろうとしたら、妹は精神病院に入院中で、治療費のために借金を背負ったと話す妹の彼氏に金をせびられ数十万支払うことになった。今でも定期的に、彼は私に金を要求する。病院の領収書を添付されるため詐欺ではないのだろうが、なぜ妹の精神病の治療費を私が払わなければならないのか、本当のところは納得していない。でも結局、面倒臭いことに関わりたくない、面倒臭いことに関わるよりは金で解決したい、むしろ妹が彼に見捨てられ自分が面倒を見なければならなくなったら最悪だ、という消極的発想により治療費を言われるがまま渡している。それ以上たかられないだけマシだ。そんな風にも思う。

マンションの購入、二軒目のマンションのローン、子供の養育、母の介護、妹のサポート。これらのために億単位の金を払ってきたが、今や誰も私のそばにはいないし、望んで連絡を取ろうとする人もいないし、自分が購入した家にはもう一歩たりとも足を踏み入れることはできないけれど、私は金を払い続ける。それだけが私に与えられた使命なのだ。月に一度母の入居するスマイルライフに訪れるが、脳梗塞の後遺症の下肢運動麻痺に加えて認知症が始まった母親には、先月「恵斗か？」と聞かれた。二十年一緒に住んだ私ではなく、最後に会ったのが十歳前後だった恵斗を思い出すとは驚きだったが、息子の離婚によりほとんど孫に会えなくなってしまった祖母の悲しみがそうさせたのだろうと自分に言い聞かせ、私は動揺を隠すように否定も肯定もせず世間話を続けた。

「悠介、またね」

最後にかけられた言葉は自分に対するもので、母は私の手に季節外れのみかんを握らせた。皮が硬くなったそれは、翌日私の手でマンションのゴミ捨て場に捨てられた。母を捨てたような罪悪感に駆られたが、同時に自分が捨てられたような物悲しさもあった。耄碌《もうろく》してしまった母ではあるが、もはやこの世界で私に無償の愛を与えるのは母だけだった。母が死ねばホッとするだろうという心の奥底に光る確信は、私を繋ぎ止めるものがこの世から全て無くなったら、私はもういつでも死ねるのだという解放への予感によるものかもしれない。私はきっと軽い鬱病なのだろう。でも軽い鬱病くらいが、この世を生きる最もバランスの良い状態なのかもしれないとも思う。家族も友達も趣味もない。何ものにも執着しない、執着されない、愛さない、愛されない。金を稼ぎ各所に配付し経済を回し、どこも汚さず誰の邪魔にもならず、食って排泄して寝る。ジャングルに暮らす動物たちのようにシンプルだ。

四十を過ぎた頃から、様々な体の変化を感じるようになった。老眼になる、早起きになる、勃起しにくくなる、脂っこいものが食べられなくなる、加齢臭が強くなる、尿の切れが悪くなる、体力が落ちる、疲労を引きずるようになる。四十から五十の間に全てが始まった。自分はこの老化という変化も含め、徹底的に意外性のない人間だ。

大体十一時から十二時の間に眠りにつき、五時台には目が覚める。たまの飲み会があっても、眠気に耐えきれず二軒目の途中で先に帰らせてもらうことがほとんどだ。老いていくとは、当たり前のことではあるが、終わっていくということなのだなと改めて痛感する。この世ではほとんどの人が、ある日突然死ぬのではなく、少しずつ死んでいく。死とは瞬間的なものではない。担当作家や上の世代の編集者たちの死を体験する内、この結論に辿り着いた。現代的な死とは呼吸と心拍の停止と瞳孔散大により判定されるが、その前から私たちの機能は衰え身体は少しずつ死んでいき、そして死亡判定がでたあとも焼かれたり埋められたり誰かの中の記憶から薄れていったりしながら死に続けるのだ。

時間稼ぎのためゆっくりと朝のルーチンをこなし、ようやく八時に出社すると、同じように老人が出社している。定年を迎えた嘱託や部長、六十前後くらいの人たちだ。私と違ってほとんどが家庭のある人たちだが、かと言って居場所はないのだろう。単行本や文芸誌の現場にいた最も忙しかった時期は、昼の二、三時に出社して深夜まで会社にいることも多く、朝から出社している老人を小馬鹿にしていた節もあったけれど、今では早い出社になんの抵抗もないし、夜型の部下たちを見ても、今は全く現実的ではないだろうが、君たちもいずれこうなるのだという諸行無常の思いになる。

コーヒーを飲みながら届いているメールに目を通していく。部長の仕事はほとんどが確認作業と会議だ。五松からのメールを見つけ、3時17分という送信時間に若さを感じつつクリックする。内容に戸惑い思わずパソコンから顔を遠ざけ、終《しま》いには引き出しに手を伸ばし老眼鏡をかけた。うーん、と唸りつつ、唸っていても仕方ないと諦め、西村小夏の原稿を出力した。

や、なんかめちゃくちゃポップじゃないですか。こんなポップで痛快なものが書けるなら、なんか「叢雲」じゃないんじゃないかなーって。「モアノベルス」の方が合ってると思いません？木戸さんも。これって極端に自信のない若い女性が、極端に自分勝手なおばさんに連れまわされて色々な装備とか力を身につけていく、いわゆるビルドゥングスロマンじゃないですか。内省的じゃなくて、即物的な表現が多いし、こういう小説は文芸誌よりももっと開けた読書をする層に向けるべきですよ。

五松の言い方からして、面倒くさいからよそに任せようという感じでもなさそうだ。実際、スクロールしてみた感じでは地味な話だと思ったけれど、五松のメールを読んでから身を入れて読んでみると、確かにエンターテイメント的な要素も強く感じられた。数年ぶりに送ってきたのだから、西村小夏の方にも殻を破った手応えがあったのかもしれない。

「開けた読書か。五松くんはいつも若干引っかかる言い方をするな」

「別に重い意味じゃないですよ。まあ平たく言えば、売れるんじゃないかって思ってるってことです。西村さん、今作はデビュー作のイメージから随分印象が変わりましたけど、少しずつこうなっていったんですか？」

一晩でデビュー作まで読んだのかと感心しながら記憶を手繰るけれど、デビュー後に載せた原稿がどんな内容だったか全く記憶がない。

「確かデビュー後に二作くらい載せたけど、そんなにガラッと変わったっていう印象はなかったけどな」

「そうですか。木戸さんがＯＫなら、モアの若山か乃木さんあたりに相談してみますよ。あ、その前に本人に打診した方がいいですよね？」

「うーんと、僕的には乃木さんの方が合ってると思うな。とりあえず彼女に原稿読んでもらって感触探ってくれる？」

「でも西村さんて、芥川賞狙ったりとか、そういうこと全く考えてないわけじゃないですよね？」

頭が痛くなりそうだった。一昨日まですっかり忘れていた名前が唐突にメールボックスに現れ、小説という大きな爆弾を落としていき、手元に置くにしてもよそに投げるにしても、処理の仕方を間違えれば爆発するかもしれないのだ。内容がどんなものであれ、小説というものには書き手の怨念が多かれ少なかれ籠っていて、逆鱗に触れるようなことをすれば必ず、こちらの想定の十倍は恐ろしい事態に陥るのだ。もちろん私だって、彼女がデビューした頃にはもしかしたら芥川賞、と考えた。それでも、彼女は何年もかけて消えたのだ。そんな無名に等しい、いやもはや新人賞受賞作、新人賞第一作、と銘打てない分逆に売り方も難しくなってしまった作家の、今後の保証なき文学賞のことを考えるのは正直憂鬱だった。

「確かにそうだね。西村さんの方には僕の方からやんわりと感触を探ってみるよ。それで、もし彼女に小説誌への抵抗がなければ乃木さんに読んでもらおう。そこで拒否られたらどうする？」

「僕的には拒否られることはないと思いますよ。面白かったし。もしモアが拒否るなら、全然

『叢雲』に載せるつもりです」

「そう、そんなに面白かった？」

面白かったですよ。と五松はキョトンとした表情で、ありがちなシスターフッドに落とし込んでないし、問題提起にもなってるし、あの主人公みたいなつまらない人、若い人で増えてるんで共感する人も多いと思います、と要点を掻い摘《つま》む。なるほど、主人公に私は全くもって共感できなかったけれど、あれが現代的な若者像なのだと言われれば、確かにああいう二十代が増えているような気もしなくはない。

「そう。五松くんに原稿渡して良かったよ。僕にはちょっと、ピンとこなかったからさ」

「確かに木戸さん世代の、特に男性にはピンとこないかもしれませんね。あそうだ、昨日打ち合わせで長岡さんに会ったんですけど、木戸さんの話してましたよ」

唐突に出された長岡という名前に、自分の中にほの明るいものとほの暗いものとが同時に湧き上がったのを感じる。

「どんな話？」

「なんか最近どうしてるか聞いてきて、全然会ってないな的な、いや、最近何してるんですかみたいな感じだったかな。それで、随分会ってないし今度連絡してみようかなみたいに言ってました」

「そう。長岡さん、元気？」

「ああ、全然元気ですよ。最近映画化もあったし、なんかほら、坂本芳雄さんに頼まれて大学の授業しばらく受け持ったりなんかして、けっこう忙しそうです」

「成専大学の？　知らなかったな。そういえば長岡さん、『コトノハ』の坂本芳雄監修号に寄稿してたね」

「木戸さん編集長外れるときCCみたいな連絡しかくれなかったって嘆いてましたよ。まあ笑ってましたけど」

編集長就任と同時に長岡友梨奈《ゆりな》の担当を新田という女性に譲り、最初の頃は三人で会食などもしていたのだが、新田が文庫に異動する際五松に引き継いでからは会うこともなくなり、編集長を外れる時にはメール連絡で済ませてしまった。担当していた頃は雑誌だけでなく単行本も二冊作ったし、ちゃんとしたメールを書こうか迷ったものの、長いこと直接のやりとりをすることはなかったため唐突にメールを書くのも憚《はばか》られ、名前だけ変えた使い回しの挨拶メールで済ませてしまったのだ。

「木戸さん、長岡さんの担当結構長かったんですよね？」

「まあ、なんだかんだ十年以上は担当してたね」

「ながっ。なんかあったりしたんですか？」

「なんかって？」

「や、この間長岡さんと話した時、なんかちらっと複雑そうな顔してたんで」

「いや、円満に仕事して、円満に担当外れたよ。新田さんとあんまり合わなかったのか、引き継ぎ後ちょっと関係が薄くなっちゃったんだけどね」

ふーん、と何を考えているのかよくわからない顔で頷くと、じゃ西村さんの件よろしくお願いしますとよくわからない顔のまま言い残して五松はデスクから去って行った。

私と長岡さんとの間には何もなかった。揉めたこともなければ、恋愛関係になったこともないし、担当と作家以上でも以下でもない関係を長期間保ち、引き継ぎをして関係を断ち切った。他の作家と違わず健全な関係だったが、正直に言えば一瞬だけ私たちは恋愛関係に陥りかけているのではないかと感じた瞬間があった。私が二度目の離婚を経験した翌年辺り、連載と単行本化に合わせて会う機会の多かった長岡さんとはよく飲みに行っていて、それまでもプライベートな話をすることはあったものの、唐突に長岡さんから離婚することになったと打ち明けられたことがあったのだ。ノリとしては「実は離婚することになって！」みたいな感じだったかもしれない。特に落ち込んではなさそうで、それでも話すうち寂しげな表情を見せ始め、かと言って立場上自分から何かをするわけにはいかないという臆病さと、臆病にならざるを得ないこっちの状況も分かりますよねという甘えた阿《おもね》りもあって、慰めと離婚に関するアドバイスに徹していたのだが、二軒目に移動する際、隣に座れるソファ席のある店を選ぶという小賢しさは発揮していた。二人ともかなり酔っていて、それでいて強い酒を飲み続けていた。

「木戸さんは離婚したかったんですか？」

質問されて、言葉に詰まった。離婚の事実を伝えるとほぼ必ず、作家からも同僚からも「どうして離婚したんですか？」と理由を聞かれた。その度私は「価値観の相違、特に子育てに関する相違が大きかったですね。まあ、自分が父親としてのしっかりした自我を形成できなかったのが幻滅された大きな理由だと思います」と何十回と同じセリフを口にした。その、夫妻のどちらかに決定的な非や、事件や事故があったわけではないものの、どちらかと言えば自分に非があり、相手は何も悪くないと伝えるために作り込まれたセリフには皆思い当たる節があったのか「なるほど」と数多くの人を悲しそうな表情にさせた。

「離婚、したくなかったですね」

誰も私の気持ちなど考えなかった。作家も同僚も、上司も親戚や両親でさえも、私がどうしたかったかなど考えなかったし、元妻でさえも私の気持ちには無頓着だった。でもそれは私が、いや私と同世代の男性が、「男には感情なんてものはない」というマッチョイズムを押し付けられそのマッチョイズムを受容し、時に盾のように時に剣のように都合よく使ってきた結果でもあった。離婚したくなかったという本心を口にした途端、自分がないことにし、人にもないことにされてきた感情がほとばしり、私は自分が崩落していくのを感じた。目に涙が浮かび、こぼれ落ちる寸前手の甲で拭った。下ろした手に長岡さんが手を重ね、手と手の間に水分がじとっとした感触をもたらした瞬間、今度は止める間も無く涙が流れた。手を握っていいのだろうかと迷っていると、長岡さんが僕を見上げて微笑んだ。

「意にそぐわないものを受け入れた男性には、特有の色気がありますよね」

怒りとも恥ずかしさともつかない何かカッと湧き上がる感情があって、かき乱されるのを感じた。今思えば、あのセリフが男女逆転で発されていたらヤバくないだろうか。抑圧された女性に色気があるなどともしも私が発言しようものなら、セクハラ発言認定されてもおかしくないだろう。でもあの時の私には、どこか解放感があった。つまり男は抑圧する側と思い込んでいる節が私にはあって、抑圧された自分、無理強いをされたにも拘らず平然を装い続けた自分、の存在をようやく認めてもらえたかのような。そんな快感があったのかもしれない。

そのあとの記憶はあまりないが、店から出た瞬間、じゃあまたといつものように彼女は手を振り、あっさりタクシーに乗り込み帰ってしまったのは鮮明に覚えている。取り残された私は一人、抜きかけた刀を戻すことも抜くこともできないまま、やはり彼女は戻ってくるのではないかと呆然と立ち尽くしていたが携帯はうんともすんとも言わず、多少時間はかかるかもしれないが、「離婚しました、また飲みに行きましょう」の誘いがくるだろうという長期的な期待も裏切られた。

ちょうど取材が終わりきった辺りでもあって会う機会もないまま、ようやく数ヶ月後会った時に「離婚はどうなりましたか?」と聞くと「ちょっと揉めてしまって、延期することになりました」と彼女は本当に文字通り肩をすくめて呆れたような表情で答えた。そしてそれでも彼女はやはり私と何かしらの進展を望んでいるのではないだろうかという疑いを完全には捨てられないまま数年が経った頃、三田佑太郎という新人賞デビュー一作目で芥川賞を取り、容姿も良いと噂の作家に初めて会いに行き名刺を渡した瞬間、私は意外な刺客から不意打ちに遭う。

「あなたが木戸さん? 実はついこの間長岡さんと飲みに行って、木戸さんの話を聞いたところだったんですよ。いやなんか笑っちゃうな」

心臓が凍るようだった。えー、長岡さんの木戸くん評聞きたいな! と同行していた編集長が聞いた瞬間絞め殺してやりたくなった。泣いた話か、泣いた私の手を握って慰めた話か、それとも離婚の相談にのったあと下心見え見えのバーに連れて行ったという話か、とドキドキしていると「いやあ」と三田はなぜか恥ずかしそうに笑って、どれも別に恥ずかしいことをしたわけではないと強がる思いでいる私を慰めるような表情を浮かべた。

「長岡さん、あなたのこと文学インポって話してたんですよ。もう文学に勃起しない、興奮しない、勃たなくなったのに文学しかないから文学に固執して、文学に嫌われた男だって。いや、でもこれ、別に嘲《あざけ》りじゃなくて、文学に対するスタンスとして意外といいんじゃないかっていう話だったんですよ。そこに携わる人が文学に興奮して勃起してるようじゃダメなんじゃないかって、ある程度冷静な視点も必要だよねっていう話の流れで木戸さんの話が出たって感じで……。まあつまり、木戸さんは磐石な批評性を持ってるってことなんだと思いますよ」

三田の言葉を聞きながら、耳が遠くなったように、世界が遠のいていく感じがした。そうか私のインポはバレているのか、もはや自分が文学に屹立できないということは、長岡さんのみならず多くの作家にバレているのかもしれない。藁すらなく、仕方なく文学にすがっていることも、そこでも大した達成感もないままくすぶっていることも。

「僕なんか編集者生活三十年、まだまだギンギンですよ」

無能な編集長がそんなことを言って、三田は軽蔑の色を隠さず嘲笑を零《こぼ》した。あの頃は、勃起とか、インポとかいう言葉を仕事相手との間でも交わせる雰囲気がまだあった。文学インポ、下世話なことを話してもギリセーフという時代の終焉とも言える時期に聞いたその言葉は、私の胸の奥に重く沈んだ。編集長は、どことなく私が沈んでいるのを感じ取ったのか、早々に話を切り替え、三田に今後の予定を聞き出し始めた。

来年の予定は全て埋まっている、と話した三田とは、結局仕事は発生せず、エッセイ一本すら書いてもらえなかった。三田は消えた。デビューから五年、いや六年程度で、完全に消えた。文学のフィールドを見限り、アニメの脚本やゲームのシナリオを書き始めたのだ。一度彼が書いたアニメを何話か見てみたが、デビュー作の面影もなかった。彼もインポになったのだろうか。あの頃とは別のものに勃起するようになったのだろうか。文学インポと言われながら、ずっと勃たないまま、あれからもう十年以上もこの業界に埋もれている自分が、哀れでもあった。長岡さんとは三田と会った後も仕事の関係は続けていたが、もし三田の一件がなければ、編集長になっても彼女を担当し続けるという選択をしていたかもしれなかった。

私はくだらない男だ。くだらなくて、情けなくて、なんの情熱もなくて、誰からも愛されない、誰も愛さない。その事実が、もう悲しくもなんともない。枯れた木や花を見るように、心中は見渡す限り凪《なぎ》だ。

2　長岡友梨奈

キーボードを打つ手を止め、カーソルを動かしメニューバーを表示すると18：12と出て、慌てて書きかけの連載原稿を保存する。iPadで赤字を入れるだけ入れてほったらかしていた今日戻しのゲラを添付すると、キーボードをiPadに接続しメールの文面を書き始めた。

お世話になっております。から始まり、よろしくお願いします。で締めた文章はまるで定型文みたいで、自分がつまらない人間に成り下がった気がする。でも必要な情報を伝えるだけの人を、どうして自分はつまらない人間と認識しているのだろう。そう思いながら送信マークをクリックした。スマホには一哉《かずや》から「今会社出たよ。今日のご飯何にしよっか？」というやはり定型文のようなＬＩＮＥが入っていた。「火鍋の素があるから、火鍋にする？　あるいは有馬の牛しぐれ、実山椒入りのやつと、なんか一品くらい副菜と味噌汁作ってご飯炊いてもいいかも。具を炒めて合わせるだけのタイ土産のレッドカレーもそろそろ使っちゃわないとかな」と返す。打ちながら鏡を引っ張り、化粧を確認する。ティッシュでＴゾーンを押さえると、パウダーをはたいてからリップを塗った。はあと声を出して大きく息を吐き、ソファにどっと横になる。あと五分くらいしたら家を出ようと思いながらスマホを再び手に取ると、「長ネギと豆腐あったよね、火鍋にしよっか。今乗り換えたところ」と入っていた。分かったあとでねと返信すると、タイトルも覚えないままシーズン2に入ってしまった暇つぶし用のネトフリのドラマを五分だけ見て家を出た。

乗り換え駅でもない簡素な地下鉄駅の東側の出口で、私たちは待ち合わせる。いつも同じくらいの時間に、階段を上ってくる一哉と手を振り落ち合う。そのまま駅近のスーパーに寄り、今日は火鍋のため白菜、もやし、舞茸、豚バラ、エビ、締めの中華麵。何かつまむものが欲しいねとナムル四色セット、今朝切れた食パン、デザートのためのチーズを買った。家に帰ると私が具材を切っている間、一哉は鍋を用意する。二人でやっていてもなんとなく役割分担はされていて、私は切るのと調味が主な担当、一哉はその他の雑用や炒め、煮る係が多い。

「あーお腹すいた」

「今日はお昼とか何か食べた？」

「柿の種と、生ハム食べた」

「それじゃお腹すくね。そうだ、今日チョコもらったよ。ベルギー出張って言ってたかな。食べる？」

食べる食べると言うと、一哉はリュックの中を漁り、縦横五センチ程度の正方形のチョコを小さく割って、長ネギを斜めに切る私の口に入れてくれる。

「美味しい。ちょっとビター」

同じように一欠片《かけ》口に入れた一哉は、ほんとだ、けっこう苦いねと嬉しそうだ。彼はいつも、会社でもらうお土産を持って帰る。かもめの玉子みたいなものや、一枚のお煎餅やクッキーでも、必ず持って帰って一緒に食べる。そのたび、私は出張や旅行に行ってはお土産を買って部署の人に配るという文化の残る会社の貧乏臭さへの蔑《さげす》みと、美味しいものを一緒に食べる体験や感想を共有したいと望む彼への愛おしさを同時に募らせる。

いただきます。私たちはほぼ同時にそう言ってお箸に手を伸ばす。テーブルには黒酢、ポン酢、オイスターソース、ごま油、鳥軟骨入りのラー油、小ねぎなどつけダレの材料も揃えてある。彼が来月に向けて進めているイベントの話を聞き、いくつかのアドバイスと冗談を言って笑い合い、私は再来月に決まったトークショーの相手が、本を読んだ時は感じなかったのにTwitterで若干マッチョな思想の持ち主だと分かり、受けたことを後悔し始めているという話をした。

「本ってまず編集者の目を通るわけじゃん。担当は最初の読者なわけで、だから間接的にその本のレベルを定める一つの基準になるんだよね。そもそも第一の読者が決まってると、その対象が曖昧なものである時よりもずっと書きやすくなる。それは作家にとって編集者がいることの大きな利点で、あ、一番大きな利点は締め切りを設けてくれるところね。だからまず編集者の目を意識するし、倫理的に明らかにやばい表現には校閲からの指摘も入る。もちろんそういう人との関わりとか、そもそも自分でSNSとかから時流を感じ取って価値観をアップデートしていける人もいるんだけど、あれくらいの歳になっちゃうともう無理なんだろうね、編集者に合わせることは多少できても、誰の目も通らないものはダダ漏れ。っていう老害世代のお手本みたいなケースだね今回の河田透の『Twitter の件は」

「え、マッチョって、本当にそんなマッチョな感じなの?」

「まあさすがにゴリマッチョって感じじゃないけど。夫婦別姓とか、現代の働く女性が担わされてる責任の重さ問題語って、時代摑んでますよ感出そうとして自らの愚かさを露呈して自爆ってて感じ。味噌汁の出汁なんてとる必要ないんだみたいなこと言って、専業主婦侍らせた家事一切できないゆとりオヤジがなんかみつをみたいなこと言い始めたよって馬鹿にされてた」

「みつを?」

「だしの素使ってもいいじゃない、人間だもの。的な」

一哉は箸を止めて声をあげて笑った。私は豚バラをタレにつけ、やっぱ黒酢にごま油が一番美味しいな、食べてみこれ、と小皿を差し出す。

「まあ彼の場合ルサンチマンも悪意もないナチュラルボーンな愚かさ、って感じだけど。でも現代日本の抱える病は無自覚な愚かさが招いてきたとも言えるから、十年くらい前までは許容されてたかもしれないけど、これからは淘汰されてくだろうね」

「出汁取ると美味しいけど、出汁の素でも美味しいし、なんなら出汁入り味噌でも美味しいからね」

美味しいか美味しくないかということではないんだ。そう思うものの私は「全然美味しいよね」と同調する。彼は常に浅瀬で浮き輪に乗ってぷかぷか浮いていることを望む。潜水のような重い議論が苦手で、そういう話になると慎重に言葉を選びすぎるせいで話が進まなくなるのだ。日常会話や仕事以外の議論が苦手なようで、特に抽象的な話題を振ると思考が徹底的にフリーズする。そして彼は常に、善悪の判断をせず、相対主義的、中立的な立場をとるため苛立たされることが多い。もちろん私は民主主義者だ。死刑制度には反対。多様性という現代では重要度が高すぎるがゆえもはや形骸化してしまった言葉にも深い共感を持っているし、国や人の保守的、排他的な属性を最も嫌っている。去年登壇した配信トークショーで、意地の悪い資本主義の批評家にヒラリー的リムジンリベラルと揶揄《やゆ》され、それを言えばあなただってアカデミー村で生まれ育った外の世界を知らないインテリ権威主義者、理想ばかり語る机上のクーロンズだと半笑いで反論した様子が面白おかしく切り取られてプチバズりをし、賛否両論あらゆる意見をぶつけられやるかたない思いもした。しかし私の中には、善悪の判断をし、悪を徹底的に潰さなければならない、間違っているものを排除し世を正さなければならないという、それはもう悪のような正義感が渦巻いているのだ。つまり私の言う多様性とは、私が認められる多様の中でのみ機能する多様性のことであり、そこから外れる女性を殺した者であったり女性を搾取する者であったり子供を殺したり搾取する者であったりはどんなに残酷な刑にかけられ殺されても構わないむしろそうしてもらわないと気が済まないという反社会的な怒りがあるのだ。もちろんそこまで極端な例に限らないが、一度激昂すると相手の死さえ厭《いと》わない悪のような正義感に一哉は引いているのだろうし、主義的には死刑反対と言いながら、個人的な怒りには打ち勝てない自分自身のダブスタ具合に、私も引いている。

あ、とスマホの通知に反応して溢《こぼ》れた言葉に一哉がうん？　と反応する。付き合い始めて七年近くなる彼の、こういう丁寧なところが好きだ。彼は私の感情や意思を取りこぼさない。取りこぼされ続けてきた感情と意思が彼によって掬《すく》われるたび、私は胸の中でポップコーンのように小さな何かが爆《は》ぜるのを感じてきた。彼が私の小さな変化や態度に気づくたび、私は自分が隅々まで感知され、正確に回収されることに歓喜する。それは私がずっと恋愛で得られなかった種類の喜びだった。

「五松さん経由で東邦新聞の取材依頼がきた……」

「小説の取材？」

「なんか、今『叢雲』で不定期連載してる短編シリーズの一編について、ほらちょっと前近未来小説書いたじゃん？　あの短編について取材したいって」

「ああ、データ化の末路？」

「そうそう。リモート時代に於ける紙媒体の役割と、データとの共存についての取材だって。十年、いや十五年遅い気もするけどね。コロナ時代に合わせてってていうのもあるみたい」

「データはウイルスを媒介しないからね」

「別のウイルスは媒介するけどね。雑誌掲載の段階で取材依頼がくるの珍しいし、受けようかな」

「そういえば、五松さんは編集長のことなんか言ってた？」

編集長っていうか、元編集長ね、と言いながらさっきサラッと読み流したメールにもう一度視線を走らせる。特に木戸という名前は書かれていないし、ゲラを拝受しましたという内容を伝える文章も、今日届いた依頼状を添付しますという文章も、定型文のようだった。

「いや、最近どうしてますかーみたいな感じでさりげなく聞いただけだから」

「そっか。じゃあまあ、特に会ったりとか、話したりはしないんだ？」

「まあ会ったところでって感じだよね。何か伝えてくれって言われたわけじゃないし。木戸さんとは最近全然関わりないし」

「でも結構、付き合いは長かったんだよね？」

「担当してもらった期間は長かったけど、魂のやりとりをしたことは一度もないよ。木戸さんはセンスも才能も努力も欠けてて、誤字脱字の多い無能な人だったからね。やる気のなさがダダ漏れで、周囲の編集者とか作家に悪影響を与えてたよ絶対」

「俺は、仕事相手と魂のやりとりしたことは一度もないけどね」

「私だって仕事で魂のやりとりをしたことがある人は数人しかいないけど。ていうかまあ、あの人の言ってることが事実だっていう確証もないし、何か頼まれたわけでもないし……」

「まあ、そっか。友梨奈が気にしてないならいいんだけど」

一哉は何か言いたそうだったけれど、私は気づかない振りをした。彼は私の意思を取りこぼさないのに、私はたまにこうして不誠実に彼の意思を無視する。もちろんいつもじゃない。今だけだ。今は都合が悪い。そうやって自分や他人に、嘘ではないからと言い訳をしながら嘘の一歩手前のようなことを言い、自分からも人からも信用されない、いや、自分からも人からもどうでもいい存在として認識されていくのかもしれない。漠然と思いながら、「一旦アク取ろっか」と何かを割り切るように提案する。そうだねと丁寧にお玉でアクを掬った一哉は、エビの殻入れがなかったねと言いながらキッチンに立つ。他に何かいるものある？　と聞かれ、麻辣《マーラー》のミル持ってきてと答えるとふふっと笑う声がした。

「攻めるね」

戻ってきた一哉は言いながらミルを手渡した。割り切れない思いと疑問がその瓶の中に詰まっている気がして、ぼんやりしたまま小気味良い感触のミルをぐるぐると上下逆方向に動かし続けていると、「入れすぎたと笑って、「さすがに」と強めに続けて笑った。ほんとだ入れすぎたと笑って、私はスープを注ぎ足す。

一哉といると私は元気になる。まるで彼の若さや体力といった物理的なものから、私は魔術的な力をもらっているかのようだ。しかしこの時間とは裏腹に、一人でいる時の憂鬱、無気力は壮絶だ。仕事の最中はスマホをタイマーボックスに入れておかないと仕事にならないほどだし、仕事を終え息抜きに頭を空っぽにできるドラマや映画を見ながら、自分がそれらのフィクションを超えるものを書けている気がせず落ち込む。いわゆる更年期障害というものが始まっているのか、昼夜逆転のデスクワークに体がついていかなくなったせいなのか、それとも酒量に体がついていかなくなったのか分からないが、一哉と付き合い始めた頃と比べて、私の心はとても不自由なものになっている。

いや、一哉と付き合い始めてからが、異様にうまくいっていたのだ。彼と一緒の時間を楽しむためメリハリをつけたことで仕事のペースが上がり、彼のような一般的な感覚を持ち合わせた人と付き合ったことでそれまで耽美な方向に傾きがちだった小説のバランスが取れ、評価も上がり賞も受賞し、文芸誌以外の依頼も増えた。それまで無力感の中で生きていたのが、時代の変化もあったのかもしれないが、コントロール感覚に満ちた状態でいられた。しかしその時代の変化を牽引してきたのはSNSの力であって小説の力ではない。数年前からそんな動かせないしこりのような、かつてとはまた別種の無力感が根付き始めた。もちろんその無力感こそが文学に結びつくという側面も無視できない。しかし小説とその他コンテンツを比べる行為を二十年以上繰り返し、ああだこうだとこねくり回してそのテーマ自体をも小説に書いてきたが、最近の紙媒体の落ち込みと映像系コンテンツの盛り上がり、SNSが強い影響力を持つ現実を目の当たりにし続け、少しずつまた、私はアウトオブコントロールに溺れ始めたのだ。そもそも生きる場所が水中とはおかしくないか。なぜ私はこんなにも、気を抜けば溺れてしまうような環境で、哺乳類としてぶざまに生きているのだろう。ここは私の生きる場所ではなかったのではないだろうか。無力感に打ちひしがれているとこういう思考回路になり、パニックや不安発作に陥りそうな予感に恐怖し、最後はまた明日には内容をすっかり忘れるであろうドラマや映画を見て無になる、その繰り返しだ。そして無気力や無力感に蝕まれるくせに、同時に恋愛のフィールドでは未だに嫉妬心や執着心でかき乱される。ルーチンの権化かの如き一哉という男、会社に行ってはまっすぐ帰宅を繰り返す、会社以外に行く場所はスーパーとドラッグストアという酒も飲まない品行方正な男と付き合いながら、私は自分の中の不安を取り除けないのだ。もちろんこれまで付き合ってきた男性とは違う安心感もある。しかし自分のスマホのFace IDに私の顔を登録し、進んでGPS情報を共有したがり、飲みにも行かない女友達もいない、ギャンブルもやらず危険思想にも染まっておらず右翼でも保守派でもなく、デリカシーを兼ね備えた文句の付け所のない一哉と付き合い始めてようやく分かった。私は好きな人ができると好きな人がいつか絶対に自分を裏切り手ひどく捨てられるという確信を持ち、いつその日がくるのか怯《おび》える星に生まれたというだけのことなのだ。最近Twitterで、恋愛がうまくいっていても不安を感じるのは幼児期の○○が原因などという無駄な情報がよく流れてくるが、幼児期の○○に原因を探し当てても嬉しくも悲しくもないし解決もできないため、私はそういう星に、あるいはそういう遺伝子を持って生まれ落ちたのだと割り切ることにした。

自分がこんな四十代になるとは思っていなかった。こんな不安なまま、こんな歳になるとは思っていなかった。今四十三になって、二十三、いや十三の自分にだって同じことを言える。お前はあと二十年生きても三十年生きても今のお前と大して変わらないぞ。二十年、三十年、自分がいいものを書いているのか確信が持てないまま縋《すが》るように小説を書き続け、二十年、三十年、恋愛で幸せになったり不幸になったりするが決して不安は消えない。もちろん生きてて良かったと思うこともある。あの時死ななくて良かったと思うこともある。でもお前の人生はどこを切っても金太郎飴のようなものだ。金太郎の顔がぐにゃっとしていたり、精悍だったり、潰れていたりしても、内容を構成する要素は同じだ。いつか変わるのだろうか。いつか、例えば老いが無視できないところにまで忍び寄り、そこにいつしか引き込まれていく途中、あるいは孫ができて自分の子供ができた時とは違った心持ちで赤子を抱いた時、親が亡くなった時、自分自身が病魔に侵された時などに、私の中にこれまでの金太郎飴にはなかった重要な要素が入り込むことはあり得るのだろうか。人生には様々なフェーズがあると聞く。いつまでも自分が今の自分のままなはずはない。でも、自分がこの三十年以上にわたってあまりにも変わらないことに、私は驚愕し続け、ようやく絶望しかけているのだ。

締めに中華麺を一人前入れて食べたけれど、スープはまあまあ残っていた。明日のお昼に、ご飯と卵を入れて雑炊にしようか、食材を無駄にすることを嫌う一哉に、同意する。こねぎも入れよう、結構野菜入れて味が薄くなったから鶏ガラ足そうか、脂が多いから明日は脂をとってから作ろう、言い合いながら、一哉が洗う食器を私が拭いていく。私一人の時は食洗機を使うけれど、一緒の時はこうして手洗いをする。一哉はこっちの方が早いからと食器も手で洗うし、ここに越してきた時まあまあ高い洗濯乾燥機を買ったのにタオルと部屋着以外のものは傷むからと必ずベランダに干す。せっかく洗濯を担う彼の負担を減らすため洗濯乾燥機を買ったのにと呆れたけれど、梅雨の時期に雨降るかなと天気予報を気にしたり、洗濯物を干すためにベランダに出て夏の匂いがするよと私を呼んだり、湿気が多い日の洗濯物の匂いを気にしたり、冬の洗濯物の乾きにくさに悩んだり、休みの日に一回で全部洗濯してしまうか二回に分けるかを真剣に悩んだりする一哉の姿に私は癒されていて、今では季節や休日を感じる風物詩的なものとなっている。

今日はお仕事は？　一緒にお風呂に入ったあと、私がアイロンで髪を伸ばし終えたのを確認すると、一哉が聞いた。彼はすでに髪を乾かし、日課の筋トレを終えている。彼は週四回ストレッチをして、週二回筋トレをして、週一でランニングをする。ルーチンというルーチンが苦手な私には信じられないが、彼の健やかな生活を目の当たりにしていると、その種の去勢を受け入れた者だけが手にすることのできる安寧があるのだと身に沁みる。

「来週連載の締め切りだから今晩は仕事するー。でもその前にセックスしたいな」

「したいの？」

嬉しそうな一哉に、うんと声を上げて抱きつく。

「今しちゃう？　歯磨き先に行っちゃう？」

どうしよっかなと言いながら腕に力を込めると、一哉は私のパジャマの裾から手を入れて胸を触る。首筋にキスをしながら、私も一哉のTシャツに指先を這わせて乳首を探し当てる。布越しに爪を立てて擦ると一哉も小さく息を漏らした。寝室になだれ込みベッドに寝かせるとフェラをして、上になってという言葉で彼に跨《また》がる。互いに声を上げながら舐めていると、次第にトランス状態になって少し幽体離脱したような感覚になる。目の前に性器と睾丸があるのに、浮遊したところから、性器と睾丸を舐めている自分を見ている気になる。そしていつも、挿入と同時に身体に引き戻される。ややもすれば退屈な男と位置付けられそうな一哉がその位置付けを覆すのがセックスだ。彼は私がもう無理だと言うまで延々セックスを継続することができ、五分で射精することもできる。付き合い始めた頃は不思議でどうやっているのか何度も聞いたけれど、呼吸法かな、とよく分からない答えしか得られなかった。

彼が射精すると、私たちはベッドにできた染みを確認したり暑い暑いとエアコンの温度を下げたりしながらきゃっきゃとティッシュで拭き取りの儀式を終え、しばらくベッドに横たわって萎《しぼ》んだ性器をいじって遊んだり、ぼんやりと天井を見つめたりしたあと、諦めたように裸のまま歯磨きをしに行き、戻ってきてようやく服を着る。

「じゃおやすみ。ゆっくり寝てね」

「体だけ弄ばれてポイされた気分だ」

クスクス笑いながら一哉の腕の中に飛び込み、後で行くからと首元に顔を埋めたまま言う。

「うん。今日もそんな寝てないでしょ？　無理しないでね」

「分かった。ちょっともう眠いし、三時くらいには寝ると思う」

キスをして好きだよおやすみと言い合って手を振り、私は寝室のドアを閉めた。リビングの隅に置いたデスクに向かうと、パソコンを開く。まずはメールを確認して、要返信のものに返信をしてしまう。そしてそれを終えるとメモ帳を開いてプロットを確認する。そして昨日書いたところから読み直しつつ推敲し、先端の白紙に到達したところで初めて執筆に入る。私が長く続けているルーチンは飲酒とこれだけだ。

五松からのメールを読み返すが、やはり木戸の名前はない。確認しながら私は、思いのほか木戸のことを気にしていることを思い知る。木戸はつまらない男だ。でも他になんの趣味もない文学かぶれがとうとう文学にすら何も求められなくなった成れの果てのような彼を見ていると、感情移入しないではいられない。小説に関わる人々は皆、小説の力と、小説の無力さについて日々考え、打ちのめされ続けているからだ。望んで小説に携わる仕事につく人間の七割は、文学が世界を変えると無邪気に考える。そして、自分の作った本や書いた小説が世界を揺るがすようなムーブメントに結びついたり、読者たちが出版社や自宅を取り囲んで拍手喝采するようなことや、特殊な力を恐れた者どもから魔女狩りに遭ったりするようなことも起こらず、また自分や自分の本が発光したりすることもないと悟ると、ある種の諦念と共に創作活動を続けなければならないと思い知る。そして大凡《おおよそ》、その諦念を抱えるまでと、抱えてからは、1：9あるいは2：8くらいで後者の方がずっと長いのだ。だからこそ、木戸の絶望には覚えがあるし、木戸の枯葉みたいなスタンスにもどこかしら別の世界線の自分を見るような思いでもいた。でもそれにしたって、木戸が編集長になってからの「叢雲」は、文芸誌の固定層に向けたある種の媚びにしか感じられないような懐古趣味的な特集と、この数年内にどの雑誌も一度は組んだであろうフェミニズム、ポリコレ、ＬＧＢＴＱ＋系の現代的な特集テーマで話題性を狙った割には大した冒険も目新しさもない執筆陣の選定、レジェンド作家が死ぬと手当たり次第親交のあった人たちに原稿依頼がされ当たり前のように無思考で作られる追悼企画等々で構成されており、なんの理想も信念もない人が編集長になるとこういう雑誌ができる、というお手本のような誌面だった。それでいて、私が尊敬する幾人かの文芸誌編集長と比べてもまあまあ長い期間編集長の座についていたことについては、きっと彼の無難さに共感する人々がそれなりに多いのだろうと予想でき、とにかく彼のことを考えると、憂鬱な気持ちになる以外の要素がなかった。

だからこそ、二週間前、私の前にあの女が現れるまで、私はすっかり木戸の存在を忘れていた。コロナで大規模なパーティなどが開催されない現状もあって、担当以外の編集者と会う機会がすっかりなくなっているというのもある。木戸悠介、とあの女が口にした瞬間、自ら望んだわけでもないワクチンを唐突に筋肉に注入されたように、漠然とした「嫌」が耳からざわざわと広がっていくのを感じた。そしてすぐに赤みや腫れといった具体的な反応が現れるように、あの人のこういうところが嫌だった、こういうところも嫌だった、という個別のエピソードとして思い出されていった。まず最初に蘇《よみがえ》ったのは、木戸が私の文庫担当に対して送るはずのメールを私に誤送してきた時のことだ。そこにはそれまでの文庫担当との引用返信を用いたやりとりも連なっており、販売部がつけてきた部数の低さを嘆き、何かプロモーションを提案すればもう少し部数を上げられるんじゃないかと相談する文庫担当に対し、「長岡さんは部数が低くても文句を言わない扱いやすい作家である」「元々長岡さんの本は売れるような内容ではないし、それは本人も自覚しているだろう」などと完全に本を売る気を喪失した返信を返していた。あの時から、私の中で木戸は完全に「向こう側」の人間となった。すぐに謝罪と、文学の深淵を見つめる作家にこそ部数が追いつかないことへの懸念と、それでこそという思いが自分の中には共存していて……云々と釈明メールが送られてきたが、送ったことに気づかないふりをするくらいのふてぶてしさがあればまだ面白かったのにという感想しか浮かばなかった。次に思い出したのは、私が離婚をすることになったと報告した時のことだから、十年以上前のことだ。夫と離婚に向けての話し合いが決着したところで、つい木戸に寂しさを吐露してしまったのだ。離婚の話を始めた途端盛り始め、長岡さんには幸せになってもらいたいんですと背中に手を置かれ手を握られた時にはゾッとした。口説くことに慣れていない、いい歳をした陰キャが口説くシーンに居合わせるどころかその対象になることほど寒々しいことはない。一人の担当とのいざこざで仕事の場が減るのは避けたかったため激昂させないようやんわりと牽制したけれど、もしあれが今の時代であれば、木戸は私に告発され何かしらのペナルティを受けていた可能性だって当然あるはずだ。時代が緩かったのだ。私も木戸も、他の作家や編集者も、男も女も、緩み、弛《たる》み切っていた。出版業界だけではない。日本社会全体が、今ではとても許容され得ない数限り無い事例を、排除も糾弾もせず、ただ黙って包括していた。今、爪の先まで縛り上げられた、自分も含めた業界人を見ながらざまあみろと思うし、死んで償えとも思う。これが私の、悪のような正義感だ。

二週間前、私は授業を終えると教室を後にし、ついてきた人懐こい数人の学生たちと今日の授業内容について話しながら二号館を出た。長岡先生今度親睦会しましょうよ私まだ一度も先生と飲んでない、とわざとらしくしかめっつらを作った浅川里帆に、そうだね最後の授業までには行こうねとにこやかに言う。ゼミなどならまだしも、少人数とはいえこういう授業をとっている学生とどの程度の先生がどの程度の頻度で飲みに行くものなのか、よく分からないままコロナという都合のいい言い訳もあってスルーしてしまっていた。絶対ですよー、とマスク越しにも整った顔立ちを想像させる浅川里帆が上目遣いに言って、私ははいはいと答える。浅川を含めた四人の学生たちに手を振ると、まっすぐ正門に向かった。自分の研究室を好きに使ってくれと坂本に言われていたが、授業のある二号館から研究室のある十五号館はまあまあ遠く、結局最初の数回しか使わなかった。授業の終了時間は十六時十五分で、乗り換えで新宿を通るため、いつもはここから一哉の帰る時間までの間にマツエクだったりネイルだったり、買い物だったりを入れることが多いけれど、今日は何の予約も入れておらず、特に買わなければならないものもなかった。それでも、電車に四十分揺られてやってきた大学の帰りに、どこにも寄らないのはもったいない気がしてしまう。これは広義での貧乏性、いや逆の散財性なのだろうか。

伊勢丹のデパ地下でちょっと美味しいおかずを買って帰る、あるいは、カルディに寄ってこの間 Twitter で話題になっていたアイスミルクティーの原液や、トルティーヤチップスのディップなど、必要はないけどあったらちょっと嬉しい食材なんかを買って帰るのもいいかもしれない。どこかに出かけるたび、一粒五百円の大粒いちごだったり、計り売りのパルメザンチーズだったり、駅ナカで売っている甘栗だったり、珍しいデザインの小皿やお箸だったり、百均で見つけた便利グッズだったり、変わった形の耳かきだったりを買って帰る私と、一哉は正反対だ。彼は必要なもの以外は絶対に買わない。お米も歯磨き粉も、明日の分がない、というところまで買わない。買いだめという発想も、普段と違うものやご褒美的なものを買おうという発想もない。だから私たちが一緒になったことで、私たちは質素さと遊び心という両方を互いに楽しめるようになったとも言える。甘いもの好きな一哉のために、デパ地下でケーキでも買って帰ろうか、と考えながら正門を抜け駅に向かって右折した瞬間、私は肩に手をかけられて振り返る。コロナ禍で、街中で唐突に触れられたのは初めてかもしれない。走り抜けた緊張とは裏腹に、冷静にそんなことを考えていた。

橋山美津《みづ》といいます、すみません驚かせちゃってと謝ったあと、彼女はそう名乗った。三十代前半くらいに見えたけれど、話し方や挙動から、もしかしたらまだ二十代かもしれないとも感じた。みず、みづ、と独りごちた私に、彼女は「美しいに津軽の津です」と説明した。

「さっき、教室にいましたよね。演習に参加してなかったので気になってました」

「私ここの学生じゃないんです。昔坂本先生に文誠大で教えてもらってたことがあって、今でもたまに連絡をとってて、それでここの授業を教えてもらったんです」

友梨奈のファンとかが潜り込んだりして、危ない目とかに遭わないかな。大学での前期授業を半分から三分の二程度任されてくれないかと坂本に打診されたのが去年の暮れあたりで、持病が悪化という理由も聞いていたため断りづらく悩んでいると、一哉はそう心配した。実際に、四十人の学生の中には本読んでますと言ってくれる子もいたが、どちらかと言えばやはり、もう四十年以上文芸業界の第一線で活躍してきた硬派な純文作家、坂本さんの信奉者の方が多かった。

それでも、毎回全ての学生に物語やエッセイなど内容を問わず短い文章を提出させ、その中から一つの作品を選び、毎回私がその作品に対する批評を書いて赴き、両方の内容について皆でディスカッションをするという「創作と批評」というテーマの授業らしくない授業を真摯に聞いてくれる学生たちは皆可愛く、熱意ある学生も多く、文章の才能を感じる学生も二、三人いて、前期の授業があと一ヶ月ほどで終わってしまうのを寂しくさえ感じていたところだった。

「私、昔長岡さんに選考してもらったことがあるんです」

橋山から出てきた言葉の意味が分からず、一瞬にして「閃光」という言葉が頭の中を埋め尽くした。

「叢雲新人賞の、最終選考に残ったことがあるんです」

「あ、そうなんですか？　いつ頃ですか？」

これまで読んできた新人賞の候補作は、全て真摯に読んできた。何の悪意も先入観も持たず、フラットな状態で読むよう心がけていたし、作家になりたいという夢の芽を決して摘まないよう、少しでも書き続けるエネルギーになればと、いいところと改善点を全ての作品に対して明確に伝えるよう選評には力を入れ、選評の規定枚数をオーバーすることも多かった。それでも私は、目の前の、どんな小説を応募したのか分からない彼女が、私を猛烈に憎んでいる可能性に怯えていた。

「二〇一四年です」

八年前の叢雲新人賞。私は記憶を巡らせる。その時期は、きっと他の賞の選考委員も務めていたはずで、さすがに記憶にない。私の思いを見透かすように、覚えてないと思いますけど、長岡さん私の小説褒めてくれてたんですよ。と橋山美津は私を許すように微笑む。

「ごめんなさい、結構前のことなんで。橋山さんのお名前で出されてましたか？　どんな小説だったか教えてもらえれば思い出せると思うんですけど」

「別にいいんです、覚えててもらわなくても。今ちょっとだけ、お時間ありますか？」

正直、明日金曜が書評の締め切りで、まだ本を読み終えてもいなかった。入稿は月曜朝でも間に合うと言われているが、最近土日に締め切りを引きずることが多く一哉に退屈な思いをさせているのが気がかりだった。もちろんルーチンを重んじる彼は、仕事があると言えば文句の一つも言わずコーヒーを淹れてくれたり、部屋は寒くないか暑くないか気にしてくれ、週末恒例の掃除をしたりして充実して過ごしてくれるのだけれど。

「全然ないわけじゃないんだけど、ちょっと明日が締め切りで……」

「長岡さん、木戸さんのこと知ってますよね？　叢雲編集長だった、木戸悠介」

「木戸さん、は、編集長に就任するまで担当でしたけど」

「私、彼と付き合ってたんです」

付き合っていた。叢雲編集部の、木戸と。私は面倒なことに巻き込まれそうな予感がすると同時に、当時編集部員だった木戸が作家デビューを望む若い女性を唆《そそのか》して恋愛関係になったのだとしたら、特権的地位を利用したハラスメントになるのではないかという憤りも感じる。彼女と木戸の年齢差は、二十以上はあるだろう。でもどうして、この女は初対面の私にそんなことを話すのだろう。

「ちょっとでいいので、話を聞いてもらえませんか？」

新興宗教の勧誘、ねずみ講の勧誘、起こり得る最悪のケースを想像しながらも、小説に使えるような話が聞けるかもしれないという下卑た興味も湧いて、ちょっとだけならと断ってから、私は彼女を駅前の地下にあるカフェに誘った。地下ながら、漆喰で壁を塗り固められた店内は明るく、何よりも人が少ない。しかし今日は三組先客がいて、二組は大学生のようで怒濤の勢いでお喋りに興じており、出鼻を挫かれた感がある。

私が頼んだブレンドと彼女が頼んだアイスカフェオレが出てくるまで、このカフェよく来るんですか？　たまに時間潰す時だけ、何度も前通ってるのに知らなかった、などと普通の会話をしながら、私は彼女への警戒を解いていく。しかしお冷を飲むタイミングでベージュのマスクを取った彼女がパグに似ていることに心中で少しウケてしまったせいで、何となく申し訳なさを感じてしまい警戒を解くスピードがどっと加速してしまった感は否めなかった。パグに似ているのは、目がくりくりしているのと、若いのに法令線が出やすい造作をしているせいだ。冷静に考えて、ウケた事実をなかったことにしていく。

「木戸さんには、最近会ってますか?」

「あ、いや、編集長になってからは、それこそ選考会の時とか、創言社に仕事で行った時に居れば挨拶するくらいで、この二、三年お会いしてないと思います。えっと、橋山さんも、もう最近は会ってないんですか?」

「はい。付き合ってたのはもうずっと前のことで、別れてからは一切会ってません。そっか、長岡さんも木戸さんとは今は全然、付き合いはないんですね」

「そうなんですよ」

言ったきり、言葉が続かない。唐突に気持ちが伊勢丹のデパ地下のデザートエリアに飛んで、目の前の現実に集中できなくなっていく。マスカットやキウイ、マンゴーやイチゴやブルーベリー、色鮮やかなフルーツが載せられ、艶やかなナパージュでコーティングされたタルトやケーキが目の前にあるかのような気分だった。甘いものよりもしょっぱいもの派の私は特に心は乱れないものの、自分はこの話に興味がないのだと、その意識の浮遊から確信する。

「あの私、どうしたらいいのか分からなくて」

「何がですか?」

「すごく悩んだんです。どうするべきなのか。そんな時、『コトノハ』に書かれていた長岡さんのエッセイを読んだんです。MeToo 問題、フェミニズム問題に絡めて、自分の性、異性の性とどう付き合っていくべきなのか、考察されていたエッセイです。あの中で、長岡さんはかつて自分がされてきたことに対する怒りが、今初めて湧き上がるという経験が最近増えているって書かれてましたよね」

「読んでくれてありがとうございます。同じことを感じている女性は、今すごく多いと思います。自分の中ではこういうもの、と納得して適宜引き出しにしまっていた記憶が、昨今の告発の数々の中で突如暴れ出して、引き出しから飛び出して自分を襲う。そしてそこに入れてしまった自分自身への不信感、かつての無自覚な時代への憎悪、相手側にはそんな葛藤は一切なく、いい思い出フォルダにまとめられているんだろうという耐えがたい予測、この古傷が耐え難いほど痛み出す現象については、それなりに年齢を重ねた女性たちとの間で最近よく話題になります」

喋り始めてすぐ、スイッチが入ってしまったことを痛感する。オタクや腐女子が自分の好きなジャンルに触れられた時、ハイテンションで情報を捲し立てるように、私はこうして自分の関心のある話題を振られると言葉が予想外につるつると滑り出してしまうのを抑えられないのだ。

「すごく、共感したんです。私がずっと悶々としていたことが理性的に書いてあって、相手を糾弾するとかじゃなくて、冷静に分析してくれてたおかげで私も冷静になれたし、自分自身の加害性についても書いてくれてたことで、自分を棚に上げてみたいなことにならないように、っていう風に思うこともできて。長岡さんて、冷徹ですよね。外に対しても自分に対しても視線が冷たい。悪い意味じゃなくて、だから作家なんだろうなって、思うんです」

頭のいい人ではなさそうだけれど、悪い人ではなさそうだ。でも、お互い敵意を持っていないことが明らかになった上で、私たちは何を語るのだろうと思うと憂鬱でもあった。

「木戸さんとは、いいお付き合いをしていたと思っています。当時、小説を書いていた私にアドバイスもしてくれたし、私の好きな作家の裏話も色々教えてくれたりして」

裏話、という言葉に思わず苦笑いが漏れた。作家の裏話なんて、一般人と相違ない地味なものだろう。イチャモンからの担当外し、暴力沙汰、不倫、貧乏エピソードとバブル期の富豪エピソードくらいだろう。しかし、木戸から聞くそういう類の話が彼女に「憧れている業界の裏話を聞けた」という満足感を与え、木戸にとって自分は特別な存在であると信じられる要素になっていたであろうことも容易に想像できた。

「さっき仰《おっしゃ》っていた、どうしたらいいか分からないっていうのは、どういうことなんでしょうか?」

橋山は結露でびしょびしょになったカフェオレのコップを躊躇《ためら》いなく手で摑んで、結露を流すように上下に動かした。その動作が、昨日一哉の性器を摑んでいた自分の手を思い出させ、唐突な生々しさにざわつきを感じ目を逸らす。

「私は木戸さんのことが好きになって、恋愛をしていたと思ってたんです」

うん、橋山が聞き取れるかどうか微妙なくらいの相槌が漏れる。私の干渉で、彼女の気持ちを一ミリも動かしたくなかった。彼女の中から出てくる自然な言葉を聞きたかった。

「でもそうじゃなかったかもしれない」

パグみたいな目に涙が滲んだ。この涙が木戸のこれまでの言動によって流れているのであれば、私は何かしら彼を相手取って戦わなければならないかもしれない。憂鬱だったけれど、ここまできておいて話を聞かないわけにはいかなかった。そして彼女の過去の話を聞くということは、私もまた、自分自身の過去と向き合うということでもあった。

「当時も疑問に思うことはありました。でも今、私は改めて、自分は木戸さんに搾取されていたんじゃないかと思ってしまうんです」

それは、時代が変わったからですね。時代と自分、双方の変化と、その二つの関わり方の変化により、コップから許せないが溢《あふ》れ出したんですね。私もそうなんです。私も最近、かつての罪が許せなくなったんです。少しずつコップが小さくなって、あるいは、ずっと変わっていなかった、むしろちょっとずつ減っていると思い込んでいて確かめることもなかった内容量が突如カサを増やし始めて、溢れ出したんです濁流のように。それは相手への想いも、想いを抱いていた自分も、そして世界すら変わる、天変地異のような体験であることを、私も知っています。

自分の中でテロップが流れるように、思いがほとばしる。それでも、私はその言葉を胸の内に止めた。同じような思いを抱えているのであろうこの人に、私は何ができるのだろう。私は黙ったまま、彼女の次の言葉を待った。彼女はなかなか話し始めない。自分の中にあるものを、整理しているのだろう。頭の回転が遅い人間は嫌いだ。私は、社会的な正義感と個人的な好き嫌いの間で、彼女を測りかねていた。

橋山美津は大学三年生の時、坂本芳雄の紹介で木戸に出会ったのだと話した。坂本のゼミに入っていた彼女は編集者志望で、現役の編集者に話を聞けないか相談。坂本が紹介したのが木戸だった。新卒で小さな出版社に入社し旅行雑誌の編集部に配属されてから、二度の転職を経て創言社に入りとうとう叢雲編集部に配属された、自称苦労人の木戸は、親身になって話を聞いてくれ、面接のアドバイスもしてくれたという。しかし就職活動を一通り終えても大小様々な出版社のみならず書店も不採用で、慌てて他業種の面接を受けまくりようやく内定をもらえたインテリアショップに入社を決断。報告を受けた木戸は落ち込む彼女を食事に誘い、そこで橋山が小説を書いていると知り、自分も原稿を見るから新人賞に応募したらいいと提案。その日の内にホテルに行ったとのことだ。

木戸には明らかに、最初から下心があったはずだ。私の知っている木戸は、利害関係のない相手にそんな風に親切に接する男ではない。彼を動かしたのは「こいつはヤレる」という確信でしかなかったはずだ。人の気持ちには無関心で、彼の全ての興味は「いかに自分の実力を証明できるか」に向いていた。そして編集長に就任した頃からその実力誇示への欲望が薄れ、あるいは己に大した実力がないことに気づき、「いかに売り上げを維持するか」ということにのみ固執する無為な生き物と化してからはなんの理想もないただの「原稿を集めてまとめて雑誌にする人」となった。しかし橋山が木戸と付き合っていたのは編集長就任前だったはずだからまだ実力誇示時代だ。二十も年下の小説家志望の彼女に向けられた、自我の肥大しきった態度を想像するだけで薄ら寒くなる。成人していたとはいえ、大学生相手に最初から下心丸出しで近づくなんてあまりに節操がないし、就活のアドバイスを乞うてきた相手を最初から性的な目で見ていたなんて、あまりに相手を侮り、見くびった態度ではないだろうか。

「就活でプライドもボロボロになって、趣味の読書とか、小説を書くこともできなくなってた私に、彼すごく優しくて、本当にあの時唯一縋れる存在だったんです。私正直それまでおじさんって駄目だったんですよ、いわゆるジャニーズみたいな可愛い系の男の子が好きで。だから加齢臭とかもほんと無理なんですけど、木戸さんに誘われた時はなんかもう、断るって選択肢がなかったんです」

「それでも一応、自分の意志で誘いに乗ったっていう感じでは、あったんですか？」

結局のところ、自分の意志など時代や環境の中で作られていくものであって、自由意志など幻想に過ぎないと心のどこかで思いながらこんな聞き方をするのは誠実ではない気もする。気もするが、とにかくそのことについて彼女の口から、彼女の意志らしきものを聞きたかった。

「もちろんです。無理矢理とか、強引にとかじゃなくて、流れで、そうなった感じです。それで、気がついたら付き合っていたという感じで」

流れでそうなったのなら、自分の意志でそうなったとは言えないのではないだろうか。そう思うけれど、まあ彼女の意志に反してということではなかったのだろう。でも、この若干頭の回転が遅そうな橋山は、もしかしたら自分の意志で男と寝たことなどないのではないだろうか。

「橋山さんが、木戸さんに搾取されていたと感じた理由は、何なんでしょうか」

なかなか核心に触れない会話に、少しずつ時間が気になり始めていた。一哉は今日、夕方から海外との打ち合わせが入っていると言っていたため、いつもより退社が遅くなるはずだったけれど、それにしたって七時台には帰ってくるはずだし、バッグに入れてある書評本のことも気になっていた。えぇっと、と目をキョロキョロさせて思案するような表情を浮かべる橋山に、私は苛立つ。そんな意志のないアメリカンドッグの皮みたいな女だから搾取されて捨てられるんだ、とひどいことを考えてしまう。

「少しずつ、なんかおかしいなって思うことが増えたんです。付き合い始めた翌年に最終選考に残って、受賞はしなかったけど推敲して別の文芸誌に応募しつつ、次の年も叢雲新人賞に応募しようと思って新しいものを書いてたんですけど、彼、次の原稿からあんまり読んでくれなくなって、ようやく読んでくれたと思ったら、私忘れられないんですけど、原稿を勝手に修正されたんです」

「原稿に赤を入れたのではなく、データをそのまま書き換えたってことですか？」

「はい」

「それは、著者の小説にかける思いを踏み躙《にじ》る行為ですね」

「やめてって言ったんです。指摘を反映させるかどうか、自分で考えたいからって。そしたら、自分の方がどうしたら良くなるか分かってるんだから、俺に任せた方がいいよって。私は自信がなかったし、忙しい彼にわざわざ時間を割いてもらって、いつも疲れてるのに素人の原稿読ませてるって引け目があったから、受け入れてしまって。あと、いつもセックスが自分のタイミングでした。私がしたい時には全然相手にしてくれなくて、自分がしたい時は私が疲れ切ってても寝ててもお構いなしで。一回すごく酔っ払った彼がうちにやって来て、寝てた私に襲いかかって一時間、いや、もっと長かったかも。ずっとめちゃくちゃ乱暴に腰振ってて、酔ってたせいかイケなくて、そのままバタンって横になってガーガーいびき立てて寝始めたこともありました」

　う―ん、と眉を顰《ひそ》める。そのくらいの自己中、自信過剰、自分勝手な奴は古今東西どこにでもいる。そして彼女だって、当時はそのことに「耐えられないもう二度と会わない」とまでは思っていなかったのだろう。強力な上下関係や利害関係があれば別だが、当時二人は付き合っていたわけで、嫌なら拒絶したり、別れたりすれば良かったのではないだろうか。もちろん原稿を読んでもらうという立場上の利害はあったかもしれないが、それが意思に反して逃れられない、という程の力関係を生むとも思えないし、もしそんな権力勾配が生じていたのだとしたら、彼女は文学に過大な幻想を抱いているような気もした。

「彼にデリカシーがなく、自分より弱い立場の人に高圧的な態度をとる、典型的なモラハラ気質の人だということは知っています。タクシーや飲食店で、敬語を使いながらも苛立ちを隠しきれていない様子を目撃したことが私もあります。彼が二度離婚をしているのも納得です。でも、木戸さんと別れたのは、もうかなり前のことなんですよね。どうして今日、私に会いに来たんですか？　何か、きっかけがあったんでしょうか」

言いながら、私は数日前、唐突な怒りに打ち震えたのを思い出す。Twitter で流れてきたツイートを目にした時だ。まだ小さな赤ん坊がいる家庭で、妻が友達に誘われたから遊びに行きたいんだけどと打診したら、夫が子供連れて行ってくればいいじゃん息抜きしておいでと宣《のたま》った、というツイートだった。読んだ瞬間、絶対に許せない殺してやるという怒りに全身が戦慄《わなな》いた。私の夫も同じようなことを言う人だったのだ。子供と行ってくればいいじゃん、連れて行けばいいじゃん、と何度も言った。それは子供と一緒に出かけてもくつろげる、楽しめると思っているほどワンオペだった証でもあり、その勘違いに気づけないということは、夫は私の気持ちや幸福などについて一度も思いを馳せたことがない人間だという証拠でもあった。あるいは子供を押しつけられるのが嫌でアイロニーとして言っていたのかもしれないが、いずれにせよワンオペで日々夫に失望していた私は言われるたび全身の毛穴から血を噴出させ失血死しそうなほど血を滾《たぎ》らせていた。そんな、今ではすっかり忘れていた、二十年くらい前の、急速冷凍により鮮度を保たれていた怒りがツイートを読んだ瞬間一気に解凍され、当時の熱量をもって体内を巡り始めたのだ。もはや、子育ての大変さもほとんど忘れていた。二十年近くかけて、私の中で子育ての大変さはくすみ、ここ十年くらいは全くシンパシーを感じられず、泣いている子供はうるせえなとしか思わなくなるほど共感能力が欠如していた。それなのに内部に眠っていた怒りが解凍された瞬間、子育ての大変さ孤独さまでも鮮やかに蘇り、殺意までも当時と寸分違わぬ形で蘇ったのだ。言葉の力とは凄まじいものなのだと、私はTwitterを通して思い知らされ、また無力感に陥った。

「金出阿里《かないであり》さんの告発文を読んだんです。元地下アイドルの。長いことプロデューサーの愛人をやらされてたって。もう止めたいって言ったら、自分のグループの解散を示唆されて何もできないまま何年も経って、もうぼろぼろになって無理やり別れたら本当にあっさり解散させられたって。もちろん、木戸さんに暴力を振るわれたりとかは一切なかったし、俺と別れたら作家デビューできないぞとか、もちろんそんな権力もないでしょうし、そういうのはなかったんですけど。でも、彼は少しずつ高圧的になっていって、小説を読んで欲しいって言うとあからさまに面倒臭そうな顔をするようになって、最初のうちは経費で落とせるから、って結構いいお店とかも連れて行ってくれてたんですけど、そのうち経費の審査が厳しくなってきたから高いものは無理って、牛丼屋とか行くようになって。ただの性奴隷みたいな存在になってるなって気づいたんです。それで安い餌食わせられてるみたいな。セックスもワンパターンで力任せみたいな感じだし。彼が私を丁寧に扱っていたのは、最初の数ヶ月だけでした。でも数ヶ月気遣えたなら、気遣わなくなったのは意図的な訳じゃないですか。そういうの、萎えますよね」

こんなことは、今日初めて会った相手にする話ではなくないだろうか。木戸のワンパターンで力任せなセックスを想像してしまった私は、軽い憤りの中でそう思う。しかしそれにしても、木戸が大学生や新卒の彼女と食べた高級レストランの経費を「長岡友梨奈氏打ち合わせ」などとして経理に提出していたのだろうと想像すると胸焼けがする。私用の出費を経費で落とす編集者は、二十年くらい前はザラにいたし、十年前だと半々といったところだったのではないだろうか。創言社は割と経費に緩い印象があるから、約十年前にレストランでの食事代を落とすくらいでは調べられることもなかっただろうし、キャバクラやガールズバーで高額の経費を使うと緩めにお小言を言われるくらいの感覚だったはずだ。

「分かります。最近のあらゆる告発文は、私たちの中に眠っていた過去の罪を照らし出してくれますよね。打ち上げ花火が上がって、同じ痛みを持っている人たちが照らされた自分の古傷を見出す。あれは断罪されるべき罪なんだと気づかされていく。それは社会が急激に変化していく中で必然的な流れだし、それぞれ個人が変化し続けているからこその気づきでもあります。当時は大して気にしていなかったことが、どんどん大きな罪になっていく。時代の変化によって、そしてその変化に呼応した自分自身の変化によって。つまり、私たちはとても流動的で、まるでアメーバのような存在に身を任せながら、自分達自身もまたアメーバのように手からこぼれ落ちてしまうような存在だということです。そんな不確かな存在として不確かな世界に生き続ける苦しみって、今この変化に気づいている人たちだけが抱えているもので、気づいている人と気づいていない人の間に鮮やかなグラデーションができていることに最近気づいたんです」

「そうなんです。私はあの恋愛でひどく傷ついてたんだって、最近になって気づいたんです。もちろん彼の態度は今思っても、糾弾しなければならないほど酷いものだったとは思わないんですけど、それでも私の削られきったプライドを折るには十分でした」

話が、橋山と私の間で少しズレている。私たちは分かり合えているのかいないのか、よく分からないけれどきっとあまり分かり合えていないのだろう。

「ちなみに、新人賞でデビューした人の担当って、どうやって決まるんですか？」

「えっと、まあ、基本的には最終選考に残った段階で誰が担当するか編集部内で決めてあって、その担当が著者に最終選考に残ったと連絡、その後のやりとりをします。橋山さんも最終に残った時、担当がついたんじゃないですか？　木戸さんが担当しましたか？」

「いえ、彼はさすがに自分が担当するのはまずいからって、連絡をくれたのは別の方でした。最終選考の段階で決めてあってというのは、どうやって決めるんですか？」

「編集者が、自分が担当したい人に手を挙げて、被《かぶ》った時は譲り合いという感じらしいですよ。私も気になって聞いたことがあります。編集部員が誰も担当したいと言い出さなかったため、編集長が担当することになったケースもあったらしいです」

なるほどと言ったきり、橋山は黙り込んだ。私が編集者の経費使い込みや、こうした内部事情を知っているのは、かつて編集者と不倫をしていたことがあったからで、話しながら私は橋山に対して、自分がクリーンな人間ではないことに引け目を感じているのに気づく。就活のアドバイスを乞うた女子大生を手籠めに？　という憤りも、一哉が大学生の頃から付き合ってきた私に糾弾する権利があるのだろうかという疑問に打ち消されてしまう。もちろん私は尊大な態度を取ってなどいないし、彼を搾取などもしていないはずだ。それでも、昔の恋愛に今傷つけられている橋山に安易に同情をすることはできなかったし、同情や共感はブーメランとなって私に突き刺さる可能性大だった。

これからどう話を繫いでいくべきかもう分からなかった。プライドが傷ついている人は、扱いを間違えると大変なことになる。繊細に、丁重に扱わなければ一転して他罰的になり、こちらに火の粉が降りかかる可能性もある。

「木戸さんと別れてしばらくした頃、大学の後輩と久しぶりに飲んだ時に、後輩のさらに後輩が、やっぱり坂本先生の紹介で木戸さんに紹介されていたと聞いたんです」

え、と言ったきり言葉が続かなくなる。つまり坂本さんが、女子大学生たちを編集者に斡旋していたということだろうか。それとも、男子学生も紹介することもあったのだろうか、それは一体どんな体《てい》で、坂本と木戸の間で得られていた了解だったのだろう。

「それは、えっと、お付き合いされている間にも、木戸さんに大学生が紹介されていたということですか？　つまりそれはある程度、慣習化していたということですか？」

「時期については、又聞きだったのではっきりとは分からないんです。聞いたのは別れた後だったし、詳しいことは聞かないまま流しました。坂本先生は、学生たちに対してできることは何でもしてくれていたんじゃないかと思います。就職先の相談も乗ってくれていたし、エントリーシートまで見てくれたり、本当に、学生たち皆、頭が上がらないくらいお世話になりました」

唐突に、事が重大性を帯びた気がして、私は黙り込んだ。作家と編集者の間で、組織的な学生の斡旋などさすがにないだろう。それでも、坂本がわざわざ木戸を選んで紹介していたことには疑問が残る。女性編集者を紹介することもできただろうし、敢えてあんなモラハラ気質の男を選ぶ必要はないはずだ。しかし、複数回転職を経ているということで就活に役立つ話が聞けるのでは、という理由を挙げられればまあそれもそうかなという気もする。坂本くらいの年齢の男性には、そういうところに気の回らない人が多い、というのも事実ではある。作家という立場もあってか私は大したセクハラを受けた経験がなく、強引な口説きなども同業者からは受けたことがほとんどなかった。デビュー当時、○○さんと○○さんはセクハラするから気をつけて、と先輩の女性作家に男性作家の名前を挙げられ注意喚起されたことが何度かあったけれど、作家になるような男のセクハラなんてそう大したものではないだろう、と高を括っていた若く愚かな私は、分かりました！　と自分は何があっても大丈夫という無根拠な自信と共に満面の笑みで答えたはずだ。

「橋山さんは、何か私にして欲しいことはありますか？　例えば、そういう相談ができるカウンセラーだったり、弁護士、あるいは木戸さんと直接連絡を取りたいとかあれば、連絡の仲介などはできるかもしれません」

「いいんです。長岡さんにそんなこと、頼める立場にはないんで。ただ、誰かに話したくて、モヤモヤしてる時に長岡さんのエッセイを読んで勇気づけられたんです。それで、もし長岡さんに話を聞いてもらえれば、自分の中でも気持ちを整理することができるんじゃないかって思って来たので、本当にもう、話を聞いてもらえただけで感無量です」

そうですか、と言いながら、彼女の気持ちが分からない。私はこんなにぼんやりとした話を、初対面の人にすることはできないからだ。木戸の鬼畜な話が聞けるのかと思ってきたら、やっぱり最低な奴だなという認識を強めるくらいのエピソードしか聞けなかった。でも、どこかでホッとしている自分もいた。首を突っ込んでしまいたくなる気持ちと、面倒臭いという気持ちが拮抗していたのだ。私は自分からＬＩＮＥの交換を提案すると、もはや自分の仕事は終わったという気分で仕事を理由に席を立った。お時間いただきありがとうございました、と頭を下げてここは私がと言う彼女になんとなく不憫さを感じて、いえ私がと言い返すと、また何かあったら連絡くださいと微笑んで、伝票を持ってカウンターに向かった。

カーテンが閉め切られたリビングは、遮光ではないためそれでもかなり明るい。手を洗うと、スーパーの袋から材料を出して並べ、カレーと肉じゃがを作っていく。材料が被っているため、野菜は二品分大量に切り、さらに後で作る分のきんぴらとひじきの煮物のために、にんじんは一本分千切りにしておく。カレーは牛の角切り、肉じゃがは牛切り落としを投入し両方を煮込み始めると、三口目のコンロできんぴらとひじきを作る。きんぴらはにんじん牛蒡、ひじきの煮物には大豆にんじん油揚げちくわを入れた。皿にとりだして平たくならすと、茄子とピーマンと豚肉の味噌炒め、キャベツとひき肉のカレー炒め、さらにポテサラとコールスローと次々作り上げ、粗熱がとれた料理から順にタッパーとジップロックに詰めていく。冷凍できるものは冷凍庫に、できないものは品名と甘めに見積もった賞味期限を書きパズルのようにパーシャルへ詰め込んでいく。冷凍庫で霜焼けしていたジップロックを四つ捨てると、食洗機を回しコンロとシンクを磨き上げた。

毎週木曜日に家事代行に来てもらっているはずだけれど、床に落ちている髪の毛が気になって、掃除機をかけた後ウェットクイックルをかけた。週に一度の、料理に特化した家政婦役は、意外に楽しいと思うことも、とんでもなく苦痛に感じることもあって、心にも時間にも余裕がある時はいいけれど、どちらかの余裕がない時は、この時間私がフルに仕事をすれば何枚原稿を書け、時給がいくらになっただろうという思考になり「今マイナス幾ら……」「今日は幾らのマイナスだった……」とマイナス換算してしまう。今日は苦痛な方だった。

ゴミを袋にまとめてしまうと、とうとうやることがなくなってしまった。到着した瞬間の、死ぬほどやることがあると感じたあの時間から、四時間が経過していた。意を決して冷蔵庫の中に入れておいた紙箱からチーズケーキを取り出し、皿に載せるとフォークを右手にリビングを出た。私はいつもこの瞬間期待と恐怖で足がすくんでいる。目一杯料理をして、最後に残されたこの瞬間を、先延ばしにしていたことを、毎回この瞬間に知る。私が彼女を恐れているという現実は、毎回新鮮だ。

「伽耶《かや》、起きてる?」

衣ずれの音がして、きっとベッドの中にいるのだろうとその中を想像する。夏も冬も、彼女はいつも厚めのかけ布団を被って寝る。軽いと不安じゃん? と同意を求められ、伽耶に不安なことなんてあるの? と笑った記憶が蘇る。あの時なぜ私は笑ったのだろう。彼女に不安なことなどないと思い込み楽観視していたから、こんなことになったのではないだろうか。

「うん。なに?」

「チーズケーキ食べない?」

あー、と声がして、私は祈る。沈黙の中で、必死に祈る。どうしよっかなという呟きがあって、また沈黙が訪れる。

「マスカットと桃が載ってるレアチーズタルトだよ。部屋で食べるならここ置いとこうか?」

「あー、うん。じゃ置いといて。あとで食べる」

祈りは破れ、心がズタズタに引き裂かれたような気分で「分かった、お茶とかいる？」と聞いて「いいや、ありがとう」とさらに引き裂かれる。

おかわりする？　これも一口食べなよ、一緒に行く？　寒いから上着持っていきな、パンツが見えそうだよ、カイロ持ってく？　モバ充持った？　水分摂ってね、自分でラーメン作るときはネギとかもやしくらいでいいからちょっと野菜を入れたら？　私の好意から発せられた数多《あまた》の言葉に彼女は、「はいはい」と呆れたように笑ったり「分かってるよ」と苛立ったり、「好きにさせてよ」と拒絶したりしてきた。でも今、彼女は私に気を遣い「あとで食べる」と最大限の譲歩を表明したのだ。リビングで一緒に食べるのは嫌、部屋の中に持って来られるのも嫌、かといっていらないと言うのは失礼かな、だから「あとで食べる」なのだ。私たちはすっかり、遠い人間になってしまった。

「ご飯、いっぱい作ったよ。今日の夕飯にはカレーがあるからね。あとコールスローも。今度、何か食べたいものとかある？」

うーん、とくぐもった声が聞こえたきり、また沈黙が訪れる。「ほんとまじで、お母さんのご飯が一番美味しい」。修学旅行の後、外食や宅配惣菜などが続いた後に私の料理を食べると、伽耶が必ず口にした言葉だ。他にも、お弁当に対する感謝の言葉や、おいしい！　と叫ぶ声が耳に残っていて、こうなってからは宅配惣菜も一切止め、伽耶が毎食私の手作り料理を食べられるよう、毎週料理を作りに来るようになった。

「なんか思いついたらＬＩＮＥする。ご飯ありがとね」

明るく繕われた言葉が痛々しい。うん、と大きめの声で返事をすると、私はドアの前にお皿とフォークを置いてリビングに戻った。リビングの本棚から、次きたら持って帰ろうと思っていた仕事の資料になりそうな本を数冊抜き出し、トートバッグに詰めていると玄関から物音がして身構える。自分が身構えているという事実にもやもやとした憤りを感じ、気を持ち直すように本棚を振り返りもう一度見つめる。本棚の隣の、飾り棚の端に置かれた、蓋の開いている小さな紙箱が目に入って手をかけると、ティッシュの取り出し口のように点線で切り取られたその奥を確かめた。伽耶のために買ったピンクベージュのマスクは、まだパンパンに詰まっている。たまに買い物をしに外に出ていると聞いて喜び勇み、半年くらい前に買ったものだったけれど、他のマスクを使っているのか全く外に出ていないのか判然としない。それでも私が大体月曜か火曜、特に時間帯を定めず訪れた際に彼女が外出していたことは、少なくともこの一年一度もなかった。

「ああ」

何があああだと思いながら、振り返る。前回、前々回、もしかしたらその前も顔を合わせなかったかもしれない。つまり、この人に会うのは一ヶ月くらいぶりだ。

「なんか、廊下にケーキ置いてあったけど」

「伽耶があとで食べるって言うから、置いておいた」

「そう」

「料理、冷凍庫とパーシャルに入れておいた。今日はコンロにあるカレーと、冷蔵庫の中のコールスローを食べて。他の料理にも賞味期限書いておいたけど、パーシャルの中のものから先に食べて」

「ああ」

「パーシャルに入れてるものは基本冷凍できないものだから、賞味期限を過ぎたら冷凍庫に放り込むんじゃなくて捨ててくれない？」

「あのさ、もう料理作りに来なくていいよ。宅配とか、なんか買ってきてもいいし」

「伽耶は私の料理が好きだから」

「前はそうだったのかもしれないけど、毎週こうやって来られるの、伽耶はプレッシャーかもよ」

言いながらリビングを出て行こうとしている克己《かつみ》をちょっと待ってと呼び止める。振り返る前に、彼の髪がずいぶん薄くなり、首元にたっぷりした肉がついていることに気づき、私は怯む。かと言って引き下がるわけにもいかず、私は平気な顔を取り繕う。

「そろそろ本気で、離婚のこと考えてくれない？」

「この状態で離婚してどうなるの。友梨奈は彼と暮らしてる。やりたい放題やってるのに何が不満なの」

「私は離婚しないと彼と結婚できないし、いま子供ができたりしたら、克己の子供になるんだよ」

「子供ができたら、自分の子じゃないって家庭裁判所に届け出れば俺の戸籍には入らないって、前言ってたよね？」

「子供ができたらあんたの子供になる状況、気色悪いでしょ普通に考えて。ていうか年齢的にももう子供とか作らないと思うけど、この関係普通になんなの？　夫婦として完全に終わってるのに籍だけ入ってるのおかしいでしょ」

「彼氏できたから別れますって、あまりに横暴なんじゃない？　友梨奈はもはや正常な判断ができなくなってるから、信頼できる友達にでも聞いてみたらいいよ、自分の言ってることがまともかどうか。俺には俺の人生設計があった。離婚をしたら俺の人生設計は全て狂う。俺の人生をめちゃくちゃにするつもり？」

「それってつまり私の財産とか貯金をあてにしてたのがなくなるってこと？」

「それがよそに男作って家を飛び出した女の言うことか」

口調は落ちついているが、声がいつもより大きかった。伽耶に聞かれたらと思うと不安で、思わず右の掌を向け、ぱたぱたと下に扇ぐように動かして見せると、克己は苛立ったような表情を見せ、キッチンに移動するとガラガラ大きな音を立てて氷をグラスに放り込み、どぼどぼと焼酎を注いでいく。

「そもそも彼氏ができる前から私たちの関係は破綻してたよね？　なんの精神的繋がりもないいま、もう十年くらいあんたが離婚を了承しないからただ漫然と籍が抜けてないままってだけだよね？　この十年かけて人生設計考え直すこともなかったわけ？　それはもはやただの腑抜けじゃない？」

「伽耶はどうするの。友梨奈と一哉くんと伽耶の三人で暮らすなんてとてもできないでしょ」

彼の口から一哉の名前が出るたび、私は落ち着かなくなる。七年間、この名前を口にされるたびに感じてきた不穏さは、未だ鮮やかだ。

「克己がここに住み続けるなら、この家の契約は更新し続けるから、ここに伽耶と二人で住み続けてもらって構わない。それなら生活は変わらず、籍を抜くだけだよ。克己が出ていくなら私たちがここに住むけど、克己は出ていけないよね？」

美大の非常勤講師として週に数回の出勤しかせず、結婚以来生活費すらまともに入れたこともない夫が、誰の後ろ盾もなしに一人で生活していけるとは思えなかった。彼は、一人では生活ができないから私と離婚したくないのだろうか。克己からの愛情を一切感じなくなった頃から、彼が離婚を拒むたび、彼が離婚に応じない理由を都度考えてきた。遺産目当て。介護が必要になった時のための命綱。五十代にして貯金のない自分は今後結婚できる見込みがないという絶望。いつかまた私と仲睦まじく暮らせるかもしれないという希望。いずれもしっくりこなかった。

「籍を抜いてくれるだけでいい。苗字が変わるの嫌だろうし、伽耶は安住の戸籍に入れたままでもいい。もちろん私の方に入ってもいい。それは伽耶の気持ちを尊重する」

「譲歩してるみたいな言い方はおかしいと思うよ。よそに男を作ってここに帰ってこなくなって、好き放題やってるのを黙認してきた俺に対して離婚までしろって、何様なのかな。あまりにつけ上がってない？」

「自分が被害者みたいな言い方しないでくれない？　元々私たちの関係が壊れたのは、克己のせいでしょ？　分かってるよね？　もう何年も私は同じ理由で離婚を要求し続けてる。完全に二人とも愛情を無くして無意味な夫婦関係が継続してただけで、一哉との関係は私たちの離婚とは無関係だよ。別に請求するなら慰謝料は渡すし、ここの生活も担保するよ。克己がここを出ていくなら引っ越しの初期費用を払ってあげてもいい」

「結婚は契約だよ。好きだからするとか、嫌いになったから別れるとか、そういうものじゃない。

友梨奈がやろうとしてることは、一つの宇宙を壊すことに等しい。そんなことを、一時の恋愛感情で決定するなんて正気じゃない」

こうして克己から全否定されるたび、自分が邪悪な存在であるような気がして恐ろしい気持ちになる。私から見ている世界と、彼の見ている世界が違い過ぎて、乱暴なカメラワークの映像を見せられているかのように、絶望的に酔うのだ。それでも今日は、全く揺れ動かなかった。そうかと思い出す。橋山美津に会って話をしてから、初めて夫に会ったのだ。橋山の話を聞いてから、私は夫への怒りをどこかで募らせ続けていたのだ。彼女の打ち上げた花火が飛び火して私の中に火種を作り、簡単には消せないような火事を引き起こしたのだ。だからこんなにも、離婚を承諾しない彼を人非人と罵りたい、靴底でぐりぐりと踏み潰し厚み〇・一ミリくらいにまで均《なら》されたゴキブリのような存在にしてやりたい衝動に駆られているのだ。

「私たちは自由恋愛で結婚したんだよ。私たちの結婚に、好き以外の理由はなかった。共同体を作ろうという合意を得て作られたわけではなく、結果として共同体になったという経緯を無視しないで欲しい。このまま離婚の話し合いに応じないなら、強制性交等罪で訴えることも視野に入れます。時効はギリギリ過ぎてない。あの頃日常的に行われていたレイプが覆せない不信感を芽生えさせ、夫婦関係を良好に保とうという意欲を喪失させたのは間違いない」

「あれがあったから、俺たちの仲は改善した。それにその前にも友梨奈は編集者と不倫していた。二人の関係を破綻させたのは俺じゃない。いつも俺がせっせと作り上げたものを友梨奈が衝動的な恋愛感情でぶち壊してきた」

「訳のわからないこと言わないで。相手の尊厳を奪って征服し続けることによって関係が改善したなんてサイコが過ぎる。確かに私はあの時警察には駆け込まなかったし、最後には諦めて無言で受け入れる性奴隷になったよ。でもあの一連のレイプで私がどれだけ尊厳を奪われ人生を狂わされたか克己には一生分からないんだろうね。ずたずたになって何もその中に留めておけない麻袋って感じだったよ。それでぼろぼろのまま生きてた私に、数年ぶりに自信と自尊心を取り戻させてくれたのが一哉だったんだよ。分からないかな？　もう二度と、レイプ魔なんかと暮らせないって、私は毎日思ってる。いま一哉と一緒にいて人として尊重されている状態が、パートナーとの真っ当な状態なんだってようやく思えるようになった。私はもうあなたの宗教の信者じゃないんだよ」

レイプされてた時期は、黙って犯しにくる彼と何の話もしなかった。ただ暴れてやめてと叫んでいただけだった。レイプから逃げる気力がなくなり、表向きなんとなくうまく家庭が回っているような雰囲気が、不思議なことに誰からともなく自然発生的に偽装され始めた頃、私はようやく聞いた。どうしてあんなことをしたの、私は泣き叫んで、やめてと声をあげ、あんなに抵抗したのにと。すると克己は言ったのだ。「泣いて喜んでるんだと思った」と。やめてって言ったよね？　と重ねて聞くと、「素直に受け入れられないのかと思った」と。はらわたが煮え繰り返るかと思いきや、私は冷静だった。なるほどね。あなたはそういう人だった。確かにあなたはそういう人だった。私の性器に無理やり性器を入れることはできても、自分の世界の中に閉じこもって人の声に耳を傾けることができない。自分の望みは相手の望み、何一つ歩み寄りはしない。あなたは確かに、そういう人だった。レイプされている時も、伽耶に声が聞こえたらどうしようという恐怖で、私は毎回最後に自ら口を閉じていたのを思い出し、ジャンボジェット機サイズのビーズクッションが破裂したかのような爆発的混乱が起こったが、これまで何度もあの真っ暗な部屋の光景を思い出してきた私はもう取り乱さない。

「私が外に救いを求めたのは克己が私にワンオペ育児をさせてたからだよ。子供産ませといて、産ませっぱなしで何もしないで赤ん坊を私に押し付けて、母親幻想丸出しで私をドン引きさせてあこの人に助けを求めても無駄なんだって諦めさせたんだよね？　克己が先に信頼関係を壊して、私が対話を求めても拒絶して閉じこもったんだよね？」

「過去に遡っても意味がない。今は今の問題についてだけ話し合うべきだよ。暴力事件が起きたときに、十年、二十年前にあった当事者同士の確執とか持ち出さないでしょ？」

「裁判になれば過去に遡って証言をして、事件当時の二人の関係がどうやって構築されてきたか経緯が説明されて、情状酌量されるよね？　この不倫が始まった経緯を丸っと無視して今の話だけしろって言うわけ？　ロシアのウクライナ侵攻が始まった時だって、多くの人がロシアとウクライナの歴史や長期間にわたる確執について調べたよね？　分かりやすいまとめ記事がたくさん出たよね？　過去に何があったか分からなかったら、今を理解することなんてできないからね。経緯を踏まえずに今のことについてだけ語ったら、馬鹿だと思われるからね！」

「敵意をむき出しにする人とは話さないよ」

禿げかけて顎下にたっぷり脂肪をつけたおっさんが、三歳児のようなわがままっぷりを披露する。レイプしておいて、話さない。根こそぎ尊厳を奪っておいて、敵意を恐れる。ほら見ろ過去と今が瞬時に、直接的にドッキングした。生涯に亘《わた》って許せないことというのは、昨日のことなのだ。いや、今も継続しているのだ。私はこの十年近く、毎時毎分毎秒ずっとレイプされ続けている。尊厳を奪われ続け、犯され続け、自我を殺され続けている。だから私は、いい加減にその被虐から逃れなければならない。戦い、勝たなければならない。これは尊厳を取り戻すための戦いなのだ。グラスを持ってリビングを出ていこうとする克己に「話し合いに応じないなら弁護士に相談します」と声を掛けるが、目すら合わさず彼はドアを閉じた。

身体中がヒリヒリしていた。激しい怒りや緊張を感じると、いつもこうなる。克己が犯し続けた罪が、次々思い出される。彼の全てが許せなかった。楽しかった思い出、幸せだった思い出、ゲラゲラ笑い合った瞬間、彼をかつてなく近くに感じ身体中が熱くなった瞬間、こんなにも深く通じ合えるなんてと驚いた瞬間、伽耶を交互に抱っこして写真を撮りあった瞬間、あらゆる素敵な瞬間は炭酸の泡のようにぱちぱちと弾けて無に帰し、克己はどんどん邪悪なモンスターとなる。

結局、モラルとデリカシーのない馬鹿男と、すぐに男に走る馬鹿女の夫婦が誕生したことがこの邪悪な宇宙の始まりで、私たちが互いに恋愛感情を持った瞬間からあらゆる罪は始まっていたのかもしれない。伽耶だけが唯一、邪悪な宇宙をひれ伏せさせる圧倒的な存在として君臨していたが、彼女はもう硬く、深く、心を閉ざしてしまった。荷物をまとめて支度をすると、リビングのドアを開ける。まっすぐ続く暗い廊下には、艶めくフルーツを載せたレアチーズタルトが置いてある。その場に立ち尽くして、一度キッチンに戻ってラップを持ってくると、薄く透明なそれをふんわりと載せ、四隅だけを皿の下にくっつけた。かけたい言葉はたくさんあるのに、何一つかけられないまま、ラップを元に戻すとトートバッグを肩に食い込ませ家を出た。外はまだ夕方の気配すら感じさせないほど明るくて、その明るさにびっくりした気がしたけれど、本当はびっくりなどしておらず、びっくりした気になって何かを誤魔化そうとしていただけで、誤魔化したたかった何かとは伽耶に会えなかった悲しみと克己への「交通事故とか脳梗塞とかでぽっくり死んでくれないかなあ」という軽率かつぼんやりとした望みで、そんな望みを持たれているかつての愛する人が滑稽で思わずくすくすと笑い出してしまう程度に、私の心は壊れていた。

3　五松武夫

レストランでの待ち合わせは、いつも少し緊張する。ドタキャンのリスクを孕むからだ。駅で待ち合わせてからの店決めであれば、お互いどの程度のものを相手に求めているか探りを入れられるため気が楽ではあるのだが、予約もせずにご飯に誘えば犯罪者扱いされかねない時代になってしまったため、雰囲気が良くそれなりに美味しくそれなりにコスパがいい、良くも悪くも無難な店を選ぶようになってしまった。ごめんなさい遅れちゃって……素敵なお店ですね！　と急いで来た様子の彼女は目を輝かせるけれど、マチアプで出会った男とサクサク約束を取り付ける女の子がこの店に来たことがないはずがない。そう予測しながらそんな店を予約する自分もまた、マチアプ廃人なのだろう。

自分は雄専用ベルトコンベアに乗って、あ、こっちは嫌だな、こっちに行きたいな、と片手で頬杖をついて寝そべったままリモコン操作をして、選択制あみだくじの先で「これでどうよ」的な雌をあてがわれ、数回のデートで終わったり、何回かセックスをして付き合ったり別れたりして、そうしてまたベルトコンベアに乗って送り出されていく。最近その繰り返しがもはや人生であるかのような錯覚に陥ることがある。

別にそこまで、恋愛や結婚に強い執着はない。別に一人でもいい。生きがいと言えるほどのものはなくても楽しいことはまあああって、仕事も充実していてやりがいはある。でも二十代後半でほとんどの友達が結婚してしまい、晩婚化している編集者界隈では定期的に飲みにいく同業他社の同世代もいるけれど、今は独身のこいつもこいつも、結婚して子供ができれば俺とはもうつるまないのだろうとぼんやりした虚無感を覚え、人生に彩りを添えてくれる女性がいたらなと思い始めたのが三十前後だった。それで出会い系を始め最初は緩やかに楽しんでいたけれど、ちょっと課金をしてみたら、今度は元を取らなければならないという貧乏根性が働いて、恐らく通算で三十万程度ではあるものの、その自分にとってはまあまあ大きな負債を取り戻すためにマチアプを続けているような気にさえなっている。元カノも、元々カノもマチアプで知り合った女性だった。互いにそこまで進展させる意欲もなく、え、これからどうする俺たち？　このまま付き合い続ける？　結婚的な？　みたいな感じでお互い足踏みしている間になんかちょっと冷めちゃったなみたいなことを繰り返して、結局元カノとも元々カノとも自然消滅よりはまあまあ消滅感があったよねくらいのお互いに「はい別れました」と言えるくらいの合意の取れた別れを迎えた。誰も取り乱さない、寂しくなるね、くらいの別れだった。そんな程度の相手だったのかと、別れて改めて思い知った。一人になればなったで気が楽で、しばらくは一人のままでいいと思う。でもしばらくすると、なんとなく手持ち無沙汰でまた課金を始める。そんなことを始めて、もう五年だ。

「仕事がちょっと押しちゃって……そしたら電車も遅れてて……」

少し遅れるとＬＩＮＥは受け取っていたため、ドタキャンの不安はなかったものの、マッチング後二度目のデートの幸先はあまり良くない予感がした。最初に会った時も「これまで見せてもらってきた画像－加工」の想像を下回っていると思ったけれど、今日は急いでやって来たせいか、この間よりもさらに可愛くないような気がしたし、ここ本当に異世界感ありますね！　という彼女の言葉も白々しい。洞窟をイメージしているという、安っぽい素材で岩の中にいる感じを演出した、全席半個室のこの店は都内有数の口説きスポットとして有名で、口説ける店十選があれば必ず上位に食い込んでくるし、画像つきでしょっちゅうTwitterなどでバズっているため、むしろ今ここを選ぶのは口説きにスパートをかけていくつもりであることを隠す気のないある種の猥雑さと、もう店選びには時間をかけたくないのだという怠惰さを自分に許しているということでもあって、そんな自分でよければ、というちょっとした自己紹介代わりの誘いにもなるという不思議な現象が生じている。横並び席にするかどうか迷って、まあまだ二度目だしとL字型の席にしておいて良かったかもしれない。うきうきした感じの言葉とは裏腹に、Lの短い方に座った彼女は想定よりも奥に座っていた。

「まいさん、牡蠣好きなんですよね？　ここ生牡蠣ありますよ。どうですか？」

「あ、食べたいです！　私本当に生牡蠣には目がなくて……あ、黒毛和牛のステーキもありますね。ステーキもいきたいです」

それはこの店で一番高いメニューで、二九〇〇円だったはずだ。ケチくさいことを考え心の中で舌打ちをしながら、いいね！　と声を上げる。自分の手元のメニューでステーキを確認すると、三二〇〇円に値上がりしていて、また心の中で舌打ちをする。最初はシャンパンでいい？　と聞くといいですねシャンパンと彼女は同意する。前回はサワーばっかり飲んでいて、今回もてっきりレモンサワーにするかと思ったらなぜかすんなりとシャンパンになってしまった。コスパのいい店選びやがってと、金銭感覚を試されているのかもしれない。

いつ何時も、どの時代に於いても、金払いの悪い男は嫌われる。俺よりも収入が多かった昔の彼女は、たいていどこの食事代も進んで出してくれていたのに、別れ話を切り出した途端激しい罵倒を繰り広げ、「いつも金なさすぎなんだよデートの日はデート代くらい下ろしてこい！　毎回会計の時になって金がないとかこすいんだよお前！」と吐き捨て俺をレストランに一人置いていった。まだメインが出ていなかったため、その場にいた全ての客に『こすいやつｗｗｗ』と思われながら一人食事を終え、ようやくお会計をしようとすると彼女が先に支払ったと知らされた。あれは、自分が人生で目にした中で最もインパクトの強いアイロニーだった。お連れ様にお支払い頂いてますと言われ、一瞬ぽかんとして事態を飲み込んだ瞬間、すでに充分痛んでいた胸が突如落ちてきた巨大な砲丸に潰されたように染み渡った水っぽい痛みを覚えている。あの時メインが出てきて、しっかり食べ終えるまであの店に居座った自分の図太さとケチさ加減の競演を思うと泣きそうになる。

それ以来、ほとんどの店で俺は女性に奢り続けている。この間出してもらったから今度は私が、と付き合っている彼女に言われても、心の奥底では俺をこすいと思っているのではないか、本当は俺が「いいよいいよ」と財布を出すことを期待しているのでは、と考え、「いいよいいよ」と財布を出してしまう。そしてそうすれば女性たちは必ず「え、いいの？」と引き下がるのだ。まあ平均ではあるものの生涯年収は男の方が高いし、大手出版社勤務だし、と自分を納得させてはいるが、結局のところ俺は「こすいんだよお前！」の呪いにかかってしまったのだ。

正直、自分は個人主義の立場をとっていて、基本的には全てのお金を折半したいし、自分が興味ないことやりたくないこと、例えばバーベキューだったり遊園地だったりナイトプールだったりにお金を払いたくはない。行くことになればお金は出すが、本当は全く割りきれない思いでいる。正直にこの愚痴を言ったら、担当作家の長岡さんに「五松さんが付き合えば付き合うほど不幸な女性が増えるだけだから、恋愛やめたほうがいいと思いますよ。まあ五松さんには女を不幸にさせる程の魅力もないから大丈夫かもですけど」と笑われた。あまりにサラッと軽い口調で言われ、周囲がドッとウケていたから苦笑いで流したけど、時間が経てば経つほど思い出した時の怒りが増していく。男だったら分かってくれるだろうと、担当作家の七村《ななむら》さんに同じことを言ったら、「五松くんは誰かにお金や愛情を分け与えられるほど満たされてないんだろうね。まあ、どれだけ満たされてても与える器がない奴もいるけどね」と同情された。確かにそうなのかもしれなかった。自分は昔から、自分のものは自分のもの。で、お菓子もおもちゃも分け与えることができなかった。僕の！　僕の！　というのが口癖だったと、親に今も笑われる。お母さんお父さん、僕はいまだに僕のお金を女性に使うことにモヤモヤしてしまいます。それでもこすい奴と思われるのは嫌だから、いつもお金を払っています。課金もしています。でもどこかで「払ってやってる」という意識が働いてしまい、彼女達が自分に優しさや体で接待するのが当然だという思いを捨てきれません。自分が現代に於けるマッチョ的害悪であるという自覚はしています。でも自覚以上の境地にはまだ立てていません。

「牡蠣、三種食べ比べにしましょうか。五松さんは食べたいものは？」

「最近野菜が足りてないから、この十五品目サラダ頼もうかな」

九八〇円也を選択する。十五品目で九八〇ということは、一品目あたり約六五円。ひよこ豆や赤いんげん二十粒程度にそれぞれ六五円など馬鹿馬鹿しいが……とここまで考え、冗談まじりとはいえ自分のあまりにもな守銭奴的思考に思わず鼻で笑ってしまう。いつか自分が、人のために金を使うことを厭わなくなったり、あるいは人に金をかけるのが嫌だから一人で生きていこうと割り切ったりする日は訪れるのだろうか。「結局、五松さんは自分が大好きなんでしょうね。でも自分が大好きも才能だから、孤独を受け入れてその才能を一人で伸ばしていったらいいんじゃないですか？」長岡さんはそうも言っていた。確かに、人を愛する才能がなくて、自分を愛する才能に恵まれているのであれば、そっちを伸ばさざるを得ないのは明らかだ。「でもこのままでいいのだろうか」がいつかなくなれば、心穏やかに、俺は俺だけを愛し、俺だけを慈しみ、俺だけの幸せを考えて生きていけるようになるのだろう。でも俺が一人で生きていこうと割り切れないのは、木戸さんの姿を見ているせいかもしれない。あんな即身仏のような独り身の、孤独だけが友達みたいな男になるのだけは嫌なのだ。

「あの、五松さんて吉見メリルさんの担当されてるんですよね」

え、とほとんど自動的に掠《かす》れた声が漏れて、ああはいと頷く。飲み込んだシャンパンが胃の中でざわざわとさざなみ立ち始めた気がする。

「ごめんなさい、私、本を読むのは好きなんですけど、文学？　文芸？　のこと、あんまり詳しくないから、少しでも五松さんのお仕事を知りたいなって思って検索しちゃいました」

年に一度か二度程度、カルチャー系の媒体から編集部にインタビューや座談会が申し込まれることがあって、編集長に出てくれと言われると断りにくく、顔出ししなくていいならと出ることがあるのだけれど、マッチして一度ご飯を食べただけの人にそんな検索をされてしまう危険性は考えていなかった。もちろん社名と本名を名乗った時点でそうなる可能性は考慮するべきではあるのだが、まあ一応やるなら内々にやりましょうという暗黙の了解を共有できないこの女性と、この先何を話せばいいのか分からなかった。

「恥ずかしいな。大したこと話せないのに駆り出されちゃって」

「吉見さん、すごく好きなんです。グラビアアイドル時代からかわいいなあってずっと見てて、ほら、彼女ちょっとぽっちゃりしてて、当時はそういう体型の子珍しかったし、エッセイも好きで、五松さんが担当された最近の小説も読みました」

あの本はもう三年も前に刊行したもので、小説ではなくエッセイだ。少し小説風に書いてみた、というだけのことでしかない。そして彼女がぽっちゃりならあなたはデブの領域に入ってしまうけど本当にその認識でOK？　と反射的にルッキズムに毒された思考に支配されてしまう。一般人でも知っているネームバリューのある人を出したくて、有名作家たちの本と並んで彼女の本を挙げたが、刊行前、装丁に使うタイトルのフォントに関して行き違いがあり、マネージャーを通じて繰り返し苦情が届き、悲惨な思いをした。うちには社内規定があって、このフォントでは通らないのだと何度説明しても、特別扱いをしないことをなじられ責められた。正直に言えば、元グラビアアイドルという経歴や彼女の体に魅力を感じていたし、知性のない女性は編集者という肩書きに弱いだろうという、決して人には言えない下衆《げす》な慢心もあった。だがしかし蓋を開けてみれば全てのやりとりはマネージャーを通さなければならず、やけに装丁に口出しをしてくるし、帯に顔写真は使いたくない、実力で勝負したいとアホみたいなことを言われ、最終的にフォントのことで関係は悪化、結局一つのプロモーションも打てず、サイン本作成も了承してもらっていてとうとう本物にお目にかかれると思っていたのにおじゃんとなり、結局一度も会うことなく、文庫は他社に持っていくとマネージャーを通して宣言されたメールが最後だった。あんな空っぽな本だれが文庫化するか、と思ったけど、数ヶ月前に春日出版の担当者から文庫化をさせていただくことになりましたという旨と、校了データをもらえないかという連絡がきた。どんな人なんですかなどと聞かれても困るから、有耶無耶《うやむや》に言葉を濁し、他に好きな作家とかいないの？　と聞くと、彼女は困ったように顔を顰《しか》めた。

「あ、そうだ。ちょっと前に読んだんですけど、イエニスト茂吉さんの、なんだったっけ、えっとなんか成功する的な……」

「『成功したくない人は俺の轍を通るな』？」

「あ、それですそれです！　職場の先輩に勧められたんですけど、本当に面白くって、目から鱗なことがたくさん書いてあって、イエニスト茂吉さん、ほんと頭いいですよね。読みやすいし、笑えるし、YouTubeもよく見てます」

文化的素養のない人と日常会話をすることはよくある。美容師や、家族や親戚、大学時代からの親友の行人《ゆきと》もそうだ。俺は逆張りでもなんでもなく、こういう人たちを見ると「いいなあ」と思う。反知性主義とすら言えない、知性を嫌悪することすら考えない、ただ何も考えない人、例えばジャンプとかを読んで皆と「まじ泣けるよな！」と騒いだり、イエニスト茂吉のYouTubeを見て「ためになるから見てみ！」と本気で友達に勧めたりできるような人だ。一ミリたりともなりたいとは思わないが、「いいなあ」と思う。憧れとも違う。ただ漠然と「いいなあ」なのだ。もしかしたらただ単に、他に感想が浮かばないだけかもしれないが。

それにしたって、引きこもり系ユーチューバー、イエニスト茂吉を頭がいいと言う人と、本気で付き合うことはできないだろう。セックスはできても、この人と付き合って毎週のように会ったり、映画を観に行ったり、ピクニックや水族館に行ったり、家族に挨拶に行ったり、一緒に暮らして毎日同じベッドで寝たりはできないだろう。理由は彼女が、イエニスト茂吉は頭がいいと思っているからだ。

自分はなんだか、マッチングから二回目のデートに至ったこの目の前の女性に、一方的に遮断されたような気がしていた。自分の方が拒絶しているのは明らかなのだけれど、クラスで仲間外れにされた時のような、何この本、と読んでいる本を奪われ音読され笑われた時のような、そういう断絶を感じるのだ。彼女はむしろ自分と仲良くなるために、わざわざない引き出しを開けてくれていると分かるのに、この疎外感は、一度感じてしまうと二度と消えない。

「イエニスト茂吉ねー。うちの会社からも本出してるよ。まあ新書だから僕の部署じゃないけど」

「え、創言社ってイエニスト茂吉の本も出してるんですか？　知らなかった！　今度読んでみますね」

あ、じゃ今度会う時持ってくるよ。言いながら、この人と付き合う可能性がなくなったことにより、断然コミュニケーションを取りやすくなったのを感じる。マッチするまでにも課金して、写真がヤヤカワだったから迷ったけどメッセージにも課金して、実際に会ったら写真よりも可愛くなくてまあまあぽっちゃりしていたけど二度目の奢り飲みを経ているのだから、何回かセックスくらいさせてくれてもいいんじゃないかとも思うけど、会社名と本名を明かしてしまっているから下手なことはできない。初めてのデートの時になんとなくネットリテラシーの低そうな人や、見た目的に絶対に付き合うことはないと断言できる相手には勤務先も名前も偽称するが、若干期待値の高かった彼女には、今後付き合う可能性を考慮して明かしてしまったのだ。それでも後腐れなく一回か二回くらいセックスできないだろうかという望みは捨てきれないが、ここから口説いていく気力も削がれ始めていた。イエニスト茂吉発言による疎外感が、その一因に違いない。「俺はどんな女とでもセックスできるよ」。昔担当していた、当時五十代くらいの作家が言った、トンデモ発言だ。枕を顔に押しつければ苦しがって股も締まるから一石二鳥。みたいなことも言っていた気がする。まだ文芸に配属されてすぐの頃だからもう十年くらい前の話だけど、当時でもそんなことを言う人はこの業界ではもう絶滅危惧種で、そんなヤバい発言をする人だったからかは分からないがあの作家ももうほとんど消えかけていて、今では創言社には担当もいないはずだ。あの時もギョッとしたけど、当時はそういう言葉が差別的、暴力的であるという認識にはさほど至っていなかったような気はするのだ。だからこそ、彼も他に数人の編集者たちがいる前でそんなことが言えたのだろう。でも、自分の中にはそんな暴力的な血は流れていない、とも言い切れないことを、最近よく痛感する。もちろん今だって口説き倒してセックスをしようとも思わないし、風俗も好んで行きはしない。歳のせいもあるかもしれないが、もはやセックスに持ち込むためのエネルギーをケチるような男だ。それでも自分は女性をルッキズム全開でランクづけし、金を払えば払っただけの見返りが欲しくなり、後腐れなくセックスできるならばより多くの見た目のいい女性たちいい体をした女性たちとセックスしたいと望む、下世話で暴力的な存在だ。自分のことをそんなふうに捉えるようになったのはきっと、女性を射精のための道具としか思っていないあの作家のような老害に対する嫌悪と、今の彼女が初めての彼女です、と歓迎会で自信満々に言って部署の女性たちの好感度をかっさらっていったという、新卒で文芸編集部に配属された二年目の梨山くんみたいな若者に対する不可解さの、両方があってこそのことなのだろうと最近気づいた。

彼女はよく食べよく飲んだ。そしてよく喋った。会話をリードする気がなくなっていた俺にとっては気が楽で、この食事を終えたらもうこの子とは会わないのだろうと思うと気が大きくなって、出版事情について聞きたがる彼女に、最近の文芸がいかに不景気か、印税を前借りする作家や、小説では食えなくなり弁当屋のバイトを始め小説を書かなくなってしまった作家、国民健康保険の保険料が払えず、持病の治療もできない作家がいること、昔はそういう作家も飲みに連れて行けたが、最近は経費の締め付けが厳しく、コロナ禍も相まって予算を削られてしまったことなどを面白おかしく話して、業界人と飲む楽しさを味わわせたけど、今後会わなくなって手のひらを返される可能性を考えて、作家の名前などは一切出さないようにした。

「本当ですかそれ、ウケる！」

とある作家がサイン会を開いた時にあまりにも申し込みが少なかったため慌ててあちこちに連絡をして、当時付き合っていた彼女のご両親と弟の家族総出でサクラに来てもらった話をすると、彼女は大きな声で笑い、俺の腕に触れた。触れたというよりも、やんわりと摑んだと言った方がいいかもしれない。闘志に火がつくかと思いきや、逆に気持ちが萎えてしまい、二軒目にも行かず直帰する決心がついた。元を取らないとと思っていた時には自分は女性の性を金銭に換算するゲスい男だと思い、ボディタッチを受けてもやる気にならなかった自分には梨山くんのような若者的素養も感じる。最近、自分でも自分をどう捉えていいのか分からない。

何か自分に落ち度があったのではと思わせては可哀想だから、明日作家の出張に同行する予定なんだと食事中から話していたため、駅まで送ったあとは「今度は二軒目も行きましょうね」とにこやかに別れることができた。まあ、彼女だってホッとしたかもしれない。ぱっと見悪くないけどよく見るとブサイク、と大学時代の元カノに言われたことがあって、それはギリイケメン枠に入るのではないかと若干過大評価していた自分への戒めとして十分で、それ以来人からじっと顔を見られると目を逸らしたくなるし、マチアプを使い始めてからもプロフィール写真詐欺が最も鬼門となるレベルにいると自覚していたからこそ、逆にあまり盛れてる画像は使わない、という気遣いもしてきた。というのも、自分くらいの収入があるとそこまでイケメンでなくともそこそこマッチングできるのだ。と、こんなふうに考える自分は全方向的に魅力がないことを改めて思い知るが、その事実にさえ「だから？」「どうしろって？」とふてぶてしい心は一切動かない。一人帰り道を歩みながら、ダラダラと長い付き合いを続けている割り切り系のセフレに連絡しようかなと迷うけれど、なんとなくもう人といることに疲れてしまった気がして、映画でも見ようかなとネトフリの今月の新作を検索する。

「五時頃に目が覚めるから、原稿とか、本読んだりして、八時くらいに出社してますね。それで定時で帰宅して、買ったご飯食べて、まあネトフリとか観たり観なかったりして、寝ます」

木戸さんがまだ編集長だった頃、一緒に打ち合わせをしていた作家が「木戸さんてどんな生活してるんですか？」と聞いて、出てきた答えがこれだった。ゾッとした。たまに友達やマッチングした子とご飯に行ったりセフレとセックスしたりしてるし、近場に住む編集者仲間で集まってランニングや飲み会をしたりもしているけど、それ以外の日は自分も同じような一日を送っているからだ。もちろん仕事も忙しいし、まだまだ仕事や遊びのために夜更かしをしたりもする。でも忙しくない時のデフォルトが、同じだった。ネトフリは趣味のない引きこもり予備軍が家に閉じこもるもっともらしい免罪符を与えてしまった気がしてならない。昔は「休みの日は家でネトフリ観てます」と言うとちょっと意識高い系の印象を持ったが、今は同じことを言う奴がただの趣味のない陰キャに見える。木戸さんみたいになりたくない、そう思いながらＬＩＮＥをぐるぐるしてみるけれど、いつも誘われる側の自分が誘ったらなんか変な意味が生じてしまうかもと考える自分が面倒臭くなって、結局スマホをしまって、なんとなく手持ち無沙汰でコンビニで氷結を買い、飲みながら電車に乗った。

おはようございます。言いながら立ち上がり、頭を下げる。長岡友梨奈はいつも少しだけ時間に遅れる。大幅に遅れることはないが、いつも五分くらい遅れる。あとメールの返信も遅いから、依頼とかは早めにした方がいい。長い時は一週間くらい返事がこないが、リマインドをすれば大概すぐに返してくる。これは前担当の新田さんが引き継ぐ時に教えてくれた。ま、作家によくあるパターン。即決できることはすぐに返信くれるんだけど、悩むラインのものは悩んでるうちに忘れちゃう。一般企業だったら使えないやつ扱いされるよね。ま、猫田さんとか朝倉弓斗とかに比べたら全然マシだけど。と新田さんは引き継ぎながらも鬱憤を晴らすかのように文句を言い続けた。新田さんのような人は文芸編集者には珍しい。この世の全てを憎んでいるかのようで、話していると自分もこの世が憎いような気がしてくるからすごい。皮肉屋で、気に入らないやつを目一杯一刀両断するから、頭がキレてウィットに富んでいると評価されていた時期もあったようだが、四十代半ばに差し掛かった今はただの愚痴おばさんだ。近所のスーパーが値上げをしたことや、旦那の家事のやり方への不満までダダ漏れにしてきてちょっと引く。木戸さんによると、昔はああいう女性編集者が多かったとのことだ。過去のノリを引きずっちゃってるんだろうねと不憫そうに言っていたが、それはあんたも同じなんじゃないかとも思う。こんなところにも、時代の変化は見え隠れするのだ。いや、この人の移り変わりこそがまさに、時代の移り変わりと言えるのかもしれない。

「ごめんなさい遅れちゃって」

「大丈夫ですよ。先方はもう見えてますけど、少しゆっくりされてから始めますか？」

「いえ、すぐに始めていただいて構いません」

会議室に先導しながら、最近はどうですか？ 彼女とはうまくいってます？ あれ、前の彼女のことかな、今僕フリーです。え、本当に？ ほら前、彼女にナイトプールに誘われて、そのお金払うのが嫌って言ってたじゃないですか。あー、別れました。やっぱりどれだけお金払っても僕は陽キャには物足りないみたいで。そうなんですか、なんか五松さんて、チャラいのにチャラくないですよね。なんですかそれ、どっちなんですか？ 生き方がチャラい、でも傾向はチャラくない、みたいな。と話している途中で会議室の前で待機していた記者とカメラマンに「おはようございます！」と声を掛けられ、会話は止まった。なるほど、俺はマチアプとかを使って女性と出会っているチャラい人間だけれど、イエニスト茂吉の本を読んでいると聞いただけで性欲を無くしてしまうという繊細さを持ち合わせている、ということだろう。でもむしろ思う。今日、よっぽどの陽キャでない限り、一般的な会社員に出会いなどそうそう訪れないのだ。現在では仕事相手を恋愛相手として品定めしたり口説いたりするような野蛮な行為に及ぼうものなら、セクハラと切り捨てられ社会的死を迎える可能性だってあるのだ。とちょっと大袈裟ではあるものの、仕事の取材で知り合った旦那さんと二十年以上連れ添っている八個上の長岡さんに、前時代に対する憤りを募らせる。以前会食の時に話していた、「この十年以上うまくいってたことなんてないですよ。向こうが離婚に応じてくれないだけです」という言葉を、どれだけ信じていいのか分からない。新田さんみたいにアイロニカルな言い回しをする人ではないけれど、おしどり夫婦的に思われることを忌避しているのかもしれないし、うまくいっていないならそんなに長いこと一緒に居続けられるわけがないのだ。

リモート時代における紙媒体のあり方。記者が掲げるのは耳が痛いテーマで、なぜこのテーマで取材をしようと思ったのか、という簡単な説明がなされるが、特に目新しい情報はなく、意外性の欠片《かけら》もなかった。

「長岡さんは、コロナ禍で人々がリモートという形を選ぶようになったことについてどう思っていますか？」

どう思っていますかと言われたって、それはコロナなのだから仕方ないの一言で終わりそうなものだが、長岡さんは「うーん」と軽やかな言葉で時間稼ぎをしながら宙を見つめる。

「私は本を通じていろいろな人と対話をしてきました。例えばカラマーゾフを読めば、ドミートリイ、イヴァン、アリョーシャ、スメルジャコフ、フョードル、そしてカチェリーナとも対話をします。もちろん著者自身とも、小説そのものとも対話をします。これは人間関係と同じようなものでありながら、現実の人間とのそれよりずっと濃密な関係でもあります。現実に顔を突き合わせる人たちと、人はどのように生きるべきか、罪とはなんなのか、貧困とどう向き合うべきか、なんて真面目に語り合うシーンはあまりありませんよね。だからこそ、考えざるを得ないシチュエーションと、多様な意見が取り入れられている小説には大きな存在意義があると私は思っています。もちろんそれとは全く違う意義も小説には含まれているのですが、意義の一つが、このように現実よりも深い思考や対話を持てることだと思っています。この、本を通じてあらゆるものと対話する、という関係は、言い換えてみればいわばリモートの一種ですよね」

東邦新聞文化部の記者、柳沢さんが「おお……なるほど」と声を上げる。人当たりがよく、少ない字数でも大事なところを取りこぼさず記事を書いてくれるため、作家にも評判が良い記者だ。新聞の記事は字数の問題で切り取り方が雑になり、「意図と全然違うことを書かれた！」と怒る作家が少なくないため、彼のような記者はありがたい。

「人間は、本や映像という媒体がなかった頃から伝聞や歌で何かを継承する、受け取る、といういわばリモートのコミュニケーションを経てきました。今では本や映像、画像や絵画を通して、時代や国境、文化や宗教を超えて、遠くの顔を見たこともない誰かから、すでに死んでしまった誰かから、大切なものを受け取るということを日常的にしています。そう考えると、受け取る場所が書籍であろうが、データであろうが特に大きく変化する所以《ゆえん》はないのではないか、と私は考えています。つまり、小説に関して言えば、そこでやりとりされているのはエスプリや心、思考、価値観です。それは目には見えないもの、感じることしかできないもので、そういったものが文字、書籍というものを通じて人に届くようになったけれども、今はデータでも届く。手で触れない、目には見えないものに少しずつ近づいていっている、つまり元来の形に戻りつつあるとも言えます。そのうち、小説はデータよりもさらに不可視化されて、魂のような実体のないものになっていくかもしれませんよね」

着眼点は面白いものの、ちょっと奇妙な話になってきた感は否めない。そして奇妙な話をワクワクした様子で話している長岡さんに、俺は軽いストレスを感じていた。

「なるほど。しかし、長岡さんはかなりの本好きで、かなりの量の本を所有していると聞いたことがあります。今おっしゃっていた考えの持ち主であれば、データに移行しスッキリさせても良いのではないかと思うのですが、敢えて本を選ぶ理由は何なのでしょうか?」

長岡さんは柳沢さんの言葉の途中で口を大きく開けてあははっと笑った。馬鹿にしたりとか、排除ではなくて、本当に邪気のない笑いで、この無邪気さは作家だから守られているものだよなとシニカルに思う。数年前、自分の担当作家が、時折無邪気さを丸出しにする人と、一切無邪気さを見せない人に二分されていることに気づき、どうしてこんなに明らかに二分されているんだろうと考えた結果、ずっと専業作家で一度も社会に出たことのない人に共通しているのがこの無邪気さだと気づいたのだ。長岡さんは若くしてデビュー、就職経験のない作家だ。数は少ないけれど、こうした社会に出たことのない人や、フリーターのような自由な働き方や、フリーの仕事をしていた人は、「社会人なら必ず削られてしまう場所」が百%の状態で残っていて、時々子供と向き合っているような違和感に駆られ、戸惑うことがある。「社会人なら必ず削られてしまう場所」が削れている作家の方が共感能力が高いし、社会に対して開けているため読みやすいといしてはなんとなくこの削れていない作家に対しては嘲りと羨望が入り混じった苛立ちが湧き上がるのだ。

う傾向もある。どちらがいいというわけではないものの、なんとなくこの削れていない作家に対

「私の本好きは、フィギュア愛のようなものなんです。このキャラが好き、この作品が好き、という人がフィギュアを集めるようなもので、私はそれぞれの小説に込められた魂や心、怨念などの象徴としての本にフェティッシュな愛情を寄せているということです。イラストや写真、絵画が美しく配置された薄い紙を巻いた硬い紙の中に、無数の薄い紙が挟まれていて、著者の魂が染み込んだその紙を一枚一枚めくっていくというその行為も含めて、私は興奮するんです。つまり、媒体が何であったとしても小説の持つ魔術的な力で脳イキはできる。でも、脳だけでなく身体でもイキたい。これこそが、データにはなし得ない領域だと思います。ですが、時代の流れとしては脳イキで満足する方向に、人間は進化しつつあるのかもしれないとも思っています。だとしたら、この身体イキにこだわる私のような人は、もう前時代の産物として消えていく世代と言えるのかもしれません。あ、でもこれはもしかしたらですけど、スマホで電子書籍のページをスワイプする行為にももはや、身体イキの快楽が生じているのかもしれないですね。だとしたら、これからは捲りイキではなく、スワイプイキの技術を身につける必要があるのかもしれません」

なるほど、と言いながら柳沢さんは少し引いているようにも見える。この少し変態的な話をどう記事にしていいものか悩んでいるのかもしれない。もしかしたら、長岡さんはお酒を飲んでいるのかもしれない。そういえばいつ会っても酒臭い時期があったと、ずいぶん前ではあるが木戸さんが話していた。

「ガジェットの進化とともに、利用者の脳のみならず、身体もまた変化しているということなん

でしょうね」

「そうですね。でも、本で読もうがデータで読もうが音声で聞こうが、私たちは同じものと触れられ、同じものと対話ができる。受け取り側の人々は永遠に移り変わっていくけれど、そこにあるエスプリは永遠で、変化することはない。そこに通じ、対話をすることは、すべての人に与えられた特権なんです。例えば、自分が好きな本が絶版になってしまうこともあります。あるいは学術書や哲学書で、部数が少なく手に入らない本もあります。また、海外在住で気軽に本を買えないという人もいますし、障害者にとっては本という形が最適ではないことも。そういう時、全ての人がすぐにそのエスプリに触れられる環境が整っているということは、人々にとって大きな意義があります。例えば死のうとまで思いつめた時に、助けを求める先が多ければ多いほど良いように、ある本を読みたいと思った時に複数の選択肢があるということは幸せなことです」

　本人の言葉で、綺麗にまとまって良かった。柳沢さんもノートにメモをとりながら、どこかホッとしている様子だ。長岡さんは一見扱いやすい作家に見えて、意外と爆弾だという思いを新たにする。


「お疲れ様でした。いや、小説とはそもそもリモートである、っていう視点、ほんとなんていうか目から鱗で、今すぐ誰かに話したい内容でした。きっとすごくいい記事になると思います」

「脳イキの話は、そのまま書きませんよね？」

「あ、多分そのままは書けないと思いますよ」

　苦笑しつつ言って、コーヒーおかわりどうですかと聞き、お願いしますという返事を聞いて内線で自分の分と共に注文する。

「相手に伝わりやすいだろうと思って、魔術的なものと即物的なものとの対比でイキを使ったつもりだったんですけど、多分私はイキの部分の持つ下品さをちょっと見誤っていました。恐らく誰も傷つけない表現だとは思うんですけど、でもちょっと傷つく人もいるかもしれませんよね」

「あ、大丈夫ですよ。イキに傷つけられるのは、どうなんでしょう、ちょっと潔癖な人たちだけじゃないでしょうか」

「ならいいんですけど。最近はフラジャイルな人が増えてるから、発言には色々と気を使います。何かイキに代わるいい言葉を思いついたら、柳沢さんに連絡しておきます」

「昔は、摩擦みたいなもので強くなっていったんでしょうね。猥雑なもの、乱暴なもの、激しいもの、そういうもの、すっかり見なくなりましたからね。そりゃ、弱くもなりますよね」

「若い世代の死因の一位が自殺である国は、先進国の中では日本だけというのは有名な話ですよね。二〇二〇年にはコロナの影響もあって、自殺した小中高生が過去最多だったという記事も読みました。相対的に見て、日本の若者の自殺率は高いんでしょう。でも、先進国とはいえ、アメリカは今も長く激しい差別の歴史の中途にあって、フランスにはまともな公衆トイレがなく路上には犬の糞が落ちていて不衛生、大抵どこの国も移民問題を抱えていて、街を歩けば詐欺グループやスリ、置き引きが闊歩してる。つまり、日本に比べて先進諸国で暮らす若者達は、そこで生活しているだけである種の洗礼、摩擦を受けていると言えるんでしょう。精神は健康であった方がいいという意見には賛成しますけど、頑丈であればあるほど良いというわけでもないと思います。これは単純な二項対立にしてどちらがいいと言えるようなものではないし、それぞれのレベルにもよりますけど、猥雑なもの、乱暴なもの、激しいものに研磨され皮膚を厚くしないと生き延びられないような世界で、頑強な精神を持ってサバイブすることだけが人間にとってのあるべき形とは思いません。少なくとも、ここは自分の生きるべき世界ではないと閉じていき、しんと死んでいく者の慎ましい生を否定するような人間にはなりたくないと、個人的には思います」

最後まで聞いてようやく、自分の「そりゃ弱くもなりますよね」という若い世代に対する嘲りのこもった言葉に「自分はそちら側ではない」と釘を刺されたのだと気がついた。自分よりも年上の長岡さんにそんな方向から釘を刺されるとは思っておらず、注意力不足で意識低めなことを言ってしまったことにカッと顔が熱くなり動揺していると「五松さんって意外とマッチョですよね」と微笑まれた。あんたが外部に削られず生き延びることができたのは、偏《ひとえ》に作家としてやっていけてるからであって、そんな才能もなく世間に揉まれて苦しむ奴らへの想像力がないからそんなことを平然と口にできるんだ、と唐突な憤怒に駆られる。最初はお望みの部署にはいけません、泥臭い編集部でも大丈夫ですか？　と週刊誌行きを示唆され、断腸の思いで「もちろんです」と答えた自分の味わった苦渋も、編集長のモラハラや取材対象からの罵倒、過酷なスケジュールに苦しみ続けた週刊誌時代の胃痛も、時代の変化によって泥臭い部署を経ず新卒で希望通り文芸の編集部に配属された梨山くんのような奴への滾るようなルサンチマンも、お前には分からないだろう。だからあんたはずっと地に足のつかない、リアリティのない小説ばっかり書いてて、だから売れないんだ。呪いの言葉を頭に思い浮かべながら「やめてくださいよ。僕はまだ編集者の中では若手の範囲ですよ。若い人はどう思うの？　とか聞き取られる側ですからね」とヘラヘラ諂《へつら》って見せる。俺には、こういう長いものに巻かれる自分に対する激しい怒りがある。怒りが増幅して、不意に目の前の長岡さんを犯しているイメージが断片的に浮かぶ。これは嫌な女性上司を犯す系のAVを見すぎた影響だ。昔女性上司にしごかれていた時、それ系のAVを見ることで耐えていたことがあったのだ。そしていつしか、腹が立った時に下腹部に反応を感じるという、怒りと性欲の奇妙な連動が始まった。女性上司の異動からもう何年も経って、改善されてはきたが、まだ完全には切り離せていない。人が犯されることによって溜飲を下げる行為の下劣さは理解していても、あの時の自分の精神を支えたのはレイプもののAVであったという事実は覆せない。なぜ自分はこんなにもギスギスした世界を生きているのだろう。

「やっぱり、長岡さんの娘さんなんかもそういう、あんまり激しいものを好まないタイプなんですか？」

言いながら、嫌いな女上司とその娘を同時に犯すシチュエーションが頭に浮かんだ。二人の女を並んで四つん這いにさせ、交互に性器を抜き差ししていく様子が主観視点で浮かんでくる。自分はいつか捕まるかもしれない。この間は性欲が枯れた気がしていたのに、今は自分の加虐的な性欲が暴走する状況が怖かった。

「娘は」

長岡さんが呟き、目を泳がせた。あの眼球を舐めたい。舐めて、そして自分の舌と歯で眼球をくり抜いて嚙み潰したい。そんな、自分が一ミリも持っていないはずの欲望がメキメキと生えてくる気がして怯む。

「どうなんでしょうね」

曖昧な言葉を口にしているのに、長岡さんの目線は断罪するかのように鋭い。自分の思考を読み取られる気がして思わず目を逸らしてコーヒーカップを持ったけど、もう空だった。コーヒー、遅くないか。そう思った瞬間、コンコンとノックの音がして安堵する。

「あ、長岡さん。こんにちは。ご無沙汰してます」

来たのは喫茶のスタッフではなく、木戸さんだった。

「木戸さん、お久しぶりです」

長岡さんは弾むような口調で言って立ち上がった。最近どうなんですか？　連載読んでますよ、そういえば最近荒川さんどうしてます？　といった世間話が繰り広げられる中、「僕ちょっとお手洗い行ってきます」と退室した。長岡さんと木戸さんが楽しげに会話をしている声が、ドアが閉まった後も頭に残っていた。二人は昔付き合っていたんじゃないかという噂を聞いたことがある。今そこにいた二人が今そこの会議室でセックスしているところが頭に浮かぶ。頭がおかしくなりそうだと目を見開きながら、前屈みのままトイレに向かった。


個室に入ってチャックを下ろし、硬くなった性器を解放し呆然とするものの、トイレの扉が開く音がして、誰かが小便器の方で用を足し始めた音が続いたのに合わせて、行き場なく渦巻いていた体内の熱気が放出され始めたのが分かった。他人の排尿音に耳をすませながら大理石の床を見つめ、ふうと息を吐くと便座に腰掛け自分も放尿した。それでも一度性的に興奮した後の、波紋のようなざわめきが性器にじんじんと残っていて、今日は優美《ゆうみ》に連絡をしようと思う。個室を出て手を洗うと、髪を軽く整え会議室に戻る。

コロナ対策として打ち合わせ中も締め切らないようにとお達しがあって、社員はほぼ誰も守っていないけど多分喫茶室の人が出る時に気を利かせた、あるいは忠告としてストッパーをかけたのだろう。会議室の十センチ程度開け放されたドアの隙間から、長岡さんの声が聞こえてくる。

「大学」「橋山さん」「搾取」断片的な言葉に足が止まり、ドアの数歩手前のところで立ち止まる。木戸さんの声も聞こえるものの、ぼやぼやしていて何を言っているのかよく分からない。壁の一部が曇りガラスになっているため、気配を感じ取られないようドアに近づく。

「面識のない私に会いにくるということは、それなりにヤバい人である可能性はあるかもしれませんけど」

「本当に……。彼女とはもう連絡もとってなくて……こちらからは連絡しようがないんですが……」

「LINE交換しましたけど、教えましょうか？　もちろん教える場合、彼女に確認を取ってからということになりますけど」

会議室がしんとして、一瞬バレたかと思って身を引くけれど、ちょっとして「いや、それはちょっと……」と木戸さんの声がした。歯切れ良く、通る声の長岡さんと、モゴモゴした木戸さんの声のコントラストが、鬼教官と下っ端を思わせる。自分が長岡さんのことを苦手な理由の一つは、この迷いなき口調にある。自分はこの世の全てに対して、こんな風にはっきりとした口調で断定したり評価したり結論づけたりしたくない。長岡さんの小説はかなり深い機微に触れている、というよりもほとんど機微だけで構成されているせいで大衆を突き放している印象を与えるタイプのものなのに、初めて本人に会った時はその迷いなき態度、無遠慮に漂う自信にあまりのギャップを感じ、ゴーストライターがいるのではと勘繰ったほどだった。

「本当にすみませんでした。もしまた連絡が来るようなことがあれば、お手数ですが僕の方に知らせてもらえますか？」

「分かりました。私は問題ありませんよ。話を聞いて以降、連絡も来ていませんし。彼女も私に話したことでスッキリしたのかもしれないですね。でも、話を聞いた時、ちょっと思ったんですよ。何らかの形で坂本さんと木戸さんが結託して、文学好きの若い子を食い物にしていたんじゃないかって」

「や、それはないです。僕はそういうの、全然縁がなくて」

「縁があったらそういうことしたんですか？」

笑いながら長岡さんが言う。あっけらかんと笑いながら人を追い詰める。こういうところだ。いやいやそうではなくて……と木戸さんが慌てる。

「いや、自分もそういうヤバい編集者の話は色々聞いてきましたけど……僕は、自分から求めたこともなければ、そういうシチュエーションに出会ったこともないということです」

「へー、どんな色々ですか？」

「一世代前は、若い編集者とか、編集者志望、作家志望の若い子を食い物にしていた人はいたようです。前の会社の人で、自分はしっかり時代の波に乗って、セクハラをいち早くやめたとか豪語してた人もいましたね」

長岡さんは、それは奏《かなで》書房の吉住さんですか？　と軽いトーンで聞く。吉住さんの話は、自分も伝説程度に聞いたことがあった。対立派閥がパワハラで自滅し、自動的に自分が出世コースに乗っていると気づいた瞬間、セクハラパワハラ研修をみっちり受け完全に封印。性欲は全てキャバクラと風俗に向け、見事に出世コースまっしぐらで駆け抜け今は常務となっている、恐らく六十代後半のおじさんだ。

「長岡さんはこの業界のこと何でも知ってますね」

「あの人の話は有名ですからね。じゃあ特に、木戸さんとしては掘り返されて困るようなことはないということですね」

「それは、はい。もちろん恋愛関係だったので、傷つけてしまったことはあったのかもしれないんですけど、搾取とかそういうことは、してません。だって、二年も付き合ってたんですよ？」

「長期間付き合っていたら搾取ではないということはないと思いますけどね。何年にも亘って搾取され続ける人ももちろんいますし……」

「や、言い方が悪かったです。遊びとか、ポイ捨てするとか、そういうつもりは全くなかったということを言いたかったんです。真剣に付き合っていたと。もちろん付き合う中で傷つけてしまったこともあったとは思いますけど、僕が彼女に傷つけられたこともあります。つまり、通常の恋愛で起こる範囲で、という意味でです」

なるほど。と言ったきり長岡さんは黙り込んだ。カシャンとコーヒーカップがソーサーに置かれる音がする。本当にすみませんでしたと再び木戸さんが謝罪の言葉を口にすると、いえ、気にしないでください、とからりとした声がする。

「私は彼女と話すのが、まあそれなりには楽しかったので」

長岡さんの言葉にはキリリとした針金のような意志が貫かれている。彼女の己の価値観や判断に対する揺るぎなさ、虚飾のなさはすごい。彼女は絶対に本心しか口にしないし、もしもその本心が覆った場合は、覆しましたと宣言し、覆した理由をまたハキハキと答えるだろう。そんな風に自分自身を狂いなく把握し、自分自身に狂いなく把握され続ける長岡友梨奈という女が、俺にはなんだか妖怪のようなものに見える。彼女への恐怖は、この世で起こること全て、分かりやすい事象のみならず矛盾や逡巡や断定できない全ての曖昧な浮遊するものものへの、正解も結論も、そこに至る手がかりすらないという事実まで含めた全てを言葉で表現でき、言葉で伝えられると信じているそのグロテスクとも言える確信への恐怖なのかもしれない。

つまり、木戸さんの元カノが長岡さんに会いに来て、木戸さんに搾取された？　的な話をしたということだろうか。食い物にしていたんじゃないかと長岡さんが疑ったということは、何かしら若い女の子を誑《たぶら》かしたと思われても仕方ないことを木戸さんがしていたということなのだろう。でも自分は木戸さんと話していて仕事への身の入ってなさや信念のなさ、熱意のなさ、右から左のベルトコンベアさに「ヤバいなこいつ笑」と思うことはあっても、モラル的な面でヤバいと感じたことはなかったように思う。もちろん言動には拭いきれない昭和臭が染み付いているし、文系特有の垢抜けなさもあるけれど、普通に社会に適応できる人で、コミュニケーション能力も中レベルだ。そんなつまらない男にそんなスキャンダラスな容疑がかけられるということに、驚きよりも喜びというか、ワクワクした気持ちの方が圧勝していた。

そして彼らが付き合っていたという噂は根も葉もない嘘だということを、不可抗力的に知ることになってしまった。話している口調的にも内容的にも、彼らにそのような色恋沙汰は皆無だったに違いない。噂好きな人が多い出版業界では、本当に根も葉もない噂がまるで見てきたかのような口調で語られることも少なくないのだが、彼らが付き合ってたら面白かったのにという残念さが拭えない自分もまた、噂好きの一人でもあるのだろう。ポストトゥルースという言葉は出始めた当初かなり興奮させてくれたが、現実を見てああやっぱり嘘なのかとガッカリしてしまう自分はまだまだなとも思う。全然ポストトゥルースじゃない。

「五松くん、遅いですね」

唐突に自分の名前が出てきて胸がバクバクする。そろそろ戻った方がいいだろうかと思うものの今戻ったらそこで聞いてましたと言わんばかりではないだろうかと悩む。

「編集部に一旦戻ってるのかもしれませんね。忙しそうだったんで」

長岡さんの言葉に、じわじわと不安が増していく。自分が忙しいという内容の話を、自分は今日一度もしていないはずだし、この取材のセッティングのためにやりとりしたメールの中でも特にしていないはずだし、正味なところ別に忙しい時期ではない。何か長岡さんに牽制されてるような、今戻らない方がいいような気がして立ち尽くしたまま、それでも見つかったらすぐに「あぁ」と自然に言えるくらいの躍動感が出せる体勢をキープする。

「それにしても、そんなことがあったなら長岡さんもすぐに教えてくれればいいのに」

「ちょっと、計りかねたんですよ。彼女のことを信用しきっていたわけでもないし、ちょっと毒気に当てられたみたいなところもあって、回復するのを待っていたという面もあって……」

「毒気ですか?」

「たまに、この業界以外の人と話すと、びっくりすることありませんか? 言葉遣いとか、人との距離感、品、感性、採用してる価値観。現実に対する解像度のレベル。この画一的な国で育った人とは思えない。まるで様式が違うという感じで。私はこの業界外の人が何かを表現する時の、それこそ野蛮とも言える言葉選びに、雷に打たれるような思いをすることがよくあるんです」

「それは多分、長岡さんが作家だから特にそうなんだと思いますけど、僕もその感覚はうっすらと分かります。十年くらい前かな、大学時代の友達と飲みに行って、それまでも年一くらいで飲んでたんですけど、いつもは小説とか哲学とか、割と突っ込んだ政治の話なんかもしてたのに、その時は彼女を連れて来てて。元々あんまり女っけのないやつで、珍しいなと思ったんですけど、二人で飲む時とは完全に別人で。いつもは硬派で、静かに真面目なこと語ってるだけなのに、彼女にあれやれこれやれってなんかモノマネとか顔芸させられて、彼女もものすごい大声で笑う人で、友達のこと、しまいには僕のことまでお前呼びするようになって、友達は友達で彼女に媚び諂ってるし、びっくりしましたね。サーカスでも見ているような気分でした。僕には見せていなかったけど、彼はサーカスと現実を器用に行き来していたんでしょうね」

「むしろこの世界は本来サーカスなのかもしれませんよ。私たちだけが、言葉のコミュニケーションや言葉の可能性を信じているだけで、外では皆が玉乗りをしたり火の輪潜りをして盛り上げたり、盛り上がったりしているのかも」

「確かに、世の中は酔狂な人に溢《あふ》れてますね」

「というより、向こうから見たら私たちの方が酔狂な人たちなのかも。彼らの方がマジョリティであることに疑いはありません。もちろん私たちが、私たち以外を私たち以外と括っているので、それは当然のことではあるんですけどね。でももしかしたら、サーカスの中にも色々あって、ことは相容れない、ここことは共鳴する、など細かくカテゴライズされているのかもしれませんよね。例えば空中曲芸に対して、地上曲芸の人たちは、あいつらはマジョリティだからと馬鹿にし、自分たちの地味と言われがちな芸の重要さ、尊さについて語り合い傷を舐め合っていたりするのかも。それでいうと、私たちの業種もまた、サーカスの一つの曲芸と言えるのかもしれませんね。あ、それで、橋山さんと話した時、彼女は小説を書いていた人だから、そこまで言葉が雑な感じはしなかったんですけど、やっぱりコンテクストを共有していない者同士がどれだけ真摯に話そうとしても最後の山が越えられないみたいな、そういうディスコミュニケーションを感じたんです。話してからしばらく、微熱が出ているみたいな感じで。それで毒気に当てられたという表現をしました。私はあまり仲の良くない、自分とは全く違う種類の人間と一定以上の時間話すと、必ずこの微熱っぽい感じがしばらく続くんです。きっと自分の二割くらいと相手の二割くらいが、ちょっと交換されて入り混じるから、その相手の二割がワクチンみたいに自分の体を侵食していくんでしょうね」

まるでインタビューを受けているかのような長岡さんの長台詞を聞きながら、俺は先週会ったイエニスト茂吉好きな女性のことを思い出していた。自分の使っているマチアプは課金制で、結婚を前提とした真面目な出会いを探す人向けのため、最初からモノマネさせたり、大声でがなり立てるような女性はいないが、出来心で友達と赴いた相席居酒屋やお見合いパブで出会った女性たちの中には、言葉遣いが悪く舐めた態度をとってくる女性や、八割方スマホを見ていて言葉のキャッチボールすら成り立たない女性もいた。木戸さんや長岡さんは、自分の周囲を業界の人や自分のお眼鏡にかなう人たちで固めているから、耐性がなさすぎるのだろう。でもそんな、初対面の人にどんな態度を取られても気にしない人間になってしまった自分に愕然とする側面もないわけではない。

「微熱とはいえ心地の悪い思いをさせてしまってすみません。もし今後何かあったらすぐに教えてください。ちなみに今日って、五松くんとご飯に行ったりしますか？」

「いえ、特にその予定は……」

「そうですか。もし行くならちらっとご一緒したいなと思ったんですけど……」

なんとなくヤバめな会話が途切れた今だと思い、その場で数歩足踏みをしてから足を踏み出しドアに手をかけた。ああ五松くん、今日はご飯とかは行かないの？　あ、私ちょっと今日は……。あ、そうでしたか。という会話に「あ、もし長岡さんが空いてたら近くの、七華《ななか》とか行こうかなと思ってたんですけど、でしたらまたの機会に」と自然に入り込む。じゃあ、また改めて。と木戸さんも重ねて言う。現場を離れてからもうほとんど会食には顔を出さなくなっていたのに、こんなふうにぐいぐいくるのは元カノのことで負い目を感じているからだろうか。考えながらタクシーチケットを書き込む。

「ご自宅に帰られますか？」

「いえ、仕事場の方に」

了解ですと言いながら、行き先に西新宿と書き込んだ。改めて考えてみると、担当をするようになってから一度も、長岡さんはご自宅に帰られていない。会食後にタクシーで送るときも、チケットを渡す時も、常に「仕事場に」と言われていた。彼女が延々自宅に帰らないのは、彼女が言う通り夫婦関係が破綻しているからなのだろうか。だとしたら、同居していたはずの娘さんとの関係はどうなっているのだろう。もしかしたら旦那さんを自宅に置き去りにし、仕事場の方で一緒に暮らしているのだろうか。考えながらチケットを差し出す。

「わざわざありがとうございます」

「今日はありがとうございました。まだ先ですが、次回の短編もよろしくお願いします。今度よかったら、木戸さんと、桶川も一緒に食事どうですか？　短編も溜まってきたので、そろそろ単行本化のことも見据えていきたいですし」

「今、三編ですよね。確かに、あと二作か三作かという感じでしょうか」

話しながらバッグを持ち立ち上がった長岡さんを先導して社屋を出ると、タクシーを停めた。お疲れ様でした。と言い合い木戸さんと並んで会釈をしつつ見送ると、息をついて踵《きびす》を返す。性欲の爆発と立ち聞きでやけに疲れていて、いつの間にか背中に汗が滲んでいた。

「そう言えば、西村さんの件スムーズに動いてるみたいだね」

「あー、乃木さんがすごい惚れ込んで、もう確か、来月校了の号で掲載です」

「え、そんな早く掲載するの？　すごいな。そんなに本数書いてないし、ブランクもあるから結構直しもあるかと思ったんだけど。ほとんど直させなかったってこと？」

「あんま詳しいことは聞いてないんですけど、多分ほぼ簡単な修正だけだと思います」

「そっか、いや、ほんとスムーズに話が進んで良かったよ」

話しながら、二人でエレベーターに乗り込む。他に人はおらず、なんとなく五十路《いそじ》男と二人きりという状況に気づまりさを感じて、その気づまりさそのものに少しだけ愉快な気持ちになる。

「長岡さんと、けっこう久しぶりだったんじゃないですか？」

「そうだねもう、三年とかぶりかな」

「積もる話もあったんじゃないですか？　ちょっとあの場でゆっくりお茶でもすれば良かったで

すかね」

「いや、全然いいよ。長岡さん、俺のこと嫌いだし」

「そうなんですか？　なんかあったんですか？」

「もう、十年以上前に人づてに聞いたこと引きずってるの馬鹿みたいだけど、長岡さん俺のこと文学インポって言ってたんだって。最近、現場離れてようやく吹っ切れて人に話せるようになったんだけど当時はけっこうショックで……」

エレベーターの中に冷たい空気が注入されたような風が吹いたのを感じた次の瞬間、大声で笑いたいのを我慢したせいで、ひひゃっと間抜けで甲高い笑い声が響いた。木戸さんはうんざりした顔で俺を振り返ったけれど、痙攣しながら笑いを堪えようと必死な俺を見て不憫になったのか「好きなだけ笑えばいいよ」と諦めたように言った。俺は笑って、笑いながら十階で降りて、笑いながらちょっとコーヒーとってくんでここで、と会釈をし、笑いながらコーヒーディスペンサーでコーヒーが入るのを待ち、紙コップを持って席に戻る途中でようやく笑いが収まった。はー。まだ戦慄きそうな腹に力を入れて席に座ると、隣の席の森さんがどうしたのと怪訝《けげん》そうに聞いて、不意に木戸さんのいる斜め後ろの方を見やってしまい、木戸さんがそこに座っているのを認めた瞬間また吹き出した。木戸さんにも森さんにもうんざりした顔をされた。


「文学インポ、てどゆこと？」

もやもやした性欲をバック長めの激しいセックスで晴らした直後、文学インポというパワーワードが頭から離れず、つい今日の木戸さんの話をしてしまった俺に、優美はクスクス笑いながら聞く。なんていうか、まあ文学でもう勃たない、勃っても中折れしちゃう、てことだよ。と適当なことを言うと、武夫は文学で勃起して射精してんの？　とむき出しの性器を睾丸の方からがしっと鷲摑みにして優美は俺を上目遣いに見つめる。

「してるよ」

「キモ」

「や、象徴的な意味での射精だからね」

象徴的な意味での射精……。唇の片端を上げて馬鹿にしたように言いながら、優美は俺に跨る。お互いのむき出しの性器が擦れて、自分の陰毛がもしゃもしゃする。

「俺剃った方がいいかな？」

「陰毛？　いいよ剃らなくて」

「舐めてもらう時ちょっと失礼じゃない？　こんな陰毛生えてると」

「でも初めてする時パイパンだとちょっと引く女もいるかもよ。長さ整えるくらいでいいんじゃない？　でも私も武夫もパイパンだったら結合部分が子供同士みたいでちょっとエロいかも」

優美はやっぱり、自分の業界ではまず耳にしないことを安易に口にする女だ。リテラシーが低い。意識も低い。品もない。でも美意識はある。結局、知性と高貴さは比例しないのかもしれない。自分でも本当にしつこいなと思うけれど、少なくとも彼女は、イエニスト茂吉をすごいとは言わないだろうし、思ったとしても俺には言わないだろう。

優美とは、四年くらい前にマチアプで知り合った。会って割とすぐにホテルに行くようになり、付き合う気があるのかないのか聞くタイミングを逃し続けた挙句アプリで知り合った別の子と付き合い始めてしまい、彼女ができたと正直に報告したらじゃあ後腐れのない関係で、と一方的にセフレ認定されたのだ。さすがに彼女がいる時はほとんど会わなかったけれど、別れたら連絡、また彼女ができたら距離を取って、別れたらまた連絡、を繰り返す内にまあまあ付き合いが長くてお互いのことを色々知っているセックスをする友達、になってしまった。知り合った時はフリーター、その後派遣とかであらゆる職場を転々としているらしいのだが、なぜか馬が合って、彼女にだけは木戸さんや他の同僚、作家の愚痴も包み隠さず話せる。考えてみれば、元カノよりも、元々カノよりもなんでも話せる相手だったし、途切れ途切れではあるものの、優美より長い関係の彼女もセフレもいたことはなかった。優美みたいな子とたまにご飯を食べたりセックスをしたりして、お互いに責任のない立場で陰毛の話とかをして笑い合ってるくらいが自分にはちょうど良いのかもしれないとも思うけれど、優美だって今はふらふらしていてもいずれは結婚とか出産をするのだろう。そうしたら、俺は寂しさを大いに持て余しながら、連絡を止めるだろう。会ってからエロいことが始まるまで三分というインスタントな関係だけど、それだって別に心が全く動いていないわけではないのだ。

「イエニスト茂吉って知ってる？」

「知ってるけど」

「見たことある？」

「ない」

「そ」

「何の話？」

「この間マッチした子がイエニスト茂吉がすごいって言ったんだよ。それでなんか萎えちゃってさ。それ以来ちらほら連絡くれるんだけど、返事する気になれなくて」

うんざりした声で言うと、優美はくだらね、と笑った。くだらね、が俺にかかってるのかイエニスト茂吉にかかっているのか、マッチした子あるいは俺とマッチした子の関係にかかっているのか、微妙なニュアンスだった。もしかしたら全部かもしれなかった。

「そんな小さなことで引っかかってたら三十五歳はもう結婚できないんじゃない？」

「別に結婚したいわけじゃないんだよ。でも寂しいじゃん一人って。今は優美がいるし、行人とかもたまに飲み行くけどさ、優美もいつか結婚したらこんな風に会ったりできなくなるんだろうし、行人も結婚とか子供ができたりとかしたらもう仕事の人間関係しか残んないからさ。それじゃあちょっと、さすがにかなって。いつかは定年退職するわけだし」

「優美の友達、結婚とか出産とかしても普通に遊ぶよ。もちろん赤ちゃんのうちは遊びにくいけどそんなの数年だし、育児でかかりきりなんて時期はあっちゅー間だよ。結婚して子供作っても、あっちゅー間に子供は大人になって出てく。結婚相手だっていつ離婚を迫ってくるか分かんないじゃん？　結局人間なんて一人がデフォなんだよ。人生の中の限られた一時を、人と深く付き合ったり、一緒に生活するだけ」

うーん。と言いながら優美のこういうドライなところが好きだと思う。そして、二十八にして自分のことを名前で呼ぶようなところが嫌いだと思う。

「でも男友達ってなんかそんな、磁石みたいにくっつかないのよな。逆にいうと、三年くらい会わなくて、久しぶりに会っても、おお、て感じ。会いたかったーとか話したかったーとかもないから、まあ離れちゃうとそのまんまって感じなんだよな。ほら最近おじさんの孤独問題、あるじゃん？　友達も趣味も皆無的な。ま、木戸問題。実際あの人みたいになりたくないなっていうのが、俺がマチアプで出会い続ける動機になってんのかなーとも思うんだよ。ま、あの人だって二回結婚したわけだけど」

「ん？　キドちゃんて二回も結婚してんの？」

「そうだよ。バツ二独身アラ、アラなんだ？　アラシク？」

優美はへー意外ーと言いながらベッドから出て、冷蔵庫を開けチューハイを取り出した。その後ろ姿を見つめながら、長岡さんに女性上司を重ねモヤモヤとした性欲が下腹部に残り、これはオナニーではなくセックスでないと発散できないタイプの性欲だと悟りデスクに戻ってすぐ「今日行ってもいい？」と送った性欲丸出しの誘いに、「じゃ酒とつまみ買ってきて」と易々と受け入れたこの少しウエスト周りのだらしない優美が、唐突に可哀想になる。こんな男にこんなポジションに設定されているなんて、親が知ったらどう思うだろうと想像してやりきれなくなる。でもそんなこと言ったら、自分も優美から可哀想だと思われてるのかもしれない。そして、だから彼女は受け入れてくれているのかもしれない。

「キドちゃんなんで離婚したの？」

「一回目はなんか、相手が自由人すぎて破綻したとか。二回目は子供もいたんだけど、性格の不一致的な？　今もめちゃくちゃお金払ってるらしいよ」

「フイッチで離婚なんてあるわけないじゃん。絶対どっちかの浮気だよ。てか子供いんだ」

「うん。確か高校生か大学生くらいかな」

「ふーん。じゃ武夫よりも持ってるね」

「持ってる？　え？　木戸さんが？」

「武夫には四年来のセフレとキドちゃんに比べてマイナス二十の若さしかないじゃん」

「二十年あったら子供二十人作れるかもしれないじゃん。相手が一人じゃなきゃ、百人だって作れるかも。俺のチンコにはそれだけの可能性がある」

冷蔵庫にもたれかかっていた優美はチューハイを持ち上げかけていた手を止め、じっと俺を見つめた。優美相手とはいえさすがに下衆すぎる発言だっただろうかと言い訳を考えていると、彼女はベッドとローテーブルの間に座って裸の上にオーバーサイズのTシャツを着た。

「別にリアルな話じゃないよ？　可能性の話。二十年分の可能性が、俺にはあるっていう意味だよ」

「相手が一人じゃなきゃ百人だって作れるとか言うやつの子供は、百人全員が堕胎するだろうね」

会社なんかでは絶対にできない話が優美とはできるから気楽だったのに、いきなり手のひらを返された気がしてショックだった。でも、彼女だってショックだったのかもしれない。こういう妊娠出産関係の話は女性のスイッチを入れやすいと認識はしていたが、つい口をついて出てしまったのは優美のことをどこかで女性扱いしていなかったせいだろう。この手のひら返しは、女性扱いしていない相手に性欲をぶつけてきた罰なのかもしれない。

「……ごめん。なんか、最低なこと言ったよね」

「何が？　私は絶対に武夫の子供産まないから大丈夫だよ」

「いや、ただの与太話だよ。なんか面白いかなって思っただけで本心じゃないし、ていうかこんな話本心もクソもないし……」

「ほんとお前ら男って、性欲ある内は有害なクズで、性欲なくなったら有害なゴミだよな」

ベッドに背をもたせていた優美が、振り返ってじっと俺を見つめながら言った。あ、これは一生忘れられない言葉だな。ドラマとか映画で火の玉ストレートな台詞に出会った時みたいに悠長に感心していた。長岡さんの態度に勃起した自分は有害なクズで、文学インポである自分を受け入れた木戸さんは有害なゴミ。そんなふうに考えてクスッと笑うと、優美も鼻で笑った。薄暗い部屋のカーテンは全開で、月明かりだけがこのワンルームを照らし出していて、優美はチューハイの合間にさきイカを貪る。部屋に漂う安っぽい食べ物と飲み物と揮発した俺たちの体液の匂いが、自分にぴったりレベルの部屋だなという感じがして、体が弛緩していく。

「そうだ、聞いてよ優美」

「んー?」

「今日木戸さんと長岡さんが話してたの、ちょっとだけ立ち聞きしたんだけどさ、なんか、木戸さんの昔の元カノが長岡さんに会いにきて、自分は木戸さんに搾取されてたとか言ってたらしいんだよ」

「ふぁっ?　どゆこと?」

「よく聞こえなかったからよく分かんないけど、木戸さんの元カノが、なんかもう別れて時間経ってるっぽいんだけど、突然長岡さんに相談しにきた、みたいな?」

「何聞いたの?　意味不明だよ。ちゃんと教えて」

優美は姿勢を正して俺の方に向き直った。いやなんか、木戸さんはなんもしてない、ただ普通の恋愛関係だったたって言ってたんだけどね。てかめっちゃ立ち聞きしてんじゃん悪いやつー。や、そんなだよ。正味二分かな。いや三分かな。でもさなんか多分、大学生って言ってたんだよね。え元カノ大学生だったたってこと？　まあ分かんないけど、そんな感じの話かも。いやもしかしたら、長岡さんがいま大学で授業受け持ってるから、その話だったのかもしれないな。ちょっとその辺りよく聞こえなかったから分からない。までも、中学生とか高校生ならまだしも、大学生でしょ？　別にキドちゃんが今大学生と付き合ってたたって問題ないよね？　まあ十八歳以上なら問題ないね。まあ世間的には微妙なところだろうけど。

「世間てなによ？」

斜め上の質問に「え」と呟いて、「なんだろ。世間は世間だよ、大衆、目に見えないけど強烈な空気、みたいなやつ」と続ける。

「何それ私世間が嫌いになりそう！」

優美がまた唐突に大声を上げるから、笑ってしまった。こんなのも、長岡さんが見たら「外部、あるいは野蛮なマジョリティの生々しさ」として処理するんだろうか。そう思ったらまたチリチリとした怒りを感じて、性器がどくどくし始めるのが分かった。ねえこっち来てよと後ろから手を伸ばして優美の胸を揉む。自分はなぜこんなにも胸に惹かれるのだろう。性欲に目覚めた頃から、なぜ自分はこんなにも膨らんだ胸に吸い寄せられるのか、全く馬鹿みたいだと思ってきた。敗北感に似た思いを抱きながら、いつも手を伸ばす。柔らかい優美の胸、指で右に左にと向きを変える乳首、手に余る肉、身を乗り出してTシャツを捲り上げると股に触れる。さっき自分がその中のさらにコンドームの中で射精した事実を思い出した瞬間、私は絶対に武夫の子供産まないから大丈夫だよ、という言葉が蘇る。だめだ萎えるか……と思ったけど、俺の指に擦り付けるように腰を動かし始めた優美のおかげで、ギリギリ萎えずに済んだ。馬鹿馬鹿しい。何にともなくそう思いつつ右手で股を触りながら左手で胸を揉み、時々自分の性器も軽くしごく。そういえば一晩に二回するのは久しぶりだ。そう気づいた瞬間やっぱり勃起力が弱い気がして、気にし始めると止まらなくなって、いやいやまだ三十代半ば、三十の頃には一日三回くらいできた、でも最近硬さが半減してきたような、と雑念がせめぎ合って萎え始めそうだったから、舐めて、とベッドの端に腰掛けた。素直にしゃぶってくれる優美の胸を揉みながら全神経を今しゃぶられていることに集中させる。眠らなければならない時に眠ることを意識すると眠れなくなるのと同じで、チンコのことを考えるとチンコがやる気をなくしてしまうこの現象は一体なんなのだろう。

「なんか、この子ダメなんですけど」

しばらくがんばってくれたけど、咥えたままモゴモゴ言う優美にごめんと呟いて、無理だと続ける。自分は有害なクズから有害なゴミへと移り変わる、その中途にあるのかもしれない。優美はチンコから口を離すとチンコの要素を洗い流すようにチューハイをぐびぐび飲んでいたけど、飲み終えたのかそのそとベッドに戻ってきた。

「ミ……」

自分の考えを読まれたのかと思って「えっ?」と優美を見つめると「かみ」と指さされた。自分が差し出した腕枕が、優美の髪の毛を挟み込んでいた。

「ごめんごめん」

言いながら腕を浮かせると、優美は慣れた仕草で髪の毛を掻き上げて救出した。なんだか今日は、あらゆることがうまく回っていない気がする一日だった。茂吉との展開を諦めた後マッチしてまあまあメッセージが盛り上がっていた女の子も、今日は朝一でおはようと入れてくれて以降俺のメッセージを未読無視している。お昼ご飯をiDで払おうとしたら対応していないと言われ、じゃあパスモでと言ったら残金が足りずクレジットカードを使う羽目になったし、長岡さんには半ば見下し牽制され、木戸さんには文学インポという面白い言葉を教えてもらったけど、優美には軽くサゲられ、二度目のセックスはできなかった。もしかしたら、自分は破滅に向かっているのかもしれない。いつもは大量に飲酒した時にしか感じない、大きな不安のうねりが急激に襲ってくる。その時優美の手と脚が胴体に回され、俺は抱きしめられる。優美の手も足も熱く、包まれた心地に、重力とは正反対に胸が軽くなっていく。女性上司に勃起したり、胸に惹かれたり、でも勃たなかったり、抱きしめられて安堵したり、自分の体はどうしようもないなと思う。俺だって望んで、クズやゴミ予備軍に生まれたわけじゃない。男をクズとかゴミとか言える女はいい身分だ。男が逆のことを言ったら死刑なのに、なんでこんなにひどいことをあんなに軽いトーンで言えるんだろう。憤りが体の中でどすどす荒ぶっていても、安堵はどこまでも体に入り込んで、主に胴を中心に脂肪をつけ始めた俺の体を支配して行った。

4　橋山美津

「叢雲」元編集長、現文芸第一編集部部長、木戸悠介との馴れ初めから、関係が破綻するまでの全て、そしてこの文章を書くに至った経緯をここに記します。

木戸さんと初めて会ったのは、大学近くの喫茶店でした。確か、その辺りに用事があるからということだったのですが、わざわざこちらの生活圏に来てもらったことに、申し訳なさを感じました。ゼミでお世話になっていた坂本芳雄先生が紹介してくれた編集者の彼は、四十代半ばではありましたが、身なりもきちんとしていて、清潔感があって、大学生の私を軽んじたり、子供扱いすることもなく敬語で話してくれ、私の聞きたいことに誠実に答えてくれました。面接対策や、ESの書き方の工夫、どういう人が好まれるか、配属はどの程度希望が通るものなのか、等々です。

緊張が解けてくると、彼は私が二十歳になっていることを確認してから、ビールでもどうですかと勧めてきて、喫茶店でビールを飲みながら話しました。最近読んだ小説、好きな作家、編集者になったらどんな本を作りたいか、好きな映画の話。彼の引き出しは豊富で、私が一つの名前やタイトルを差し出すと、そこに十くらいの私の知らない情報を差し出してくれる、という感じで、私は急いでメモをとりながら彼の話を聞いていました。メモを取りながら話すの止めてください よ、と彼が恥ずかしそうに言ったのが印象的で、よく覚えています。

「でも、木戸さんの教えてくれたものを、あとでちゃんと読みたいので」

私はそう答えました。国内外問わず、彼の文学に関する知識は圧倒的で、映画や演劇などにも広く精通していました。私は、文学的素養が皆無の両親の元に生まれ、決して文化的とは言えない田舎に育ったため、文学の話ができる環境に飢えており、硬派な純文学作家であり日本の文芸批評の第一人者である坂本先生のゼミに入ることを目標に大学を選んだほどだったので、木戸さんの情報量に驚き、そんな人を坂本さんに紹介してもらえたという事実に舞い上がっていました。もし何か聞きたいことがあればいつでも連絡ください。別れ際に彼がそう差し出した名刺には憧れの出版社、創言社の刻印があって、夢への秘密のルートを手にしたような、そんな気分になりました。帰宅してすぐに、お礼のメールを書きました。就職が決まったらお祝いしましょう、と返信には書いてありました。

ですが、就職活動は思うようにいかず、名前も聞いたことがないような小さな出版社まで余すところなく受けましたが、本にまつわる仕事は、書店も全滅でした。理想を語る余裕など完全に無くした私は、なりふり構わず範囲を広げ、インテリアショップの会社になんとか滑り込みました。

「橋山さん必死すぎてさあ。なんかイマイチな子だなと思ってたけど、今にも泣き出すんじゃないかって必死さに思わず丸つけちゃったよ」

入社当時の上長がそんなことを言っていました。確かに私は必死で、そこまで必死で入った会社でしたが、そんな上長がいる時点で普通に詰んでいました。

その最低な職場に私の就職が決まった時、全く本とは関係のない会社ですが就職が決まりました報告をすると、木戸さんはお祝いをさせてくれと私を食事に誘いました。落ち込んでいた私を木戸さんは慰めてくれ、自分も納得のいく会社の納得のいく部署に配属されるまで、何度も転職をして異動願いを出してきたんですよ、と自嘲気味に言って、自信を打ち砕かれてショックを受けていた私を和ませてくれました。そして、私が小説を書いていることを知ると、今度原稿見ましょうか？ と申し出てくれました。現金な私は、もはや運命の女神に愛されているような心地になっていました。

「まあまあ小説を読んできた人で、それなりの文章力がある人なら、どんなにつまらない人間でも、自分の一世一代のテーマで、ありったけの体験や思いを詰め込んで書けば、新人賞を取れるくらいのレベルのものが人生で一本くらいは書けるもんだと、僕は思ってるんです。もちろん、デビューで一世一代を使い切ってしまうわけだし、デビューより難しいのは書き続けることです。でも、もしも橋山さんが本気で小説家デビューを目指すのであれば、とことん原稿にお付き合いします。しますよ。まあ、最終選考は選考委員たちに決定権があるので、その時々の組み合わせや雰囲気によってどの小説が受賞するのかブレはありますが、少なくとも最終選考まで残るものに仕上げることは可能だと思います。まあもちろん、読んでいない状態で言うのはあれですけど、坂本さんが仰るには、橋山さんは創作に関しても秀でたものがあるとのことだったので、僕としても期待大です」

彼の言葉に、私はほとんど夢見心地でした。就活全滅で自己肯定感が地に落ちていたにも拘らず、漠然と、自分にはきっと輝かしい未来が待っているはず、という根拠のない期待に満ちていました。

もし良ければもう一軒どうですか？　大学で垢抜けない文系の男子学生や、無駄にイキった陽キャ男子学生ばかり目にしていた私には、彼は洗練された大人に感じられました。それで、二軒目のバーですっかり酔っ払って、そのままホテルに行きました。その晩、二回セックスをしました。あの、と一言呟いただけで、そうだよね、とコンドームをつけてくれました。私たちの関係についても、付き合いましょうとか、恋人になってくださいなどの話はなく、さりげなくそのことを問うた私に、そういうふうに考えてるよ、というよく分からないけれど前向きに捉えていいのだろうと受け取れるような受け答えをしました。私は、彼のことをスマートだと感じました。

あの時、私は木戸さんに大人扱いされて、すっかり大人、あるいは作家の卵の気分だったので、自分がまだ大学生で、男性経験も社会経験も少なく、判断力を持ち合わせていない未熟者であるという認識が完全に欠如していました。そうやって、背伸びをしながら大人になっていくものだという思い込みもあったのかもしれません。実際、大手出版社の編集者と付き合ってる、原稿を見てもらってる、同世代が行けないようなお店に連れて行ってもらってる、業界の裏話を聞かせてもらってる、それだけで私は優越感に浸っていました。木戸さんと私は付き合い始めるとほぼ同時に原稿のやりとりを始め、私はラリーのように打ち返しても打ち返しても戻ってくる彼の入れた赤字と対峙する日々を送っていました。設定から覆すような大幅な修正の繰り返しに、心が折れそうになることも何度もありました。でも、彼の言う通りにしていればきっとうまくいくと信じて、心にツルハシを突き刺すように自分の小説を修正し続け、やりとりを始めてから四ヶ月ほどした頃、応募締め切りギリギリで叢雲新人賞に原稿を送りました。この経験もまた、私に「私は特別な人と付き合い特別な待遇を受けている」と感じさせる要因になりました。

付き合い始めてすぐの頃、オリエンタルガーデンホテルで行われた、叢雲新人賞も含む創言社三賞の授賞式に紛れ込ませてもらったこともありました。自分は担当作家のアテンドがあるから一緒にはいられないけど、それでもいいならと言われていたので、立食パーティの中、有名店の天ぷらや寿司、フレンチを食べ一人でウロウロしていただけですが、天野美江先生、秋元隼也先生を見つけていても立ってもいられず、ファンです！　と思わず声をかけてしまいました。お二人とも、本当に親切に対応してくれました。他にもたくさん有名作家がいて、作家志望の私は、まるで舞踏会に行ったシンデレラのような気分でした。そして普通に、私の魔法は解けました。

四月から働き始めた会社では先述の上長や意地の悪い同僚に囲まれ、残業するなという圧をかけられながら、残業なしではこなせない業務を押し付けられ、退勤打刻をした後に残業をこなす日々が続き、横行するあらゆるハラスメントをもろに受けながら最悪の環境で一日の大半を過ごすことになりました。そんな中で、木戸さんとの関係と、彼と作り上げてきた原稿を応募したことだけが支えになっていました。

木戸さんは、週に一度か二週間に一度映画や食事に誘ってきて、大抵私の家に泊まって帰りました。それと月に数回、「今から行っていい？」と連絡があって家にだけ来ることもありました。彼は家に来ると必ずセックスをして、私が生理の時はシャワーを浴びてすぐに寝てしまう人でした。映画や小説の話はよくしていましたが、二人の関係性や、未来について話をしたり、思いを馳せるような時間は全くありませんでした。それもまた、離婚を二度経験した、酸いも甘いも知り尽くしたいい歳の男性だからなのかなと思っていましたが、彼の性行為は次第に、その「いい歳の男性」というイメージを覆していきました。

顔がびしょびしょになるまで舐める、耳や胸を唾液が滴るくらい舐める、自分の唾液を口移しで飲ませる、フェラをしている時に頭を押さえつけ、いわゆるイラマチオを強要してくる、乳首やアナル舐めを求めてきたりなどです。唾液系のプレイが好きなんだろうと受け入れていましたが、次第に、口移しだったのが少し離れたところから唾液を垂らして飲ませるようになり、だんだんその距離が離れていきました。最高で五十センチほどでしょうか。口でうまく受け止めないと顔にかかるし、気持ち悪いなと思っていましたが、徐々に距離を離されていったということもあり、止めてくれと言い出すきっかけを喪失してしまったのです。

それだけが原因ではありませんが、そういう気持ち悪いと感じるあれこれで、私は少しずつ彼を尊敬することができなくなっていきました。考えてみれば彼は連れていってくれるレストランも飲ませてくれるお酒も全て経費で落としていて、それは普通に横領だし、原稿チェックも私との関係が長くなるにつれ手抜きになっていったし、小説や映画の感想も段々彼のパターンが見えてきて彼が言いそうなこと、何を引き合いに出すかまで、予想できるようになってきました。

それでも、悲惨なブラック企業に勤め少ない手取りで切り詰めて生活する私に逃げ場はなく、虐待された子供が、嫌なことをされても、やり過ごしていればまた楽しく過ごす時間がやってくると、何度虐待を繰り返されても親を信じてひたむきに親を庇うように、私は嫌なことをされても、彼にはいいところもあるし、素敵なところもあるのだから、と自分に言い聞かせました。

そして実際に、彼に徹底的に赤を入れてもらった原稿は、叢雲新人賞の最終選考に残ったのです。もし最終選考に残っても事前には知りたくないと伝えていたので、本当にある日突然、編集部から携帯に電話が来たのです。あまりに嬉しくて手が震え、息が吸えなくなりました。

ですが正直、私の応募した小説は、木戸さんが私の原稿を読み、彼が提案したテーマとモチーフを私が小説に移植し、文章をならしていったようなものでした。当時はデビューしたいという思いでいっぱいで、彼に反論することなどできませんでしたが、今思えば、書いた本人でもあまりよく分かっていなかった複雑なテーマをより分かりやすいものに変更、分かりやすいカタルシスを追加投入、キャッチーなモチーフもちょちょいと振りかけて……といった修正だったように思います。しかも、当時二十一だった私にとって、彼が提案したテーマはかなり古臭く感じられました。初読の時、木戸さんは「若い感性は大事にした方がいい、そういうのは選考委員にウケるから」と言っていたのに、まさにそういう部分を剝ぎ取られて、味噌田楽みたいな服をあてがわれたような気分でした。

そして私の小説は落選しました。自信のなさがそう思わせたのかもしれませんが、選評を読んだ限り、候補作五作の中で、私の小説の評価が一番低かったように感じました。最終選考に残った時は、最終選考に残ったという事実だけでこれから五年は幸せに生きていけると感じましたが、落選を知った途端鉄の塊に押し潰されたような気分になり、こんなことなら応募などしなければ良かったと思うまでに絶望しました。当時選考委員だった長岡友梨奈さんが、文章の流れ、言語センスはとても良いが、シーンや展開の繫がりが希薄でチグハグな印象を受けた、と書いていて、これはまさに、木戸さんの介入が引き起こしたカタストロフだと感じました。木戸さんがこういうシーンを入れよう、主人公のモノローグにこの内容を足そう、などと古臭い提案してきたせいだと。受賞しなかったこと、選評で大して評価してもらえなかったことで、私は他罰的になっていました。残業続きで執筆時間がなかなか取れず、常に金欠、欲しい服や化粧品を買えないどころかもやしとキャベツと豚こまで生き延び、不眠症が悪化、木戸さんも私のざわつきを感じ取ったのか、それともただ面倒だったのか、少しずつ私の家に来る頻度が減りました。そんな状況でも、他に何もない私は木戸さんに縋《すが》るしかなく、呼び出されればどこにでも行きましたし、セックスもして、唾液も飲みました。

私が彼を尊敬できなくなったのには、彼が周囲の人たちを小馬鹿にしていたからという理由もあります。酔っていた時だと思いますが、作家のみならず、同僚や他社の文芸編集者たちに、あらゆる基準で点数をつけていた手帳を見せてきたことがありました。知識、才能、をいくつかのカテゴリに分けてそれぞれ点数を書き込み総合点を算出しているようでした。マジで寒いなと思いましたが、私は笑って流しました。酔っ払うと、よく作家の悪口を言っていました。例えば長岡友梨奈さんのことを、自分の中にもう必然性がないくせに難解を盾に中身のない小説ばかり書いていると批判していましたし、私のレジェンドである天野美江さんのことも、宣伝部の努力が足りてないんじゃないかと宣いやがった、自分の本が売れないのを出版社のせいにしやがって、と罵っていましたし、私の心の師である中岡久二さんに関しても、ビートジェネレーションかぶれの時代遅れ作家、と嘲笑っていました。彼は自分を慕ってくる作家だけ「あいつはなかなかいい作家だ」と認めているようで、まるで子供のようでした。彼には、文学コンプレックスがあったのだと思います。彼は特に難解な作品、自分には理解できない文脈や必然性を持つ作品を憎悪していました。そういうものを、〇〇のパクリ、意味不明、などと切り捨てることでプライドを保っていたのでしょう。あらゆる小説や、小説家に敬意を持たない彼の態度は、次第に私のことも苦しめるようになりました。

最終選考に残ったと連絡があった時、私はすでに次の小説を書き上げていたのですが、彼はその作品を忙しいとなかなか読んでくれず、ようやく読んでくれたと思ったら赤字ではなく、勝手にデータを修正したものを送りつけてきました。君よりも叢雲新人賞の傾向は把握してるし、そもそも傾向は俺が作ってきたものでもあるから、と彼は言いました。私は泣く泣く受け入れつつ、自分がどうしても受け入れられない箇所については交渉しました。

「俺は別に君の作品が最終選考に残ろうが残るまいがどっちでもいい。俺の言う通りにしないなら最終には残らないだろうけど、自分の信じるもので敗れなければ納得できないだろうから、好きにしたらいい」

彼はそう切り捨てました。私が全面的に受け入れなければもうサポートはしないと言われている気がして、全身が焦りで発火しそうでした。ですが、小説で敗れる、とは何でしょう。私は自分が書いてきた小説が、あの最終選考まで残り受賞を逃した作品でさえ、何かに敗れたことなど一度もないと思っているし、全ての小説は何かに勝ったり敗れたりするものではないと思っています。文学はスポーツやテストのように点数がつけられるものでもありません。そのもの自体が持つ個性が、誰かの個性に共鳴し、誰かの心や脳内に深く刻み込まれる、そういう一種の心的体験のようなものと思っています。もちろん出版社として、商業として本を売らなければならない、貴族の遊びではないのだという言い分は分かります。しかし「叢雲」のような文芸誌の編集長に、「難解はウケないからもっと分かりやすいカタルシスを」的なアドバイスをされたという事実は、数々の売れないタイプの小説に感銘を受けあらゆる作家たちに救われてきた私にとって、かなりショックな出来事でした。

つまり、木戸さんのコンプレックスはルサンチマンに変貌を遂げ、高尚な文学なんて糞食らえ、分かりやすく読みやすく、より大衆に向けた小説を目指すべきだと、捻じ曲がった信念を私の小説にぶつけていたのかもしれません。

最終選考落選、そして二作目の推敲を巡る争いの中で、私たちの仲は着実に冷めていきました。真偽は不明ですが、経費の締め付けが厳しくなったからと、木戸さんはこれまで行っていたようなイタリアン、フレンチ、おしゃれな居酒屋やバーなどにはほとんど行かなくなり、外食は牛丼屋や定食屋、行ったとしてもチェーンの居酒屋などになっていきました。そして、私が落選した回の創言社の文学賞授賞式に、私は行かせてもらえませんでした。考えれば分かるよね？　君は落選したんだよ。私の顔を知ってる編集者もいる。そんな人が来たら怖いじゃない。彼は笑って言いました。君の顔を知ってる編集者は一人だけで、マスクをしていればバレないはずです。それに私は別に、受賞者に悪い印象なんて抱いていなかった。怖いのはあなたなんじゃないの？　私はそう思いながらも、笑って「そうだよね」と引き下がりました。唾液に拘っていたセックスも次第に手抜き、雑になり、次第に私ばかり動くようなセックスになっていました。

「嫌な客が来た時の風俗嬢みたいだな」

舐めてと言われて舐めていた時、酔っていた木戸さんが言った言葉です。その時、私はポカンとしてしまいました。あれ、私は木戸さんと付き合ってると思ってたけど、そうじゃなかったんだろうか。あれは勘違いで、彼はただのセフレとか、無料風俗みたいなものとして私を認識していたんだろうか。こっちの困惑とは裏腹に、彼は私の頭を摑んでぐいぐいと長い時間イラマチオをさせるとようやく射精して、そのまま眠ってしまいました。可愛い女、若い女に唾液を飲ませるのは興奮するけど、別にもうどうでもいい女に唾液を飲ませたところで興奮はしないのだろうか。だから、彼はもうそういう私を汚す的なことをしなくなったのだろうか。木戸さんの性欲は低俗で悍《おぞ》ましく、そんなものと関わる人生を、私は呪い始めていました。

知り合った時、清潔感があるなどと感じた自分は狐に化かされていたとしか思えません。加齢臭、お腹のぶよっとした肉、摑める背中の肉、唾液、少し動くだけで溢れ出す汗、濃い腹毛、剃ったり整えたりすることを考えたこともないのであろう鬱蒼と茂った白髪混じりの脇毛と陰毛。彼の清潔感は、短めに切り揃えられた髪と、パリッとしたシャツの二つから醸し出された雰囲気でしかありませんでした。それにパリッとしたシャツも、襟首の内側は黄ばんでいました。

壊れ始めると、全ては簡単に、土台から、底が抜けるように崩れ落ちます。あんなに縋っていたものが、本当に馬鹿げたものに感じられます。そして、飼い慣らされた犬のようだった自分が、野蛮で獰猛な動物に変化したようにも感じました。私は本来こんな自分ではなく、彼と付き合っていたことで、私は自分を見失っていたようにもです。当時は認められなかったことですが、今思えば私は彼自身を愛したことなど一度もなく、打算的な、あるいは依存的な関係でしかありませんでした。そしてそれは、彼も同じだったはずです。彼は自分の持つ特権に魅力を感じていた私に餌をちらつかせて、自分も見返りを受け取っていた。では私たちはウィンウィンだったと言えるのでしょうか。私はそうは思いません。彼は就職の相談に乗るという圧倒的優位な立場で私を口説きました。作家になるという夢につけ込み、まともな社会的振る舞いを知らない、世間知らずな若者を搾取しました。

　私は少しずつ、依存から抜け出し始めました。おかしいと思ったことは言い、嫌なことは拒絶するようになったのです。もしかしたらそのまま対等な関係を築くことも可能だったのかもしれません。ですが、それまで我慢してきたことが溢れ出すようにして、私はどんどん彼への嫌悪を募らせていきました。うちに来れば必ずセックスをしていた彼がとうとうセックスをしなくなった頃、あんなに嫌なプレイに付き合わせたくせに興味がなくなったら手も触れなくなるんだねと嫌味を言うと、嫌々仕事をする風俗嬢みたいだからねと嫌味で返され、その時ばかりは怒りが爆発して、私は性ボランティア要員ではない、のらりくらりとこれからの話を一切しないまま、最近ではロクに会話もしなければ私の体にも触れない、私は一体あなたの何なのか、と反撃しました。すると彼は、自分が如何に君にお金と時間と労力を費やしてきたか、熱弁をふるい始めました。

「レストランだってバーだっていつも経費で落としてたわけじゃない、自腹の時もあった。普通の仕事だけでも手一杯なのに合間を縫って原稿を見て赤入れして、真摯にアドバイスをしてきたし、君の執筆のヒントになればと思って演劇や映画にも頻繁に連れ出した。それなのに俺の指摘には文句ばかり言って、経費で落とせなくなったと言えばあからさまに不機嫌になって、演劇や映画に連れて行ってもロクな感想も言えず勧めた本もロクに読まず不勉強も甚だしい、そんな奴との未来なんて考えられるわけがない」

　彼はそう切り捨てました。私から見えていた世界と、彼から見えていた世界の違いに、愕然としました。私は反論しましたが、彼には言葉が全く届いていないようで、怖くなりました。オーバーヒートして、制御不能になっているような、そんな危険を感じたんです。二十以上歳下の女に唾を飛ばしながら声を荒げる男性は、何か妖怪に似た異様さがありました。

「あの原稿だってさ、皆が三角だったの、俺が二重丸つけてゴリ押ししたんだよ？　君、俺のおかげで最終残ったんだよ？　編集部で君の小説に丸つけてたのセンスの悪いおばさん一人だけだったからね。君の担当の三浦さんだよ。他に誰も担当したがる人いなかったからね。あんなのに二重丸つけて、って冷ややかな目で見られるの承知で、俺は自分の信頼を切り売りして君の小説を推して最終選考まで残してあげたんだよ？　俺の手が加わってなかったらそもそも文章力的に下読みだって通ってなかったよ。一次と二次通ったのは俺の赤入れのおかげ、最終に残ったのは俺のゴリ押しのおかげ。なのに二作目からは俺のアドバイスをありがたがりもしないで突っかかってばっかりで、そりゃ一人で勝手にやれって思うよ。文学好きですとか曰《のたま》って、ロクに努力もしないで自分の才能は人には認めてもらえない時代が追いついてないとか苦悩しちゃってるような学生がこの世で最も愚かなのは分かるよね？　自意識過剰な自称作家志望なんだから。そっからさ、引き上げてあげようって、本物にしてあげようと思ってたんだよ。それなのになんなのその態度。俺のこと何だと思ってんの？　使い捨て推敲マシーンだとでも思ってるの？」

　彼には、苛々するとお酒を飲むスピードが加速度的にアップしていく悪い癖がありました。お酒を飲むと本心が出るのか、それとも別人格になるのか、深酒を好まない私にはよく分かりません。でも彼の言葉は酔っぱらっていても滑らかで淀みなく、そこに嘘はなく、きっとずっと思ってきたことなんだろうと分かりました。彼がいつ、ずっと手に持って離さないグラスを私に投げつけるか分からない。いつ羽交い締めにされるか分からない。いつベッドに投げ出されるか分からない。私は恐怖で動けなくなっていました。全く尊敬できない両親の元で育ったこと、勉強ができず苦労した学生生活、パッとしなかった私自身と、希薄な友人関係、ゼミに入りようやく同じ趣味の人たちと知り合えたものの、陰キャばかりで卒業と同時にほぼ無くなってしまったコミュニティ、雑巾みたいな扱いをされる会社、見るたび悲しくなる給与明細、木戸さんと付き合ってから、中学時代から小説を見せ合う仲だった唯一の友達と絶縁状態になってしまったこと、そういう最悪な全てがのしかかってきて万力にかけられた風船のように心がばちんと弾け飛んだ気がしました。彼の罵りは、虐待やリンチ、レイプなどと同レベルに、人の心を殺すものでした。木戸さんと付き合う中で少しずつ息の根を止められ続けていた私が、完全に死んだ瞬間でした。怒ったり反抗したりどころか、恐怖と脱力で立ち上がることすらできなかった私は、本当にごめんなさいと謝り続けました。申し訳ないという気持ちは皆無だったにも拘らず、ごめんなさい、と繰り返していました。あの時自然に自分からこぼれ続けたあの言葉が何だったのか、いまだによく分かりません。暴力被害を回避しようとしたのかもしれないし、別れたいと言い出せず代わりの言葉として言っていたのかもしれない、あるいはもう、黙って欲しい、あなたの言葉を聞きたくない、そんな気持ちだったのかもしれません。

私は泣き続けて、彼は呆れと苛立ちを隠そうともせず定期的にガチャンガチャンと乱暴な音を立ててお酒を注いでは飲み注いでは飲みを繰り返し、最後はソファで寝てしまいました。私は静かに部屋を抜け出し、漫画喫茶で時間を潰した後始発で千葉の実家に帰り、しばらく泊めてくれと頼みました。木戸さんには、別れてくださいとメールで伝えました。彼はあっさりしたもので、「寂しくなるけど、楽しい時間をありがとう」と捌《さば》けたものでした。あれだけ罵っておいて歯が浮くような台詞ですが、もしもの時に備えて、罵倒や人格批判のような言葉を記録に残したくなかったのかもしれません。もしかしたら、あの酔っ払った末の罵倒によって、彼は意図的に別れを招こうとしていたのではないかと、しばらくした頃思い至りました。自分から別れを切り出し、私が怒り狂って彼の作家や上司に対する悪口を暴露したり、経費の私的利用を暴露されたり、金銭を要求されたりという状況になるのを恐れたのではないかと。でも、どちらにせよ別れられて良かった、というのが私の感想です。

私は家に帰ると、木戸さんの物をまとめて段ボールに詰めて彼の会社に送りました。彼の家にちらっと遊びに行ったことはありましたが泊まったこともなく、住所も知らなかったのです。彼からは、普通郵便で合鍵一つが返されました。簡単なものでした。彼にとって私は御しやすい世間知らずの若い女でしかなかった。そして私にとって彼は、社会のようなものでした。我慢と息苦しさと嫌悪を伴い、気がつくとあらゆる部分を搾取されている。狡猾で、自分はいかなるリスクも引き受けない、そんな存在でした。個人と社会が闘うと、こういうことが起きるのだという縮図のような関係でした。黙って搾取されていれば息の根は止めないぞ。私はそんな高圧的な社会に反旗を翻し、彼から解き放たれ、完全に孤立したのです。

でも彼もまた、私に搾取されていたと感じていたのかもしれません。自分はお金をかけた、時間をかけた、労力をかけた、と。ですが人は好意を持つ相手との関係には、その三つを自然にかけるものです。かけたものを「かけた」と相手に発言するかどうかで、その人の人としての器が測られるのだと思います。ですが、私が彼との関係にかけたのは、肉体であり若さです。お金、時間、労力と、肉体や若さはそもそもの性質が違うのではないかと思います。しかも私のそれらは、無自覚に搾取されたものです。愚かな若い女、と笑う人がたくさんいるであろうことは重々承知です。ですが、私はあの時、誰かに馬鹿にされるようなことを、嘲笑《あざわら》われるようなことをしたとは、どうしても思えません。彼は私の窮状に、敢えてつけ込んできたとしか思えないのです。そして唾液を飲ませることに性的快楽を抱けなくなった途端、雑な扱いをしてポイ捨てした。人を使い捨てにする社会と同じです。

これは約十年前、私と木戸さんの間に起こったことです。今とは、少し状況が違いました。彼と別れてから十年弱が経って、私は今改めて、彼への怒りを燃やしています。私は、この長い時間をかけて、無自覚から自覚の状態に移行したのだと思います。ようやく、自分がされたことを理解できたのだと。確かに、自分は未熟だったと、無自覚だったと思います。ですが例えば、子供は親が養育します。障害のある人は治療やサポートを受けます。判断力のなくなった認知症患者は介護されます。庇護や福祉からこぼれ落ちた者は、愚かな奴と嘲笑われてお終《しま》いですか？私は、木戸さんを裁く法がないことに絶望します。四十代半ばの男性が自分の年齢の半分以下だった私の体を唾液まみれにさせて性欲を満たした挙句、楽しい時間をありがとうと紳士ぶった態度でお礼を言ってお終いなんて、おかしくないでしょうか。しかも、俺を利用しやがった、この才能のない文学気触《かぶ》れが、的な捨て台詞まで吐き捨てて。

私は彼と別れた後、彼との原稿のやりとりの中で、小説を通して傷つけられた経験がトラウマとなり、しばらく小説を書くことができなくなりました。二年ほど経ち、ようやく一から取りかかり、一人で仕上げた小説は、叢雲ではなく別の文芸誌に応募しましたが、一次選考通過止まりでした。それでも嬉しくて書き続けていましたが、生きるために働き働くために生きる生活にいつしか心が折れ、もう七年くらい、文章を書くことを止めていました。この文章が私の、復帰第一作でもあります。

今回、私がこの文章を書こうと思ったのには、二つきっかけがありました。先日坂本先生が急逝されたことです。私は、坂本先生がいるからという理由で大学を選んだほど、坂本先生に傾倒してきた人間です。坂本先生が五十代の頃編集長を務め自費出版されていた「リテラル」は全号集めていて、そこに寄稿していた先生たちを中心に文学の知識を広めていったという経緯もありました。つまり木戸さんは私が世界の誰よりも尊敬している神々しい存在が引き合わせてくれた人なのだという前提のために、私はどこか彼のことを憎みきれなかったという側面があったのだと思います。

もう一つのきっかけも、坂本先生の死に関係しています。坂本先生の葬儀に参列した時、私は久しぶりにゼミ仲間との再会を果たしました。私以外の仲間は時々少人数で会っていたようで、彼らの中では有名な話だったようなのですが、坂本先生は木戸さんや、明陽社の編集者などに、編集者志望、あるいは作家志望の女子学生を度々引き合わせていたらしいのです。それがどういう意図で行われていたのか、もはや確かめる術はありませんし、何かおかしいとは思ってはいましたが、私も彼の生前そこを追及することはしませんでした。ですが葬儀の日、私と同じように坂本先生に木戸さんを紹介され、複数回関係を持ったと話す、坂本ゼミに在籍していた三年後輩の女性に出会ったのです。いろんな代の坂本ゼミ生が集まって居酒屋に移動して飲んでいた時、叢雲新人賞の話になり、最終選考に残ったことがあるという話をすると、もしかして、木戸さんて知ってますか？　と彼女は私の目をまっすぐ見つめて聞きました。嫌な予感は当たりました。

私も、他の女子学生が木戸さんに引き合わされたという話を聞いたことがあったんです。ちなみにその時、木戸さんは葬儀には来ていませんでしたが、彼女によると通夜には来ていたようで、彼女は木戸さんを見た瞬間、彼とのあれこれを思い出し心を掻き乱されたとのことでした。

生きている坂本先生には、結局何も聞けず仕舞いでした。そしてこのままだと、木戸さんは順調に退職し退職金をもらって、私のような下層階級と違い、のうのうと優雅な余生を送るでしょう。そんなのおかしくない？　私の疑問はそれだけです。今更、彼を訴えようなどとは思っていません。彼の私にしてきたことは、デリカシーに欠け、人の尊厳やプライドを著しく傷つけるものでしたが、罪ではないからです。でも「そんなのおかしくない？」は残ります。お金をくれと言っているわけでもありません。恐らく、戦っても勝てる見込みはないでしょう。でもそんなのおかしくない？　なんです。これしか出てきません。世間に委ねてみたい。私はそう思いました。善悪を、正誤を、モラルとアンモラルを、今の社会が、世間がどう判断するのか。私や、木戸さんにされたことを話しながら涙ぐんでいたあの後輩の憤りが、どのように社会に受け取られるのか。私は知りたいんです。私はかつて、木戸さんのことを社会のようだと、個人を搾取するという批判的な意味を込めて考えていましたが、今その社会がどのように変化を遂げていて、どのようにこの事案を受容し判断するのか、社会を試してみたいと思ったのです。

私は、勤続十年の会社を一ヶ月前に辞めました。長年のハラスメントに耐えかねたというのもありますし、慢性化したストレス性胃潰瘍で、もはや出社すらできなくなったのです。彼氏も友達もおらず、両親すらすでに既婚子持ちの姉と弟にかまけて私の存在を忘れています。大学名、本名を出しても、もう失うものは何もありません。もちろん、失うものが何もない状態でしかこのような告白ができない社会はおかしいです。ですが辞職しなければ、私はこのような形で文章を公開することはできなかったでしょう。何か、見えない力に後押しされているような、そんな勇気が突然湧き上がったのです。

最後になりますが、私にはどうしても許せないことがあります。なぜそれが許せないのか、自分でも少し不思議なのですが、木戸さんとのことを思い返すといつもこのことで許せないという思いが限界値を超えるんです。

セックスをしている時、彼はいつも汗だくでした。シャワーを浴びた直後のようにびしょびしょでした。そんな彼から滴《したた》る汗が目に入ったことが何度かありました。あれほど目が痛かったことは、あの時だけです。眼球に塩を擦り込まれているような痛みで、涙が流れ続けました。それでもセックス中だから、杭打ちされていて逃げられない。汗の塩分濃度がそれほどまでに高いことを、私はそれまで知りませんでした。私はそんなことを知りたくなかった。私をそんなことを知っている人間にした木戸という男が、私はどうしても許せないのです。不思議ですが、いつもあの時の痛みを思い出すと、身体の芯ががくがくして、身体中にチリチリと今にも火がたちそうな電流が走ります。怒りに似ていますが、もっと気がふれそう、という感覚に近い電流です。何でか分からない。でも、走るんです。

木戸さんの罪はこの十年で充分に熟成しました。罰なき罪が熟成し、悪臭を、存在感を放ち始めました。私に寄り添い続ける悪臭に、ひたひたとつきまとう罪の気配に、私はもう耐えられないのです。

5　横山一哉

発端は、「叢雲」の編集部員の五松さんがTwitterで晒し上げになったことだった。

「こいつマリミ!で婚活女子騙してヤリまくってる男」「某大手出版社勤務年収一千万超えってプロフで豪語してるくせにコスパ重視のハリボテ居酒屋ばっか連れてくやつ」「イエニスト茂吉が好きだっていうバカ女に萎えたとか言ってブロってた」「相手が一人じゃなきゃ俺は百人だって子供作れるとかのたまってた割に二回戦目で萎えチン」「初めてのときガシマンしてきて自己満早漏セしかできない陰キャだったから鍛えたった」「がしかし私と既セクなったあと別のマッチした女と付き合うことなったーてほくほく報告してきたキチク」「で彼女いてもふつーに家きてセして帰る男五松武夫」「吉見メリルの担当なった時あれは絶対ヤレる!ってチンコギンギンにしてたｗｗ」「したら一度も会ってもらえなくてなんかやらかしたみたいで担当切られててザマア笑チンコも切られればいいのにｗｗ」「会わずに危険察知した吉見メリル超能力者説」「とりあえずンコチ」というふざけたアカウント名のこんなツイートが、五松さんの画像と共に出回ったのだ。画像は、西村小夏さんという叢雲新人賞デビューの作家が、五年ぶりに沈黙を破りエンタメ誌に新作を一挙掲載、掲載時から反響を呼び単行本化するや否や爆発的な売れ行き、大田原吾郎賞にノミネートされ話題沸騰！　と謳われ情報番組に出演した際、消えかけていた自分にエンタメ誌への掲載を提案、小説の内容にも適切なアドバイスをくれ、救ってくれた編集者としてちらっと五松さんがインタビューを受けていた時の動画のスクショだった。とりあえずンコチはその時の動画も丸々Twitterに載せていたけど、本当に一分もないような短さでほとんど無意味な発言しかしていなかったのを見て、自分は元々本名でSNSなどやらない派の人間ではあるものの、どんなシチュエーションであったとしてもネット上に名前や顔を晒すのは未来永劫絶対に止めようと心に強く決めた。

「見たよ。あの、五松さんディスツイート」

「あ、見た？　なかなかセンスのいい文章だったよね」

「あれ、かなり悪意のある書き方してるよね」

「悪意なきゃあんなことTwitterに書かないよ」

「五松さんのセリフとか、多分実際はあんなんじゃなかったんじゃないかな」

「そりゃそうでしょ。もちろんそれも込みでだよ」

「もちろん五松さんは最低なんだろうけど、一方的すぎるような気がして、読んでて少し辛かったな」

「表現っていうのはどんな場でどんな形でどんな人からなされようと一方的なものだよ。人は自分というフィルターを死ぬまで外せないからね。もちろんTwitterとかの匿名投稿がその最底辺にあるっていうことは分かるし、その痛々しさに耐えられないって意見も分かるけどね。でも私はちょっと五松さんへの意識を改めたけどな。人に激しく嫌われるっていうのも才能だからね。それこそ、五松さんがイエニスト茂吉を嫌悪して、一度は勃起した女の子に萎えてブロックしてしまうほどに、人を嫌う、人に嫌われるという行為には普段生じないレベルのエネルギーが渦巻いてるってことだから」

友梨奈は楽しそうに言って、しかもこのツイートが西村さんの突破口になった作品の爆売れをきっかけに拡散されることになるとはね、と愉快そうに続けた。西村さんが五年ぶりに発表した作品を「モアノベルス」で読んだ時、彼女の叢雲新人賞デビューの時選考委員を務めていた友梨奈は「デビュー作の時はパッとしない地味なモチーフが多くて、でもテーマに芯がある小説を書く人だと思ったから推したけど、すごい化け方をしたよ。こんなものが書けるなんて思わなかった。純文でもエンタメでもある、深みも浅みも使い分けて、この世の全ての要素を途轍もない手《て》間隙《まひま》をかけてシェイプアップさせて一つの物語にまとめ上げたような小説だよ。絶対に一哉も読んだ方がいいし、現代に生きる、特に日本人には読んでほしいけど、海外の人が極東の異邦人を理解するツールとしても最適な小説になるだろうね。自分とは対極に存在する異邦人にまで想像を及ばせる必要にかられている現代に於いては、つまりこの世の全ての人が読むべきなのかもしれない。この世には売れるべきなのに売れていない本がたくさんあるけど、この本は売れるべきかつ絶対に売れる本。瞬く間にベストセラーになってすぐに翻訳もされるだろうね」と絶賛していたのだ。友梨奈はしょっちゅう小説を読んでは「とてつもない本だった」「この小説はもはやコカイン」などと少々大袈裟に勢い込んで感想を話すけど大抵の場合「売れないだろうけど」と残念そうに付け加えるから、普段あまり本を読まない自分でもさすがに気になって何度か手に取って数ページ読んでみたけど続かなかった。それでもここまで売れて話題になればやっぱりちょっと本腰を入れて読んでみようかなと思うから、自分はオピニオンリーダーから最も遠い人種、資本主義社会と世間に踊らされる大衆の一員でしかないのだと自覚せざるを得ない。

だからこそ、友梨奈に惹かれたんだろう。自分の中に確固とした価値観を持ち合わせていない俺には、「それは正しい」「それは間違っている」「それは正しいけどもっとこうするべきだ」「それは救いようのない悪だ」と自信満々に全てにジャッジを下せる彼女が眩しかった。

「私が間違ってると思ったらちゃんと言ってほしい。一哉の言葉を受け取ったら、私はその都度きちんと考えるし、一哉の意思や価値観を取り入れて、私は人としてさらにバージョンアップしたいんだよ」

付き合い始めた頃、いつも私ばかりが提案して私ばかりが全てを決めて私ばかり話題を出して私ばかりが話を先導して私ばかりが結論を出してる、と不満を漏らしたのち友梨奈はそう言った。情けないかもしれないけど、俺は友梨奈と話しているだけで幸せだし、友梨奈が間違ってると思ったことは一度もないし、一緒にいると幸せだから話す内容はなんでもいいんだと言ったら、彼女はショックを受けたような表情をしたけど、主張がないということが一哉の主張なんだねと前向きに理解したようなセリフで話を終わらせた。何故かは分からない。自分には許せないものがないのだ。苦手なものはある。でも許せないものは特にない。つまり自分にあるのは、信念ではなく、傾向でしかないんだろう。それでも、何が何でも友梨奈と一緒にいたいという信仰に近いものが自分にはあるのだから、それで十分じゃないかとも思う。

そして五松さんの晒し上げがまあまあ炎上して、アカウントの持ち主が「五松からLINE送信取り消し十連発。スクショしてれば全国の五松ファンに見せてあげられたのに……」とツイート。もうちょい煽ったらまた入れてくるかな？　と五松さんに関するゲスい追加燃料を投下し、さらに「イエニスト茂吉好きは私です」というアカウントまで登場してハリボテ居酒屋での五松の様子、サイン会を開いたのにほとんどお客さんが集まらなかった作家のことを小馬鹿にしていた、吉見メリルの話を振ったのに担当切られた話は隠蔽してたなどとツイートがあって、すぐにとりあえずンコチとDMで繋がったらしく五松さんの悪口で盛り上がったというツイートの後に、顔はスタンプで隠しているものの女性二人が乾杯してる画像を「えぐい告発大会楽しすぎ」と評してアップ。さらにこの騒動に便乗して「創言社の編集者に読者をバカ扱いされて話題のイエニスト茂吉です。版権引き上げようかな！」とイエニスト茂吉がツイートして賛否両論炎上。さらに、もう我慢ならないので言わせていただくが五松さんは優秀な編集者です、つまらないことで彼の尊厳を奪うのはやめてもらいたい、と擁護する和田勘一という普段は告知にしか使われてない六十代の作家のアカウントが突如参入し、その和田勘一が三十数年前に出版していた、妻を家政婦扱いしていると受け取れるエッセイ、女性編集者たちをハーレムのように侍らせている様子が窺えるエッセイのスクショが出回り大炎上、もうこの件に関わるもの皆が火傷をするという危険な状況になって、友梨奈が何かしらの形で巻き込まれたりしないだろうかと心配で、この件に関して取材依頼なんかがきても受けない方がいいと思うよと進言をしたら、心配性だな一哉はと笑われた。実際、Twitterの炎上は二週間ほどでネタが尽きたのか下火になってきて、ご心配おかけしましたって五松さんからメールがきたよ、疲弊してる感じはしたけどただの痴情の末の暴露だろうし特に処分もないだろうねと友梨奈はやっぱり楽観的で、自分もホッとし始めていた矢先の、橋山美津の登場だった。会社の昼休み、いつも通り昼ごはんを買うためコンビニで列に並んでTwitterを見ていたら、唐突に告発という言葉が目に入ったのだ。

「五松武夫さんに関するツイートに勇気づけられました。私が後生大事に守り続けた幻想も死んでしまいました。もう二度と私のように苦しむ女性が現れませんように」。そのツイート主、橋山美津は本名のアカウントで、memoosのURLが貼り付けられていた。木戸さんに関する告発文だと気づいてすぐに友梨奈に連絡したけど、彼女の反応はのんびりしたもので、もしかして知ってたのと聞くと、まあなんとなく聞いてはいたかな、と「明日の気温は二十四度、そよ風だって」くらいののどかさで答えた。

今日叢雲元編集長の木戸さんの元カノが私に会いにきて……と去年彼女が話し始めた時も、そのくらいライトな口調だった。元々、友梨奈が大学で教えると聞いた時から、友梨奈のファンやつきまとうような輩が出てくるのではないかと不安だったのだ。その不安は、自分が大学生の頃友梨奈を好きになり、うざがられない程度につきまとって必要な時に水やハンカチを差し出したり、うちわで扇いだり日陰を作ったりするような一方的なコミュニケーションをとり続けたのが功を奏し、いつの間にか友梨奈の人生にレギュラー出演が叶い、気がついたらパートナーになっていたというある種のシンデレラストーリー的な夢を叶えた経緯のせいもあったかもしれない。俺みたいなやつがいたらどうしようと心配すると、友梨奈は笑って私はもう一哉以外の人とは付き合えないよと言った。でも、自分は自分のどこが友梨奈に気に入られたのか、どんなところが良かったのか、全く理解できない。そしてだからこそ、不安なままなんだろう。

コロナのおかげで飲み会なんかに行く機会がないことに心底ではホッとしていたのだけれど、前期の授業を半分受け持ってくれと依頼してきた、闘病中だった坂本芳雄という批評家の持病が悪化したようで、急遽後期も坂本芳雄ゼミの出身者である湯沢圭一という日本近代文学の准教授と二人で授業を半々で分担することになった。そんな急に頼むなんてあり得なくないか？　と呆れたけど、もうベッドから起き上がることもできないんだよ坂本さん、と見舞いから帰ってきた友梨奈は肩をすくめて、準備していた連載の開始時期を数ヶ月ずらしてもらうことにすると続けた。彼女が決めたのであれば仕方なく、俺は彼女を支える他なかった。そして後期が始まって数ヶ月で、坂本さんは肺炎をこじらせて体調が急変し亡くなった。

五松さんを巡る一連の炎上と、坂本さんの死がきっかけとなって発信された橋山美津の告発文は、長かった。ちょっとしたニュース記事くらいのボリューム感だろうと思って読み始めたら、読んでも読んでもスクロールバーが移動せず驚いた。そして、きつい話だった。

「どうだった？　読んだ？」

だから帰宅して出迎えてくれた友梨奈に開口一番そう聞かれて、すっぽんの生き血を飲んだ感想を聞かれたかのように、言葉に詰まった。元々、人の恋愛話なども好んで聞くタイプではないし、知らない人の性的な話は正直読んでいても聞いていても苦痛なたちなのだ。

「どうだった？　一哉はどう思った？」

目を輝かせて聞く友梨奈を見て、迷う。彼女が興奮している時は、危ない。曖昧なことを言えば必ず食い下がり、言葉に詰まれば「それはこういうことか、それともこういうことか、自分で自分の気持ちや意見をうまく説明できないのであれば手がかりだけでもいいから、この話にどんなインプレッションを持ったかだけでも教えて」と詰め寄られるのだ。そういう時の彼女は俺を責めているわけでも、怒っているわけでもなく、ただひたすら「興味」に突き動かされていて、俺はこの世のほとんどのことに「興味」を抱いたことがないから、まるでそれに突き動かされている彼女が面識のないストレンジャーのような心地になって恐ろしいのだ。それは普段の見慣れた友梨奈とは別人のようで、いつものあれは演技で、こっちのストレンジャーの方が彼女の本質なのかもしれないとさえ思えてくる。でも実際にそうなのだ。彼女には強い乖離がある。NとSだけではなく、WとEもあって、仕事柄多角的な視点を持つ必要があるのだろうと思っていたけど、Nの立場からSを嘲笑い、かと思ったらいつの間にかS視点に立ってNを揶揄して、それでいてさらにWやEも土俵に上げてWはこういうところがダメで、Eはこういうところがイケてない、でもWとEはS的な視点で見れば社会の必然である、といった批評に落とし込んでいく。つまり彼女は俯瞰視点で世の中を見つめていて、自分はどこにも所属しない、あるいは全てに所属しているという前提に立っているのかもしれない。そこに強烈な美学や信念はあるのだろうが、彼女のそのアイロニカルな態度にはどこか演技、乖離的なものを感じるのだ。

数ヶ月前、彼女が出版社のパーティに参加した日にも、強烈な乖離を感じた。俺がほとんど寝入りかけていた深夜に帰ってくると、玄関からリビングまでの間で目を潤ませたかと思ったらポロポロと涙を流してその場に頽《くずお》れたのだ。どうしたの？　どこか痛い？　何かあった？　と手を握り背中を撫でていると、しゃくりあげながら「死ねばいいのに！」と彼女は大きな声を上げた。水を飲ませて落ち着いてきた彼女に話を聞くと、パーティにセクハラ発言をする男性作家が二人もいて、友梨奈の担当編集者である柄本《えのもと》さんという女性に、口にするのもおぞましいような言葉をかけたのだと話した。柄本さんはまだ三年か四年目だかの若い人で、担当についた頃から友梨奈は「彼女からは作家に書く気を起こさせる磁場が発生しているのかもしれない」と絶賛していた。本当に気楽な人だからと柄本さんとその彼氏と飲んでいた友梨奈に呼び出され、俺も一度会ったことがあった。普段からLINEでおすすめの映画や本、いい飲み屋の情報をやりとりしているようで、珍しく友梨奈が仕事の枠を超えて付き合っている担当だった。

「あんた可愛いけど胸がないな、って。佳文社の湯川はブスだけど体は最高でさ。俺はブスでも枕で顔隠してヤれるよ、とか言い合ってて。もしかしたらドッキリかもってカメラを探したし、三十年タイムリープした可能性も疑ったよ。でもあとで片方の担当編集者にあれはまずいですよって言ったら、彼は皆を楽しませようと思ってやってるんです、機会があればこちらからやんわり注意しますので、って。私たちはいつまであんな老人たち相手に手取り足取りこれはセクハラですよ、それもアウトですよ、ってセクハラ教育しなきゃいけないんだろう。柄本さんがコロナでずっと同業者と会う機会がないって嘆いてたから、いい機会になればと思って誘ったのに」

「柄本さん、ショック受けてた？」

「ショック受けたって、あからさまにショック受けた顔するわけにはいかないからね。私もショック受けたけど、あの場では固まって、彼女を離れた場所に誘導することしかできなかった。私はもっとちゃんと対応するべきだったし、それができなかったこともショックだし、どうしてこんなことが現代で起こるのか訳が分からない」

だから嫌なんだよ世界は。彼女はまた涙を流して両手で顔を覆うと断続的に罵倒の言葉を呟き、俺の差し出した水をもう一杯飲み、トイレに行って戻ってきて、泣きながら俺の腕の中で眠りについた。嵐のようだった。

　そこまでの生々しいセリフに遭遇したことはないものの、自分の会社でも、営業職の女性が取引先の中年男性にボディシェイミングをされた、上司に「女だから優遇されてる」と言われた、産休や育休を巡って嫌がらせを受けた等々、定期的に耳には入るし、適応障害と診断されて休職している女性の同期も一人いて、自分もハラスメントという強大な危機とすれ違いながら社会を生きているという自覚はあるものの、分かりやすいハラスメントを受けたことも、直接目にしたこともない自分にとっては、地中に蠢《うごめ》く魔物のようなイメージしか湧かず、人々の噂や、突拍子もない降格などでじわじわとその存在を感じてはいるものの、いまいち実感が湧かないというのが事実だ。こういう無自覚な人々が害悪を助長させるということも分かるし、友梨奈と付き合うようになってからは度々この手のエピソードや考えを彼女の口から聞いてきたこともあって少しずつ意識的に考えるようになってきてはいたけど、彼女の口から出た話は、地蔵が歩いているのを見たという話のような、アニメ的イメージしかもたらさなかった。

　昔、俺のこの無自覚さが彼女の怒りに火をつけたことが一度あった。あの時も彼女は泣いて怒って滝のように酒を飲み、やっぱり倒れるように眠った。もう二度と同じ轍を踏みたくないし、彼女の涙を見るのは辛い。地雷を踏まなかったことにどこかホッとしながら、自分も目を閉じた。

でも、翌日目覚めた彼女は、大泣きしていた姿が嘘のように、最低だよあいつらはと笑いながら嘲った後、私は全然大丈夫。本当にあんなセクハラ一ミリも何とも思わない。でもそんなセクハラ何とも思わない私は現代の先進国に於いては頭がおかしい。本当に日本が先進国なのかという問題は置いといて、とりあえず便宜的に先進国ということにするね。そして柄本さんも本当に何とも思ってなかったとしたら頭がおかしい。でも、一昔前はそれが頭がおかしくないってことだった。つまり時代が変わったってことなんだよ。私が社会に出た頃は、セクハラなんて日常茶飯事だった。セクハラが平気なのが当たり前だった。皆何とも思ってなかった。もちろん耐えられなくて会社を辞めていった人たちもいたし、心を病んだ人もいたけど、ほとんどの人が適応して苦笑や微笑やアイロニーで流すようになって、耐えられなかった人々を感じやすい人、ナイーブな人、って可哀想がりながらどこかで揶揄してた。つまり私たちは出刃包丁で滅多刺しにして完全に心を殺したんだよ。死んだ心は二度と生き返らないから、私は以後何とも思わなくなった。私は今セクハラには断固反対だし、セクハラするような人は即ロボトミーでいいとさえ思ってるけど、それは時代が変わったからなんだよ。あの程度のことを言われても、正直私の心は一ミリも動かない。無風。それでも新しい時代の人たちがそんな前時代の負の遺産で傷つくことはあってはならないし、何よりも今の時代の正しさを執行するために、セクハラは取り締まらなければならない。私は変わりゆく時代に抗《あらが》う必要は感じてないからね。でも最近、あの頃は間違ってた、自分も含めて皆がおかしくなっていた、って昔を振り返って悔恨の念を漏らす女性たちを見ながら、私はそうじゃないと感じてる。あの時は「あれが普通だった」んだよ。常識と言ってもいいかもしれないね。そして今は常識が変わっただけ。そして、今の常識だって、あと数十年すればきっと「間違ってた」と言われるようになる。でも間違ってたわけじゃない。時代によって常識が変化してるだけ。正しさを執行するためにと言ったけど、それは便宜的な言い方であって、本来はそこに正しいも間違いもない。ただただ時代にはそれぞれの正解がある。移り変わる正解の波の中で、今の環境における正解を正確に捉えることだけが、今を真っ当に生きる術だよ。現代にだって、あらゆる国や村で略奪婚、一夫多妻制もあれば、赤ん坊をシロアリの巣に入れて精霊として還す民族もいる。そこには先進国とは全く違う結婚制度やジェンダー観があって、何が幸せかなんて環境によって全く違う。自分たちと価値観を共有しない人たちを可哀想と切り捨てるのは邪悪だし、愚かな行為だよ。でも現代に於いてはインターネットがあって、先進国に生きる者たちは移民問題やグローバル化の潮流の中で他者との共存、多様性っていうテーマに直面してる。でもそこで、我々は全くもって画一的な価値観を持っていないという当たり前の問題にぶち当たる。例えば現代の先進国に於いて人々は犬猫を家族のように大切に思ったりするけれど、ゴキブリは容赦無く殺す。でも数十年後には、人間はゴキブリを家族のように大切に思って一緒に暮らしているかもしれないし、百年後には生き物の肉を食べるという行為もまた非人道的と捉えられてるかもしれない。そしてその時には言うんだろうね。「昔の人は野蛮で、人の心を持っていなかったんだろうね」って。ちなみにさっき私は滅多刺しにした心は生き返らないって言ったけど、実はそれは少し嘘。私の殺した心は蘇り始めている。それはどう考えても偏に一哉のおかげで、私は一哉と共にいることで、一哉と価値観を溶け合わせて生きている中で、少しずつ死んだはずの心が蘇ったのを実感している。ここ数年、セクハラにまつわるあれこれに、心が痛むのを感じているんだよ。私は完全に無風でありながら、同時に傷ついている。もしかしたら伽耶のおかげもあるかもしれないね。つまり二人を大切に思ったり、日常的に接していることで、私にも二人の持つ現代的な価値観が内面化されてきたってこと、これは本当にすごいことだと思う。でも私は時代を変えたい、こんな時代ではだめだ的な正義心に駆られて世界を変えたいと願ったことは一度もない。時代は変化し続けていて、私は常に傍観者としてこの世界の移り変わりを見ているだけ。私は何かを先導して社会を変える役割ではなく、それを観察して書くという役割だけを負って生きている。その時々の人間が波に乗ったり波から落ちたりするのを観察して物語に置き換えて描き続けて、この後の移り変わりを予測したりする。インターネットの影響が大きいんだろうけど、世界の移り変わりのスピードは倍々に速くなってて、私はここ十年くらいの世の中の移り変わりの観察が楽しくて仕方ない。世界がどこまでいくのか、どこまで現代的な最善手を見せてくれるのか、楽しみで仕方ない。このままいって、少数民族なんかも含めた世界中の価値観が画一化されていくのか、それとも激しい分断が生じるのか。死ぬのは全然嫌じゃないけどこの変化だけは死後も知覚し続けられる死だったらいいのにって最近思ってる。私は愚かな人間が好きだから、人間観察が楽しくて仕方ないんだよ。普段死んだらいいのにって思ってる母親とか兄とか義理の姉とかくだらないことに捉われてくだらないこと押し付けてくる輩も、イキった馬鹿もふざけたセクハラ野郎も、本当は好きなんだよ。愚かだから。もちろん愚かじゃない一哉は、私にとって一番の生きる意味なんだけどね。

彼女はそう、のべつ幕無しにまくしたてた。傷ついているという言葉は信じ難かったし、昨日の泥酔して泣いていた彼女の方が、ずっとまともに見えた。つまり彼女は、体験したら、すぐに俯瞰する。それで、自分の役割、「観察して書く」行為に移るのだ。彼女の生はその俯瞰状態にこそあるのだろう。彼女はしょっちゅう怒ったり泣いたり笑ったり感情を爆発させるけど、それはスパークした瞬間で、その後はそのスパークについて考えたりスパークを解明したりすることに集中して、俺にはよくわからない面白みや真理に到達してはこうして興奮して報告するのだ。イメージとしては、いつもは天空にいる天使が、地上界に降りてたまに愚かな人間と交流して、こんな愚かな人がいてね、こんな愚かなことがあったんだよ！　と天使語で物語に作り替えている感じだ。彼女の小説の信奉者は、同じ天使なのだろうか。彼女を駆り立てているものは、何なのだろう。こんなにも近くにいて、彼女がしているのは人間と密接に関係している社会や時代の話なのに、地層学や天文学のように、自分からは遠くかけ離れた世界の話のような気がする。でも、地層や天文などと同じようなものに友梨奈は夢中なのだと思うと、彼女の話をぼんやりとしか理解できないもどかしさもまあ仕方ないのかなと思える。何にせよ、専門家というのは多かれ少なかれ地に足がついていないものなのかもしれない。一哉は愚かではないと彼女は言うが、彼女が死ねばいいのにと笑いながら揶揄する愚かな人間たちと自分の境界線が、自分にはよく分からない。友梨奈は俺を同類の天使だと勘違いしているのだろうか。勘違いの上に成り立っている関係なのかもしれないと思うと、体内を縦横無尽に走り回るような、心身ともにばらばらになってしまいそうな恐怖が生じた。


「五松さんの時もそうだったけど、あれだけだと一方的な話だから、なんとも言えないな。もちろん木戸さんには、五松さんと同様ひどいところがあったんだと思うけどね」

「なるほど。相対主義、人それぞれ、片方の私見だけでは判断できない。今風な答えだね」

「バカにしてる？」

「してない。私は一哉のそういうところが好きなんだよ。病院だって、重篤な病気の時はセカンドオピニオンが必要になるからね。ちなみにネット上では橋山さんに対するバッシングが多いね。ここまでいろんなことしてもらったくせにとか、元恋人の性的嗜好を暴露するのはどうのこうの的な取るに足らない意見とも言えないバッシングばっかりだけど。でも木戸さんは結構追い込まれてるんじゃないかな。経費の不正利用、文学賞の最終選考に彼女の作品をねじ込んだこと、これは当時の編集者に聞き取りすれば本当にねじ込んだのか分かるだろうしね。まあもちろん創言社は身内に甘いことで有名だから、時効扱いでお咎めはないかもしれないけど、作家の悪口は明らかに木戸さんが本当に言ってたことだから作家からは恨まれるだろうし、今の編集部員には関係ないのに最も公正な審査が必要とされる新人賞への信頼がガタ落ちで「叢雲」編集部にとっては痛手だろうし、元々中途だしその筋は薄かっただろうけど、少なくとも役員への道は完全に断たれたんじゃないかな。橋山さんも、やりようによってはもっと全然木戸さんを追い込むことはできただろうに、手ぬるいなって思ったけどね」

「でも、嘘をついて追い込むのは良くないんじゃない？」

「二年間付き合ったモラ男だよ？　嘘をつかなくても、書き方ひとつで相手を社会的抹殺まで追い込むことは簡単だよ。私だって、やろうと思えば夫に社会的致命傷を負わせることができる」

「じゃあ、友梨奈は俺のことも社会的に殺せるのかな？」

「殺せるわけないじゃん。一哉にはモラハラ的思想が皆無だからね。重箱の隅を突《つつ》くような感じで、受動的すぎるとか、意見がないとか、日和見主義的なところがあるとか、自分の意見がないとかで、いくつかのエピソードを悪意ある感じでまとめれば、社会的信頼を失わせるくらいのことはできるだろうけどね」

「意見がないって二回言ったのはわざと？」

「いや、意見がないって言った後に、一般的な意見とか、常識的な意見は言えるから、自分の意見がないだけだなって思ったから付け足した」

なるほど、友梨奈はいつも的確な言い方をするね、と言いながら後ろから抱きしめると友梨奈は腕の中でクスクス笑った。抱きしめたまま一緒に洗面所に行き、靴下とシャツを洗濯機に放り込んで手を洗う。拭いてる途中で、友梨奈が肩に顔を載せてきてキスをした。今日もお疲れさま、と言う彼女に正面から腕を回す。肩が少し前よりも骨張っている気がして、撫でながら俺がいない間もちゃんとご飯食べてねと言うと、食べてるよと彼女は腕の中で窮屈そうに肩を竦《すく》める。じゃあ今日何食べたと聞くと、チョコとチーズ、と言うからそれはご飯じゃありませんと背中を撫でる。きっと、大学の仕事が忙しすぎるせいだ。ずっと自分でコントロールできる書き仕事と、たまに単発で表に出る仕事しか受けてこず、それでもいっぱいいっぱいになっていたのに、そこに膨大な雑用の数々をねじ込まれたのだ。ストレスも疲労も桁違いだろう。

キッチンで今日の夕飯、ミネストローネと鶏もも肉のグリルの材料を手分けして切ったり炒めたりして、味付けについてああだっけこうだっけ、こうしようああしようと言い合う。

「ごめんね最近、買い物行ってもらってばっかりで」

「いいよ。忙しいんだから仕方ないよ。夕飯だって俺が作ってもいいんだよ」

「料理は気分転換。一月が終わったら解放されるし、お互いもうちょっとの辛抱だからね。執筆に専念できる生活に戻るのが待ち遠しいよ。最近土日も全然遊びに行けてないし」

「全然いいよ。俺は人ごみに出るより家でパン作ってる方が幸せだから」

半年くらい前のある日、唐突にAmazonからホームベーカリーと強力粉とスキムミルクとイースト菌が届いて、パン焼こうよと友梨奈に言われたのだ。パン好きな自分は家でパンが焼けるのが自分でも驚くほど嬉しくて、添付のレシピ本を見ながらレーズンパンやベーコンチーズパン、ブリオッシュ、チョコパンやシナモンパンに挑戦してきて、基本の食パンだったらもうレシピ本を見ないでも焼けるようになった。昨日も寝る前に仕込んで、目覚めと共に焼けた食パン型のフランスパンが思った以上にフランスパンで朝からテンションが上がって、今日の夕飯は何か洋食にしてパンを食べようと、朝行ってきますを言うために起こした友梨奈に伝えたのだ。家を出るときは必ず起こしてくれと言われているから平日は起こしているけど、最近は睡眠時間が少なすぎるのか、ほとんど寝ぼけたまま「行ってらっしゃい」を言われている。それでも、昼に橋山美津の告発文がアップされたことを知らせたついでに、パンの話覚えてる？　と聞いたら「もちろん」と嬉しそうだった。木戸さんには会ったことがなく、友梨奈から話を聞いたことがあるだけだったけど、恋人の元仕事相手が元交際相手に告発文を出されたという事実にそれなりの重さを感じていた俺は、彼女のその朗らかさに、何となくいつもの地に足の付いていない天使っぽさを感じて、空腹だったせいかもしれないけど食道にカッと炙られたような痛みが走った気がした。彼女の解らなさに惹かれているのに、彼女の解らなさに引いている自分もいて、こうしてどうにも折り合いがつかない時が、たまにある。ある日唐突に「あれ私なんか勘違いしてたかも？」と捨てられるのではないかという不安から七年も解放されないのは、ちょっとした精神疾患なのではないだろうかと最近思うようになってきた。

パン焼こうよと言った割に、友梨奈は自分ではパンを焼かない。一哉はルーチンをこなせる人だから、ホームベーカリーに向いてると思ったんだよねと、イースト菌小さじ三分の二を神経質に計量している姿を見て満足げに言っていたから、最初から俺に焼かせるつもりだったのだろう。

ものの見事に思惑にはまって、今ではほとんどパンを買うことがなくなり、パンがきれる前に次は何パンにしよう、と考えている。たまに二人であれもこれも作ろう！　と盛り上がって二、三種類一気に焼いてパンパーティをすることもあって、ふわふわ感を損なわないパンの冷凍方法なんかも調べるようになった頃、友梨奈が誕生日にバルミューダのトースターをプレゼントしてくれて、パンライフは充実していく一方だ。パンが焼ける匂いに幸せを感じるし、パンのことを考えている時間も幸せだし、アレンジが上手くいった時も幸せだし、パンを食べるたびにおいしい！　と初めて食べたように喜ぶ友梨奈を見るのも幸せだ。パンは幸せしかもたらさない。

「そういえば最近、あっちの家にも行けてないんだよね？」

「うん。先週も今週も行ってない。来週はさすがに行きたいんだけど……」

「伽耶ちゃん、大丈夫そう？」

「まあ、旦那もいるし飢え死にはしないだろうけど、ロクなもの食べてないだろうし、ＬＩＮＥも途切れ途切れだからちょっと心配」

言いながら、友梨奈が調味をしたミネストローネをおたまで掬って味見を促す。

「美味しい。ちょっと薄味だけど、まだ煮るよね？」

「うん。トロッとするまで煮込む。じゃ最後にちょっと塩胡椒で調整かな」

「うん。すごく美味しい。久しぶりだなミネストローネ」

「ね。最近メイン的なスープ作ってなかったよね。そうそう純豆腐《スンドゥブ》とか作りたいな」

「いいね。あの塩辛入れるレシピでね」

「あれまじでおいしいよね。でね、伽耶のこともそろそろ引き取りたいと思ってて。ここ数ヶ月向こうに行けない週もあったじゃない？　この状況じゃやっぱり不安だなって痛感したんだよね。流れで今は旦那が監督者みたいになっちゃってるけど、私は少なくとも伽耶が自活できるようになるまで一緒にいたいから。ちょっと狭いけど、こっちでも物置になってる洗面所の隣の部屋で生活させることもできるんじゃないかなって。中の物は近所のトランクルームに入れればいいし。向こうに引っ越すことになったらけっこう大ごとだけど」

「うん。俺はどっちでも全然構わないよ。向こうの家、どんな感じなのか分からないから何とも言えないけど、住みやすいところなんでしょ？」

「ここより一部屋多いし、一哉の会社にも少し近くなるし、いいレストランも多いよ。それで、いい加減離婚も全力で進めようと思って。ほら、持田さんに弁護士紹介してもらったって言ったじゃん？　今日その弁護士からこっちの状況説明に対する返信がきたんだけど、ここまで長く別居してるし、夫婦生活が破綻して長いし、さすがに成立するんじゃないかって」

「でも調停って、最終的に相手が了承しないと離婚は成立しないんだよね？　もし向こうが絶対に譲らないとか、調停に出席しないとなったらどうなるの？」

「そしたら訴訟しかないね。私が有責配偶者側だから不利だとは思うけど、こっちにだって色々カードはあるし。美意識的に泥沼戦を戦い抜けるような人だとは思わないから、こっちがそこまで本気を出せばさすがに了承するんじゃないかな。私は彼の蛮行に涙を飲んでいたわけだし、家にお金を入れてなかったのも経済ＤＶと言えるし、モラハラ発言も山ほどあった。今は向こうにも恋人だかセフレだかがいるみたいだしね」

「そっか。俺は、友梨奈と一緒にいられるなら何でも構わないよ。もちろん離婚が成立すれば嬉しいし、結婚できたら夢みたいだけど、焦って痛い目見るのはもう嫌だからね。伽耶ちゃんのことも、一緒に暮らしたら自分にできることは何でもするよ。まあ、俺にできることなんてそんなないだろうけど。あ、美味しいパンを焼くことはできるかな」

まだ付き合い始めの頃、彼女が旦那のもとに帰るのが嫌すぎて、早く離婚して欲しいと急かして、旦那は離婚に同意する気配すらないし、子供はまだ中学生、そんなに急激に関係の進展を望むのであれば独身の人と付き合うべきだ、と別れを切り出されたことがあったのだ。私は一哉が好きだけど、結婚してる私と付き合うのがそんなに辛いならこの関係は一哉のためにも私のためにもならない。泣きながら語られた彼女の言い分は今なら腑に落ちるのだが、大学生で焦っていた自分にそんな言葉が届くはずもなく、もう二度と急かさないからと泣き落として何とか関係を継続させた。自分が就職してこの家での半同棲が始まると自然と焦りは引き、彼女の「夫婦関係は壊滅している」という言葉をようやく心から信じることができるようになった。それ以来は、たまに友梨奈が俺の言動に不満を持って「もっと愛情表現をしてくれ」とか「スポーツ観戦でクダをまくのはやめてくれ」とか「女性の人生がどんなものか一哉は何も分かってない」などと怒られたり泣かれたりして平謝りしたことはあるけど、特に大きな喧嘩や言い争いになったことはない。でも、あの時の経験がどこかでトラウマになっているのか、ここまできても「離婚はなるようにしかならない」とどこかで割り切るべきという思いもあって、進展を急かして別れを切り出されたり、期待してがっかりするのは嫌だから、過度に意識しないようにしている。何にせよ、今友梨奈と寝食を共にして、一日の始まりにも終わりにもキスをして、定期的に互いを慮る言葉を掛け合っているのは自分なのだ。そういう一つ一つの事実の重さをしっかり認識して日々を慈しんでいれば、離婚が実現せずとも落胆せずに済むだろう。

「いただきます」

テーブルにはミネストローネとフランスパン、レモンを添えたグリルチキン。バター、粉チーズ、タバスコ、ブラックペッパーが用意された。ミネストローネは極限までコンソメを減らし、ニンニクとオリーブオイル、ベーコンとブーケガルニと塩胡椒で味を調整し、チキンは塩胡椒にニンニク、バジルをすり込んで皮目をパリパリに焼いた。パンもトースターで軽く炙ってある。一人暮らしの頃から料理は苦ではなかったし、洗い物や洗濯、掃除に関しても完璧にこなすことに快感を抱くタイプの人間だ。それでも一人の時には男子大学生が好きなものしか作れなかったのが、友梨奈と付き合って色々な料理を教えてもらったり、二人で新しい料理に挑戦してきて、さらに調味料や小さな一手間に時間や精神的余裕をかけられるようになったことにも喜びを感じている。

「あ、このチキン柚子胡椒絶対合うよね」

友梨奈がそう言って席を立とうとするのを「いいよ取ってくる」と制して立ち上がる。柚子胡椒は少し賞味期限が過ぎているけど、友梨奈も俺も調味料の賞味期限をあまり気にしない。今日は大量に使うチャンスかもしれない。これは一昨年友梨奈がコロナの自粛にうんざりして、もう耐えられないどこかに行ってやると騒いでものの五分で飛行機のチケットを取り、翌週赴いた神戸の温泉街で買ったものだ。これを使い切ったら、そろそろ柚子胡椒切れるよねと彼女がフライングして九州の物産展で買った大分の柚子胡椒がストッカーに控えているが、きっと友梨奈はもうその柚子胡椒の存在を忘れているだろう。小さなスプーンと一緒にテーブルに瓶を置くと、ありがとう、と彼女が笑顔で言う。二人の生活がこんなにも二人の要素で完成されていて、強固なものになっているという事実が、こんなにも胸を抉《えぐ》るのは何故だろう。さっき、別れを切り出された七年前のことを思い出してしまったせいかもしれないし、料理がとてもおいしかったせいかもしれない。あるいは、彼女が痩せたと感じたせいだろうか。いや、多分違う。俺は最近、五松さんやとりあえずンコチ、イエニスト茂吉好き、木戸さんと橋山美津といった面々の、恋愛を巡る男女の不幸な末路を目の当たりにし続け、自分でも知らず知らずのうちに心を痛めていたのかもしれない。そんなことを思いながら、柚子胡椒ものすごく合う、やっぱこれが最適解かも、と満面の笑みでチキンを口に運んで、そろそろ柚子胡椒買わなきゃねと瓶を覗き込んで言う彼女に、「柚子胡椒はストックがあるよ。まだあるよって言う俺を無視して、友梨奈が物産展で買ったやつ」と微笑んだ。あー！　と無邪気な表情を見せる友梨奈がこれから、旦那さんが美意識的に耐えられないと感じる泥沼の離婚協議や離婚調停に挑むのだと思ったら、それが友梨奈のみならず自分のためにもなされる行為だと知りながら、止めたくなる。

「最悪、俺より旦那さんの方が先に死ぬでしょ」

七年前、別れると言い張る彼女を泣き落とす時、離婚できる保証はないと言われて、言い返した言葉が唐突に蘇る。彼女の旦那さんは俺の二十五個年上で、旦那さんに勝てるものは若さしかないと認めたような言葉に、ずっと張り詰めた表情を崩さなかった彼女はようやく吹き出して笑ったのだった。あの時の自分の愚かさは形骸化し始め、自分はもはや老い始めているのかもしれない。そんなことを考えながら、一哉も食べてみてと差し出された柚子胡椒の瓶の中にスプーンを差し込んだ。

コロナが長引くにつれ、在宅勤務はほぼなくなってしまった。どこどこは在宅百パーOK、どこどこは在宅週二回までになったことに社員が反発して労働組合が上層部に掛け合ってるらしいよ、と友梨奈は色んな出版社の現状を教えてくれるが、彼女が仕事で付き合う編集者たちと、自分の勤めるメーカー企業の社員は自由度が全く違う。そもそも編集者は出社したとしても数時間しか会社に滞在しなかったり、昼ごはんと夕飯の間にしか出勤しない人がいたり、どうやら就業時間という定義がないようだ。

業種の違いによって働き方はこんなにも違うのかと驚かされるけど、正直在宅でも会社でも九時ぴったりにパソコンを開き、十二時ぴったりにパソコンを閉じてお昼ご飯を食べ、十三時ぴったりにパソコンを開くような性格の自分にとっては時間で縛られない状態はむしろ不安でしかない。俺は、変化やイレギュラーな生活が苦手なのだ。友梨奈のように短編一本とか連載をいついつまでに、などとざっくりした依頼をされ、自分一人で内容も執筆スケジュールも決め期日までに原稿を仕上げなければならないなんていう状況は恐怖でしかない。しかも友梨奈の様子を見ている限り執筆スケジュールなんてものはないようで、「今日は全然書けなかった」と「今日はすごく書けた！」の繰り返しの中で何となく締切の前後には書き上がっているという仕事っぷりで、そんな状態でまともな精神を保てる人の気が知れない。

再来週に控えたグローバル会議の資料作りが難航していて二時間残業をし、今から帰るねご飯だけ炊いといてくれる？　と連絡して、昨日大量に作った肉じゃがが残ってるから、何か出来合いの副菜を一品買って、冷蔵庫の野菜でサラダでもと思いながらスーパーでだし巻き卵とミニトマト、クルトンを買って帰宅すると、いつもは大抵出迎えてくれる友梨奈が出て来ず、「お疲れさま！　分かった炊いとく！」という返信は届いていたけど、それに「お願い！　サラダに入れたいものとかある？」と返したＬＩＮＥに返事がなかったことを思い出す。いつもは帰り道で二往復やりとりをするのにと思いながら靴を脱いで、そこまで生活がルーチンになってる自分自身はちょっと気持ち悪いなとも思う。

「付き合い始めてすぐの頃、こんなに規則正しい生活を送ってる人と付き合ったら窮屈すぎて死んじゃうんじゃないかと思った」

友梨奈がつい数ヶ月前、こんな七年越しの告白をした。窮屈でない生活が想像できなかったため、というよりも自分はこの生活を窮屈には感じていなかったため、それまではどんな生活を送っていたのか聞くと、思いのままに、気の赴くままに生きていたという。

「気の赴くままって、たとえば今日はお風呂いいやとか、たまには掃除サボっちゃおうとかってこと？」

「もちろんそういうこともあるし、なんか思い立って深夜に油そば食べに行ったり、面白くて止まらなくなって夜通しドラマ見ちゃったりとか。Twitterで紹介のツイート見ていても立ってもいられなくなってタクシー飛ばしてレイトショー見に行ったりとか」

気が赴くのは全部深夜なんだなと思いながら、へーと感心した。いつもと違う事をしようと思いついたことがない自分には、驚きだった。きっと旦那さんとはそういう、時間や常識に縛られない生活を送っていたのだろう。付き合い始めた頃に言われていたら気に病んだかもしれないが、彼女が俺のルーチンに合わせて生活している今はそれだけ彼女が自分に寄り添ってくれているのだと感じた。

なんとなく気になって、洗面所で手を洗うより先にリビングのドアを開けて確認すると、友梨奈は部屋の片隅に置かれたデスクに向かっていた。ただいまと言いかけた瞬間、彼女の前のパソコンからざらっとした音が流れ出して肩が上がる。「克己がいつまでもそうやってのらりくらりしてるなら警察に行ったっていい。警察が取り合わなかったらSNSでもなんでも使ってあんたの悪行を全て白日の下に晒してやる。名誉毀損で訴えたってせいぜい二百万がいいところだよ。とにかく私は離婚してくれるまで戦うから」「不倫したのはそっちだよね？　なんでそんな上から目線でものを言えるのかな」「私の不倫は性欲とか遊び心によって始まったものじゃない。理性を失って不倫したんじゃない。理性があるからこそ不倫したとさえ言える」「理性があってもなくても、俺は不倫はしない。どうして友梨奈は不倫をするの？　どうして恋愛とは別のところで自分を保てないの？」「恋愛の定義がそもそも違うんだよ。克己との関係は私にとってもはや搾取と被搾取の関係でしかない。彼との関係は与え合う関係で、それを恋愛と私は一括りにはしてない。偏に、生きていくために必要な関係だよ。何にせよ私はもう絶対に、克己のことを許せないんだよ。克己に対して、私は憎しみと怒りしか持ってない。個人的にも、時代的にも克己のことを許せない」痺れたように固まってしまった体をなんとか動かそうと足を踏ん張った瞬間、パソコンを操作して音声を停止させた彼女が振り向いて「あ」と声を漏らした。

「おかえり」

笑顔で言う彼女はいつもの彼女で、世界がバグを起こしたかのようで恐ろしくなる。今のは、友梨奈の声だった。そして、相手は恐らく旦那さんだった。彼女がBluetoothイヤホンを外したのを見て理解する。最近接続が定期的に切れるから修理に出すか新しいイヤホンを買うか、彼女から相談を受けたことがあったのだ。きっと彼女がPCで聴いていた音声が、イヤホンとの接続が切れてスピーカーで流れてしまったのだろう。先週久しぶりに向こうの家を訪れ、伽耶ちゃんとも久しぶりに会えたと話していたが、その時の音声だろうか。

「今のって……」

「ああ、旦那との会話録ってたんだ。調停とか訴訟になるかもしれないから。まあ無許可で取られた音声は証拠にならないんだけど、何か小説のネタになるかもしれないしね」

「そっか。すごい剣幕だったから、ちょっとびっくりした」

「ごめんごめん。やっぱり買い替えようかなー。考えてみればもう三年くらい使ってるし、バッテリーもちょっと持ち悪くなってたし」

今度の誕生日にプレゼントしようか？　この間同じシリーズのハイエンドが発表されるってリリースが出てたよ、と聞くと、誕生日は結構先だなーと眉を顰めて笑いながらパソコンを閉じた友梨奈が俺の腕に腕を絡ませる。あ、まだ手洗ってないんだ。一緒にいこ。友梨奈の腰に手を回して先導しながら、自分は友梨奈のことを何も知らないのではないかという疑問に駆られる。彼女はやっぱり天使で、自分とは全く違う原理で生き、全く違う摂理を受け入れ、全く違う物差しで世界を測り、全く違う公式を採用して現実を把握しているのだろう。でもそれでも、俺と一緒にいる時の友梨奈は幸せそうで、いつも笑っていて、機嫌が良くて、思いやりを持って接してくれて、慮ってくれて、常に俺のことを求めていて、だから別に種族的な違いなんてどうでもいいと思うものの、自分は現実をＦＰＳみたいな感じで捉えてるけど、彼女はＴＰＳで捉えてて、いやきっともっとずっと上のところから見下ろしてて、そんなふうに二人の見えてる世界が違うのって、大丈夫なんだろうか、それで自分たちは問題なくやっていけるんだろうかっていう疑問が、どうしても消えない。ここまで七年上手くやってきた。でも彼女にはあんな風に、とてつもなく冷たい一面があるのだ。いつかもしも彼女にあんな言葉をかけられたら、自分は二度と立ち直れないだろうとも思う。「個人的にも時代的にも許せない」。彼女の湿った声が頭に残っていた。時代的にも、とはどういうことなんだろう。昔、彼女が酔っぱらったのを介抱した時、言われたことがあった。私は時代と付き合ってる、男は時代を体現するから、女は身体があるからそこまで体現しない、でも一哉は時代を体現してない、でも時代を体現していないのもまた、時代の体現なんだ、と。

彼女は長い結婚生活の中の一時期、旦那さんからレイプされていた。夫婦間の合意のないセックスというのが、どのような理由から、どのように始まって、どのように繰り返されるのか、俺にはよく分からない。付き合い始めてすぐの頃、その話をした時いつも多弁な友梨奈は言葉少なで、時折言葉に詰まりながら伝えようとする彼女の手を取り、無理して話さなくていいよと強く握ったのを、そこに落ちた涙が合わさった二つの手のひらの間に滲んだ感触を覚えている。もう三年くらい前のこと、とその時彼女は話していたから、きっと十年くらい前のことだ。別居したいと切り出したら、唐突に犯されたとも話していた。若かった自分はあまりの怒りに冷静ではいられず、一刻も早く離婚させないとと思ったけど、彼ら夫婦に何があったのか、俺はレイプという具体的な事象以外の、彼女と旦那さんを取り巻くあらゆる事柄についても、もう少し知っておくべきだったのかもしれないと、今改めて思う。

「手つめたー」

俺の手を包んで声をあげる彼女を抱きしめる。俺は彼女に橋山美津のような告発をしてもらいたくない。俺は今幸せで、彼女も多分幸せで、だったらそれでいいじゃないかそんな澱《おり》を巻き上げるようなことをしなくていいじゃないか、俺はいつまでも彼女を幸せにし続けるつもりだし、そんな戦闘状態で地獄に乗り込むみたいなことをしてもらいたくないと思ってしまう。もちろん離婚はして欲しい。でも旦那さんがどうしてもしないと言い張る限り、彼女は離婚を迫れば迫るほど怒りと憎しみを募らせ続け、あんな、聞いているだけで息が止まりそうな争いを繰り広げ続けなければならないのだ。

「あのさ、さっき悪行を白日の下にって言ってたけど……それって橋山さんがしたみたいな、告発みたいなこと？」

「あれは脅しだよ。もちろん話し合いが難航したら、どんな手を使ってでもと思うかもしれないけど」

「警察にって言ってたのはレイプのことだよね？」

「うん。どこまでできるか分からないけど、いざとなったら手持ちの証拠で何とか有罪にできないか、考えてる。時が経つにつれて、どんどん許せなくなっていく」

「何かきっかけがあって？」

「色んな人の告発とか読んで、共鳴するたびに、っていうのはあるかな。たまにすごく鮮やかに記憶が蘇って、怒りで体がバラバラになりそうになる」

そっかと言いながら、友梨奈の背中を撫でた。泣いたの？　と聞きたいけど、こんな話をしながらも穏やかな表情の友梨奈には聞けなかった。あの音声の中で、彼女の声は明らかに震えていたけど、「泣いたよ?」とやっぱりケロッとした顔で言いそうだ。それは彼女が、やっぱり泣く自分と乖離しているからなんだろう。もうずっと前に、そもそも泣いている時から、乖離し始めていたのかもしれない。

「そっか。何かあったら、話してね」

言いながら思い至った。俺は、あんな激しく重たい言い争いをくぐり抜けたにも拘らず、一緒に住む俺にもそれを全く気取られずに過ごしていた友梨奈が怖いのだと。


肉じゃが、だし巻き卵、レタスきゅうりミニトマトクルトンベーコンのサラダを食べながら、昨日より味の染みた肉じゃがを絶賛し合う。

「あ、そういえば再来週、食事会の予定入れてたね」

二人の共有しているカレンダーに松茂さん食事会、と入ったのを仕事中に見つけたのを思い出して言うと、そうそうと彼女は顔をほころばせた。

「多分松茂さんと会うの二年ぶりくらいなんだ。岡本さんと、森山さんも来るし、他にも何人か作家が参加するっぽい」

「そうなんだ。なに食べにいくの?」

「多分ちょっといいお肉のお店」

「いいね」

「松茂さん、ほんと愉快で楽しい人なんだよ。今度一哉にも会って欲しいな。一緒にいるともうずーっと一緒にいたくなる。別れる時いつも寂しい。別れた瞬間ね、世界が彼女のいない世界になった、って泣きそうになるの」

彼女は人やご飯や作品を褒める時、かなり大袈裟に言う。そして貶《けな》す時、批判する時も同じくらい大袈裟に言う。

「あ、そう言えば聞いてよ。今日総務からお知らせが来ててさ、忘年会が自粛になったじゃない？ それでその代わりに、バーベキュー大会をしますっていうんだよ。まあ任意だけど」

「え、それって、どこかの場所を借りてやるの？ それとも川辺とかでってこと？」

「多分どっか会場借りるんじゃないかな」

「それって、家族とか連れてきていいですよ的なやつ？」

「そうそう。家族友人連れてきてくださいって」

「へーすごい。本当にあるんだねバーベキューやろうとか言う会社」

ね、と同意して眉を顰める。思えば、これまでも社内で誰々の家でバーベキューやるとか、誰々さん幹事でバーベキュー大会するとかで誘われたことが何度かあった。あんな準備と片付けが大変なものをなぜやろうと思えるのか、神経を疑う。焼いた肉を食べたいなら焼肉屋やサムギョプサルを出す韓国料理屋、シュラスコなど選択肢はたくさんあって、都内には無数の美味しい店がひしめいているのに、どうして自ら大して美味しくもない肉を焼いたり、気を使いながらどうぞと取り分けたりなどの茶番を繰り広げなければならないんだろう。反射的にそう思う俺は、人生の中で一度もバーベキューをしたことがない。

「行こうよ」

「えっ、バーベキューに？」

「うん。私一度体験してみたかったんだ。彼氏とか旦那の職場の人達が開催するバーベキューっていうシチュエーション。私そういう陽キャシチュエーション経験が少ないから、一回体験してみたい」

「え、ほんとに？　でも友梨奈、絶対楽しくないと思うよ。ほら前、前の部署にいた時、上司の家行ったことあったじゃん。あの時も最低だったじゃん。皆民度が低いし、多分本とか読んでるような人全然いないよ。文学の話も、政治の話もできないし、皆いかに物を売るかってことしか考えてない、友梨奈の嫌いな資本主義者だよ」

「出版社の人たちだっていかに物を売るかめっちゃ考えてるし、私はそんなに排他的な人間じゃないよ。そもそも私だって愚かな人間なんだから」

　俺がまだ入社して一年か二年くらいの頃、課長が部下たちを家に招いたことがあって、結婚している人はパートナーを連れて来るというから、友梨奈と訪れたことがあったのだ。課長は友梨奈より年下だったけど、彼は全ての部下とそのパートナーたちが皆年下だと思い込んでいたようで、育児話になった流れで子供は若い内に産んだほうがいいよと発言。会が始まってすぐ「子供っていうのはさ……」「やっぱり子供がいると……」と繰り返していたため友梨奈はこういう人嫌いだろうなと覚悟はしていたものの、その発言が飛び出した瞬間友梨奈は唇に左右非対称の邪悪な微笑みを浮かべた後、反撃に出た。

「私、あるいはこの場にいる誰かが何らかの病気により子供を作れない体質であるという可能性を全く考えないんですか？　誰かが子供が死ぬほど嫌いで永遠に子供を持ちたくないと考えている可能性、あるいはこの場に性的マイノリティの人がいる可能性も考えないんですか？　あなたの発言は、全ての人は子供を持つべき、子供は全ての人に求められ愛されるもの、という社会的刷り込みに則っていて、二重にも三重にも愚かで失礼です。課長とはいえ人の上に立つような人がそんなアドバイスを装って想像力の欠如した先輩風を吹かせることは、ここにいる全ての人たちにとって害悪でしかないですよ」

　純粋に心配しているような表情で友梨奈はそう言い切った。彼女の言葉の内容とその表情の落差に皆は一瞬何が起こったのか分からず、絶妙な沈黙が流れたのち理解した人から気が動転していったのか、数人が多様性とかダイバーシティなどの言葉を使って支離滅裂なフォローをして、子供の話からベビーカーの話へ、ベビーカーの話から電車の話へ、電車の話から通勤時間の話へと水洗トイレのように綺麗に話題を洗い流し、最終的に子供の保育園送迎をしたいからとフレックスタイム導入を上層部に掛け合っている課長は「先進的な考えの持ち主である」と係長が大袈裟に持ち上げることで話は完璧に切り替わった。

　彼女が煙草を吸いに外に出た時、課長がさっきはごめんねと謝ってきて、君の彼女は何か体の問題を抱えてるのかと聞いた。すぐに真意を察して「いや、彼女はただ、共感能力が僕の百倍くらい高いんです」と言うと、なるほど大変だね、とまるで病人を介護する人に言葉をかけるテンションで言った。いつの時代も、正しさや現代らしさは、病的なものと捉えられるのかもしれない。ＳＤＧｓ、環境保護、動物愛護、ＬＧＢＴＱ＋、あらゆる運動の最先端にいる人たちが病的に見えるという意見も分からなくはない。それでも、気づいてしまった人、見えている人は、もう前に進むしかないのだろう。でも彼女は、共感しながら俯瞰していて、実際はどこにも本気で所属してはいないのだけど。そう思いながら、俺は課長の子供がピアノ教室に通い始めたというアルマジロの生態くらい興味のない話に一定間隔でへえ、と声を上げ続けた。

彼女がそうして周囲の人を凍りつかせた場面を、俺は他に何度も目撃してきた。「女なら一度は出産するべき」「あなたたちは顔が綺麗だからたくさん子供を作ったほうがいい」「ゲイには敷居を跨がせない」などなどの発言をした人に対する人格批判だ。彼女の言っていることはまともで、誰よりもまともで、誰も反論の余地はないだろう。でもその無自覚な相手を徹底的に論破しゴミクズに鋭く唾を吐き捨てるかの如き冷酷さは、見る者を不安にさせる。彼女は差別主義者、セクハラパワハラをする人、固定観念に捕われている人々を許さない。俺であっても伽耶ちゃんであっても誰であっても、そのような発言をしたら徹底的に、生まれてきたことを後悔させるほど強烈に叩きのめすだろう。もう脳震盪を起こして伸び切ったゴム人形みたいになった相手をいつまでも左右から殴り続けているかのような、そんなボコボコ感が、俺には耐えられないのだ。もういいんだ殴らなくていいんだと、彼女を抱きしめたくなる。人がボコボコにされるのは、言葉によってでも、肉体によってでも見ていて辛い。でもきっと彼女は言うだろう。ボコボコにされたのは私の方だ。傷ついているのも私の方だ。あいつらは何一つ傷ついてない。でもそうじゃないと俺は思う。彼らもまた、彼女の思うような形でなくとも、それなりには傷ついているはずなのだ。そしてこれは口にはしないけど、俺もまた彼女が誰かをけちょんけちょんに貶《おとし》めている時、ガラスの破片を踏みつけたような痛みを感じる。彼女の痛みに共鳴しているのか、それとも彼女にけちょんけちょんにされている人の痛みに共鳴しているのか、それとも二人がぶつかって飛び散ったガラスを踏んでいるだけなのか分からない。それでも誰にも露呈しない痛みではあるけど、俺の痛みもまた本物で、その痛みが彼女にとって取るにたらない痛みであるという事実もまた、俺にとっては小さな苦痛だった。

あの日から、彼女のパソコンが気になって仕方ない。自分が思っていた以上に、自分は彼女と旦那さんのやりとりにショックを受けていたようだった。彼らの言葉が頭の中で繰り返されていて、それまで離婚のことは口出ししないようにしようと思っていたのに、旦那さんとどんな話をしたのか、あの話の終着点はどんなところだったのか気になってしまう。あの一部分だけ切り取られた音声の中で、何も知らない人が聞いたらきっと彼女の方がヤバいやつ認定されるだろうと感じたことが、ショックだったのかもしれない。だから、あの話の前後関係や文脈を読み取って、彼女に理を見出したかったのかもしれない。

悪いんだけど私のパソコンの中のダウンロードフォルダに入ってるファイル送ってくれない？　いつだか大学にいる友梨奈にそう頼まれたことがあった。iPadと同期できてなくて今日の資料がそっちにしかないんだよねと言われ、在宅勤務中だった俺がLINEで送ってもらったパスワードでパソコンを起動させ、友梨奈宛に送ったのだ。つまり俺のLINEの中には友梨奈のパソコンのパスワードが残っていて、俺は彼女のパソコンを起動させ、おそらくあの音声データを聞くことができるのだ。そう気づいてから、吐き気がするほど落ち着かなかった。聞く可能性について考えただけでそこまで取り乱すのに、まさか聞ける訳がない。そう思ったけど、途中から「自分はあの音声を聞くまで絶対にこのざわつきが収まらない」と気づいてしまった。でも、自分はそういうことができるタイプの人間なんだろうか。俺は禁じられたことをしたことが、というよりも、許可されていないことをしたことすらほとんどないのだ。

彼女が定期的に家を空ける機会は大学の仕事しかなく、それは主に俺の就業時間内だ。このざわつきが、例の松茂さんとの食事が入っている日より前になくなってくれれば、俺がこの家に一人になる機会よりも前になくなってくれれば、俺はそんな大それた罪を犯さずに済む。そう思ってたけど、その機会は割とすぐにきて、それは急遽決まった忘年会の振替新年会だった。彼女が連載しているファッション誌のコラムがあって、担当編集者と編集長、コラムに毎月書き下ろしイラストを描いてくれてるイラストレーターと四人で忘年会をするつもりだったのが、担当編集者のコロナ罹患で延期になっていたのだ。カレンダーに予定が入った時から、俺はこの日友梨奈のパソコンを勝手に見るのだろうかと、ずっと信じられないような思いでその日を迎えることとなった。


都内の海辺にある、巨大なテラスのようなバーベキュー会場には、六十人程の社員とその家族やパートナーが集った。希望者が多かったため、近い部署同士で二回に分割したということだった。同じ部署の人たちに友梨奈を紹介してしまうとすでに手持ち無沙汰で、友梨奈がワインを片手にソファに腰掛け俺の同期の行岡《ゆきおか》と俺の話で盛り上がっているのを確認すると、俺は調理の手伝いを始めた。

調理を担っていたのはほとんどが女性で、俺はあの入社当初の課長宅食事会の時、同僚が友梨奈に「キッチン行かなくていいんですか?」とおそらく善意で聞いて、「洗い物をするためにですか? 洗い物は一哉の方がうまいんですよ」とやはり返り討ちに遭ったのを思い出して密かに苦笑した。キッチンが女性たちの情報共有の場だというのは、一理あるかもしれない。実際に、自分が友梨奈のセリフを受け慌てて食器を下げにキッチンに入った瞬間、その場にいた女性たちの会話はすっと途切れた。でも、洗い物とお茶汲みを手伝う内、誰からともなく料理や家事の話が提供され、いつの間にか肉じゃがの味付けの最適解はなんなのか、最近は無水という離れ業を使うレシピも多くて迷う、というテーマで盛り上がった。料理や家事は、日常的にやっている人にとっては共通言語で、それは俺にとって、大して興味のない人の恋愛トークや我が子自慢や武勇伝みたいなものよりも身近で、親しみ深いものだ。

「彼女、めっちゃお酒飲むね」

「先週、結構長いこと根を詰めてやってた仕事が終わったんですよ。解放感がすごいみたいで、最近毎日のように飲みすぎてます」

「親近感湧くわ。あとで紹介して」

去年アパレル業界から中途で入社した、先進的な考え方の持ち主で保守派から嫌われていて、早々に辞めてしまうのではと部下たちの間で心配されている課長は串の番をしながら嬉しそうに言った。友梨奈とは、まるで踏み絵のような人だ。保守的な人は絶対に嫌いで、保守的でない人たちには絶対に好かれるのだ。友梨奈を目で探すとソファに座ってワインを飲んでいた。先週、坂本芳雄の代理で勤めていた大学の仕事を終えた彼女は、打ち上げのあとほとんど泣きそうな表情で帰宅して、もう二度と場所に縛られる仕事はしない、と宣言したのだ。

「彼女、何してる人なの?」

「フリーの仕事をしてるんです」

十五歳年上であること、結婚していること、子供がいること、作家であること、彼女にまつわるあらゆる情報が危険因子だった。課長なら別に気にしないかもしれないけど、どこかから話が漏れたら決壊したダムのように矢継ぎ早に質問が飛ぶだろうし、村社会の日系企業で噂の種にされるのは間違いない。あ、ちょっと飲み物の方手伝ってきます、フリーの仕事って何系？　と聞かれるであろうことを見越して、俺はその場を離れた。文章書く系ですと言えば何書いてるの？　雑誌とか？　ライター？　と聞かれるし、嘘をつけば嘘を広げ続けることになる。

プラスチックコップに延々、ジュースや水を注ぎ続けていると、気が休まる。自分はこういう無機質なものと、専門的な技術を必要としない関わりを持っているのが一番気楽なのだ。今はマーケティングの部署にいてそれは本当に面白いし勉強になるしやりがいがあるしずっと続けていきたいと思うけど、本来の資質的には、延々段ボールに何かをつめて宛名シールを貼って閉じて重ねるといった出荷作業のようなものが合っているという事実はあるにはあって、それは自分が責任というものに過大なストレスを感じてしまうことに起因しているのだろうと自分では考えている。プラスチックコップのギザギザの部分の一番上の線ぴったりにジュースを注ぐことに没頭していて、横山くんも食べなよと部長に言われて顔を上げると、もう皆は肉や野菜を食べ始めていた。友梨奈の持っている皿を見て、そこに載っていないものをいくつか皿に載せて彼女の隣に座り、食べる？　と差し出す。エビとホタテ食べる！　と嬉しそうな彼女は向こう隣に座る営業部の新卒の向田《むこうだ》さんと話していたようで、向田さんの趣味なのか登山の話で盛り上がっていた。『神々の山嶺《いただき》』読んだ？　じゃあ井上靖の『氷壁』は？　と聞くが当然元女子サッカーガチ勢の向田さんは本など読むような人ではなく、それって何ですか？　と目を輝かせる。うちの会社には、こういう人が多い。体育会系で与えられた課題を無思考にクリアし続けてきて、就職してからも与えられた課題を気合と根性でクリアし続けている人、自分が偏った人間であること、無知であることを知らない人。

「『神々の山嶺』はものすごく面白いよ。漫画があるから、そっちの方が読みやすくていいかも」

友梨奈はちゃんと向田さんのレベルに合わせて話を進行させていて、俺は少し感心していた。彼女は若い人にほど、優しく、寛容だ。俺が就職した時も、まだ一年目なんだから、二年目なんだから、とちゃんと人を頼るようにとか、失敗の責任を感じなくていいと言ってくれて少し救われたけど、四年目になっても五年目になってもまだ平社員なんだからと励まされると少し落ち込むようになってきた。

バーベキューは恙《つつが》なく進行していく。皆のうふふあははが溢れ、子供たちのはしゃぐ声が響き渡り、炭と肉や野菜が焼けた香りとアルコールの臭気に満ちていて、開始二時間でもう赤ら顔の人があちこちに見受けられる。駆け回る子供の足音、子供のあげる悲鳴のような声、子供の吹いたシャボン玉に友梨奈がイラッとした表情を見せること、彼女がずっとワインを飲み続けていることに少し不安を抱きもしたけど、普段デートと言えばご飯か映画かカラオケくらいしか行かないから、潮の匂いや波の音、海辺っぽい鳥の声なんかに、多分俺たち二人もいつもより少しテンションが上がっていた。皆から少し離れて海沿いのデッキを歩き、手すりから身を乗り出して何か魚がいるか観察して、ワインこぼしたら寄ってくるかなとグラスを掲げる友梨奈を止めたり、あれＵＦＯじゃない？　と彼女が遠い空に浮かぶ小さな点を指さして、そんな馬鹿なと笑い合ったり、iPhone のカメラを通して拡大して見たり、えなんかＵＦＯ揺れてない？　とか自分が揺れてるんだよとか言い合って、「お台場　ＵＦＯ」で検索してみたりして、こんな寒い時期に会社の人とバーベキューなんて拷問だと思ってたけど、こういう感じだったらたまにはバーベキューもいいのかもなーと思い始めた頃、ワイン足してくるねと彼女は皆のいる方に戻って行った。少し声が大きくなっていたけど、足元は問題なさそうだ。彼女はいつも飲んでいる時楽しそうだ。でも酔っ払って寝て深夜に目が覚めた時や、二日酔いの時は必ず鬱になる。そういえば、友梨奈は今日まだ全くチェイサーを飲んでいない。そう気づいて水を飲ませないとと自分も騒がしいテラスの方に踵を返す。じゃあついでに使い終えたお皿なんかを回収して、あの辺を片付けよう。そうしたら自然にお開きの雰囲気になるかもしれない。そう思いながら歩いていくと友梨奈の背中が見えて、なんとなく「これは……」という雰囲気であることを十メートル離れたところから察知する。小走りで戻ると、友梨奈が向き合っているのが営業部の次長であることが分かって、舌打ちしそうになる口を無理やり閉じる。彼は、社内でも悪名高く、俺の知る限り九割の部下から嫌われている男だ。

「あなた研修受けてないんですか？　謝罪するべきですよ」

次長は友梨奈の言葉にすかさず「はあ？」と大きな声で威嚇する。部下なら皆黙るが、友梨奈に対しては逆効果だ。

「そうやって大声で威嚇するのもパワハラですよ。彼女にしたこと、謝罪した方がいいですよ。謝罪で済むかどうかは彼女が決めることですけど」

「いつもやってることだよ。結局スキンシップとかって、誰がやるかなんだよ。分かる？　関係性の問題。外野にやいやい言われるようなことじゃないんだよ」

「あなたに触られて、セクハラ発言をされて嬉しい人がいると思うんですか？　そもそも優位な力関係を持つ相手に対してしていいことといけないことすらあなたは分かっていないということですよね。部下たちの前でこんな醜態を晒して平気なんですか？　私はあなたが心配ですし、あなたのような人を次長に据えている会社も心配です」

言い募る友梨奈に、向田さんが大丈夫です、私は本当に大丈夫なんで、と小声で囁いていた。これはもしかしたら、数ヶ月前に柄本さんがセクハラに遭っているのを助けられなかった、と話していたあの一件への、彼女なりの雪辱なのかもしれない。俺はそう思いながらも、さすがに他部署の次長に突っかかる彼女を止めない訳にはいかず、隣まで行くと友梨奈と呼び掛けながら腕に触れた。普段ラスボスみたいな感じで接してる次長と、この友梨奈がそこまで歳が変わらないということが、信じがたい。そして、彼女と同じくらいの歳の人が、新入社員にセクハラをしたという事実もまた、信じがたい。「なんだこの女」と顔を真っ赤にした次長が吐き捨てた。

「友梨奈。分かるけど、向田さんも困るから」

腕を引くと、彼女は「なんだこの男」と吐き捨てつつ俺の誘導に従って背を向けたけど、「中指立てていい？」と歩きながら聞いた。やめとこ、と笑うと、彼女は鼻で笑った。

「向田さんは困らないよ。私が今見たことを公表する。それで、あの男が会社にいられないように、いられたとしても権力を失うように仕向ける」

「友梨奈はそんなことしなくていいよ。うちの会社にはたまにいるんだよああいう人」

「あの人、彼女の肩を抱いたんだよ。それで、スカートでくればよかったのにって言ったんだよ？　そんな人がたまにいるの？　一哉の会社ではたまにセクハラに遭うのが普通なの？　そんな状態で、女性も男性も快適に働けるの？　そんなのって、おかしくない？」

彼女は言いながら吹き出した。愉快で仕方なさそうに、おかしさにウケていた。

「もしも向田さんがあの男を恐れて告発できないなら、周囲にいる人がやらなければならないよね？　それを、あなたたちはしないの？　しないで、皆で見えてない聞こえてない振りして流して生きてくの？　そんなのおかしくない？」

彼女はもう、ほとんど爆笑していた。

「あの人は多分、ほっといてもいずれどこかに左遷されるよ。あちこちから苦情が上がってる。匿名で出せる目安箱のシステムがあるから、俺も今日のことは報告するよ。ああいう人はまだたまにいるけど、たまにいる人は、遅かれ早かれ失脚する。今回かもしれないけど、もう少し先かもしれない。でも多分、いずれは降格か、左遷される」

「そうやって川の流れに身を任せるみたいにして、いつか終わる奴らの酔狂を見逃すの？　そうして更迭されるまで何人の女性が泣いて、何人の女性が、何度呪詛の言葉を呑み込めばいいの？私だったら一瞬で彼を失脚させられる」

「やめてよ。告発とかそういうの、友梨奈が傷つくだけだよ。橋山さんだって、ひどい思いしたんだよね？　木戸さんのこと告発してから精神的に追い詰められてるって、言ってたんだよね。そんなの俺は嫌だよ。不特定多数の人にあることないこと言われて、とんでもない中傷の嵐の中に投げ込まれる。例えば友梨奈が今不倫してることとか、過去の不倫とか、色んなことを掘り返されて好き放題言われるかもしれない。そんなの、俺は絶対に嫌だ」

「私も絶対に嫌なんだよ。向田さんが悔しい思いをするのも、憤るのも、人前で大丈夫って言いながら陰で泣くのも、分かんないけど、分からないけど親とかに元気でやってるよ皆いい人だよとか嘘をついたりするのが」

「そんなの、分からないじゃない。多分泣かないよ。彼女は大丈夫だと思うよ。前に彼女からあの次長の愚痴を聞いたこともあるし、ちゃんと発散したり、人を頼ったりできる人だよ」

スポーツ経験者だし、と言いそうになったのを止めて、言葉を切った。自分は敢えて無自覚を装っている。向田さんがどう感じているかなんて分からない。ある日突然無断欠勤をして、退職代行を使って一度も顔を見せずに辞めた広報部の女性、適応障害で休職したと聞いてから一向に復帰の報告を聞かない同期、そうでなくとも一緒に健やかに働いていると思っている同僚たちの中にも、ハラスメントで死を意識するほど苦しんでいる人がいるのかもしれない。でもそんなことを考えていたら仕事にならないし、もちろん相談されれば相談先のアドバイスをしたり、信頼できる上長に報告したりなんかはするけど、結局仕事を辞めたり死を考えているような人を自分が救えるはずもないし、やれることをやるしかないじゃないか。友梨奈は、自分は誰でも救えると思っているからこんなことを言うんだ。だから苦しむんだ。そんなこと、できるはずがないのに。

ごめんね嫌な思いさせて。今の自分から出てくる唯一の本心を呟くと、俺は友梨奈の両手を両手で握った。彼女を閉じ込めるように強く握りながら、思い出していた。彼女のパソコンから流れる音声を。

「伽耶は絶対に私と住むべき。克己と暮らしてたらおかしくなる。私は伽耶がここであなたと暮らしてることを考えるだけで頭がおかしくなりそう」

「一度、これまでの経緯をちゃんと振り返ってごらんよ。伽耶が引きこもったのはもちろんあの事件があったせいだけど、友梨奈だって伽耶を追い詰めたんだよ」

「違う、私は追い詰めてない！　当初何が起こったのかさえ把握してなかったくせに分かったようなこと言わないでよ。伽耶は私を頼った。でも私の助言をあの子は受け入れなかった。それだけのことだよ。別にそのことを責めてもいない。ただそのままでいればいいって、私は彼女を尊重した。間違ったことはしてない！」

「友梨奈は正しさで追い詰めたんだよ。友梨奈の言うことは正しすぎる。だから伽耶は潰れた。友梨奈といたら、伽耶は正しいことができなかった自分を責める。正しいことができなかった自分は軽蔑されてると感じる。安寧は得られない。正しさなんてどうでもいいと思ってる俺といる方が、伽耶は楽なんだよ。だから友梨奈がここに来て恩着せがましく料理大量に作ったり掃除したりしても顔も出さない。友梨奈の顔を見たら、正しいことをしろって胸ぐら摑まれてる気分になるからだよ」

「ふざけるなよ。私のことを犯したくせに、レイプ犯のくせに、レイプ犯には生きてる意味もないのに。私より伽耶のこと分かってるみたいな顔すんな。あの子は友達想いの子で、助けられなかったことを悔やんで、元々自分で自分を責めてた。私がなんか言ったからとか、そういうことじゃない。真面目なのは、正しいのは伽耶の方だよ」

「だからこそ正しさに依拠してない俺に、伽耶は救いを見出してるんだよ。とにかく伽耶はマインドコントロールされてるわけでも催眠術にかかってるわけでもなくて、普通に外を出歩ける大人なのに、友梨奈のところに行くどころか電話もしない。友梨奈が怖いんだよ。伽耶は俺と一緒にいた方がいい。外に出られるようになるまで俺が必要なフォローをしていく。この間は大学のハラスメントセミナーに伽耶を連れて行ったよ。興味を持ってたし、今度被害者の講演会があるって話したら、行こうかなって言ってた」

「どうしてセミナーの重要性も理解してないような克己が伽耶をそんなところに連れてくの。レイプ魔がハラスメントセミナーに我が子を連れてくって、どんな冗談？」

「伽耶は最近少しずつ昔の友達と電話とかＬＩＮＥをするようになってる。興味が外に向き始めたから、そろそろかなって思った。もちろん、正しさを強要する友梨奈に誘われても、行かなかったかもしれないけどね」

伽耶ちゃんは、大学三年生の頃休学し、引きこもりになった。始まりは彼女の親友が、大学の教授に単位と卒業後のコネクションをだしに性行為を強要されたことだった。親友に相談された伽耶ちゃんは、大学の相談窓口に行こうと提案するも、単位がもらえなかったら困るし、そこまで無理やりだったわけではないと濁され、結局有耶無耶になる。友梨奈は伽耶ちゃんから相談されるなり、聞いてしまった以上大人として黙っている訳にはいかず、大学に言うほかないと断言するものの、伽耶ちゃんは当人が表沙汰になることを望んでいないし、特に傷ついてもなさそうで、メンタルも大丈夫そうだし、私たちが口を出すのは違うと猛反発。伽耶ちゃんのあまりの剣幕に友梨奈は思いとどまったものの、やっぱり言うべきだ、絶対に言うべきだ、と何度も俺に漏らしていて、外部からの告発でもちゃんと調査してくれるかな？　でもそしたら被害者の名前も書かないとかな？　と行きつ戻りつしながら悩み続け、こういう事案に強い弁護士を紹介してもらうことにした、と本格的に動き出そうとした時だった。伽耶ちゃんが泣きながら帰ってきて、外に出られなくなったのは。伽耶ちゃんが何も話してくれず、部屋からすら出てこなくなったため、友梨奈は例の親友に連絡を取り、話を聞いた。

伽耶がショックを受けたのは、私じゃなくて私と同じゼミの子が、私と同じ目に遭ったことが原因です。私はそこまで抵抗しなかったんだけど、彼女は無理だったみたいで、翌日速攻で大学の相談窓口にも行ったらしくて、でもそこで、内部調査をするのでひとまずこのことは誰にも言わないでくださいとか口止めされたみたいで、それで疑心暗鬼になっちゃって、自殺未遂したんです。私もちょっとまだ信じられないんですけど、歩道橋から飛び降りたみたいで、今も意識不明の重体なんです。話を聞いてたお母さんが大学に乗り込んで今大問題になってて、伽耶はそれを聞いた瞬間青ざめて、黙り込んで、今日は帰るって帰ったんですけど、それ以来連絡も途絶えちゃって、私も心配だったんです。私も、あの時自分が問題にしてればこんなことにはならなかったのかな、って思います。でも、私は大事になることの方が怖かったんです。同じ学部の彼氏にも知られたくなかったし、裁判とか絶対無理だし、事を荒立てたくなかった。そんなことをしたら、進級も就活も人間関係も全てがめちゃくちゃになると思った。だから、あの先生に目をつけられた時点で、自分はもう詰んでたんだって、諦めようとしてたんです。

あの時も、友梨奈は彼女との電話を録音していた。深刻そうな表情で掻い摘んだ音声を俺に聞かせ、私はこれから自殺未遂をした子のお母さんに連絡を取って、伽耶の親友の子の話をするつもり、つまりその男の教え子への性暴力は常態化してて、卒業生在校生含め複数の被害者がいるはずであることを伝え、ノンフィクション系の編集者に教えてもらったいくつかの弁護士事務所を紹介して、自殺未遂をした子と、そのお母さんが戦う戦場作りをサポートする。了承してもらえれば、この伽耶の親友にも、参加してもらおうと思ってる。彼女は今、自分に起きてることを正確に理解してない。もちろん正確なっていうのは便宜的なものでしかないのは分かってる。それぞれに正確な理解がある。自分の正解を押し付けるつもりはない。でも彼女は今戦わなかったら、きっといつか後悔する。悔いて悔いて、自分の中を貫く亀裂に苦しみながら生きてくことになる。今の伽耶みたいに。そのことも、ちゃんと話して説得しようと思ってる。私のやるべきことは、それで間違ってないよね？　と俺に聞いた。何も間違ってないと思うよ。でも、その事件に関わった人たちが、今何を求めてるのか、ちゃんと配慮して汲み取った方がいいだろうとは思う。人によっては、いつかではなくて今の方が大事で、今を捨てることはいつかを捨てることと同じかもしれない。告発しなかった人が愚かなんてことはもちろんなくて、告発した人だけが正解というわけでもなくて、こういうことに関しては答えとか正解なんてものはないと思うから。俺は、良識的な人間として適切な言葉を選んだつもりだった。彼女は憤然としたような表情を見せながらも、その言葉に頷いた。

でも、友梨奈がそのお母さんに連絡を取り、連帯を表明し今後の対策を相談している内、友梨奈はそのお母さんとのやりとりに疲弊していった。とにかく彼女の文章がひどく、てにをはから間違っていたり小学校中学年くらいの文章力しかないと言うのだ。わかりやすいように三つの質問を箇条書きにしても答えが一つだけでそれも順を追っておらず文章がめちゃくちゃだったり、とにかく非合理的で感情的、何か軽い学習障害がある人なのかもしれないと愚痴を言ってユーモアを交えた揶揄を繰り広げては、娘が意識不明の重体である人を揶揄する自分に傷ついているような、彼女自身が平衡を取れなくなっているような気がした。他の被害者も数人見つかって、学生にも保護者にも賛同してくれる人が増えてきていたため、もう弁護士に任せて手を引いた方がいいとアドバイスしたら、彼女は次の打ち合わせで内容を全て引き継ぎ終えるからそしたら手を引くと同意した。しかし弁護士を含めた打ち合わせに、その母親は来なかった。向かっている電車の中でパニック障害の発作を起こしたのだ。そして、それをきっかけに娘の自殺未遂以来発症していたうつ病が悪化。もう何もできないと一言ＬＩＮＥがきて、何かできることがあったら言ってくださいと返信したものの、彼女からのＬＩＮＥは途絶えた。

幸い他の被害者たちの保護者数名がその弁護士に正式に依頼し、教授は懲戒免職。いくつかの準強制性交等罪で起訴され、伽耶ちゃんの親友を含む二件で示談が成立。一件が不成立で実刑となった。しかしその起訴した被害者の中に、自殺未遂をした子は含まれていない。多分、含まれていない被害者は他にも複数いたに違いない。

彼女の母親は、「何もできない」と言ったきり、本当に何もできなくなってしまったのだ。友梨奈もはっきりとは知らなかったようだが、父親は離婚したのかそれとも別居しているのか、とにかく同居はしておらず母子生活をしていたという。

伽耶ちゃんの引きこもりは今なお続き、休学は二年に及ぼうとしている。思えば、新入社員の向田さんは、伽耶ちゃんと同い年かもしれない。

「ごめんね。こんな場所、やっぱり友梨奈を連れてくるべきじゃなかった」

「来るべきじゃなかったのは私や一哉じゃなくて、あの次長だよ」

「確かに。でも嫌な思いさせて本当にごめん。俺はああいう人たちのこと、友梨奈みたいなやり方で攻撃することはできないけど、自分なりのやり方で、排除していく方向に仕向けていこうと思ってる。力がないのは歯痒いけど、できることはやっていくつもりだよ」

自分が謝っても、世界は何も変わらない。自分たちはハラスメントに関与していない、全くってそんなことをしたいと思ったこともなければ、加担したこともない。でも、それでも、目の前でこうして彼女が傷ついたり、向田さんがセクハラの刃を向けられたりするシーンを目の当りにしたりするのだ。思い返せば、自分は幾度か経験している。これはセクハラなのではないかと思うシーンを。その時自分は黙っていた。同僚に、こんなことがあったんですよとネガキャンをすることや、目安箱に送信することはあっても、直接咎めたことは一度もなかった。そうして、私たちは泣き続ける。そう呟かれたような気がして、俺は彼女が告発などをして不特定多数の人から中傷されることは恐れるくせに、彼女がそうして泣くことは怖くないのだろうかと自らを顧みる。自分自身が分からなくなって、立っている地面がぐらつくような、三半規管的危機感が襲ってくる。自分が何をしたらいいのか分からない。どうしたら友梨奈の安寧を、どうしたら伽耶ちゃんの安寧を確保できるのか、自分には全く分からない。怖かった。でも被害者たちのそれに、自分のそれは全く及ばないのだろうと思った。

6　安住伽耶

そうだった。確かにこの世には、花粉症というものがあった。久しぶりの花粉のせいか、記憶の中のそれよりずっと激しい反応を示す目と鼻に戸惑いながら、マスクの隙間を埋めるように口元を押さえる。花粉要素ひとつとっても、この世界は設定バグがすぎる。もしこの現実設定のゲームが発売されたら、全然クリアできないとクレームの嵐だろうし、後世に語り継がれる伝説のクソゲーとして人類の記憶に刻まれるだろう。

こうして私を苦しめる花粉が飛び始めるに至るまで、少しずつ寒さが和らいできたんだろうけど、寒さが厳しかった頃のこの世界のことはよく知らない。私は今ここに産み落とされたみたいに、外とは繋がりがなくて、季節一つとっても「初めまして」状態で、そのよそよそしさに疎外感を抱くよりも先に安堵している。世界に弾かれる感じ、完全防水素材の上で水滴が完全に弾かれているこの感じは、一体化していたところからじわじわと、あるいは突如弾かれる苦しみに比べればなんてことない。完全防水素材の上に落とされて、トランポリンのようにその弾かれ力を使って楽しんでいるような、そんな気楽ささえある。

でも、定期的に外に出て人と関わっていると、気楽さからは遠ざかって、少しずつ世間と自分は溶け合ってしまう。できることなら、旅先で会う地元の人や、観光客同士みたいに、互いにその場限りの関係だけで人生を構成したい。だからこそ、私はインターネットの世界に没入しているのかもしれない。インスタ Twitter YouTube VTube TikTok スペース、色んなソーシャルメディアを股に掛けて生きてるけど、どの世界もこの現実世界より居心地が良い。SNSは、苦手な人たちを目にせずに済むのがいい。好きな人、気になるものだけをフォローして、嫌いな人やものはミュートや興味ありませんをすれば、自分を乱すものは現れなくなる。痰を吐くおじさん、歩きタバコの臭い、スマホに向かって怒鳴り声をあげている人、扇情的な水着姿の女性を使った広告、胡散臭い成功する本の広告、痩せたい人毛をなくしたい人、賄賂不正取引不倫ゴシップゴシップ。こんな怒りと喧騒と金と性で彩色された世界に生きたい人が、本当にいるんだろうか。外に出るとそう思う。それとも多くの人は、生まれちゃったし死ぬのもちょっとあれだからってことで、惰性で生きてるだけなんだろうか。

でもこの車両内を見渡すと楽しそう幸せそうな人は結構普通にいて、メントスコーラみたいに言葉が吹き出して止まらない様子の女子高生三人組、ふざけている男子高生たち、隣に座る子供に合わせて会話をしているお母さん、上司と部下か、仕事について話しているスーツを着た二人組までまあまあにこやかだ。でも彼らが交わしているのは、ざっくり言って金儲けと恋愛と承認欲求を満たすための会話だろう。二歳くらいの幼児とその母親だけは、もしかしたらそこから解放された会話をしているのかもしれないけど。

私はずっと資本と性と繁殖の三つから解放されたかった。ずっと抱いてきたけど無視してきた違和感は、それだったんだろう。引きこもるようになって、確信した。あの母子も、結局セックスの結果として、あの関係性が築かれている。もちろんそれを言ってしまえば、誰しも自分自身とセックスを切り離して考えることはできないんだけど。でもだとしたら究極、私は人工授精で生まれた生き物でありたかった。AVなんかを見ながらの自慰によって射精された精子ではなく、精巣から直接採取された精子と採卵された卵子で顕微授精していたら最高だった。性欲とはきっぱりと切り離されたところから生まれた体でありたかった。なんて厨二病みたいかなと少し笑うと、二歳くらいの子が不思議そうに見つめてきて、私は笑みを消して目を逸らした。

駅から徒歩五分のキャンパスは、すでに春休みに入っていて、閑散としていた。懐かしさと同時にどうしたらいいのか分からない混乱に襲われ、私は自校の象徴とも言える巨大な講堂を前に立ち尽くし、手持ち無沙汰で仕方なくいいアングルを探して講堂を撮影。いい具合に加工してインスタの公開アカウントのストーリーにアップした。同期生たちは卒業して、今年で社会人デビューをする。もうほとんど知っている人はいないだろう。しばらくうろうろした挙句、カフェテラスに入ってコーラを買った。お客さんはほとんどいないけど、ほんの数人ぽつぽつと文献を読みながら何かを食べたり飲んだりしてる人がいて、院生とかかなと思う。コーラを一気に半分飲むと、大きく息を吐いて一面ガラス張りの窓の外を見やる。木々はまだ黒っぽく、葉がないものも多い。ずっとネットの波に乗っていたせいか、目の前の世界がむしろバーチャルな世界に感じられる。一つ一つが精巧な偽物、AIが描いた絵みたいだ。

このまま、ずっと今のままでいたらどうなるんだろう。私は引きこもり続ける。バーチャルの、現実より現実っぽい世界の住人として生き続ける。いずれ、母も父も死ぬ。あのマンションは賃貸だから、私は生きながらえるためもっと安いマンションに引っ越す。それで、母の遺産を食いつぶしたらそこも出ていくことになる。いずれ私は経済的な理由によってインターネットの世界から追放され、路上生活者として現実のこの、嘘みたいな木々や葉、アバターのようなモブたちと共生して、誰かの虚勢や遊びや苛立ちの生贄《いけにえ》として殺されるかもしれないし、病気や事故かもしれないけどとにかく無一文の裸一貫で人生を終える。自然に任せたらそんなところだろうか。もっと現実的に考えれば、私はきっとインターネットの世界に居られなくなった辺りで自殺をするだろう。自殺が成功すればそこで終わりとして、もし失敗したら無一文でも病院に入ることになるのだろうか。入るのかもしれない。そして、身よりがないため虐待や不適切な治療を受け死ぬのかもしれない。私は数日前に見た、精神病院の凄惨な虐待動画を思い出し、看護師に殴られ罵詈雑言を浴びせられる自分を想像する。あるいは私が自殺未遂者になる頃には、そんな非人道的な病院はなくなっているだろうか。切実に、なくなっていて欲しい。

資本主義社会に則って就職して普通に生きていられれば楽だったし、自分はそのレールから逃れることを想像もしていなかったのに、今は逆に普通に就職していた世界線の自分が想像できない。資本主義社会に抗いながら、金儲けの概念からはずれたところでお金が稼げるから、YouTuber は人気の職業なのだろう。ご飯を食べたり、友達と話したり、遊んだりしてる動画が収入に結びつくのであれば、不安定ではあるもののそれは労働の最も労働っぽくない形として成立していると言える。でも今となってはある程度人気が出れば事務所に所属し、案件を持ってきてもらったりマネージャーをつけてもらうのが当たり前、悪いことをすれば謝罪しなければならない人気商売になってしまった。大衆が絡むと金儲けに直結して、資本が絡めば社会に依存せざるを得なくなる。私たちが生きているのはそんな、あっけらかんと身も蓋もない社会だ。

皆がぬくぬくした場所、布団やベッド、こたつの中にいたいだけいられて、好きなものを好きなだけ享受して、会いたい人とだけ会って、好きな動画を見ながら温かいお風呂やサウナ、岩盤浴なんかを楽しんで、また暖かい寝る場所に戻っていけるような世界に、どうしてこの世界はなれないんだろう。二十から六十歳くらいまでのほとんどの人類が平日の起きている時間の半分以上を労働に費やさなければ社会が回らないような状況に、本当にこの世は陥っているんだろうか。だとしたら、設計ミスが過ぎないだろうか。エッセンシャルワーカーは給与以外も超好待遇、働きたい人は趣味で働いて大金を稼ぎ、働きたくない人はベーシックインカムで衣食住エンタメに過不足のない生活、出産した人は養育費教育費無償、もうこの世界いいやとなった人は安楽死、そんなもんでバランスは取れないものだろうか。労働ホリックの人たちは「いやこの仕事がなければ云々かんぬん！」と憤るだろうけど、私はイケる気がする。そのくらいの世の中に、そろそろなってもいいんじゃないだろうか。もちろん、人が快適に生きるために必要な仕事はたくさんあるけど、快適に生きる以上のことを求める人々、そしてそこに需要を見出し荒稼ぎしている企業が多過ぎやしないだろうか。そんな、人には言わないし、Twitterでも面倒臭いやつに絡まれるのが目に見えているから呟かないようなことを考えながら、コーラを飲み切り、膝の上に置いた休学届けが入ったバッグにそっと両手を置く。私は今日ここに、休学届けを出しに来たのだ。いや、それは言い過ぎとしても、出しに来たという体で、ここにいる。

「休学届け、外に出れるなら自分で出しておいで」

お母さんからそうＬＩＮＥが入ったのは、二週間前のことだった。最近、たまに出てるんでしょ？　と立て続けに入って、お父さんから私の様子を聞いているのだと分かった。私の大学では、休学は二年までと決まっているのだけど、休学が一年半を超えた頃、娘が通学できなくなったのは大学にも責任があるのだから特例として休学期間を延長させるべきだとお母さんが弁護士を通じて掛け合い、こっちが驚くくらい短期間で二年以上の休学の許可が出た。これで私は、休学からのフェードアウトという道を失い、辞める、卒業する、の二択を突きつけられたと言える。決めたくないわけじゃない。私は決めたくないのではなくて、決めるという行為の雑さが嫌いなんだ。どちらかをとれば、どちらかができない。そういう取捨選択の摂理に、傷ついているんだ。

「休学申請の提出期限は三月二十六日まで。それを過ぎたら復学になるからね」

申請書のPDFが送られてきたあと、お母さんのLINEはその言葉で締めくくられた。何もしなければ復学、その重さに耐えかねてここまで来た割に、二年ぶりに目にしたこのキャンパスにホッとしている自分もいた。まあ最悪またここに通ってもいいんだよな、と思うと何だか気が楽になった。「どうしたらいいのかわからない」という思いすら、「どうしたらいいのかな？」とその佇まいを柔軟に崩し始めている。でも二年前も、まあ最悪引きこもり続けりゃいいんだよなと思って気が楽になったんだったなとも思い出す。

年明け早々にお父さんが非常勤で働いてる大学のハラスメント講習会に行ったのが半年振りくらいの外出で、その前に出たのは大好きなグミと大好きなグミのコラボグミが発売された時にどうしても食べたくてでもお母さんに頼んだらスーパーにはなかったと言われて、セブン限定なんだから当たり前じゃんと苛立ちながら意を決してコンビニに出かけた時だった。あの時は、店頭に出ている分を全て買い占めた。先月もお父さんからハラスメント被害者の講演会に誘われたけど、オンライン視聴も可とのことだったからちょっと迷ったけど結局オンラインにした。

ハラスメント講習会は、正直これがハラスメントになるということを教わらないとわからない人たちがいるのかという絶望の勉強にはなったなという内容で、紹介された参考にするべきサイトや相談窓口もその後見てみたけど、正直だから何って感じのサイトばっかりで、だから何って感じの感想しかなかった。

ハラスメント被害者の講演会は、途中で苦しくなって見るのを止めた。落ち着いてから見ようと思っていたけど、気がついたらアーカイブも期限を過ぎてしまっていた。私の弱さはこういうところなんだろうか。でも誰だって人の苦しかった話、誰かを強烈に恨んだ、憎んだ話なんて聞きたくないんじゃないだろうか。知るべき、考えるべき、学ぶべき、こうするべき、こうしないべき、お母さんはいつもそういうことを言っていて、その「べき」の重さに、私はずっと不信感を持ってきた。人が生きる上で、「べき」なんて一つもないはずだ。そんなのは、彼らの個人的な、あるいは組織的な美意識でしかない。私は全ての「べき」から自由でありたい。もし「べき」を設けるのであればそれは自分にとってのみの「べき」、自分以外の人には一切当てはめない「べき」にしたい。お母さんは「べき」があまりに重すぎ、強すぎることを知らないし、「べき」を使わない人間は信念のない風見鶏だとでも言いたげに批判する。私の信念は、そういう信念じゃないんだ。あなたには信念に見えないような脆弱なそれこそが、私の信念なんだ。それだけなのに、私の信念が脆弱すぎるせいか伝わらない。

外にいてもなかなかリラックスできるなと思っていたけど、じゃあいよいよ教務課に休学届けを出しに行こうかなと立ちあがろうとすると、たくさんの観客に見つめられているような緊張感に襲われて、体が動かなくなった。ふと、引きこもる前に行ったライブの記憶が蘇る。Zeppで前売りがソールドするほど人気のバンドだった。ボーカルがMC中、メンバーに薦められてスタッフの持ってきたビールを飲んでいる時、唐突に一気コールが観客から湧き起こったのだ。彼は、二千人に煽られるってどんな気分か分かる？　今マネージャーまで煽ってたよ、と笑いを取った後、一気はしないよ、俺にとってのお酒はそういうものじゃないからね、と一気を拒否した。一気してしまった方が楽だったはずなのに、彼は二千人の圧に耐えて、自分とお酒の関係性を守ったのだ。でも私は、実際には誰にも見られてないのに、架空の、自分の想像上の視線で身じろぎひとつできなくなってしまう。それでいてなんて弱いんだろうと思いつつ、まあ二年引きこもってたからなという言い訳もスムーズに用意できてしまう小賢しさ。

動かなくなった体を意識しないようツムツムを必死でこなす内、カフェテラスに来てもう一時間近く経過していることに気がついた。今日じゃなかったんだ。そう結論づけると、架空の観客の目を意識する前に勢いをつけるようにして立ち上がる。コーラの缶をゴミ箱に捨て、ガラスのドアを開けると外の匂いがする。部屋の、あのおっとりとした、温くて無風の空間が恋しい。家はすごい。家には全てが揃っている。皆はこんな不完全で不快なものが渦巻く外に、どうして敢えて出るんだろう。家のネット環境が悪いからかな。そう思って一人で少しウケた瞬間、視界端に離れた場所から自分を見つめる存在に気がつき、私はあからさまに顔を背ける。知ってる人でも知らない人でも、生身の人間に声を掛けられるのは嫌だった。スマホを見ながら方向転換をすると、振り返らず早足で向かっていた正門とは別の出口に向かう。

「あの……あのすみません……すみませんそこのお姉さん！」

最後は皆が振り向くような大声で言われたため立ち止まらずにはいられず、渋々振り返る。想像とはだいぶ異なる雰囲気の相手に戸惑いつつ「はい？」と尻上がりで問うと「あっ、怪しいものではないんで、怖がらないでください」と彼は会釈をしながら近づいてくる。多分、知り合いではない。ナンパとかの類だろうかと訝っていると、名刺とかないんでこれで勘弁してください、と彼は学生証を差し出す。専秀学院高校、越山《こやま》恵斗、それだけ確認すると、私は視線を彼に戻した。高校の頃、専秀学院には何人か友達がいた。特に偏差値は高くも低くもない平均的な中高一貫の男子校だったはずだ。

「何ですか？」

「僕、氷川大学に進学したいと思ってて。お姉さんここの学生ですよね？　現役の学生にお話聞けたらいいなと思って来たんですけど、春休みに入るとこんなに学生いないんですね」

「そうだね。春休みは院生とか、何か特別な用がある人しか来ないよ」

「お姉さんは今日は、何か用があって来てるんですか？」

「そうだね」

リアルで初対面の人と言葉を交わすのが久しぶりすぎて、話す時ってどんな顔するんだっけとか、手はどの位置に置いておくのが正解？　体の重心はどこかで固定した方がいいのかな？　とかいうどうでもいいことが一々気になって話に集中できない。

「もし良かったらどこかで、ちょっとお話聞けませんか？」

「大学の話？　私に聞いても大した情報は出てこないよ。あっちの、オレンジのタイル張りの校舎にカフェテリアがあって、院生っぽい人だったら何人かいたから、聞きに行ったら？」

「や、院生はちょっと……。できれば普通の学生さんに話を聞きたくて……」

「あーね。でも私休学してるし、普通の学生じゃないから。てか、インスタとかで氷大生に連絡取ればいいじゃん。どうして今時こんなアナログなやり方するの？　Wi-Fi 環境悪いの？」

言いながら笑ってしまう。越山くんが一瞬呆気に取られた顔をして、すぐに私に合わせるように笑った。気を許したと思われたのか、越山くんは唐突に「お腹空いてません？　ご飯行きませんか？　駅前になんか有名なハンバーグ屋さんありましたよね、カフェとかファミレスでもいいし、急いでるなら吉野家とか。もちろん奢らせてもらいます」と距離を詰めてくる。

「別にいいけど、ほんとそんな有益な話できないよ」

「いいんです。じゃハンバーグ行きましょ」

彼は先導して歩きながら、時折こっちを振り返って桜がどうとかハンバーグ好きですかとか、てかハンバーグ嫌いな人に会ったことあります？　とかの話を振ってくる。大学のフェンスの向こう側から桜が枝を伸ばし、花びらが降ってくる様子に思わず目を取られていると、実は僕、花粉症じゃないんです！　と彼は何か思い出したような表情で嬉しそうに言った。花粉症でないことの尊さは、花粉症になったことのある人にしか分からないよと思いながら、そうなんだいいね、と私は微笑む。

チーズインハンバーグのAセットを、トマトソースで。私がそう頼み、カレーハンバーグのAセットで、トッピングで目玉焼き、ご飯大盛りで、と彼は頼んだ。

「越山くん、部活とかやってるの？」

「陸上です。短距離やってます」

「けっこうガチってる?」

「はい。副キャプテンやってます」

「じゃそっちで推薦とったらいいんじゃない? うちの大学はスポーツ推薦の枠少ないから、もっとなんか、それ系の大学狙えば簡単に入れるんじゃない?」

「あいや、専秀の陸上そんな強くないんで、多分推薦とか取れるような感じじゃないと思います」

部活の話、学校の先生の話、友達の話をしていると、なんだか普通の友達と話してるような感覚になってきて、いやいや謎の高校生と友達になるのもなと抵抗感が湧いてきて、空気に流されやすい自分に活を入れるようにハンバーグにナイフを入れる。考えてみれば、外食は久しぶりだった。多分、いや絶対二年ぶりだ。

「お姉さん、今更だけど名前は?」

「伽耶」

「伽耶さん。伽耶さんは、なんで休学してるんですか?」

「まあ色々あって」

「休学中って、何してるんですか? 家でも勉強とかしてるんですか?」

「いや、興味のあることは調べたりまとめたりしてるけど、基本的にはただの引きこもりで、主な活動はネットサーフィンかな」

「へえ。ネットサーフィンって、YouTubeとか?」

「動画も見るし、最近よくやってるのはDansoomかな」

「あっ、それ俺の友達何人かやってます。あれ、チャットとかもできるんですよね？」

「フレンドになればできるよ。海外の人が多いから、英語の勉強にもなる」

Dansoom はモーションキャプチャを利用してＶＲで参加するダンスアプリだ。世界中からエントリー可能で、参加希望者が一定数集まると一つのダンスルームに入れられ、ダンストレーニングが開始する。コースは十五分、三十分、一時間、と選べるが、途中でダレ始めると動きを感知して減マッスル、途中でリタイアすると大幅減マッスルとなる。トレーニングをこなし続けてマッスルを貯めると、自分のアバターに着せるトレーニングウェアやトレーニンググッズが買え、トレーニングの回数を重ねていくと、少しずつ難易度の高いトレーニングがアンロックされる。

「てか、伽耶さん、引きこもって踊ってるんですか？」

越山くんはそう言って体を震わせて笑う。

「最初は運動不足解消にと思ったんだけど、鍛えたい場所とか、音楽のジャンルとか、今日のテンションとか、いろんな観点からトレーニング内容を選べるのが良いんだよね。鍛えながら気持ちも上がるし。それに、ＶＲでやるからそのための場所を確保するために部屋をすごく綺麗に保つようになったんだよ」

何それウケる！　と越山くんはとうとう敬語を崩して笑った。そして、鍛えたいならワークアウトナウもいいですよとアプリを立ち上げて見せてくれた。いやそこまでガチってないんだけど……と言いつつアプリをダウンロードすると、筋肉情報繋げましょう、と彼はＱＲコードを差し出した。

「でもこれ、見ながら各々が同じ動きするやつでしょ？　私、こういうのだと怠けちゃうからな」

「怠けなきゃいいじゃないですか」

「越山くんは、自分に厳しいタイプなの？　まあそうか。短距離やってて副キャプテンだもんね」

それはまあ、と満更でもなさそうな表情で頷きながら、越山くんは鉄板に載ってグツグツいいながら出てきたカレーハンバーグに歓声をあげる。越山くんはあまりに気持ちのいい若者で、サッカーや野球などの第一線で活躍している爽やかで健康的な選手に近いものを感じる。

「伽耶さんは、実家暮らしですか？」

「うん。ドアツードアで三十分掛からないから、さすがに一人暮らしさせてもらえなかった。ま、そしたら引きこもりになって実家依存度マックスになっちゃったんだけど」

「伽耶さんは、引きこもりって感じじゃないですね。踊ってるし」

「いやいや私はガチの引きこもりだよ。最初はちょっと疲れたから休もうって思っただけだったんだけどね。私、子供の頃からけっこう外に出ずっぱりの人生だったんだけど、ふと家の中から外の世界を思い出すと、めっちゃ嫌なことたくさんあったなって気づいてって、外の世界が、急にだめになっちゃったんだ」

「休もうって思ったきっかけはあったんですか？」

「あったと言えばあったけど、なかったと言えばなかったみたいな。元々ずっと疲れてて、でも疲れてることに気づけなかっただけなのかも。やることが目の前に色々あって、それをこなし続けてるみたいな。私小学生の頃から友達が山のようにいてさ、毎日が友達友達で、人生も日常もイコール友達みたいなとこあって、なんか脇目も振らずに遊んでて、勉強も友達とやってたし、部活も友達と遊びたかっただけだし。だからあの時初めて、足を止めたのかもなって思う」

「あの時って、引きこもった時？」

「そう」

中学生の頃、小学生の頃から好きだった男の子と交際半年でようやくキスをした瞬間、自分はこれを全く求めていないということに気づいた。自分が性的なことに惹かれていない、というより苦手意識を持っていることは自覚していたけど、キスだけでここまではっきり、「こんなことはしたくない」と拒否反応が出たことには驚いた。

その時、普通の恋愛をしていつか結婚とか出産とかをするんだろうと漠然と思っていた未来が、完全に覆された。ネットで検索して、自分は無性愛者、ノンセクと呼ばれる、いわゆる恋愛感情は持つが性欲を持たない人間だと知った。検索すれば一発で出てくるくらい、名前がつけられるくらい一般的なカテゴリーなのだと分かってホッとしたところもあったけど、無性愛当事者のブログやnoteを読めば読むほど、有性愛者との共存にはそれなりの障害が立ち現れるであろうことも悟った。

恋愛対象はずっと男性で、付き合いたいとか、好きだと思う男の子もいた。でもその相手と性的なことをしようと思うと、多分普通の人が両親とか、親友とか、それこそ見ず知らずの通りすがりの人と性的なことをしようとしてるのとほとんど同じような抵抗が生じるのだ。そもそも、性的なことをしたいと望む感覚が分からない。単純に、粘膜と粘膜の触れ合いが、自分は嫌だった。直接でなければ気にならない。ジュースの回し飲みや、大皿のご飯を皆で食べるのも気にならない。でも唇と唇が触れ合うのはアウトだし、髪や手にキスをされるくらいまでが本当にギリギリ不快でないラインなのだということが、数少ない恋愛経験の中で浮き彫りになった。自分の性的指向を理解した後、高校でまた新しい男の子と付き合って、コンドーム有りで「これはギリ粘膜と粘膜の触れ合いではない」と自分に言い聞かせて一度セックスをしてみたけどやっぱり苦痛でしかなかったし、最初は痛いものだっていうよ、と言われたから二度目もしてみたけどやっぱり苦痛でしかなかったし、その次に付き合った人とも「別の人だったら違うかも」と一度セックスしてみたけどやっぱり苦痛だったのを確認すると、もう二度とセックスをしないと心に決めた。自分が如何なるセックスも欲していない人間だと確信するために必要だった三回のセックスで、私は自分の性人生に幕を閉じた。幕開けも幕引きも自分で決めたから、後悔はなかった。もう二度とセックスをしないと決めたら、性欲のある男性と付き合うことはできないんだと割り切れた。私が好きになった相手が性欲を持っていた場合、相手がゲイだった場合や、相手が私に魅力を感じない人だった場合と同様、恋愛は成立しない。私が恐れるべきは、相手のことが好きすぎて相手に求められて我慢してセックスをし続け、自分を壊してしまうというシチュエーションだけど、幸い今のところそこまで好きな人ができたことはない。どうせ日本人夫婦の五割がセックスレスなんだから、性欲薄めな人とならそこまで持ち越せるかもしれないと思ったこともあったけど、漠然と考えていた結婚出産のある未来に、そこまで執着する必要があるのかというと、別にそこまで……とも思う。

Twitterやインスタで似た性的指向の人ともたくさん繋がっているけど、ノンセク同士で付き合っている人もいれば、好きになった人が非ノンセクのためがんばって合わせてるという人もいれば、私と同じように恋愛自体に一歩引いている人もいる。ノンセクの度合いにも色々あって、完全拒否絶対無理という人もいれば、私のように我慢すればできる人もいるし、なんかちょっと気持ち悪いなくらいに感じている人もいる。まあそんなの、当たり前のことなんだけど。

だから私は、有性愛者たちをどこか自分とは線引きして捉えていたのかもしれない。真由《まゆ》が岡崎先生に強引にホテルに連れて行かれたとまずいものを口に押し込まれたような顔で話した時、彼女がどれくらい苦しんでいるのか、よく分からなかった。立場を利用して交換条件を突きつけてきたと言うから、それなら大学の相談窓口に言うべきなんじゃと言ったけど、いやでもそしたら私、単位もらえなくなっちゃうよね、単位のためにセックスしたのに、単位もらえなくなったらヤリ損じゃんと彼女は笑ったのだ。そもそも、セックスをする人の気持ちが、私には分からないのだ。有性愛当事者ではない以上、私には人のセックスを断罪したり、評価したりする権利などないのかもしれない。そう思ったし、大ごとにしたくないと言う真由の気持ちは有性愛者でなくともよく理解できたから、引き下がったのだ。そうして、真由も何事もなかったかのように日常に戻り、漠然とした不信感を持て余しつつ有性愛の人たちは殺伐とした世界をサバイブしてるんだなと他人事として流そうと努力して、自分もどこかで忘れかけていた頃、岡崎先生にレイプされた二年生の学生が飛び降り自殺を図った。

彼女のことは、直接は知らなかった。でも、多分友達の友達で倍々に増えていたインスタアカウントで、いつの間にか相互になっていた子だった。でも、画面の中の子が今一人の男の性欲のせいで死にかけているという事実がうまく理解できなかった。私はきっと半径数百メートルの中では、誰よりも性欲を忌み嫌う人間だろうに、性欲により加害され、殺されかけている二年生の女の子という存在が、うまく認識できなかった。こういうところが、無性愛者が気味悪がられる所以なのかもしれない。性的指向は人間の一部分でありながら、核の部分でもあって、それが掠らない人とは本質的な誤解が生じ続けてしまう。私が引きこもり始めたことに動揺し、勝手に真由に聞き取りをして自殺未遂をした子の話を聞いたお母さんが戦うべきだと喚き立てる様子を見ながら、私はその誤解を解消する難しさを思い知った。今まで見たことがないほど興奮して、加害者を揶揄し罵倒し徹底的に存在を否定し呪詛の言葉を吐き続けるお母さんは、魔女のようだった。お母さんの嫌悪だけで、岡崎先生は本当に死ぬのではないかと思うほどだった。すごかった。すごい、と思いながら私はお母さんの提案や勧めに、同意することも反論することもできず、お母さんはそのうち、そんな私を意志のない無思考な若者と見限ったようだった。

　確かに、自分が真由に相談窓口に行くよう強く勧めていたら、真由が相談窓口に行っていたら、この子は被害には遭わず、今もインスタの中でそうしていたように、スタバの新作を飲んだり、桜並木を友達と歩いたり、友達とピースをくっつけてWの形にしたり、スタンプで目元を隠したお母さんと思しき人とケーキを食べたり、推しなのか映画の宣伝物っぽい俳優の写るパネルに投げキスをしたりしながら、普通に生きていたのかもしれない。でもあの時の私にあれ以上のことができなかったのは仕方のないことだ。飛び降りた子が私の友達で、私に相談をしていたら話は違ったかもしれないけど、そうではなかったのだ。私たちはただの相互で、彼女が飛び降りるまで私は彼女を認識していなかった。彼女が飛び降りたことに、私は責任を感じることができない。そして私よりずっと遠い場所にいるお母さんが、責任を感じて憤り傷ついていることが不可解で、不快だった。

有性愛者と無性愛者、世界の責任を取ろうとしているお母さんのような人と何にも責任を感じない自分のような人、真由のように実際どれくらい傷ついていたのかは計り知れないけど、性的被害に平気な顔をする人と自殺するほど思い詰める人、私はあの事をきっかけに人と人との違いを考えざるを得なくなった。その違いは考えれば考えるほど悍ましく、今自分が立っている地面を揺るがし兼ねないもので、地面が揺るがされるかもしれないことに怯えているうち私は身支度をすることができなくなった。そして必然的に、外に出ることができなくなった。無性愛者が、社会不適合者になった瞬間だった。

「冷静に考えたらこの世って普通に怖いなって、多分ずっとこの世界に疲れてたんだなって、立ち止まったら気づいちゃったみたいな」

「そういうの、俺もあるよ」

「そういうのって、この世に疲れる的な？」

「そうそう。俺結構昔っから、小さい頃からこの世に生きる意味あんのかなって思ってて。捻《ひね》くれとか逆張りとかじゃなくて、真っ直ぐに、純粋に考えて、この世に生きる意味あんの？　って本気で思ってる」

越山くんが爽やかな微笑みを崩さず言うから、思わず笑ってしまう。すみません、お水もらえますか？　爽やかな笑みを店員さんに使い回して頼んだ彼は、特に社会不適合者には見えない。丁寧で、爽やかで、グレたりもしてなさそうだ。

「本当に？」

「うん。人生マジで楽しいこととたくさんあるけど、その他諸々の嫌なこと、全部我慢してまで生きる意味あんのかなって。世界中の生きてる人たち皆に生きてる意味聞いて回っても、俺は多分どの答えにも納得いかないんじゃないかって思う。だから自分で意識して、目的とか意味とか考えないようにして、ぼんやり生きてる。俺痛いのまじ無理だから、自分から死のうとかは考えないし、死なないとみたいな衝動もないし、絶望してるわけじゃないけど別に希望もなくて、これ意味あんのかなって、別になくね？　って思ってる。毎日ちょっとずつ苦しくて、毎日ちょっとずつ楽しい。比率はいつも大体7：3、たまに6：4。だからいつか、きっかけっていうか、いい機会があったら、死ぬんだろうなって思う。死にたいガチ勢じゃなくて、きっかけがあれば死ぬかなガチ勢」

思わずあははと笑って、私も似たようなもんかなと肩を上げる。

「今日、久しぶりに外出て、電車に乗ってるとき同じようなこと考えてた。私の場合はね、家の中にいたら生きる意味の方が上回るんだよ。資本主義社会も、恋愛至上主義も、社会的圧力も感じないでいられて、ご飯とお風呂と快適なネット環境がある。でも外に出たら経済回して恋愛して繁殖も、みたいな渦に巻き込まれるし、一回巻き込まれたら出てくるの至難の業だし、怒鳴り散らすおっさんとか、店員に偉そうな態度とるおっさんとか、痴話喧嘩とか、うるさい子供とかネズミとか、死んだ鳩とか見ちゃったりする」

「俺もさ、家族仲も悪くないし、彼女もいるし、学校の勉強辛いけどまあ学校には友達もいるし、普通に幸せなんだよね。でも普通に幸せくらいじゃ、この世界を生きる対価としてちょっと足りない」

「じゃ越山くんは何があったらこの世界を生きる対価として十分だと思う？」

「うーん、生きるだけで日当十万とか？　まあでも、買いたいものも特にないんだよね。別に多くを望んでるわけじゃないんだよ。でもまあ世界がもう少し快適になったら……例えば五億人くらい嫌な奴が死んだら、もう少し快適になって5：5になるかも」

五億人？　と思わず声を張ってしまう。世界の人口って……と言いながらスマホでググると、七十九億人と出て、「約十六人中一人か」と呟く。三十人クラスだったら、まあクラスの中の嫌なやつ上位二人くらい消える事になるわけだ。確かにそれくらい消えてくれれば、世界は格段に生きやすくなるかもしれない。そう思いつつ、爽やかなスポーツマンっぽい越山くんが、その爽やかさを微塵も崩さないままサイコパスみを垣間見せたことにテンションが上がっていた。

「でも五億人消すの、一人一円だとしても五億かかるよ」

確かにと声を上げて越山くんは笑った。カレーとハンバーグとご飯をちょうどいい塩梅で載せたスプーンを口に入れると、彼の前にあったカレーハンバーグは綺麗になくなった。ご飯の載っていたお皿には米粒一つ残っていない。越山くんは口を拭いたナプキンを綺麗に四つ折りにしてお皿の縁の下に挟み込むと、日本人の平均生涯年収は……と言いながらスマホを操作して「二億一千五百万だって」と鼻で笑う。

「嫌な奴の暗殺を凄腕のスナイパーが一人一円で引き受けてくれて、二人の生涯年収を全て注ぎ込んだとしても無理だね」

ウケる、と越山くんが笑うから、私も声を上げて笑った。私たち何話してんだろと我に返ってまた面白くなった。

「伽耶さんと仲良くなれて良かった、言おうかどうか迷ってたんだけど、今日言わなかったらずっと嘘つき続けることになる気がするから言うね」

「……なに。怖いんだけど」

「大学見に行ったたっていうの、嘘です。最初から、伽耶さんに会うために大学行きました」

「あー、インスタ？　私たち相互なの？」

「はい。すみません」

「てか、何目的？」

「伽耶さんのお母さんて、長岡友梨奈さんだよね？」

「え、怖い。お母さんのストーカー？」

「あっ、いや。なんて言ったらいいのかな。えっと、僕たち子供の頃会ったことあるんだけど、覚えてない？」

「え、えっ？　何？　何者？」

「虻川《あぶかわ》栄一郎さんって作家の主催で、毎年お花見が開催されてたの、覚えてない？」

　虻川栄一郎、虻川、栄一郎、呟きながら、本棚に入っている本の背表紙に書かれた名前を思い出した。虻の川が栄えるなんてすごい名前だなと、幼心に思っていた。そしてぼんやりと、口髭を生やしたおじさんの顔が浮かぶ。虻川さんの家の庭だったか、家の近くの公園だったか覚えてないけど、二、三十人で集まって花見をした記憶があった。確か一回ではなく、複数回、母に連れられ参加したはずだ。

「覚えてる！　え越山くんもあそこにいたってこと？」

「うん。何回か、お花見の時に遊んでもらった」

「え越山くんも誰か作家の子ってこと？」

お花見の時、彼女は○○さん、この方は○○さん、とお母さんが紹介してくれた名前は全然覚えられなかったけど、皆作家さんなのと聞いてそうだよと言われた記憶がある。それで私は、同じように親に連れられて来ていた子供たちの面倒を見るお姉さん的役割を押し付けられ、でも社交的な性格だった当時の私は満更でもなくて、自分より幼い子達の飲食の世話をしたり、シャボン玉や縄跳びなどの遊びに付き合ったりしていたのだ。

「俺は、木戸悠介っていう、伽耶さんのお母さんの元担当編集者の息子。両親が離婚してるから、苗字は違うんだけど」

木戸悠介という名前に聞き覚えはない。お母さんの担当編集者は各社に何人もいるはずだし、編集者は数年で異動すると聞いたことがある。お母さんの仕事関係の人と会った記憶は、そのお花見の会と、誰かの家で行われたホームパーティくらいで、その時もやっぱり小さな子達のお世話をしていた気がする。

「ごめん、お父さんのことは知らないや。すごいな。私たち子供の頃遊んでたのか」

「うん。伽耶さんはお姉さんって感じだったけどね。俺が小学生なりたてくらいの頃だったから、伽耶さんが小学校高学年とかの頃かな。伽耶さん、子供たちに人気で、取り合いになってたんだよ。トイレの後かな、どこかで手を洗った時、ハンカチを貸してもらった記憶がある」

「ふうん。え、で、なんで私たちがインスタ相互で、今ここにいるの？」

「木戸悠介って名前に、本当に覚えはない？」

「ない」

うーん、と腕を組んで考えるような顔をした後、越山くんは決めた、と呟き語り始めた。まず最初に、自分の父親は一昨年まで「叢雲」という文芸誌の編集長をしていたということ、最近、父親が過去に付き合っていた女性が、大学生の頃特権的な立場を利用して搾取されたと父親を告発する文章を発表したこと。そしてその告発文の中に長岡友梨奈の名前があって、お花見の会で私たち母娘に会っていたのを思い出し、SNSで私たちのアカウントを探し回り、お母さんのほぼ死んでるTwitterとインスタの宣伝用アカウントのフォローとフォロワーを調べ尽くし恐らく娘であろう私のインスタの公開垢を特定、投稿を遡っていくうち引きこもりという状況に気づいたこと。私のフォロワーを辿りに辿っておそらくこれではないかと思われる裏垢に到達したものの、そっちはフォロリクが承認されなかったこと、そして今日公開垢に、二年ぶりに外の画像が投稿され、思わず大学まで来てしまったこと。これらをそれほど罪悪感や気まずさを感じさせないまま、彼は話し切った。

「なるほど。まあ別にそれほどセキュリティ気にしてたわけじゃないし、本気になればお母さんからのルートでもそのくらいのことはできるか。お母さんフォローしてるアカウント少ないしね。でも裏垢の特定はまあ、よくできましたって感じだね。あっちはほんと二十人くらいしかフォロワーいないから」

「ごめんね。めっちゃ気持ち悪いよね」

爽やかな笑顔で言うからやっぱり笑ってしまう。越山くんはこれまでこの爽やかな笑顔であらゆることを許してもらってきたのだろう。

「別にいいよ。大したもの載せてないし。でもどうして会いにきたの？　なんか目的があったんだよね？」

「うーん、もし良ければ、伽耶さんのお母さんに話を聞きたいなって、思ってたんだよね。俺はなんか、父親のことをうまく摑めないっていうか、なんなんだろこの人ってずっと思ってたところがあって。暗いし、何考えてんのかよく分かんないし、俺が小さかった頃は定期的に会いにきてたんだけど、会って何話すでも何するでもないし。何しにきてんだろって子供心に思ってて。中学くらいからはそんな会ってなかったんだけどね。そんでネットで拡散されてんの回ってきていきなり父親への告発文読んでさ、なんなんだよこいつってなって。あ、こいつってお父さんのことね。お母さんお父さんのことあんま話したがらないし、でもお父さんの家族、ばあちゃんとか叔母とかも俺すごく苦手で。お父さんもあいつら頭おかしいって言ってたし。だからなんか、まともで、中立的？　な人に話を聞けたらいいなって思って、告発文に友梨奈さんの名前があったし、大昔だけど会ったことがあったし。でもさすがにインスタ相互からのお母さんに会わせてくださいじゃ爆死だと思ったから、こんなやり方になっちゃったんだけど……歳も近いし、まずは伽耶さんにコンタクト取ろうかなって、でもまじで？　俺きしょくね？　って思いもあってずっと悩んでて、だから外に出たって分かった瞬間、今だ、って思って」

「ふうん。なるほど」

言いながら、私は「木戸　叢雲　元編集長」で検索してヒットした告発文に関するまとめサイトを、あとで読もうとブクマした。

「お母さんに会ったら、何聞くつもりなの？」

「なんだろうな。あの人の、生きる目的、かな。趣味もなさそうだし友達もいなそうだし、編集長っていうとさ、なんかかっこいーじゃん！　みたいな感じするじゃん？　でも別にあの人そんな感じでもなくて、まじ何が楽しくて生きてんのかなって。そのさ、大学生の女の人に偉そうな態度とって搾取してる時、承認欲求満たされて生き甲斐とか感じてたのかなとか思うと、なんかキモくて。あの人、人生で何をしたかったのかな、何をしたいのかなって疑問で。まあそんなの本人に聞けよって感じなんだけどさ、なんかやっぱ告発きっかけでお父さんに連絡すんの嫌で」

「このさ、告発者の人、橋山……美津さん？　越山くん、この人には連絡とった？」

「や、Twitterもインスタも公開アカはフォローしてるけど、アプローチはしてない。あの人はなんか、いや分かんないけど、告発とかする人って、たぶん追い詰められてるんだろうし、そういう人が俺に会ったらもっと追い詰められちゃうかもしれないし。分かんないけど、俺の存在が攻撃みたいになったら嫌だなって。あとまあ普通に、俺がなんかしたらそれも全部晒されんじゃないかって保身も」

「君は正直だね」

　私は越山くんをまっすぐ見つめて言う。

「そしてすぐに誰でもフォローするあたり、衒《てら》いのない現代っ子だ」

「でもなんか、伽耶さんと話してたらお父さんのことちょっとどうでも良くなってきたんだよね。なんか五億円で五億人嫌なやつ殺したらとか話して笑ってたら、お父さんのこと忘れてたよ。俺もしかしたら、暇だったのかも。暇だと、どうでもいいこと考えて落ち込んだり思い詰めたりしちゃうじゃん？　ガチで暇は良くない」

「それ言ったら、私は二年暇で、暇ゆえにここまで思い詰めてきたのかも。まあ、思い詰めるために暇でいたのかもしれないけど」

「俺たちこれからも仲良くしようよ。ワークアウトナウでお互いのトレーニング履歴定期的に確認してさ。気が向いたらお互いLINEしよ」

言いながら出されたQRコードを読み取って、友達登録をする。

「ちな越山くんツムツムやってる？」

「あんまやってないけど入れてるよ。フレンドなる？」

「うん。毎日ハート送って」

「おけ。なんか今日は楽しかったな。充実してた」

「私はそもそも家族以外の人とご飯食べたのが二年ぶりだ。てか、外食も二年ぶりだし、初対面の人と話すのも二年ぶりだし、人とリアルで連絡先交換するのも、全部二年ぶり」

「今日は、苦楽の比が5・5：4・5だったよ。毎日がこんなだったら、まあ生きるかって気になるんだろうな」

「なんかそれ、プロの陰キャのプロポーズみたいだね」

「そう？　確かにちょっときしょいかも」

また爽やかな笑顔で、越山くんは言った。こんなに爽やかな笑顔を見せる越山くんのお父さんが、詳細は分からないけど告発されるようなことをしたのだと思うと、時空が歪むようだった。おしぼりでお冷のコップから滴った結露を拭う彼の手を見ながら、ふと思い出す。柔らかく、少しでも触れれば簡単に形を崩しそうな記憶。ハンカチじゃなくて、ハンドタオルだ。このハンドタオルいい匂いがするねと、不思議そうな顔で私にハンドタオルを返した小さな男の子。今の彼とは違う、女の子みたいに透き通った声だった。あの時の子が十年の時を経て、母を尋ねるため、嘘をついて私をハンバーグ屋に連れて来たのだ。そのストーリーは、御伽噺《おとぎばなし》で鶴が恩返しにきたり、猿と蟹が戦ったりするような、ファンシーでどこかおどろおどろしい印象を与える。あのとき私が持っていたのは、青地にベーコンエッグの刺繍が入っているお気に入りのハンドタオルだった。あのハンドタオルはどこに行ったんだろう。誰にもらったんだったっけ。あの時はとても魅力的なタオルに見えていたけど、タオル地にベーコンエッグの刺繍なんて、なんか今思うとウケるな。そう思ってクスッと笑うと、私の記憶やモノローグを全て覗き見ていたかのように、越山くんも私と目を合わせてクスッと笑った。

7　越山恵斗

　送られてきたツムツムのハートを受け取って、俺も送り返す。伽耶さんは多分、起きてる間のほとんどの時間をスマホかパソコンに張り付いて過ごしている。結局あれから、インスタのサブ垢とBondeeと、動かないけどそれでいいならと言われてwhooも繋げた。Bondeeは友達が今何をしているかが分かるアプリだけど、伽耶さんは生花とかスケボーとか絶対嘘のステータスしか投稿しないし、whooは居場所が分かるアプリだけど引きこもりだからアイコンは微動だにしない。でもワークアウトナウは結局かなりガチってるみたいで、彼女は着々とトレーニングをこなしてどんどん高難易度のトレーニングをアンロックし続けている。ちょっと影響されて俺もトレーニング数を増やしたりしてみたけど、ものの二週間弱でレベルを超されてしまった。

　春休み中、まあまあな頻度で部活が稼働していたせいで、それ以外は伽耶さんに会いに行った他は本当にぼんやりとした生活を送ってしまっていた。たまにリコとデート、ちょいちょい友達とスポッチャ、カラオケ、飯。高二の春休みは中学時代に送っていた春休みとそんなに変わらなくて、きっと大学に入っても俺はこんな春休みを過ごすんだろう、それで社会人になったら春休みがなくなって仕方なくGWを心待ちにして、でも心待ちにしていたGWもこんなふうにぼんやり終わっていくんだろうと思うって憂鬱だった。何で俺はこんなに未来が現実的に見通せてしまうんだろう。何で何が起こるか分からない人生！　みたいな輝きが、自分にはないんだろう。側から見ればそれなりに輝いてる高校生のはずなのに、青春青春してるだろうに、その内側ではこんなに冷めてるんだろう。

「何か、ないのか？」

お父さんがよく俺にかけた言葉だ。何かってなに、って小さい頃は聞いてたけど、お父さんの中にも特に答えらしきものはなさそうだと気が付いてから、苦笑で流すようになった。話すことのない息子と、何とか会話を試みたくて、あるいは沈黙が気づまりで、繋ぎや息継ぎみたいなものだったのかもしれない。何かってなんだよ、何かだったら別にあるよ、学校部活彼女友達受験、高校生にあるものならなんでもあるよ。将来の夢は別にないけどまあそこそこの大学には入って卒業したら何かにはなるだろうし何よりまだ何者になるか分からない未来がある。

逆にじゃあお前には何があるんだよ？　若い女に告発されて居づらくなった会社と一人暮らしの簡素な家か？　と、今だったら言うかもしれない。何年か前に、俺は最近断捨離をして、ほとんどミニマリストと言っていい生活を送っているんだと、お父さんは抑揚のない声で全然自慢とかアピールじゃないですよ的な感じで自慢だかアピールだかをしていた。

それでも最近「何か、ないのか？」が頭を過《よ》ぎる。まあその言葉自体はなんだか上から目線だし漠然としすぎてるしなんだかなって思うんだけど、そうじゃなくて昔は「何か」っていうものがあったのかなっていう疑問なのかもしれない。何なのかは分からないけど、漠然とした、象徴みたいな「何か」が昔はあったんじゃないかっていう疑問。

俺には何かがあるとは思わない。母親への感謝、彼女へのかわいいな好きだなって気持ちと健全な性欲、友達にはまあまあ情もあるし、人並みの正義感もないわけじゃないし、社会とか政治への憤りだってなくもない。でもじゃあ何かあるのって言われたら特に何もないんじゃない？　って感じ。まあ、あるのって聞かれたらあるよとも言えるしないよとも言えるみたいなものくらいしかないいって感じだ。でもそれをあるよって言うのはちょっと抵抗がある。あってもなくてもそんなに変わらないようなものを、あるよなんてきっぱり言い切れる？　って思うとまあ別に大した「ある」ではないわけだから、「ある」よりは「ない」にしておこうかなって感じ。

てかでも「何か」ってほんとなに？　この世に「何か」なんてあった例《ため》しがあったの？　「何か」なんて、共同幻想だったんじゃないの？　皆が幻想持ってりゃそれって「ある」ことになるのかな？　本当は「ない」のに？　でもそんなこと言ったら言葉とかお金とかも共同幻想だし、やっぱり皆が信じてれば「ある」と言っていいのかもしれない。でも、お父さんが聞いたような漠然としたあるかないかっていうのは、別に社会的に定義されることじゃないはずだ。俺があると言えばあるし、ないと言えばない、そういう個人的な「ある」の話なのだろう。でもリアリストの俺は、そんなよく分からない抽象的な「何か」を「ある」とも「ない」とも言えない。もしかしたらお父さんは、そういうリアリストである俺に対する憤りを「何か、ないのか？」という言葉に込めてたんだろうか。

こうして抽象と具体の狭間でわけの分からないせめぎ合いを一人で繰り返してしまうのは、数日前に見つけた文芸誌のシンポジウムの記事のせいだ。イギリスで行われたシンポジウムの記事は十年ほど前のもので、副編集長とかの頃だったのだろうか、「叢雲」編集者として参加したそのシンポジウムで、お父さんは甲子《こうし》哲夫という作家と取材を受けていて、お父さんの告発記事に関して新しい情報がないかネットサーフィンしている時に見つけたのだ。

　抽象の重要さと、具体に寄ることの危険性を、彼らは語り合っていた。抽象化することによって初めて人は自分自身や世界を認識することができ、具体に寄り過ぎると盲目的になってしまうという話で、最近の若い作家が具体に寄り過ぎる傾向があることに懸念を漏らす甲子哲夫に、お父さんはいくつかの若い作家のサンプルを出し、深く頷いていた。それで彼らは、俺からはあんまりその良さが分からないような古き良きなのかなんなのか、古い作家の作品を何作か挙げた。実際その時代にそういう作品が求められてたって事実はあったんだろうし、そういう作品がウケてもいたんだろう。でもそれを安易に今の時代に当てはめるのはおかしくないか。それはなんかその文脈の中で、その界隈で、その時代を共有した人たちの内輪での「刺さるね！」だったわけで、今の時代にそれをそのまま持ってきてやっぱこれがいいよねみたいなことを言われてもそれは「別に刺さらないね！」なわけで、何でそれを現代の人にも分かりやすくするためのプレゼンとか漫画化とか要約とかもせずそのまんまこっちに押し付けようとしてくるのかがちで意味が分からない。

　もちろん俺は文学に関するあれこれはよく分からない素人だ。でもうっすらと父親の仕事への興味はあって、だからお父さんが作った本とか、お父さんが持っていた本なんかをチラッと読んでみることはあったし、小学生の頃なんかは夏休みの読書感想文を書くためにお勧めの本を教えてもらったり、感想文を添削してもらったこともあった。でもその度俺はお父さんに否定された。難解だったりつまらなかったりする本を読み進めることができない時はまだ読んでないのかと残念がられたし、感想を口にした時も、感想文を提出した時も、あまりに表層的だと呆れられた。

でも小六の俺がオイディプス王について表層的な感想しか言えなかったのは、そこまで批判されるべき失態だろうか。ていうか、小六にオイディプス読ませるってなんか幻想過多じゃね？　恥ずくね？　って今は思う。

人は物語の中でしか生きられないんだ。感想文のやりとりをしていた中で出てきた父親の言葉で、印象に残っている言葉だ。なぜ印象に残っているかと言われれば、まったく意味が分からなかったからだ。物語の中にしか生きられないってなに？　あの時は全く意味が分からなかったけど、今ここまで生きてきて多少なりとも増やしてきた知識とか感覚を総動員して考えると、つまり現実を物語化したり、抽象化したりしないと人は本当の意味で生きてないってこと？　それとも人は物語の中でしか生きられないんだって言葉自体が抽象的な言説ってこと？　そりゃ科学的には心臓が動いてるなら生きてるってことだし、物語の中でしか生きられないって言葉は当然何かしら抽象的な意味なんだろうけど、そういうのが実感として分からない人はどうやってその感覚摑んだらいいの？　てか、人にものを伝える時そんな不親切な言い方ある？　って不思議なのだ。だって俺には全然分からない。父殺しの物語が誰にとって、何故必要なのか、全く分からない。エディプスコンプレックスとかそういうのもよく分からない。俺にとって父親は乗り越えたり憎んだりするような存在じゃない。お父さんは、自分の細胞分裂の源になった精子の保有者でしかない。お母さんは生活を共にしてるからもう少し違った関係を持ってる気がするけど、お父さんは割と純粋に精子的役割一択だ。まあ養育費は入れてくれてるらしいから、資本的役割もあるとも言える。でも本当に、純粋に精子でありお金、って感じだ。人としてあんまり合わないいなとか好きじゃないなとか、なんかズレてんだよなとか、ちょっと偉そうだよなとかの違和感とか嫌悪感はある。でも別に殺す必要は感じないし、母親への独占欲みたいなものもないし、そんな物語が人類にとって必要だった時代があったんだとしたらそれはご愁傷様ですねって感じだ。

こうしてちょっとした興味で父親の仕事に纏《まつ》わるものに触れてきたりもしたけど、結局よく分かんないし、文学も小説もなんか権威主義的なものにしか感じられなくて、うんざりしてはもうどうでもいいや、ってなるのを繰り返している。でも、興味、よくわかんね、のスパイラルの中でもうほんといいや、となって一切の関わりを拒絶したところで、また俺に父親への興味をもたらしたのがつまり、あの告発文だったんだ。

橋山美津さんの告発文は、SNS上で散々叩かれた。ネタとしてからかう奴らが一割、大学生とはいえ二十歳すぎた大人の女と恋愛しただけで告発されるって何ごと？系が四割、女性蔑視のヒステリックな攻撃が二割、私も同じ経験がありますなどの共感、同調系が三割。そんな感じだったけど、ミソジニー攻撃系のアカウントにこの告発は恰好の標的となり、一時期は滅多刺しみたいに罵詈雑言が浴びせられていた。父親を告発した女性がネットリンチに遭っているのを見ながら、俺はどんな立場をとるべきなのか自問自答した。正直、どうして父親を告発した人のその後がそんなに気になるのか自分でもよく分からなかった。そして彼女の告発に対してああだこうだと意見を述べる人々を眺めていても、自分の中ではなんの納得も会得もなかった。

伽耶さんに会いに行った数日後くらいに、橋山美津の告発文に抗議した半蔵佳子《はんぞうよしこ》という六十代の女性作家のインタビュー記事が週刊誌とオンラインで掲載され話題になった。俺は知らなかったけど、二十年くらい前に大ベストセラーを何本か書いた作家のようだった。

「私は『叢雲』にもいくつかの小説を寄稿したことがありますが、木戸悠介さんに担当してもらったことはありませんし、個人的な感情は完全に排除したところでこの取材を受けています」。そんな断りから始まったインタビュー記事は、そもそも半蔵佳子がTwitter上で「どんな人生を歩んでいたとしても、それなりの歳になればそれなりの恋愛経験を積んでいるもので、それを面白おかしくサーカスのごとき告発エンターテイメントに仕立て上げるのはどうなんでしょう」「年齢を重ねて承認欲求の行き場がなくなっていくことへの焦りは分かりますが、性的価値の高かった大学生の頃の自分に縋って慎ましく生きている社会人を貶す行為は何の罪にも問われないのでしょうか」「私も、同世代の女性作家も、それ以外のあらゆる職業に就いていた女性もあらゆるセクハラに遭ってきましたが、私たちはそういった男性たちと切磋琢磨しながら会話の応酬で表現力を養い、女性としての所作を身につけてきました」「上の世代から教示されたものを活かすも殺すも自分次第。何も持たない自分に文学的な見地からあらゆるアドバイスをくれた男性を、ただ性的に自分を搾取しただけと言い切れるその傲慢さは一体どこからきているのでしょう」と苦言を連投したことから始まった。

このような軽い復讐心からなされた告発が如何に人々の言論を抑圧し、クリエイティブな仕事に就く人たちの土壌を荒らし、自由な発想や表現の発露を絶たせてしまうか。自分たちはとんでもない性加害者やとんでもないセクハラ野郎、変態たちが積み上げてきた文学を享受し、その土壌で育ってきた作家である。例えば編集者が自宅に原稿を取りにやって来た時、窓から一枚ずつひらひらと投げ捨て拾わせたモラハラ作家がいたなんて昭和の時代にはザラにあった話だが、じゃあその作家の書いた小説の価値はそのエピソードひとつで下がるのか。人のモラルや振る舞いなんて、文化や時代の流れの中で変化していくもの。首狩族が首を狩っていたのにだって豊作や求愛、神意を知るため、など様々な意図があったし、豊作や天候のために生贄を捧げる風習は世界中のあらゆる土地で自然発生的に行われていた。自分だってその時代のその風習の中に生きていれば、首を狩ったり、生贄を捧げたり、自分が生贄になったりしただろう。そこまで極端な話でなくとも、例えば今も残る一夫多妻制などにはその土地ならではの宗教的、経済的理由がある。自分たちが生きる時代のモラル、常識、自分が生きる国の法律などに則って全く別の文化や背景を持つ民族や人種を断罪するのは、あまりにもナンセンス。大きなパラダイムシフトが短期間に押し寄せる現代を生きているからといって、前時代を全否定してアップデートすることだけを目指していれば高みに到達できると思っている人々はあまりにも視野が狭く、そんな言説が力を持てば、ややもすれば人間という存在がこれまでとは全く違う存在、狭く弱く愚かな存在に成り果ててしまう危険性すらある。

半蔵佳子の主張は、まとめればこんな感じで、Twitterで見ている時よりもまともなことを言っている印象だった。記事中のあらゆる文章がTwitterで拡散され、彼女は主に中年以上の層から賛同を得た。でも俺からすると、狭く弱く愚かってそれこそあなたたちの価値観ですよね、俺たちはそっちからすれば狭く弱く愚かだろうけど、別に仲良くやってます、そんな古い価値観押し付けないでください老害です。で感想はおしまいだ。老人たちが手を取り合って若い人たちをバッシングして一体何になるんだとうんざりする。どうしてもうそろそろ死ぬっていうのに最後くらい大人しくしていることができないんだろう。そんなのはこれから生きていく人に任せるべきことだ。橋山美津さんの断罪は、これから先の未来への期待、このままではいけないという焦りから生じているんだろう。もちろん死んでいく人の意見はいらない黙って死ねとは思わない。

でもこういう、世界のルールが変わっていってるよね、っていう前提の話に、首を突っ込んでかき乱すのはやめてもらいたい。あなたが大切に思っているものと、あなたがどうでもいいと思ってるものは、俺らにとってのそれと全然違うんだ。そんな価値観でこっちは生きていないんだ。その前提を分かってる人は、性別も年齢も問わず口出しなんてしてこない。どうして俺らは、何の前提も共有しようとしない、自分たちの古い価値観古い常識古い前提古い言説に依存してそこに疑いすら抱かないような図太く鈍感な奴らに好き放題言われなきゃいけないんだ。

「半蔵佳子って人のインタビュー読みました？　てか伽耶さんその後俺の父親への告発のまとめとか読みました？　あ、読んでなかったら別に読まなくていいですよ」

何だかインタビューを読んだ時あまりにうんざりして、勢いに任せて伽耶さんにそう入れるとすぐに既読がついた。

「読んだｗｗｗｗ老害作家不憫で草。黒歴史爆誕やんｗｗｗ」

伽耶さんのＬＩＮＥがだいぶネットスラングに侵されていることは知っていたけど、それを読んで吹き出してしまった。ネットスラングってつまり、スラングで内容をネット的に脚色して、現実の現実味みたいなものを薄めるって意味合いがあるんだなと初めて気がついた。俺はこの現実の濃度の高さに、うんざりしていたんだろう。

「『作家になりたい！　私は夢を弄ばれ、性的搾取されました』文芸誌『叢雲』元編集長を元女子大生が怒りの告発！」。そんなまとめサイトの見出しにつられて彼女の告発文を読み始めた時に感じたのはまず最初に心配。誘われれば食事にもホテルにもホイホイ付いていく大学生。同級生にもパパ活してると話す女子もいて、そういう子達に対する気持ちに似たやつだ。でも俺には小説家になりたいって夢とか、文学者や文学を敬愛する気持ちがわからないから、よく知らないサイコパスかもしれないお父さんに付いていってしまったのは仕方のないことなのかもしれないと想像したりもした。自分はそこまでして何か叶えたい夢とかはないし、あったとしても性的な行為とか恋愛感情を利用してって形は無理だなって思うけど、昔はそういう手合いが横行してて、そういうことへの抵抗が少なかったのかもしれない。で普通に父親の性的な話はキモかったし知りたくなかった。勝手に原稿直したとか原稿に関する意見に関しては、どんなに親しい人に対しても持つべき敬意が欠けてますねって感じで普通に最低。お父さんのモラハラっぽいところは俺も知ってたし、自分が言われたこととかも蘇ってきて不愉快だったしほぼ同意。でも彼女が社会は変わったと信じて声を上げた先にあったのは、ネット上での激しいバッシングだった。社会を試したいと、もう失うものはないと、あの文章をアップした彼女は今どんな気持ちでいるんだろう。人類に、社会に、絶望しているかもしれない。お父さんの肩を持つ人の多さに、俺自身圧倒されていた。あんなに気持ち悪いことをした、あんなに悍ましい人間が、擁護されるのか。俺もまた、この橋山美津の告発から始まったあれこれを通じて、社会に絶望したのかもしれない。

多分父親だから、自分はお父さんにどんな気持ちを持ってるのか分からないんだろうなって思ったから、伽耶さんに会いに行ったってところもあった。でも結局伽耶さんは木戸悠介の名前すら知らなかったし、お母さんともそんなに親しくしてる感じじゃなかった。お母さんといると自分がクズに感じられるんだよねと鼻で笑っていた様子が蘇る。ハンバーグ屋の閉店時間まで粘っていろんな話をした伽耶さんは、インスタからは全く感じ取れなかったユーモアと話術を発揮して、いろんな顔を見せてくれた。でもあの日の帰り際、休学のきっかけの一つになったと彼女が吐露した、大学教授による性加害事件と、大学の隠蔽体質の話を聞いた時、ふっと肩から力が抜けた気がしたのが不思議で、帰り道その理由が恐らく、お父さんのことでずっとモヤモヤしてきたものが、より邪悪な男の話を聞いて少し気が楽になったのだろうと気がついた瞬間、天を仰いだ。自分は一体何者なんだろう。どんな存在でありたいんだろう。父親は一体何者で、俺は父親にどんな存在であって欲しいんだろう。俺と父親の二つがぽっかりと黒いブラックホールみたいなものに感じられて、その得体の知れなさが空に転写されたかのようだった。自分の気持ちとか頭の中とか、人の気持ちとか頭の中とかが全然分からないのが苦痛で、いつも何かをすればしただけ答えが出る肉体に縋るように、駅までの道をダッシュをした。思いの外すぐに駅に着いてしまったから、もう一駅分、いやもう一駅分、と何度も思い直して結局六駅分走った。身体は常に答えをくれる。何を摂取してどんな負荷をかければどんな体になるのか分かる。人間の心も計算できればいいのに。拷問のようなダッシュをしながらそう思って、多分それはそれで全然つまらないんだろうって思いもするんだけど、それでも自分の心の中で起こった、人の苦しみを人の苦しみで塗りつぶすような反射的な心の動きに、けっこう本気で萎えていた。今世界の嫌なやつトップ五億の心臓が一斉に止まるとなったら自分も止まるかもなと思いながら、キオスクで買ったプロテインゼリーを食べた。

身長百七十八センチ、体重五十七キロ。去年の高一春休みと比べて身長は三センチ伸びて、体重は一キロ減。身体測定表に書き込まれた数字を見ながらここまできたらさすがに百八十いきたいなと思ってたら、カズマが覗き込んできて恵斗もう伸びてないって言ってたじゃーん、とだるそうに見上げてきた。カズマの手元を覗き込むと百六十五と書いてあった。

「カズマも三センチ伸びたじゃん」

「百七十五の三センチと百六十二の三センチは別物でしょ」

「てかカズマ、インナーカラーしたのな」

「あ、うん。最近染めてるやつ増えてきたし、ちょっと皆と違うことしたいなって思って」

「めっちゃ似合ってる。ちょっとウルフ？」

「そうそう。チキさんの写真見せたんだ」

あー確かにチキさんぽい、言いながら、数日前に更新されたニッチサッチボーイズのアー写を思い出す。チキさんはスリーピースバンドのボーカルで、アー写の真ん中で仁王立ちしていた。カズマとはニッチサッチボーイズ好きで仲良くなって、これまで何度かライブにも一緒に参戦してきた。皆と違うことしたいなって思って、チキさんの真似すんのか、って思って少し笑うと、なになに？とカズマが首を傾げて、ううんと首を振る。そう言えば最近ニッチサッチボーイズの話をしたなと思って、しばらくしたあとカレーとハンバーグの融合した味と共に「ニサボ好きなの?!」と声を上げた伽耶さんのキラキラした目を思い出した。コロナ禍で逆に良かったよ引きこもってても配信ライブは観れるからねと彼女は話した。引きこもりになってからは一度もライブに出かけていないとも言っていて、最近もう配信とかしなくなっちゃったね皆、と寂しそうだったから、今度下北のモッシュホーダイってサーキットに出ますよと言ったら「サーキットかあ。配信ないの？」とネタのように言って自分から笑った。

「ねえカズマ、今度のモシュホ他の友達誘ってもいい？　ニサボ好きな友達できてさ」

「もち！　いいに決まってんじゃん。他にはどんなバンドが好きなの？」

「や、そこまでは知らない。でもなんか、最近ライブ行ってないみたいだから、誘ってみようかなって」

「仲間は多ければ多いほどいいからね。確か来週とかから一般じゃなかったかな」

「そかそか。じゃ誘ってみるわ」

性自認が曖昧っぽいカズマは、こういう時男か女かとか、何高とか、どうやって知り合ったのかとか、どんな人なのかとか聞かないから気が楽だ。こういう時、男？　女？　女なの？　かわいい？　背何センチくらい？　可愛い系キレイ系？　誰に似てる？　とウザい男友達もいるし、そういう奴らといても別に平気だけど、カズマとかユウゴとかのこういう普通のやりとりができる友達といる時の方が正直気が楽だ。中学の頃から彼女が途切れなかったこととか、リコと付き合い始めて二年近くなることを自慢するつもりは毛頭ないけど、そこに余裕があることで女の子に飢えてる同級生たちと一線を画したところにいられるのは良かったなと密かに思っている。

「そういえば、リコちゃんはライブ一緒に行こうってならないの？　一緒に来たことないよね？」

「リコたんは推し以外のライブは行かないんだって」

「リコちゃんの推しって誰？」

「ポコラ。知ってる？」

「知らない」

「韓国のラッパー。ポコラに全てを捧ぐから他のことにはお金かけられないっていつも超倹約してる」

「ふうん。リコちゃんてすごいよね。なんに対してもストイック」

「それな。ジュース代すら出したくないから絶対どこに行くにもマイボトル持参。化粧品百均で揃えてるし、ローファーの裏に穴空いててお母さんに買ってあげるって言われても卒業までこれを履き続けるからローファー代半額でいいからくださいって言ったらしい」

「何それウケる。お母さんくれたのかな……」

「くれなかったって。でローファー勝手に買われたって。でいらないって言ったじゃんそれならその半額分ポコラのツアーグッズのために貯めたかったのに！　って穴空きローファー履き続けるストライキしてるらしい」

まじかリコちゃん！　とカズマは手を叩いて笑った。

「でもさ、前自分がチケット代出すから俺の好きなバンドのライブ一緒行こうよって誘ったことあるんだけど、そしたら行かないからチケ代の半分ちょうだいポコラのチケ代のために貯金するからって言われたことがあって。俺一緒に行きたいからチケット買うって言ってんのに行かない上にお金くれってこと？　って一瞬フリーズしたよね」

「もうポコラが好きすぎて全てを見失ってるね。まあちょっと彼氏としてはなんなのって思うかもだけど、僕はそういう一貫してる人好きだな。恵斗とリコちゃんは、そういう一貫してる者同士で、そういうとこすごく合ってると思う」

そうかなと言いながら、うっすらと笑みを浮かべるけど、正直自分に一貫してるものがあるとは思えなかったし、だからこそ自分にはないものを持ってるリコに惹かれたところがあったのも自覚していた。カズマが何をもって一貫という言葉を使ったのか分からなくて居心地が悪くなる。

「息子の彼女が好きになれない。まピンクの髪で瞼にグリッター、学年トップくらい頭いいらしいけど、喋り方に知性を感じられない。バカみたいに短いスカートから出る足に息子が欲情してると思うと吐きそう」。偶然、というのは嘘でなんとなく母親が話していたツイアカから追跡していって母親のTwitterアカウントを特定してすぐ、この投稿を見つけた。漠然とお母さんはまともな人だと思ってたけど、やっぱり俺に見せてる顔とネット上とか、仕事中の顔とか、そういうのは全然違うんだなと、何となく諦めって感じの気持ちになった。息子の性欲に傷つくとかまじかよこっちが吐くわって感じだ。これ以外のツイートでもリコと付き合ってることへの怒りとやるせなさを吐露していたし、ガンガン遡っていくと予想通りもっとひどいツイートがあった。「三つ以上歳の差がある十代カップルは取り締まっていいと思う。息子が三つ年上の女とセックスしてるとか絶対に許せない気持ち悪い性的搾取でしかない一刻も早く別れてほしい」。これは俺が中学生の時に三つ年上の女の子と付き合っていた頃のツイートだった。近所に住んでいた幼馴染の彼女を小学生の頃から可愛い可愛いと褒めちぎって、お姉ちゃんに可愛がってもらってるんだねと、公園なんかで一緒に遊んだと報告すると喜んでいたのに、いざ付き合うとなるとこれか、と萎えた。まあ俺には一切そんな素振りを見せなかったから許容する他ないけど、こんなことを思ってたんだなと思うと、それなりに尊敬できる女手一つで育ててくれたお母さんというイメージはいとも簡単に崩れ去って、気持ち悪い願望を息子に抱く母親という苦手意識だけが残った。それでも表向きは優しく献身的なお母さんに感謝してますという顔を、お母さんにも周囲にも見せていることを誰かに褒めて欲しいくらいだ。

でも、辿れば分かってしまいそうなアカウントであんな気色悪いツイートを垂れ流していることとは、罪にはならないんだろうか。あんな不用意に公開アカでツイートしてるってことは、敢えて俺に見せたがってるんだろうかと勘繰ってしまう。そうでないのだとしたら、俺的には怠惰だし、明らかに危機管理不足だ。基本的に公開アカとプライベートアカは分けるべきだし、そういう気持ち悪い思いを吐露したいんだったら三つ目の公衆便所アカを作るべきだ。三十代半ば以上の人は、大抵アカウント管理がずさんで、ＳＮＳ上での真っ当な振る舞いが身に付いていない人が多い。まあ、二十代とかで初めてスマホを使い始めた世代が、物心がついた頃にはiPadやiPhoneが出回り始めていて、退屈していればスマホを渡されそれらで時間を潰すよう仕向けられてきた俺ら世代と同じ感覚を持てるはずないのは仕方ないことだ。でもそこまでのことを投稿したいなら、もうちょっと注意深くなるべきだ。自分のためにも、それを見るかもしれない周囲の人のためにもだ。

その点、どんなに検索をかけても親交がありそうな人を辿ってもインスタでもTwitterでもFacebookさえもアカウントが一つも見つからなかったお父さんはすごいと思う。編集長だった頃は「叢雲」のアカウントで署名ツイートはしていたけど、個人アカウントは何一つ見つからなかった。世代的にそういうものを忌避しているのか、閲覧アカしか持たず自分は一切投稿していないか、自分が現実的に関わるものとは一切掠らないようなアカウントに徹底しているかのどれかだろう。ちなみにお母さんはあの橋山美津さんの告発があった日、「元旦がセクハラで訴えられたらしい。あのクズモラハラ野郎を早期に見限ってＡＴＭ仕様にしておいて良かった」「でもこの件で退職なって養育費払えないとかなったら困る。公正証書作ってあるから強制執行できるはずだけど、、私も搾取されたし訴えた女には同情するけど何であと五年遅く告発してくれなかったんだろう」「これまで細々と作ってきた貯金で大学は何とかなるけど、老後の貯蓄にしようと思ってたお金がなくなったら悲惨。強制執行って言ってもないものは取れないしな」と嘆いていた。十年くらい前に作られたアカウントだったから、流石《さすが》に全て遡っては見ていないものの、俺が読んだツイートの中で、元旦について触れられているのはこの時だけだった。厳密にはお父さんは訴えられたわけではなく、付き合ってたわけだからセクハラというよりはやりがい、夢搾取であり性搾取だけど、身バレを懸念してお母さんが多少盛ったのだろう。ここまでだだ漏れなくせに今更……と俺的には思ってしまうけど。

お母さんはもともと、お父さんの勤めていた出版社の総務にいた。結婚後も仕事を続けてたけど出産と同時に退職。離婚の少し前から文具メーカーの一般事務として働き始めた。三人で住んでいたマンションのローンはそのままお父さんが払い続けて、養育費ももらってたから、俺は何不自由なく暮らせてきたし私立の中高一貫に通わせてもらい友達付き合いまでなんら我慢させられることなく育ってきたことは自覚している。お母さんは、出産で一旦キャリアが途切れたことで、以前のような収入は未来永劫望めなくなってしまったし、幼い子を育てながら出世を目指すのも難しかっただろう。だとしたらお母さんがお父さんの養育費をあてにするのは当たり前だし、お父さんが養育費を払い続けるのも当たり前だ。キャリアや収入を捨て一瞬でも子育て要員となったせいでその後パートみたいな仕事しかできなくなってしまった女と、養育という責務を放棄した分、金で責任を全うする男。男女雇用機会均等法が成立して約四十年の日本では、未だによくある話だ。そしてその後、男は女子大生を搾取し、女は息子の彼女たちへ呪詛の言葉を投稿し続ける守銭奴となったわけだ。

恵斗くんの家ってめちゃくちゃ綺麗だね！　小さい頃からよく友達に言われていた。高級マンションというわけではないが、静かな土地に建てられたまあまあ高層のマンションで、内装もお母さんがこだわってきたらしく、北欧テイストだったかなんだかでまとめられている。なんとなく、自分は片親家庭ではあるけど、恵まれた家庭を持っていると感じてきたけど、母親のアカウントを見つけ、それから数ヶ月で父親が告発され、内実は母親の気色悪い独占欲と、作家志望の女子大生を搾取するのに最適なポストで父親が稼いだ薄汚い金で育てられただけなんだなと、最近よく思う。まあ別に、だからと言って自分に何かできるわけじゃないし、実際感謝の気持ちがないわけではないし、むしろ子供が贅沢品とか言われちゃってる時代、ここまで手間と金をかけて育ててもらったことにちょっと申し訳なさすらある。申し訳なさはあるけど、あまりに従順キャラだと両親に離婚への引け目を感じさせるかもしれないし、でもそれを感じさせるのはお門違いすぎるしなと作ってきたナチュラル奔放キャラも、まあそれなりに馴染んでる。そしてそのキャラを発動して、大学生になったら絶対に一人暮らしをしたいともう何年も前から伝えているから、ほぼあと一年で俺はあの家とはおさらばして両親とは仕送りをしてもらうだけの関係になるわけで、まあ仕方ない頑張ろうあと一年、と自分に言い聞かせている。実際養育費の支払いが滞って一人暮らしができなくなったら、俺は初めてお父さんを憎むことができるのかもしれない。

「このあと飯でも行く?」

身体測定と健康診断を終え、ホールから教室に戻る途中カズマが聞いて、あーどうしよっかなと言いながらスマホを確認する。高校生はワンドリンクあるいはドリンクバー代のみで最低三時間保証、混んでなければ何時間でも歌ってられる通称ゼロカラをやってるまねきねこに延々入り浸っているリコから、「女子もう終わった。ナツキとまねき来たけどくる?」と予想通りの誘いが入ってて悩む。まねきねこは持ち込みOKだから、多分なんかコンビニおにぎりとか買って中で食べてるんだろう。まあまあお腹が空いてるから、カズマとご飯食べたあと合流するか、弁当でも買って合流するか悩む。駅向こうの店舗かこっち側か確認するため whoo を立ち上げ、自分の周辺にピンチアウトしながら違和感に気づく。


「あれ」

「ん? どした?」

「いやなんか、友達が家から出てるっぽくて」

「珍しいの?」

「うん。珍しい。どうしたんだろ」

　言いながら Bondee を開いてみると伽耶さんこと「やや」はミラーボールの光を浴びて踊る「ディスコ」のステータスになっていて、ワークアウトナウを開いてみると、伽耶さんは昨日から今朝にかけて二十ものトレーニングをこなし爆速で最難レベルに到達していて、伽耶さんが何らかのゾーンに入っていることを知る。大丈夫かなと呟きながらインスタを開くと一時間前非公開アカのストーリーにリカバリーサンダルが載っていた。足を入れてもいない、おそらく新品で、スポーツをやってる人でなければリカバリーということも分からないような厚底サンダルで、コメントはなかった。公開アカには特に投稿はなく、ＬＩＮＥで「やや姉さんお出かけですか?」と一言入れてみたけど既読はつかなかった。伽耶さんがスマホを肌身離してるはずはないんだけどなと思いながら、再び whoo を見ていると、自宅近くの駅にいた伽耶さんのアイコンは、地下で電波が途切れていたのか、ギュイーーーンと動いて見覚えのある駅名で止まった。この間、俺らが出会った大学の最寄り駅だった。昔の位置情報アプリは地下に入ると位置情報が途切れちゃって、地上に出るまで止まったままだったんだよ。十年後くらいには、いや五年後くらいには高校生たちの間でこんな会話が交わされているのかもしれない。親世代のSNS慣れしてなさについて考えていたせいか、そんな想像が湧き上がる。

「休学届けか……？」

ん？　と渡り廊下の少し先を行くカズマが振り返って、俺は身体測定と健康診断の紙を差し出して「出しといてくれない？」と笑うつもりが困り顔になってしまう。廊下には激しく風が通り抜け、地上から何人かの男子グループがはしゃぎながら通り過ぎていく。お前まじ絶対それ言うなよ！　言ったらまじ罰ゲームだかんな！　弾んだ高い声はそのまま笑い声に変わって、誰の声かなんて分からないんだけど、俺はなんとなく、嫌な奴上位五億人にこの声の持ち主が入らないといいなと思った。

「ほら、恵斗のそういう芯が通ってるところ、いいと思うよ」

「俺別に、芯通ってなくない？」

「友達、心配なの？」

「心配、っていうか、見届けたいっていうか……」

「行ってらっしゃい。いーよー出しとく」

長い前髪の向こうから、優しげに微笑んで紙を受け取るカズマにありがとと呟いて、「あ、ちなリコとナツキがゼロカラ行ってるから、カズマも合流したら？　リコは多分節約のために食べ物持ち込んでると思う。もしかしたらお母さんに弁当作ってもらって持ち込んでるかも」と続ける。

「カラオケに家弁持ち込むのはすごいな。じゃー俺もなんか買って合流するかも」

したら二人によろしくと言うと踵を返して軽いステップで階段を目指す。一学年九クラスのマンモス高校は、まじででかい。いくつも棟があって気を抜くと未だに迷う。あと大概自分が何棟にいるのかよく分からない。ようやく下駄箱に辿り着いてスニーカーに履き替えると、上履きを戻しそうになっておっととなって悩む。再来週、次にこの学校に来たとき俺はもう三年生で、この下駄箱は使わないんだった。なんとなく物悲しい気分になったけど、上履きを手に持って歩き回る自分の間抜けさを想像して、ちょっと考えたあと下駄箱の一番上に上履きを放り投げた。再来週回収しよう。そう思いながら校門に向かった。俺の好きと性欲とかわいいなあはリコに向かってる。でも、伽耶さんのことを考えるとわくわくする。これは小学生の頃、一緒に遊ぶのが楽しくて仕方ない、気の合う友達の家に遊びに行く時の気持ちに近いなと思い出す。でも相手は引きこもりで、俺と会ったあの時以来の約二週間、彼女は家に引きこもっていたのだ。まあでもそれは別にして、置いといて、心が沸き立っていた。この郊外にある高校から都心にある伽耶さんの大学までは、一時間弱かかる。着く頃にはもう帰宅してたとか馬鹿みたいなことになるかもしれないけど、まそれはそれで仕方ないなとも思う。一応LINEで「大学ですか？　ちょっと時間かかるけどそっち向かいますね」と入れた。もう一度Bondeeを見てみると、伽耶さんは五分前に「ディスコ」から「鳩に餌やり」になっていて、アバターがベンチに座って鳩に餌をやっていた。アバターをつついて、ヤッホーを送ってみたけど反応はない。伽耶さんが本当に、あのキャンパスのベンチに座って鳩に餌をやってたら面白いなと思いながら、俺は校門を出て駅に小走りで向かった。

伽耶さんの大学は、前回来た時と一ミリも変わりない風貌で、学校っていつもそこにいつもの感じであり続けるのがすごいよなと思う。一貫の中学に入学した時から、俺の学校も何一つ変わってない。変わったのは自販機の料金が一律十円アップしたことだけだ。

whoo に表示された伽耶さんのアイコンは大学の建物内に留まったまま一時間が経過していた。歩き回ってようやく見つけたその建物には学生会館と書いてあって、やっぱり休学届けかと思いながら中を当てもなく歩き回ってみるけど、ほとんど人影がなく伽耶さんらしき人も見当たらない。学生会館の端っこでアイコンが留まっているから、もしかして隣の建物かなと whoo の画面を表示させたまま一旦外に出て小走りで奥に向かっていくと、一階が一面ガラス張りになってる建物が見えてくる。カフェテリアみたいだけど、やっぱり閑散としていて、もう何で伽耶さんLINE見てくれないんだろうって悲しくなってきた瞬間、角度が変わって窓の反射がなくなり、窓際のテーブルでスマホを見つめる伽耶さんを見つけた。ようやく足の速度を緩めた俺はスマホを操作しながら近づき、ガラスにコンコンと人差し指を叩きつける。

振り返った伽耶さんは髪の毛が明るめのネイビーに染められていて、美容室行ったのかな、いやいや美容室行ったわけないよなと思いながら Bondee を立ち上げ、「やや」のアイコンが鳩に餌やりをしている画面を窓に向ける。伽耶さんは「ああ……」と要領を得た感じで自分のスマホの画面を窓越しにこちらに差し出した。中には大量の鳩が公園で群がっているアニメーションが映されていて、俺は思わず「おおー」と声を上げてしまう。その反応に伽耶さんがドヤった笑顔を見せたのが、窓越しに見えた。手招きをすると、手招きを返されて、左右を見渡して建物の入り口を探していると、あっちあっち、と伽耶さんが指さして、俺は小走りで駆けていく。

「すごいでしょこれ。Feedingood っていうアプリでね、鳩だけじゃなくて魚にも餌やりできるし、檻の中にいるライオンに生肉とか、熊に蜂蜜、パンダに笹、とか食べさせることもできるんだよ」

「そのアプリ誰得なんでしょうね」

「子供が贅沢品って言われる世の中では、誰しもが何かのお世話をしたくて仕方ないんだよ」

「切ないですね」

隣に座ると、伽耶さんにやってみなよと渡されていくらか鳩にパンの欠片を投げてやったけど特に達成感はなくて、よくこんなゲームを続けられるなと、ちょっと本気でビビる。

「今日部活とかだったの？」

伽耶さんが俺をまじまじと見ながら言って、俺は自分が制服を着ていることをようやく思い出した。

「いや、今日は身体測定健康診断の日でした」

「え、血とか抜かれてきたの？」

「や、血とか抜かれるのは入学時だけなんで、今年は血抜かれませんでした」

そっか、そうだったっけ。伽耶さんは言いながら、手元のコーラを飲み干した。伽耶さんは休学届けを出しにきたんですか？　喉まで出かかったけど、何となく今日の伽耶さんはこの間よりも少し緊張感というか、ちょっと憂いを帯びている気がして口に出せなかった。

「どっか行きませんか？　俺めっちゃお腹空いてて。お昼ご飯食べてないんですよ」

スマホを見るともう二時半で、時間を把握した瞬間クラクラした。

「こないだのハンバーグ屋さん行きません？　もちろん何か用事があるなら、終わったあとでいいですけど」

軽く牽制をしつつ聞くと、「んー、じゃもうちょっとあとでいこ」と伽耶さんは軽い口調で牽制して、ねえ越山くんってプロジェクトメイクオーバーやってる？　とアプリのスタート画面を見せる。前にちょっとハマってましたと言いながら、俺もアプリを探す。

プロジェクトメイクオーバーはイケてない人とイケてない部屋をイケてる人とイケてる部屋に改造していくゲームで、メイクや散髪、ファッション、内装アイテムなどをコインで買って変身させるのが本筋なのだが、コインを稼ぐためにパズルゲームをクリアしていく必要があって、まあ変身やリフォームよりパズルの方がゲームの主体になっていると言っても過言ではない3マッチパズルだ。しょっちゅう三十分くらいの無限ライフがもらえて、時間をおかずに続けられるため、達成感はないのにハマると延々やってしまうからリコは廃人ゲームと呼んでいた。６５１、とステージ数を表示させた画面を見せると、伽耶さんは４０２５を見せつける。

「え、四千？　ちょっと前に友達で二千超えがいてビビってたのに。てかこのゲーム何ステージまであるんですか？」

「知らない。無のまま延々できるから続けてる。むず過ぎてもうクリアなかなかできなくなってきたから、ちょっと交換しない？」

ワークアウトナウやDansoomのやり方などを見ていてもそうだけど、伽耶さんはのめり込み方がすごい。いや、もしかしたらのめり込まずに、ただただひたすら無のままひた走っているだけかもしれない。ただこなすべき雑務のように。

俺のお腹は減り続けて、胃のなかに取り残されていた剃刀《かみそり》が縮んだ胃壁に突き刺さっているかのようなキリキリとした痛みを醸し始め思わず顔を歪める。何度かリコとカズマからLINEが入って日常を思い出し、俺はなんでこんなところでプロジェクトメイクオーバーをやってるんだろうと不思議になる。

「あ、そうだ。伽耶さんサーキット行きませんか？　モッシュホーダイってイベントなんですけど、ニサボが出るんですよ」

「んーいつ？」

「来月下旬です。そろそろチケット一般発売します」

「そっか」

「俺も仲良い友達と行く予定なんで、もしよかったらニサボ三人で見ましょうよ」

「行けるかなあ」

「行きましょうよ」

「行けなかったら嫌だから一般では買わない。当日券出るかな？」

「去年はたしか当日券出てました。でも今年はコロナ規制解除されたから、もしかしたら結構売れてるかもです」

言いながら、自分がチケットを取っておいて、もし伽耶さんが行く気になったら分配しようかなど考えるけど、そこまでして伽耶さんをライブに行かせたすぎる自分がちょっときしょい。

「あ、四時半だ」

伽耶さんはコンクリートの柱にかかった時計を見上げて言って、じゃご飯行こうと小さなエコバッグを肩にかけながら言う。パズルゲームをやっている時の体感時間は正直通常時の三・五倍で、まじでビビる。

「あ、四時半になるの待ってたんですか？」

「うん。今日の四時半に休学届けの締め切りだったんだ」

「え、それって……」

「出さなかった」

伽耶さんは笑顔で言って、ハンバーグ行こうと先を歩く。

「越山くんが来てくれなかったら勇気出して休学届け出しちゃってたかも。勇気が出なくて復学かあ」

「え、じゃあ俺、伽耶さんの歴史的な決定に携わっちゃったってことですか？」

まあそうとも言えるかもね、と歌うように言って、スキップに近い歩き方をしてウキウキな様子の伽耶さんだったけど、えー大学復学するならサーキットなんて余裕で来れるじゃないですかと言うと、それはどうだろう復学もどこまでうまくいくか……ね、と困ったような微笑みを見せた。

「なんか、大丈夫そうな気がしますよ。ワークアウトナウ限界突破した伽耶さんなら」

「そう？ あ、私ご飯食べたらお母さんとこに行こうと思ってるんだけど、一緒に行く？」

「えー、えっと、伽耶さんは、復学のことを報告しに行くの？」

「うん。そうしようと思ってる。学費を払ってくれてるのお母さんだし」

「俺が一緒に行ったらびっくりするんじゃないかな？」

「びっくりするかもね」

「びっくりさせていいのかな」

「越山くんこないだ私にいきなり声かけてきたくせに」

　俺はハンバーグオムライスを大盛りで、伽耶さんはWチーズハンバーグを頼む。水を一気飲みして落ち着いてからスマホを確認すると、リコがまねきでインスタライブをしていて、ケイトなんでこなかったの死ぬほど楽しいんだけどとメッセージが入っていた。どうやらカズマだけじゃなくて他の友達も何人か遅れてやってきたようだった。大人数のカラオケは苦手だから、行かなくてよかった。

「お母さんて、どんな人？」

「うーん、理詰めの人。それで自分自身が理にがんじがらめになって、どうしようもなくなってる人。私も人のこと言えないけど、なんであんな面倒臭い人生を送ってるんだろうって思う。私は無性愛者だから、そもそも有性愛者の人たち皆ちょっと面倒くさそうって思ってる節もあるんだけどね」

「それは、無性有性関係ないんじゃない？　性がないから単純でいられるってことでもないでしょ？」

「まあ、確かに。でもなんか、猫って毛玉吐くの大変そうだなーとか思う感じ。本人にとっては普通のことなんだろうけど、私はそもそも毛繕い文化共有してないから、なんでそんなことするんだろ、絶対もっと合理的なやり方あるよね？　って思っちゃうんだけどみたいな。まあ越山くんのいう通り、逆にそっちから見たら何でそんな生き方すんのめんどくさそー、って思われるんだろうけどね」

笑ってなるほどと答えながら、多分俺はちょっと悩むだろうけど、伽耶さんと一緒にお母さんに会いに行くんだろうなと思う。ハンバーグオムライス大盛りはなかなかのボリュームで、この間は遠慮して言えなかった「一口交換しない？」も言えてWチーズハンバーグも食べられた。お母さんから「今日ご飯は？」のLINEが入ったから、「遅くなるからいらない」といつもより若干塩い返答を送った。

長岡友梨奈さんは今、旦那さんと伽耶さんが住んでいるのとは別のマンションに、彼氏と住んでいるのだという。別々に暮らしているというのは聞いていたけど、彼氏とは思ってなかったし、それ以上に彼氏と暮らしてることを伽耶さんが知ってることに驚いた。でも、今からそっちの家行こうと思ってるんだけどと迷いなく電話で話す伽耶さんを見ていたら、決して彼女のこの波を乱してはならない、と使命感に燃え、何一つ咎めまいと心に決めた。俺が一緒だということも伝えてなくてちょっと不安になったけど、口出しはしなかった。

「いらっしゃい。伽耶、久しぶり。うわあ髪の毛青くしたの？　かわいい！」

長岡友梨奈さんは晴れやかな笑顔で俺たちを出迎え、友達？　となんの邪気もなく純粋な好奇心からという表情で聞いた。大学を休学して引きこもりをしている娘が突然訪問してきてそこに制服姿の男子高生を伴っていたら何かしら疑問を抱くものではないかと思ったけど、伽耶さんを刺激しないよう気遣ってる可能性もなくはなかったから、母子家庭の好青年として生きる上で身につけてきた、無駄な気遣いをさせないナチュラル無邪気キャラを発動させ「初めまして、越山恵斗といいます」とキラキラさせた目を合わせたまま頭を軽く下げる。あでも結局、好感度上げれば上げるほど、俺が木戸悠介の息子だって話したらなんだよ性搾取野郎の息子かよって思われて逆にそのギャップが激しくなるだけなんじゃないの？　とも思って憂鬱になってくる。いいなあこの人は父親が性搾取で告発されてないんだ、と最近友達やリコ、部活仲間を見ていると思う。今日伽耶さんを見ていても同じことがよぎった。もちろんみんなそれぞれの悩みとか複雑な事情を抱えているのは分かってるけど、父親が性搾取で告発されてないってだけで、羨ましくて仕方ない。


「上がって。びっくりしたよ急にここに来るなんて。すごく嬉しい。最近は結構出歩いてるの？」

「ううん。そんなに」

「何飲む？　冷たいルイボスティー、牛乳、紅茶とかコーヒーもあるよ」

「じゃあ私牛乳。越山くんは？」


同じ種類にした方が楽だろうという計らいでじゃあ俺も牛乳でと言ったけど、私はコーヒーにするねと長岡さんは言いながら牛乳を注いで、なら俺もコーヒーが良かったとがっくりする。長岡さんがコーヒーを淹れている間、俺は伽耶さんの隣で、目だけで部屋を観察する。玄関からリビングまで続く廊下の両壁に、天井まである薄型の本棚がぎっちり設置されていて、閉所恐怖症の人だったら怖くなるかもなと思うほどの圧迫感があったけど、恐らくそのおかげでリビングは異様なほどスッキリしていて椅子が四脚あるダイニングテーブル以外はソファとローテーブル、パソコンが置かれたデスクしかなかった。しばらく部屋を見ていて、ちょっとした小物なんかがどこにも出てないのが、異様な雰囲気を醸し出しているのだと気づく。例えばちょっとしたクリップとかヘアゴムとか、押しピンとかリップクリームとかの、置き場所が定まってない、あるいは置き場所に戻すのが面倒くさくて出しっぱなしになっているような小物が何一つないのだ。もしかしたら伽耶さんが来るからと片付けたのかもしれないけど、ホテルのような部屋に居心地の悪さを感じてしまう。つまり今、長岡友梨奈さんの家の情報として、俺は「本がたくさんあること」と「家具がシンプルであること」しか読み取れない。

「伽耶さんの家も、こんな感じであんまり生活感がないの？」

「こんなんじゃないよ。私の部屋は特に、物が散乱してるし」

伽耶は、物に思い入れが強いタイプだからね。にこやかに言いながら長岡さんが俺たちの前にグラスを置いた。出された白い液体は、なんとなく気持ち悪い。それが豆や葉っぱから抽出されたものではなく、生物の乳であるということが気持ち悪い原因だろうか。でも自宅で飲む牛乳に気持ち悪さはないから、この無機質な部屋の中に保管されている無機質ではないもの、だからなのかもしれない。

「ありがとね。伽耶。来てくれて本当に嬉しい」

顔を綻ばせて弾むような口調で長岡さんが言って、伽耶さんはいかにも無理矢理といった感じで唇の両端をぐいと押し上げる。長岡さんはしっかり化粧をしていて、目力が強く意志の強そうな印象はあるものの、笑うと幼い表情になる。年齢は分からないし、何か若返り的な整形みたいなことをしてるのかもしれないけど、自分より五歳年上の伽耶さんのお母さんとは思えない。これが、自分の母親や周囲にも一定数いる、専業主婦となって育児に邁進し、誰々ママと呼ばれてきた女性たちと、社会に出続け地位や経済力を伸ばし続け旧姓にさん付けで呼ばれてきた女性たちの違いなのだろうかと、憂鬱な疑問が頭に浮かぶ。耳の周りに白髪が目立ち始めた母親を思い出して、俺が大学生になってマンションを出て行ったらお母さんは一人でどんな生活を送るんだろうとふと考える。意外にすぐ彼氏を作ったり、何か趣味友達を作ってホームパーティを開いたり……という想像は膨らまず、一人でもそもそとタッパーからご飯を食べる、しょぼくれた小さな背中が思い浮かぶ。最近、俺が外でご飯を食べて帰ると、一人スマホで韓流ドラマを見ながらタッパーをつついていることが多くて、その姿を図らずも目撃してしまうと、同情や憐憫よりもああはなりたくないという嫌悪感が湧き上がる。例えば、同級生とかリコがお弁当を食べながらスマホで動画を見ていても惨めな印象は持たないのに、どうして母親にはそれを感じてしまうんだろう。リコと母親の違いは、未来があるかないか、だろうか。

長岡さんが、食べる？　と差し出した焼き菓子の詰め合わせから、伽耶さんはマドレーヌを取り出しペロリと食べると、次に同サイズのチェリーパイの封を切って食べ切り、牛乳を一気に飲み切った。それを見た長岡さんは「牛乳おかわりする？」と聞いて、伽耶さんは「いいや」と答えた。何か、最近流行りの、心理系ホラー映画を見ているような気がして、俺は意識的にグッと瞼を閉じ、グッと目を開ける。少しずつ、黒い波が押し寄せているかのようで、何か邪悪なものに詰め寄られているような不安に溺れそうになっていく。

「それで、休学届けは出したの？」

「今日が提出期限で、出さなかった」

「てことは、復学？」

「ひとまず」

「そう」

　ずっと引きこもっていた娘が復学と聞いたらきっとものすごく喜ぶだろうと勝手に想像していたけど、長岡さんがにこりともせずマグカップを持ち上げて口につけるのを眺めながら、物事はそんなに単純ではないのかもしれないと思う。今日の伽耶さんの決断は、復学するか、結局通えなくて再び休学あるいは中退の道に進むのか、どちらか二つの道へのスタート地点に立つことを意味するのだと考えると、手放しで喜べないのは当然かもしれない。

「いつもありがとう。ご飯とか助かってた」

「いいの。私がしたくてしてたことだから」

　ご飯とか助かってた、したくてしてた、その二つの言葉から推測されるのは、長岡さんは伽耶さんが住む家に手料理を届けていたということだろうか。二人とも過去形で話してるということは、最近、その習慣はなくなったのだろうか。

「お父さんがなんて言ったのか知らないけど、別に拒絶じゃなくて、ちょっと距離を取りたいってことだから」

「どうして距離を取りたいの？　私は伽耶から理由を聞きたかったんだけど」

「私は今少しずつ、外の世界に興味を持ち始めてる。復学もその興味によるアクションの一つ。この流れの中で、私はできるだけ誰の意見も干渉も受けたくない。ようやくまっさらになったところに、お母さんの強い思想が入り込んでくるのが怖い。私はお母さんから、多分影響を受けちゃうから」

「どうしてご飯を作ることが意見や干渉になるの？　私の作るご飯には思想が込められてるってこと？」

「多分、そうだね」

「そうなの？」

「お母さんの一挙手一投足に、お母さんの思想が込められてる。もちろんそれは、私の側が勝手にかかってる呪いなんだけど、お母さんが何て言うかなんとなく分かっちゃうんだよ。てかでもお母さんだって、私にそういう呪いをかけてきたって自覚はあるよね？　お母さんが自分の思想色に私を染めようとしてたこと、私は分かってたよ」

　伽耶さんの唇の両端には牛乳の跡がついている。聞きながら、俺は父親が自分に与えてきた「反体制的であれ、反骨精神を持て、『何か』のある人間になれ」という、本や情報の与え方、何を嘲笑い何を肯定するかの線引き、俺の話に対する苛立ちや喜びみたいな僅かな態度から感じ取ってきたプレッシャーを思い出していた。もしかしたら、伽耶さんと俺は似たような家庭環境とまでは言わなくても、似たような抑圧を親から受けてきたのかもしれない。

「伽耶が私が何を言うか分かってるのは、私の中にそれなりに一貫した傾向があるからだよ。でも付き合いが深くなれば友達だって、一方的に著作を読んでる作家だって哲学者だって、どんな主張を持った人なのか分かるようになるのは当然のことだよね？　伽耶は私に、同じ質問に毎回違う答えをするような破綻した人格を求めてるの？　著作ではリベラルな主張をしつつ家ではモラハラ夫だったとかはよくある話で、それは人間の多層性を示唆するエピソードではあるけど、私はこと我が子に対しては一貫した態度を取ろうと努めてきたんだよ。もちろん状況や時代に応じて他者の意見を取り入れつつ、必要なアップデートを加えながら、という意味ではあるけど。そしてそれは私自身が主張が二転三転する感情とホルモンの奴隷みたいなヒステリー女に育てられたから、という理由が大きいんだけどね」

半笑いで長岡さんは言う。口語で「そして」を使う人は苦手だ。俺は長岡さんを初めて見た瞬間に最高潮の好感を持って、長岡さんが喋れば喋るほど、それがどんどん目減りしていくのを感じていた。

「もちろん破綻した人格なんて求めてないよ。でも友達とか作家は選べるけど親は選べないし、子供には親に気に入られたいって本能が備わってる。だから、親は子供が思想を形成していく過程で、自分の思想を押し付け過ぎないよう、できる限り気をつける必要があると思う」

俺には痛いほど分かった。伽耶さんは、母親と対話をするために頭の中でシミュレーションをしてきたんだろう。きっと引きこもるずっと前から、母親と共通言語を持つために、対等に話をするために。その時点で二人は対等ではないわけで、彼女の土俵に上がってしまった伽耶さんが心配ではあったけど、もう今の段階で俺にできることは何もない。

「じゃあ伽耶は、我が子が危険思想に傾倒しても放置するの？　ファシズム、ナチズム、善悪の判断を放棄した資本主義、そういったものに洗脳されていく我が子を容認して、あれはあの子独自の思想だからって容認する必要があるってこと？　私は親としてのみならず、良心ある大人としてそんなことはできないよ」

長岡さんは唇の片方をあげ、冷たい笑顔で言い切る。迷いのない態度に、ふつふつと胸の奥に湧き上がるものを感じる。湧き上がる何かとは、長岡さんの主張の内容に生じているものではなく、彼女のこの迷いのなさに対して生じているものだ。

「そんなことは言ってない。でもお母さんが私に対して強い影響力を持ってるってことを自覚して欲しいの。私は自分が何かを思うより先に、お母さんならなんて言うかなって考えてる。こんなのは、病的だと思う」

「それは全くもって病的なんかじゃないよ。全ての人が、先人の価値観を踏襲して生きてる。哲学だってなんだって、人文的なるものはそうして進化してきた。先人の築いた礎の上にさらに礎を築く、あるいは先人の礎を論理的に打ち砕き、その破片上に更なる礎を築く。そうして人々は模索し続けて、進化し続けてきた。伽耶が自分独自の思想だと思ってるものは、あなたがこの時代の中で触れてきた教育、体験、情報の副産物にすぎない。そしてこの時代を作り上げてきたのは先人たちで、あなたがどんな教育を受け、どんな体験や情報と触れ合うか、全てとは言わずともそれなりに方向性を選択してきたのは親である私だよ。伽耶が何か新しいことにぶち当たった時私の意見を想像するのは、伽耶が独自の思想を身につける道中で必要なイニシエーションだよ。私は今だってドストエフスキーだったら、トルストイだったら、あるいはバタイユだったらなんて言うだろう、って日常的に考えてる」

バタイユだったら、のところで長岡さんは可笑しそうに笑ったけど、そこにバタイユが並ぶのがどうして面白いのか俺には分からなかったし、多分伽耶さんにも分からなかったのだろう。伽耶さんの眉間の筋肉が硬直しているのが隣で見ていても分かった。

「とにかく、しばらく私に関わらないで欲しい」

伽耶さんの口調は強く、長岡さんは今日ここに来て以来ずっと滲ませていた余裕を初めて喪失して、完全な無表情になり目から光が消えた。その時、ガタンと音がして俺は振り返る。一哉だから、と平坦な口調で呟いた長岡さんは席を立たず、死んだ目のままコーヒーを傾ける。

「あ、ただいま。伽耶ちゃん、久しぶり」

リビングに入ってきた一哉らしき男は伽耶さんの隣にいる俺を見て一瞬困惑を顔に浮かべたけど、ひとまずという感じで伽耶さんに会釈をした。伽耶さんが長岡さんの彼氏と面識があったことに驚きつつ、俺も頭を下げる。

「伽耶ちゃんの友達？」

「初めまして。越山恵斗といいます。伽耶さんとは最近仲良くなって」

「初めまして。横山一哉です」

横山一哉さんは、柔らかい笑顔で言った。一哉さんは少なくとも、長岡さんみたいに話し言葉に「そして」を入れ込んではこなさそうだ。予想よりも若くて、長岡さんの彼氏としては、予想よりも普通そうな人だった。外してた方がいい？　と聞いた一哉さんは、「ここにいて」と長岡さんにきっぱり言われ、背負っていたリュックから水筒を出すとテーブルに置き、長岡さんの隣に座った。長岡さんに彼氏がいるということもさっきまで知らなかったのにその当人が現れ、二つの初めましてがこの家で行われ、水筒とコーヒーカップと牛乳を入れたグラス二つを挟んで、俺は圧倒的に怯んでいた。元女子大生に告発された父親の話を聞きたいなんて、言い出せる雰囲気では毛頭ない。

「伽耶は、私が近いところにいると私から影響を受けてしまうから、距離を取りたいんだって。でもそもそも何者からも影響を受けずに生きていくことは不可能だし、受けるならば良い影響の方がいいに決まってるし、私がご飯を作りに行くことがどうして私の思想の押し付けになるのか、私には意味が分からない。私は別に過激思想を押し付けたわけじゃないし、洗脳を試みたわけでもなくて、とにかくこの厳しい世界で自分を守りながらサバイブしていく上で必要なことを、慎ましく遠慮がちに伝えてきたと思ってたんだけどね」

長岡さんはそこで言葉を切った。この言葉を向けられてたっぽい一哉さんには何かを言い出す様子はなく、一哉さんに向けられていると見せかけて実は言葉を向けられていたっぽい伽耶さんも口を噤《つぐ》んだまま手元にある空っぽのコップを見つめている。まるで先生が悪ガキ三人を叱っているみたいだ。

「私は伽耶に何も求めなかった」

長岡さんは決然とした態度で、戦いを挑むみたいにはっきりとした口調で言う。

「私は伽耶に、良い成績をとること、習い事を続けること、塾に通うこと、部活をすること、家柄のいい子と付き合うこと、素行良くあること、従順であること、常識的であること、世間体を鑑みること、そういう普通の親が求めるようなことを何も求めなかった。伽耶の成績の悪さも担任の苦言も忘れ物をしがちなことも生活リズムの乱れも勉学に対して努力を怠るところも適当さも論理的な話ができないところも責めたことはなかったし、伽耶が嫌がることを押し付けたこともなかった。私は伽耶にずっと一つのことを求めてた。ただ一つ、想像力を持つこと。それだけ。なのにあなたは私が料理を作るだけで私の思想の押し付けだって過剰反応をする」

肩をすくめて、長岡さんは呆れたように笑った。そういう態度は良くない、思わずそう言いたくなって、でもそう言うことが許されるような雰囲気ではなく逡巡していると、一哉さんが長岡さんの腕に手を当てた。

「友梨奈は正しいよ。だからこそ、伽耶ちゃんがそこに畏怖の念を抱くのも、俺には分からなくもなくて。正しさって、時々人を苦しめるから」

「もちろん正しさよりも大切なことはあるし、正しさなんてものに私は依拠したくない。私は、正しさを追求しながら誤りと共存していくことも可能だと信じてる。むしろ共存できなければ、正が強、誤が弱の、身も蓋もない弱肉強食の世界になってしまう。ただ、正誤の判断をつけられないまま正誤の入り混じった世界をなんの批評性もなく生きていくのは危険すぎる。別に断罪なんてしなくていい。自分はこうだって主張もしなくていい。でも沈黙の中にも、慎ましくでいいからほんの僅かな批評性を持ち合わせていて欲しい。もうこの時代に弁証法は機能しないって、理想もないって、話し合いなんて無意味だってシニカルに生きていくのは全くもって健康的ではない。世界は環境管理ではなく規律訓練であるべきだし、環境管理と規律訓練を体得した後には、その両方を脱構築して欲しい。私はあらゆる社会的権力から解放されたところで、もちろんそれは、それらと触れ合わずということではなく、一度内面化した後に再び外部化して批評することによって解放されたところで、そういうまっさらなところで伽耶と話をしたいんだよ。もちろん解放されたところでと言っても、私たちが現代社会から完全に切り離されたところで生きていける訳ではないんだけど。それでも、何が正しく何が間違っていて、何がともに生きていくべき正しさで、何がともに生きていくべき間違いかといった理想の共有を抜きにして、人は共に生きていくことなんてできない。楽しいことと心地よいことと美味しいもの、思考停止で交わされる会話だけで一日一日を塗り潰すような生き方をして欲しくない。それで言えば、私は伽耶が引きこもったことには大きな意味があると思ってる。あなたが内省的にこの世界を人生を自分自身を他人を捉え、何を得て何を失い、何を大切に思い何を理想としたのか、私はとても興味がある」

まるで演説のような内容だけど、長岡さんは静かに、最小限の抑揚でそう話し切った。

「お母さんはいつも私の意見を否定するじゃん。お母さんが私の意見を聞きたかったことなんて一度もないよ。私の意見を批判したかったことだったらあったかもしれないけどね」

「伽耶の意見を否定するのはそこに批評性がないからだよ。伽耶の中に俯瞰した視点がないことに、あなたの乖離性のなさに、私は危機感を抱いてる。今の伽耶の発言だって、私の話を表層的にしか捉えてないから出てくる言葉でしょ」

長岡さんの言ってることは、何となく分かるようで、何となく分からない。俺はそんなふうに世界を見たことはなかったし、そんなふうに世界を見る必要に駆られたこともなかった。俺は、初めて見るタイプの全く話を合わせてこようとしない人、人に歩み寄らない人、それも自信を持って人に歩み寄らない人に、恐怖に近いものを感じていた。

「友梨奈が理想を持って、伽耶ちゃんを導きたいと思ってるってことはよく分かってるよ。でも今は、伽耶ちゃんが否定されたって感じてることと、友梨奈の思想を植え付けられるのが怖いって思ってること、この二つだけに向き合ったらいいんじゃない？　伽耶ちゃんが外に出るのも、二人が会うのも久しぶりなんでしょ？　理想とか、これからの話はもっと先でいいんじゃないかな」

一哉さんが腕に当てていた手を背中に伸ばしてさすりながら口にした言葉に、長岡さんは「そうだね」と食い気味に答えると、黙り込んだ。そして黙り込むと長岡さんはもう喋らず、一哉さんはこの訳のわからない空気をどうにかしようとしているのか「二人はご飯はもう食べた？」「ハンバーグ？　どのへんのお店？」「伽耶ちゃんはハンバーグが好きなの？」と幼稚園生にも通じるような質問を繰り返す。話の難易度の落差に、頭がクラクラした。

「お母さんのことが嫌いなわけじゃないよ」

また話が途切れたタイミングで、伽耶さんが言う。

「そうだろうね。私には人に嫌われる要素がないからね。私を嫌う人はたくさんいるけど、それは彼らの個人的な問題、捩れや歪みのせいであって、私の問題じゃない。もちろんそういう人間たちも何かの被害者であって、一人残らず死ねばいいと思うわけではないけどね」

「誤解されるのは嫌だったから。直接言えて良かった。まあ、誤解がなくなったのかどうかは分からないんだけど」

力なく笑う伽耶さんを慰めたい衝動に駆られたけど、一哉さんのように背中をさすったりはできないから、慰めの気持ちを込めて柔らかい表情を浮かべてゆっくりと頷く。

「それで越山くんなんだけど、彼はお母さんの知り合いの息子なんだ」

伽耶さんの唐突なフリに、長岡さんの話の飛躍具合と似たものを感じる。いや、伽耶さんはこの数十分で思い切り長岡さんに影響されて、それで似たような思考の飛躍をしているのかもしれない。どちらにせよ、心構えができていなかった俺は突然全校生徒の前で壇上に立たされたみたいな突発的な緊張に震えそうになって、首筋から周辺にかけてどっと汗が吹き出してくる。でもここまできてもう逃げも隠れもできないから、自己紹介する覚悟を決め、「実は僕は」と小さな声を振り絞った瞬間、長岡さんは「木戸さんの息子さん？」と軽く首を傾げながら言った。伽耶さんと話していた人とは別人のように、憑き物が落ちたかのようなさっぱりした表情で、そのスイッチの切り替えの速さに驚きつつ「はい……」と呟く。

「え、覚えてましたか？」

「いや、でも木戸さんと、ちょっと似てるから」

似てると言われると、父親の話がしづらくなる。

「えっと、父親の件ではご心配をお掛けしてというか、お騒がせしてすみませんでした」

「私は心配してないし、騒いでもいないから大丈夫」

まあ、ですよね、と言いながら、父親の話を聞く相手として長岡さんは相応しくないのだろう、とほとんど確信する。それでもこんな機会はないのだからと、ぬるくなった牛乳を半分ほど飲んで椅子に座り直す。

「うちは俺が幼稚園生の頃に離婚してるので、定期的に面会はしていたんですけど、父親とは距離があって、特にここ数年は、半年に一回とかしか会ってませんでした。これからもこんな感じで、大学生になっても、社会人になっても、たまにチラッと日常の中に現れては消えてく、準レアキャラみたいな存在として付き合ってくのかなって、ぼんやり思ってて。でもあの告発文を読んでから、興味が湧いたんです。いい意味でも悪い意味でもなくて、ただどんな人なのかなっていう、純粋な興味です。もちろんあの告発が嘘だとか疑ってるわけじゃなくて、自分の父親はまあ最低な奴なんだろうって分かってるんです。でも実体が摑めないっていうか、何考えてるのか全然分からなくて。でもうちの母親は頑なに父親の話をしないし、誰か話を聞ける人がいないか、探してたんです」

「それで、子供の頃お花見で会った私とお母さんのことを思い出して、ネトストして私を訪ねてきたってわけ」

こわ、と長岡さんは顔をしかめて言うと、伽耶さんと声を合わせて笑った。自分の気味悪い言動が母娘の緩衝材になったなら本望だと思いつつ、すみませんでしたと小声で謝る。

「まあとは言え、私と木戸さんは普通の文芸編集者と作家以上の関係だったことはなくて。だから越山くんが聞きたいような情報を与えられるか微妙なんだけど」

「あ、いいんです。もちろん、仕事上の付き合いしかないということは分かってます。でも大人同士の仕事相手として、どんな人だったのか、俺は子供の視点でしか見てなかったので、一度聞いてみたかったんです」

「木戸さんは、越山くんも知ってると思うけどモラハラ気質の、ルサンチマンに毒された男だよ。私は彼が担当についた時それなりにキャリアがあったからされなかったけど、彼が新人作家とか有名じゃないライター、タクシーの運転手とか店員にそこはかとなく見下し気味な態度を取ってるのを何度も見たことがある。でも例えば、道をよく知らない運転手に当たった時、あんた道知らないの？　まじかよふざけんなよ、的な田舎の中小企業の偉い人みたいな悪態をついたりはしない。木戸さんは、道知らないんですか？　じゃあ結構です降ります。みたいな感じ。見ようによっては丁寧な人とも言える。ある種のスノビズムに近いのかな。でも彼の場合、階級とか人種とか、年齢とかで見下してるわけじゃなくて、文学的素養のレベルによって相手への出方を決めるようなところがあって。とにかく彼は文学的素養のない人を馬鹿にしてたし、文学的素養に於いて自分が優位に立てる場を、若干変態的に好んでいた、っていう感じ」

「なんとなく、分かります。あの人、よく俺に『何か、ないのか?』って聞いてきてたんですよ。で、それ聞かれるときいつもなんか嫌だなって思ってて。何で嫌なのかなって考えたら、『お前はどうせ何もないいんだろ』って気持ちが滲んでたからなんですよ。いや、『なんでお前には何もないんだ?』って感じかな。多分、何もない俺に苛立ってたんです」

「分かる分かる。例えばだけど、木戸さんって食卓眺めて『最近焼き魚が多いね』とか『君ってクレソン好きだよね』とかいう言葉で不満を伝えてきそう」

「あ、そういえば、中学生のころ彼女を紹介したら、苦労しそうだなって言われたんですよ。あれ、未だに彼女のどんなところに対して言ってたのか全然意味分かんなくて。全然いい子だったし、俺は苦労とか別にしてなかったから」

「それってさ、お父さん何でもいいから越山くんの好きなものに苦言を呈したかったんじゃない? とりあえず苦言おじさんっているよね。苦言おばさんもいるけど。なんか一言悪口言わないと気が済まないやつ」

伽耶さんの言葉に、確かにお父さんは何かを手放しで喜んだり、何かを手放しで褒めたりするのではなく、こういうところがいいね、と部分的に褒めたあと、こういうところは良くないね、と部分的に批判するような人だったと思い出す。

「うちの宣伝の部長もさ、ほんと関係ないとこに首突っ込んで、ああした方がいいこうした方がいいって有害な口出しするんだよね。それで自分の意見が採用されたら、いやされなかったとしても、その後俺はあのプロジェクトに一枚嚙んでたんだよとか、あの功績は俺のおかげ、的なことを言いふらすんだよね。お前は一ミリも関わってないだろ、っていうものであっても」

一哉さんがそう会社の話をすると、伽耶さんが自分の高校の頃の担任がとにかく自分が制服の下にジャージを着用することを注意してきてうざかった話をして、俺たちは四人声を合わせて笑って、奇妙な連帯感が生まれる。

「多分木戸さんは、自分には文学の天賦があるって、誇示したかったんだと思う。滑稽で愚かだけど、自分が認められたいジャンルで認められない苦悩って、人を追い詰めるからね。だから彼は必死だったんだと思う。文学ってジャンルの中の、何者かであるために。でも彼は枯れたんだよ」

長岡さんは何だか解放されたような穏やかな表情で言い切る。枯れた、と呟くと、何だかしっくりきた。木戸悠介は枯れた。頭の中でそう思うと、おかしみが湧いてきた。

「木戸さんは編集長になった頃かな、なってしばらくした頃かな、突然枯れたんだよ。承認欲求が完全に潰《つい》えて、枯葉になった。あちこち穴の空いた、踏めば粉々になる茶色い枯葉。この業界、じゃなくてもよくある話なのかもしれないけど、少なくともこの業界ではよくある話で、意欲的に現場仕事をしていた編集者が、四十を過ぎた頃から唐突に現場への意欲を喪失して、流れ作業的に無難に仕事をこなすようになっていく現象。多分あれは、個人が仕事を通じて世界を変えることを諦める瞬間なんじゃないかな。ここまでやってきて何も変わらなかったし、評価もさほどされないし、以前のような体力もないし、自分のこれからの人生も何となく先が見えちゃって。アクセル全開でガチガチに仕事する、から、省エネで余生を生きていく、にスイッチが切り替わる瞬間」

ああ、と声が漏れる。まだ自分が小学生の頃だろう。誕生日プレゼントだかクリスマスプレゼントだかを買ってもらいにデパートかショッピングセンターに行った時、タバコ吸ってくるからと言われて売り場に残された俺は、結局欲しいものがなくて、でも欲しいものがないと言えばプレゼントを買うという任務を遂行できず父親は苛立つだろうからと、適度に高くて買った人に満足感を与えられるだろうおもちゃを選んで、父親に報告しに行こうと喫煙所に向かった時、ガラス張りの喫煙所の中にしゃがみ込み、生気のない目でスマホを見つめていた父親がその死んだ目でエロいポーズをとったグラビアアイドルだかセクシーアイドルだかの画像を表示させているのを見た瞬間、なんでこんな茶番に付き合わされてるんだと、まだ自分の中に性欲を認めていなかった俺は腹が立ったのだ。それでも喫煙所から出てきた、煙臭い父親にあからさまな苛立ちを見せることなく、それでも父親が訝《いぶか》しがるくらいには強固に、欲しいものはなかったからいらないと言い張った。考えてみれば、あれは父親が橋山美津さんと付き合っていた頃かもしれない。あの死んだ目で自分の半分くらいの歳の女性の下着姿を見つめていたおじさんが、女子大生に原稿を読んであげると声をかけ、唾を飲ませていたのだと想像すると改めてゾッとする。

四人で、俺たちは木戸悠介のことを、そして世の中の枯れた人々のこと、モラハラ奴やマンスプ奴のこと、いろんな思い出話やエピソードを話して、時々声を上げて笑った。そうこうしている内に、俺は何だか父親のことがどうでも良くなってきて、この四人が家族だったらいいのになんて適当なことを考えていて、そろそろ帰らないとだねと帰宅を促した長岡さんに、また来てもいいですかと聞いた。

「もちろん。また伽耶と一緒に来て」

「私復学したら忙しくなるからなあ」

伽耶さんは笑って言って、俺も笑った。これ食べなと、長岡さんはちょっと前に仕事で行った福岡で買ったという明太子煎餅を袋に入れて伽耶さんに手渡した。

「さすがにここには私の思想は入ってないでしょ」

「どうかな。このお土産はお母さんの思想の偏りに導かれたチョイスかも」

まじかよ！　と長岡さんが声を上げると二人はゲラゲラ笑って、俺は何だか胸が熱くなる。最初はどうなることかと思ったけど、それこそ話し合いで、俺たちは打ち解けた気もする。それで、最初のあの雰囲気だって、伽耶さんと長岡さんは対立していたわけじゃなかったのかもしれないと、夜道を歩きながら思った。

電車に乗る頃にはもう十時を回っていて、三時間以上もあの家にいたんだと驚いた。軽いお菓子やおつまみは食べていたけど、あの二人は夕飯も食べてなかったんだよなと、非常識な時間に家に行ったかもしれないと少し後悔した。

「途中まで一緒だね」

伽耶さんはホームへの階段を降りながらにこやかに言って、手に持ったエコバッグをブンブン振り回す。どこか、やり遂げたという達成感で満たされていた。伽耶さんも俺も、やるべきことを、やりたかったことをやったのだ。異様だと感じ、一刻も早くここから逃げ出したいと思っていたあの空間が、もう早く帰りたい場所になっていることに驚く。でも伽耶さんのアイコンが動いていることに気がついて大学に駆け出してから今の今まで、気の休まる瞬間がなかったのだろう。心身ともにヘトヘトで、頭が完璧に真っ白で、伽耶さんと話していても反射みたいな言葉しか出てこなくて、馬鹿みたいな自分に笑えてきて、伽耶さんはそんな俺を見て何だよーと笑った。久しぶりに、安堵していた。父親への告発文を読んで以来、ずっと緊張してきた場所が解《ほぐ》れ始めていることに気づいて、そんな場所があったことに初めて気がついた。

キーッという音と共に体が引き攣《つ》れるように右側に流れて、停まった反動で左側に少し戻る。ハッとして顔を上げ、口元に手を当てる。涎は出てなかったけど、寄りかかってたかもしれないと、体を引いてごめんと呟く。

「すっかり寝ちゃった。あれ、ここどこだ？」

言いながらホームを見やって、まだ自分が降りる駅でないことを確認すると、黙ったままの伽耶さんをようやく不審に思って覗き込む。

「伽耶さん、どうしたの？」

顔面蒼白で、口を真一文字に結んだ伽耶さんは、両手で持ったスマホをじっと見つめている。YouTube だろうか、おばさんが一人で何かを話しながら泣いている。伽耶さん何見てんの？半笑いで聞くと、伽耶さんは Bluetooth イヤホンを外してようやく俺の目を見た。

「死んじゃった」

「誰……が？」

「先生にレイプされて飛び降りた子。先月死んだんだって。お母さんが動画で娘の死を報告して、SNSで話題になってる」

心臓に鉛筆を刺されたみたいな痛みが走った。私のせいじゃない、私の責任じゃない、そう思う私は、おかしいのかな。この間、伽耶さんがこの事件のことを話してくれた時、彼女はそう言って力なく笑った。伽耶さんのせいじゃないと言いそうになったけど、伽耶さんはもう自分のせいじゃないことを知っているのだ。だとしたら、自分に掛けられる言葉なんて何もない気がした。

「大丈夫？」

それでも何も言わずにいることはできず一番間抜けな言葉を口にしてしまった気がしたけど、伽耶さんは声なく頷いてくれた。家まで送るねと言うと、また声なく頷いてくれた。スマホをシャットダウンして両手の中に握り込むと、伽耶さんは乗り換え駅に着くまで向かい側の席に座ってる人が恐怖を抱きそうなほど、黙ったままじっと前を見つめ続けた。

どこかでもう少し、一緒にいようか？　伽耶さんの最寄り駅に着いた時にかけた言葉は「大丈夫」と却下され、歩いて五分だからもうここでいいよと駅で手を振られた。伽耶さんの顔からは完全に力が抜けていて、もはや何の表情も作れないようだった。

「帰ったら、電話してもいい？」

「今日はもう寝る」

「明日は？」

「まあ、時間が合えばかな。じゃあね」

伽耶さんは一刻も早く俺の前から姿を消したいかのようで、何か自分が悪いことをしたような気分になっていく。じゃあねと返すと、伽耶さんは一ミリの微笑みも見せずに背中を向けた。さっきまであんなに充実した気分でいたのに、なんでこんなことになってしまったんだろう。皆で作った、歪《いびつ》だけどなかなか可愛らしい形に出来上がった大きなホールケーキを、見知らぬ誰かに笑いながら踏み潰されたような気分だった。帰りの電車で母親から不在着信が三件も入っていることに苛々して、何でイヤホンを持って出なかったんだろうって朝の自分にも苛立って、仕方ないから音を最小にして耳に当てて、伽耶さんの見ていた動画を音だけで聞いた。

娘は殺されました。大学に潜んでいた鬼畜に殺されたんです。顔面から落ちた娘の顔はぐちゃぐちゃでした。それでも生きててくれればそれでいいって、ずっと回復を願ってきました。でも意識を取り戻すことなく、先月二十二日、娘は亡くなりました。こんな世の中に戻ってこなくて良かったのかもしれない。ずっと介護が必要な体と、あんなに可愛かったのにぐちゃぐちゃになった顔でこの世に戻ってくるより、安らかに眠ってくれて良かったのかもしれない。亡くなってからしばらくはそんな思いに取り憑かれました。そう思わないと、耐えられなかった。でもおかしいって、被害者が死んで良かったなんておかしいって、私は納得しちゃいけないって、気がついたんです。娘があんなに苦しんで、あんなに吐いて吐いて泣いて泣いて、怒りに、気持ち悪さに狂い出しそうになってずっと痙攣してるみたいな動きで、こうやって、こんなふうにずっと体を掻きむしって最後にはその体を地面に打ち付けるほどもがいていたのに、死んで納得なんてできないんです。娘は死ぬべきじゃなかった。娘は死ぬ必要なんてなかった。娘はっ！　娘は！

長岡さんの家で飲んだ牛乳がぐるぐると胃の中を螺旋状に這い上がってきている気がして、思わず口を押さえる。

娘は！　誰よりも可愛かった娘は！　汚い男に！　汚い手で犯されて！　殺された！　心も、

体も、殺された！

泣きじゃくりながら叫ぶ声に鼓動が乱れ、スマホを下ろすと動画を一時停止させた。螺旋状に這い上がってきてるのは牛乳じゃなくて怒り、それもこの動画の母親の娘をレイプした大学教授ではなく父親への怒りだと気づいた瞬間、体がその怒りにスムーズに順応していくのが分かった。脊髄反射のように俺はＬＩＮＥを立ち上げて友だちの中に父親の名前を探す。上下に何度かスクロールをして見つけた「木戸悠介」の名前をタップしてトーク画面に移ると吹き出し口を叩くようにタップして勢いよくフリック入力していく。

「なあ木戸悠介。お前には何があるんだ？　お前は何になろうとして、そんな無様な姿を晒し続けてるんだ？　俺にはさっぱり分からない。お前は一体何者で、お前はどうして生きてるんだ？」

そこまで打つと突き指しそうな勢いで送信ボタンを押した。心臓がバクバクしていた。心臓がバクバクしすぎて、怒りが体中を駆け巡って、自分が膨張していくような妄想に捕らわれる。大きく息を吸って、大きく長く吐いていく。長押しでトーク画面を見たけど、木戸悠介へのＬＩＮＥに既読はついていなかった。家に着く頃には既読がついていたけど、返事はこなかった。翌朝になっても、翌夜になっても、返事はこなかった。

8　安住伽耶

あ、おはよう。おはよう。先にリビングにいたお父さんに挨拶を返して、グラノラを皿にあけ牛乳を注ぐ。お母さんがせっせと作っていたご飯がなくなってから、私たちはほとんど出来合いのおかずとご飯、コンビニ弁当やカップラーメン、あるいは適当なすき家とかマックとかのテイクアウェイでご飯を済ませている。朝ごはんはもっぱらコーンフレークかグラノラか菓子パン。めちゃくちゃお母さんの手料理を食べて育ったのに、いざなくなってみると自分が何を食べていたのか全く思い出せなかった。お母さんの手料理は、好物だけど自分ではとても作れそうもない、ハンバーグとかグラタンとか、とんかつとかタッカルビとかしか思い出せない。というより私は、その他諸々の地味な料理の名前をあんまり知らないのかもしれない。

「今日も大学？」

「うん」

「そう。無理しなくていいと思うよ。ゆっくりでいいんじゃない？」

「うん。まあ大丈夫。無理はしない」

二年ぶりの通常生活は想像よりも自然に戻ってきて、そうなると二年の引きこもり期間の方が一気にリアリティがなくなり、あれは二年間見せられていた夢だったんじゃないかという気さえしてきて不思議だ。それでも二年の引きこもりの後遺症は多少なりともあって、疲れやすいのに自分の疲れに無自覚だから、五コマや六コマ立て続けに授業を受けるとどっと倒れて半日くらい何もできなくなってしまったり、人と長時間話していると酸素が足りなくなってしまうのか、楽しくてもっと話したいのに息切れして目眩《めまい》がしてきたり、あと笑えたのは二年間足の裏がふわふわだったのが外に出始めた瞬間からどっと硬くなったことだ。あのふわふわな足は多分、歩き始める前の赤ちゃんと引きこもりにしか手に入らないものなのだ、というトリビアをツイートしたら久しぶりにちょっとバズってなんかウケた。

お父さんはグラノラのお皿を下げると自室に戻った。週に五回大学に通う生活をしていると、お父さんやお母さんがいかに不規則な生活を送っているかがよく分かる。幼い頃は何となくそういうもんなのかなと思ってたけど、大人になってから見てみると、特殊な人たちなんだなと思う。お父さんはずっと美大の非常勤講師で週に二、三回しか仕事に行かないし、それ以外は引きこもってパソコンを見てて、たまに出かけるけど川に行ってきたとか、しらすを食べに行ってきたとか変なことしかしていない。お母さんは私が幼い頃から家にいたりいなかったりで、打ち合わせ、会食、プロモーションの取材、小説のための取材、何かのパーティ、映画や舞台やライブを観に行く、友達と飲みに行く、講演会のための出張、海外の文学イベント出席のための出張、と外出目的は多岐に亘り、でも基本週四、五日くらいは家でじっと執筆という感じだった。友達の中には共働きだと親が毎日二人とも夜まで帰ってこないという家もあって、そういう家になんかかっこいい、と憧れを抱いていた私は、自分は毎日決まった時間に決まった場所に通うような仕事に就きたいなあと、職種なんかはリアルに考えず漠然とそう思っていた。二年の休学というハンデを背負った今、もう働かせてもらえるならどこでもいいんじゃないかという気もするけど、逆にこのハンデを活かした就活もできるんじゃないかなとも、磁石のNがSになったような、内側から外側へと意識を向けた私は思い始めていた。きっと私は、まだ始まっていないのだから。自分が始まるとか終わるとかいうことを考えているのが意外だったけど、すぐ越山くんと一緒に木戸さんの話を聞きに行った時のお母さんの言葉のせいだと気づいた。

「木戸さんは終わったね。まあ元々終わってたんだろうけど、この告発で社会的にも終わった。そして越山くんは終わってない。というか始まってもいない。始まってないことの尊さを君が知るのは、多分二十年くらい先のことだろうけどね」

お母さんは木戸さんの話題になった時、そう言ったのだ。正直、お母さんの言っているニュアンスはよく分からなかったけど、越山くんは始まってなくて、越山くんのお父さんは終わってる、というその事実だけが与える、何かしらゾッとする感触があって、そのゾッ、はホラー映画とかで叫び声を上げられない心理系の恐怖に対するのと全く遜色ないゾッ、だった。何かが始まること、何かが継続すること、いずれ終わること、を世の中の大人たちは知ってるのかと思うと、それだけで私は大人になんかなりたくないと思う。始まることすら、知りたくない。かと言って、大学に通い始めるということはベルトコンベア的にその先にある就職を意識せざるを得ない環境に身を置くということで、あるいは卒業後どこか海外の大学に入り直したり、とその環境への嫌悪が掻き立てる想像に現《うつつ》を抜かしたりもしている。

越山くんはあの日の帰り道、あの動画がアップされたことを伝えた時、かなり動揺しているように見えた。私ももちろん動揺していたけど、正直もうどうしようもないことではあって、あのお母さんは娘は死ぬべきじゃなかったと繰り返していたけど、もしも私があの子だったら、要介護の体とぐちゃぐちゃになった顔で親に世話をしてもらいながら生き延びるよりも、死ねて良かったと思うだろう。そんなふうに考える私は、薄情なのだろうか。自分が絶対に子供を持たない、家族も持たないだろうと予想しているから、こんなふうに考えてしまうのだろうか。もちろん無性愛者にも千差万別ある。でも自分は、どんなに近しい人に対しても、どんな形であっても生きていてほしいとは思えない。それはもちろん、私の価値観でしかないということは、重々承知してはいるけど。

私はこの自分の考えを、永遠に口にしないだろう。自分のこの考えが、人を傷つけるものだと分かっているからだ。だから正直、もうあの動画について私は誰とも話したくなかったのだけど、越山くんはそうじゃなかった。事件のことを調べたようで、強制性交等罪も準強制性交等罪も非親告罪だから被害者本人が亡くなっていても起訴できるんじゃないかとか、あのお母さんに連絡をとって何かできることをするべきなんじゃないかとか定期的にLINEを送ってくるのだ。彼女は警察にもワンストップ支援センターにも行ってなくて、状況証拠は残ってないはずだし、証言する人もいないのに準強制でも強制でも性交罪が成立するわけない、と私は憂鬱さを撥ね除けるように返信した。でも彼女は、事件の直後に学校の相談窓口で被害を報告し、対策を求めていた。あの母親の口ぶりからして、母親にも被害について話していたに違いない。もし大学側に記録が残っていて、遺族に戦う気があるのであれば、罪に問うことはできるのだろうか。でも罪に問えたところで、あのお母さんは報われるんだろうか。示談金や懲役刑という結果が出れば、気持ちが少しでも晴れるのだろうか。でもそんなこと、私たちがけしかけるのは違くない？　だってあのお母さんだって大人なんだから、やりたければ自分でやるでしょ、と思ってしまう。

何かをしたいという気持ちは分からなくはない。真由が教授に無理矢理ホテルに連れて行かれたことを聞いていながら自分が何もしなかったことで新たな被害者が飛び降りたのだと、私も自分を責めた。それは、大学に言うべきだとしつこく言い募ってきたお母さんを、絶対にやめてくれと突っぱねていたことも大きな要因だった。でも被害に遭った真由も、他の被害者たちも、他の被害者から相談されていた人たちも、皆口を噤んでいたのだ。黙っていたのは私だけじゃない。それに誰か一人が声を上げていれば、彼の罪は本当にそこで終わっていたのだろうか。結局、飛び降りた彼女が大学の相談窓口を訪れても、されたのは口止めだった。人が一人飛び降りてようやく、事は動いたのだ。もちろん黙っていたのは私だけではなかったという事実が私の罪悪感を消してくれたわけではなかったものの、二年間引きこもった私にとってこの罪悪感は、足掻《あが》いてどうにか紛らわす類のものではなく、もはやこの世とおさらばする時まで共存する他ないものと受け入れたのだとも言える。私や越山くんにできるのは、せいぜいあの動画を拡散して、加害者男性を追い詰めることくらいだろう。でも、追い詰めてなんになるの？　とも思う。それで加害者男性が自殺したら？　やったーバンザイ？　別にレイプ犯が自殺しようと私に良心の呵責《かしゃく》はないし、死ねないなら死ぬほど苦しめとは思うけど、もしかしたら加害者男性の妻とか子供もことによっては自殺するかもしれない。それで加害者を死に追いやったら、次はまた別の加害者を追い詰める？　個人的にはレイプ犯はレイプした瞬間爆発でいいけど、でもそうして皆でリンチして殺してやったー！　とは思えない。

この間、女子供を虐待する差別主義者の男が、ヒーロー的な人に殺される勧善懲悪ストーリーの超大作映画を観たけど、観てる時スカッとして、観終えた後スカッとしていた自分にげんなりした。どんなに精巧に作られた勧善懲悪だとしても、令和を生きる私は、殺人がエンターテイメントになることに耐えられないのだ。悪人が殺されてスカッとするなんて野蛮だ。何人もの教え子に強制わいせつ、強制性交をしていたあの教授だって、自殺したと聞いたらスカッとした後、やっぱりげんなりするだろう。死んで終わりって、あなたの人生すごろくですか？　被害者にとっての人生は、すごろくじゃないんです。上がりとかいう概念もないんです。そう思うはずだ。

二限の授業に出席するため電車に揺られながら、私はボソボソと途切れ途切れに考え続ける。昨日の夜越山くんから入っていた「もしも俺が飛び降りた子のきょうだいだったら、親だったら、恋人だったら、友達だったら、って想像が止まらない。伽耶さんはそういうの、ないですか？」というLINEに返信できないままでいることが、考えてしまう理由の一つだ。ないというわけではない。でも、ああしていたら、こうしていたら、の域を私はもう乗り越えてしまった。歴然と、私はどうもできなかったのだ。

でも越山くんの置かれた環境を考えると、越山くんにとってこれは重要な問題なのだろうとも思う。加害者が捕まればいいのか、どこまで懲らしめればいいのか、死ねばいいのか、社会的に死ねば、精神が死ねば、肉体が死ねばいいのか、それとも改心すればいいのか、自分の罪を認め償えばいいのか、でも償いって何なんだろう。懲役刑？　示談金？　家族やお金を失うこと？　彼が自分の罪を心から認め謝罪して、今後一切このような事件が起きないよう啓蒙活動に精を出せば被害者たちは報われる？　それは多少報われるような気もする。でも一瞬でも「この女とセックスする」ことを目的に権力を行使したような人間が、捕まったら人生詰むぜ、以外の必然性を持ってそんな啓蒙活動をできるだろうか。そんな希望を持てるほど、私は性加害に楽観的じゃない。越山くんは、どうなんだろう。したことのレベルは違うんだろうけど、越山くんはもしかしたら元教授のレイプ魔にどこか、お父さんを投影しているのかもしれない。彼が持っているのが、立ち直ってほしいっていう願いなのか、それともめちゃくちゃにしてやりたいという憎しみなのかは分からない。とにかく彼の執心は、ちょっと度を越しているような気がしてならない。

電車の乗り換えをしながら、もしも自分が越山くんの立場だったらと、改めて私も想像をしてみる。私はお父さんとずっと一緒に暮らしていたし、小さい頃は忙しくて遊び心のないお母さんよりも、ゲームやアニメに寛容で、人生は遊びだからと何でも好きなことをさせてくれたお父さんに懐いていた気もする。思春期に入ってからは友達関係とか恋愛事情とかはお母さんには話しても、お父さんには話さなかったし、必然的に距離ができていたのは確かで、考え方おっさんだなーとうんざりすることもちょくちょくあったけど、強烈な反抗心を持ったことはない。

でもだとしたら、何かがおかしい。ふと自分の父親への認識に、齟齬《そご》が生じていることに気づく。私にとってお父さんは、たまに毒は吐くけど誰かに悪意のある人ではなくて、基本的には誰にでも優しい人だ。でも、だったらどうして、お母さんはあんな口調でお父さんを罵倒するんだろう。お母さんはもうずっと長いこと一哉さんと付き合っている。罵倒するのは、お父さんのはずなのだ。不倫をして、家を出て行って、男と暮らしながら、なぜお母さんはお父さんをあんなに激しく罵倒するのだろう。お父さんには一体どんな罪があるんだろう。しかも、お母さんがあそこまで激しく罵倒するようになったのは、ここ一、二年なのだ。もうほとんど話すこともなかった彼らが、どんなふうに関係を悪化させたのか、それとも例えば私が引きこもったせいで言い争いをしていたのか、私にはさっぱり分からない。内容は詳しくは分からないけど、お母さんは離婚を要求していて、お父さんが離婚を拒否しているということは把握している。でもお父さんが離婚を拒絶する理由はてんで分からない。だって一緒に暮らしてないし、お母さんが帰ってくる可能性はほぼゼロなのだし、私だってもう子供ではないからだ。もしかして、お父さんはお母さんの遺産とか、保険金が目当てなんだろうか。その邪悪な予想と同時に、幼い頃お父さんが唐突に買ってきた天体望遠鏡をベランダから覗いて、あれＵＦＯじゃない？　絶対ＵＦＯだよ！と子供みたいにはしゃいでいた顔が蘇って、その落差に立ちくらみみたいな揺らぎが生じて、私は階段を上る足を遅め、手すりを摑んだ。

それでも身体が丈夫な私は電車の気配を感じ取ると反射的に残りの十段くらいを駆け上がり、一番近いドアから乗り込んだ。座席に腰掛ける瞬間パンツをぐいっと引っ張り、生理用ショーツの中のナプキンの位置を僅かにずらす。引きこもりの圧倒的にいいところは、生理中外に出なくていいところだ。股から血が出てるなか外を歩き回って別に股から血なんて出てませんよって顔で普通に学業とか仕事に従事しなきゃならないなんて、改めて考えるとあまりに無理ゲーすぎる。血が流れ出る感触に冷や冷やしていると、今度はお母さんがお父さんにブチギレていた時のことが蘇った。中学生の頃家族で夕飯を食べていた時、友達でピルを飲んでる子がいるという話になった時だ。ピル飲んでる子がいるの？　中学生で？　とお父さんはシャツにミネストローネでもぶちまけられたかのような表情で言ったのだ。ギョッとしながらもヘラヘラ嘲笑してるような、そんな顔だった。その瞬間、お母さんにスイッチが入った。スイッチが入るまで、一秒もなかったように思う。まるで爆発のようだった。あの時のお母さんのキレ方は、導火線に火がつき、ダイナマイトのように凝縮されていたエネルギーが飛び散ったかのようだった。

「まともな性教育を受けてこなかった無知な男が女と結婚して女性の父になっても尚《なお》生理のことを学ばず知ろうともせず、無知を晒してピルは性的にだらしない女性が飲むものという偏見を露呈して我が子に悪影響を与えるなんて害悪が過ぎる。あなたはピルは避妊のためだけに使用されるものだと思ってるの？　それともそれ以外の用途も知りながら敢えてピルを使用する人たちのことを嘲笑してるの？　女性がピルを飲むことに羞恥心を植え付けるために？　そもそも中学生が避妊のためにピルを飲んでいたとしても、下卑た嘲笑を向けられる謂《いわ》れはどこにもない。排卵や受精、着床や細胞分裂のメカニズムもろくに理解していないあなたのような男よりもずっと賢い。あなたがそのデフォルトマン的安住から女性を見下すような言動を繰り返し、女性の地位と権利を侵害するのであれば、私は私と伽耶の尊厳を守るためあなたをこの家から排除しなければならない。あなたが無知であることも無理解であることも甘んじて許容してきたけど、害悪となるのであれば駆除。これは私たちの健全な生活を守るための防御であり、決して攻撃ではない。今すぐ謝罪するか女性への無知無理解を誇らしげに掲げるマッチョ村に帰るか選んでください」

一ヶ月以上続く重い生理に悩んでいた友達の話だったたから、リアクションを見た時はお父さんガチ最低と思ったけど、お母さんの言う排除、駆除が、家からお父さんを追い出すという意味ではなく、お父さんをこの世から消すという意味のような気がして、私はゾワゾワした。それくらいむき出しの、血に塗《まみ》れて激しく脈打つような憎しみを感じた。保守的、排他的な人間を忌み嫌い、常に弱者の側に、マイノリティの側に立ち続けなさいと言い続けていたお母さんが見せた「害悪への強烈な排除願望」に、私は怯んだのだ。私も女性の生理について知識の乏しい男と付き合ったら発狂しそうになるだろう。でもだったら付き合わなきゃいい。うわ耐えられない、そう思った相手とは、距離をとればいい。そしたらお互い我関せずで、いい天気ですねそうですねくらいの会話だけ交わしていれば済むのだ。私はこの世の誰が、あのピルの話にお父さんと同じような反応を見せても、傷つかない。何とも思わない。へーそういう人なんだびっくりー。くらいは思うかもしれない。でも傷つかない。ショックは受けない。こんな人がお父さんってガチか残念、とは思うけど、ただただ本当にそれは「ガチか残念」であって、ショックではない。でもお母さんは、お父さんがそういう人間であるってことにショックを受け、耐えがたく、排除宣言をしなければならなかったんだろう。それはとてつもなく生きづらそうで、だから私はそんなふうに人に期待をしないくらいがちょうどいいスタンスだと思ってる。

もしお父さんが元女子大生に告発されたら。私は憂鬱なその仮定を想定してみる。女子大生に、何か餌をちらつかせてホテルに連れ込み都合の良いセフレとして扱い唾を飲ませてヤリ尽くして最後は楽しかったよとしたり顔でポイ。まあ普通にきしょい。そしてその女性が十年の時を経て告発したら？　まあ気分は最悪だろうし、私だったら普通に「ちゃんと謝れば？」と勧めるだろう。いじめだって差別だって、相手が嫌だと思ってたならこっち側に言い分なんてないし、嫌がっているのを分からなかったことを謝罪するしかない。相手が嫌だと思ってることを分かっててやってたとしたら、まあ救いようがない。そもそも相手が何もかもを捨てる覚悟で告発した時点である程度詰んでるのだから、じたばたしたり無視したりするよりは覚悟を決めて謝罪する他ないように思う。でも木戸さんは特に何かしらの反応を見せてはいないようだった。半蔵佳子というセクハラ容認系老害が木戸さんを擁護した週刊誌の記事では「創言社を通じて木戸悠介に回答を求めたが、期日までに返答は得られなかった」とあったし、告発されてすぐの頃に出た別の週刊誌の小さな記事にも木戸さんにコンタクトを取ろうとしたけど返答はなかったと書かれていた。木戸悠介という文芸誌元編集長であり越山くんのお父さんはつまり、完全に沈黙しているのだ。まあそんなの、最悪だろうなあとしか思えない。何で何も言わないの？　気まずいから？　言わなきゃもっと気まずくなるのに？　反論とか言い逃れをするくらいなら沈黙の方がマシだというのは確かにそうかもしれない。半蔵佳子は大炎上して、不買運動を言い出す人たちまで湧き始めた。あまりに激しい反応を示すアカウントがいくつかあって、自分が相手取られているわけでもないのに私まで恐ろしくなるほどだった。でももし半蔵佳子が Twitter などのＳＮＳをやっていなかったとしたら？　どれだけ炎上しても彼女は「私は多少のセクハラは仕方ないことだと思うわ！」というスタンスで自分を批判しない編集者とかに囲まれて幸せに死んでいくのかもしれない。まあよく分からないけど、木戸さんは五十代とかなはずで、編集者なわけで、だとしたら一切のＳＮＳを排除して暮らすことはできないだろうし、会社の人なんかからも情報は耳に入るだろう。それとも木戸さんの周りにいるのも、太鼓持ちばっかりなんだろうか。太鼓持ち、というのはお母さんが人を馬鹿にする時によく使っていた言葉だ。こんなところにも、私はお母さんの影響を感じてしまう。

軽く息を吐いて、地下から地上に出た電車から外を見つめる。家々、物干し竿、クリーニング屋、公園、電柱、散歩してる犬、大きな交差点、家電量販店、商店街、歩道橋、歩道橋。あの子は歩道橋から飛び降りたのだという。顔から落ちて、その後車に轢かれたと話していた。あの子のお母さんは泣いていた。父親が性搾取加害者だったらという想像を終えたばかりだったけど、あの子のお母さんが私のお母さんだったらという想像をしてみる。なかなかうまく想像できなくて、じゃあ私がレイプされて自殺したらという想像をしてみる。お母さんは発狂するだろう。お母さんは、不当なものが許せない人だからだ。え、それおかしくない？　みたいなことが発生すると真っ先に声を上げ、おかしいことが是正されなければ所構わず相手を糾弾する。相手がおかしい主張や制度を撤回するまで、延々爛《ただ》れた肌に容赦なく鞭を振るうように糾弾するのだ。それこそ、鞭を振るう彼女自身が壊れてしまうのではないかというほどに。撤回されるまで、彼女はまともな生活を送れない。結論を先延ばしにされようものなら、夜も眠れず「おかしい」で頭をいっぱいにさせ、犬が自分の尻尾を追いかけ回すようなループに入る。休学期間が二年までと決まっているところを、大学側に責任があるのだからと休学期間を延ばすよう要求した時もそうだった。私の娘の心はこの大学の教授に壊されたんです。うちの娘だけではありません。あらゆる子供達の夢が、幸福であったはずの大学生活が、安全が、大学が雇った教授によって奪われたんですよ。それで心を病んだ子供を休学二年までだからこれ以上休むなら退学処分、なんておかしいですよね？　お母さんはそう主張し続け、すぐに弁護士に依頼して認められなければ訴訟を視野に入れると書面を提出、あっけなく休学期間延長の許可をもらった。今改めて思う。お母さんは、自分の思い通りにならない世界が息苦しくてつらすぎるから、小説を書いているんじゃないか。自分の思い通りになるフィクションを求めているんじゃないか。だとしたら、お母さんの主戦場はフィクションで、彼女にとっての現実は、余興的なものでしかないのかもしれない。だからこそ、あんな風に何にも忖度せず、自分の正しさに突き進めるのではないだろうか。そこで生きていく以外の選択肢がない人があんな風に戦えるとは、到底思えない。憂鬱と憂鬱をかけて、憂鬱という答えを出すような思考を繰り広げてしまった、そう思いながら、私は大学の最寄り駅に到着した電車から足を踏み出した。

あ、大丈夫な人だ。挨拶をしただけでそう思った。越山くんの連れてきたカズマくんは、初めまして、とはにかんで、私をじっと見つめたままごくんと息を飲むような小さな会釈をした。伽耶さんかー、カヤヤって呼んでいい？ カズマくんはそうやって軽く壁をぶち壊すと、じゃあヤヤって呼んで！ 私ゲーム系のアカウント名全部ヤヤにしてるんだ。ややウケみたいなややと、いややのややみたいなニュアンスが絶妙じゃない？ という私の言葉に確かに！ と肩を上げて目を輝かせた。

「カズマくんはなんて呼ばれたいとかある？」

「うーん、カズマって呼んでくれない？ くん付けってちょっと苦手で」

「あごめんね。じゃカズマね。カズマは今日のお目当ては？」

まあ一番のお目当てはニサボなんだけどー、と言いながらカズマは待ち受け画像を見せてくれた。待ち受けには今日のモシュホのタイムテーブルが設定されていて、自分が見にいくバンドにはすでに丸が付けられている。

「えってかVOOMAJIN好きなの？ 私も好き！ てかスグルとWANANAZUもろ被りじゃん」

「そうなんだよー。スグル最初の二曲だけ観てWANANAZU移動しようかなって。スグルのRED STAR一回でいいから生で聴きたいなって思ってたんだけど、さすがに最初の二曲でやらないかなー？ ヤヤはどっち行く？」

「私はスグル一択。WANANAZU は今年ツアーだし夏フェスとかにも出るからこれからも観る機会たくさんあるけど、スグルは次いつ観れるか分かんないし、何なら活休とかしちゃうかもしれないくらい売れてないからね。私も RED STAR 絶対観たいんだ!」

「確かに WANANAZU は他にも観る機会ありそうだなー。やっぱ僕もスグル観ようかなあ」

ほぼインディーズで占められた総勢六十組のバンドが下北沢の八箇所の近隣のライブハウスで次から次へとライブをする、若手ミュージシャンを中心に配信しているミュージックアプリ主催のサーキットイベントモッシュホーダイ、通称モシュホはモッシュダイブし放題と謳われていたが、コロナではモッシュダイブ声出し禁止となりモッシュホーダラナイ、通称モシュラナイと名前を変え、キャパを減らして継続。とうとう今年からコロナ前と同じ条件でモシュホとして再開することになったサーキットイベントだ。

「越山くんはスグルの時どこ行く予定?」

「俺はその時間……His dream かな」

His dream かー。と私とカズマくんはお互いに His dream についての感想を言い合う。去年くらいからどっと人気が出てきて、まだデビュー二年なのに去年キャパ制限をしているとはいえ千五百くらいのライブハウスをソールドさせて話題になっていたガールズバンドだ。そう言えば昔お母さんが、男性作家に限定した呼称はないのに、女性は女流作家と呼ばれることについて苦言を呈していたけど、ボーイズバンドはないのにガールズバンドと呼ばれることについて、音楽業界で何かしらの反発はないのかなとふと思う。しかもメンバー全員が女性でないとガールズバンドとは呼ばれず、フロントマンが女性であったとしても一人でも男性が入っていればガールズバンド括りではなくなるのが不思議な定義だ。例えば高校生の頃好きだったYURIMERUという四人組ガールズバンドは、コロナ禍でギターとドラムが脱退して、女性のドラムがすぐに加入、ギターは男性のサポートメンバーを入れて活動していたけど、その段階ではまだガールズバンド、その形態で二年ほど活動した後、去年男性のサポートメンバーが正式加入したのだけど、その瞬間ガールズバンドではなくなりただのバンドになった、ということになるんだろうか。あと、私が中学生の頃好きになったCHAOSという、その時すでにかなり歴が長かったガールズバンドのハシリと言われているバンドがいて、メンバーは現在四十手前なのだけど、このまま五十になっても六十になっても、彼女たちはガールズバンドと呼ばれるんだろうか。そもそもそんな年齢までバンドを続ける女性が、これまではあまりいなかったのかもしれないけど、なんとなく音楽を志す女性を取り巻く環境があまりアップデートされていないのかもしれないという違和感が、ガールズバンドが勢いを増す音楽シーンの中で、浮き彫りになってきた感はある。

でもだからって、そこに異議を唱えて何になるんだろう。結局、私は絶望前提で生きてるから、だから何って感じなのかもしれない。結局、世界が変わる、人が変わると信じていなければ、人は強い思想を持つことなんかできない。私はそう思うし、自分の周りにも何かが変わると信じて何かに突き進んでいる人なんていないような気がする。そんな、何かを変えたことのある人、変える必然の中で生きてきた人、変わると信じられる人たちと、私は違う。結局、人は希望がなければ何もできないってことなんだろう。希望がなければそこに自分の時間や経験や労力、何一つ削ぎ落とすことはできないのだ。いつもいつも、面白い思いをするために TikTok を開く。面白くなければ二秒でスワイプ。二秒に自分の求めているものがなければ、次にいく。YouTube でいえば、サムネとタイトルに「面白さ」の希望がなければまず観ない。基本面白いものしか求めない TikTok と YouTube に対してすら、ここまでギブアンドテイクを求めてしまう現代人が、なんの見返りもない事柄に関して考え続けたり討論し続けたり戦い続けたりなんて不可能だ。それは偏にタイムパフォーマンスの問題で、二年を引きこもりに充てた私ですらこんな風にタイパについて考えてしまうんだから、まじでこの「で、それすると何が得なの？」は現代の病だと思う。確かにこんな狭量な考え方じゃダメだとも思う。でもそれを強要してるのはこの世界の方じゃないかとも思う。少なくとも、私のせいじゃない。

「そっかヤヤは二十歳超えてるのかー」

カズマは言いながら、私の手の中のレモンサワーを見つめる。コロナ禍で二十歳を超えたし、超えてから最近まで引きこもってたから、正直あんまりお酒には慣れてない。でもなんとなく、二年ちょっとぶりの音楽イベントに、シラフで挑むのもちょっと不安だった。

「カズマは越山くんと同じ？　十七歳？　じゃあと三年か」

うん。お酒、あんまり好きじゃないんだけどね。と恥ずかしそうに笑ってチッと小さく舌を鳴らしたカズマがなんだか可愛くて、どの辺で観る？　ヴィヴィットはちょっと荒れそうだから、脇の方とかにしとく？　と聞くと、いやいやこんな前で観れることないから前行く！　とカズマはガンガン前に行く。私は荒れてきたら脇に避けようと思いながら、一緒に四列目くらいのど真ん中で開演を待つ。

「カズマは越山くんと仲いいの？」

「めっちゃ親友とかじゃないけど、中三と、今の高三で同じクラス。ヤヤは？」

ヤヤは……とつられて言って笑ってしまう。

「最近知り合ったんだ。私たちの親がちょっと知り合いで、インスタの相互で」

へえっ、と意外そうな顔を見せたカズマに、それ以上の説明の言葉が思い浮かばなくて言葉を止める。

「越山くんは、学校でどんな感じなの？　友達は多い？　少なめ？　どんなグループに入ってるとか、ある？」

「や、恵斗はどこにも属してないよ。友達は多いって思われてるけど、本当は少ないんだ。めっちゃそつなく生きてる感じだけど、本当はこだわりが強いし自分がはっきりしてて、めっちゃそつがある」

そつがある、と呟いて笑う。カズマは少しソールの厚いスニーカーを履いた私と同じくらいの背だ。外ハネのオレンジに染められたウルフヘアが可愛くて、その髪型めちゃくちゃ可愛いねと私は思わず口にしてしまう。

「本当に？　嬉しいな。ヤヤもその色、すごく似合ってる。結構ブリーチした？」

「これ自分でやったんだけど、黄味が落ちなくて三回ブリーチした」

「自分でやったの？　すご！　全然傷みでてないね」

「そんなことないよ濡れたままだとマジで春雨。にょーんてするから怖くてほとんどタオルドライしないですぐドライヤーしてる」

分かる、と笑ってカズマは自分の毛先に手を伸ばした。俺も最近傷んじゃってさ。見てよほらインナー部分全部枝毛。と毛先を摘んでみせる。カズマの男性性の薄さが、心地よかった。言ったって、越山くんは男の子で、彼女がいて、多分日常的にセックスをしてて、自分には共感できないものを抱えてる人なんだろう。だからつまり、同じ性欲を持つものとして、越山くんはあの教授とか、父親とかが許せないのかもしれない。持ちながらコントロールしてる人と、そもそも持っていない人とでは、加害性を持つ性欲に対する意識はそれなりに違うだろう。

「あ、きたきた！」

ズゥーンと重低音が響き、モシュホのジングルが続く。アナキストプレゼンツ……モッシュホーダーイ!! このジングルはアナキストと長い付き合いで、今日も一番大きなキャパのライブハウスでトリを務めるランナーズが作ったと、数日前インスタで発表されていた。ジングルが始まった瞬間から激しい圧迫があって、一瞬脇に逸れようかなと思ったけど、「僕ヴィヴィット初めてなんだ、コロナが始まった頃にハマったんだけど、関東ではあんまりライブやってなかったから。楽しみ」と呟きながら争わずずんずん圧迫されるカズマのワクワクした表情を見て、私もヴィヴィットを聴き始めたのはコロナ禍だったなと思い返しながら、「ね」と声を上げて一緒に前に進んだ。今日のサーキットで二つ目に大きな、五百人規模のキャパのライブハウスは、もう入場制限がかかってるかもしれないというくらいいっぱいいっぱいで、ヴィヴィットの登場と共に歓声が上がる。声を上げようと思ってもいなかったのに、「キャー！」と私も声を上げていた。これではスグルの時やニサボの時には私の喉は焼け死んでいるかもしれない。待ってたよー！と隣から聞こえて、私は思わずカズマを見やる。ライブで声をかけるタイプに見えなかったから、意外だった。でも彼が涙ぐんでいるのに気がついた瞬間、私もなぜかどっと涙が溢れてきて、そんなめちゃくちゃお目当てのバンドってわけじゃないのに、なんなら今日の出演バンドの中では十番手くらいに好きなバンドだったのにどうして涙が溢れるのか分からなくて、ああもしかしたら私は今日この今の瞬間、初めて引きこもっていた部屋から出たのかもしれないと思い付いたら体全体がじんわりして、「High high baby」の演奏が始まった瞬間絶叫して、飲み干したレモンサワーのカップを宙に放り投げて飛び跳ねた。

すごかった、ガチすごかった。ガチで何あれ、もー一生ついていくしかない。ニサボコロナ禍で完全覚醒だね！　えあんな迫力あったっけ？　てかチキさんのMCガッチガチだったよね、まじ泣けた。あー、デライラの佐藤さんの話ね。デライラにそんな影響受けてたなんて知らなかった。僕昔チキさんがインタビューでデライラについて話してるの読んだことあるんだけど、高校生の頃コピバンしてたらしいよ。まあそっか、あの世代の人は大体デライラ好きだったんだろうなあ。

時間が遅くて、居酒屋かラーメン屋かファミレスくらいしか選択肢がなかったため、閉店まで一時間半と迫ってはいたけどファミレスに入った。大学に入ってしまうと年齢差とかはあんまり気にならなくて、二十歳前でもお酒を飲む子もちらほらいるし、皆横並びって感じだけど、今や私は二十三歳で、彼らは十七歳だ。未成年なんとか条例で、確か何時以降の入店お断りとかあったような……とも思ったけど、特に止められることはなかった。私服だし、二人とも大学生くらいには見えるのかもしれない。

「てか、ヤヤめっちゃ叫んでたね」

カズマが嬉しそうに言って、私は思わず笑ってしまう。

「カズマにつられたんだよ。ヴィヴィットの時にカズマがめっちゃ叫んでて、私あんまライブで声出す方じゃないのに、なんかカズマの嬉しそうな姿にうるっときて思わず叫んじゃった」

「実はうち、お母さんが医療事務やっててさ、コロナ絶対罹れないからってお母さんすごく気をつけてて。だから僕もさすがにライブ行くのどうなのかなってなって、だからライブ自体三年以上ぶりでさ。したらジングル流れただけで意識がバラバラになってどっか行っちゃった感じ。気がついたら叫んでたし、発射台探してた」

「てかカズマ、ニサボの時永遠に飛んでたよな」

越山くんが言って、私も笑ってしまう。カズマはニサボのライブ中ほとんど、恵斗の肩を発射台にしてダイブをしてステージ前まで流れては走って戻ってきて、ダイブをしては走って戻ってきてを繰り返していたのだ。満面の笑みで汗だくになってダイブを続けるカズマは、水遊びをしている犬みたいで、はしゃぎすぎて電池が切れて、あるいは心臓発作とかでバタンと倒れるんじゃないかと心配になるほどで、自分の体力とか限界とかについて何も考えてなさそうに見えた。

「私の隣にいた女の子たち『あの子永遠に飛んでね？』ってウケてたよ」

いやでも、まじ楽しかったなあ。越山くんの声に、カズマと私も頷く。今日のハイライトは？今日のベストライブは？　今日初めて見た鶏大臣てバンドがめっちゃ良くって、そういやヴィヴィットのボーカルサルみたいにポールにぶら下がってたよね、てかWANANAZUのライブにコアラズのボーカルが突入してコラボ曲歌ったんでしょ？　まじ聴きたかったコアラズ出てる時点で予測できたのにまじショック！　まあでもスグルのライブもモンスター級だったからどっちにしろ捨てらんなかったよね。てかリッキャーズの田中ヨリメと茂ミツヲ今日見にきてたらしいよ、まじ？　どこ情報？　ヨリメのストーリー。まじか！

それぞれハンバーグとかパスタとかフライドチキンとかを貪りながらモシュホの話が止まらない。こんなに楽しいのは久しぶりだ。大学に復帰して普通に友達もできたし高校の時付属の中学で部活の後輩だった子と「もしかして……安住先輩⁈」のサプライズ再会もしたし、ゼミにも入ってゼミ仲間もできたし、まあちょっと輪を広げておこうかなーというのもあって初心者ＯＫのバドミントンサークルにも入ったけど、何となくどこかでリハビリ感があって、「あー世界ってこんな感じだったよねはいはい」と白けてる自分もいて、何となく「一度物語から逸脱してしまった人が物語に戻った時に感じる作り物感」みたいな違和感にモヤっていたところがあったけど、今日だけは「物語というか現実、あるいは自分自身に完全合致」したという実感があった。

「てか、デライラの佐藤さん、何で死んじゃったんだろ」

カズマのしみじみとした言葉に、越山くんは色々あったんだろと独りごちるように小さな声で答える。デライラの佐藤さんは、去年唐突に訃報が流れて邦ロック界隈が騒然となったギタリストだった。死因は発表されなかったけど、直前まで普通にＳＮＳなどで発信していたこと、最後の発信で少し疲れたと書いていたことから、自殺だろうというのがファンたちの認識だった。

「モンスター級のレジェンドバンドだったわけじゃん？　デビュー二十？　三十年弱？　経ってもあちこちフェスにも呼ばれてさ、ここ数年は特に、いいペースで制作もしてたのに」

「俺らは曲とライブでしかバンドマンのこと見ないし、ＳＮＳとかにアップしてんのはファンに見せれるとこだけじゃん。もしかしたら自分の親とか配偶者の親とか介護して病んでたのかもしんないし、恋人とか奥さんとか、大切な人が自殺したとか大病患ってるとか、本人自身精神か体か、なんか病気だったかもしんないし、ドラッグとかアルコール依存の問題抱えてたのかもしんないし、そこそこ大きな箱ソールドするようなミュージシャンだって物販売れなきゃ赤字なる厳しい業界なんだし、まあカート・コバーンとかチェスター・ベニントンだって自殺したわけで、どんなに稼いでても世界中にファンがいてもそれを避けらんない時だってあるだろ。順風満帆に見えてもその人が奥底に何抱えてるかなんて分かんないよ。それこそ俺だって明日自殺するかもしんないし。人間だって動物だって虫だって、生まれたら生きるか死ぬかの二択なわけじゃん。二者択一なんだから、死に転ぶ時だってあるだろ」

越山くんは苛立ってるようにも、何かしらに呆れているようにも見えた。あんなに発射台に使われても全く嫌がらずニコニコしてた越山くんがそんな態度を取るのが意外だったけど、まあそりゃそうだよなとカズマはすんなり納得して、フライドチキンを食べていた手の脂をおしぼりで拭き取った。ウルフの襟足をふわっと後ろに流すと、カズマは何か考え込むような表情を見せて、私は二人の仲介に入った方がいいのかなと思いつつ面倒くさくてパスタを頬張る。

「そうなんだけどさ、ここまで多くの人に希望と喜びを与え続けた人だよ。希望を与えてもらってたファンが、何で死んじゃったんだろうなあ寂しいなあって、まだまだ観てたかったなあって愚痴っただけだよ。チキさんだって、悔しいって、悲しいって言ってたじゃん。その感覚って別に普通じゃん。恵斗さ、なんか最近ちょっと硬いよな」

硬いって、なに。越山くんは勢いが削がれたみたいな感じになって、小さな声で言う。

「前はこのくらいのこと、流してたよ。え無自覚？」

「いや別に、なんも意識してないよ。そんな、変わった？」

「変わった。お硬い官僚みたい」

　何だよそれと越山くんは笑ったけど、カズマがうっすらと浮かべた笑みには心配が混じっているように見えた。二人がどんな関係性なのか分からないけど、きっと友達とかクラスメイトとかの枠内ではなくて、ちゃんと個人と個人として向き合ってるんだろうと思った。自分が尊敬する人、好きな人、ずっと活躍を見てきた人が亡くなって悲しい、辛い、どうして、という気持ちも、そりゃ人には色々あるよ自分たちには計り知れないものがあったんだろうよ、邪推するのはやめようぜという気持ちも分かる。両方とも、好きだからこそ、そうなるんだろう。好きというスタート地点は一緒なのに、思いが共有できないこともある、という悲しい人間の性を、私はいま目の当たりにしているのだ。でも越山くんの「人には人の事情があるんだ想像しろ触れるな」という態度にはどこか引っかかるものを感じる。だってそう思うならなんで、彼はあの、自殺した女子大生とそのことについて情報発信した女子大生の母親に、あそこまで執着するんだろう。私と知り合ったことでちょっと首突っ込んじゃったから？　いやでも、別に首突っ込んじゃってないし、そう感じてるんだとしたらちょっとセンシティブすぎないかとも思う。

　二人はデライラの話からまたニサボの今日のセトリが何だったかあれやったこれやったと話し出し、ピリッとした空気はすぐに消えて、私は今日のニサボのセトリをツイートしてる人を探して二人に共有した。カズマがすぐにそのセトリでプレイリストを作って Spotify で共有してくれて、帰りの電車でこれ聴こう、とお気に入り登録する。私たちは完全に満たされていた。仲のいい友達なんだからたまに口喧嘩になることはあっても、話し合いと愛情で乗り切れるに決まっている。連ねられた九曲のセトリを見つめながら、明日からも生きていけると思う。私は明日も、引きこもりに舞い戻ることはない。毎日このくらいの時間になると、そんなふうに確認している自分がいる。私は明日もこうして外の世界に出ていく。引きこもらない。と。つまりさっき越山くんが言ったみたいに、私は生か死かではなく、非引きこもりか引きこもりか、の二択をそれなりに重大な選択として内包しているのだろう。今目に入る全ての人々がこうして数ある二択の中から、普通に外で生きることを選択しているのだとしたら、すごすぎる。普通に生きるって、全然普通じゃないことだ。私はまたいつか、転げ落ちてしまうのではないかという不安から、まだ逃れられていない。

何だか変なことになってしまった。マンションのエントランスで部屋番号を押しながら思う。一人方向の違うカズマと別れて、私今日お母さんち行くからこっちなんだと乗り慣れていない線に乗ろうとしたら、遅いし送るよと越山くんがついてきて、駅までかと思ったら長岡さんにも一言挨拶したいからとマンションまで一緒に来てしまったのだ。この間大学の手続きについてLINEでやりとりしていた時に、今度サーキットフェスに行くと話したら、渋谷ならこっちの方が近いし帰りも遅くなるだろうからその日は泊まって行きなよとお母さんに強く勧められ、引きこもっていた時には何とも思っていなかったのに、外に出た瞬間自分があまりにも長いこと親の庇護下にあること、二十三にもなって大学生であるという事実を申し訳なく感じるようになったこともあって断りづらく、分かったと答えてしまったのだ。

「おかえり伽耶」

お母さんはドアを開けると嬉しそうに顔を綻ばせ、親孝行親孝行、と自分に言い聞かせつつ、私は住んだことのない家だけど「ただいま」とうっすら疑問形で言って微笑む。

「越山くんも来てくれたんだ！　最近伽耶がお世話になってるみたいだから、改めてお礼言いたかったんだよね。今日も越山くんがチケット取ってくれたんでしょ？　伽耶のこと、いつも誘い出してくれてありがとね。ちょっとくらい大丈夫だよね？」

越山くんは私に了解を得るような視線を送ってきて、「何で私に」と思いながらコクコクと頷く。いつも誘い出してくれてありがとうって、この間ここで一哉さんと四人で奇妙な時間を過ごして以来越山くんには会ってなかったんだけど……と何だか子供扱いされたような、見くびられているような自分でも理解不能な不満が湧き上がってくる。

「今ワイン飲んでたんだ。伽耶も少し飲む？」

ご機嫌な様子のお母さんに「やーいいかな」と言いながらリビングに入ると、キッチンに立つ一哉さんが「いらっしゃい」と爽やかな笑顔で言う。

今付き合ってる人、と紹介されたのが、大学に入学した頃だっただろうか。当時彼はまだ社会人二年目くらい、つまり今の私と同じくらいで、「彼氏わか！」の衝撃で虚をつかれてしまって、不倫とか不貞とかということへの衝撃はほとんどなかった気がする。そのずっと前から克己とは離婚する、と話されていたし、それは私の介入する範囲じゃないから好きにしてくれと、お互いにコンセンサスを取っていた。だからつまり、一哉さんはお母さんの彼氏で、彼氏というだけで特に特別でもなければ邪魔な存在でもなく、ただただお母さんの彼氏。それはお母さんにとっての私の彼氏、とかとほとんど変わらないような気がする。ヤバそうな人なら一言くらい忠告するかもしれないけど、突っぱねられたらもう放っておく。そんな感じの距離感だ。一哉さんにヤバそうさを感じたことはないし、最初は年齢に驚いたけど、お母さんよりも年上の老人と付き合って化石化されるよりもずっといいような気がする。例えば越山くんのお父さんみたいな、若い女の子に立場を利用して手を出すような老害になるのがやっぱり一番最低だし、自分の親には現代的な感覚とか価値観、いやそれはありえない、それはギリありえる、というバランス感覚からできる限り取りこぼされないでいて欲しい。お父さんは、大丈夫なんだろうか。あのピル発言を聞く限りヤバそうな印象しかない。私に対してセクハラ的なことを言ったりしたことは一度もないし、引きこもりに関しても動じなかったどころかいいな俺も引きこもろうかなとまで言っていて、私の引きこもりを知るや否やカウンセリングや心療内科の予約を取り、連れていこうと四苦八苦していたお母さんよりもどっしり構えていてくれて有り難かった。

でもピルのことを思い出すと同時に溢《あふ》れ出すのは、中学か高校の頃、友達に不毛な恋愛相談をされてこういう時何て言ったらいいのかなーと愚痴ったら、女はグイグイいくよりも控えめな方がモテるよと、お門違いなことを言われた記憶だ。控えめに見せてモテて、それが何になるって言うんだろう。お父さんは、若者たちがどれだけセンシティブで、自然体であることのために労力と精神力をかけているか分かってない。私たちにとってはモテることなんかよりも、自然体であることの方がずっと重要で、死活問題なのだ。控えめに見せてモテることを、自分が自分であることの上位に据えてる人がいるなんて、私には理解できない。相手の好みの人間を演じても、続ける内辛くなるだろうし、いずれ化けの皮が剝がれて互いにとって悲しい結末が訪れるはずだ。

でももしかしたら昔は、もっと色々な虚飾が通用してたのかもしれないと、お母さんとかお父さんの話を聞いていて思うことがある。例えばお母さんが小学校の頃、親が有名な俳優だと嘘をついていた男の子がクラスにいたと話していたことがあった。結構信じてる子もいたというから驚きだけど、インターネット、SNSのない時代なんてそんなもんだったのかもしれないとも思う。私界隈の常識としては、嘘つきとレッテルを貼られるようなことは、とにかくできるだけ避けるのがベター。ウケ狙いでちょっと大袈裟に話したら「まあちょっと盛ってるけどね」くらいのエクスキューズをしておいた方がいいだろう、という認識だ。もちろん世代の差だけではないかもしれない。個人的な差も大きいだろう。でも越山くんだってカズマだって、自分の素を出したら自分から離れていくような人とは、付き合いたくないだろう。それはお母さんだって、一哉さんだってそうに違いない。そう思うけど、私は一哉さんのことがよく分からない。一哉さんは、いつも無難ないい人であろうと努めているように見える。内から溢れ出すものなどないような人に見える。何を考えているのかよく分からないのだ。彼は、お母さんと一緒にいるために、どこか無理をしているような気もする。まあでも、それなりに年上の人と付き合うためには、ちょっとくらい無理をしなければならないのだろうか。だとしたらつまり、お母さんに好かれるために、何かしらキャラクターを作っている、演じているんだろうか。

「二人は何飲む？　紅茶コーヒー、カフェイン摂りたくなかったらルイボスと、冷たくて良かったら麦茶もあるかな。あと、牛乳、コーラ、炭酸水……」

どこまでも止まりそうにない一哉さんの言葉を「私コーラがいいな」と遮ると、じゃあ僕もコーラで、と越山くんが追随する。お母さんはもうすでにワイングラスに注がれていた白ワインを飲んでいて、今日は楽しかった？　二人の目当ては誰だったの？　と話を振ってくる。お母さんはそれなりに音楽に詳しくて、私たちの挙げたいくつかのバンドに「私も好き」と同調し、知らないバンドはSpotifyでライブラリに登録したようだった。一哉さんがコーラを私たちの前に置きながら「買っておいてよかったね」とお母さんに微笑みかけて初めて、それが私の来訪への準備として買われたことを知る。私とお母さん、よりも一哉さんとお母さん、の方が共有しているものが圧倒的に多いのだという事実が、二人を前にするとノミで削られていく彫刻のようにゴリゴリ浮き彫りになってくる。でもその事実は居心地の悪いものではなく、むしろ安堵に近いものをもたらしてくれる。

「大学はどう？」

「まあ普通に。サークルもゼミも入ったし、結構忙しいかな」

「伽耶、代田美優莉《みゆり》さんが亡くなったことは知ってる？」

急に部屋の温度が下がった気がして、不審に思いながら口を閉じ、自分を抱くように胸の前で腕をクロスさせ二の腕をさする。寒い？　と聞くお母さんの言葉が白々しい。お母さんがリモコンを操作すると、エアコンは吐き出していた空気を止めた。

「今日湿気すごかったからドライ入れてたんだけど、ドライって結構寒くなるよね」

お母さんはこうして、こっちの逃げ場を無くしていくのだ。代田美優莉さんの死について、お母さんに触れられたくなかったことに、私は今初めて気づいた。ここに来ると決まった時、その可能性を考えて然るべきだったのに、サーキットフェスで浮かれていた自分に腹が立ってくる。

「代田さんのこと、知ってます。動画がアップされたの、前に俺たちがここに来た日でしたよね。ずっと気になってて、他にこういう判例がないかとかずっと調べてて……」

私に代わって、越山くんが答えた。特に私を庇うような感じではなかったけど、このタイミングでしゃしゃり出てきたことに違和感が拭えない。

「あの代田さんのお母さんの動画見たとき、もう耐えられなくて。こんな動画が存在する世界線がもう無理で。こんな世界で生きていかなきゃいけないんだって思ったら絶望で。その絶望を誰とも共有できない辛さもあって。だからずっとこの話を誰かとしたかったんです」

「私もだよ。あの動画のことが頭から離れなくて、どうしたらいいのかずっと考えてた。代田さんがあの動画を投稿したあとTwitterを始めたのは知ってる？」

「知ってます。俺、全部読んでます。でもお母さんの精神状態を考えると、Twitterに投稿するのはどうかと思うんですけど」

「私もそう思う。実は、二年前美優莉さんが飛び降りた頃、私代田さんに弁護士を紹介したり、他の被害者を探して繋げたり、連絡を取ってたことがあったのね」

「え、そうなんですか？　直接やりとりしたり、会ったりしてたんですか？」

「直接会ったのは一回だけだけど、連絡はしばらく取り合ってた。でもあのお母さんは、物事を整理するのが苦手な人で、動画見てTwitterも読んだなら分かるだろうけど、すぐに感情的になって、しっちゃかめっちゃかになっちゃう人で、二年前加害者を起訴するって段階になった時にも、精神的に参っちゃって『何もできない』って突然一言送ってきて閉じこもって、準備してきたものも全部放り出しちゃったんだよね。多分あんまり理性的な人じゃないから、思いを伝えたいのなら、せめてもう少し時間をかけてmemoosに書くとか、あるいは信頼できる週刊誌の記者とかを紹介した方がいいんじゃないかなって思ってて」

「確かにmemoosなら時間をかけて書くだろうし、見返したりもしますよね。もしまともに取材してくれる記者がいるなら、それもいいかもしれませんね」

「うん。スキャンダラスに書き散らすような人じゃなくて、良識的な記者を何人か知ってるから、時間かけて話を聞き出して、彼女のぐちゃぐちゃになってる言葉も理路整然と記事にまとめてくれるならその方がいいんじゃないかと思って」

「俺もその方がいいと思います。今の時点でもなんだかんだ美優莉さんを貶めるような発言があって、代田さんも思い切りくらっちゃってるし心配で……」

越山くんとお母さんは鬱蒼と茂る心配のシダを手で避け、心配しているもの同士で内緒話をしているようだ。私は彼らにとてつもない距離を感じながらそう観察する。一哉さんも同じ思いなのだろうか。時々黙ったまま頷く動作をしてはいたものの一言も発していない。

「でも今は彼女も多分他罰的になってるから、声をかけても届かない気がして……どういうアクションを起こすのがいいのか考えあぐねてて。あなたのそのやり方じゃよくないですよ、こうしたらどうですかなんて子供の死につけ込む詐欺みたいだし、向こうも身構えるかもって……」

「お母さんさ、どうしてあの事件にそこまでこだわるの？　もう仕方ないことじゃん。お母さんは手を差し伸べようとして、拒絶されたんじゃん。しっかりお膳立てしてさ、ちゃんと意志のある人たちの起訴のお手伝いができたわけじゃん。でも代田さんは、しなかったわけじゃん。今は娘が死んで感情的になってるのかもしれないけど、週刊誌とかに載って話を大きくして、美優莉さんの死を拡大解釈していくのは代田さんにとっても辛いことかもしれないよ」

お母さんは喋る私をじっと見つめ、私の言葉が止まる瞬間を見計らっていたように「拡大解釈と言うけど、レイプされたことを苦にして自殺した女性の死をどの大きさで解釈すれば良いのか、伽耶は分かっているの？」と落ち着いた口調で怒りを表明した。

「私にはどの大きさで解釈すれば良いのか分からない。このくらいかなって、その感覚をあなたが摑んでるんだとしたら、何かしらの例を挙げながら説明してほしい」

「いやそんなこと摑んでるわけないじゃん。でも周りが大騒ぎしても、本人が安寧を得られるとは限らないんじゃないかってこと。今代田さんは大ごとにしたいのかもしれないけど、その望みを叶えることが美優莉さんとか、代田さん自身のためになるとも限らないんじゃないかって思うってことだよ」

「この世界は自分一人で構成されてるわけじゃないってことは分かるよね？　色々なものが混ざり合って、世界はできている。その構成要素は、身近なところは自分である程度選べる。つまり子供を産む産まないとか、恋人や友人として誰と付き合うか、どんな仕事に就くかとかってこと。でも政治とか社会情勢は自分ではなかなか動かしづらい。おかしいと思って声を上げても、それが反映されることは民主主義が機能していない日本に於いてはほぼない。でも、我々にはそれぞれ、この世界を生きる上で絶対に許せないものがある。そしてそれが横行しているのであれば、私たちは良心に基づいてそれを排除しなければならない。例えば差別、もちろん全ての差別を排除することは難しいかもしれない。でも奴隷解放運動だって、ＢＬＭだって、MeTooだって、中絶合法化運動だって、多くの人々の、覆しようのない必然性から生じてきた運動だってことは分かるよね？　それを起こさなければならない人たちがたくさんいた。多くの人にとって差別や搾取は許せないもので、それがある世界を生きていくことは死を意味する。そういう大きな諸問題と、人々はこれまでもずっと戦い続けてきたんだよ」

「でもさ、実際問題自分たちで動かせるものなんてないじゃん。あの教授が起訴されて、何か変わった？　性犯罪が減った？　世の中は耐え難いものばっかりだし、何も良くなんてならないけど、皆それなりに諦めてこの許せないものの混じった世界をなんとか騙し騙し生きていかなきゃいけないんだよ。じゃないと、お母さんみたいに毎日を鬱々と生きていかなきゃいけない。なんで世界は変わらないんだって、毎日悩んで苦しい思いをしながら生きていくことになる。私はそんな世界嫌だよ。適当なところで落とし所作って、不満だけどこのくらいで満足するかって、それなりに諦めて目瞑《つぶ》って生きていかなきゃいけないんだよ」

「そんな世界に生きてたら、皆おかしくなっちゃうんだよ。伽耶だって、そんな生き方してたらおかしくなって、狂っていく」

「私は平気だよ。私はおかしくならない。諦めてるのが普通。世界はおかしいのが普通」

「磁場が狂ってたり、重力が狂ってたら、その中で死なないために、生きていくために、自然に体がその狂った形に適合していくんだよ。そうじゃなきゃ死んじゃうから。つまりそれは茹でガエルとも言えるんだろうね。だから言ってみればそれは一種の死なのかもね。つまり良心ある伽耶は、すでにもう何割か死んでるのかもしれない。伽耶が引きこもることで世界のおかしさとか理不尽さから自分自身を守っていたのだとしたら、外に出たことでこれから伽耶はどんどん死んでいくのかもしれない」

「私から見たら、お母さんの方が狂ってるよ。あれはおかしいこれはおかしいって一人でぐるぐる考えて一人で気が狂っていってる。自家中毒っていうの？　ピエロみたいだよ」

「自家中毒というのは自分の体内で生成された毒に冒されて中毒症状を起こすという意味だけど

私の場合は外部の毒によって引き起こされているから自家中毒には当たらないし、最近よく使われる比喩表現としての自家中毒は、自身のアイデンティティや理想と、現実に起こす行動に乖離が生じてその差異に抱くストレスによって引き起こされる症状という意味だけど、私自身はアイデンティティと行動になんら乖離は生じていないため自家中毒という言葉はどちらの意味としても一切当てはまらないよ。むしろあなたの、理想はこうだけど現実はこうだから諦める、というスタンスの方が、比喩表現としての自家中毒には当てはまってるんじゃない？」

私はうんざりしていた。本気で、逃げ出したかった。そしてこの、「世界には期待をしない、なんにしてもある程度諦める必要がある」という私が出した最終結論的な処世術に全くもって共感してもらえないことに悲しみも抱いていた。そして越山くんと一哉さんが何かに遠慮しているかのように私を責め立てるお母さんを止めようとしないことにも、悲しみを抱いていた。

「え、越山くんは分かるよね？　それなりに諦めが必要だって、思うよね？　そんなずっと、理想を追い求めて戦い続けても自分が摩耗するだけだって、思うよね？　さっきカズマとデライラの佐藤さんの話になった時、そんなの俺たちには何も分かんないことなんだからって、言ってたよね？　それは個人的なことなんだからって、言ってたよね？　そしたらさ、美優莉さんの死だって、彼女の死を悲しむお母さんの気持ちだって、個人的なものだよね？　そんなの、私たちが手を伸ばしたり、こうしろああしろって提言するようなことじゃないよね？」

「確かに、デライラの佐藤さんに関しては、自分には何もできなかったっていう諦めがあるかな。だってただの一ファンだし。あまりに遠いし、別世界の人だって思う。美優莉さんの事件についても、もちろん俺がこの事実を知った時には全てが終わってたわけで、自分には何もできなかったってことは分かってる。でも、どこかで責任を感じるんだよ。絶対何もできなかったのに、なんかできたんじゃないかって、それこそ、俺が生まれた時から彼女が飛び降りるまでの間、いや、彼女がレイプされるまでの間に、その自分とは現実的に何も関わりがなかったその事件に、何かしらの形で、自分は回避する手助けができたんじゃないかって、思っちゃうんだ。よく分からないだろうし、自分でもよく分かんないんだけど、なんていうか、本当にそういう悔いみたいなものがあるんだ」

「それってつまり、お父さんのことがあったから？　どこかでお父さんが手を出した女子大生と、美優莉さんを重ねて見てるってこと？」

そんなのお父さん個人の問題だし、加害者と加害者家族を一括りにして責任を追及する風潮間違ってるおかしいと私は常々思ってきたけど、この文脈で言うと何となく越山くんを責めてるみたいな口調になってしまって申し訳なさが生じる。いや全然、越山くんを責めてるわけじゃないんだけど、と一言エクスキューズした方がいいだろうかと迷いが生じた瞬間、越山くんは口を開いた。

「分からないけど、うん、そうかもしれない。自分の父親が加害者であることに自分は苦しんでるし、怒りもある。自分の父親がっていうところに罪悪感を持ってて、そんな父親の息子であるってことに苦しみも感じてて、彼女たち被害者に自分を重ねちゃってるところもあるのかもしれない。いや、よく分からないな。でも俺はなんか、この話に関して部外者だと思えない。自分が好きで、好きだけでわーわー盛り上がってきたバンドマンが自殺しても、それは関係ないって思う。外野が口出すことじゃないだろって思う。実際遺族がそっとしておいてくださいってコメントも出してたし。でも性加害で死んだ、殺された彼女に対しては、全然違う」

「そんなのおかしくない？　この世界のどこまでが自分の責任でどこまでが自分の責任じゃないかなんて、そんなの自分で考えて決めて線引きするもの？　そんなこと言ったら佐藤さんの自殺だって、全てこの世界のせいとも言えるよね。越山くんはこの世界を形作ってる一人でもあるわけだよね？　それなのに越山くんは佐藤さんの自殺とあの子の自殺を線引きして、こっちには責任を感じて、こっちには感じない。それってどんな線引き？　そこを線引きするってことも含めて、私は人の死に対して責任を感じるっていう人を傲慢だって感じる。そもそも、私もお母さんも越山くんも、もちろん一哉さんも、誰一人として刑事責任を問われるような立場にはないよね？　それなのに皆が責任を感じる、自分も感じる……って呟き合ってしんみりして何になるの？　そんなの逆に死者への冒瀆じゃない？」

「伽耶はどうしてそんなふうに思うの？　冒瀆なわけがないじゃない。彼女は怒りと憎しみを抱えて死んでいった。私たちが後世に継承してはならないものを、克明に浮き彫りにして死んでいったんだよ。だからその継承に加担しないよう、私たちはそれについて考える義務がある。考えなければ考えないほど、私たちは愚かな行動を取ってしまうからね」

「そもそも美優莉さんは、レイプ以外にも他に何かしらの問題を抱えてたのかもしれないよね？　元々精神疾患とか抱えてて、病んでたのかもしれないよね？　最後の引き金がレイプになっただけで、元々危うい子だったのかもしれないよね？」

ガン、と音がして私は言葉を止めてお母さんを見やる。お母さんはワイングラスをテーブルに叩きつけるように置いたようだった。

「美優莉さんが元々精神疾患を持ってたら何だっていうの？　健康な子をレイプしてる分には自殺者は出ず問題はなかったけど、心を病んでる子をレイプしたから病んでたせいで自殺しちゃって大変なことになったって言いたいの？　あなたは自分は死ぬまで絶対に精神を病まないマジョリティ側の人間だと思い込んでるからそんな冷酷なことが言えるんじゃない？　何よりも一人の女性の心が跡形もないほどに切り刻まれ、心が殺され、身体まで殺されたという事実を、あなたは『あの子は心を病んでいたから』で片付けようとしているということ？」

「いや、それはちょっと飛躍してるんじゃない？　伽耶ちゃんは別に美優莉さんのことを貶めようとして言ったんじゃないと思うよ。言葉じゃなくて、気持ちを掬い取ろうよ。伽耶ちゃんはそんな子じゃないよ」

「一哉に何が分かるの？　元々この子の親友がレイプされた時にこの子がちゃんと声を上げてれば、美優莉さんは死ななかったかもしれないんだよ。いやレイプされて死んでたかもしれないよ。分からないけど、この子は自分にのみ託された最後の切り札を切らなかった」

ずっと平坦だった声が荒ぶり、最後には震えた。お母さんの本音が出た。お母さんはずっと私のことを許せなかった。伽耶はどうして告発しないのか、どうして声を上げないのか、どうして行動しないのか、私はあの時からずっと、ひしひしとお母さんから不信感を浴びせられてきた。お母さんは自制心を持って、私にその言葉をぶつけなかった。でも今、決壊した。彼女の中で激《たぎ》っていた私への不信感と怒りが爆発したのだ。

「私たちは皆この世界を構成する一つの要素なんだよ。どうして分からないの？　自分一人が腐ることによって、多くの人が腐る。私たち一人一人が良心を持って、世界を良くしようと思っていれば、こんなことは起きなかった。皆がそれぞれこの世界への参加意識を持っていなかったことが、全ての害悪の根源だよ。もちろん今回の事件は伽耶一人のせいじゃない。私だって伽耶の制止を振り切って大学に相談すればよかったと何度も後悔したし罪悪感を抱いてる。本当に愚かなことをしたと悔いても悔やみきれない。だからこそどうしてこんなことが起こってしまったのか、私たちは考え続けなきゃいけない。こんな悲劇が繰り返されるような世界を許容してはいけない。私たちは世界を良くすることができる。私たち一人一人が良心を持ち、志を高く持てば、この世界は変わるんだよ。私はただ、自分自身が世界を作っているという意識を持ってほしいって言ってるだけだよ」

まるで宗教だ。私の中にはそんな乾いた感想が浮かぶ。お母さんを見てきて、これまでも何度となくこの思いを抱いては、この人は私とは全く違う世界に生きているのだと切り捨ててきた。いや、切り捨てられてきた思いでいた。どちらにせよ、私たちは同じ世界の住人でありながら、同じ世界の住人では全くない。同じ世界を生きながら互いが互いを透明人間のようにすり抜けていく。私たちは永遠に交わらない。私がレイプされて自殺したらという想像を前もしていたけど、あの結論が今はっきり出た。彼女は発狂するだろう。激昂して、真っ当ではいられないだろう。でも彼女は、私が死んだことにでも、私ともう会えないことにでもなく、その事象の正しくなさにのみ発狂するに違いない。私は彼女にとって、信念を共有しない外道でしかないからだ。

「友梨奈、伽耶ちゃんは伽耶ちゃんなりに戦ってるんじゃないかな。皆が友梨奈みたいに戦えるとは、俺は思わないよ。友梨奈みたいに声を上げて戦うことだけが手段じゃなくて、もっと他の戦い方だってあると思う。そんなふうに自分と違う人を批判してばっかりじゃ一致団結もできないじゃない。伽耶ちゃんだって、傷つく人がこの世からいなくなることを願ってるよ」

「一哉はバーベキューの時、向田さんがセクハラされてたのを咎めた私を止めた人だからね」

「え……向田さん?」

「一哉はセクハラパワハラの残存する社会を許容して、こういうものは時代と共に駆逐されていくからって、駆逐されるまでに生じるであろう被害を容認してる。私は一哉みたいな緩やかな容認派の人こそが被害を拡大させせてると思ってる。そこで声を上げないことで生じる被害を過小評価してると思う」

「じゃあどうしたらよかったっていうの? 私はあの時、親友に絶対に誰にも言わないでって懇願されてたのを裏切って、真っ当に相手をしてくれないハラスメント相談室に行って相談して追い返されて無力感を知るべきだったっていうこと? 何があったのか知らないけど、一哉さんはセクハラパワハラに声を上げて会社での居場所を失えば良かったたってこと? 一哉さんは分からないけどさ、私はああするしかなかった。どうしようもなかった。私は世界の構成員として最低かもしれないけど、それによって守らなきゃいけないものがあったんだよ。私はお母さんとは違う。間違ってるものに間違ってるって声を上げて賞賛される仕事に就いてる人じゃない。私は大学を卒業して会社に就職しなければならなかった。ドラッグやっても不倫しても、どれだけ非人道的なことをやっても干されないお母さんとは前提が違う。守るもののないお母さんとは違うんだよ」

「守るもの? 自分の尊厳、人の尊厳、それ以上に守るものがあるっていうの? あなたたちは、何を守って、何を捨てようとしているのか分かってない。あなたたちが捨てようとしているものは、人が決して捨ててはならない、最後の砦だよ。あなたは何も分かっていない。私はあなたがそこまで何も分かっていないことに、ショックを受けている。私たちは戦わなくてはならない。悪と戦え、なんてこんな口がねじ曲がりそうなことを言わなくてはならない私の身にもなってほしい。どうしてこんなことを言わなくちゃいけないの？　あなたは本当に人間なの？」

「友梨奈。やめてよ。そんなこと言わないで」

一哉さんが見てられないと言いたげに、苦しそうに言う。彼はこれまでどれだけ、彼女のこの馬鹿みたいな正義に心を踏み躙られてきたんだろう。私は自分が踏み躙られながら、踏み躙られている自分自身を直視したくなくて、敢えて彼のことを心配していた。

「良心がないだけじゃなくて、あなたには魂もないんじゃない？　信念も理想も持たない、社会、政府、資本主義という実態のないものに踊らされてるだけの傀儡《くぐつ》なんじゃない？　あなたは人間じゃない。人の皮を被った獣、いや、人間の皮を被せただけの虚無だよ。針でついたら一瞬で無に帰す。獣だってもっと高潔に違いない」

コーラの入ったコップを持ったまま立ち上がって振りかぶる。ビシャッとコーラが後ろに飛び散る音がする。お母さんは座ったまま充血した目でじっと私を見上げて、一哉さんが慌てて私とお母さんの間に立って、越山くんも慌てて立ち上がると私の腕を取った。私にはこの、誰かに摑まれる身体という枠がある。中身のない空っぽな枠を産んだのはお前だろうと怒りが込み上げる。私だってこんな枠として生きていたくはなかった。もちろん私にとってこれは枠ではないのだけど、その中にはきちんとした信念があるけれど、彼女にはそれが無味透明な虚無にしか感じられないということだ。私の方に問題があるのか、彼女の認識に問題があるのか、それはよく分からないけれど。

「あなたには分からない。世界はあなたに分からないことで満ちている。あなたには何かが分かってるのかもしれないけど、この世界はあなたには分からないことだらけだよ。そんなあなたが小説を書いても、何も伝わらないだろうね」

お母さんの口調を真似して言うと、私は越山くんの手を振り払ってコップを台所目掛けて投げつける。ビシャンと意外なまでにひ弱な音がして、それでもガラスが粉々になり広範囲に飛び散っただろうという手応えがあった。固まっている三人に踵を返すと、私はソファに置いていたボディバッグを持って玄関に向かう。伽耶さん、待ってよと声がして、越山くんが追いかけてくるのが分かったけど振り返らない。私は振り返らない。もう二度と振り返ることなどない気がした。もう二度と、お母さんの顔を見たくないし、恐らく見ないだろうと思った。私はお母さん、母という絆を、これまでも大して太くはなかったそれを、いま断ち切ったと思った。さっきカズマと越山くんの言い争いを聞きながら思ったことを思い出して鼻で笑う。話し合いと愛情で乗り越えられる、私はなんて浅はかで楽観的だったんだろう。実際に、カズマと越山くんは乗り越えられるに違いない。彼らはデライラが好きというスタート地点が一緒で、そこから発展したじゃあどうするべきだったのか、の認識が違った。でもお母さんと私は、美優莉さんへの罪悪感は一緒で、でもそこから全く違う方向に思いを発展させた。彼女は自分も含めこの件に関わった人々全てに罪悪感と当事者意識を持ち悔い改めることを望み、私はできることとできないことはあると割り切らねばならないと自省した。乗り越えられるはずがない。私たちはそこから、殺人事件に発展してもおかしくないような怒りと憎しみ、二人の違いを今まざまざと見せつけられたのだ。

気分は良かった。あんな人は、孤独に死んでいくだろうと思った。私はああはならないと思った。涙が溢れ続けたけど、それはあの女から与えられた責め苦がいま体から怒濤の勢いで排除され浄化していっている証だと思った。私はこの体から彼女的なるものを全て排除して、完璧に純粋な私として生きていくんだ。そう思った。

9　横山一哉

　伽耶ちゃんを追って越山くんがリビングを出て行くのを追いかける途中、足にガラスの破片が刺さっていてっと声を上げて、「破片が落ちてるから歩かないでね」と振り返って、伽耶ちゃんを睨みつけていた時の姿勢のまま身じろぎ一つしていない友梨奈に言う。玄関にはもう伽耶ちゃんはいなくて、越山くんが靴を履いているところを「待って」と引き止め、ようやく何を言うべきか考え始めた。

「伽耶ちゃんと友梨奈、ちゃんと話せば分かると思う。越山くんも分かるよね？　二人は同じ気持ちを拗《こじ》らせて、でもその拗らせ方が違うだけだって」

「どうなのかな」

　慌てて伽耶ちゃんを追いかけようとしていた越山くんは、ぷつんと電池が切れたように動きを止めて呟いた。

「それを同じ気持ちって言っていいんですかね。双子だって、精子と卵子が同じでも金持ちと貧乏人とに育てられたら、全然違う人生を歩みますよね。そんなの、種と始まりが同じでも、だからなにって感じじゃないですか。多様性の時代とか言いますけど、色々見えるようになった今、結局越えられない壁が高くそびえたってるのが分かって、これは乗り越えられないねって、皆が諦めるフェーズに入ったんじゃないかなって、俺は思います」

でも、と呟いたけど、それ以上言葉は出てこなくて、越山くんは失礼しますと軽く頭を下げて出ていった。越山くんの靴の残像が残って、あれは俺が去年欲しいなと思って、でも四万はちょっと高いなと思って、まあ別にスニーカーなんて何足か持ってるし、と結局諦めたスニーカーだ。友梨奈に話せば、買いなよ、お金は使わないと腐っていくんだよ、とか、買わないなら私が買ってあげるよとにかく手に入れさせようとするのを知ってるから、言わなかった。自分は小さい男だ。いつも小さくまとまろうとする。子供の頃からほとんど物欲がない。生まれてから自分でした大きな買い物はパソコンとスマホくらいで、それも丁寧に使っているから、経年劣化以外で買い換えたことはない。開いたら一生開けっ放しでバチバチパソコンを打つ友梨奈には、画面とキーボードを定期的に掃除して、使用後には必ずパソコンケースに仕舞う自分は病的に映るようだ。乱暴で、何かと物を散らかしがちな友梨奈のために、横着する人でも整理整頓できる収納を考えて、最初の二年くらいはああでもないこうでもないと友梨奈の物の配置をこうしようああしようと提案し続けた。友梨奈は面白がってくれているからいいけど、元カノには潔癖だなーと嫌がられていたから、元カノの前ではできる限りそういう面を出さないよう気をつけていた。きっと今の俺も、友梨奈に嫌われるであろう側面を隠しているのだろう。

女子大生を性的搾取して告発された父親の金で買った四万のスニーカーを履いてるくせに。自分の中にそんな羨み混じりの苛立ちが込み上げていることに気づく。立ったまま足の裏を確認すると血が滲んでいて、廊下にも血の痕がついていた。リビングに戻るより先に洗面所で足の裏を流し、ティッシュで拭くと絆創膏を貼る。ついでにフローリングの染みも拭き取って、玄関脇の収納から掃除機を取り出すと、俺はリビングに戻った。友梨奈は微動だにしていないように見えた。目力は弱まっていたものの、じっとダイニングテーブルに向かったまままっすぐ前を見つめている。

「大丈夫？」

「大丈夫？　なのかな？」

彼女はぼんやりした表情で白ワインを飲み続ける。まるで本当に、何も分からなくなってしまったような表情をしている。

「何が大丈夫で、何が大丈夫じゃないの？　一哉にとって、大丈夫の基準は何？」

「それは、友梨奈にとって大丈夫か大丈夫じゃないか、なんじゃないかな」

「それは私にとっての大丈夫でしょ？　私は一哉にとってのそれを聞いてるの」

「いやでも、俺が聞きたかったのは友梨奈にとって大丈夫か大丈夫じゃないかってことだから」

「なんて声をかけていいのか分からない時、一哉っていつも大丈夫？　って聞くよね。私がいつも、大丈夫でも大丈夫じゃなくても大丈夫って答えてるの知ってる？　なぜなら、一哉の大丈夫？　という質問が思考停止で発されてる言葉だから。人は思考停止した人から発された言葉に心を動かされないし、真実を伝えようという気にはなれないんだよ。一哉は、私の言う大丈夫という言葉ではなく、一哉が私が大丈夫だと思うかどうかで判断するべきだし、無思考ではなく、ある程度の思慮の元に質問をするべきだよ」

ぼんやりしていたわけじゃなくて、彼女は俺に苛立っていたのだと気づくと、自分に何か落度があったかどうか、さっきの話を振り返りながらやっぱり無思考で「ごめん」と呟いて、とりあえず片付けちゃうねと掃除機を持ち上げた。うん、ありがとう、と友梨奈が穏やかな表情で言うのを確認すると、破片をビニール袋にまとめ、ゴロゴロさせて吸ったら傷がつきそうだから、掃除機を少し浮かせた状態でガラスを吸い取っていく。ブラシのアタッチメントを付けると細かい部分まで確認して、コーラが飛び散った箇所を拭き取って水拭きして、コロコロもかけて片付けてしまうと、俺はようやくやるべきことから解放されたけど、気が重かった。ある程度の思慮の元に話すことが自分にはできない気がして、友梨奈と話を続けるのが億劫だった。

「ごめん、伽耶ちゃんがいた時から、無神経なことを言ってたかもしれない」

「どのあたりに自分の無神経さを感じたの？　私はいくらでも話すつもりはあるけど、一哉にはどれだけ話すつもりがあるの？　私が百話しても一哉は這々《ほうほう》の体で一を返すだけで、いつも私が独り相撲をとり続けるだけだよね。一哉が口にするのは大丈夫？　とごめん、ばっかり。私の機嫌を窺うようなことをしないで。私は一哉が何を考えているのか、何を正しいと思っているのか、何をしたいと思っているのかが知りたいの。恋人間でそれを言語化しないのは怠慢だと思う」

え、ちょっと待って、待って、と友梨奈の言葉の途中で何度か制したけど、友梨奈は言い切るまで言葉を止めなかった。

「もちろんちゃんと話すつもりはあるよ。でも友梨奈みたいに多弁なタイプじゃないし、普段から色々考えてるわけじゃないから、ちょっと拙《つたな》くなっちゃうかもしれないし、ゆっくりになっちゃうかもしれない。でもちゃんと言葉にはするから」

友梨奈は白ワインを飲み続けている。飲むペースが速くなっていて、伽耶ちゃんが来るちょっと前にご機嫌で開けたワインがほとんどなくなっていた。その前にも、ビールとかチューハイを飲んでいたはずだ。こうなると友梨奈は納得がいくまで寝ない。お酒を飲み続け、延々話し合いを続ける。これまでにも数回、友梨奈が「おかしくない？」と不満をぶつけてきたことがあった。それは概ね俺の生活や態度に対する不満だったけれど、今回は訳が違う。そもそも、友梨奈はあの代田さんが娘の死を報告する動画を見た時から、ずっとおかしかった。友梨奈はさっき、重力とか磁場が狂ってるとそれに適応するために自分も狂う、的なことを言っていたけれど、俺から見れば最近の友梨奈こそがそんな感じだった。

自分は何をするべきなのだろう。代田さんが暴走しかけているのを止めなければならない、と思い詰め、ネットに張り付いて誹謗中傷ツイートを通報したり、代田さんの動向をチェックしたり、以前頼った弁護士に相談したりして、食事時には必ず代田さんがこんなことをツイートしていた、それに対してこんなレスがあった、と話す友梨奈はどう考えてもまともではなかった。どうしたら彼女に心休まる時間が訪れるのか、ずっと考えていた。だからこそ、伽耶ちゃんがサーキットフェスに行くと聞いた時、うちに誘ったらと提案したのだ。伽耶来るって！　とあんなに嬉しそうに返信に喜んでいたのに、伽耶のためにソフトドリンクとかお菓子も買っておこうと買い物にも行って、物置状態になっていた部屋を片付け、いつか一緒に暮らすかもしれないし、と揃えていた布団にカバーをかけて用意をしていたのに、全てがめちゃくちゃになってしまった。

それはそうだろう。あんなふうに来るなり代田さんの死についてどう思うか聞かれて、まるで踏み絵のようだった。いや、あれは本当に踏み絵だったのかもしれない。そして、伽耶ちゃんは回答を間違え、存在を否定されたのかもしれない。インタビューなんかではしつこく想像力を働かせなければならないと繰り返す友梨奈は、一体どうしてこんなにも厳しく人々を断罪するのだろう。戦う意志がない人、社会への参加意識の薄い人、緩やかな容認派、そういう人々を、彼女は心からゴミクズだと思っている。

「友梨奈が、あまりにも言い過ぎだと思ったから、制した。今思い出してみても、あれはやりすぎだったと思う。ようやく外に出れるようになった伽耶ちゃんには、あまりに重過ぎる言葉だと思う。友梨奈の言ってることは正しいと思うけど、なんていうか、リンチみたいで見てられなかった。で、俺はたぶん、伽耶ちゃんの方に考え方は近いから、どこかで伽耶ちゃんに感情移入するところもあって、もうやめてあげてって気持ちもあった。でも、許せない思いに苦しんでる友梨奈に寄り添う発言をしなかったのは、パートナーとして無神経だったかもしれないとも思う。伽耶ちゃんも言ってたけど、俺もやっぱり友梨奈みたいには戦えないんだよ。そのことに罪悪感がないわけじゃないけど、俺も社会で生きていくために落とし所を見つけなきゃいけないってとこもあるから」

「もちろん私だって原発、ウイグル問題、入管収容問題とか、どんなに関心のある問題であったとしても、デモに参加しようとは思わない。人にはそれぞれに適した戦い方がある。今回のことに関して言えば、私にとっての適した戦い方は、主に執筆で、たまに当事者への助言や弁護士への相談だった。もちろん直接的な小説やエッセイを書くわけではないし、弁護士を紹介することはできても自分にはどう裁かれるかも分からないし、私だって自分の無力さに辟易することもある。つまり、一哉や伽耶に私と同じように戦えなんて思ってもいなければ、言ったこともない。そうじゃなくて、私はただ、あなたたちの中に葛藤がないのか、被害者たちに共鳴する痛みや苦しみがないのか、思考が止まらなくて眠れない夜はないのか、怒りはないのかと問うているんだよ。越山くんは言ってたよね？　こんな世界を生きていくことが絶望だって。彼だって行動は何も起こしてないけど、苦しんで、藻掻《もが》いてたよね？　でも伽耶は、あの子は悩んで苦しい思いをしていくのは嫌だって、落とし所を作って目を逸らして生きていくって決めてるんだよ。一哉もそうだよね？　社会は自分が何もしなくても緩やかに変化するから、それまでは静観しようって、自分からは匿名でご意見するくらいで何もしないんでしょ？　私はそんな人間になりたくない」

友梨奈は話せば話すほど落ちつきを取り戻しているように見えた。そしてそれと反比例して、俺は少しずつ自分が静かにパニックになりつつあるのを感じた。こんな時でも自分のパニックは「彼女に捨てられるのではないか」という恐怖から引き起こされていて、何よりもまず「彼女の怒りを鎮めなければ」という焦燥に駆られていた。今回の場合、被害者たちは皆他人だ。伽耶ちゃんの親友がレイプされたこと、代田美優莉さんが自殺したこと、向田さんがセクハラに遭ったこと、俺にとっては全て他人事でしかない。例えばそれが友梨奈だったり、伽耶ちゃんだったりしたら違ったかもしれない。でも自分にとってそれは、痛みや苦しみを引き起こすようなものではない。もちろん間違っていると思う。是正すべきだと思う。でも痛くはない。苦しくもない。世界のあちこちで起こる問題を自分事として関われないのは当たり前じゃないか。それとも自分は、彼女が言うように茹でガエルで、痛みを感じていないだけで、いつかぽっくり逝ってしまうのだろうか。でも今ぽっくり逝ってしまいそうなのは、俺よりも友梨奈のような気もする。

「誰も世界のことを考えてない。誰も世界を良くしようと思ってない。私はいつまで、一人で戦い続けなければならないの？」

立ち尽くしたまま手元を見つめていた視線を上げると、友梨奈はもう俺を見ておらず、手元のワイングラスを見つめていた。目からは涙が溢れている。自分には、彼女の絶望に共感できないことにだけ、深い絶望があった。正直に言えば、俺は友梨奈に捨てられること以外恐くない。世界がどれだけ悪に満ちていたとしても、家に帰って友梨奈と幸せな日常を送れるのであれば、誰がレイプされようが性被害に遭おうが、可哀想にと眉を顰めはするが眠れない程の苦しみや葛藤は抱かないのだ。

俺はどうしたらいいの？　友梨奈は俺がスパイダーマンみたいに世の中の悪が潰えるまで戦い続けることを望んでいるの？　悪が潰えたっていう判断は友梨奈がするの？　そんなことができると思ってるの？　友梨奈が望むことはなんでもしたいと思ってるけど、悪に腹を立てることとか、苦しむことを強要されても、無理だ。そう思ったけれど、口に出すことはできなかったし、それをしてしまったら全てが終わってしまう気がして、口を噤んだまま友梨奈の隣に腰掛けた。背中を撫でようとすると、一瞬びくりと彼女は体を震わせた。驚いたのだろうか。それとも世界のことを考えていない無思考な人間に触れられることに、戦《おのの》いたのだろうか。それでも引っ込みがつかず、俺は背中をさすり続けた。

「同じ志を持ってはいないかもしれないけど、俺は友梨奈と一緒に戦いたいと思ってるよ」

自分の呟きはブラックホールに吸い込まれたかのように、友梨奈は反応を示さなかった。涙を流しながら、彼女はどこか、別の世界を見つめているようだった。友梨奈には小説があるじゃないか。戦うのも、苦しむのも、小説の中でしていればいいじゃないか。現実世界は、それなりの力加減で、それなりに適当に生きていればいいじゃないか。それに、いつまで一人で戦い続けなければならないのと彼女は言うけれど、彼女の周りにいるインテリやリベラルな人たちは、きっと彼女に完全同意するだろうし、全く孤立などしていないはずだ。そう思ったけれど、やっぱり口にはしなかった。

「現実生活で一緒にいる上で一哉には一切の不満がないのに、思想の世界では一哉とは一切通じ合うことがない。もう仕方ないって分かってる。でも、たまに誰かと共闘したい、連帯したい、って耐え難くなる時がある」

共闘したいと言いながら、彼女は一緒に戦いたいという俺の気持ちだけでは全く満足できない。俺の気持ちがどれだけ強くとも、そこに怒りや苦しみがなければ、そんなものに意味はないと言いたげだ。きっとこの疎外感は、伽耶ちゃんも感じているだろう。でも不思議だ。自分は自分がとてつもなく辛い時、友梨奈が寄り添ってくれさえすれば癒されるだろうに、どうして友梨奈は一切、俺の言葉や温もりで一ミリも癒されないのだろう。

「私はもう一哉以外の人とは付き合えないよ」

大学で言い寄ってくる男がいるのではないかと心配した俺に対して、彼女はそう言っていた。でもその言葉を今はもう信じられない。お前の思想がロクでもないものであった場合、あるいは思想などないデクの坊だった場合、そんなものは無効化される、と彼女は切り捨てるだろう。彼女は無償の愛に溢れているような人ではない。相手を観察し、彼女は周囲の人間を、信頼に値する人間かどうか、見極めている。そしてそこから外れた瞬間、相手を切り捨てる。切り捨てたあとは、死んでもいいとさえ思っているのかもしれない。いやむしろ、そんな有害な奴は死んだ方がいいとさえ思っているかもしれない。彼女は最愛の娘であるはずの伽耶ちゃんを、言葉でズタズタに切り裂いたのだ。俺に対してはそれ以上に無慈悲である可能性もある。これ以上俺を傷つける言葉を口にしないでほしいという気持ちでいっぱいだった。それ以外、なんの気持ちもなかった。自分には主張もないし、言うべきこともない。とにかくただひたすら、もう俺を傷つけないでほしい。この恐怖から解放してほしい。その気持ちでいっぱいだった。思想も何もないこんな人間は、確かに死んだ方がいいのかもしれない。ほんの少しだけ、そういう人々の撲滅を望む、彼女の気持ちが分かった気がした。俺は確かに、愚かなのかもしれなかった。

どう声を掛けたらいいのか分からないまま、沈黙が続いて十分が経った頃、もう寝るねと彼女が立ち上がった。いつも一緒に寝支度をする彼女が一人で立ち上がったことを咎めることも、声を掛けることもできずに背中を見送ると、リビングのドアが閉まった瞬間ようやく大きく息を吸い込めるようになった。痛みを感じて足の裏を確認すると、絆創膏から溢れた血が床についていて、足の方をティッシュで拭う。床の血は、しばらくじっと見詰めてから、放っておくことにした。この血を見て、友梨奈が少しでも自分のことを労《いたわ》ってくれるのではないかという、姑息すぎて気づかれないであろう願いを込めて。

出社して部内の週例ミーティングと軽いメールの返信だけ終えてしまうと、四人の同僚と一緒に会社を出て駅に向かった。マーケティング系のセミナーイベントで、あらゆる企業が一挙に集ってセミナーを行うらしく、二十代は参加費が格安のため、部長から若手陣にぜひ参加をとお達しがあって、マーケティングと宣伝から五人が参加することになった。マーケティングに異動してからこういう類の課外活動的なものが増えて、数ヶ月に一度は部署全体、あるいはこうして若者組でアクティビティやセミナーで外に出る機会がある。それ自体はさほど嫌ではないものの、お昼と夜のご飯を皆で行くことになっていたのが憂鬱だった。自分はあんまり人とご飯に行くのが好きではない。家ご飯が好きだし、お酒が好きではない、気を遣う、話題を提供したり話をリードするのが苦手、そもそも個人的な話をしたくない、考えれば考えるほど、理由は出てくる。

電車内でも、仕事の話や上司の愚痴が盛り上がっただけで、あとはお昼何食べましょうねとか、天気と季節の話でやり過ごした。今日のセミナーには目玉があって、最近店舗数が激増しているカフェのマーケティングシニアディレクターと、新しい分野に進出し成功を収めているスポーツメーカー代表取締役の二つが、五人皆が参加したいと望んでいるセミナーだった。カフェの方が午前、スポーツメーカーの方が夕方のため長丁場になるけれど、その合間にも参加したいセミナーがあって、タイムテーブルには時間に対して過剰な丸がついていた。

「あ、今日夕飯は六時に予約してます。レイズのセミナーが五時半終わりだから六時でいいかなって思ったんだけど、レイズ以降のセミナー出る人いる？」

「あ、私は日高眼鏡も出たいので、六時半終了です」

「僕も日高眼鏡行きます」

「了解ー。まあ普通の居酒屋だから。皆ゆっくり集まって。あ、店の情報はあとで teams で送ります」

今日のことをほとんど取り仕切ってくれている一つ年上の赤城さんがそう言って、自分のスマホを指差す。自分もいずれはこんなふうに店の予約をしたり、リーダーシップを身につけなければならないのだろうか。そう思うとうんざりする。自分は根っからの後輩気質で、後輩が苦手だし、教育係をやった時も気負いすぎて散々だったし、最近そろそろ昇進を考えてると部長との面談の際に言われてげっそりした。使えない奴認定されるのは嫌だけど、責任がのしかかるのも同じくらい嫌だ。

スマホを見ると、朝出社した時に送った「会社着いたよ。今日はお昼前にサウスヒルズに移動する予定！」というLINEに「今起きたー。私は今日はおうちで丸々執筆」と友梨奈からついさっき入っていた。俺に愛想をつかしたのかと思っていたけれど、友梨奈はあの翌日にはいつも通りの態度で、もしかしたら酔っ払っていて覚えていないのではないかと思うほどだった。夕飯はセミナーに出るメンバーで行くと伝えてはあって、おそらく一軒目で解散だろうけれど、参加が遅れる人もいると聞いて少し遅くなるかもと思って「執筆がんばってね！　今日は六時からご飯なんだけど、セミナー遅くまで出る人もいるみたいだから、まだ分からないんだけど、九時過ぎとかになるかも」と返信しておく。

ノー残デーに突如外せない仕事が入った時や、一次会で帰ると伝えていたのに二次会まで出ることになった時など、友梨奈は希望的観測ではなく正確な情報だけを伝えてくれと容赦なく詰めるのだ。友梨奈の方がずっと飲み会は多いし、夕方に行ったきり深夜とか、ひどい時は朝方に帰ってくることもあるのだけど、友梨奈は帰る時間が未定の時は「何時に帰るか全く分からない」と本当のことを言うし、そうして飲んでいても「今二次会に移動した」「今新宿で三次会」「今トイレ。あと一時間程度でお開きになる予感がする」「今タクシー。三十分前にお開きになったけどタクシーが捕まらなくて〇〇さんとラーメンを食べてた」などと本当のことだけを入れてくるのだ。彼女の精神世界に於ける乖離と、この現実世界での愚直さは、何かしらの相関関係にあるのか分からないけれど、ちょっと潔癖すぎる気がして病的にも感じる。それでも自分は、友梨奈の言う「真実を伝えること」の重要さに則って、分からない時は断定ではなく予測を伝える、できるだけこまめに連絡する、という二箇条を守るようになった。

午前のセミナーを一つ終え、ランチに向かう途中スマホを見ると「そっか。じゃ私は仕事が進んだら何か食べに行こうかな。進まなかったらウーバーかな」と入っていて、「いいね、外だったら何食べに行く感じ?」と返信した。

六本木周辺のお店はどこも混んでいて、五人という人数もあって妥協しても妥協してもなかなかお店が見つからず、最終的に大箱のアジア料理屋になった。皆でガパオやらグリーンカレーやらヤムウンセンやらを注文すると、今さっきまで聞いていたセミナーの感想を言い合う。若くて経験値が浅い人ほど真っ直ぐに話を受け取っている印象で、ちょっとその真っ直ぐさが心配になりつつも黙っていたけれど、赤城さんが「でもあの話、モルディストアの話に当てはめると筋が通らないよね」とか「あの巻田さんが崇めてる村松の柳沢さんは、AI信奉がいき過ぎてて社内で煙たがられてるって社員から聞いたよ」など窘《たしな》め半分、事情通アピール半分の訳知り顔でジェスチャー混じりに話し始める。赤城さんはイギリスからの帰国子女で、何かとできるやつアピールが激しい。

「横山さんは、柳沢さんについてどう思いますか?」

村松商事の危機を救い、三年連続黒字転換を実現させた雲の上の存在である柳沢さんについて、揶揄するような態度の赤城さんにうんざりしたのか、三年目で今年マーケティングに配属された高岡さんが俺に振った。

「柳沢さんがCEOになってから、広告もガラッと変わったよね。マルチメディアとか新しいことに挑戦してるし、ああいうのを見ると幾つになっても発想力が大事なんだなって思えるし、俺にとっては希望だけどね」

「横山さん、まだまだ若いじゃないですか」

高岡さんが笑って言って、まあ確かに村松の広告は一歩抜きん出てるよなーと赤城さんも同意する。結局いつも、嚙み付いてくるのは、それは違うと強く批判したり、現場をかき乱すのは、おじさんたちなのだ。もちろん少し声が大きいタイプの人もいるけど、若者たちは、現場でわちゃわちゃと仲良くやってて、和を乱すような人は基本いない。皆で仲良く、意見が割れたら話し合いと多数決でベターを目指す。批判されるかもしれない、人格を否定されるかもしれない、存在価値を認めてもらえないかもしれない、そんな緊張感はない。そんな平和の第一前提がない状態に生きているのかと、改めて自分が家で置かれている環境の過酷さを思った。好きな人と両思いになって、付き合うようになって、一緒に暮らすようになって、一生幸せに生きていくんだと思っていた。どうしてこんなことになってしまったのだろう。自分は愛されていたはずなのに。愛する人に愛され、幸せの絶頂にいたはずなのに、どうしてこの社内の希薄な関係性の方が、気楽だなどと思ってしまうのだろう。それは友梨奈が、過酷な状況に置かれているからだ。戦わなくてはならず、戦わない人々に憎悪を燃やしてしまうほど追い詰められているからだ。俺は本当に、スパイダーマンになって代田美優莉さんをレイプした元大学教授を、殺しに行かなければならないのだろうか。

荒唐無稽な考えに笑うこともできず、目の前に出されたガパオライスにスプーンを向ける。代田美優莉さんが亡くなってから、友梨奈は夕飯時に必ず一度は代田さんの話を持ち出す。正直うんざりしているし、ご飯もおいしくなくなるけど、そんなことを言えばこの関係は終わりだ。だからもう、黙って話を聞き、悲しみと怒りに同調する他ない。何も考える必要のない同僚とのご飯はおいしくて、そんな自分に静かに衝撃も受けていた。自分には大した思想も信念もなくて、その双方がないことに関して特に苦しむこともない、友梨奈的に言えば傀儡なのだろう。

「すっごく美味しいですね。このバジル、香りがめちゃくちゃ強いですね」

同じガパオライスを食べる高岡さんが俺を覗き込んで言う。美味しい、香りが強い、俺はずっと、この程度の反射的な会話を交わして生きていたいんだ。友梨奈にはとても言えない自分の浅い望みが、脳内に浮かんでいた。

食べ終える少し前にスマホを見ると、「外ならWacca か Hachi かな。また帰るとき連絡して」と友梨奈から入っていた。両方とも、ご飯屋さんというよりはバーだ。友梨奈は一人で夜外食に行くと、大抵こうしたくつろげるバーでお酒を飲みながら本を読むかスマホで映画を観ながら、生ハムや軽いつまみで済ませてしまう。「そっか、飲み過ぎに気をつけて。執筆がんばってね」と返信すると、何か仕事から解放されたような気分になった。友梨奈を好きだと思うのに、義務感に縛られている自分がいた。友梨奈が高岡さんのように、目に見えるものの話だけをしていてくれれば、自分はどれだけ幸せだろうと思う。でもそれは、友梨奈にとっては幸せではないのだろう。俺たちはどうやったら、二人で幸せになれるのだろう。ぼんやりとそんなことを思いながらお会計を済ませて会場に戻る途中、信号待ちで開いたTwitterで「叢雲元編集長に女子大生を斡旋した故坂本芳雄氏にかけられる新たな疑惑！」という記事がリツイートされているのを見て、慌てて元記事に飛ぶ。五松さんや木戸さんが告発されているのを見て以来、橋山美津さんやとりあえずンコチさんをフォローしていたから、これ系の話題は大抵タイムラインに流れるようになっていたものの、最近は下火になりつつあって、久しぶりの新ネタだった。

歩きながらだし、次のセミナーの時間は迫ってるしでざっとしか読めなかったものの、坂本芳雄は長年作家志望、編集者志望の女子大生を編集者や作家に斡旋していた可能性があるという記事で、数年前男性作家を紹介されセクハラ被害を受けた女子大生が、ここ数年坂本の弟子のように授業やゼミを手伝っていた准教授に相談したところ、口止めをされたと告発したようだった。その名前を見た瞬間、胸に何かが突き刺さったような痛みを感じた。坂本さんが亡くなった後の授業を友梨奈と二人で受け持っていた、湯沢圭一という坂本ゼミ出身の准教授だった。しっかりした、面倒見のいい人だと友梨奈は話していたし、今日湯沢さんがさ、と会話に上ることもたびたびあって、自分はあまり快く思っていなかったのだ。この件でまた友梨奈がショックを受けるのではないかと、怯えている自分もいた。どうして世の中にはこうも、性加害が溢れているのだろう。世の中はあまりに浅はかで欲望に忠実なおじさんが多すぎる。本当に心から、うんざりする。自分はこんなにも無害な人間なのに、どうしてこんな自分とは無関係の加害や被害について考えながら生きていかなければならないのだろう。友梨奈の言うことも分かる。この世界の一員として生きる以上、自分は無関係、では済まされないし、自分は無関係と思う人々が事態を容認することで、加害を助長し続けてきたのだと。でも俺はこの社会を作ったことなんかない。俺は何一つ、こんな世界を作ってなんかない。こんな社会を作ったのは、上の世代、その上の世代、その上の上の世代だ。俺じゃない。そんな憤りもある。俺は生まれてこの方、誰かに迷惑をかけたことは一度もない。こんなに慎ましく生きてきたんだ。

誰に責められたわけでもないのに、そんな言い訳ばかりが噴出していた。友梨奈のことが心配だったけれど、内容が内容だけにLINEでこの話をするのは憚られて、家に帰ったら話そうと決めてスマホをポケットに仕舞った。ポケットに邪悪を仕舞い込んだような気がして、嫌になる。自分じゃないのに、他人がやった悪事なのに。

休み休みではあるし、座って話を聞くだけにも拘らず、丸一日外でセミナーを受け続けるのはなかなか疲れる。二十代とはいえ、筋トレやランニングに精を出していた大学生の頃に比べるともはや同じ体とは思えない。ご飯もめっきり食べる量が減ったし、疲れもなかなか取れなくなった。先に居酒屋に移動した三人で軽く注文を済ませると、Life360を開く。位置情報アプリで、友梨奈が家を出たとき、家に帰宅した時には通知がくる設定になっているものの、通知はきておらず、友梨奈のアイコンはまだ家にいた。さすがにまだ夕飯には早いかと思いながら、「こっちはセミナー終えてこれからご飯。長崎の食材を使った居酒屋なんだって。食べログは3・18だけど」と送る。友梨奈がもうあの記事を読んだのか気になっていたけれど、もし読んでいるなら向こうから話を振るだろう。

赤城さんと中町さんは二十九歳、二人とも既婚者で、赤城さんには二歳の子供がいる。中町さんは、産休育休のことを考えるとまだ早いかなと二の足を踏んでいるという。赤城さんの奥さんは、子育て支援バリバリの化粧品会社に勤めているようで、子供が一歳の時に復帰、社内に保育施設まであるという。対して、中町さんの旦那さんの会社はとても男性が育休を取れるような環境ではなく、子供を産んだとしてもワンオペになることは確定しているため、なかなか決心ができないという。うちの会社も、男性が育休を取るケースはまだ二割にも至っておらず、取っても一ヶ月程度がほとんどだ。会社のこういう制度や雰囲気までは就活中にはさすがに分からなくて、それなりにガチャだよなとは思うものの、それでも自分が最終面接まで残って落ちた大手メーカーは、男性の育休八割を実現、育休中の給付は手取り100%、とこの間記事になっていて何だかがっくりきた。

一時期、友梨奈と子供をどうするか話し合った時もあった。与太話のついでのような感じではあったけど、一哉が欲しいなら全然作ろうよ、と友梨奈は鷹揚な態度を見せた。彼女は俺が子供を欲しいと望めば、その身を妊娠や育児といった時間に、赤ん坊に捧げる覚悟があるのだ。俺はその覚悟がなかなか持てず、このままではタイムリミットというところにきても尚、早くタイムリミットを過ぎて考える必要がなくなってしまえばいいのに、という消極的な気持ちしか持てないでいた。俺は友梨奈といてただひたすら幸せだった。友梨奈と二人でこの完成された幸せを味わい続けたい、子供は、ただでさえ障害になり得るし、もし何か障害や問題のある子が生まれた場合、普通の生活も叶わなくなるかもしれないのだ。そうして変化を恐れる資質を、友梨奈に保守的と笑われたこともある。でもいま、こうして友梨奈に存在を否定されているかもとビクビクしながら生活する中で、子供がいれば友梨奈の自分への厳しい視線が分散されるのではないだろうか、あるいは幼子と暮らす中で戦闘意欲が削がれ、家庭を守る方向に意識が向くのでは、と卑しい逃げ道として子供のことを考え始めている自分に気づいてしまった。

一時間も経たないうちに最後の二人が合流して、皆で再び乾杯をした。あれだけ頭を使うセミナーを聞いたのに、頭を使わなくていい会話が繰り広げられ、自分たちはなんとなく、時流に乗って「それっぽい」戦略を練っていれば「いつかちょっと当たる」という、そのまぐれ当たりのようなものを出すために仕事をし続けているのではないかというぼんやりとした不安が過ぎる。絶対に当たると思ったものが当たらないこと、これはイマイチと思ったものが当たることも普通にあって、なんとなくダサくない方を選んで、新しい手法や感覚を取り入れ続ける、ということを皆でせっせと続けているような気もする。もちろんマーケティングに絶対はないし、消費者の気持ちを完全に把握することはできない。でも果たして自分がそれを多少なりとも摑んでいるのか、自分の提案や尽力によりどれだけ売り上げを伸ばせているのか、今日ははっきりとした結果を出している人々の話をたくさん聞いたせいか、自信が持てず不安になる。自信が持てないにも拘らず、こうして同僚たちと話していればなんとなく自分は一人前な気がしてくるし、売り上げにそれなりの貢献をしている気がしてくるのが不思議だ。

七時半を過ぎても友梨奈は家から出ず、ＬＩＮＥにも返信してこなかった。少し心配になって、トイレに行ったタイミングで「結局ご飯は家で食べることにしたの？　執筆進まなかった？」とＬＩＮＥを入れたものの、既読はつかなかった。もしかして、あの記事の件で何かしらトラブルに巻き込まれているのだろうか。湯沢圭一を問い詰めに行ったとか？　でも位置情報は依然として家に留まったままだ。もしも家に帰って、彼女の荷物がごっそりなくなっていたらどうしようとも思ったけれど、それでもやっぱりスマホを置いていくことはあり得ないだろう。こんな感じの映画を見たことがあるようなと記憶を巡らせて、友梨奈に誘われて観た「ゴーン・ガール」だと気づいてどっと憂鬱になる。

もし友梨奈に捨てられたら自分はどうするのだろうという想像が広がり続ける。自分の収入で家を借りるのだとしたら、今よりもずっと都心から離れなければならないだろう。ご飯だって自分一人のためにあれこれ作らないだろうから、多分毎日一品しか作らなくなる。外食もしなくなって、映画とか美術館も行かなくなる。いま家にある本は全て友梨奈のものだから本を読むこともなくなって、ＬＩＮＥマンガとかYouTubeなんかの無料コンテンツを見ながら、会社と家の往復をする文化的ではない生活を送るのだろうか。自分の無趣味さが耐え難いと、久しぶりに感じた。

結局なんだかんだ、サクッとご飯を食べ終えると皆「じゃあそろそろ」という雰囲気になって、八時過ぎにはお開きになった。赤城さんはえーもう？　と不満そうだったけど、誰も就業時間を過ぎてなお職場の人間と一緒になどいたくないのだ。それでも、こういう場に赤城さんのような人が二人もいると長引く可能性が高いため、今日は助かった。飲みたい人というのは、声が大きい。当たり前だけど、飲みたくない人は、声が小さい。

帰り道を検索して、じゃあ日比谷線なんでと輪から出ると、一人になった瞬間ホッとする。さっきは考えなくていい会話は気楽でいいなと思ったけれど、結局どこかで気を張っているのだろう。でもかと言って一人でどこにも所属せず生きていく気概はないし、企業に所属している安心感も欲しいし、友梨奈という伴侶も絶対に必要なのだ。とにかく今は、自分の環境をできる範囲で最適化していくしかない。なんでもない一日だったけどそういう決意はできて、ホームに着くとどっち側で待つべきか、進行方向を調べて先端の車両に並んだ。友梨奈からのＬＩＮＥは来ない。来ないどころか、既読もついていない。たまに昼寝をすることはあるけど、こんな時間に？

それに、俺が飲み会に移動してすぐに送ったLINEからは、もう二時間以上経っていた。いや、自分はルーチンに侵されすぎている。二時間くらいLINEを返さないことくらい普通だし、何なら出先で充電が切れてしまったのかもしれない。いやでも、と思ってLife360を見ると、友梨奈のアイコンには37％と出ている。ザワッとして、ゾッとした。お酒は一滴も飲んでいないのに、現実離れした想像と、形にならない飛び火のような恐怖だけが散り続ける。

マンションのエントランスを抜けると、エレベーターのボタンを立て続けに三回押した。見慣れた日常が、いつもと同じものとは思えない。高まる緊張の中で鍵を開けてドアを開けると、その場で足が止まる。玄関には四万円のスニーカーがあった。勢いが削がれて、呆然としたまま静かにドアを閉めると、静かに靴を脱いで廊下を歩いていく。静かに寝室のドアを開けると誰もおらず真っ暗で、ふっと安堵の息を吐いてからリビングに向かう。ドアの真ん中には縦に長い長方形のガラスが嵌め込まれていて、少し身をかがめてガラスの向こうを覗き込むと、越山くんと友梨奈が見えた。二人は抱き合っていて、何か喋っているようだった。え？　という声が声になっていたか分からない。二人を見ながら、キーンと金属音のようなものが体内に鳴り響くような感覚に、顔を顰める。キーンは全身に響き渡り、全身の筋肉が無効化されるような感覚と共に、俺は崩れ落ちた。

「一哉？」

友梨奈の声がして、すぐに目の前のドアが開いた。

「どうしたの？」

めまい？　と言いながら友梨奈がかがみ込もうとして、その向こうにいる越山くんが「大丈夫ですか？」とこっちを覗き込んだ。どうしたのとか、大丈夫ですかって、何だ。何なんだ。そう思いながら、うんちょっとめまいが……と言いながら起こしてもらう。

「え、越山くんは、どうしたの？」

「ちょっと相談があって、一哉さんもいると思って来たんですけど、いない時に上がり込んでしまってすみませんでした」

「今、何してた？」

え？　と不思議そうな顔をしてから、ちょっと色々あって、長岡さんに慰めてもらってました、と申し訳なさそうに言う。

「すみませんでした。もう帰りますね」

椅子に置いてあったリュックを手に取ると、立ち上がった俺の脇をすり抜けて越山くんは玄関に向かった。休んでて、と友梨奈は言って、越山くんを見送りに玄関に向かう。なんなんだ。何が起こってるんだ。キーンの残響にふらつきながらリビングに入って、ダイニングの椅子に手をかけて前傾姿勢のまま固まる。二人は明らかに抱き合っていた。友梨奈も、越山くんもなんなんだ？　今のは幻覚だったのではないかという都合のいい思いつきと、この目が見た現実とがせめぎあう。

「ごめんね。連絡も返せてなかったし、心配したでしょ？」

すぐに戻ってきた友梨奈はいつもと同じ友梨奈で、思わず「心配した」と呟く。

「今日週刊ヨミモノオンラインで坂本さんの女子大生斡旋疑惑について記事が出たんだけど、その記事を書いた記者が学校で張ってて、お父さんについて話を聞かせてくれって越山くんに突撃してきたみたいで。憔悴しきってる感じだったから心配で、あれから伽耶とも連絡取れてないみたいだし、こんなこと友達にも相談できないって落ち込んでて」

「記事のこと、知ってたんだ」

「一哉も読んだ？　どこまで意図的に行われてたのか、ちょっとなんとも言えないから私はまだ懐疑的なんだけどね。小説書いてますって言われたら、特に才能のある子ならアドバイスをあげられる人を紹介したいと思うのは普通のことだし、告発してた女性も、自分がその作家のファンだって話したら坂本さんが紹介してくれたって経緯みたいだったし。それに、湯沢さんが口止めしたっていうのも、ひとまず自分が内部調査をするから、結果が出るまでは黙っててくれってことだったらしくて」

　俺は静かに驚いていた。あんなにもセクハラパワハラ、性加害に血を吹き出しかねない勢いで怒り狂う友梨奈が、坂本さんと湯沢さんに対しては何故か聞く耳を持ち、彼ら側に立っている。でもそのびっくりにはさっきの越山くんと友梨奈が抱き合っていたことへのびっくりも含まれているような気がして、自分がどれだけ友梨奈の記事への反応にびっくりしているのか測れない。頭がおかしくなりそうだった。

「今、あの子と抱き合ってたよね？」

　友梨奈が何と答えるか分からなくて怖くて心臓がバクバクしていた。物理的に、胸が痛かった。友梨奈を目の前にしてこんな風に胸が痛むのは、七年前、まだ付き合い始めてすぐの頃、別れてくれと言われた時以来だ。七年前……、見える世界が歪むような気がして目を細める。

「違うんだよ、越山くん、元々代田美優莉さんの件でも憔悴してて、お父さんに対してもアンビバレンツな思いを抱えてて、そんな時に記者に突然声掛けられて怯えてたから、ヨミモノだったら秋月出版に知り合いがいるから、越山くんのところには行かせないよう頼むし、それでもダメなら弁護士に相談しようって慰めて、心細そうだったから背中をさすってただけ」

「いや、違うよね？　抱き合ってたよね？」

「いや、そしたら越山くんがなんかわって感じで抱きついてきただけだよ。子供が怖い時にお母さんに抱きつく感じだよ」

「あの子、十七歳だよね？　なんでそんな、何が？　って感じなの？　俺は十九の時に友梨奈を好きになったんだよ？　どうしてそんな、十七歳は子供だなんて詭弁言うの？　来年成人ってことだよ？」

「私たちは、傷を舐め合ってたんだよ」

「……なに、どういうこと？」

「志を同じくする者が周りにいない者同士、誰にも分かってもらえない心の葛藤を打ち明け合って、これから自分たちはどう生きていったらいいのか、話してたんだよ。私たちの孤立感が、一哉に分かる？」

「何それ。じゃあ友梨奈には俺の孤立感が分かるの？　志を共にできない苦しみは、俺も友梨奈も同じじゃん。俺だって友梨奈と気持ちが共有できなくて苦しいし、孤独だよ」

「でも一哉に志はないでしょ？」

　友梨奈は、どうしてこんなことを言うのだろう。どうして俺を敵視しているかのような態度を取るのだろう。

「一哉はどうでもいいって思ってるんでしょ？　自分にとってはどうでもいいことで私が大騒ぎして、どうでもいいって思ってるのに関心あるふりをしなければならなかったり、興味のない話を延々聞かされるのが辛いんでしょ？」

そんなことないよと言いながら、声に力が入らない。まあそうだねと言ったら、俺たちは、いや、俺はどうなるんだろう。

「越山くんは怒ってる。傷ついてる。この世界に絶望してる。その点で、私たちは共鳴してる。だからお互いを励まし合ってたんだよ。身体的な接触を避けられなかったのは申し訳ないけど、そもそも私は越山くんのことを男としては見てない。私にとっては伽耶みたいな、子供に近いものだよ」

友梨奈はまるで気分を害しているかのような口調で言い切ると、お腹は全然空いてない感じ？といつものテンションに戻って聞いた。うん、しっかり食べた。そっか、じゃ私は生ハムとチーズでも食べようかな。友梨奈は冷蔵庫を開け、白ワインのコルクを抜き始めた。キーンという音が小さくなって、今度は身体中が痺れるような感覚に襲われる。自分が立っていると思っていた世界が、地面が、抜けたようだった。自分は落下しているようだ。落下し続けているようだ。見渡す限り真っ暗で、何も摑むものはない。友梨奈は七年前、大学生だった自分と付き合い始めた。二十一歳になったばかりの俺と、付き合い始めたのだ。あの時、彼女の心の中に、木戸さんに通じる邪悪な感情はなかったのだろうか。いや、そもそも木戸さんに邪悪な感情はあったのだろうか。どうして木戸さんだけが搾取で、友梨奈は搾取ではないと、自分は言い切れるのだろう。自分から好きになったから、最初は片想いだったから、彼女は最初全くその気がなかったのに、自分が好意を示し続けて振り向かせたから。だから自分は能動的な恋愛をしていると思っていた。搾取されているわけがないと。むしろ、旦那さんのいる友梨奈に手を出したことで、自分の方が害悪であるという意識の方が強かった。

でも本当に？　ここまできて、越山くんと友梨奈が抱き合う姿を目の当たりにした自分は、これまで自分が感じてきたもの、信じてきたものを、疑い始めていた。友梨奈は本当に、自分を一切搾取していなかったと言えるのだろうか。十五という歳の差がありながら、客員教授として教えにいった大学の学生に付き纏われてとうとう応えた時、彼女はどんな気持ちだったのだろう。もちろん友梨奈は木戸さんと違って、自分本位なセックスをするわけではないし、同棲もしているし、離婚は成立していないものの、真摯に向き合ってくれていると感じる。離婚したいという言葉は嘘ではないはずだ。旦那さんと交渉している音声も、自分は聞いた。でも友梨奈は志のない俺を敵と見做しているかのように冷たく切り捨てるし、志を共にしていると思う越山くんを、抱きしめるのだ。

一哉も何か飲む？　友梨奈が冷蔵庫を覗き込みながら聞いた。麦茶、アイスコーヒー、炭酸水もあるよ。さっき越山くんを抱きしめている時、これ以上になくエロティックな肢体に見えた友梨奈の背中が、今は自分の母親のような中年女性のそれに見えて、トリックアート展にでも足を踏み入れたような感覚に、吐き気を覚えた。

10　橋山美津

今にも溢《あふ》れ出しそう。何がかは分からないけれど、ちょっとでも平衡が崩れたら、溢れそうだった。そのせいか、自分がぎこちなく歩いているように感じられて、ぎこちなさをなんとかしようと思えば思うほどぎこちなくない歩き方が分からなくなってしまう。ギイッという音の後にまあまあ派手なカランカランという音がして、店員がいらっしゃいませと声を上げた。お待ち合わせでしょうか？　という店員の言葉にそうですと答えながら、店内を見回す。待ち合わせ相手がどこにいるのか分からないこの間が嫌だ。私は自意識過剰で、この店にいる全ての人がキョロキョロしている自分を見て笑っている気がしてしまう。自分はどうしてこんなに、自信がないのだろう。手を上げて立ち上がった中年男性が、私と目を合わせて頭を下げた。

「あそこです」

確証はないけどそう言って、席に近づくと会釈をした。

「初めまして。若槻です」

彼は言いながら慣れた手つきで名刺を差し出し、私はそれを受け取る。〝秋月出版　週刊ヨミモノ〟と印字されている青色の名刺はつるっとした手触りで、右手の親指で撫でている内、家を出る前から少しずつ毛羽立ち、ささくれだってきた心が、より大きくひび割れ、ホカホカした痛みを伴っていくのが分かった。私はまともではいられない。そんな確信が胸の奥に屹立していて、どうやっても打ち消せない。

「今日はわざわざご足労いただき、ありがとうございます。会ってもらえるとは思ってませんでした」

いいえ、と消え入りそうな声で返しながら席に座る。若槻さんは調子の良さそうな、四十代くらいのおじさんだった。ローライズのジーンズを腰で穿き、クシャッとした素材の白シャツの胸元にはサングラスがかかっていて、レイヤーの入った茶髪でセンター分け。二十年くらい時代を間違えてそうなファッションで、若作りをしている若槻さん、と覚えようと思いつく。若槻さんを見つけた瞬間から結晶のように生成され始めた苦手意識が、少しずつ厚みを増していくのが分かった。何飲みますか？　お酒でもいいですよ。その言葉に喫茶店でビールを勧めた木戸さんを思い出して、私は体を縮こめながらアイスカフェオレにしますと答えた。アイスカフェオレ二つー！　とかなり遠いところにいた店員に声を上げた彼は、辞めた会社の営業部の部長を思い出させた。些細なミスをねちねちと責める嫌な奴で、コーヒーくれるー！　とクエスチョンマークではなくびっくりマークのつく台詞で女性派遣社員に注文する声が、こうして他のおじさんの似た声を聞くたび悪夢のように蘇る。

「DMでもお伝えしましたが、橋山さんが告発された木戸悠介さん、それから木戸さんを橋山さんに紹介した坂本芳雄さんのお話を伺いたくて、今日はこうしてお時間作ってもらったわけなんですが……その後、木戸さんからなにか連絡や、謝罪はありましたか？」

いいえ、と言ったところで喉が詰まったようになって言葉が続かなくなった。ちょうど出されたお冷を一気に半分飲み込むと、ゆっくり空気を吸い込む。

「何も、ないです。今回の件で連絡をしてきたのは母と、週刊グラムの半蔵佳子さんの記事を書いた記者が一度DMをしてきただけで、あとは知らない人たちからの、ちょっとの応援と、たくさんの冷やかし、罵倒、批判のDMだけでした」

「あ、あの勘違いマダム記事を書いた記者も、橋山さんにコンタクト取ってたんですね。その時は取材受けなかったんですか?」

「半蔵さんのツイートに結構ショックを受けていましたし、なんとなく軽いテンションのDMだったので、無視しました。あの時本当にメンタルが限界にきていたので、無駄に煽られたくなくて。でも結局記事が流れてきてついつい読んじゃって、本当に最悪な気分になりました」

「いやー、あれはかなり時代錯誤でしたよね。日本には根強く残ってるんですよねああいう、喉元過ぎれば的な考え方。めちゃくちゃ嫌われてた人も、死んだ途端美化されちゃったりして。でも今は時代が変わりましたからね。そんな、いい思い出にしましょう的なこと言われても、って感じですよね」

　その時代の変化は、あなたの中に痛みとともに刻まれているの? 写真週刊誌とはいえ名の知れた出版社に勤める中年男性記者が、時代が変わる必然性を感じたことが、一度でもあるの? ハラスメント研修めんどくせーくらいのことしか感じたことないんじゃないの? なんとなく空気の変化を感じ取ってる風に見せて、話を合わせてるだけなんじゃないの? 私は最近、サラリーマンっぽい男の人を見ると怒りが込み上げてくる。あなたたちはどんな抑圧にも性被害にも遭わず、遭う可能性も考えず、満員電車や公衆トイレ、夜道に恐怖を抱いたこともないだろう、と。

これまで自分の中に渦巻いていた漠然としたモヤモヤが、形のある怒りに生成変化して、もう私の手には負えないのだ。告発を機に、共感や連帯の意を表してくれる女性もいたけど、それらを圧倒的に上回る数の暴言を吐かれた。暴言を吐く奴は、私のことを排除しなければ自分たちの立場が脅かされるとでも言わんばかりに、害虫のように私を叩きのめそうとした。多くの男性、名誉男性、そして半蔵佳子のように男性に阿ることで生き延びてきた女性たちが、愚かな三十女と茶化し、揶揄し、嘲笑し、罵倒し、蔑んだ。これは輪姦に似ている。そう感じた。告発し晒し者になった女を、一人一人、次から次へと殴っていく。弱者を殴ることで快感を得る、集団レイプの責苦に似ていると。そして私の怒りは抽象から具体になった。

「僕は違いますよ」

唐突な否定に、は？　と顔を上げる。

「グラムみたいなおべんちゃら記事は書きません。ただ真相を知りたいんです。坂本芳雄の女子大生斡旋疑惑も、橋山さんが告発文で書かれていた、自分と後輩以外にも木戸悠介の犠牲になった女性がいるんじゃないかという疑惑も、徹底的に探っていきたいと思ってます」

「こんなことを聞くの、失礼かもしれないんですけど、あの、若槻さんはどうしてこの、坂本さんと木戸さんについての記事を書こうと思ったんですか？　後追い記事も多く出てるわけじゃないし、ヨミモノはもっとなんていうか、芸能人とかの派手な記事を書いてる印象だったので」

「うーん、僕はいま、デスクとしてヨミモノと関わっていて、あ、元々はヨミモノの記者だったんですけど、二年前から月刊秋月とヨミモノの兼任デスクとして働いてるんです。社員不足なんであちこちでこき使われてて、最近はあまり現場の仕事には出ていなかったんですよね。元々、カルチャー面の担当だったので、むしろ文芸とか映画とかの方に興味があったりもして。まあだから、月刊秋月でデスクができて今は楽しいんですけど」

「そうなんですか？　意外です」

「あ、ですよね。僕こんな見た目なんで」

「あっ、そういう意味ではないんですけど……」

「もちろん、世の不正を暴きたい、是正したいって気持ちはありますよ。政治にだって、怒りがあります。僕はマルキストなので、大学生の頃からずっと政治に怒りを抱いてて、それもあって出版の業界に入ったので。でもね、財界の癒着とか天下りとか横領とかお友達の犯罪揉み消しとかって、組織的な腐敗ではあるんですけど、それって当然個人個人の腐敗から始まってるんですよね。腐ったリンゴとか言いますけど、たった一人が一人で腐っていくこともある。それを止められる力がその組織内になかった時、腐敗遺伝子と腐敗遺伝子との結びつきによって、腐敗は拡大していくんです。その腐敗の波に飲み込まれないでい続けるためには、強い意志が必要です。それを持たないものたちが、どんどん流されて資本主義、強者だけがいい思いをする社会を増強していくんです。何が言いたいかっていうと、僕は社会の腐敗を是正していくためには、もちろん構造的な改革も必要だけど、個人の中からも腐敗遺伝子を消していく必要があると思ってるってことなんです。近年、リベラリストたちは個人攻撃は良くないと口を揃えますよね。でも僕はね、個人こそ叩かないといけないと思ってるんです。元を突き詰めれば、個人の腐敗が加速していくことによって、腐敗が構造化してるんですから」

「でも、最近よくありますよね。世論が大爆発して個人を攻撃した挙句、その対象が自殺してしまうことって。それに、制裁への恐怖で人を支配するのは、どうなんでしょう。私はそういう、過激なやり方には疑念を抱いてしまうんですけど」

「過激じゃないですよ。個人に倫理を叩き込むのは非合理的だから、悪いことをしたら電気ショックを受けるみたいな、システムで管理するべきだという話です」

「もちろんそれは合理的なのかもしれませんけど、私は木戸さんを貶めたり、攻撃するために告発したわけじゃありません。このことについてどう思うか、今の時代がこの件をどう判断するのか、世間に問いたい、そう思って告発したんです」

「処罰感情はないということですか？　あの告発文はそんな風には読めませんでしたけどね。そもそも、それなりの地位を持つ人の個人名を出しての告発は、どうやったって個人攻撃になってしまうものです。僕は、悪人が世論に殺されるのはある程度仕方のないことだと思っていますよ。橋山さんや、同じようなことをされた被害者が自殺するよりも、社会にとってずっと有益な自殺です。最近、同じように過去の性加害を告発した女性や、トランス差別に抵抗して声をあげていた人が相次いで自殺しているの知ってますよね。死に向かうのは、被害者ではなく加害者であるべきです。それに、憶測で物を言う週刊誌もありますけど、僕は事実の集積を提示するだけです。この人はこういうことをしていましたっていう事実を詳《つまび》らかにするだけで、監視カメラと一緒です。ちなみに僕は、木戸悠介が過去の自分の言動を橋山さんに謝罪していないのであれば、また同じことをする可能性が高いと思ってます。そんな人が大手出版社で部長としてふんぞり返って、橋山さんがバッシングを受けて、辛酸を嘗めるのはおかしいですよ。そういう意味で、僕は橋山さんの側に立ちたい、連帯したいんです」

「でも、若槻さんにはどうしてそんなポテンシャルがあるんですか？　こう言っては失礼ですけど、日本のミドルクラスの中年男性が、今告発する女性たちに連帯しようとする必要性というか、起点が見えてこないので、ちょっと不安なんですけど」

「私事なんですが、実は僕の娘も性的に搾取されていたことがあるんです。相手は中学校の先生でした。徹底的にグルーミングされて、性行為同意年齢をギリギリ超えていたので、相手は懲戒免職で終わりです。今は離婚して、娘は妻と暮らしていてあまり会っていないし、娘から口止めをされているので詳しいことは話せないんですけど、分かって欲しいです。僕は心から、これは犯罪ではありませんよって顔で平気で性的搾取をする男の消滅を願っています」

私は小さく、何度か頷いた。何を信じたらいいのか分からないこの世界の中で、誰も私の側に立とうとはしてくれなかった。リアルでもSNSでも連帯してくれる人はいたけど、全面的な同意ではなくて、すぐに意見が食い違った。社内のパワハラを告発しようと契約社員の女性数人と決起した時もそうだった。手順や方法を模索していく中で対立が生じ、言ったたって橋山さんは社員だからねと断ち切られた。私を除いた契約社員三人が自分の派遣元と会社の上層部に問題提起して、幾らかの和解金を与えられた彼女たちが体よく契約を打ち切られていくと、ざまあみろという吐き捨てたような感想だけが残った。

この人は傷を抱えてる。邪悪な男の搾取に、苦しんだことがある。そう思うと、暖かなマシュマロのようなものが胸に溢れた。ポップコーンのようにポコンポコンと湧いていくそれに、私は救われる。胸がいっぱいになって、息が止まったようになる。私は誰からも連帯してもらえなかった。女からも男からも、被害者からも加害者からも、好きな人も嫌いな人も、誰一人私に連帯しなかった。連帯がこんなにも心強く、自分の体を温めてくれるものだとは思わなかった。細長いカフェオレのグラスを手のひらで包み込み、汗を流すように上下させる。胸の暖かさと、手の冷たさのギャップに、三半規管が狂ったような世界のうねりを感じて、視線を天井に向ける。

「橋山さん」

「はい」

「長い話になるかもしれませんし、何か食べながら話しませんか？　実は僕、昔この辺に住んでたことがあって、あ、もうこの前の道を渡って、数本先を曲がったところなんですけど、その頃毎月通ってたビストロがあるんですよ。今日ここで待ち合わせってことになってから、取材が終わったら絶対行こうって思ってたんです。なのでもし良ければ付き合ってもらえませんか。ご馳走させてください」

　じゃあ……はい、と答えていた。自分を保てないという確信も、最初に感じた分厚い結晶の壁も消えていた。私は大丈夫。この人に全てを話そう。全てを話して記事にしてもらおう。もう一人で戦うのは疲れた。疲れたし、孤独すぎた。この人を信じよう。体はいつになく疲弊していたけど、気分は晴れやかだった。十一時に起きてから、十五時半に支度を始めるまで、ずっとベッドの中でインスタとTwitterとYouTubeを見ていただけだったけど、久しぶりの長時間の外出に体が驚いているようだった。でも私は希望に満ち溢れていた。ふんわりしてちょっとケミカルなマシュマロの微《かす》かな匂いにも、溢れていた。

　彼女はこのカフェに入ってきた時から少し不機嫌そうで、そのイライラした態度を隠さないまま私を探すその仕草に、人からどう見えようが彼女は一切意に介さないんだろうなと思う。視線を逸らしてわざと気づいていない振りをしたけど、彼女が不機嫌そうなまま目の前に座ると、私は謝るようにこんにちはと呟いた。身長はさほど変わらないはずなのに、自信の強さゆえか、彼女が大きく見え、子供の頃父親がイライラしていた時の気持ちを思い出す。いつも気にしていない振りをしながら、勉強している振りをしながら、本を読んでいる振りをしながら、テレビを見ている振りをしながら、どこかで神経が父親に引っかかっていた。私の頭から伸びたテグスのようなものが父親に引っかかっていて、一挙手一投足を感じるたびに、彼が何をしているのか伝わってくるのだ。子供の頃の私は、ほとんど病気だったと言ってもいいのかもしれない。常に周りを気にして、そのシチュエーションに於ける自分の最善の配置を微調整し続けることが仕事だったようにさえ思う。父親にはＤＶとか、アル中とか、お金を家に入れないとか、そういう分かりやすい駄目な要素はなかった。でも不機嫌で周りを緊張させたり、物に当たったりする、分かりやすい昭和のモラハラ親父だった。彼の駄目さは、木戸悠介の罪が十年で熟成しきったように、時代の移り変わりの中で、解像度の低い判別不能の罪から、４Ｋの現実世界より鮮明な罪へと変貌を遂げた。その変貌の証に、ここ数年でフキハラ、不機嫌ハラスメントなるまさしくそのものを指す言葉まで誕生した。令和に入ってすぐ、アル中を拗らせたような形で肝硬変で死んだ時、時代についていけなかったから彼は死んだのかもしれないと、私は漠然と思った。

「橋山さん、どうしてヨミモノの記者に会ったんですか?」

「えっと、取材したいってＤＭがきて……」

「若槻はヤバい奴ですよ。木戸さんの息子にも突撃してきたそうです。未成年者を待ち伏せして凸るような記者に、橋山さんは何を話したんですか？」

「え……木戸さんの息子に凸ったって、どうして知ってるんですか？　長岡さん、木戸さんと繋がってるんですか？」

「繋がってません。たまたま、木戸さんの息子と別のルートで知り合ったんです」

「別のルートってなんですか。木戸さん以外にどんなルートがあるんですか？」

長岡さんはやってきたアイスコーヒーにストローを挿しながら、そんなことはどうでもいいんですと呟いた。私は納得がいかなくて、どうでも良くなくないですか？　と強めに反論する。

「いえ、それはどうでもいいことです。橋山さんが若槻さんにどんな話をしたのか、私には聞く権利があります。彼はどこからか分からないけど、私の携帯番号まで入手して直接連絡してきたんですよ。今は中小の出版社だって作家の連絡先の取り扱いにはそれなりの注意を払っているはずなので、アカウントを乗っ取ったりハッキングした可能性もあります。そんな人に、橋山さんは私のどんな情報を明け渡したんですか？」

「若槻さんは、そんな人ではないです。正義感のある、まともな人です。この間、腹を割って話しましたけど、きちんと価値観をアップデートしているあの年代の男性がいるってことに、私は救われました。希望が持てたんです」

「正義感のあるまともな人が、未成年者につきまとってコメントを取ろうとするわけがないだろ？　面識のない人の連絡先を突き止めて直接電話してくるわけないだろ？」

長岡さんはアイスコーヒーのグラスを強めにテーブルに置き、声色を三トーンくらい下げて小さな声で言った。最後の方、何か小声で呟いていたけど、なんて言ってるのかは分からなくて、でもそれが恫喝のような響きを持っていることだけは分かった。

「あの人は正義感の皮を被った詐欺師ですよ？　どうして橋山さんは、木戸さんとの時もそうだったんでしょうけど、そんなに簡単に人を信じるんですか？　痛い目を見たのに、どうして気をつけないんですか？」

「詐欺師って、どんな根拠があって言ってるんですか？　会ったこともない人のことをそんなふうに切り捨てられる長岡さんの方がどうかしてます。私は若槻さんとしっかり話したんです。三時間、いや四時間近く話して、お互いの思いを吐露し合ったんです。それで、私は信用できる人だと思ったんです」

「橋山美津さん、若槻さんと飲みに行ったんですか？」

いじめを咎める小学校の先生のような口調で、諭すように長岡さんは言った。続く言葉は分かっている。木戸の時と同じじゃないか、どうして同じ轍を踏んでしまうのか、お前は阿呆なのか。

「そうなんですね。じゃあ若槻に、原稿見てあげるって言われたんじゃないですか？」

何故かは分からない。でも何か強烈な裏切りに遭ったような、売られた、という感覚に近い怒りが湧いて頭に血が昇っていくのが分かった。

「何ですかそれ。私のこと馬鹿にしてます？」

「馬鹿にしてませんよ。原稿読みましょうか？　っていうのは編集者の常套句です。例えばアイドルとか芸能人に何かの仕事で会ったりした時に、もし何か文章を書いてると本人が言おうものなら、大抵の編集者はすぐ『うちで出しませんか？』『とりあえず読ませてもらえませんか？』って口説きます。あるいは異業種、映画監督とかお笑い芸人なんかのネームバリューがある人にも同じことを言います。これらは棚ぼたで売れる原稿が取れるかもしれないっていう例です。そして男性編集者が橋山さんのような若い女性に言うこともあります。これは棚ぼたで抱けるかもっていう、木戸さんと同様の例です。無名かつ性的に興味のない相手の原稿を読むときは、相手に貸しを作りたいから、というケースもあります。彼らは専門職で、彼らが行使できるのは、編集力と掲載や出版を決める権限です。もちろん会議を通らなければ出版はできませんけど。転職でも世渡りでも自分の持つ専門的なスキルと地位を最大限に使うのは当然のことで、誰に対しても、どんな場所でも行われる、よくあることです。もちろんそれをダシに性的な搾取を行うのは、卑劣と言わざるを得ない愚行ではありますけどね」

「私のこと、馬鹿にしてますよね」

長岡さんは顔をあげて不思議そうに、でも高圧的な態度で私の顔をじっと見つめる。目をグッと見開いて、私はかつて父親にしたように、相手に何を言われているのかも分からないまま「ごめんなさい」と言いそうになってしまうのをグッと堪える。こうしている間にも、若槻さんが後ろに立って応援してくれているような暖かさを感じる。全面的に肯定してくれる、連帯してくれる人が、私にはいるんだ。怖いことは何もない。

「私の言葉をどう受け取ったら馬鹿にされていると思えるんですか?」

長岡さんの顔が、化け物のように見えてくる。寄生獣のような、得体の知れない生き物と話しているような気がして、心臓がバクバクしてくる。私は長岡さんが書いていたエッセイに感銘を受けて、彼女に会いに行った。彼女の文章を読んで、一度は疑いを持ってしまった言葉の力を、信じ直すことができたからだ。この人なら、私の気持ちを分かってくれるんじゃないかと思った。

通じ合える、伝え合える人に違いないと感じ、彼女に願いを託すように、出待ちをした。でも長岡さんは、私とは全く違うものを信じている。初めて会った時から感じてきた違和感が、今ここで明らかになった。彼女は私が敬虔な信者である宗教とは、全く違う過激な宗教を信じている。

「冷静に話したいです」

「私もです」

「私は、告発文を書いてひどい思いをしました。数多のバッシングを受けて、何度かパニックも起こして、半蔵佳子さんのツイートとかでじわじわ苦しめられたりもして、それでもう木戸さんとか、その界隈と関わりたくないと思ったんです。告発文も撤回しようかとまで思いました。連帯を表明してくれた人も、自分は告発できないから代わりに言ってもらえてスッキリしたみたいな、私を矢面に立たせて自分は安全地帯でカタルシスを得てるような人ばっかりだったり、とりあえずンコチさんとか、イエニスト茂吉好きは私ですさんとかと私を同一視してるような発言があって信用できなくなったり、誰も連帯なんかしてくれてないと思いました。告発していいことなんて何もありませんでした。母からはなんであんなことしたのと訝しがられて、元同僚に裏アカで引リツされて揶揄されたり、大学時代の知り合いにこの女はヤリマンで有名だったとか謂れのないデマを書かれたりもして、全ての人から見放された気分でした。そんな時に初めて、初めて真っ当に、私に取材したいって、私の言葉を広めたいって言ってくれる人が現れたんです。真摯に、この件を記事にすることの意義をしっかり伝えてくれたんです。見てください。話をした日に送られてきた若槻さんからのＤＭです」

私の差し出したスマホを、長岡さんは遠慮しているのか、それとも私のスマホに触れたくないのか、テーブルに置いて指一本でスクロールしていく。

「長岡さんの話もしましたけど、長岡さんのエッセイに感動して、言葉の力を信じ直すことができたこととか、大学にモグリに行って、出待ちをして話を聞いてもらったこととか、告発に関して背中を押してもらったこと、出版業界に於いてこういう悪行が蔓延《はびこ》っていたと聞いたこととか、そのくらいしか話してません」

「出版業界に於いてこういう悪行が蔓延っていたという話は、どんな風にしたんですか?」

「えっと、多分、長岡さんは出版業界にいて、何度もこういう目に遭った新人編集者とか、新人作家を目にしてきたと話してました、とか、そういう言い方をしたと思います」

「私は目にしてきたなんて言ってません。デビュー以来私はそういうものはほぼ目にしてこなかった。でも人から聞いたことは何度もある、そう言いました。あなたは言葉の力を信じるとか綺麗事を言うくせに、言葉の力をみくびってます。言い方一つで、人を陥れるなんてわけないんですよ。どうして作家志望なのにそんなことも分からないんですか」

「……すみません」

「告発文については何か話しましたか?」

「いえ、そのことは話してません」

「記事、いつ出るんですか? あなた、事前に原稿を見せてくれって言いましたか?」

「……言ってません。でも、悪いようにはしませんって、若槻さんは言ってました」

「そうですか。私には、あなたの発言が正確ではないと訂正するため、若槻さんに連絡を取る必要が生じました。私は二度とあなたには関わりません。連絡先も消します。今後私の発言として適当な話を繰り返すようなことがあれば弁護士に相談します」

　長岡さんはそう言うと、財布を開いて一度小さく舌打ちをしてから、五千円札をテーブルに置いて立ち上がった。多いですと言うと、千円札ないのでそれで払ってくださいお釣りはどうぞと、あまりにも早口で何を言われたのか私が理解できないでいる内に、彼女は店を出て行った。何が起こったのか、私は彼女に何を言われたのか、いまだにあまり理解できていなかった。それでも何か、どこかで命綱のように感じてきた繋がりが、一方的に断ち切られたことはよく分かってい た。怖かった。今すぐに若槻さんに電話していま長岡さんに言われたことを伝えたかった。でもそんなことをしたら、弁護士に相談されてしまうのだろうか。ぼんやりしたまま五千円札をテーブルに立てて、手を離す。はらりとテーブルに横たわった紙幣は、真ん中に走った折れ線のせいでふわりと片端が浮いている。自分がもう何も考えられなくなっていることに気づくと、慌てて席を立ってレジに向かった。約三千四百円、儲かった。数分前まで私のものではなかったお金を入れた財布をバッグにしまいながら店を出ると、駅の方から大きな声が聞こえてきて、私も皆がざわざわと群がっていくその喧騒に足を向ける。ふざけんなよてめえ！　という声に聞き覚えがあって、え、と思いながら人混みを縫って進むと、長岡さんと中年男性が摑み合いになっている姿が見えて、息が止まりそうになる。

「おめえのせいだろうがクソが！」

「てめえのせいだろうがイキってんじゃねえぞこのクソ老害が！」

「うっせえんだよおばさん！」

長岡さんが殴りかかって、おじさんも応戦して殴り返した。殴られた長岡さんが転ぶと、もっれるようにおじさんも歩道に倒れ込み、そのせいで観衆が道路にはみ出して、赤信号で停まっていた車がクラクションを鳴らした。馬乗りになろうとするおじさんの股間を長岡さんが膝で蹴り上げ、おじさんの下水のような悲鳴が上がり、長岡さんのすぐ脇に倒れ込んだ。すっくと勢いよく立ち上がった長岡さんはその反動を使うようにして、股間を押さえているおじさんの手を蹴った。おじさんの阿鼻叫喚が上がるとともに観衆の中からさっと二人組の男性が出てきておじさんを庇い、彼らとは無関係っぽい男性が、長岡さんを羽交い締めにした。長岡さんは怒鳴り続けている。偏差値もＩＱも民度も低い感じの罵倒を繰り返している。二本先の道に交番がと思った時にはもう警察官が向かってくるのが見えて、私は羽交い締めにされている長岡さんが振り乱している髪の残像をじっと見つめてから、その場に背を向けた。私のせいかもしれない。長岡さんが私と話してイライラしていなければ、こんな酔っ払いの小競り合いのようなことは起こらなかったかもしれない。自分に責任を探している自分に気づいて、いやいやと思い直す。そもそもやってきた時、長岡さんは少し目が充血していた。すでに飲んでいたのかもしれない。私は何も悪くない。私は何もしていない。それどころか、私は傷つけられたのだ。早く帰宅して、自分が悪くないことを証明するために、長岡さんとの会話を聞き直さなければと思う。でも、今の会話を聞き直せるようになるまでは、少し時間がかかりそうだとも思った。モンスターと切り付けあって、恐れをなして家に帰ろうとしたら、モンスターが近所で別のモンスターを討伐していた。そんな奇妙な印象が残って、私はこの今日のことをどう処理したらいいか、死ぬまで分からないのではないかと思った。

お盆、帰ってくるでしょ？　母親からそうＬＩＮＥが入ったのは七月前半で、「いやちょっとわからない」と濁してから二週間が経った頃、「あんたお父さんの三回忌にも来なかったじゃない。いい加減来なさいよ。仕事もまだしてないんでしょ？」と高圧的に里帰りを促されて、二週間未読無視を続けていたけど、「帰ってきますよね？」と有無を言わさぬ形で追送され、とうとう行きますと返信した。

長岡さんに会って以来気分が沈み、全くゴミが出せなくなりワンルーム中に異臭が漂っていること、貯金を食い潰しながら住んでいるこのワンルームの家賃を払えなくなったら、もうどうやったって実家に世話になるしかない詰み一歩手前の状況にあって、その可能性を残しておくためにはこれ以上母親の心証を悪くするわけにはいかないこと、それが私が一時間半かかる埼玉の実家に里帰りをする理由だった。

会社を辞めてから、いや胃潰瘍を患い始めてから、私の主食はレトルトのお粥とどん兵衛だったけど、ここ数ヶ月は減っていく貯金に恐れをなして、お粥は米から作ったり、冷凍うどんをお湯に溶かすだけのスープで食べることが増えていた。でももう限界だった。シンクにはお皿が溜まり、二個ある鍋も使用済みで、でも食器洗い洗剤が空だった。ちょっと前まで加熱するからと水洗いで済ませていたけど、もうぬめりが無視できない。レンジでお粥を作る方法を見つけ、しばらくはレンジで無理やり作っていたけど、必ずそれなりの吹きこぼれがあってレンジ内がベトベトしているし、うちにある食器という食器がシンクに溜まっていた。食器用洗剤を買いに行かなきゃと思うのに、外に出るための身支度をするのがもう辛かったし、辞職とともにアマプラを解約したためAmazonで買うと送料がかかってしまうし、そもそも異臭を放ちところどころカビている食器に触れる勇気も出ない。毎日お昼前後に目が覚めて、目が覚めるたび思うのは今日死にたいということで、今日死ねないならもうどうなってもいいという投げやりな気持ちで一日を過ごして、二度と目を覚ましませんようにと怯えるように祈りながら寝る。全てが破綻していた。若槻さんにもらったマシュマロのような気持ちは、溶けて丸焦げになった。長岡さんに会った後、記事を事前に見せてもらえませんかと打診して、若槻さんに「信用してください、悪いようにはしません」と宥められてから、私は自分が害悪のような気がしてならない。

子供の頃からずっと、この罪悪感があった。自分が存在していることへの罪悪感、いるだけで何かあるいは誰かを傷つけたり、何かあるいは誰かに害を及ぼしてるんじゃないかという不安、自分はここにいてはいけないんじゃないかという疑問。私は劣等感の塊で、常に自分なんてという枕詞が付き纏った。それをいっとき癒してくれていたのが、男だったのかもしれない。木戸さんのように性的に搾取してポイッと捨てていくような男であったとしても、誰かに必要とされている、丁寧に扱われていると感じればいっときの癒しを得られた。十代半ばから、二十七くらいまで、私は性的な価値を見出されることで、あの罪悪感や不安から逃れられた。でも三十を過ぎ、市場価値が落ち込んだ今、私はまた子供の頃と同様、存在することに罪悪感を抱くべき無駄で無為な存在に成り下がったのだ。どうして皆、普通に存在していますという顔をしてられるのか、私には分からない。どうして皆申し訳ない顔をしていないのか、私には分からない。でも、申し訳なくなどないのではないか。私にはこの世に存在する権利があるのではないか。私がそう感じられたのは、#MeTooの流れの中でだった。多くの女性が声を上げ、主張し始めたのを見て勇気づけられ、自分ももっと怒るべきなのではないか、自分ももっと声を上げ、抗うべきなのではないか、自信のなさや立場的な弱さ故に押し黙るのではなく、もっとしっかり権利を主張すべきなのではないか、そう思えた。そして長岡さんの文章を読み、同時に搾取されることで彼らに加担しいい思いをしてきた自分自身、搾取をされながら、どこか搾取し返していた自分というものも思い知らされ、この負の連鎖を止めなければならないと思った。

でも長岡さん本人と話したり、連絡を取ったりする中で、私は懐疑的にならずにはいられなかった。自分は被害者であり加害者でもあるという彼女の考えは、あまりにも慎重過ぎやしないだろうかと。私は搾取された、性的に搾取され、いいように使われ捨てられた！　そう大声で叫んでも良いのではないだろうか。あんなにも自信満々な、尊大とも言えるような態度で普段はキレのいいことを言うくせに、なぜ声高に断罪してはならないと、冷静になれと、彼女は穏健派のようなことを言うんだろう。もちろん半蔵佳子のような性加害肯定派の老害とは違うけど、どうしてあれほど慎重になるのかと、私は不思議であると同時に苛立ってきた。同様の被害を受けたわけではなくとも、男性中心社会によってあらゆる嫌な思いをしてきたという点では同じ経験をしてきた女性たちでさえ、連帯できないのだろうか。そんな落胆もあった。私たちはグラデーションによって立場が違って、いやグラデーションのように混じり合ってさえいなくて、それぞれの被害、それぞれの怒り、の中でしか燃えられない。一人一人、離れた場所にポツポツと屹立する女性たちが、身じろぎ一つせずに轟々と燃え盛っていく様子が頭に浮かぶ。私たちは一人でないと燃えられない。私たちは近いようで、とても遠い。それぞれの火の成分は、全く違う。じゃあ連帯って何なんだろう。告発文を提案した時、何か私にできることがあったら言ってください、と協力的だった長岡さんに感じた連帯、若槻さんと話した時あんなにも心を温めた連帯が、もう分からなくなっていた。若槻さんがあの食事の時、もし良かったら前に投稿したものでも、もしあるなら最近書かれたものでも、ぜひ読ませてくださいと話していた小説のデータを送ってから、こっちからの連絡への返信以外ではメッセージさえ入れてこない。私はまた、間違えたんだろうか。信用する相手を間違えて、また搾取されるんだろうか。怖くて不安で、でももうどうでも良くて、臭い部屋で糞して寝る。シャワーも浴びず顔も洗わず延々スマホを見つめ、賞味期限の切れた菓子パンを食べて、お腹を壊す。

あらら。お母さんの第一声はそんな声で、がんばってこの実家滞在期間を和やかに過ごそうという思いが早速削がれる。

「久しぶりー、って大丈夫かよ。なんかシナッとしてんな」

二つ年下の弟の第一声はこれだった。唯一私に優しさを向けてくれそうな姉は、先に結婚相手の実家に行くため、私とはすれ違いになるようだった。それでも実家に来る前LINEを見返してみると、最後に姉とやりとりをしたのはもう二年以上前で、お父さんの三回忌に参加しないことを、仕事で忙しくしているのはとても良いことだというエクスキューズ付きでさりげなく責めるLINEを私が既読スルーという形で終わっていた。二人の子供を育てながら時短勤務をこなす彼女は、理解ある職場、素敵な旦那に恵まれ、二人目の子が生まれると同時に一軒家を買い、何もかもを手に入れて尚、まだ何かに手を伸ばしそうなほど精力的に生きている。子育てが一段落したら、何か起業とか、店を開いたりしそうな人だ。どことなく威圧的だったお父さんと、お父さんの後ろで影の薄かったお母さん、成績優秀で合理的な姉と成績が悪くて非合理的だけど人懐こく愛嬌のある弟に囲まれて育った私は、脳も技も可愛げもない萎縮した次女、といったところだろうか。

「あれえ?」

華実《はなみ》がリビングから顔を出して不思議そうな顔をする。美津おばさんだよーとお母さんが紹介しながら華実の肩を撫でた。最後に会ったのはお父さんの葬式の時で、その時華実はまだ歩けもしない赤ん坊だった。

「こんにちは」

「こんにちはー」

あ、美津さんお久しぶりです。華実の後ろから、今度は弟嫁の胡乃美《このみ》が顔を出して言った。お久しぶりです。初めて会った時には金髪だったロングヘアは今はこげ茶のボブになっているけれど、相変わらずどことなく胡乃美の野良力の強そうな見た目に怯みながら言う。きっと彼女は学校の課題以外で小説を読んだことのない人間だろう。こんな野蛮そうな女だったら、ちょっとくらい年上の男と付き合って性的に搾取されたとしても、搾取に気づかずいい思い出にできるのだろうか。そんなふうにカテゴライズしてレッテルを貼る自分が惨めだった。きっと私は敢えて、この家で一番権力を持たない胡乃美を心の中でサゲたんだろう。そしてこの最小の社会で権力ヒエラルキーを意識する自分の浅ましさよ。

夕飯は出前の寿司で、久しぶりにまともな食事にありついた私は一気に十二貫食べ、同時に缶ビールを飲みきり、二本目を開けた。実際には、胡乃美よりも私の方が野蛮なのかもしれなかった。華実はいくつかのお寿司を頬張ったのみで集中力をなくし、ソファで塗り絵をしている。

「ちゃんと食べてるの？」

「あんま」

「自炊してるの？」

「おかゆとうどんはたまに作る」

「ちゃんと食べないと」

「しょうがないじゃん胃潰瘍で無職なんだから」

「まあ、そうね。困ったことがあったら言ってね。食料くらいだったら送れるし。お母さん、心配してたのよこれでも。しつこく連絡されるの嫌だろうからしなかったけど」

ありがとう、とお母さんの手料理の中から里芋の煮っ転がしを選んでお皿に取り分けながら無感情で言う。

「で、姉ちゃんいつ働き始めんの？　失業保険だってもう終わるだろ？」

「失業保険はもう終わった。でもまだ働けない」

「鬱的な？　心療内科とか行ってんの？　てかさ例の告発文にハラスメントされてたとか書いてあったけど、あれ訴えればちょっとは金取れるんじゃないの？」

どうしてそういうこと言うの？　胡乃美が小声で弟に注意して、まだまだ何かを捲し立てようとしていた弟は口を閉じた。

「裁判って、時間がかかるんだよ。お金も精神力もいる。心身ともに健康な人しか絶対にできない。鬱の私は、心療内科に行くこともできない。胃潰瘍の診断書提出して、辞める時に見舞金として給料三ヶ月分のお金もらったし、一回弁護士にメールで相談したけど、ハラスメントの内容は訴えられるかギリギリのラインだし、それだけの金額もらったならそこを落とし所にするのがベターですって言われた」

「働けないなら、うちに戻ってきたら？　部屋、片付ければ使えると思うし。一旦ちゃんと休んで、うちから心療内科に通って治療したらいいじゃない。触れて欲しくなさそうだったから言わなかったけど、お母さんはずっとそうするのが一番いいって思ってたのよ」

「えでも俺の仕送りが姉ちゃんの生活費になるってなんか納得いかないんだけど」

こいつはまだ二十代なのに結婚して子供も作って親に仕送りまでしてるのか。私は愕然として、だとしたら姉もいくらか仕送りをしているのかもしれないと考える。いつまでも庇護のもとにあると感じていた私だけが子供のような気がして、お母さんの提案に泣きそうになっていた気持ちを全力で押さえつける。一言でも口にすれば雪崩《なだ》れてしまいそうで、口を噤んだまま箸で二つに割った里芋を口に運べない。

「あなたからの仕送りは、老後資金として貯めてあります。今はお父さんの保険金と、私のパートのお金で暮らしてるから」

「でも姉ちゃんがこの家で暮らしたら父ちゃんの保険金がなくなるのが早くなるだろ？」

こいつは昔からそうだった。一番上の姉にはお姉と呼んで懐いているのに、私には姉ちゃんと何だか雑な呼び方をして、幼い頃から常に敵対心を燃やし、私が自分よりいい思いをすることが絶対に許せないようで、私の買ってもらったものが自分のより高いものだったり多かったりすると、抗議して怒ったり泣いたりした。金額や量でものや人を測るような、小さなやつだった。この人は、自分のケチさや子供っぽさ、狭量さに一ミリも羞恥心がないのだろうか。

「いい加減にしなさいよ。葉月にも聞いてみなさい。絶対にうちに戻るのが一番いいって言うから」

　こんな時にも、自分の考えではなく長姉を引き合いに出すのかと呆れる。

「よしくん。私もそう思うよ。よしくんが言ってるのは、今美津さんが飢え死にしそうでも何も買い与えないってことと一緒だよ」

　胡乃美が何だか残酷なことを言う。そうだよそういうことを言ってるんだよこいつは。この女の飲み込みの悪さが、私を無駄に傷つける。

「なんだかなーって感じだよな。こっちだって命削って働いてんのに、目の前に飢えそうな人がいたらなんか買ってやれってあちこちから圧力受けるんだから。俺はさ、飢えそうな人がいても、こいつは救う、こいつは救わない、って自分で選びたいんだよ。母さんはいいよ。お世話になったから。でも姉ちゃんはなんもお世話になってないし、死にそうになってたって俺は全然救いたいと思わない」

　いやこいつは私が本当に死を目前に控えたくらいの飢餓状態にあれば、絶対に何か買い与えるだろう。こいつは自分のせいで人が死ぬことに耐えられるような玉じゃない。本当に死にそうな人が目の前にいて見殺しにできる人というのは、平気で人を殺せるような冷酷さを持ち合わせた人だけだ。自分の残酷さを見誤って「俺こいつは死にかけてても救わなーい」とイキってしまえる想像力の欠如したこの男が、もしかしたら私が幼い頃から抱えている「存在することへの罪悪感」の起源なのではないかという気がしてきて、私は胸の奥にモヤモヤと煙が充満していくのを感じる。こんなにも愚かな人間と間近に触れ合いながら生きていかなければならなかったこの環境こそが、私に激しい劣等感と生きていることの申し訳なさを植え付けたのではないだろうか。おじさんを蹴り付けていた長岡さんの姿が脳裏に蘇って、私は弟を蹴り付ける自分を想像してみる。慌てて止めるお母さんと胡乃美、そして泣き喚く華実、弟の怒声、それを覆い隠す私の偏差値の低い罵倒。

「大体さ、なんなのあれ。あの告発？　俺姉ちゃんにずっと一言言いたかったんだよ。なんであんな恥ずかしいことしてくれてんのって。自分の過去の彼氏とのセックス晒して告発とか言っちゃって。そんなん自由意志だろ？　付き合いたくて付き合ったんだろ？　なに掌返して私は搾取されてました！　って。子供じゃあるまいし、自分の意思でやったくせにあれは本意じゃなかったんですとか覆して恥ずかしくないの？　高校の頃のクラスメイトとかから連絡きたりして、まじ恥ずかったんだけど」

寿司上の空気は凍りつき、よしくん、善光《よしみつ》、とお母さんと胡乃美が真剣そうな声色で呼びかける。なんだよ、二人だってそう思ってんだろ？　と弟はあっけらかんと言う。そう。こいつはそうやっていつも、正直者の振りをして人前でウンコをするような男だ。え、ウンコしたかったたから。と一切恥じることなく、自分の愚かさをひり出す。どうせならウンコのような嘲笑ではなく、ウンコを出してもらいたかった。

「なんで私が善光の高校のクラスメイトが連絡してくることを危惧して告発を止めなきゃいけないの？」

「クラスメイトに言われなくたって恥ずかしかったよ。家族の恥？　ってこういうことなんだなーって思ったよ。まじ恥ず。姉ちゃんて昔からそういうとこあったよなー。厨二なのに自己主張が強いっつーか。私私してるっつーか。あま、自己主張強いから厨二なのか？　いっつも私本読んでます本好きですアピールしてさ。あんなんポーズだろ？　私はあなたたちとは違いますオーラ出したくて小説家なりたいとか言ってただけだろ？　落書き文章ちょっと批判されたからってあんな盛大なやらかし告発しちゃって。二十歳ならまだしも、三十路の女がだよ？　そんな、誰も同情できないよあんな話に。何が罪は熟成しました、だよ。あんなんが文学的だとでも思ってんの？」

ビールの缶を振りかぶろうとした瞬間、何かが引き裂かれるような大きな音がしてびくりと体を震わせた。胡乃美が立ち上がっていて、どうやら脚にゴムのついた椅子が引かれた音だったらしいと気づく。

「私はよしくんの方が恥ずかしいよ。女を年齢で判断して、二十ならまだしも三十はとか、そういうのめっちゃ恥ずい。大事なのは年齢がとか自由意志かどうかとかじゃなくて、その人がどれだけ傷ついてるかってことなんじゃないの？　恥ずかしげもなくこういうこと言うよしくんといると、私はよしくんみたいな考えを許容してる妻だと思われるんだよ。こんなに恥ずかしいことってない。でもどんなに言ってもよしくんは何も考えてくれない。何を言っても的外れなことしか返ってこない。よしくんの妻でいることに、私はもう疲れきった」

ああ、胡乃美さんあなたも、傷ついてるんだね。善光の言動に、少しずつ傷ついてきたんだね。もう耐えられないんだね。私にはよく分かる。心の中で連帯する。でも連帯がいかに脆弱であるか知っている私は、それを口にできない。口にしたところで、胡乃美が救われるとも思えなかった。

「喧嘩め！　喧嘩めよ！」

いつの間にか華実が駆け寄って二人を仲裁していた。喧嘩じゃないんだよ。悲しいんだよ。私は二本目のビールを飲み干し、やっぱり心の中で呟いた。


後頭部が締め付けられるように痛んで、思わずうめき声が漏れた。布団は乱れておらず、じっと熟睡したのだろうと分かる。昨日は一度は華実の仲裁により落ち着いたものの、結局弟と弟嫁はぐちぐちと言い争いを続け、私はほとんど黙ったまま食事を終わらせると、疲れてるからと言い残して冷蔵庫の中にあった日本酒を持って、寝室としてあてがわれた物置化しているかつての自室に籠った。清潔な布団に入った瞬間、ホッとして涙が出た。なんでこれまでここに来なかったんだろう。いい匂いのするシーツを撫でてそんなふうにも思った。次第に涙は止まらなくなって、今日お母さんに提案された救済策と、弟に突きつけられた悪意、胡乃美の意外な擁護なのか溜まっていた鬱憤なのか分からない言葉、泣きそうになりながら諍《いさか》いを止めようとする華実の声が蘇って、訳も分からず泣き続けた。私は多分もう限界なんだ。ここに戻るしかないんだ。そう思いながらお風呂にも入らず顔も洗わず歯すら磨かず眠りについた。

いつもの癖で枕の下のスマホを手に取りTwitterを開くと、トレンドに金出阿里《かないであり》の名前があって目が覚める。タップすると、「金出阿里急逝　自宅マンションから飛び降りか」という記事のリンクが貼られたツイートがいくつもヒットした。脳天からじんわりと麻痺が広がっていく。金出阿里は去年プロデューサーからのセクハラパワハラを告発した元地下アイドルで、私は緻密で冷静な文章で綴られた告発文を読んで感銘を受けたのだ。記事には彼女が告発により誹謗中傷を受けていたことも書かれていた。あの細い体が地面に叩きつけられて、折れたり、割れたりしたのだろうかと思うと、いてもたってもいられなくなって、でもどこにも行く当てなんかなくて、長岡さんに拒否られたことを思い出して、若槻さんに連絡を取りたいと思ったけど、冷たくあしらわれたらどうしようと不安でもあって、結局何もできないままねばねばしてる口の中が気持ち悪くて布団から這い出す。

二日酔いで重たい体を引きずるようにしてリビングに入ると、母親がソファでテレビを見ていた。何かのワイドショーのようだったけど、「栗原サナ×西村小夏」とテロップが出ていて足が止まる。私に気づいたお母さんがハッとしたように「おはよ。朝ご飯食べるー?」と言いながらテレビを消して、私は苛立つ。

「つけてよ」

「え?」

「テレビつけて」

お母さんは黙ったままテレビをつけた。「西村小夏原作『マナツとルイコ』映画化決定」と右上に銘打たれていて、主演女優と西村小夏が初対面するという企画のようだった。

「小夏ちゃん、すごいねえ。もうバーンて売れちゃって」

お母さんが私に気を遣いながら言って、私が何も答えずにいるのを確認したように、コーヒー飲む? と続ける。辛うじてうんとだけ答えると、私は口を一文字に結んでソファに座った。

「この小説、ちょっと自意識が強すぎる気がするんだよね。小説にとって書くべきことじゃなくて、書き手の書きたいことが書かれてる感じがして。もう少し人が読むってことをちゃんと想定して書いた方がいいんじゃないかな」

蘇った言葉は、小夏ではなく私のものだ。そっかあ、確かに自分の書きたいところが先に出ちゃってるかも。もう、このシーン書きたい、このキャラ書きたい、が色々強すぎて……。小夏は素直に頷くと、ノートに私の言葉を書き留めた。最初から、二個年下の私の方が小夏に対して強く出ていた。小説を書いてる歴が私の方が長くて、私も小説書きたいなって思ってるんだ、と相談してきた小夏の先輩気分でいたのだろう。彼女が小六、私が小四の時に新聞委員で一緒になってからの付き合いだったけど、小夏が小説を書き始めてからは、お互いに書いたものを見せ合う仲になった。小説の批判は、相手そのものへの批判に似ている。相手の批判したいところを、小説を使って批判しているような、そんな捻れた関係性が少しずつ強化されていき、互いに人格批判のような言葉を掛け合う関係に疲れたのか、高校生になった頃には少しずつ頻度が減って、大学生になって木戸さんと付き合い始めて、最近付き合い始めた人が文芸誌の編集者だから、その人に見てもらってるんだと自慢して以来、小夏とは疎遠になった。最終選考に残った時は真っ先に小夏に連絡したけど、あまり望んだような反応は得られなかったのだろう。がっかりした気持ちだけを覚えている。

木戸さんと別れて数年が経った頃、小夏が叢雲新人賞を受賞してデビューした時、インタビュー記事か何かで、木戸さんが担当だと知り、胸が苦しくなった。小夏は、私のように誰かに性的に搾取されていないだろうか。その心配は、彼女が私のように何かしらのコネで最終候補に残り、まぐれで受賞していて欲しいという願望の現れだったのかもしれない。私は小夏の小説が読めなかった。読んでいると小夏の文章から何か有害なものが発されているかのように、じわじわと毒が回っていくような悪寒がして、読めなかったのだ。もちろんパラパラとは読んだけど、パラパラ読んだ感じで、私は「地味な話」と片付けた。「テーマ、ストーリー共に地味な印象は拭えないが、一本強固な筋の通った作品である。通底したテーマを書き続けられる人は稀有だが、著者にはそれができるのではないかと感じさせる芯の強さがあった。破綻を単なる破綻として描くのではなく、破綻の方が正しく美しい、そう思わせる世界観を隙なく構築しているこの手腕には脱帽した。」長岡さんは選評にそう書いていて、私は自分が最終選考に残った時の長岡さんの選評と読み比べて、元彼が今カノの画像をインスタに上げているのを見つけた時のような気分になった。

でも小夏はその後、特に大きな賞にノミネートされることもなく、受賞作と受賞第一作を抱き合わせにした単行本を一冊出すと、静かに消えていった。じんわりじんわりと私の記憶からも消えていくのを、私はドキドキしながら待っていたように思う。小夏が文芸の世界で活躍しようものなら、私は発狂するしかなかったからだ。活躍しないで、私の目に触れないで、もう二度とその名前を、どこの媒体にも載せないで。そう願い続けていた。

でも彼女は再起した。小説誌で、再始動したのだ。モアノベルスの公式アカウントのツイートで彼女の名前を見た時、息が止まるかと思った。もうそのまま止まってしまいたかった。今度こそ、殺されると思った。モアノベルスに小説が載って以来、小夏の名前で検索をすると彼女の小説を絶賛するコメントで溢れかえり、私は発狂した。絶対に許さないと思った。私の小説は日の目を見ず、小夏の小説が編集者の目を通り何万部も刷られ、多くの人の手に届いている。そのことが辛くて苦しくて、息ができなかった。かつての担当者から引き継いだ五松さんから小説誌への掲載を提案されたとテレビで話しているのを見て、木戸さんを殺してやりたいと思った。金出阿里の告発に触発されてはいたものの、自分が告発することなど現実的に考えもしていなかった私が、初めて告発文を書くことを考え始めた瞬間だった。そして私は長岡さんに連絡をして、木戸さんを告発したいと相談したのだ。告発用に作った実名アカウントで「五松武夫さんに関するツイートに勇気づけられました」と告発文のリンクを貼ったツイートに書いたけど、そんなの嘘だった。五松さんへの告発ツイートなんて、私にとっては痴情のもつれ以上でも以下でもなかった。私がこの世でもっともその活躍を目にしたくない小夏の再始動を画策した木戸さんへの強烈な怒りによって、あの告発文は書かれたのだ。もちろんずっと、怒りはあった。長岡さんに話さざるを得なかったほどの、爆発しそうな思いがあった。でも形にはなっていなかった、あの男の悪行を暴露したいという欲望を、私は小夏の再始動によって解放した。潰れそうになっていた心を、解放した。そうして私は、堕落したのかもしれない。元々壊れていたものが、散り散りに跡形もなくなってしまったのかもしれない。もうどの破片も、自分のどこのパーツだったのか分からない。私がどんな人間だったのかも、自分にとって小説がどんな存在であったのかも、木戸さんが何者であったのかも、この人生がなぜここまで長引いてしまったのかも、全然分からない。

11　五松武夫

　ゲラチェックを一時中断すると、エレベーターホールの前を通ってカフェスペースのコーヒーディスペンサーを作動させた。もう十一時近いため、廊下の電気は消えていて、寒々としている。この間、作家の取材で久しぶりに会った同期の女性誌編集者の話によると、彼女の編集部ではSDGsの流れを汲み、紙コップのみならずペットボトルまで禁止されたらしい。スタバなどのカフェにもマイボトル持参で、紙やプラスチック容器で飲み物を持ち込もうものなら死刑、といった雰囲気なのだという。芸能人やモデルと仕事をしているため、意識が低いと思われたら困るという特殊な事情もあるらしいが、そっちの村で仲良くやっていてくださいという感じだ。まあ、文芸にその波がくることは今の所なさそうだけど。

　コーヒーを手にオープンスペースのテーブルに向かうと、スマホをスクロールする。メールチェックとLINEチェックをして、Twitterを眺めていると、前触れもなく流れてきた記事に、ちょっと息が止まるような思いがする。これは例のあれだ。あれの記事だ。あれというのは、先日編集部に掛かってきた週刊ヨミモノの若槻という記者からの電話で、一連の告発騒動について取材をさせてもらいたい、という連絡だった。ンコチとイエニストの話題がようやく誰の口にも上らなくなってホッとしていたというのに、なんでこんな仕打ちと思ったたし、電話を受けたのが事なかれ主義の編集長だったせいで話が上まで通ってしまい、今後俺の告発に関する問い合わせには全て「五松は本日終日外出となります」と答えよというお触れが出てしまった。木戸さんにも取材の連絡はきていたようだったけれど、彼は二ヶ月前から休職していて、問い合わせがあった場合は「木戸は現在休職中です。復帰の目処は立っていません」と言うよう、俺より前に木戸さん用のお触れが周知されていた。木戸さんは告発後も動揺した様子もなく気丈に出社していたものの、二ヶ月ほど前唐突に休み始め、一週間ほど経った頃、療養のため休職と通知が届いた。

正直、告発って言ったって大したことない内容なのにメンタル弱すぎないか？　とは思った。でも思えば、自分も大したことない内容で小馬鹿にされただけだったにも拘わらず、かなりのダメージを受けていた。自分の性的な話や、自分のイキり発言が暴露されることが、こんなにも心を削るとは思っていなかった。性の話に特化していた俺に対して、木戸さんのそれは若干文学的な話ではあって、過去の痴情のもつれで告発なんて、小説みたいな話でもあるし、俺のよりは若干趣があるというか、まあそんなのいいじゃないかという気もするけど、詳細な性癖が暴露されたというところに関しては、部分的に同情してもいた。

記事をタップするとほんの序文しか読めず、すぐに有料記事に誘導されたけど、ちょっと前に坂本芳雄の女子大生斡旋疑惑の記事が出た時に会員登録してそのまま退会していなかったのを思い出してログインした。

「木戸は現在休職中です」

創言社に取材を申し込むと、そう返答があった。近しい関係者に話を聞くと、木戸は二ヶ月前から体調不良により休職しており、病名は分からないが、精神的なものだろうとのことだった。木戸に何かしらの処分や、聞き取りは行ったかという質問にも「責任者が不在のため、お答えできかねます」とまるで取り合ってもらえなかった。

実は木戸が告発される前、Twitter上でバズった告発文があった。橋山が書いた木戸への告発文を公表した時にも、そのツイートに勇気づけられたとあったが、それは木戸悠介が「叢雲」編集長を務めていた頃、直属の部下であったGへの告発だったのだ。「とりあえずンコチ」という二万フォロワーを持つ、Gのセフレであった女性のアカウントが突如、Gの奔放な性生活、マッチングアプリで女性を漁り、その女性らを小馬鹿にしていたGの言動をあげつらうツイートを投下し始め、しまいにはGとマッチングアプリで出会いデートをしていた女性側も一緒になってGの言動をこき下ろし始める事態となった。広く拡散されたため、目にしたことのある人も多いだろうが、それがその直後告発された木戸の部下だと知るものは少ないだろう。

今回、直接話を聞けなかった木戸の様子を聞くため、そして同じ告発されたものとして何を思うか聞くため再び創言社にコンタクトを取ったが、五日連続で「Gは本日終日外出となります」とにべもなかった。創言社はコンタクトを遮断するのが社員のためと盲信しているのか、それともこの二人に喋らせれば会社の権威が失墜すると恐れているのか、知る術はない。

自分の登場パートはこのくらいのようで、ホッとするが、ざっと読み進めていくと長岡友梨奈の名前が出てきて思わず眉間に皺が寄る。

橋山への取材中、意外な人物の名前が挙がった。作家の長岡友梨奈だ。長岡は橋山の小説が叢雲新人賞の最終選考に残った時の選考委員で、さらに橋山と木戸を引き合わせた疑惑の人物、昨年亡くなった作家・批評家の坂本芳雄（享年72）と、共同で成専大学で授業を受け持っており、坂本の死後は、坂本の弟子であった准教授の湯沢圭一と共に、亡き坂本の授業を完遂している。湯沢は、坂本を通じて紹介された作家の武藤頼綱からセクハラを受けたと相談してきた、成専大学四年の女子大生に口止めをしたと、先々月告発されている。

デビューから独特な作風と世界観で読者を魅了してきた長岡友梨奈は、これまで創言社で多くの本を出版してきたが、「叢雲」では木戸が長らく担当しており、現在ではGが担当している。元担当と現担当が短期間に告発されるという珍しい体験をしている上、橋山は坂本の存命中、長岡に接触し、話を聞いてもらい、告発を相談した時にも、背中を押してもらったというのだ。坂本は長岡作品の書評を長年に亘りたびたび書いてきたようだが、そんな恩師が愛人斡旋という不名誉な疑いをかけられてしまった長岡は今何を思うのか。

先の二人と違い、長岡とはすぐに連絡が取れた。

——今回の騒動について、どのように捉えているか。

当然、坂本さんが女性の斡旋を意図的に行っていた場合、責任の所在を追及する必要があると考えています。ですが、国や時代、宗教などによって価値観が変動するのは世の常です。例えば十年ほど前、セクハラで告発された韓国の有名な映画監督がいました。彼は仕事を失い、海外移住し、映画も撮れないまま不慮の事故で数年前亡くなりました。彼は多くの人たちから憎まれ、辛酸を舐めることとなりましたが、例えば一八〇〇年代に活躍した作家が、ひどいモラハラ、セクハラ野郎だったと暴露された場合、それは韓国の映画監督と同様に現代を生きる人々に激しい怒りを巻き起こすでしょうか。彼らの作品への不買運動が起こるでしょうか。つまりこうした罪は、環境や時代、経年によってどう判断されるのか大きく左右されるということです。現在も一部の地域で継続されている一夫多妻制には、そうならざるをえない社会的、宗教的背景があり、そういったものを現代の欧米的価値感で一律に測ることはできません。そしてまた、この欧米的な基準自体が、ここ数十年ほどで大きく変化しています。この流れは不可逆なので、判断基準の変化は全ての人が自覚的に把握するべきですが、その変化についていけない人、その重要性を理解していない人々が、この世にはまだ残存しています。日本の政治家は放っておけば大抵失言をする、なぜなら彼らはこの言葉はNGワードと教わり、それを口にしないことはできても、なぜNGなのかは理解していないから、と揶揄されてきましたが、もはや笑い事ではなく、それと全く同じことが現在進行形であらゆる企業、学校、家庭といった集団内で勃発しているということです。

どんどん変化していく社会の中で、意識や品性のレベルによって分けられた多数のコロニー内で生きていければいいのですが（私は本気で世界総コロニー化を提唱していきたいと思っています）、そうもいかない現実を現代人は生きています。その中で、今回の一連の告発騒動は必然的に生じて表出した、個々の怒りが作り上げた巨大なうねりであると言えるでしょう。現在の物差しが一過的なものに過ぎないという前提、つまり十年後には今の正しさは間違いになっていて、十年後の正しさもその十年後には間違いになっているという前提の下に、少なくとも先進国を生きる人々は現代の物差しを過不足なく身につける必要があり、その必要性を無視した人々、ついていけなくなった人々はこの世から追放されるべき存在と認識される、という事実を各々が胸に刻む必要があります。

もちろん私は、坂本芳雄さんがどういう意図で女性の学生たちを男性編集者や男性作家に紹介していたのか、知るよしもありませんが、彼のしたことは二十年前ならいざ知らず、現代の価値観で言えば、するべき配慮を怠っていたと断言できると思います。

――裏切られたという思いはあるか？

人間にはたくさんの側面があり、その全てが整合性の取れているものとは限らない、この複雑性が、自分の小説に通底したテーマにもなっています。例えば、極端なＳＭや赤ちゃんプレイなどでしか性的欲求を満たせない人がいたとします。本人が誰かと合意の上でそのプレイをすること自体は問題ではありませんが、そのことが会社に、家庭に、特に子供などにバレてしまうと、彼らの本人への認知に歪みが生じます。そういう意味で、私の坂本さんへの認知に歪みは生じましたが、それを裏切りと表現するべきか否かと問われれば、否と言う方が私の実感に即していると感じます。私は人間の非常識なところ、不条理とも言える非合理性、救いようのなさ、といった側面に光を当てていきたいと常々考えてきましたし、それこそが人間を人間たらしめていると も感じているからです。ですが、その考え自体が、時代の物差し的にアウトとなっていくであろう世の中で、耐え難い苦しみを抱えてきた人々による、重大な決意とともになされた告発と自分はどう向き合っていくべきか、現社会の当事者として真摯に考え続けていきたいと思っています。

長岡友梨奈のパートが終わると、その後には橋山美津の涙と後悔に満ちたインタビューが始まった。告発後、木戸さんから連絡は一切なかったこと、坂本に対する裏切られたという憤りと、坂本の女性の斡旋が最近まで続いていたことへの怒りと、自分がもっと早く声を上げていれば防げた被害があったかもしれないという自責の念、と大して面白くもない話が続いたが、最後には記者自身が橋山に送ってもらったという、木戸と仲違いする原因となった二作目の小説の感想が添えられていた。自分はかつて文学賞の下読みをしていたことがあるが、という前提で、このレベルのものを最終選考に残すのはかなりの修正とゴリ押しが必要だっただろうと書かれていた。小説は読む人によって感想にかなりの幅が出るし、なんとなく感じの悪い書き方だなと思ったけど、まあ木戸さんがゴリ押しで最終選考に残したというのは事実なのだろうということは想像できた。自分が木戸さんだったら、一緒に働いていた編集部員や同僚たちを欺く行為をしていたという証拠となるこの情報が、最も主観的でありながら、最もダメージが大きいかもしれない。そう思った。

それにしても、橋山美津さんに比べても長岡さんパートは異様に長く、発言部分に括弧が設けられているのも違和感があるし、きっと掲載前に本人が加筆修正したに違いない。長岡さんはインタビューを受けるとかなり大幅に修正をする人として有名で、これならインタビューではなく、このテーマでエッセイを依頼したほうが良かったですねと、何故か窓口である自分が先方に嫌味を言われたこともあるほど、その修正は執拗なのだ。しかし、自分もこうして記者に取材を申し込まれる側になって思ったけど、人に好き放題書かれることほど怖いことはない。そこにある文脈や背景が完全無視され、見事に言葉尻だけを捉えられ失脚なんて、よくあることなのだ。それならば、しっかり取材をしてこっちの言い分を聞いた上で書いて欲しいと思いもしたけど、どうせ俺の言い分なんて遠吠え的なものとしてしか書かれないんだろうという諦めもあって、仕方なく創言社の方向性に従ったらこうして会社の犬、あるいは現代的価値観を備えていない失言野郎、といった不名誉なレッテルを貼られてしまったのだ。

一挙手一投足が命取りになる世の中で、自分の未来、将来が、悪意ある他人から一方的に暴露された自分の情報で、簡単に転がり落ちてしまうのだと実感してから、俺は人生に対するコントロール感覚を喪失してしまっていた。自分が何をどう気遣い、どれだけ配慮に配慮を重ねて生きていったとしても、女に陥れたいと思われたら終わり。例えば痴漢の冤罪とか、って、痴漢冤罪とか言ったら世の中の女は牙と目を剝いて集団で襲いかかってくるだろうけど。痴漢をしたこともなく、性犯罪に手を染めることもなく、適正な年齢の女性と合法な課金制のアプリで出会っては別れを繰り返していただけで、ちょっとした嘘とか見栄とかはあったかもしれないし、ちょっと下衆な発言をしたかもしれないけど、万引きレベルの罪さえ犯さず品行方正に生きてきた自分でも、これだけの事態に陥らせることが可能なのだ。長岡さんはいいよなと思う。作家という立場があるから、原稿チェックをさせてもらえないなら話しません、なんて強気に出れるわけで、そんじょそこらの編集者は取材を受けたところで好き放題書かれるのが関の山なのだ。

不意に長岡さんの姿が蘇る。やつれたような表情で、警察に連れてこられた長岡さんの姿だ。長岡さんの身元引受人になってくれと野方警察署から電話がかかってきたのは、七月の半ばだっただろうか。何をしたのか聞くと暴行ですと言われ、面倒に巻き込まれたくないという思いと、今後の関係を考えたら行くしかないよなの狭間で「ちょっと待ってください」と電話を保留して、二分考えてから行きますと答えた。最初から行くしかないと腹を括ってはいた。でも心の準備に二分かかった。でも決めてしまうと気持ちはどっと好奇心の方に傾き、支度から警察署到着まで三十分弱だった。

　到着してから四十分近くも待たされて出てきた長岡さんは俺を見つけると無表情のまま頭を下げたけど、その様子は自分から身元引き受けを頼んだとは思えないほどスンとしていて、え俺頼まれましたよね？　と軽くイラッとした。

「えっと、大丈夫ですか？」

「大丈夫です。老害に絡まれてちょっと摑み合いの喧嘩になっただけで。身元引受人とか、大袈裟なことを頼んで、すみませんでした」

「怪我とか、大丈夫でしたか？」

「ええ。多分打ち身程度です。五松さん、お仕事中でしたか？」

「あ、いや、今日は出社せずで家にいたので全然お気になさらず。うち、ここは徒歩圏内なので。まあ、初めて来ましたけど」

　あ、そうだったんですか？　という答えで初めて、家が近いから身元引受人を頼まれたわけではないのだと知り、少し動揺していた。数多いる担当編集者の中で、長岡さんがどうして自分を選んだのか、理由がよく分からなかった。自分を気に入っているのかとも思うけど、でももう何度も高円寺に住んでいると話しているのにそのことを完全に忘れてもいたわけで、でも頼れる人を考えた時に、自分はかなり上位にいたということでもあるはずだ。警察署を出たところで不意に長岡さんが立ち止まり、俺はどうするべきか一瞬考えて、髪で見えない長岡さんの表情を覗き込んだ。

「ご飯、食べましたか？　どこか飲み行きますか？」

もし落ち着きたければうちでも。あ、嫌だったら全然ですけど。と付け加えるタイミングを窺っていると、警察署の入り口から男が近寄ってきて身構える。かずや。と長岡さんが呟いたのが聞こえた。

「全然連絡つかなくて心配してたら、ずっとアイコン警察署にいたから、めっちゃ心配なって、待ってた。どうしたの？」

「暴行で捕まった」

長岡さんはやつれていた表情をくるりと子供のような無邪気な笑顔に変え、男は呆気に取られたような顔をした後、弱々しく笑った。

「一哉にバレたくなくて、せっかく担当編集者に身元引受人になってもらったのに。あ、パートナーです。叢雲編集部の五松さん」

パートナーとは。とぽかんとしたまま、どうもと頭を下げると、お話は伺ってますと相手も頭を下げた。お話ってなんだよ。どうせ俺がバカみたいな名前のアカウントにTwitterで告発されたことだろ？　と一言で勝手に激しい嫌悪を抱く。

「わざわざすみませんでした。僕が連れて帰るんで、もう大丈夫です」

スピーディな展開に戸惑いながら長岡さんの方を見ると、すみませんでしたと頭を下げられた。

「えっと、もう、大丈夫ですか？」

「大丈夫です。この恩は、新刊のプロモーションでお返しします」

「分かりました。では、また何かあればご連絡ください」

そう言って三人で頭を下げ、二人と一人で別れると、長岡さんを家に誘いかけたことに強烈な羞恥心が芽生え、身体中が沸騰したようになった。お前まじそういうとこ。という言葉は、優美の声で再生された。武夫ってさ、世界中の女をヤレるかヤレないかの二分しかしてないよね。これは前に優美に言われた言葉だ。その時は、それ以外にどんな分類があるのかと問い、お前は男をヤレるかヤレないかで区分しないだろ？　と返されて、分かるような分からないような感じでモヤモヤしたけど、つまり俺は仕事相手の長岡さんでさえも、ヤレるから家に誘ったということか。と数年越しに合点がいった。ていうかパートナーっていうのは不倫相手なんだろうか、いつも自宅に帰らず仕事場に帰るのは、不倫相手とそこで暮らしているから？　それともう離婚が成立してるのか？　それって有名な話？　俺だけが知らなかったってこと？　てか彼氏とか夫とかをパートナーって言う女ってマジなんなの、パートナーの定義ってなに？　意識高いですアピールが過ぎないか？　と怒りが湧いてくる。また怒りが性欲に転化しそうで、でもこんな気持ちでオナニーするのも嫌で、うんざりして帰り道にあった激辛ラーメン屋で激辛ラーメン地獄の五十番地を食べて帰った。汗をかき、涙を流し、咽《む》せながら完食すると少し気が晴れた気がした。自分は優美に告発されて優美とセックスできなくなってから、僻《ひが》みっぽくなった。そして常に欲求不満だった。

長岡さんの事件は、表沙汰にならなかった。芸能人とかは事務所に所属してたりスポンサーがついたりしてるから表沙汰になるだけで、そうでない著名人は多少の不祥事なら書かれないのだろうか。そもそも顔で分からなければ警察からのリークがないのだろうか。

犯罪である暴行がスルーされて、俺のちょっとしたイキり発言がこんなにもしつこく掘り返されるなんてと、記事内の長岡さんの「私は正しいことを理解し、現代に適応できていますが、謙虚な態度をとり続けることの重要さも理解しています」という洒落臭《しゃら》い態度と、警察署で見た暴行後の長岡さんのすました表情と、パートナーと帰っていく後ろ姿に、理不尽な怒りが湧いていくのが分かった。俺は一つの、現代的に言えばトキシックなマスキュリニティに到達する。この世は女性ばかりが優遇されている。レディースデーも女性専用車両も、おじさんはおじさんなだけでバカにされることも、ハゲやデブが人外の扱いを受けることも、女は何歳になってもそれなりの扱いを受けるのに、男は雑な扱いばかりされることも、マチアプでも外食でも男ばかりが課金を強いられることも、唐突に許せなくなっていく。俺だって好きで男に生まれたわけじゃない。三十を過ぎた頃からどんどん脂ぎって、肉がつき始めて、毛穴が開いて、髪が薄くなって、何故か足まで少し短くなったように感じられる。何もしてないわけじゃない。リアップ的なものを使ったり、肌を整えるための化粧水や乳液を使ったり、美容室の頻度を高めたりもしている。二十歳前後の頃は見方によってはイケメンと自認したこともあったのに、加齢の波には抗えず、ここ数年自分がどんどん汚いおじさんになっていくのを自分でもハラハラしながら見守ってきた。自分でも自分のおじさん化が辛い。そしておじさんは社会に軽んじられ、虐げられている。自分は腹を立てていた。社会性のない、理不尽な怒りに、震えていた。自分を癒すのは、同世代の平均よりも、ほとんどの女よりも高い収入だけだった。行く当てのない漠然とした怒りは、性欲には変化せず、ただ胸の奥に振動のような寂しさを残した。

薄明かりの中コーヒーを飲み切り、もう一杯淹れて戻ろうと思いながら、一瞬迷ったのちSD

Gs的正しさへの反発として新しい紙コップをセットしてコーヒーを抽出させていると、スマホが震えた。「マッチしました」というライクスの通知に、それだけでちょっと気持ちがアガる自分が怖い。優美の告発があった直後、自分を特定されたのかカマ掛けなのか分からないけど、からかいのようなDMが何通か届いたため、課金のマチアプは全部解約していた。でもライクスだけは野良系の、男女ともにヤリモク多めの無料アプリで、アイコンもほぼ顔が判定できないようなブレブレの画像を使っていたため放置していた。年収の項目もなくて、ワンナイトがほとんどだと、このアプリを教えてくれた四十手前の漫画編集者は言っていた。相手のプロフィールを見ると、顔は手で下半分が隠されていてよく分からなかったし、加工も入ってるんだろうとは思うけど、プロフィールは二十四歳で、バストアップの不鮮明な画像でありながら、手で隠された顔よりも胸に目がいく体型だと分かった。元々このアプリで知り合った人に本名を名乗ったことはなかったけど、これは完全に身元をバラさない案件だ。結局、結婚だの真剣交際だの理想だの、そういうことを考えていない方が、人生は楽しく過ぎていくんだろう。もう名前を忘れてしまった「イエニスト茂吉好きは私です」も、俺がイエニスト茂吉好きを許容できれば、馬鹿な女と見下しながらもセックスくらいはできたはずなのだ。

「初めましてTakeです。マッチありがとうございます！　Rinaさんみたいな綺麗な人とマッチできてめっちゃ嬉しいです。最近女性とこういうアプリで話すことがなかったので、ちょっと緊張します、、」

無思考でそう打ち込むと、すぐに「えーうれしい。もしよかったら明日か明後日ご飯行きませんか？」と返ってきて、話早すぎないか？　でもライクスだからそんなもんなのか？　と考え込むものの、ライクスで出会った子とマッチしてデートした時どんな流れだったか、もうあんまり思い出せなかった。自分はまだまだ、有害なクズなのだろう。

あー、別にHUBとかでもいいし、トリキとかでもいいですよー。お酒飲めればどこでも。どこ行きたい？　と予約なしであることを責められるかもと思いながら聞くと、Rinaちゃんはそう言ってカラッとした笑顔を見せた。加工はまあまあ激しかったようで、正直一緒に歩くのが恥ずかしいレベルの女の子だったし、まあまあむっちりしていて何だよ体まで加工かよと思ったけど、巨乳は本物だった。何となく、一昨日このRinaちゃんとマッチしてやり取りを始めてから、自分の下衆度がどんどんアップしているような気がしていた。人を査定するとき、伴侶や周囲の友達でレベルを測るのは、案外理にかなった方法なのかもしれない。俺はRinaちゃんといると、自分の体裁や、プライドなんてどうでも良くなる。それは例えば、小さな子供といる時に自分を取り繕ったり、格好つけたりすることが無駄であるということに近いのかもしれない。Rinaちゃんにとっては、俺の文芸編集者としての能力や知識、学力や知性なんて、全く意味をなさないということで、つまり俺とRinaちゃんの間には、CPU的な反射神経でこなす会話と、ヤリたいとか触りたいとかそういうものをむき出しにした即物的な関係しか成立しないということでもある。

本当にHUBに入って全体的にカロリー高めなじゃがいもとか加工肉メニューとビールを注文すると、Rinaちゃんと俺は並んで座った。向かい側に座るだろうと思ったら押し込むように隣に座ってきて、インテリチキンの俺にはちょっとした警戒が発動する。二軒目でぼったくりバーに連れて行かれる、あるいはホテルに男たちが待機してる、ヤバい痴女、年収の項目はなかったけど、もしかしたらテレビとかにチラッと映ったのを見かけて、会社や身元が特定されているんじゃないか、等々の不安から、Rinaちゃんは美味しいねーとか今日も暑かったねー的な話しかしていないのに気の利いた受け答えができない。

「Rinaちゃんは、よくライクス使うの？　俺あれでマッチしたの久しぶりで……」

「えあそれ、アイコンが悪いんじゃないですかー。Takeさんもっと盛れると思いますよ」

「でもあんま盛ると、会った時がっかりされちゃうから……」

「えーそんなこと考えてるんですか？　人生短いんだし、数打たないとじゃないですか？」

「でも数打ったら、数打った分だけがっかりされるってことだよ？」

Rinaちゃんは大笑いして、Takeさんすっごい面白い！　とテーブルの上に置いていた俺の手を握った。この子は、もしかしたら、何か軽度の障害がある子なんじゃないだろうか。年収とかお小遣い狙いの女の子には違和感を抱かないけど、年収を明かしてない相手にこんなにベタベタされると、違和感しかない。

「Rinaちゃん、仕事は？」

「んーと、家事手伝いみたいな？　いまおうちないんだけどね」

「おうちないの？」

「うん。彼氏のところ出てきちゃったから、帰るところがないんだ」

「実家は？」

「実家はすごく遠いの。だから帰るお金もなくて」

「親に言えば、出してくれるんじゃない？」

「嫌なんだ。親めっちゃダメ出ししてくるから」

「ダメ出しって、どんな？」

「うーん、多分私のこと嫌いなんだよね親」

あそうなんだ、と呟き、お代わりする？　と彼女の空になったグラスを指さすと、うん、と元気な声で返された。じゃあ、今のと同じのを、パイントで飲んでいい？　もちろんと言いながら席を立つ時Rinaちゃんはありがとう、と半身をぴったりとくっつけてきた。カウンターに並びながら、中上健次の「枯木灘」を思い出していた。白痴の女児の存在が印象的すぎて、あれを読んでからしばらく、心の中でずっと白痴の女児を犯し続けていたようにさえ思う。これは支配欲の一種なのかもしれない。高圧的だったかつての女性上司に対しても、妄想の中で犯し、謝罪させ、組み敷くことでしかその現実を乗り越えられなかった。自分はいま、猛烈に、頭の足りてなさそうな女に欲情していた。何も分かっていないガキのような女を性的に支配したい。跪《ひざまず》かせて奉仕させて乱暴に扱いたい。自分を形作っていると思っていたあらゆる要素が全て抜け落ちて、今、自分には凶暴な性欲しかなかった。


「私Mなんです。すっごく。優しくされるのは嫌なんです。それでも大丈夫ですか？」

何か心の病的なものを感じさせることを言いながら、Rinaちゃんは俺の手を引きホテル街に入っていった。どのレベルのものを求めてるのか分かんないから、ちょっと分からないけど、俺はMよりはSだと思うよ、とぐずぐず言って、Rinaちゃんて美人局《つつもたせ》とかじゃないよねと聞くと、怖いならホテルはTakeさんが選んでいいよと彼女は笑った。Bランクくらいのホテルを選び、その中でも安めの部屋を選ぼうと思っていたのに、安い部屋は軒並み埋まっていて、仕方なく空室の中で一番安い一万三千八百円の部屋にした。ケチる姿も、底辺の女に見せるのは恥ずかしくも怖くもなかった。何なら、女に金をかけない、女を雑に扱う自分はマッチョで格好いいとすら感じていた。いつも自分が仕事で会う女たち、SDGsだとか現代的正しさとか言う女たちが、意識高すぎなんだ。そしてあいつらみたいな女のせいで、俺たちの自由が奪われているんだ。

私一週間オフキャンしてるんで先に入らせてください、そう言って一人でお風呂に入ってきた彼女に続いて、自分もシャワーを浴びた。財布の持ち逃げとかされたら洒落にならないと思って、入室前からスマホと財布をズボンのポケットに入れておいたけど、もしかしたらシャワー中に服を漁られるかもと思って、両方ともタオルに包んで風呂場に持って入った。自分はマッチョじゃないし、気の小さいケチな男だ。自覚しつつ、それでも体は支配欲に支配され、性器はすでに半勃ちだった。

ズボンに財布とスマホを戻して部屋に戻るとRinaちゃんはベッドに横になっていて、ガウン姿の俺を見るとスマホを枕元に放った。

「無理やりって感じでしてください。私無理やりが好きなんです。イラマも大丈夫です。スパンキングもビンタもめっちゃ強くなければ大丈夫です。首絞めもいけます。でもガシマンはやめて欲しいです。私すぐ血が出ちゃうんで」

「分かった。あのさ、これって、お金は？　いくらとか、決めてなかったけど」

「いいです。ご飯とここで二万とかかかったでしょ？　私今日シャワーと寝るところがどうしてけで満足で。だからお金はいいです」

　まるで都合のいいAVだ。こんなことがあっていいのか？　何か痛い目を見るんじゃないのか？　そう思いながら、もうすでに興奮で下半身が痺れていた。はだけたガウンから乳首が覗いていて、それだけでもう勃っていた。セックスは、優美としたのが最後だった。とてつもない興奮だったけど、シャワーを浴びて少し化粧の剝げたRinaちゃんの顔を見ると現実に引き戻され少し萎える。Rinaちゃんはブスだ。でもそれでも、金を払わずにこんなふうに支配欲を満たしてくれるなら、それだけでこの子には大きな価値がある。

　じゃあ、と自分を鼓舞するように言うと、ベッドに座りRinaちゃんのガウンの中に手を入れる。胸を鷲摑みにすると、手から溢れた。興奮のあまり摑み方が乱暴になってしまったけど、ごめんと言うと「全然。もっとしてください」と言われ、自分の中で何かが弾けたようになって乱暴に揉みしだく。口に含んで、乳首を嚙むと大きな声があがった。股に手を伸ばし、肉の中の水分に触れた瞬間、痛いほどの興奮が襲う。ぐちゃぐちゃにいじって中指を入れ、親指でクリトリスを撫でる。汚い喘ぎ声を上げるRinaちゃんの体を突き放し、舐めろと言うと、Rinaちゃんはガウンを脱ぎ捨て這いつくばるようにして俺の性器を舐め始めた。上から見ると、そのだらしなさが際立つ。腹の肉が浮き輪のようにたっぷりついていて、何故かその肉感に怒りが湧いた。両手で頭を押さえつけ、腰を振るとRinaちゃんは嘔吐《えず》いて、口から唾液をこぼす。これまで感じたことのない支配の快楽に、全身がドクドクしていた。

「逆シックスナインしてください」

一瞬意味が分からなかったけど、男が上になるシックスナインのことだとすぐに合点して、ベッドに叩きつけるようにして横にさせると跨がり、性器を咥えさせる。目の前にあるRinaちゃんの性器をいじりながら腰を振ると、グッ、グエッ、と嘔吐く声が聞こえてくる。これはいい。女の体が、物みたいだ。自分が今しているのは、人との前戯やセックスなどではなく、反応する物を使ったオナニーだ。喉の奥に思い切り突っ込むと、ゴボゴボと苦しそうに引き攣る喉で、初めての快感が生じた。腰が止まらなくなって、セックスの時のように激しく腰を振ると、唐突に耐えられなくなっていく。

「ヤバい。出る」

喉の奥で射精すると、Rinaちゃんはビクビクして、チンコを根元まで咥えたまま咳き込む。チンコを抜くと、透明な涎と白濁した液体を口から垂らしたRinaちゃんの顔に、その液体を塗り込む。ビンタをすると、ひゃっと短い悲鳴が上がった。挿入前にイッてしまったことへの羞恥心と、二回戦目ができるのか分からない不安を隠すため、このブタ、と罵り四つん這いにさせ何度も尻を叩いた。柔らかい肉が振動して、尻から胸、背中にまでぶるんと揺れるのが滑稽だった。上半身をベッドに押し付け尻を持ち上げると、二本指でピストンして潮を噴かせる。半勃ち状態だったチンコが、温かい潮を浴びて硬さを取り戻した。肩を摑んで引っ張り起こすと、壁に背を凭《もた》せた形で座らせ、またチンコを口に突っ込む。めちゃくちゃにピストンをすると、濁音混じりの声をあげてRinaちゃんはゴボッと音をたてて嘔吐した。大丈夫? と反射的に聞きそうになったけど、お構いなしにもっと突っ込むと、今度は盛大に嘔吐した。汚ねえなと吐き捨てて、腰を振りながら頰を張る。Rinaちゃんの顔は赤く腫れ上がり、嘔吐とイラマのせいでぼろぼろ涙を流している。ゴミみたいに扱われるRinaちゃんの哀れな姿によって再び硬さを取り戻したことに満足して、俺は彼女をベッドに放った。バックから突っ込むと、スパンキングをして、胸を乱暴にこれでもかというほど揉みしだき、乳首をつねった。Rinaちゃんが漏らすたび汚ねえブタがと罵り、引っ叩いた。仰向けにさせると、あまりに顔が汚くて萎えそうになって、涎と精液と嘔吐物に塗れた顔を手で触るのも嫌で、手元にあったどちらかが着ていたガウンで顔を覆った。思い切りピストンをすると、上り詰めてくる快楽に喘ぎそうになるのを堪えて、イクぞと声を上げる。高速ピストンの後にチンコを抜くと、ガウンを剝いでぐちゃぐちゃになったRinaちゃんの顔に向けてチンコを擦る。救いがない。汚い女の顔を余すところなく精液で隠すようチンコの向きを調整して射精しながら、自分が損なわれるような快感の中でそう思った。

救いがない、とは何だろう。Rinaちゃんはセックスが終わると顔を洗いに行き、ベッドに戻ってくるとTakeさんすごかった、と伏し目がちに言った。すごい、という言葉に反射的に喜びを感じるのもまた、有害な男性性なのだろうか。でも、全ての子供は、母親にすごいと言われて自信をつけていくものなんじゃないだろうか。子供のまま大人になったことが罪なのか、褒めてくれるのは女親と決めつけている自分が害なのか、普段強要されている現代的な倫理と今したばかりのプレイの落差に、ねじ切れそうだった。今のセックスによって、何かのタガが外れてしまったような恐怖と同時に、ずっとのしかかっていたジメジメとした重い蓋が開いたような爽快感にも満ちていた。もしかしたら、昭和の男たちはこういう快楽がデフォルトだったのかもしれない。倫理に縛られず、女たちのすごい、強い、男らしい、の言葉に酔いしれ、女を性的に支配する。だとしたら、昔は良かったとぼやく老人が多いのは当然だ。でもそれが当然だった時代に比べて、タブーを犯している意識を植え付けられた現代の方が、快楽が増している説もある。

つまりその身も蓋もない快楽に溺れている自分に？　それともそういうセックスが好きなRinaちゃんに？　それともこういう被虐的なセックスを求める男女に？　それともこのセックス自体に？　救いがないということだろうか。自分から零れ落ちた否定しようのない言葉が、自分で理解できないことに、なんとも言えない気味悪さを感じながらも、二回の射精を経た身体は達成感に満ち溢れていた。

「Rinaちゃんは、本当にこういうプレイじゃないと興奮しないの？」

「うーん、普通のセックスもできるけど、あんまり興奮できないかな」

「そうなんだ。どうしてだろうね」

「どうしてだろ。バカだからかな。ゴミみたいに扱われると濡れるんだよね」

テへ、という感じでRinaちゃんが言って、俺はその清々しいまでの下等であることの潔さに感銘を受ける。でもそうなると、このプレイにかつてないほどの快感を抱いた自分もバカということになるのではないだろうか。

「何に興奮するかは、頭の良し悪しによっては決まらないよ。性癖は、もちろん社会的刷り込みもあるだろうけど、ある程度は生まれ持ったものじゃないかな。例えば異性愛とか同性愛が頭の良し悪しで決まるわけじゃないように、どんなプレイに興奮するかだって、自分で決められるようなものじゃないんじゃないかな。もちろん、こういうプレイが好きな人にはこういう人が多い、みたいな傾向はあるかもしれないけど」

「Takeさんて、頭いいんだね。私そういう話あんまりよく分からなくて」

そう言いながら本当に何も分かってなさそうなバカそうな顔をこちらに向けたまま、Rinaちゃんはすっと目を閉じた。一週間風呂に入っていないと話していたんだから、漫喫なんかを渡り歩いていたのかもしれない。二十四歳が本当なら家出少女とは言わないだろうが、路上生活者とも違うような気がする。今ではもう差別語認定され使うこともなくなってしまったけど、ホームレス、という言葉がぴったりのような気がした。家がない女。スヤスヤと眠り始めたRinaちゃんに、掛け布団を引き上げる。さっき潮とお漏らしでびしょびしょになってしまったけど、分厚かったため掛ける分には問題なさそうだった。床には嘔吐物が残っていて、帰る前に少し片付けた方がいいだろうと吐かれた時は思ったけど、もう近寄りたくなかった。自分も久しぶりのセックスで、二度も射精してもう力つきていたけど、まだ体の興奮が収まっていなかった。身体中が、ヒリヒリしていた。

ようやくウトウトしかけた時、ヴーッというバイブ音で目を開けた。こんな時間にと思ってベッド上のパネルに置いていたスマホを手に取ると、優美からのＬＩＮＥで、一気に眠気も吹き飛びスマホをFace IDで解除する。

「元気ー？　ねえ私木戸ちゃんと連絡取りたいんだけどＬＩＮＥかインスタ繋げてくれない？あの人Twitterもインスタも公式アカ持ってないよね？」

怒りが湧き出し、うねっていくのが分かった。なんだこいつ。なんなんだこいつは。バカみたいな告発をされて以来、自分から連絡を取ろうとしては思い直して何度も送信取り消しをしたり、記録が残るのが不安で電話をかけたら無視され、でもどうしても何か言ってやりたくて悶々としていたらTwitterにまた過去の言動を追加投稿されたりして、もう二度と関わるまいと思ったり、何度も行きつ戻りつしていた。それが数ヶ月ぶりに唐突にLINEを入れてきたと思ったら、木戸さんと繋げろ？　Rinaちゃんと加虐的なセックスをして気が大きくなっていたせいか、目の前にいたら殴り殺してただろうとさえ思う。そしてペリペリとペンキが剝がれるように、数年前の記憶が蘇る。今日Rinaちゃんにした逆シックスナインを優美とした時、「ちょっと無理！　金玉が目の前でヘコヘコ動いてんの面白すぎ！　まじ無理！」と爆笑している全裸の優美の姿だ。きっと女性にとっては屈辱的な体勢なのだろうと諦めたけど、笑われたせいで萎えてしまったし、そんなに笑わなくてもいいじゃないかと、イラッとした。Rinaちゃんよりはちょっと可愛いかもしれないけど、言ったって底辺アラサー女のくせに、あの女はなんであんな偉そうなんだ？なんでこんな、あっけらかんと俺に連絡してくることができるんだ？

怒りが湧いて、怒りが性欲に還元されていくのが分かった。性器がドクドクして、支配したい、制圧したいという欲望が勢いよく扉を破るように噴出していく。裸のままのRinaちゃんの胸に手を伸ばし、揉みしだく。うーん、とくぐもった声が聞こえたけれど、揉み続けていてもRinaちゃんは起きない。手を伸ばし、Rinaちゃんの片足を引っ張り股を開かせ、人差し指と中指と薬指を舐めると三本の指の腹で上下に擦るようにクリトリスを刺激した。そしてまた喘ぎ始めたRinaちゃんに、起きろブタ、と囁き、顔に唾を吐きかけた。

私YouTuberになったんだよね。でさ木戸ちゃんに出てもらいたいなって。え目的？　ま基本バカな男を駆逐しましょうっていうスタンス。でも男の話も聞きましょってこと。やっぱ話し合い大事じゃん？　YouTuberの仕事喋ることだし。だから対話？　しよってこと。あ美津ちゃんと木戸ちゃんのガチンコでもいいかもね。てか武夫も出てよ。武夫の言い分も聞きたいし。え言い分とかないの？　えじゃただの無神経的な？　デリカシーない的な？　いやいやあるっしょ。イエニスト茂吉好きな女にその場では合わせつつ私に対して小馬鹿にしてる時さ、何考えてたの、イエニスト好きとかヤバいやつって思ってたしょ？　それ全然変じゃないと思うよ。武夫まじ普通に真っ当。までも私イエニスト茂吉好きは私ですちゃんに会ってさ、あの子もまあ普通に真っ当だなって思ったわけ。でもああやって食い違っちゃうわけじゃん？　それってなんか、出来事としておもろくない？　二人とも真っ当なのにお互い何こいつってなってさ、なんか裏切りとか嘲笑的な？　になるわけでしょ？　でもさ基本、なんだよあんなバカなやつって諦めたもん負けだと思うよ。私とセフレ的な関係だったのもなんかやっぱそっちからしたらなんか言い分あるわけでしょ？　ま別にただのセフレならただのセフレって言っちゃった方が潔い！　ってなるだろうしね。まー会社的にとか色々あんのかもしれないけど。でも自分の言葉で発信できる時代にしないのもどうなのって、できるのにしないって、逆に想像煽るし、逆に邪悪っていうかさ。私究極この世に超越的な存在なんていないいって思うわけ。とんでもない、理解できないヤバいやつなんていないと思うわけ。思わない？　私武夫のこと告発して気付いたんだよね。あーなんか超絶悪い奴とかいないんだろうなーって。私のYouTubeはさ、それを証明してくためのツールっていうか。この世に謎に満ちた巨悪とか、理解できない悪とかなくて、一人一人思いの丈を説明してくれれば大抵「あーそういう経緯の悪ね」ってなる悪しかいないと思ってるわけ。あだからイイブンチャンネルって名前なんだけどね。皆の言い分聞いていきましょそしたら世界に怖いものなんてなくなるよ皆悪で皆善的な？　そういう方向目指してるチャンネルだから。

一晩で三回セックスしたあと、昼前にチェックアウトのお知らせ電話で目覚め、チェックアウトに十分遅れたせいで延長料金千円を払わされ、とても日中外を一緒に歩く気になれないRinaちゃんとホテル前で別れ、タクシーで家に帰宅し何だか下半身を中心にバリバリする体をシャワーで洗い流して落ち着き、何を言われても平常心、と自分の心を落ち着かせてから掛けた電話で、優美は一気に捲し立てた。優美は確かに弁が立つし、人をこき下ろす時なんかはそれはもう辛辣で聞いていて面白かったけれど、ここまで隙を与えないほど饒舌に話しているのを聞くのは初めてだった。優美は俺をこき下ろして人からの注目を集め、YouTuberなんてふざけた仕事を始めて、こき下ろした俺に対してアホみたいなことを宣って、輝いている。そう思った瞬間、怒りが波となって押し寄せてきた。

ふざけんなよてめえ。と喉まで出かかっているのを押し留めているうちに、チンコを喉に突っ込まれて嘔吐いているRinaちゃんの顔が浮かんできた。いやいやこいつは俺のこと晒し上げにして笑い物にした女だぞしかもYouTuberなってるんだぞこの電話自体録音されてるかもしれないし、もしかしたら今話しながら生配信とかしてるかもしれないわけで、そんな人間とまともな話し合いなんてできるわけがない。ふざけんなよてめえなんて言おうものなら、いいように編集されて恫喝されたなどと捏造されてもおかしくない。

「あのさ、俺も悪かったと思ってるんだよ。優美のこと、なんでも話せる友達みたいな感覚で、女性に言っちゃいけないことも言っちゃったんだと思う。優美が腹立てたのは当然だと思うし、ああいう告発？　みたいな行動に駆り立てちゃったのも、まあ今では仕方なかったと思ってるよ。

俺も反省したんだよ。これからは女性に対してめっちゃ言葉に気をつける。だからもう関わらないで欲しいんだよね。木戸さんに連絡したいなら、俺じゃなくて会社に問い合わせてもらえない？　もうなかったことにしたいから、ほんともうこれ以上連絡してこないでほしい。俺もＬＩＮＥブロックするから、優美もブロックして。まじで悪かったよ」

何かから逃げるように電話を切ると、俺はすぐにブロックして、二度と優美のことを思い出すまいと心に決めた。そうして連絡手段を絶ったことで、どこかで優美のことを引きずっていたのだと自覚した。自分はどこかで、都合のいいセフレの裏切りを、受け入れられないでいたのだ。その事実に、優美よりも下等なセフレを見つけてようやく優美を切ることができて、気付かされた。

全くうんざりだ。天を仰ぐように心の中で呟いた数時間後に、また晒された。五松武夫のやらかし第何弾？　そう銘打たれたツイートにはボイスチェンジャーを使ってはいるものの、自分のメッセージが動画で貼りつけられていた。「『これからは女性に対してめっちゃ言葉に気をつける』ってなに言葉じゃなくててめえの脳みそ改革しろや」「口だけ合わせときゃいいと思ってる耄碌ジジイと一緒」「友達みたいな感覚で言っちゃいけないこと言っちゃったとかほざいてたけど男友達となら女を肉便器扱いしていくらでもサゲれちゃうホモソ鬼畜まじきも」「なかったことにしたいって、なかったことにするのお前じゃないからｗｗｗ」連投には、第一弾の告発ツイートほどのいいねはつかなかった。弾が重ねられるにつれ、いいねの数は少なくなっている。それでも、気がつくと十分おきに検索してツリーを確認していた。廃人みたいだと思いながら、一方的に廃人にされた怒りが湧いて、悶々としながらRinaちゃんにＬＩＮＥをしていた。また会ってくれる？　と送ると、嬉しい私も！　とちょっと話が通じていない感じの返信があった。今の自分に必要なのは、邪悪なセフレじゃなくて、バカなセフレだった。

漠然と何かを買って行こうと思っていたけど、何も思いつかない内にいつの間にか商店街を出ていて店も減ってしまい、来た道を少し戻っておこわ屋のおにぎり四個セットを買ったものの、薄いレジ袋に詰められたパックを見下ろしてなんとなくバカみたいな手土産だなと思って、また少し戻ってたい焼きを四つ買った。女性編集者はしょっちゅう作家に手土産を持参していて、その手土産に自負を感じているようにすら見えて、何だか嫌味な文化だと思っていたけれど、今はそのチョイススキルがない自分に少しだけ憤慨していた。こんな憤慨が自分の中に沸き起こるのは、手土産を買う奴らのせいだ。そして、いつもは買おうとも思わないのに、なんとなく買っていくべきだろうかと日和《ひよ》ってしまった自分のせいでもある。これからは、手土産みたいなものに頓着しない人間になろうと心に決めつつ、GoogleMapsを再び開いて方向を確認する。

木戸さんに連絡しようと思ったのは、ヨミモノオンラインとか自分たちを告発した女たちを一緒に腐す相手がほしいというのがまあまあ大きくて、野次馬的な気持ちが少しと、創言社内で害悪と周知されている男が自分一人では寂しいからいつ復帰するのか知りたいというのも少し、俺ら仕事抜きでも話すくらい仲良かったですよねというホモソ的友好関係への希求もほんの少し、その本心を隠すための、俺の元セフレYouTuberに狙われてますと警告するため、そして長岡さんの単行本が刊行されるのに合わせて「叢雲」に載せる書評を誰に依頼するかの相談をするため、という二つの建前ができたため、十分満を持したと言えるだろうと確信したから、という回りくどい経緯によってだった。

インターホンを鳴らすとどうぞと覇気のない声が聞こえて、俺は自動ドアをくぐり抜ける。なんの変哲もない、綺麗だけどまあ普通のマンション、一応エントランスに接客スペースのようなものはあるけど簡素なテーブルが二つだけで、おそらくマンション内ジムやレンタルスペースなどはないだろうと思われる、単身あるいは二人暮らしメインであろうマンションだった。

「久しぶり。いらっしゃい」

木戸さんはいつも通り。五十代半ばの、普通のおっさん。ちょっとやつれたかもという感じはするし、チノパンにロンTという会社の時よりもちょっとラフな格好ではあったものの、記憶の中の木戸さんと特に相違なかった。でもお久しぶりですと言いながら玄関に足を踏み入れた瞬間、家の中が「祖父母の家の臭い」に近いことに気づいて、自分の延長線上にいる男の臭いが死を感じさせるものに近づいているという事実に動揺する。枯葉が腐ったような、いや散々揚げ物に使い回した臭い油に漬け込んだ枯葉のような、つんとする刺激臭だった。自分も少しずつ、自分自身の加齢臭を感じることが増えてきたけど、綺麗に片付いた部屋中に染みついているのであろうその臭いは、自分もそれを発し始めているという事実を差し引いても悍ましかった。そう言えば、木戸さんと一緒にエレベーターに乗った時も、この臭いを感じてウッとなったことがあった。毎日シャワーを浴びていてもこれほど臭うのだろうかと思うと恐ろしい。他にどんな改善策があるのか、この家を出たらすぐに調べようと思った。

「むさ苦しいところで悪いけど」

「いやいや、俺んちなんてこんなもんじゃないですよ。めっちゃ片付いてるじゃないですか」

「数年前にミニマリストに影響されて、ほとんど何も持ってないんだ」

「すごいですね。本棚もこれだけですか？　俺も早くこの域に到達したいです」

「いや、こんなところに到達しない方がいいよ」

　木戸さんは半笑いで言ったけど、どことなく表情が暗く、相手が望んでいないのに押しかけてしまったような気がして萎縮する。良かったらちょっと会いませんか？　俺もう木戸さんの顔忘れちゃいますよ、と調子良く約束を取り付けた時には、向こうも社会から切り離された生活にうんざりしているだろうからと、むしろ慈善的な気持ちだったけど、覇気のない様子の木戸さんを見ていると、自分は年長の男性にとっても迷惑な存在なのかもしれないと不安が込み上げてくる。

「あの、これ。駅前で」

　袋を渡すと、ああ沖田屋か、と木戸さんは笑顔を見せた。

「ここのおこわ美味しいんだよ。こっちはたい焼きか。五松くんも食べてくよね？　あ、えっと、ごめん僕ご飯いつもカウンターで食べてて。ソファで食べる？」

「あ、じゃあはい。ソファで」

「ビール？」

「あーじゃ、お願いします」

　部屋には確かにダイニングテーブルがなくて、ソファとガラステーブルが置かれているだけだった。家具と言える家具は腰までの高さの両開きチェストとテレビだけで、本当にがらんとしている。ミニマリストに影響されて、と言う時少し恥ずかしそうだったけど、確かにここまでやるのはちょっとどうかしてると思う。

木戸さんは小皿に載せたミックスナッツとビールとグラスを出すと、おにぎりも皿に移して持ってきた。加齢臭のするおじさんが、自分よりも気の利く男性であるということが、どこかバグのように感じられた。ビールで乾杯すると、なんか変な感じだねと木戸さんが弱々しく笑って、自分も苦笑する。確かにそうだ。同期の他社の編集者とか、作家の自宅で開催される会に呼ばれて行ったことは何度かあったけど、会社の人の家に行ったことは考えてみれば一度もない。三人掛けとはいえ、上司とソファの端と端に座るのは少し気恥ずかしさがある。

「木戸さん、会社の人の家とか行ったことあります?」

「僕が創言社に入ったばっかの頃は編集長の家で忘年会とかやってたよ。家族がいる人は家族も同伴してね。校了会は五松くんが入った頃もやってたっけ?」

「あー、俺が叢雲きた時にはもうなかったですね。駒田さんが編集長になったタイミングでなくなったって聞きましたよ」

「そうだった。駒田さんの合理化計画でなくなったんだったね。あれ以来、部の飲み会がほとんどなくなったんだよ」

駒田さんは三代前の叢雲初の女性編集長で、育児をしている女性を活躍させようというダイバーシティ的思想による人事だともっぱらの噂だった。いかにも女がやりそうな合理化と経費削減で、文芸編集の面白さも大幅に削られた。それまではどんな高級レストランでも経費で落とせただの、キャバクラでも落とせただの、有名作家にロマネコンティを飲ませただのと、入ったばかりの頃の部長が話していたけど、その部長は数年後にクビになった。漫画編集部にいた時代、愛人のやっていたクラブに経費を使い込み、それを愛人と山分けしていたことを告発されたのだという。告発したのは愛人だろうし、どうせ別れ話で揉めたのだろう。女でトラブルを起こすところいう仕打ちが待っているのだと、男性皆が身につまされただろうに、俺たち男は今も女でトラブルを起こさずにはいられない。でも木戸さんは、もう十年も前のことで告発されたのだ。もしかしたらあの部長も、もう何年も前の使い込みを告発されたのかもしれない。過去に自分で埋め込んだ時限爆弾がいつ爆発するか怯えながら暮らすのが嫌だという理由で品行方正になる男が、これからは増えるのだろう。品行方正な男が増えたら、女たちは幸せなんだろうか。幸せなんだろう。だったらそれでいいのかもしれないと思うと同時に、元々クズな俺らがどうして女たちのために変わらなきゃいけないんだという支離滅裂な憤りにも駆られる。

美味しいねこれ、と言いながら山菜おこわを頬張る木戸さんを見ながら、その山菜おこわを貪る口から、顔に嫌悪を滲ませる女子大生の口に唾液を垂らす様子が浮かんだ。木戸さんと目が合う。木戸さんもきっと、二回戦目で勃たず焦っている裸の俺を想像しているのだろうと、勝手に確信した。告発っていうのは、あまりに残酷な行為だ、と痛感する。

「色々、変わったよね。自分が社会人になった頃は、会社が家族とか、親戚みたいな存在だったんだよ。少しずつ公私の切り分けが進められて、なあなあが通用しなくなって、今じゃ若い人とはプライベートな話もできないし、家の行き来もしなければ、住所も知らないし、社用携帯以外の番号も知らない。年賀状とか、昔は社員同士でも送ってたんだよ。同じ会社の人なら誰でも住所が見れたって、すごいことだよね」

「それは怖いっすね。年賀状とか親戚付き合いとか、そういう無駄が省かれていったと思うと、自分もそれはそれで良かったーって思うけど、最近はなんか行き過ぎっていうか、過剰だなって思っちゃいますよね」

「昔は、怖くなかったんだよ。会社の人は皆親戚だったから」

「いやでも、怖い人もいたんだと思いますよ。昔から。で、その人たちが主流になっていった。だからそういう文化が潰えたんですよ」

皆からちやほやされ、若手代表のような扱いを受けている梨山くんみたいな人を前にすると、タイパコスパ言いやがって何がZ世代だよ全てを惜しむケチなガキだろと思うけど、前時代的なものを懐かしむおっさんおばさんたちを見るとなにノスタルジックになってんすかもうそんな時代戻ってこないんすよアプデアプデ、と思う自分がいる。そして自分もまた、上から、下から、同じような目で見られているのだろう。

「そうなんだろうね。自分の考えは害悪なんだろうなって、最近よく思うよ。変えていかなきゃとは思うんだけど、フレキシブルに適応できないんだよね。指摘されて初めて気付く。それで、なるほどと思って勉強して、振る舞いが体に馴染んできた頃には、また別の指摘が飛ぶ。分かんないんだったら出しゃばんなって、教室の隅に蹴って追いやられてる気分だよ」

「え、いや、木戸さんまだ五十代ですよね？　そんななんか、死にかけ老人みたいなこと言わないでくださいよ。スマホとか、タッチパネルとか操作できますよね？」

「速度に、ついていけないんだ」

「時代の変化の速度っすか？　まあネオ・デジタルネイティブ世代が社会人なってる時代ですからね」

「人に迷惑をかけてばかりいる気がする」

「いやそれって、木戸さんの環境が悪いんじゃないですか？　つまり、うちの会社って半分は女性じゃないですか。権力持ってる女性も多いし。で、まあファッション誌とかの比ではないけど、文芸もこの時代の波に飲まれて、まあ価値観のアプデしなきゃヤバいってことになってるわけじゃないですか。でも俺思うんすけど、そこらへんの中小とか、体育会系企業に勤めてるやつら、まだまだ全然昭和ですよ。当たり前に男尊女卑、セクハラパワハラ上等、年賀状の習慣残ってるとこだってあるし、非人道的なバラエティで笑ってたり、まじ昭和の世界がそこには残ってるんですよ。新しいガジェットもシステムも使いこなせなくて無駄遣いしてる奴ら、まだまだ全然普通にいますよ。そんなね、クリーンでポリコレな男女平等差別反対ダイバーシティなんて、日本の下賤大衆にはそこまで浸透してませんよ。ま、二極化が激しくなってるのはあるかもですけどね。富裕層と貧困層もそうだけど、文化資本のあるやつないやつ、教養あるやつないやつ、って全体的に二極化してお互い別の世界を生きてる感じですよ。だからま、騙し騙しやっときゃいいんですよ。なんとなく女とかマイノリティがキレそうなヤバそうなことには神妙な顔して言及しないようにして、穏便にやってりゃ木戸さんはもうリタイア。社会の変化に適応しろなんて抑圧とはおさらばで嘱託でのんびり仕事続けて逃げ切りゴールじゃないですか。ま、リタイア前に昔のやらかしでちょっとつまずいちゃっただけって思ったらいいですよ。俺はまだまだ創言社にしがみついていかなきゃいけない歳だから、色々気にしなきゃいけないし地獄ですけどね」

　つまり、意識高い奴らを怒らせずに、クソ大衆の中でインテリ気取ってるくらいがお前のちょうどいい生き方なんだよ。俺は自分のことを棚にあげてそう思う。自分は自分で、意識高い系とかＳＤＧｓとかポリコレに苛々してて底辺女を殴ってイラマしてスカッとしてるのに、現代に合わせることのできない奴を見ると、腹が立つ。きっと、現代的価値観に合わせることで生じてきた俺の中の深い歪みが、するっとRinaちゃんの被虐体質に嵌《はま》ったのだ。先進現代の中で生じた歪みが、後進現代の中で生じた歪みと合致した。そう思うと面白い。

「僕は告発自体よりも、告発されて、自分の何がそんなに彼女を傷つけたのか、全く分からなかったことにショックを受けたんだよ。僕は彼女を物のように扱ったことはなかった。普通に、人として敬意を持って接してた。昔から、切り離すと決めたものには冷たいって言われてたし、自分でもそういう質だとは自覚してたけど、それは自分自身を納得させるために必要な経緯でもあって、別れ際に冷たくしたのは相手のためでもあると思ってた。別れたい相手から優しくされたって、嫌なだけだろうしね。小説のことだって、最後には恨まれたけど、親身になって考えた結果だよ。もちろん、僕の赤入れを採用するかどうかは自分で決めてくれとは言ったけど、それはそれこそ人として尊重したからだし、読んでくれって言われて、急かされて、プロの作家の原稿を差し置いてまで赤入れして、でもこんな修正したくないとか、感覚が古いとか言われたらカチンとくるし、恨み言はいくつか言ったかもしれないけどね。でも僕だって彼女にひどいことをたくさん言われたんだよ。それはもう、ひどい罵詈雑言を浴びせられた。もちろん、自分に都合の悪いことは忘れてるんだろうけどね。僕も彼女も」

悲惨だな。ぽつりとした感想が生まれて、煙が霧散するように消えた。

「結局、まあお互い言い分があるってことなんですよね。恋愛関係とか肉体関係のあった二人の間の善悪なんて、その二人の間にしかないし、どっちかの話だけ、いや両方から聞き取りしたって、どっちの方がどっちより悪いとか、僅差でこっちの方がましとか言えないわけで。あ、ってか、話したいことがあるって言ったのは、実はとりあえずンコチってアカで俺のこと暴露してきた元セフレが、木戸さんと連絡とりたいってLINEしてきたんですよ」

「え、あの五松くんの一連のツイートをした人？」

「そうです。あ、もちろん教えてないですよ。なんか最近YouTuberになったみたいで、イイブンチャンネルっていうらしいんですけど、木戸さんに出て欲しいとか言ってて。まあさすがに連絡先突き止めることはないと思うんですけど、一応忠告しておこうかなって思って。でもその女が、木戸さんと、木戸さん告発したあの橋山さんて人に共演してもらったら面白いんじゃないかとか、俺にも出ないかとか言ってたんすよ。そっちにも言い分あるんだろうからって。まあ出ないし、もちろん木戸さんも出なくていいんだけど、なんかそういうこっち側の言い分、例えばヨミモノの記者とかに話して、ある程度形にしてもらってもいいんじゃないかなって、今話聞いててちょっと思いました。今回の記事の長岡さんのパート読みました？　長岡さんあれ多分めっちゃ修正してて。取材受けるから事前に原稿直させろって言ったんでしょうね。みっちり修正していつもの長岡節になってて、こういう形なら俺も取材受けてもよかったかなって思ったんです。もちろん、何言っても向こうは女側の味方すんのかもしれないけど。あでも、橋山さんの小説、箸にも棒にも引っかからないような代物だったたって書かれてて、ちょっとウケました」

「あの記者、若槻ってやつ、僕の元同僚なんだよ」

「は？　え、そうなんですか？」

「創言社の前、秋月出版で週刊誌やってて。お互い文芸志望だったから入った時は慕ってくれて仲良くしてて、でも僕はカルチャー面の担当になったんだけど、若槻は医療系とかが多かったたから、医療系って言ってもあれね、保険会社どこにするべきかとか、癌に罹ったら行くべき病院ランキングとか、老人がセックスをするためには、みたいなやつ。だからだんだん僕への当たりが強くなって、後から知ったんだけど、僕が創言社に中途で入った時、若槻も面接受けてたらしいんだよ。あの告発の後追い記事、若槻が書いたって知った時は腑に落ちたよ」

「まじっすか。じゃ私怨で書いてるってことですか？　えーなら俺完全巻き込まれっすね。まあそれは木戸さんのせいじゃないですけど、まじ何なんすかね、超ねちっこい男ですねその若槻ってやつ」

「どんなに慎ましく生きてても、どんなに言動に気をつけて生きてても、変な巡り合わせで恨まれることはあるんだって、思い知らされたよ。僕より悪質なことしてたやつなんていくらでもいたのに、なんの制裁も受けずにのうのうと生きてる。僕だって、ハメようと思えばハメられるやつは会社にも作家にも何人もいる。まあ、録音とかしてないから証拠はないけど、でもそれ言ったら彼女の告発にだって別に証拠はないんだよね。だからあれは厳密には告発じゃない。あれは、いわば彼女の回顧録で、小説みたいなものなんだ。彼女もあの中で書いてたしね、これは私の復帰第一作だって。僕は彼女の創作に、実名出されて付き合わされただけなんだよ。世間的には、女子大生を性的に搾取して、ぞんざいに扱った罰だって言われるのかもしれないけどね」

「面白いですね。なんか俺が告発読んで思ってた感じと、違うな。ま、俺の告発だって全然ニュアンス違うんだけど」

「現実をそのまま書くことなんてできないからね。同じことを十人の作家に体験させて書かせても、きっと全く違う物語が出てくる」

「どうせなら、作家に書いてもらいたかったですね。あまあ、彼女も作家志望ではありますけど」

うーん、と木戸さんはどこか含みのある表情をして、言いかけた言葉を噤むような間を作ったかと思いきやそのまま黙り込んだ。何だよ作家とのスキャンダルもあるとか豪語したいのか？と心の中で腐しつつ、ふと降りてきた自分の思いつきに「あ」と声を上げてしまう。

「例えばですけど、一人の男と十人の女性作家を付き合わせて、十人にその男との恋愛小説書いてもらったら面白そうですね。あ、もちろん倫理的にはＮＧなんで、疑似恋愛とかにしなきゃいけないかもですけど。でも男はブスにはぞんざいな態度取るだろうから、ただの残酷な企画になっちゃうかな」

「お互い名前と顔を伏せて、オンラインだけの恋愛をさせたらいいんじゃない？」

「なるほどなるほど。でもどっかからクレーム入りそうってか、女性作家はそういう企画乗らなそうですね」

確かにね、と木戸さんは鼻で笑って、次もビールにする？　ウィスキーもあるけど、と続けた。ハイボールできますかと聞くと炭酸水はないと言うから、じゃあビールでとお願いする。おにぎりはもうなくなっていて、ミックスナッツに手を伸ばした。炊き上がったおこわのように、体がほくほくしていることに気づく。自分は、木戸さんと話せたことが嬉しいらしい。軽口を叩ける相手が、創言社にはあまりいないのだ。あれだけ軽口や、意識低い系、マッチョイズムが嫌悪されていると、女性たちによる言論封殺だと歯向かいたくもなる。

「あ、そうだ。長岡さんの短編集が刊行されるのに合わせてうちでも書評依頼しようと思ってるんですけど、誰がいいと思います？　永田幸也とか、須藤華重とかかなーと思ってたんですけど、木戸さん誰か思いつきます？　永田さんは確か雑誌掲載の時に新聞で取り上げてくれてたんですよ」

「ああ、山崎勇人はどう？」

「山崎勇人って、誰でしたっけ？」

「バイオリニストなんだけど、小説が好きで、何年か前小池真斗の文庫に解説書いてて、結構面白かったんだよね。いつか依頼したいなって思ってたんだけど、機会がないままで。確か、何かのインタビューで長岡さんの小説を愛読してるって話してたんだよな。長岡さん本人も、既存の批評家よりも、こういう別ジャンルの人の方が面白いこと書いてくれるって話してた気がするし」

「へー。ちょっと調べときますね。ありがとうございます」

木戸さんは俺にビールを渡し、自分は氷の入ったグラスにウィスキーを注いだ。あ、そうだ、と言いながら木戸さんはポケットからスマホを取り出して操作し始める。何でだろう、五十代以上の人には、特有のスマホ操作の慣れてなさを感じる。ちょっとした指使いなのだろうが、猿が機械を持たされたような不自然さで、惨めだ。

「これ見てよ」

出されたスマホは動画を貼り付けたツイートで、覗き込んだ瞬間眉間に力が入った。これって……と言いながら動画をタップして音声をオンにする。激しい罵声が飛び交い、画面の中には揉み合う男女がいる。映像が乱れ、観衆のらしきキャーという叫び声の後に、女がゴールキックのような蹴りを股間に入れるシーンで映像は途切れ、ツイートにはゴールデンボール無事かなという言葉が大量のぴえん顔と共に添えられていた。

「これ、長岡さんですね」

「だよね。ちょっと前にTwitterで流れてきて、鮮明じゃないし、ツリーには長岡さんだって指摘してる人もいなかったし、そこまでバズってたわけじゃないからスルーしようと思ったんだけど、もしマスコミとかに気づかれたら問い合わせがくるかもしれないと思って、五松くんには伝えておこうと思ってたんだよ」

自分もスマホを取り出し検索して同じツイートを表示させてみると、撮影者はツイ主ではなく拾い動画のようで、その時の様子については特に言及されていなかったし、そのツイートからは撮影者に辿り着けそうになかった。

「ブレがひどいし、リアルの長岡さんの知り合いとかじゃなかったら、気づかないだろうと思いますけどね。これいつ見つけました？」

「二週間くらい前かな。共有しようと思ってたんだけど、メールを打つ気力がなくて、放置しちゃってたんだよね」

「実は俺、一ヶ月くらい前長岡さんに警察署に迎えにきてくれって頼まれて、行ったんですよ。結局、彼氏が迎えにきてて俺はお役御免だったんですけど」

「え、それってこの事件の時捕まって、それで迎えに行ったってこと？」

「まあ普通に考えたらそうだと思うんですけど。もしかして、あちこちで暴力事件起こしてるとか……？」

いや、それはさすがにないんじゃない……？　と木戸さんは呟いて、俺は黙り込む。あの警察署での落ち着き払った態度には、違和感があったのだ。でもそんな、成人した子供のいる大人が、しかもそれなりに世間に顔を知られている人が、当たり屋のようなことをするわけがないだろうとも思う。

「でもなんかさ、これ見て、僕少し元気になったんだよね」

「確かに、なんか滑稽で……」

「ウケるよね」

俺たちはもう一回長岡さんの暴行動画を黙って眺めると、終わった瞬間ゲラゲラ笑った。ずっと、風穴が欲しかったんだと思った。こういうくだらないことで笑える瞬間が、一日に一度、いや一週間に一度でもあれば、俺は暗い気持ちで生きなくて済むのだ。

「てか、木戸さんいつ復帰するんすか？　ずっとこのままなんてことないですよね？」

「ああ、来月一日から復帰するって、この間人事に連絡したところだったんだよ。長いこと迷惑かけたね」

「え、もう大丈夫なんですか？　なんていうかその、体というかメンタルというか」

「どうなんだろうな。もう無理だと思って休職したけど、何が無理だったのかもわからないし、今自分が無理なのか無理じゃないのかもよく分からないんだよ」

「それ多分、大丈夫じゃないと思いますけど」

「別れた妻にあげたマンションのローンも、養育費も、母親の老人ホーム代もあるし、妹は精神病だからね。俺が働かないと、皆共倒れになるから。貧困が加速していく日本で、自分は勝ち組の生活を手に入れたんだって創言社に入った時は思ったけど、鬱拗らせても長期休職すらできないなんてね」

「通院はしてるんですか？　なんかいいカウンセラーとか、今うちで連載してる臨床心理士の中島さんとかに聞いてみましょうか？」

「いや、いいんだ」

木戸さんは目が死んでいる。さっきまで長岡さんの動画でゲラゲラ笑っていたのに、あの時も本当は目が死んでいたのだろうか。別にカウンセリングを受けてまで、生き延びるべき命じゃないんだよ。木戸さんの言葉は演技じみていて、なんか気持ち悪いナルシスティックな文学性だなと嫌な気持ちになったけど、まあ弱った上司のために乗ってやるかと、ビールを飲み切ったグラスをローテーブルに置く。

「何言ってるんすか。創言社の文芸は木戸さんがいないと始まらないですよ。編集長も心配してるし、木戸さんが来なくなってから、文芸セクション全体が父を亡くした家族みたいに陰鬱としてるんですよ」

「前から思ってたんだけど、五松くんの意識はちょっと危険だと思うよ。女だからとか男だからみたいな言い草が多いし、アンチフェミニズム的な態度も散見するし、今の発言だって有害な家父長的発言と捉えられ兼ねない。そういうことを批判する勢力に阿るわけじゃないけど、さっき自分でも言ってたように、君はこれから二十年以上創言社に勤め続けるんだから、気をつけた方がいいと思う」

死にかけウジ虫みたいなクソほどどうでもいい存在に気を使って歯の浮くようなことを言って、

何故か忠告されたという事実に、なんだそりゃと全力でポカンとする。そういうのまじ無駄っすよねくだらないっすよね早よ滅びりゃいいのにねっていうスタンスじゃなかったんすか？　木戸さん。俺はじっと見つめたけど、木戸さんはじっとウィスキーの入ったグラスを見つめていた。一生ウィスキーを眺めてそのままの形で餓死して保存状態のいいミイラとして二千年後くらいに発見されて虚無という名前をつけられ博物館にでも保管されればいいと、時空を超えた想像をしてから、じゃ俺そろそろ、と立ち上がった。ああ、と下半身に力を入れた木戸さんに、あ、見送りいいっす、と手をパーにして見せ、俺はさっさと木戸さんの家を出た。男から与えられた怒りは冷たい。女から与えられた怒りはいつも熱く、性欲に結びつくのに、男からのそれは、冷たくてやり場がない。男性中心社会だった頃の日本には、こんな怒りしかなくて、だからそれなりに、パワハラだのセクハラだのと揉めずになんとか回っていたのかもしれない。いや分かってる。そんなのくだらない懐古趣味で、何も生まない。俺は別に、男だけの社会に戻ってほしいわけじゃない。でも今のこの社会は、ちょっと生きづら過ぎやしないか。疑問が、このだらしない胴体をトルネードのように渦巻く。

今自分の中に湧き上がっているのは、怒りではなく虚しさなのかもしれないと、駅前まで戻ってきて、高架下で一定間隔を空けて拠点を作っている路上生活者たちの脇を顔を背けて通り過ぎながら思った。俺はATMとしての機能しか持たなくなった木戸さんの姿に、未来の自分や、現在の自分の空虚さ、そもそも人に生きる意味があるのかという、思春期に抱いていたような哲学的、文学的な問いとは一線を画した、ただひたすら数学のように無機質かつ単純な、意味と無意味の足し算引き算を経て導き出される「自分には特に意味がない」という結論を突きつけられたような虚しさを感じたのだ。妻もいない子供もいない彼女もいなければ今いい感じの女もいない、友達は数人いるけど皆年一か二くらいでしか会わないし、会っても特に人生や人格に影響を与えあうような存在ではない。どんどん知識と経験を積み重ねて仕事ではやりたいことを実現できるようになってはいるけど、その事実は自分の存在意義を裏付けしない。なぜなら社内に「仕事や会社に依存するのは恥ずかしいこと」という認識が蔓延《はびこ》っているからだ。それは、仕事も結婚も育児もこなすのが女性の役割とされ、そういう女性をバックアップしていますと表明するためにそういう女性が役職を与えられ地位を得ていったことが原因の一つだろう。彼女たちは会社の滞在時間を極限まで削り、まるで片手間のように仕事をこなしては保育園が夕飯がという枕詞と共にさっさと帰っていく。もちろん彼女たちは彼女たちで本当に手一杯なのだろうが、そういう女がいると、俺みたいな家庭もなく子供もなく会社に長時間いるような人間は怠け者のように認識されてしまう。長時間労働が美徳とされ、会社に行けば仲間と呼べるような人がたくさんいて、公私の線引きなんて馬鹿馬鹿しい。そういう時代を経験してきた木戸さんが羨ましい。定年間際にそれが通用しなくなったからって何だっていうんだ。頭の中でそう腐して、はっとして「加齢臭　消えない　対策」でググった。

翌月一日、木戸さんは復職しなかった。その二日前木戸さんから、母親が急逝したため復職は延期すると人事に連絡が入ったのだ。編集長は通夜に行くけど、部員たちは皆行かないようで、しばらく悩んだ後、俺は六年くらい前に買った喪服がまだ着れるか試してみた。結果ズボンは無理でジャケットはギリだったため、ズボンは普通のセットアップの黒で代用することにした。

斎場で挨拶をした木戸さんは二週間前に会った時から、喪服効果もあるのかもしれないけど随分老け込んで見えた。でも特に泣き腫らしたとか、取り乱した跡は見えず、ただただ憔悴という感じだった。編集長が受付係をしていたから、人は足りてそうではあったけど、自分も手伝うことにした。ポツポツと集まり始めた人の中には顔見知りの作家も数人いて、そういう人がくると神妙な顔で挨拶を交わしながら、「お疲れ様です」的な目くばせをした。どうしてこんなところにまでお前が、と思うような作家もいるが、作家や作家の家族が亡くなると編集者があちこちに通夜・葬式情報を拡散するのを自分もこれまで何度も見てきたから、不思議はない。こういう場所で親族を亡くし落ち込む作家に取り入って仕事を依頼するきっかけにしたり、落ち込む編集者に取り入って仕事の機会を作るきっかけにしたりするような、ハイエナのような行為が、長きにわたって行われてきたのは事実で、実際悲しみにくれる作家が、後世に残るような原稿を書くのも事実ではあるのだ。もちろん、これも廃れゆく文化なのだろうが、冠婚葬祭にまつわるあれこれはなかなか変化が生じにくいのだろう。

「この度はご愁傷様でした」

それでも長岡友梨奈が受付にやってきてそう頭を下げた時、こういう場所に訪れる意外さと、この間動画で見た金玉を蹴り上げる様子とのギャップに、思わず言葉を失った。

「五松さんも片山さんも、お手伝いされているんですね。私にできることはありますか？」

「いえ、もう手が足りているので大丈夫です。長岡さんがいらしてくれたら、木戸も喜ぶと思います。ぜひ声をかけてやってください」

編集長が言うと、わかりましたと呟いて、長岡さんは会釈をして会場に向かって行った。

「長岡さんが来るとは思ってなかったな。長岡さんが通夜振る舞いに参加したら、五松くんがアテンドね」

「はい。でも和久田さんも来てるんですけど」

「和久田さんは俺が中さんとか和泉さんとかと一緒に面倒見とくよ」

分かりましたと呟いて、大きく息を吐く。こんな時まで作家の世話係をしなきゃいけないのはうんざりだけど、自分もまた、役割がないと居心地が悪いのも事実だった。これは葬儀もパーティも一緒だ。

参列者もそこまで多くなく、読経とお焼香はサクッと一時間で終わり、木戸さんが喪主として本当にテンプレのような、それこそ喪主の挨拶で自分の本当の思いを口にすることへの憎しみでも抱いているのではないかと思わせるほどのどこかで聞いたことのあるフレーズ集のような挨拶をすると通夜は終了で、参列者は通夜振る舞いが行われる二階に移動した。

長岡さんのアテンドをするため姿を探したもののなかなか見つからずウロウロしていると、受付陣もいなくなり人気のなくなった会場の入り口近くに長岡さんを見つけて足を止める。息子の恵斗ですと、さっき木戸さんに紹介されたブレザーの制服姿の男の子と話していて、その親しげな様子に違和感を覚える。木戸さんの隣にいた時はにこりともせず、どこか不機嫌そうな顔で初めましてと会釈をしただけだったのに、長岡さんとは何やら談笑をしていて、高校生男子の朗らかな笑顔と通夜会場という取り合わせの異様さに現実感が薄れていくのが分かった。喪服の長岡さんと、若い男という図に、未亡人もののＡＶを想起してしまう自分の不謹慎さにはもう驚かない。不審ではない程度にゆっくり歩いて近づくと、階段脇の壁に隠れて耳を澄ませる。友梨奈さん、と恵斗くんの言葉から聞き取れた。もしかして、長岡さんと木戸さんは家族ぐるみの付き合いでもしていたんだろうか。どうやら恵斗くんは長岡さんのエッセイだか小説だかについて話しているようで、何かと比較しながら少し興奮気味に喋っている。「木戸さん」という長岡さんの声が聞こえて、よりいっそう会話に集中するものの、何を喋っているのか聞き取れなかった。でもその瞬間恵斗くんの声のテンションが下がり、「母さんに頼まれて」「別に来たくなかった」と不貞腐れたような声が続いた。ギリギリまで近づいて、最大限の聴力を発揮する。

「でも友梨奈さんに会えてよかった。来るなら教えてくれればよかったのに」

「いや、木戸さんが越山くんたちには知らせてない可能性もあるかなと思って」

「そんなことないよ。あの人は内弁慶で、対外的には保守的な人間だから、そういうエクストリームなことはしない」

あははと長岡さんが笑う声がして、越山くんはそういう男にならないようにね、と柔らかい口調で言う。

「絶対ならない。ねえ友梨奈さんほんとにご飯食べてかないの？」

「うん。木戸さんの様子を見たかっただけだから」

「なんであんな奴の様子見たかったの？」

「木戸さんは、潰えゆく時代を体現してるから、かな。私たちはこの数年に亘って、ある時代の死を目の当たりにしてるんだよ」

「よく分からないけど、あの人は友梨奈さんにとって興味深い観察対象、ってこと？」

「まあ、そんな感じ」

「ふうん。じゃ俺も帰るから、ご飯食べに行きませんか」

「誰かに見つかって木戸さんに告げ口されるかもよ」

「俺はエクストリームだから。そういうの気にしないんです」

ケラケラ笑って、駅前にけっこうお店あったよね、イタリアンありましたよ、高校生なんだからラーメンとかもんじゃのがいいんじゃない？　えもんじゃって高校生に人気なんですか？　俺食べたことない、と言い合いながら二人が移動し始めたのを悟り、気配が遠のいて数秒待ってから顔を出すと、二人はすでに会場を出て、駅の方に向かって歩いていた。声をかけた方がいいかどうか迷って止めた。警察署に迎えに行ったら彼氏が迎えにきて、アテンドをしようと待ち構えていたら高校生とご飯に行った。長岡さんはいつも、俺を蔑《ないがし》ろにする。

「今夜会わない？　Rinaちゃん喪服持ってる？」結局編集長や他の作家たちの集うテーブルで和久田さんの隣で寿司を食べることになり、僕ウニ苦手なんですよねと子供みたいなことを言う和久田さんからウニをもらって食べながらＬＩＮＥを送った。

「会うー。喪服ってなんだっけ。お葬式の服？」

こりゃ持ってないなと思いながら、「持ってなかったら黒い服着てきて」と入れると「全身黒てこと？」と入ってきて、同意のスタンプで返信した。

「あのね私今新宿いるだけど、先にチェックインしてもい？　お洋服着てプレイするなら着る前にシャワ浴びたくて」

寿司を食べきった頃、誤字脱字の多い、あるいはわざと舌ったらずに書かれたＬＩＮＥに気がついて、いいよと返信するとネットで格安ビジホを予約した。ここはラブホをビジホに改装しているため、ビジホの欠点「音が丸聞こえ」がクリアされているのだ。最近では外国人観光客が多く利用しているようだけど、元ラブホと知っている日本人はおそらく皆この防音性と安さを兼ね備えていることだけを理由に利用しているはずだ。

「ここ予約しといたから。二時間後くらいに着くかな」

家に連れ込めればタダでヤレるのに、今日で三回目となるRinaちゃんとの会合もホテルにしたのは、どうしても家を知られたくないという一点だけが理由だ。入り浸られても、突然来られたりしても困るし、ストーカーされたら、家のものや金を盗まれたらと思うと、とても家には上げられない。狂気じみた被虐欲求のある女を、俺はどこかで恐れているのだ。それは俺にとってRinaちゃんはセックス以外に使い道がないということでもある。

救いがない。Rinaちゃんの顔に性液をぶちまけながら感じたその言葉はつまり、快楽のためだけに交尾をする自分たちに救いがないということだったのかもしれない。信仰深い人や、善行を積んだ人が救われるのは理にかなってるけど、俺やRinaちゃんみたいに倫理をかなぐり捨てて快楽を貪り続けた動物のような存在に、いや繁殖もせず死後餌にも肥料にもならない動物以下の存在に、救いはない。そういう意味だったのかもしれない。

コンコンとノックすると、はい、と声がしてすぐにドアが開かれた。黒いワンピースに黒いストッキングではあったものの、ワンピースは胸元がレースで、喪服というよりは最低価格の結婚式参列用の服にしか見えなかった。少しがっかりしたけど、葬式終わりの自分には未亡人プレイに十分なポテンシャルが残っていた。

「Takeさん、お葬式だったんですか？」

「うん。あ、お清め塩忘れた。あってか、家帰る時でいいのかな」

「おきよめじお？　ってなんですか？」

呆れて、思わず路肩で立ちションをするおっさんを見つけた時のような目でRinaちゃんを見つめてしまう。この女は、世間知らずで、非常識で、犬畜生と同じだ。そう思えば思うほど、俺はRinaちゃんに残虐なことができる。

「服、着替えあるの？」

「ここまでは別の服で来たんで、もう一着あります」

「じゃ破いていい？」

「えっと、これ六千円くらいだったんですけど、払ってもらえますか？」

えー？　と顔を歪めて、じゃあいいやと言いかけたけど、今日三万香典に包んだのを思い出して、まあそのくらいという気になっておっけーと言いながらRinaちゃんの腕を引っ張り、ベッドに投げ出す。

「嫌がって。全力で抵抗して」

怯えた表情でベッドから逃げ出そうとするRinaちゃんの足を引っ張ってワンピースをたくし上げ、馬乗りになると両手首を左手で摑んだ。服の上から胸を揉み、レース部分を引きちぎった。さすがにレース以外は手では破けず、仕方なく脇下のジッパーを下げるものの、脇腹にグニッとした肉を感じてなんだこのデブと一瞬我に返って苛立つ。袖から腕を抜かせ、ネクタイで両手首を縛ると、ストッキングを勢いよく破いた。ストッキングもパンツも脱がせないまま、乱暴に指を差し込んで潮を噴かせる。びしょびしょ。旦那が死んだばっかなのにこんな濡らしやがって。汚ねえ女。ずっと俺とヤリたかったんだろ？　舐めろよ。Rinaちゃんは未亡人プレイをあまり理解していないのか、こっちの欲するセリフを言ってくれず、俺は苛立つ。

「黙ってんならチンコ咥えてろ」

逆シックスナインで口にチンコを突っ込むと、思い切りピストンする。汚い音をたてる口に容赦無く腰を打ちつけると、Rinaちゃんはゴボッと透明なネバネバの液体を吐き出した。それでも大きく腰を振り、クリトリスを親指と人差し指で執拗にぐりぐりと摘んでいると、Rinaちゃんの下半身が痙攣した。

「イッたの？」

何してんだよお前、と言いながらベッドの上に立ち上がると、Rinaちゃんを座らせて再びチンコを咥えさせる。頭を摑んでゴンゴン揺さぶると、本当に女体がオナホになったみたいで全身に何かが這い上がってくるような快感が襲う。自分はこのプレイをするために生きてきたような気さえする。手を伸ばして胸を揉む。Rinaちゃんを転がして一気に突っ込むと、ワンピースを上から下げ、下から上げ、腹巻のようにして両手で摑んで思い切り腰を突き上げる。ネクタイをほどくとバックで突き、思い切りスパンキングする。

「中に出していい？」

「だめ。今危ないから」

「いいじゃん。アフピルの金出すから」

「一万するよ」

「いいよ出すよ」

「でも……」

バックから突いていると、Rinaちゃんはビシャッと何度も潮を噴く。温かい潮が太ももにかかって興奮が止まらない。今中出しをしなければ、世界が滅びるかもしれない。いやきっと、全てが滅びてしまう。中に出すぞと声を上げて極限まで突っ込んだまま射精した。あー、と声が掠れて、込み上げていた熱がさーっと引いていくのが分かった。ばさっと倒れ込んだRinaちゃんの上に覆い被さって力尽きていると、頭から線香の匂いがした気がした。木戸さんの家に行ってすぐ購入した加齢臭が消えるサプリは、効いているんだろうか。Rinaちゃんになら、自分が臭いか臭くないか聞ける気がしたけど、こんなセックスをした後に聞くのも癪だなと思う。

「まじウケる！　サイコーのエロ動画撮れたんだけど！」

死んだ生き物の肉のようなぶよっとしたRinaちゃんの背中から飛び上がって振り返ると入り口の近くに優美がスマホを片手に立っていて、再び飛び上がって下半身に布団を掛ける。

「武夫のキモさってもはや才能！　Rinaちゃんまじおつ！」

お疲れ様です。Rinaちゃんは言いながら性器をティッシュで拭くと、唾液や汗で汚れた顔と体を落ちていたガウンで拭い、下着を身につけ始めた。血の気が引いていく。本当に、頭のてっぺんから冷気に包まれていくような寒気が襲ってきた。どうしよう。どうしようどうしよう。自分がここに来てから何を口にしたか思い出そうとするもののあまりに気が動転しすぎて記憶は蘇らないしどんな言葉も出てこないし急激に胃が痛い。キョロキョロして言葉を失っていると、バスルームからマンバンの男が出てきてようやくヒッと声を上げた。

「武夫ってさ、今日会いたいってチンコギンギンなＬＩＮＥ送ってくる時絶対シャワー浴びないでするんだよな」

「……え、ていうか……」

「この動画どうしよっかなー」

はあ？　どうするって何だよ、言いたい言葉は一つも出てこない。これ回しててと優美は男に自分の持っていたスマホを渡し、「お前私とかRinaちゃんに一瞬でも手出したらこいつがボコボコにするからな」と忠告してから、ソファの裏と窓枠とカーテンの隙間からスマホと小型カメラのようなものを回収した。

「は、え、まじ」

「まじまじー。あんたがライクスでやりとりしてたのは私でしたー。今日は事前チェックインできたので私たち撮影隊が同行しましたー。前回操作ミスで撮れてなかったの激烈残念」

「え、え、は？」

「一回目はばっちり撮影してあるから。てか私配信でずっと見てたし。財布とスマホ浴室にまで持って入ったチキンチンポくん」

愕然としたまま、全部金渡すよ。全部、貯金も全部渡すから。だからお願いだから動画消して。とベッドに座ったまま頭を下げる。

「合意なし中出しくんへの制裁はこれから考えまーす。せいぜい震えてその震えを電力にでも還元してろ」

マンバンがクスクス笑って、Rinaちゃんは顔洗ってきますと言って洗面所に入って行った。

「シャワーも浴びたら？」と言う優美に、「やここのシャワーの水圧死んでるから、家帰って浴びる」とRinaちゃんはぞんざいな口調で答えた。

「五松さん。とりま服代とピル代として四万もらえます？」

Rinaちゃんに五松さんと呼ばれたことに動揺しながら、さっき言っていた額と全然違うことには口ごたえせず、裸のまま立ち上がるとジャケットに入っていた財布から四万円取り出して渡した。へたり込むようにして冷たい床に座り込み、頭を下げる。

「本当にお願い。何でもします。お願いします。頼むよ優美。本当にお願いだよ。拡散されたら俺社会的に死ぬよ。社会的に死んだら、物理的にも死ぬよ。ねえなんでこんなことするの」

「ねえなんでこんなことするの」

優美が繰り返した。え……？　と恐怖に歪んだ顔を上げると、優美は俺を覗き込んで両眉を上げ不思議そうな顔をしている。

「私もずっと思ってたよ。ねえなんでこんなことするの。ねえなんでそんなこと言うの。ねえなんであなたはそんな人なのって」

じゃ、張り切って電力溜めときな。あ、あとこれからのことはＬＩＮＥするからブロ解しとき。優美はそう言い残すと、マンバンとジャージを着たRinaちゃんと一緒に部屋を出て行った。

え俺そんなひどいことした？　楽しかった時間だってあったよね？　付き合ってはなかったけど、二人で軽口叩いて、笑って、飲んで、ご飯食べたり、テレビ見たり、なんか色々、いろんな時間共有してきたよね？　いつから？　いつから憎んでたの？　俺のことこんな大掛かりなことしてハメるくらい憎んでたの？　いつから？　あの失言した瞬間？　それとももっとずっと前から？　優美はあの動画で何をするつもりなの？　あの動画を切り取ってレイプ犯に仕立て上げる？　金を巻き上げる？　五松武夫の珍妙なプレイとして拡散して社会的制裁を下す？　エロ動画として売って金儲けをする？　何か自分のYouTubeチャンネルの再生回数を伸ばすための炎上燃料に使う？　あまりに使い道が多すぎて、もう何をどうしたらいいのか全く分からない。ブルッと震えがきて、裸のままベッドに座ると、Rinaちゃんが吐き出した粘度の高い液体で手が滑った。その水溜りめがけて倒れ込むと、液がべちゃっと顔を覆い、すえた匂いがした。まあ、三十六年積み上げてきた人生と引き換えに、俺は最高のオーガズムを買ったのかもしれないと思ったら、ようやく笑えた。

12　長岡友梨奈

　ドーン、ドーン、という地響きのような音が、床から伝わってくる。私の倍以上、もしかしたら三倍くらいの体重の外国人がサンドバッグに強烈な蹴りを入れるたび、地響きが起こるのだ。あんな蹴りを入れられるようになりたい。ここに初めてきた時、この地響きを感じてそう思った。でもまだ、私のそれは地響きには程遠い。

　ワンツー、ワンツーフック、ワンツーフックアッパー、ワンツーフックミドル、ワンツーフックアッパー膝蹴り、次々繰り出されるミットにグローブとレガースを叩きつけるたび、パァン、パァンといい音がする。全てはトレーナーが私の癖に合わせて的確な角度でミットを持っていてくれるからだ。つま先伸ばして、戻り遅い、拳下がってる、と注意が飛んできて集中して構えを固めている内、相手のミットの持ち方から次に出す技を読み解き手脚を出すスピードが遅くなってしまう。ミット打ちの二回目を終えると、三十秒の休憩中にタオルでレガースの下を拭う。キックを繰り出し続けると脛に汗をかくと、私はここで初めて知った。三セットのミット打ちを終えると、五分休憩の後サンドバッグの打ち込みが始まる。

　息を整え、汗を拭い、水を飲んで、リング上で行われている選手たちのミット打ちをぼんやり眺めていると、五分は一瞬で過ぎる。私がサンドバッグをどんなに強く蹴っても、地響きには及ばない。ワンツーミドル、ワンツーミドル、高速打ち込み、スタミナが足りず繰り出す手も足もどんどんヘナヘナになって、攻撃してるんだか甘えてるんだかよく分からない動きになっていく。最近、練習後にプロテインを飲むようになり少しは筋肉もついた気がするけれど、まだまだ私の望む体には程遠い。

　ここの体験レッスンに入った時はワンツーが意味するものも分からなかったのだから、成長したと言えるだろう。そんなにいっぺんに覚えられないと思った構えや技の名前、動きも、もう全て頭に入っていて、疲れすぎて全てがポーンと飛んでしまうことはあるし、ここをこうしてこう、と頭の中で動きを言語化する経緯を経ないとうまく動けないこともあるけれど、ほとんどの動きが身についた、と言えるところまできた。

「あの、サクチャイさん。D級のライセンス審査、申し込みたいんですけど」

「あーおけー。友梨奈さんは肘打ちしたいもんね」

　したいです、と前のめりに答えるとサクチャイさんは嬉しそうに、友梨奈さんすごいがんばってるから絶対受かるよ、申し込みあっちで、と入り口近くのデスクを指さした。肘打ちは中級以上じゃないとできないと聞いて以来、ずっとライセンスの申し込みを心待ちにしていたのだ。肘打ちの動画は大量に見てきたし、もうすでにトレーニング動画で一人練習を重ね、コツも頭に入っている。拳と違って、肘を打ち込む加速タイミングや力加減は難しいけれど、肘打ちや膝蹴りのダメージは拳とは桁違いだ。

　申し込みを終えて更衣室に入ると、スマホをチェックする。今日は七時半くらいに帰ると一哉からＬＩＮＥが入っていて、じゃあとで一緒に駅で買い物しよ、と返信する。シャワーは家に帰ってから浴びることにしてタオルで汗を拭っていると、シャワーから出てきた桜ちゃんがお疲れ様ですと微笑んだ。中学三年生の彼女は、私と同時期にジムに入った子で、体格が近いため二人組の時は組まされることが多い子だった。控え目で、何となく文化部に入りそうな雰囲気の子だったため、なんでムエタイやろうと思ったのと聞くと、格闘技が好きなんですと少し恥ずかしそうに答えた。なんの格闘技が好きなのとか、誰か好きな選手がいるのかなどは聞いていないけれど、聞いても教えてくれなそうで、そんな控え目な彼女がムエタイをやっているということに、私は得体の知れない高揚感を抱いていた。

「さっきちらっと聞こえちゃったんですけど、友梨奈さんライセンス受けるんですね」

「ああ。私は肘打ちがしたくて入ったようなもんだから……」

「どうしてそんな肘打ちがしたいんですか？」

「うーん、一撃必殺が欲しいから、かな」

「一撃必殺？」

桜ちゃんはケラケラ笑って、確かに一撃必殺は私も欲しいかもとコクコク頷く。

「あった方がいいよ。いつ戦うべき時がくるか分からないからね」

「戦うべき時、こないといいですけどね」

だよね、と答えながら着替え、お疲れ様でしたと皆に声をかけながら、私はジムを後にした。外は薄暗く、冬になったらこの髪が濡れている状態で帰ることもできなくなるなと思いながら二回その場でジャンプをし、一キロちょっとの道のりをゆったり走って帰宅する。週二でジム通いを始めてから、行き帰りにこうして軽く走るのも日課になった。ジム通いを始める前に買ったエアロバイクも、一日に一時間程度は漕いでいる。エアロバイクを買ったりジムに通うようになった私を見て一哉は不審そうでどうしたの何かあったのと心配そうに聞いたけれど、「強くなりたいから。もちろん強くなりたいを突き詰めると、負けたくないとか、舐められたくないとか、強靭な肉体がもたらす精神を手に入れたいとか、色々あるんだけど」と正直に答えるとより心配を強めたようだった。

「私、思うんですよ。健康な体があるのに、鍛えないのは怠惰なんじゃないかって」

行形《ゆきなり》出版の単行本担当の生方《うぶかた》さんが、打ち合わせ中ボクシングジムに通っていると話し、そう語り始めた時は、「文系がスポーツに目覚めると唐突に暑苦しいことを言い出すアレ」かと半ば流し気味に聞いていたのだけれど、その話は意外なところへと繋がった。

「というのは、私この間痴漢を目撃したんです。電車の乗り換え中に、私の隣をおじさんが小走りで駆けて行ったんですけど、私の五メートルくらい先を歩いていた、スマホで通話中の女子高生を追い抜かす時に、こう、スカートの下から手を入れてぎゅっとお尻を触って、ていうか摑んで、そのまま猛スピードで走って逃げて行ったんです。その子はびっくりして声も上げられずにその場にしゃがみこんで、私は一瞬何が起こったのか分からなくて、痴漢だって気づいた時にはおじさんずいぶん先を走ってて、痴漢です！　その人痴漢ですって言いながらおじさんを追いかけたんですけど、おじさん猛スピードで振り返らずに階段駆け上ってて、捕まえて！　って言っても皆、え、え？　みたいな感じで何もしてくれなくて。百メートルくらい全力疾走しただけで足が痛くてもう走れなくて、諦めて戻ったら女子高生の子がもう最悪！　ってまだスマホで友達と話してたから、防犯カメラとかに映像が残ってるかもしれないから、駅員さんに話しに行こうって、ちょっと迷ってた感じだったんだけど、連れて行ったんです。明るい感じの子で、駅員さんともはきはき話してたけど、防犯カメラ確認してる間待たされてる時に、今日二度目の嫌なことだって、彼女言ったんです。放課後、学校から駅まで歩いてる時にも、大学生くらいの男の子の集団に「わっ！」て脅かされて、きゃーって声をあげたら男の子たち、大笑いして去っていったって。私その子がしみじみ言った、嫌なことしてくるのっていつも男ばっかりで、だから私女の方がずっと好きなんです。って言葉が忘れられなくて。あれって多分恋愛対象として女性が好きってことじゃなくて、自分に嫌なことをしてこないのは女性だから、女性が好きってことだと思うんですよ。男を驚かせて大喜びする女性の集団とか、すれ違いざまに男のズボンの中に手入れて尻揉む女とか、まあ世界中見渡せばいるかもしれないけど、まあ男女比で言えば九十九対一って感じですよね。若い女の子は一日に二回も、いたずらとか性犯罪に巻き込まれてるんだって、私が若かった頃に比べたら少しずつ改善されてきてるんだろうって漠然と思ってたけど、全然変わってないんだって。なんで捕まえられなかったんだろうって、目の前できちんとおじさん捕まえて、謝らせて、ちゃんと裁きを受けさせることができなかったんだろうって、大人として悔しくて。体を怠けさせてたせいだって、だからちゃんと鍛えて、守るべき存在を守れる人になりたいって思ったんです」

生方さんは、日本の出版界でＢＬについて取材したいとなれば誰でも彼女に行き着くと言われているほどの有識者的腐女子で、もう五年彼氏がいないとボヤきつつも全く彼氏なんて欲しくなさそうな三十過ぎの女性なのだけれど、そんな彼女の中に芽生えた正義心によって生じた体を鍛えたいという欲求に私は強烈に共感し、感銘を受け、その日の内に近所のジムを調べ始めたのだ。

体格的、体重的ハンデに鑑みると、一撃必殺に向いているのは金的や目潰しだろうと考えていたけれど、ボクシングから派生してムエタイについて調べていくうち、肘打ちが最強なのではないかと思うようになった。平均的な体格の私では力でもスタミナでも大抵の男性には負けてしまうだろうけれど、大抵の一般人は肘攻撃は想定していないだろうし、肘打ちで瞼を切れるようになれば、流血により視界不良にもさせられる。

　危ないことはしないで欲しい、一度ジムを見学に来て、ちょうどプロ選手がやっていたスパーリングを見てガチさに半ば引きながらそう言った一哉もまた、十代の頃に空手の黒帯を取っていた。危ないことはしないで欲しいって、ご両親は一哉に言った？　と聞くと言いたいことは伝わったようでそれ以上は何も言わなかったものの、快く思ってはいないのだろうことは分かっていた。それに対して、この間木戸さんのお母さんの通夜で会った越山くんの反応は真逆だった。

「えガチすか？　めっちゃかっこいいじゃないすか。俺もずっとキックボクシングやりたいなって思ってたんですよ。部活あるし、やるなら大学入ってからだなって諦めてたんだけど、部活引退したら週一くらいで始めようかな。え今度ジム見にいっていいですか？」

　前のめりにジム通いを褒め称え、友梨奈さんのキック見てみたい！　と目を輝かせていた。一哉はあんまり良く思ってないみたいで、もちろん止めなとかは言わないんだけど、本当は喜んでないのが分かるんだよねと言うと、「強い方がいいのにね、男も女も」と彼は真っ直ぐな目で言って、私はその真っ直ぐさに打たれた。それは、生方さんが悔恨と共に強くなることを決意したことを語った時に受けた衝撃とも似ていた。

　有害な男性性を振りかざし、もはや誰に何を言われようと意に介さない化石という名の老害となった、ウミウシと同程度に意味不明な夫という存在と長きにわたって婚姻関係にあった私は、これまで不倫してきた男が皆年上だったこともあり、一哉と付き合い始めた時、男性や性別という概念までもが大きく変化する衝撃を感じた。自分ではそれなりに意識的であると思い込んでいたけれど、きっとどこか漠然と行ってきたセックスに対する認識が実際は怠惰の極みにあることを悟り、男性のみならずあらゆるレッテルやカテゴライズをそれぞれ再設定する必要に駆られたのだ。もしあのとき一哉と出会わず、あの男との結婚生活に埋没していたとしたら、ＯＳが古すぎてもはや新しいバージョンに適応できない、あるいはインストールすると容量オーバーで焼け死ぬ脳の持ち主になっていたかもしれない。

でも今、一哉は社会人となり保守的な庶民に成り下がってしまったのか、それともアラサーという年齢故に安定や安寧に惹かれてしまうのか、私のジム通いを、強くなりたいという思いを、肘打ち欲求をどこか冷ややかに見つめている。

誰もいない家に帰宅し、シャワーを浴びながら、私はでもと思う。もしかしたら一哉は、私の悪のような正義感を危惧しているのかもしれない。悪のような正義感を持つ私が、肉体的な力を手に入れることを恐れているのかもしれない。あの、警察署に迎えにきた一哉の顔が忘れられない。どうしてこんなところにいるの？　何をしたの？　本当に信じてもいいんだよね？　そんな、幼い子供が信用できない親を前に、これから自分がどうなるか分からない不安に怯えつつも、親についていく選択肢しか持たない自分に絶望しているかのような表情に、心底ＧＰＳを切っていなかったことを後悔した。私はより強くならなければならない。あの不安そうな一哉を守るためにも、一哉の健やかさ、争い事や暴力を嫌う真っ当さ、正しさを守るためにもだ。

駅前で待ち合わせた一哉と一緒にスーパーに入ると、家に何があったか二人で記憶を手繰りながら、今日は残り物で純豆腐とサラダを作ろうと決まり、材料を買って帰宅し材料を切り始めた辺りで、堪えきれずといった様子で一哉が切り出した。

「友梨奈、もう見たよね？」

「ん、何を？」

「友梨奈が、友梨奈の動画がバズってるの」

「私の動画って？」

「知らないの？」

コチュジャンのビニールを剝いでいた一哉は驚いたような顔でスマホを手に取り、Twitterの画面を開いて私に差し出した。「これ作家の長岡友梨奈じゃね？」という言葉と共に、画質の粗い映像がアップされていた。人混みの奥に、女と男が揉み合う様子が見える。罵り合いと摑み合いの後に、女が膝で金的を食らわせるところで動画は終わっていた。

「これさ」

「うん」

「俺が警察署に迎えに行った日とは違う日だよね？」

「どうかな」

「分からないくらい、事件を起こしてるの？」

「いや、一哉に迎えにきてもらった日だと思うよ」

ツリーにはこれが長岡友梨奈かどうかを考察するツイートが並び、私の昔の画像や近影を並べて比較している人もいた。

「あの日と服違うよね？　でもこれ、絶対に友梨奈だよね？」

「ごめん、嘘ついた。私捕まった日と、この日と、二回暴力事件起こした。でもこれは、ぶつかりおじさんに注意したら逆上されたんだよ。先に手出したのも向こう。それは一哉に迎えに来てもらった時もそうだった。私は公序良俗に反した人に注意をして、二回とも向こうから手を出された。正当防衛だよ。前半が切れてるから分からないだろうけど、安心してほしい」

「真面目な話なんだけど」

一哉はそこまで言うと一度言葉を切り、何を言うか整理しているのか左上の空を見つめ、ぐるっと真上の方に黒目を動かす。感情に突き動かされない彼を、私はずっと羨望してきた。私はこんな人になりたかった。全く魅力的ではないけれど、私にないこの力を持つ彼に、憧れてきた。魅力的ではないものに憧れることがあるのだと、私は一哉と出会って初めて知った。

「俺は友梨奈と幸せになりたいんだよ。伽耶ちゃんもいるし、子供は作らないって決めたよね。二人だけだけど、二人だけだからこそ築ける幸せな家庭もあるよねって、話したよね。こうして夕飯一緒に作ったり、一緒に寝たり、土日は映画観たり、美術館行ったり、たまにいいお店行ったり、ライブとか、旅行とか行って、たまに息抜きとか、贅沢して、俺はこれからも二人で穏やかに過ごしたいって思ってるんだよ。もちろん、友梨奈が体鍛えるのはいいよ。全然体動かさないよりもずっといいと思う。でも、好戦的になってる友梨奈を見てると怖いんだよ。この間もライブの時さ、喧嘩になりかけたよね？　あの時、俺がいなかったら友梨奈は摑みかかってたよね？　どうしてそんなふうになっちゃうの？　もちろん相手の男がウザい感じだったのは分かるよ。でもそんな、わざわざ当たってくるやつに当たりに行って爆発させるみたいなことしなくていいじゃん。友梨奈はなんで怒りをコントロールしようとしないの？　動けなかったわけじゃないよね、離れようと思えば離れられた。俺には友梨奈が、好き好んで喧嘩しに行ってるようにしか見えなかったよ」

「違う。あの時あの男は最初から私に何度も当たってきてた。私もやり返したけど、最初に故意にぶつかったのはあいつだよ。私が攻撃を受けた時、どうして一哉は引き下がれって言うの？　どうして自分が戦ったり、私に戦わせたりしないの？」

「俺は人を傷つける可能性を、除外して生きてる。正当防衛以外で人を傷つけることは、一生ないと思う」

「あれは正当防衛だよ」

「あの男がそこまでひどいことしたの？」

「私は私のためだけにではなく、世界のためにあの男を破滅させてやらないとと思ったけど」

「友梨奈は過激すぎるよ。俺は大切な人が傷つけられるのも嫌だし、大切な人が誰かを傷つけるのも嫌なんだよ。平和に、幸せに生きていきたいんだよ。俺は今こうして友梨奈と一緒に暮らせて、作ったことのないパンに挑戦したり、新しいガジェットとか食器とか揃えて二人で大事に使ったり、いつものお店に食べに行ったり、たまに新しいお店を開拓したり、そういうささやかで、かけがえのない生活を手に入れたと思ってたんだよ。それなのに、最近の友梨奈はおかしいよ」

「おかしいのはどっちだろうね。悪の蔓延る世界で今搾取されてる人今抑圧されてる人々のことを考えることもなく、自分は安全地帯にいるからって美味しいもの食べて幸せーって言える人と、悪がなくなるまで戦いたいって言う人と、どっちがまとも？」

「でも、あのライブで暴れてた子が悪なの？　あの子もまだ大学生とかだと思うよ。ハメ外しちゃっただけなんじゃない？　彼だって家庭とか、就活とかで搾取されたり、抑圧されたりして、鬱憤が溜まってたのかもしれないよね？」

「もちろん全てのことに理由はあるよ。でも全てのことに理由があるから全て不問ですってことにはできないよね？　私たちはどこかで、許せる悪と許せない悪の境界を作らなきゃいけない」

「友梨奈だって、自分にできることとできないことがあるの、分かってるよね？　できないことを求め続けたって、自分が消耗してくだけだよ」

「私にできないことなんてない！」

大きな声を上げて、私はネギを切っていた包丁をまな板に放り投げる。

「私はこの世の全ての悪を無くすことができる！」

もう一度大きな声を上げると、一哉を睨みつける。もちろん私はこの世の悪を無くすことができるなんて思っていない。一哉の否定に対してどうしても、それは違う間違っていると喚かなければ、自分が壊れてしまうと思ったからそうしただけだったし、それは一哉も分かっていたようで、棒立ちになって戦慄く私を一哉は真正面から抱きしめようとしたけれど、その手から逃れるように、私は床にしゃがみ込んだ。

「私には何もできない。無力だよ。この世界にこだわる理由が見つからない」

「この世界にこだわる理由って、どういうこと？」

「私が子供の頃に感じてた死と、今の死って違うんだよ。昔は死は恐ろしいものだった。でもだんだん現実が救いようのない恐ろしいものになっていって、相対的に死の価値が上がってしまった。こんなふうに生きるくらいなら死んだほうがいいな、って思うその境界線が、とんでもなく下がってしまった。私はもう相対的にしか死を捉えられない。それはもちろん、自分が歳を取ったとか、知り合いが亡くなったりする中で死への漠然とした恐怖がなくなったとか、色々理由があると思う。でも社会は着実に悪い方に向かってる。昔から悪かったとか、良かった時なんてなかったとか、そういうことじゃない。私には分かる。世界的に、特に日本社会はどんどん悪くなってる。無敵の人って言うでしょ？　失うものがなくて、もう死刑になることも長期収容も恐れない人のこと。日本はもう総無敵状態なんだよ。私も、もうこんな世界に生きるくらいなら死のほうがいくらかましかなって気持ちになってる」

「友梨奈の人生ってそんなにひどいもの？　離婚成立したら結婚しようねって、あんなに楽しみにしてたじゃん。今度箱根行って大涌谷《おおわくだに》の黒卵食べようとか、またバルセロナ行こうねとか、この間も話してたよね？　友梨奈にとって今の人生の何がそんなに、死ぬほうがましなのかもって思うほど不満なのか俺には全然分からないよ」

「不満じゃない。何も悪いことはない。でも、私ももう無敵なんだよ。この世界にこだわる理由がない。夫は離婚に応じないし伽耶はもう二度と私と連絡を取らない。何十年小説を書き続けても世界は良くならない。坂本さんも湯沢さんも、木戸さんも五松さんも、私の周りにいる男たちはこぞって立場の弱い女性を搾取してた。あんなに切実な小説を書き続けてたアーロン・ガニエもこの間インスタで創作活動をやめるって宣言した。私が声を上げ続けても搾取は止まらないし世界は何一つ良くならないし戦争だって終わらない。悪化の一途を辿るばっかりで誰も改心しない。世界は壊れ続ける一方で、私は無力感を強める一方」

「友梨奈の小説はたくさんの人に届いてるよ。新刊も重版かかってたじゃない。こんなに必要とされて、作家一本で食っていけてるのに、どうしてそんなに無力さを感じるのか俺には全然分からないよ。どうしたら友梨奈は満たされるの？　俺には何もできないの？」

一哉は私の背中を撫でながら聞く。分からない。とにかくもう、この世界を無思考で生きることはできない。その確信だけがあった。一哉と幸せな時間を過ごしながら、ふと我に返るのだ。私はこんな世界では幸せになれないはずだ、と。一哉の言い分も分かる。線引きが必要なのだ。この世を生きるためには、自分にできることとできないことを認識して、ある程度のところで満足するという、中途半端な生き方をしなければならない。その中途半端な生き方は、死よりも価値ある選択なのだろうか、という疑問もまた拭えない。私は一哉との幸福な日常を生きながら、時々ハッとするのだ。この完全なる幸福は、絶望というプレートの上に成り立っているものだと。いつか絶望が爆発してひっくり返ってこの幸福は終わりを迎える。そうとしか思えない。こんな不安定なものの上で、幸福は成り立たない。私にはその確信がある。

「友梨奈も分かってるだろうけど、美優莉さんが亡くなってからだよ。友梨奈がおかしくなったの。あれからずっと、友梨奈は狂気の時間を過ごしてる。それ以前の友梨奈も、何か許せないことがあるとブチギレてたけど、いつも翌日にはケロッとして許せないものと、許せない自分自身を俯瞰視点でユーモラスに分析して笑ってた。でも最近の友梨奈は、多分俯瞰してないんだよ。ずっと狂気の真っ只中にいる。おかしいこと許せないことばっかりの世界で生きていくのが辛いのは分かるよ。でもそんな生き方してたら、友梨奈がおかしくなる。壊れちゃうよ」

違う。私はもうずっと前から壊れてた。私は夫のような有害な男性と共に生きる中で完全に破綻し、一哉が言うように乖離することで自分の壊れた部分を客観的に見つめ、発狂を免れてきたのだろう。そして私は今、その乖離を無くしていく道程にあるのかもしれない。なぜ乖離したままではいけないのか、それは有害なものものが、自分達に生きやすい社会を作るために人々の乖離性を助長させてきた経緯があるからだ。いや或いは、生きやすい社会を作るためではなく、結果的にそれが助長させてしまったのかもしれないが。つまり、乖離によって許容されてきた人々が淘汰されるべき時代が訪れたということだ。

かつては乖離こそが人を救った。乖離だけが今を生き抜く術であったと言っても過言ではない。しかし現代では乖離は通用しない。多様はいいけど乖離はだめ、そういう理屈が採用され始めている。乖離というチートアイテムを使ってようやく乗り越えられたものを、今はチートなしで乗り越えなければならないということだ。でもチートをして何とかやり過ごしてきたものと真正面から向かい合った時、人は潰れる。正義感と乖離のなさ、現実の鮮やかさの狭間で、潰れる。バキバキと骨がへし折られ、ぶちぶちと肉がちぎれ、内臓が破裂し、全身から血を吹き出させて死ぬ。言いようのない恐怖に襲われ、一哉にしがみつく。生き抜くためにしてきたことは実は間違いで、これからは乖離に頼らず世界と戦い続けてくださいと要求されている。私の目にはすぐそこに迫った敗北しか見えない。

「どうしたらいいのか分からない。私はこれまで乖離に依存してきたけど、今は正義感と怒りに依存してる。こんなに辛い生には耐えられない」

「どういうこと？　もう少し、わかりやすく教えて」

「パラダイムシフトが起こってるってことだよ。このままじゃ生きていけないってところまで、世界は強烈な捩れを起こしてる。だから個人個人も変化する必要に駆られてる。これまで許せたものが、許せない。二十年前まで嘲笑と共に許せたことが、今では殺意が湧いて徹底的に抹殺しなければ許せない。ウザ、の一言で済ませられたものが、今は土下座されたって許せない。許してた自分にも怒りが湧くし、今更乖離無しの状態に立ち戻って許せないって憤ってる自分にも怒りが湧く。怒りでいっぱい。私のこの体には怒りしか入ってない。指先まで怒りでパンパンになってる」

泣きながら喚いて、最後には自分の言ってることに笑ってしまった。泣いて喚いて笑う私に、一哉も弱々しく笑った。ゆっくり話そう。俺じゃ力不足かもしれないけど、友梨奈のことちゃんと理解したいんだよ。一旦落ち着いて、ご飯食べたら、また話そう。ご飯は俺が作るから友梨奈はソファで休んでて。一哉はそう言うと、お湯を沸かしてドリップコーヒーを淹れ、ブランケットと一緒に持ってきた。私はどうして今、これだけ自分の幸福を願う恋人がいることに幸福を感じられないのだろうと不思議で、いやこれは、これこそが人生の何よりも最上の幸福なのではないかと自分自身を疑う。

でも同時に感じるのだ。私は絶望の中にいる。若い頃の、目の前の絶望以外何も見えないあの絶望とは違う、その他諸々の幸せや、不幸と幸せのグラデーションも全て見える、好きな人と抱き合え、愛を囁き合い、笑い合えるにも拘らず、耳鳴りのように通底し続ける絶望の中にいる。どちらの絶望の方が絶望的かという議論に意味はない。ピンキリも可も不可も雲泥も月とすっぽんもなく、絶望はただひたすら絶望なのだ。
私たちは常にグラデーションの中にいる、理性と感情、精神と肉体、セックスとしての男と女、ジェンダーとしての男と女、悪と善、モラルとアンモラル、知性と反知性、常にグラデーションのどこかにいる。現代だって、過去と未来の間にしかない。常に移ろいゆくものだ。でも絶望にグラデーションはない。絶望は死と同じで、グラデーションがない。絶望には、あるかないかしかない。だとしたら私は、正義感でも怒りでもなく、絶望に依存しているのかもしれない。そう思いついた瞬間鼻で笑って、小説に使えるかもと思ってスマホのメモに書き留めた。私にはまだ小説という乖離がある。現実世界での乖離がなくなったとしても、小説があれば大丈夫だ。乖離に依存して結局煮詰まってパンパンになっている自分の最後の砦がやはり小説であるということに鑑みると、やっぱり小説はもうオワコンなのかもしれないと、不吉な予想にまたゾッとした。最近こうして、あらゆる方面から、自分が詰んでいっている気がする。身体中から汁を出して死んでいるあらゆるタイプの虫の姿がよく脳裏に蘇る。自分が気づかないうちに踏み潰してきた生き物の呪いだけで死ぬほどに、私は弱っているのかもしれない。着々と料理を続ける一哉だけが私の救いで、でもそんな生き方、きっと時代にそぐわないのだ。まるで私は、時代という呪いにかかっているようだ。

一瞬何が起こっているのか分からず、もう一度手に持っている鍵を持ち上げ見つめる。そして再び鍵穴に挿そうとするものの、やはり先端三ミリ以上が入らない。呆然とその場に立ち尽くし、私は鍵と鍵穴を交互に見つめる。私はあの男を抹殺しなければならないのだろうか。私が初めて離婚を切り出し夫が拒絶した時から少しずつ芽生え始め、もう何年もずっと自分の周りを砂埃のような殺意が渦巻いているような不穏な状態で生きてきたけれど、これほどの濃厚な殺意が芽生えたのは初めてだった。全身の鱗が逆立ち、その鱗一枚一枚が剃刀《かみそり》のように鋭く光っているイメージが湧く。ここにいても意味がないと分かっているものの、足が動かなかった。

その場で、伽耶にLINEを入れる。「鍵、変えたの?」「知ってると思うけど、ここは私が契約して、私が賃料を払ってるマンションだよ」メッセージを二つ入れると、ようやく諦めがついて私はエレベーターに向かって歩き始めた。伽耶はあれ以来、一度も私の連絡に答えてくれない。夫とも、もう長いこと連絡を取っていない。ここに来たのも、半年ぶりくらいだった。エレベーターの下りボタンを押す時、自分がここに来る前デパ地下で買ったケーキを手に持っていることに気がついた。ドアの前に置いておこうか、それとも宅配ボックスに入れておこうか考えたけれど、どうせ二人は食べないだろうと、持ち帰ることにした。

来た道を戻りながら、ここに引っ越してきたばかりの頃の記憶が蘇る。伽耶は幼稚園生で、おっきなおうち！　とマンションを指さした。ここに住むんだよ。伽耶のお部屋もあるんだよ。いっぱいデコレーションしないとね。デコレーションという言葉を覚えたばかりだった伽耶にそう言うと、デコレーションでいーっぱいにする！　と手を広げ、私を笑わせた。あの頃すでに夫との関係は冷え切り、なんの希望も持っていなかったけれど、伽耶との関係には希望しか抱いていなかった。

「花岡さん。お世話になってます。本日、世田谷の方の自宅を訪れたところ、鍵が交換されていて入れませんでした。ここは私が契約者です。家賃も私が払っています。契約者に黙って鍵を変えるということが、許されるんでしょうか。もちろん私には何の連絡もありませんでした」

「なるほど。もしかしたら鍵を無くしたため防犯上交換したという可能性もありますので、いきなり契約を解除するなどの強行的なことはしないでください。一度、不動産屋に連絡して、鍵交換の経緯を聞いてみてください」

「でも彼らは、不動産屋には鍵を無くしたと嘘をついてるかもしれません。二人で口裏を合わせて私を締め出したのかも」

「その可能性もありますが、ひとまず不動産屋から返答をもらってから、もう一度連絡してください。その返答がどんなものであったとしても、安住氏には速やかに理由を明らかにするよう、そして新しい鍵を契約者である長岡さんに渡すよう連絡をします」

「分かりました。ではひとまず不動産屋に連絡します」

あの寄生虫が、と私は切るボタンをタップした瞬間吐き捨てた。あの男はずっとそうだった。結婚してこの方、全ての契約も手続きも伽耶の責任も財布も私任せで、ずっと寄生してきた。あの人は、私を蝕みいつか食い殺すのかもしれない。でもそうしたら、寄生先を無くしたあの人はどうするのだろう。もしかしたら伽耶に寄生するのではないかと、恐ろしい想像が止まらなくなる。昔担当だった女性編集者が話していたことがあったのだ。父親が母親のヒモで働かず、家に来る時は必ず金をせびる男だったため、母親が癌を宣告された時、遺族年金や遺産が月々少額ずつ夫に入るように手続きをして、すでに社会人となっていた子供たちとつながるパイプを全て切って死んでいった、という話を。お金があったらあっただけ使い果たして子供たちにせびるから、そうならないように配慮してくれたんでしょうね、と彼女は割り切った口調で語った。そのお母さんはすごいと思うと同時に、私は死後も夫の面倒を見るなんて絶対に嫌だと思っていた。伽耶さえあの家を出てしまえば、もう何も悩むことはないのだ。勝手にあのマンションを解約し、あの男を追い出すことができる。でも伽耶は私と連絡を取らない。とうとう大学に復帰し社会人への道筋が見えてきたというのに、一人暮らしの費用を出すからあの家を出ないかという相談は、もうしようがない。

花岡さんに相談をするようになって半年が経つ。協議離婚を目指したものの夫は花岡さんからの連絡を完全に無視。メールも電話も郵便も全て無視し、ようやく職場への電話に出たものの、忙しいのでと切られ、調停にも二度欠席。ようやく向こうも弁護士を立て、話し合う気になったのかと思いきや、財産を半分よこすなら離婚してやってもいいという雑な財産分与要求をされ、育児もせず家に金も入れない不良債権のお前を二十年以上養ってやったのにまだたかるのかと、これまでのモラハラの数々とレイプを理由に財産分与はできないと花岡さんを通じて書面を送ると、代理人を辞任することになりました、と弁護士から連絡。その後また長い音信不通状態が続き、この間ようやく代理人として依頼されたという二人目の弁護士から連絡があった。五年程度の別居期間もありますし、協議も調停もここまで無視という経緯があれば、訴訟を起こせばおそらく離婚は勝ち取れますと花岡さんに言われ、浮かれていたのも束の間、私は鍵を変更され締め出された。こんな惨めな思いを、世界中の誰一人として、してはいけない。これは人権問題だ。怒りをたぎらせ、早足で歩きながら、不意に衝動に駆られてワンツーを繰り出す。右手に持っていたバサバサ音を立てる紙袋の中で、ケーキが暴れ狂ったのが分かった。一度やってしまうともう諦めがついて、ワンツー、ワンツーフック、ワンツーフックアッパー、と次々繰り出していく。

変人キラーが私の動画を撮って私刑に処すかもしれない。でもそれならそれでいいような気がした。長岡友梨奈はあちこちで喧嘩をふっかけ、白昼堂々ワンツーを繰り出しながら小走りで国道を駆け抜けている。しかも割とこぎれいなワンピースで。それはそれで、別に面白いのかもしれない。私はまた、自分の乖離を感じる。面白いはずがない。そんなの、痛くて、惨めで、おぞましい。それが現実だ。私はそういう現実を、これまでどれだけ歪めてやり過ごしてきたんだろう。だからこそ、私はあの寄生虫と縁を切れなかったのかもしれない。だとしたら時代よありがとう。乖離を許さない時代よありがとう。でも乖離を許さないとは小説を許さない、と同義であるのかもしれないと思うと身体が捻じ切れそうだ。私は私を取り巻く二つの乖離に、混乱していた。乖離なき世界に行きたい自分と、そこにいなければメニエール病のようにぐらんぐらん世界が回転して立ち上がることもできず嘔吐を続けてしまう自分がいるのだ。コンビニの前のダストボックスにケーキの箱を押し込むと、フットワークが軽くなった私は駅までの道をダッシュした。過去のとてつもなく嫌だったことが次々クリボーのように湧き出てくるかのようで、走りながらそれらを殴りつける。私をねじ伏せた夫のカサついた手。突然腰を抱いてきたナンパ男。売女呼ばわりしてきた酔っ払い。道で寝てるゲロまみれのサラリーマン。客や他の従業員の前でバイトをこき下ろしていた飲食店のバイト。今時の若者はおじさん。昔はよかったおじいさん。売れる小説を書こうとは思わないんですかと文壇バーで問いかけてきた謎の男性客。

「女は弱ければ弱いほどモテる」

いつかの夫の言葉が蘇る。それがお前が誰からも愛されず油まみれのダスターのようにベタベタすぎて触れないと嫌われ死んでいく理由だ。私は確かそんな返答をしたけれど、夫はさすがそういうことを言えるだける男で、意に介さない様子だった。

夫は私が弱い女だから愛した。そして私もあの夫という存在と出会った頃、弱いと思われることを望んでいたのだろう。当時私は自信も権力も地位も何も持たず、時代もまた、そういう女性の有り様を許容していたからだ。でも時代は変わった。私も変わらざるを得なくなった。そして時代の変化に呼応できない弱い女を求め続ける夫を捨て、強く自立した女性として私を敬う一哉を好きになった。私が夫を愛したのも、一哉を愛したのも、時代の要請があったからに違いない。でもじゃあ、私とは何なのだろう。時代と呼応しながら恋愛対象が変化していく生き物とは、何なのだろう。時代が許さなくなったら、私は一哉も愛せなくなるのだろうか。一哉は、ずっと時代に許される人間でいてくれるだろうか。その問いにもまた、ワンツーを繰り出す。

全てが敵で、終わりが見えない。漠然と、駅についた瞬間そう思った。でも考えてみれば、私は生まれてこの方、そんな気持ちで生きてきたような気もする。だから私は、伽耶や一哉といった、愛して止まない人たちを受け入れられないのだろうか。彼らに許せない場所を見つけると、ボコボコにしてしまうのだろうか。いや、私にとってはボコボコにすることが愛情なのだろうか。よく分からない。こんな人間になりたかったわけじゃない。もう捨てたかった。もう普通の、正義感や怒りに依存しない、普通の愛情に満ち溢れた人になりたかった。もしホームにドアがなかったら百線路に落ちてたなと鼻で笑ってから、電車に乗り込んだ。

きゃーっと声を上げながら上半身を起こした私を、一哉が後ろから抱きしめた。

「大丈夫?」

だいじょうぶ……と言いながら促され再び半身を横たえると、私は目を大きく開いたまま天井を見つめる。まだ外は明るんでもおらず、ベッドに入ってからどのくらいの時間が経ったのかも分からなかった。気が狂ったようになった夫が、まだ小学生くらいの伽耶に狂気じみた遊びをさせ、それを咎め、離婚協議中なのにそんなことをしたら伽耶との面会権も与えられなくなると怒り狂うと、そんなことはどうでもいいと夫は笑ったのだ。伽耶は起こっていることの意味が分からないのか、私を安心させるためか、微笑んでいる。無敵の人になってしまった夫は、伽耶を担いで走り出す。伽耶！　と声を上げて追いかけようとした瞬間目の前に車が飛び出してきて、避けたその一瞬の内に二人の姿はどこかに消えてしまう。かや、伽耶！　と呼ぶ声が叫び声に変わった瞬間に目が覚めた。

体の中は熱く、心臓がばくばくしているのに、体の表面が冷たくて震えがきた。一哉が体を撫で、強く抱きしめるけれどあの気が狂った夫の顔が頭から離れず、今すぐあの男から伽耶を奪い去り安全な場所に連れて行ってやらなければという思いに支配される。全ての狂気は、狂気を思うことによって生じるのかもしれない。ほとんど寝ぼけていたのであろう一哉は、すぐに寝息をたて始めた。

仕事に行く支度を終えた一哉が部屋に入ってきた音で目を覚ましたけれど、結局あれから寝ては覚め寝ては覚めを繰り返して、何時間眠れたのか、二時間か五時間かも見当がつかず、とにかく脳のリセット感が皆無であるということ以外は何も把握できなかった。一哉は呆然としたままの私に、昨日、怖い夢見たの？　と心配そうに聞いたけれど、恐ろし過ぎて夢の内容を口にすることができず、多分すごく怖い夢を見た、と嘘なのか本当なのかよく分からないことを呟いた。

「今日の夜、どうする？　友梨奈、ご飯、食べてこないんだよね？　この近くで何か食べに行く？　それか、ウーバーとかにする？」

「そこまで遅くならないだろうから、駅前でさっと食べようか。帰るときに連絡するね」

「分かった。待ってる。俺は多分七時すぎくらいには帰ってるから」

そう言うと、一哉はじゃあねとキスをして出て行った。睡眠と睡眠の間に鮮明な悪夢を見たせいか、悪夢が一つの本物の記憶のように定着してしまった気がして、胸のざわつきがなかなかおさまらなかった。


電車で三十分強かかる、普段は行かないエリアの駅で降り五分ほど歩くと、burst books の前に五松さんが見えた。本が好きな気持ちが爆発しそうだから、という理由でイベントスペース付きの本屋、burst books を作ったというオーナーの高見沢さんは、オープンから定期的に作家のトークイベントやサイン会、著者の講演会を企画している。本好きによる、本好きのための、本にまつわるイベントは、ニッチなファンと作家をつなぐ貴重な機会になっていて、私も数回トークショーに出たことがあった。

「お久しぶりです」

軽く頭を下げた五松さんは目の周りが黒ずんで見え、体調悪そうですねと開口一番想定よりも嫌そうな声を出してしまう。

「あ、すみません実はちょっと体調が悪くて……」

「えー、インフルとかじゃないですか？　私別に一人で大丈夫なので、辛かったら帰ってもらって構いませんよ」

「あ、大丈夫です。熱はないですし、頭痛とかも特にないんで」

五松さんは、こんな死にかけのリスみたいな男だっただろうか。私は記憶の中の彼と目の前の彼が一致しないことに、少し戸惑っていた。彼は狡猾だけれど詰めが甘く、器が小さいくせに猫サイズのドブネズミみたいな厚顔なやつだったはずなのに、とまじまじ顔を見つめてしまう。

「西村さんはもう到着されてます。ご案内しますね」

書店に入って店内から裏通路を経由して、控室に通された。西村さんとモアノベルスの乃木さんが二人して立ち上がって、こんにちは、よろしくお願いします、と声を上げた。部屋の隅でポツンと突っ立っていた男性を、乃木さんが最近モアノベルスに異動してきた海老沢です、今日は現場経験のために連れてきました、と紹介した。まだ若いのか、海老沢さんは言われたことはできますが言われていないことは何もしませんが何か的ないわゆるネオ無能な印象を与える男性だった。

書店の人も混ざって名刺交換を含めたご挨拶の儀式が終わると、何飲みますか儀式が始まって、次に段取りの儀式が始まる。打ち合わせの一連の流れを全て儀式とすることで、打ち合わせというものを少しでも俯瞰視点から捉えようという試みだ。私はずっとそうやって生きてきたけれど、西村さんはどのようにして生きているのだろう。同じ職業である作家たちを前にすると、私はいつも考えてしまう。作家だからといって属性が近いというわけではないと分かってはいても、一日の大半を物語を作ることや読むことに費やしている人に、どうしてもシンパシーを感じずにはいられない。七年前、新人賞を受賞した時の思い出を語る彼女を見つめながら、そうやってレッテルを貼る自分は軽薄なのだろうかという、実態不明な漠然とした不安が生じる。

「長岡さんの選評がすごく嬉しかったんです。画像で保存して、あの後なかなか次回作が書けなくてつらかった時も、何度も見返して自分を奮い立たせてたんです。デビューも、五年ぶりの再起も、長岡さんのおかげです」

「とんでもないです。西村さんの復帰作は、時代と西村さんの中にある必然性によって生まれたものです。時代の引力と、これをアウトプットしなければ、という西村さんの中にある必然の力の合わせ技です。満月の力によって出産が増えるように、時代から強い要請がある時は、後世に残る名作が多く生まれるんです」

「時代の要請って、時代が小説を必要としている、っていう感覚ですか？」

「そうです。これから社会がどう変化していくのか、先行きが見えない時ほど、要請が強くなるんだと思います。今私にとっては、性や恋愛に於いて人々の意識、感覚がここ十年二十年で急激に変化してるってことがかなりホットなトピックなんですけど、西村さんはどうですか？」

「うーん、自分は性とか恋愛に関してはけっこう淡白な方で、男性は草食系とか言われていた世代でもあって、自分より上の人たちを見てると、なんかギトギトしてて嫌だなあと思ってたし、上の世代からは新人類的な扱いをされてきたので変化が起こってるのは分かるんですけどあまり実感はなくて。これから下の世代が私たちとは全く違う感性を持っていることが見えてきたら、自分のことも系譜的に捉えられるのかもしれません」

確かに、私も自分が三十くらいの時は、まだ下の世代の傾向が見え始めてきたくらいの頃で、自分を何かしらの連なりの中の一部分として捉えてはいなかったように思う。それって、と言いかけたところで、その辺すごく面白い話なので、ぜひお客さんの前で！ と乃木さんに牽制される。乃木さんは以前文庫編集部にいた時に担当ではなかったものの挨拶をしたことはあって、モアノベルスに異動してから優秀な人だとよく噂を聞くようになった。理知的で、潑剌とした印象の女性で、ゾンビのように表情も心も死んでいる様子の五松さんや、何を振られても当たり障りも意味もない答えをする海老沢さんの引率をしている先生のようだ。五松さん、と声をかけるとびくりとして、はい、と縋るような表情で反応され気分が悪くなる。

「今日は司会なしと伺ってましたけど、本当に全く何にも、出版社や書店からの挨拶はなしですか？」

「えっと、そうですね。どうしますか乃木さん」

「最初に私の方から、長岡さんの本が出版されることと、西村さんの映画化決定の情報をお伝えさせていただいて、お二人の関係、西村さんがデビューされた時に長岡さんが選考委員をされていたことをお話ししますので、授賞式の時以来、六年ぶりの再会を果たした二人のお話をお楽しみください、といった挨拶からは、フリートークという形で考えています。イベント自体は一時間三十分を想定してますが、ラスト二十分は質疑応答に充てたいと思います。一時間十分を過ぎたあたりで私が合図を送るので、そこでフリートークは終了、私が質問を募り、お客さんにマイクを渡していきますので、お二人に答えていただければ」

だそうです、と五松さんが呟いて、私は呆れる。お前の編集した本の出版イベントだっていうのにそのやる気のない態度はなんだとうんざりするけれど、そんなパワハラみたいなことをしてしまったら木戸さんや五松さんたちの二の舞になるだけだ。自分が二の舞になる想像をしながら、五松さん以外の人たちが何故か八景島シーパラダイスの話題で盛り上がる中適当に相槌を打ち、この手持ち無沙汰な時間をやり過ごす。

お客さんが入り切った会場の脇で開始時間を待っている時、すぐ隣に乃木さんが立っていたから「乃木さん、引率の先生みたいですね」と言うと、彼女はくすくす笑って、ほんと困りますよと肩を竦めた。

「最近五松さん休みがちで、なんか体調良くないみたいで、今日久しぶりに見たんです。木戸さんみたいに突然会社来なくなっちゃうんじゃないかって噂されてて……」

「へー。全然知らなかったです。あの海老沢さんも、ずいぶん薄い感じの人ですね。あ、内容がじゃなくて、存在感が」

「彼三年目なんですけど、結構大御所のおじさん作家引き継ぎされちゃって、萎縮してるんですよ。なんか、異動早々嫌な目に遭ったみたいで」

「休日駆り出されるとか、カラオケとかスナック引き回される系ですか？」

「いや、なんか若い男はすごく軽んじられるってしょげてて。女性は若くてもそれなりに歳がいってってもチヤホヤされるのに、若い男は空気みたいな扱いを受ける、って。女性はいいですよねとか言われて、はあ？　って思っちゃいました」

「だって、若い男性を軽んじてるのって、男性ですよね？　女性は基本的に誰かが蚊帳の外になってたら、気を使って話を振るじゃないですか。でもそうやって、権力のある男性から受けた屈辱が女性への憎しみに転化して、自分が権力を持ったら女性を蔑むようになるパターンって意外と多いのかもしれませんね」

たまったもんじゃないですねそれ。乃木さんが目を丸くして言って、笑い合う。私はこういう女性が好きだ。ユーモアがあって、頭の回転が早くて、一人で生きていけるタイプの女性だ。私もそうでありたい。私と同い年くらいの乃木さんだったら、時代の変化によって恋愛対象が変化する事象についても語り合えるかもしれない。

「そういえば乃木さん、会社帰りによく一人で飲んでるって前言ってましたよね？」

「はい。バーが好きなんでよく飲んでます」

「私西新宿なんで、新宿近辺で飲むことあったら呼んでください」

「え、嬉しいです。三丁目に行きつけのバーあるんですけど、今度一緒にどうですか？」

「行きます。ご飯なしで飲みだけでいいんで、いい時連絡ください。あとでＬＩＮＥ交換しましょう」

了解です。乃木さんが親指を立てたところで書店員さんに呼び込まれ、私たちは壇上に上がった。会場には西村さんのおかげでマックスキャパの七十人がパイプ椅子に座っていた。乃木さんの紹介が終わり、強い照明に慣れてくると、越山くんの姿が目に入って私はにっこりと目くばせをする。隣には金髪の毛先十センチをショッキングピンクに染めた制服姿の女の子がいる。越山くんは胸元で小さく手を振り、微笑んだ。今日彼女とトークイベント行きます！　とＬＩＮＥが来てはいたけれど、考えてみれば、控室で一緒にいたのは木戸さんの同僚たちなのだと気づき、越山くんのメンタルの強さに改めて気付かされる。

あのお通夜以来、木戸さんの話は聞いていない。いつ復職するのか、病気は大丈夫なのかなど、聞ける雰囲気ではないのだろうし、ああいうタイプの男性には、そういうことを聞いてくれるような同僚や友人、恋人はいないのかもしれない。五十年の孤独。と勝手にタイトルをイメージして、私は木戸さんと夫の年齢が近いことを思い出す。死ねばいいのにという漠然とした希望が浮かんで、本当にありがとうございましたと西村さんが私への感謝の気持ちを述べ終えると、希望が叶いますようにと願いながら、私は西村さんの復帰作がいかに今の時代を象徴し、現代文学の行き詰まりを爆破する斬新な小説であるかを語り始めた。

「このような小説が生まれたことは、読者にとっても書店にとっても、同じ作家にとっても、小説を読まない、全く興味もないような私たちから遠く離れた人々にとっても、意味のあることです。優れた小説は、世界の空気を変えることができる。つまり全ての人が、西村さんの小説の影響を受けていると言えるんです」

規模の大きな話に西村さんが申し訳なさそうな顔をした瞬間、視界の端にマスクをした橋山美津の姿を捉え、心拍数が上がっていくのが分かった。彼女とは、彼女がヨミモノの取材を受け、記者に私の言葉を適当に伝えていたことを批判して以来会っていない。好き勝手書かれるのを避けるため私も取材を受けたものの、結果的に私が大量加筆したインタビュー内容と記者の橋山美津の小説へのディスりが並ぶことになり、若干の申し訳なさは感じていた。しかもこの場には木戸さんの同僚たちと、息子の越山くんとピンクヘアの彼女がいる。集中力が削がれていくのが分かったけれど、西村さんの機転の利いた返答によって、私はハッとして話に戻る。西村さんは、とても話しやすく、若いのに俯瞰した視点で物事を捉えながら、全くもって人を見下すことをしない人格者だ。

理想郷にこもって生きていたいという欲望に駆られる。乃木さんや西村さん、一哉や越山くんみたいな人たちだけの世界で生きていきたい。偉そうな人、暴力をふるう人、弱者を搾取する人、人を貶めたり欺いたりする人、デリカシーのない人、そういう人のいない世界に生きたい。でもそれは、ある種の選民意識なのだろうか。そういう自分にとっての下等生物がいない理想郷を手に入れて、それ以外の世界は知らん勝手に滅べとは思えない。でももし自分にとっての下等生物を抹殺できるボタンがあったら、きっと自分は迷いなく押すだろう。そうすれば戦争はなくなる。性被害も、殺人も、心の殺人もなくなる。それを押せば、世界の秩序が保てる。でも次から次へと生まれていく新たな下等生物もまた、定期的にボタンを押し殺すべきなのだろうか。下等生物になると殺されますよと周知して、下等生物の定義をガイドラインとして発表したら、下等生物はいなくなるだろうか。ガイドラインの作成にどれだけ注意と検討を重ねても、それを人間が制定することに異論は出続けるだろう。でもだとしたら、我々は下等生物たちとの共存を図り、敗れ続けなければならないということになる。終わらない戦争、有害な思考、虐げや嘲りの嵐の中、罪のない人々の命や精神が脅かされ続けるのだとしたら、繊細で上等な生物たちにとってこの世は、「生きるに値しない世界」に成り下がり自然に淘汰され、生きるに値しない世界でもガンガン生きれますタイプの図太い上等な生物たちと、下等生物たちだけの世界になってしまうのではないだろうか。

「長岡さんの小説は、高校の頃友達に薦められて読んだのが最初だったんです。読書好きな子で、お互い小説書いてたりもして。衝撃受けるよって言われて読んでみて本当に衝撃を受けて、もう長岡さんの一言で百を伝える文章にガーンってなって、自分はこれまで状況説明書でも書いてきたんじゃないかって、本当に自信を失って、でも読むのを止められなくて。数ヶ月かけて長岡さんの全著作を読破したんです。それで、薦めてきた子よりも私の方が長岡さんの意図が分かってる、みたいな変な対抗意識持っちゃったりして、それで言い争いになって友達無くしたっていう経緯があるんです」

笑いながら、遠隔的に申し訳ないことをしてしまったんですねと答えると、とんでもないですと西村さんは手を振る。

「私には、そういう人はいなかったんです。デビューするまで、本当に一人で小説を読んで、一人で小説を書いてきました。だから、西村さんの小説にどこかしら、すでに誰かと共鳴しているような連帯の力を感じるのは、そういうお友達がいたことが関係しているのかもしれませんね。読書は孤独な人がするもの、というお仕着せにはうんざりしてきましたが、実際自分の小説は孤独な人向けなんだろうなと、西村さんの小説を読んで実感したんです。西村さんの小説は、人に対する信頼を感じます。どこかで、繋がりを信じている、いやすでに繋がっている、という気がします。だから、これだけ多くの人に共鳴して、これだけ広がっていったんだと思います。しかも、孤独な人を排除することなく。これはすごいことです。褒めすぎて、何だかマルチみたいな雰囲気になっちゃってますけど、本心です。あなたがこうして開いた力を発揮したことで、世界がどれだけ救われたか、いつかまた辛くなった時には思い出してください。西村さんの小説は、人を救いました。ひいては、世界を救いました。私はそんな力のある小説を志しながら、いつもそこまで辿り着けませんでした」

「そんなことないです。長岡さんの小説がどれだけ私を救ってくれたか。友達を失って孤独だった私をどれだけ支えてくれたか」

西村さんが言葉に詰まって、すみませんと言いながら涙を拭う。会場後方で立ったままイベントを静観している乃木さんや海老沢さんさえも目を潤ませていて、まるで示し合わせたような御涙頂戴展開に戸惑いつつ、私も感極まりそうになるものの、ふと目に入った橋山美津がマスクの上にある二つの目をホラー映画でよく見る幽霊みたいに見開いていて恐ろしさに涙が引っ込んだ。

トークイベントは、西村さんの魅力と、お客さんの小説に対する前のめりな関心と、本好きな店長の作った書店の雰囲気も相まって終始恙無く進行したけれど、質疑応答の時間に橋山美津が手を挙げたのを見てぎょっとする。あの人にマイクを持たせないでくれという気持ちと、マイクを持った彼女が何を言うのか聞いてみたい気持ちが入り混じって、誰を指すか悩んでいる様子の乃木さんを凝視してしまう。こういうイベントでは、よっぽど大人数でない限り、手を挙げた人全員に質問をさせてあげるのが常だ。このままいけば、いつか橋山美津が当てられるのは時間の問題だろう。

お客さんの感想や、アドバイスを募る和気藹々《あいあい》とした空気が一変するのか、お客さんの言葉に真摯に答えようと努力しながらも、橋山美津が気になって仕方ない。

「ではそこの、グレーのニットの女性」

とうとう乃木さんが橋山美津にマイクを渡した。この会場内で私一人だけが、緊張に包まれた瞬間だった。

「お二人の小説、拝読させていただきました。私も小説を書いていて、新人賞に投稿も何度かしたことがあります」

そこまで言ったところで、声の通りが悪いことを気にしたのか、彼女はマスクを外した。

「これまで、二次までは残ったことがあるんですが、今年は二作応募して、両方とも一次も通りませんでした。このままではモチベーションが保てないと思って、お二人にアドバイスを伺えたらと思いました」

マスクの女は、橋山美津ではなかった。私はがっかりしたのかホッとしたのか、彼女の話を聞きながら、橋山美津の顔がパグっぽいのは、やっぱり鼻のせいなんだなと、どうでもいいことを考えていた。力が抜けて、アドバイスはロクなことが言えなかった。

出版は斜陽産業と言われて久しいけれど、作家を志望する人は後を絶たない。橋山美津の告発も、木戸さんとの過去のいざこざは事実だろうが、小説への思いが激ったのだと考えた方が納得がいく。彼女は自分がデビューに王手をかけながら、それを果たせなかったことに納得がいかなかったのだ。自分の尊敬する坂本芳雄との関係が与えてくれていた文学的優越感が、彼の死去と愚行により朽ち果てたことで怒りが爆発し、木戸さんへの怒りとないまぜになり、告発という道を選んだに違いない。正直にいえば、読んでくださいと渡された最初の告発原稿はかなり読みにくく、被害妄想が前面に押し出され、書き手を信用できないと感じさせるものだった。てにをはから赤を入れ、全体的に哀れみを感じさせない内容にし、若干の小説的表現を付け足したが、彼女は半分も私の赤字を採用しなかった。それなりに被害妄想的な部分は改善できたものの、しっかり直していれば短編小説にだってできたのに、ただ世間を一瞬騒がせるだけの中途半端な告発として発信してしまったのだ。あんなに時間をかけて赤入れをしたのにという憤りの中で私は、彼女は創作意欲と告発したい気持ち、文学と怒りの間で揺れ、結局怒りの告発に終始したのだと思うことにした。あの原稿をやり取りして以来、彼女とはもう関わるまいと決めていた。木戸さんの告発文に加担したのに、結局彼女とのやり取りで間接的に木戸さんの気持ちが分かる、という本末転倒的、いや深淵に触れる的な展開になってしまったことで、これは私にとっても挫折に近い経験として記憶されることとなった。今となっては、あの告発はなんだったのだろうという、ポカンとした気持ちが拭えない。


すみません。本当にちょっと今忙しくて、西村さんとはぜひゆっくり飲みたいんで、今度締め切りが明けた頃ぜひ飲みにいきましょう。あ、よかったら連絡先交換しませんか？　じゃあQRで……。あ、はいきました。来月半ば以降なら全然大丈夫なんで、ぜひご飯いきましょう。本当に楽しかったです。西村さんの快進撃はまだまだ続くと、私は思ってます。これからの活躍も楽しみにしてます。とりあえずまた来月にでも！　乃木さんも飲み誘ってくださいね！　待ってますよ！　高見沢さんもありがとうございました。おかげさまで今回も素敵な時間になりました。来年も新刊が出るのでそちらもぜひよろしくお願いします。じゃあ皆さんお疲れ様でした！　打ち上げに行く編集者たちと書店員たちに怒濤の別れの挨拶をして手を振ると、じゃあタクシーでお送りしますと言う五松さんと先に書店を出た。

「すごく楽しかったですね。西村さんは作品は斜って感じですけど、ご本人は直、って感じで、何だか最初酔った気分になりますけど、話してる内にその斜と直の隙間みたいなところに実像が見えてくるようなところありますよね。ありませんか？」

「そうですよね。なんていうか、お二人ともすごくいいこと言ってましたね」

打ち続けても一生響かないような五松さんの返答に、私は啞然とする。

「五松さん、大丈夫ですか？　コロナの後遺症のブレインフォグとかじゃないですか？」

「あ、多分最近コロナには罹っていないので、違うと思います」

「コロナは長期に亘って後遺症が残るらしいですよ。一度後遺症外来に行ってみたらどうですか？」

「あの、長岡さん。実は僕脅されてるんです」

「誰にですか？」

「それは言えないんですけど」

「警察行った方がいいんじゃないですか？」

「ヤバいネタを摑まれてて、もし拡散されたら詰むんです。相手は一人じゃないんで、誰かが逮捕されても仲間がネタを拡散するかも」

「女性絡みですか？」

「まあ、はい」

「何を要求されてるんですか？」

「これまでで、五百万渡しました。このままだと全財産持っていかれるかも」

「全財産渡してでも隠したいネタなんですか？」

「あれが拡散されたら僕は終わりです。内容がエグい、まああの、センシティブなやつなんで、逆にそこまで拡散しないかもしれないですけど、いやでも、うまい具合に切り取られて、ネタ動画みたいにされてどこまでも拡散するかも」

全財産渡してでも公開されたくない女絡みのエグい動画ネタを摑まれて死にかけリスになって

いる五松さんに、自分が一体どれだけ同情したり、力になったりするべきなのか測りかねる。正直、今すぐにでもこいつを適当に撒いて一哉とご飯に行きたかった。

「実は私、ちょっと前に離婚のためにほうぼうにいい弁護士を知らないか聞いてまわったので、離婚に強い弁護士だったら十人ほど知っていて、もし五松さんの案件が痴話喧嘩的なものから発生したのであれば、その人たちの情報が役に立つかもしれないとは思うんですが」

「本当ですか？　ぜひ紹介してもらいたいです。本当に藁にも縋る思いで……」

「どんな内容なんでしょうか」

「それは……結構センシティブな内容なんで……」

「内容が家事なのか刑事なのかで、担当できる弁護士も違うと思うので」

「えっと、まあつまるところ買春なんですけど、無許可で中出しをしてるところを、はっきりと撮られてしまったんです」

少し奥まった場所にあった書店から大通りに向かう道中、私は立ち止まる。無許可中出しを撮られた。それって、脇が甘すぎませんか？　脇が甘い？　いや、脇が甘いというか、舐めてない？　いや舐めてるっていうか、なんていうか、え、この人なんなの？　子供を大学まで行かせると総額三千万程度と言われるこの時代に一回の買春中出しに三千万以上の価値を見出して中出ししたってこと？　それとも十万前後の中絶費用と女性の身体的精神的苦痛も厭《いと》わないってなって中出ししたってこと？　それとも三千万のことも女性の精神的肉体的苦痛も考える余裕もなく単に中出ししたくてしちゃったってこと？　三千万とか他人の苦痛を考える余裕もなく中出しができるなら、それは動物みたいでいいですね世のしがらみとかそういうものを度外視できる瞬間てこの世知辛い世の中ではあんまりないですからねおめでたいですね。三千万以上要求されたらちょっと可哀想だけど、三千万渡して相手の女性にシングルマザーやってもらうとしてもキャリアや人生狂わせることになるし相手の約十八年を蹂躙することになるから個人的には養育費慰謝料総額で六千万くらいが妥当なんじゃないって思うし、あ、自分がシングルファザーやるってことなら慰謝料三千万はちょっと高いかなって思いますけどね。でも出産て交通事故に遭うくらいのダメージは受けるって言いますしね。まあ少なくとも三千万取られてから文句言えよって感じじゃないですかね。五百万ごときでピーピー泣くくらいならなんで中出ししたの？　中出しは、最低三千万の覚悟、そして一つの命に少なくとも十八年を捧げる覚悟と共になされるものだ。

「私の動画、拡散したの五松さんですよね？」

ほとんど無思考で言葉がついつい口から溢《あふ》れ出す。

「え、動画？」

「ツイートで私の暴力動画拡散したの、五松さんですよね？　あんなブレブレの動画で私を特定できるの、絶対にリアルの知り合いなんですよ」

「いや、そんなことするわけないじゃないですか。あの動画僕も見ましたけど、衝撃動画系のアカウントがリツイートしてるのが流れてきて、不可抗力的に見ただけですよ」

「拡散されてる方じゃないですよ。あの拡散ツイートの前に、作家の長岡友梨奈じゃないかって、わざわざそれを呟くために作られたアカウントで呟かれてたんです。有名アカウントで拡散されたら、すぐに垢消しされましたけど」

「いや、僕がそんなことするわけないじゃないですか。そんなの、僕になんのメリットもないじゃないですか。動機がないですよ」

「フォロワーがほぼゼロのアカウントが発信したツイート、五松さんの裏垢がリツイートしてたんですよね」

「いや、僕、アカウントは閲覧用のしか持ってなくて……」

「五松さん、五年くらい前、関原さんのことツイートしてましたよね？」

関原……と呟いて、五松さんは黙り込んだ。関原さんは、創言社の学術書にいた編集者だった。私は五松さんと関原さんが恋愛関係にあることを、当時関原さんと仲の良かった、担当の女性編集者から聞いていたのだ。ヤバい男と付き合ってるんだけど、私が言っても別れない、と彼女が心配していた関原さんは、パワハラ上司とパワハラ彼氏によって適応障害を発症して休職し、復職することなく一年後に退職したのだ。そしてその数年後、私はちょいバズりのツイートを目にした。「毎年この季節になると思い出す元セフレ。最後の晩餐何食べたい？　って話題になった時、リンゴ。って答えて皆に笑われてた。祖父母がリンゴ農家なんだとか。適応障害発症して会社辞めてそれきりになったけど、リンゴみたいな乙ぱいだったな……」。この最後の晩餐のくだりを担当編集者から「あの子、最後の晩餐には絶対リンゴが食べたいって、すごく幸せそうな顔で言ってたんですよ」、と関原さんが休職する前に聞かされていた私は、これが関原さんの元カレの五松か、と静かに美容アカウントでフォローしたのだ。だからこそ、五松さんが担当になった時は、これがあの乙ぱいツイ主……と思いながら初めましてと挨拶をした。数年に亘るフォローで、私はあの告発した〝とりあえずンコチ〟らしきセフレについて五松さんが卑猥なツイートをしているのも、アポでケチな店を選んでいることも、内容はボカされてはいたものの、知っていた。

「とりあえずンコチも大概なアカウント名ですけど、ンマコマンも大概ですよね。フォロワーまあまあ多いから、少しでも拡散したくてあのアカでリツイートしたんですよね？」

五松さんは、いや、あの、とか言いながら口をぱくぱくさせているから、もう攻撃する気もなくなって再び歩き出す。五松さんはあの、長岡さん、と言いながらついてきて、まじでこのドブネズミがと思いながら振り返ると、私はこっちに向かってくる五松さんに勢いよく突進して肘打ちをした。ぎゃっ！　と悲鳴が上がって、五松さんが額を押さえて倒れ込むと、私は背を向けて走り出した。

「友梨奈さん！」

ハッとして足を止めると、越山くんとピンクヘアの女の子が街路樹の傍に立っていて、行くよ！　と声を掛ける。越山くんとピンクの女の子と一緒に走りながら、今のなんだったんですか？　まあなんか必殺の一撃みたいなもんだよ。なんで必殺の一撃したんですか？　倒さなきゃいけないと思ったから？　あの人ストーカーとかですか？　担当編集者だよ。え？　担当編集者に肘打ちする世界線て何すか？　出版界ってそんなファンキーな世界なの？　いやいや私がこの業界に入ってから身近なところでは一度も暴力沙汰は聞いてないよ。セクハラとかパワハラとかはたくさん聞いてきたけどね。じゃあなんで？　なんで友梨奈さんはあの人を肘打ちしたの？

ピンクヘアの女の子の名前を私は知らないのに、相手は知っていることに驚いたけれど、さっきまでトークショーにいたんだから当然かと思い直す。あの人は、とまで言って息が切れる。

「許されないことをしたからだよ」

「じゃ、悪に制裁を下したってことですか？」

息切れしながら、女の子は満面の笑みを見せる。

「かな」

「すご！」

女の子はグーを差し出してきて、私もそこにグーをぶつけた。私たちは守らなければならない。彼女のような無垢な人々を。坂本芳雄や木戸や五松や夫のような有害なものものから。守らなければならない。

駅に到着すると私たちはようやく立ち止まって、リコですと自己紹介された。明日の朝までに終わらせないといけない原稿があって今日は急いで帰らないといけないんだ、と控室でしたのと同じ説明をしながら、駅前の自販機で二人にどれがいいか聞いてボタンを押すと、今度三人でご飯でも行こうよと誘う。

「行きたい。友梨奈さんのこと秒で好きになった」

「私もリコちゃんに会えて良かった。二人は素敵なカップルだね」

「リコたんはほんと筋通ってて、友梨奈さんと近いものを感じます。あ、俺たち来週キックボクシングのジム見にいくんです」

「本当に？」

私は声をあげて、二人の若い有志を祝福する気持ちで、自分のペットボトルを二人のそれにぶつけた。

「友梨奈さんに影響されたんです。俺も、友梨奈さんみたいに戦いたい。父親みたいなやつを社会から排除していきたいし、戦争もなくしたい。最近、リコたんと一緒に勉強してるんです。ジェノサイドとか、戦争ビジネスについても」

「すごいね。もちろん、受験の負担にならないように気をつけてほしいけど、お互いに、できることを継続していこう」

はい、二人は声を合わせて、顔を見合わせて笑って、私も笑った。世界はいい方向に変化するだろう。久しぶりにそう信じることができた。五松さんを打った肘がジンジンしている以外、何も苦痛はなかった。


駅を出たところで一哉と落ち合うと、ようやく日常に戻った気がしてホッとする。何か食べたいものある？　と聞くと、友梨奈、この間ペスカトーレ食べたいって言ってたよねとやっぱり自分の希望を口にしない一哉に笑う。

「じゃありトルイタリー行こうか。あそこならサクッと食べてすぐ帰れるよね」

「いいね。仕事押してるんだもんね。サッと食べて帰ろう」

「うん。カルパッチョ、サラダ、生ハム、ペスカトーレ、でいいかもね」

気が早っている私に一哉は笑って、お互いに腕を背中に回す。

「あ、ちょっとチケットの入金してもいい？」

「なんか申し込んでたっけ？」

「忘れた？」

「えー、なんだっけ。えー BIGMEAT はなんかと日程被ってて諦めたよね？　CHARI は結構前に当選したよね？　んーなんだっけ？」

「友梨奈の大好きな……」

「え、あ、ICONS⁉　ほんとに⁉　当たったの？　うそ！　キャパ五百だよね？　うそ、当たったの⁉　絶対当たらないだろうって思ってたから忘れてた！」

「当たった！　今日のお昼当落出て、黙ってたんだ」

「言ってよ！　嬉しい！」

　道を飛び跳ねながら、ファミマ？　ローチケ？　と私はそれぞれのある方向を指さす。ファミマだから、この先のとこで入ろう、と一哉も嬉しそうだ。一哉が発券している間、コンビニ商品の入れ替わりを観察していると、私は見覚えのある背中を見つけて足を止める。

「桜ちゃん？」

　振り返った彼女は私を見て目を丸くして、その丸さをにゅっと細め、三日月のようにして笑った。

「友梨奈さん。びっくり。家この辺ですか？」

「ここから徒歩五分くらい。桜ちゃんも？」

「私、駅向こうなんですけど、十分くらいです」

「そういえば最近、桜ちゃんちょっと休んでたよね？」

　彼女は少し気まずそうな表情を見せつつ、ちょっと勉強が忙しくて、と目尻を下げて言う。

「それって今日の夕飯？」

「はい。うち共働きなんで、平日は冷凍の宅食が多くて。今週は母が注文忘れたって言ってて、コンビニ弁当なんです」

「そうなんだ。これからイタリアン行くけど一緒に行く？」

「いや、お金が……。一日千円しか使えないんで」

「いいよご馳走するよ。私、彼氏とこれから食べに行くんだけど、あ、あの人ね。ちょっと忙しいからサクッとご飯食べて帰るつもりなんだ。いつも桜ちゃんには相手してもらってるし、ゆっくり話したいなって前から思ってたし」

いいんですか？　と笑顔を見せる桜ちゃんに、私は頷く。お母さんには、同じジムに通ってる女性に誘われてご飯に行くって、ちゃんと言ってね。私の名前入れればウィキペディアで出るから、この人と、ってリンクで教えてあげたら安心かも。話していると一哉がやってきて、話が聞こえていたのか、ご両親に了解もらってからの方がいいんじゃない？　とお母さんのようなことを言う。

「大丈夫です。私の親、私が何しても何も言わないんです」

桜ちゃんは逆にこっちを不安にさせることを言って、それでも親には知り合いとご飯に行くとちゃんと連絡を入れたようだった。


カルパッチョとサラダを頬張る桜ちゃんは私多分まだ成長期なんですと話し、何か肉も食べる？　とメニューを渡し、Tボーンステーキも追加した。

「私の娘は中一、中二くらいがピークで、おやつにラーメンとか食べてたよ。桜ちゃんもジムの後とかすごくお腹空くんじゃない？」

「すっごく空きます。あでも、ジムの日は辛くてあんまり食べられなくて、翌日の方がお腹空くんですよね。多分、普通の女子中学生の倍は食べてると思います」

「へー。なんか食べに行きたい時は誘ってよ。なんかあったら、いつでも連絡して」

「ご両親にはちゃんと許可取ってね」

一哉が話に割り込んで、私は少しムッとするけれど、まあそうだねと呟く。

「私、父親が嫌いなんです」

「なんか、嫌なことがあるの？　それとも、臭いとかそういうこと？」

「や、まじ臭いんです」

三人でゲラゲラ声を上げて笑う。

「いやほんとこの世の終わりなんです。お父さんが朝入った後のトイレ、本当にどんなゲロよりもウンコよりも吐き気を巻き起こすんです。あれって何なんでしょうねタイヤにウンコとゲロ載せて全部ファイヤーしたみたいな」

また皆で声を上げて笑う。私も一哉も、どんな汚い話をしながらでもご飯が食べられるタイプの人間で良かった。

「え、それ以外で嫌なとこはないの？」

「あとは、ハゲ？」

桜ちゃんの答えに思い切り笑って、目尻の涙を拭う。ほんと女の人ってハゲのこと馬鹿にするよねと、常日頃からハゲることへの恐怖を語る一哉が少し嫌そうな表情で言って、いやでもハゲってほんと面白いよねと私は返す。

「何だろうな。デブとかブスとかって笑えないじゃん。でもハゲってどこか愛嬌があるっていうか、ユーモラスな感じするじゃん？」

「いや、それは女の人がハゲを他人事だと思ってるから言えることだよ」

「えー私の男友達とかもめっちゃハゲネタでウケてますよ」

「それは絶対、自分はハゲない、少なくともこれから十年は、って思ってるから言えることだよ」

今のところハゲに縁のなさそうな一哉でさえそこまで言うのだから、ハゲというのは男性にとってそれなりの脅威なのだろうけれど、男性ホルモンが多いとハゲるという身も蓋もない因果関係も含めて、どこかコミカルに感じられてしまう。

「でもハゲって、可哀想なハゲと面白いハゲがありません？」

桜ちゃんの言葉に、ワインを吹き出しそうになって思わず口を押さえる。

「それってさ、前からくるか後頭部からくるかってことなんじゃないの？」

「確かにそれはあるかもです」

「もっと言えばさ、カッコいいハゲもいるってことが、話を複雑にさせてるよね」

カッコいいハゲ……と桜ちゃんは膝を叩く。

「あ、ちなみに絶対に誰も傷つけない、ハゲ以上にウケるネタありますよ」

桜ちゃんが嬉しそうに手をあげて言って、なになに？　と興味津々で聞くと、桜ちゃんは「オナラです！」と答えた。くだらなすぎて笑いが止まらなくなって、一哉も珍しく声を上げて笑う。

「や、あれって生理現象じゃないですか。でもゲップはなんか笑えなくて、生理とかは、血が漏れたりしたら着替えある？　とか連帯するし、生理痛ひどかったら誰か鎮痛剤！　ってなるし、腫れ物感あるじゃないですか。でもオナラって、皆が笑えるし、皆幸せになるじゃないですか。だって皆出るものだから恥ずかしくないし、でも恥ずかしいし、でも別にそこまでは恥ずかしくもなくて、なんか生きてる？　みたいな力も感じるし」

「いやいや、それ桜ちゃんの学校だけじゃない？　オナラで揶揄《からか》われていじめみたいになったりとか、そういうことだってあるんじゃない？」

「あー、まあうちは女子校なんで特にかもしれないですけど、オナラは日常だし、日常を楽しく彩る素晴らしいものですよ。授業中に誰かオナラすると、めっちゃ皆笑うし、超楽しいです」

「すごいね。何でオナラってそんなに明るい力があるんだろう。確かに言われてみればハゲより全然華やかだね」

「やっぱりさ、オナラはポップなんだよね」

一哉がしみじみ言うと、桜ちゃんが思い切り水を吹き出して呼吸困難な感じになって、私は一緒になってゲラゲラ笑いながらナプキンを差し出す。一番出入り口に近い席で良かったけれど、ハゲとかオナラの話で大笑いしている三人組は、このしっとりした店内でかなり浮いているだろう。

「音もいろんなバリエーションがあるしね」

一哉の追撃にトドメを刺されたように、桜ちゃんは体を折り曲げてヒーヒー言いながら笑う。私も、彼女につられてお腹を抱えて笑って、一哉の背中を叩いた。ちょうどアマトリチャーナとペスカトーレを持ってきた店員が、私も元気になります、と笑いながら戻って行った。悪や戦争のことなど忘れて、オナラ話で笑っている内に人生が終わってしまったらいいのにと思った。勝手に娘の面影を重ねているこの女の子と、疑似家族のような時間を過ごして、これ以上にないどうでもいいことで笑って、幸せを感じる。それは私から最も離れていて、最も必要なことだったのかもしれない。伽耶とこんな話で笑えたら私はどれだけ幸せだろうと、自らかなぐり捨てた幸福を思って、悔しさと悲しさに泣けてきた涙も、オナラで笑った涙としてナプキンで拭った。

人は唐突に、自分の魂がどこにも紐づけられていなかったことに気づく。生まれた時から、親と、親の親と、環境と、そして未来に自分を愛してくれる人々と、繋がっているのであろうあらゆる糸を感じていたあのうざったい感じ、あれが全て幻想であり、自分は一人、たった一人で誰もいないホルマリンの海の中で胎児のように丸くなっているのだと気づく。全てへの怒りや共感や慈愛が、全て自分から出ているもので、自分には何も入ってきていないことに気づく。つまり人は人と溶け合わない。その皮膚をもって断絶していることに気づくのだ。そしてそのことに気づくのは、往々にして中年や高年の、もうそのことを嘆くこともできない歳になってからだ。

私たちは個人として閉じた存在である。性器や臍《へそ》の緒を通じて誰かと繋がったとしても、傷口と傷口を擦り合わせても、私たちは己の持つ思いを一つも交換できない。ある程度の歳になり吹き荒ぶ風に晒されながら唐突に、嬉しいわけでも悲しいわけでもないその寒々しい真実にたどり着く。

そしてその時気づく。正しいか間違っているかが問題ではない。そんなことは問題ではない。この世には正しい真理や間違っている真理、適切な真理や不適切な真理、色々な真理があって、その中でどれだけ多くの真理に触れ、把握できるかが重要なんだ。結局のところ我々はどうしたって、混ざり合うことのない生き物なのだから。

そこまで書くと、グラスに半分入っていたワインを一気に飲み干した。何が間違っていて、何が正しいのか、ここ数年それぱかりに心を奪われてきた。でも私の人生はその判別のために存在しているわけじゃないような気もしていた。唐突にやってきた創作意欲に戦慄くように、私は書き出し以降のストーリーの草案のためのメモを取り続けた。巨大なジャングル中の、葉っぱ一枚一枚、土の一粒一粒に至るまでの全てに目を凝らしていくような作業だと思った。何かを摑んだという確信と同時に、私は狂ってしまったのかもしれないという不安もあった。それでも迷いはなかった。何かに気づく時は、いつも狂う時に少し似ているのだ。

13　木戸悠介

二杯目のラフロイグを注ぐと、唇を濡らすように舐めた。七年ほど前に亡くなった秋松葉介が、もう飲めないし俺はそろそろ死ぬみたいだからと分けてくれた一本だった。たしか何かの記念に作られた希少なボトルだと教えられたはずだが、何の記念だったのかは覚えていないし、特にワインセラーなどにも入れないまま何度も日本の夏を体験したボトルの中の匂いは、少し心配になるものだった。それでも元々消毒液のような匂いなのだからと飲んでいる内、まあこういう味なんだろうと思えるようになった。

グラスは十数年前に亡くなった若津陽二郎が小笠原昭光賞を受賞した時、木戸さんがいなかったらこの受賞はなかった、とプレゼントしてくれたバカラのタリランドタンブラーだった。思えば、自分がこの業界に入ってから、たくさんの人が死んだ。もちろん編集者も死んだが、定年退職前の編集者が死ぬことは少ないため、やはり作家の死の方が印象深い。

あの頃はよかった。無思考でそんな言葉が浮かんで、いやそれはどうだろうと立ち止まる。ラフロイグをもらった日とバカラをもらった日がいい日だっただけで、よかった頃など一度もなかったのかもしれない。ふと嫌な気分になって、嫌な気分の出どころを探っていくと、自分の怒声が脳裏に蘇った。このタリランドタンブラーは二個セットでもらったけれど、一つは元妻に割られたのだった。若津陽二郎の死からそんなに経っていなかった頃だったように思う。彼の死後、より一層大切に使うよう心掛けていた私は元妻に声を荒げ、元妻は怯えたように謝罪した。怒りがおさまらず、元妻の顔を見るのも耐えがたく、しばらく家を避け、極力帰らないようにしたほどだった。離婚の協議をしている最中、何度もその話を持ち出された。私はあの時、この人とはやっていけないと思った。私を奴隷扱いしていた。そんなに大事なものなら自分で洗えばよかったのに。わざとじゃないのにあんなに上から目線で叱責するなんてモラハラだ、と責め立てられた。何を言っているんだこいつは、どうしてこいつはここまで自分本位な考え方ができるんだと、私は閉口した。でも今は思うのだ。絶対に割られたくないのなら、確かに私は自分で洗うべきだった。何だこいつは、頭がおかしいのか？　と平然と自分の理を信じていられた時が、よかった頃なのかもしれない。だとしたら、そんな時代は淘汰されて然るべきだったのだろう。

自分は色々なことを、測り兼ねている。ずっとそんな思いの中にいた。十五年くらい前からうっすらと、十年くらい前からはっきりと、少しずつ時代の流れについていけなくなった。それは奇しくも世の中が激変している中途のことで、私は少しずつ自分が何を発言するべきで、何を発言してはならないのかを判断できなくなっていった。自由に発言すれば必ず誰かの安全基準に引っかかり、気をつけて発言していても時に誰かを傷つけ怒らせた。何も言えなくなった後に待っていたのは、ただ消化していくだけの人生だった。ヘマをしないだけの人生。それでも時々ヘマをして責められる人生。なんの喜びもない人生。

あまりに消化試合すぎる自分の社会生活に疲れ、五十代に入ってからは早期退職の募集があれば応募しようとずっと思っていた。早期退職をする奴の気が知れないと思っていた三十代の頃の自分の気の方がもはや知れない。

中年、高年層が抱く昔は良かったの正体は、直感的に惹かれた仕事をしていれば、自分が時代の先端を走っていられた、あの全能感なのだろう。自分は今、何が正しいのかも、何が求められているのかも、何が忌避されているのかも、何がウケるのかも分からない。今の時代の若者は可哀想だと嘆く高齢男性は自分が若者の頃から生息していたけれど、自分が高齢に近づいている今は、当時より解像度高く理解できる。彼らは現代的感覚を喪失したことを受け入れられず、若者たちを蔑み憐れむことでしか自尊心を保てず、過ぎ去った時代にしがみついていたのだ。哀れな存在ではあるが、そうしてがむしゃらにしがみつける人はまだいい。彼らは哀れな人間として周囲の目には映るだろうが、彼ら自身は己の哀れさに決して気付かないからだ。自分はしがみつけないし、自分が哀れな存在であることをよくは分からなくとも、何となく分かってしまい、しがみつくことすらできないからこそ、より哀れなのだ。

Twitterやインスタを見れば訳のわからないものがバズっていて、今話題だという映画も漫画も小説も特に面白くなく、人との会話も仕事の愚痴と病気の話と誰が死んだ誰が金に困ってる誰が儲かってる、がほとんど。皆、何が楽しくて生きているのだろうと思う。でも明らかに皆は楽しそうで、自分だけがポカンとしていた。自分だけが、この世界の楽しさを忘れてしまったようだった。

そうしてあらゆる喜びを無くし続けた私には、責任だけが残った。息子や親を養わなければならない、妹の入院費を払わなければならない経済的な責任だ。毎月の支払いのために「どんな意義があるのかよく分からない」仕事を続け、なんとなく「ここにいるべき人間」の顔をして、会社に居残り続けた。それは「パーティで手持ち無沙汰な時」に似ている。顔見知りはたくさんいるけれど、特に一緒に連れ立つ人はいなくて、一通り挨拶をするが、皆挨拶と当たり障りのない世間話をすると僅かに気まずそうに「じゃ」と姿を消し、自分は一人になる。招待されていることも、そこでそれなりの立場があることも無意味で、誰一人として盛り上がって解散できないほどの楽しい会話をする人がいない。そういう状態だ。自分には居場所がない。それでも、ここにいろと言われたからこの部署の、このポジションにいる。人事とはその言い訳のために用意された部署のようだ。

昔の自分には使命感があった。自分にはやらなければならないことがあるという強い責任感があった。気ではなく、本当にやり遂げなければならないことがあった。それが少しずつ角砂糖が雨風の中で溶けゆくように消えた。もはやベトつきさえもない。一体自分は何を成し遂げようとしていたのかも分からない。摑んでいたことが摑めなくなることほど、恐ろしいことはない。それはまさに、言葉を失う感覚に近い。脳の言語野を損傷したかのように、唐突に言葉の意味が分からなくなる。そんな感じだ。これまで理解できていた言葉が突然ラテン語のように理解できなくなる。その時にはもう遅い。残像さえ跡形なく消えている。自分の意思ではもう二度と、摑めない。

逆に、あの摑めていた時がイレギュラーだったのかもしれない。時代の先端を走り、全て摑んでいると盲信できていたあの時、大学生から四十代半ばまで。二十五年程度のものだった。長い人生の中で、自分はあの一時の栄光に縋りながら生きていくような老ぼれになったのかもしれない。だとしたら、平均寿命が四十や五十の頃の方が幸せだったのかもしれない。そうも思う。何にも心が動かない、覇気もなければ意欲も興味も情熱もない老ぼれ、つまり精神的に死を迎えている人間がグダグダと生き続けて、なんの意味があるのだろう。生ける屍とはよく言ったものだ。主人公のフォードルは最後、自殺をしたんだった。自分は腑抜けで、中身のないソーセージ、ペラペラな筒状の腸のような存在だ。

ラフロイグを舐める。薄皮みたいな腸が、ラフロイグを。そう自分の中でナレーションをつけると滑稽だった。シニカルに笑いながら、自分が女性に嫌われるのはこういうところなのかもしれないとも思った。でもよく分からない。考えても分からないことは、考えなくなる。このスパイラルで取り付く島もなく人は老い、メインストリームから排除されていく。

自分は不必要な人間である。ずっとそう実感し続けるだけの十年だった。でもあの母の葬式の時ほどそう感じたこともなかった。この世にとっての自分の要らなさ、どうしようもなさ、それなのに生きていることの恥ずかしさ、全てが詰まっていた。フョードルは実は妻に愛されていたが、私は誰からも愛されていないどころか、許容すらされていなかった。

意外と元気そうじゃないか。精神科に入退院を繰り返していると聞いていた妹を見た時、そう思った。目の下に二つの銀の玉がくっついていると思ったのは間違いで、どうやら目の下にピアスを入れているようだった。白く肥えた体を無理矢理喪服に押し込んでいて、むしろ粘土のような顔色の痩せほそった彼氏の方が不健康そうに見えた。この男もどうしてこんな女に付き合うのだろうと不審に思い、それは大手出版社に勤める兄という金蔓《かねづる》があるからじゃないかと思いついてしまった自分を隠すように、「この度は、わざわざありがとうございます」と頭を下げると、妹は私を睨みつけた。

「は、なんだお前その態度」

親の葬式で十五年以上ぶりに顔を見た妹に第一声で暴言を吐かれ、混乱する。思ったよりも他人行儀だった……。あるいはしれっとしている？　じゃあ何が正解だった？　顔を顰め、測りかねる言葉の意味を一人探る。

「お前のせいだぞ」

妹は睨みつけたまま呟いて、何が、母の死が、俺への告発が、妹の病気が、妹の不幸が、と目眩《めくるめ》く可能性の中で、三半規管が狂いうずくまりそうになった。危篤の知らせから通夜まで怒濤の日々を過ごしていたけれど、気が張っていたのか、あらゆる人から気遣いをされ悼まれていたこともあってか、自分では疲れているとも、精神がやられているとも思っておらず、人から悪意を向けられて初めて、自分が倒れそうなことを知った。豆腐メンタルおじ。急に、いつかどこかで見た今っぽい言葉か、あるいは自分で生成した今っぽい言葉が浮かんで、倒れそうな自分を許さなかった。辛うじて立ったまま「何が」と呟くと、妹はふっくらした頬を近づけて「全部だよ」と凄んだ。この女が、大嫌いだった。小さな頃から、ブスでデブでムスッとしていて薄気味悪いこの女が嫌いだった。そしてそんなことを考えてしまう自分にもうんざりしていた。この女を前にすると、知性の欠片もない、小学生男子が言いそうな悪口しか出てこなくなる自分にだ。自分はこの、頭の足りない女が嫌いで、だからこそ文学を志したのかもしれないと、大学の頃に思ったことがある。実家に帰省した数日の間に言い争いになり、予定を繰り上げて東京に戻った時のことだ。あの時、心底ホッとした。典型的なサラリーマン、典型的な専業主婦の両親に対してはほぼ何の感情もなかったのに、ヤンキーみたいな男性アイドルが好きで、地元のバカそうな男と付き合っては喧嘩別れを繰り返すメンヘラで、そのうちデキ婚でもしそうな妹は、視界に入るのも不快だった。自分はこの女に足を引っ張られている。そう思った。この女が視界に入るだけで、自分はぐんぐん偏差値と知性を引き下げられてしまう。自分の人生から何よりも排除したいものだった。

自分はそうして憎んできたものの、どうして自分がこんなにも憎まれているのか、分からない。それを言えば橋山美津のこともそうだし、これまで別れてきた妻たちもそうだった。だがしかし彼女たちの怒りを激らせた目に、凶器と化した言葉に、嫌悪の滲み出る仕草に、嘘はなかった。そして分からないと言いながら、どこか俯瞰で見ている神の視点があって、その視点から見ると自分は有害でしかない男性であるということも分かっていた。でもそれはあくまでも神の視点であって、普段の自分に見通せているということではない。有害だと仔細に己の愚行を指摘されて初めて、開く目なのだ。そして現代社会は、そんな愚鈍な人間を欲していない。

だとしても、十五年以上会ってもいなかった、体調不良を言い訳に母の介護を丸投げし続けた妹に、どうしたら自分をそこまで憎むことができるのだろう。自分は一刻も早くこの女の視界から消えなければならない。そう思った。そこにいれば私の教養と知性が無効化され、その存在を感知しているだけで死が近づいてくる。幽霊、いや、死神のような存在だ。

「お母さん、自慢の息子のこと、施設内で言いふらしてたんだってよ」

え、と漏らす。自分が誰かの自慢だったことがあったのかという救いに安堵しかけると同時に、そんなはずないという自制心も働く。というよりも、妹がなぜそんなことを知っているのか、意味が分からない。彼女は母の入所していた施設に行ったことなどないはずだ。

「うちの息子は成績が良くて、大手出版社に勤めたんですけど、激務のため過労死してしまったんですって言いふらしてたんだよ。労災認定されなかったのを戦って覆させたとか、ちんけなディテールまで作り上げて。つまりあんたは親もその存在を抹殺したくなる唾液フェチ野郎ってこと」

亜麻音《あまね》ちゃん、と妹の彼氏が優しく咎めるような口調で名前を口にする。昭和四十年代生まれのくせにキラキラネームみたいなその名前だけで、自分の中に嫌悪感が沸き立つ。

「お前、母さんの施設に行ってないだろ」

「去年くらいから行ってたよ」

「本当か？　どこに入所してるかも知らないかと思ってたけど」

「叔父さんとはずっと連絡取ってたし、介護施設のことも入った時に教えてもらってたし。何も知らないくせに分かったようなこと言うなハゲ」

この女の言葉をどこまで信用できるのか分からず、何も答えられないまま、肯定とも否定ともつかない表情で妹の好戦的な瞳を見やる。自分はきっと、怯え切った目をしているのだろう。

「耄碌してもう私のことも分かんなくなってさ、私にも同じこと言ってたよ。うちの子は出版社に入ってたくさん有名な作家さんの本作ってたんですよ、って。でも出版社の忙しさに耐えられなかったんでしょうね、早死にして、親不孝ですよねって。涙ぐみながら私に訴えかけるわけ。ずっと会ってなかったから私のこと忘れてたみたいだけど、殺されるよりは忘れられて良かったわ」

最後に会いに行った時のことが思い出される。少し前から俺のことを恵斗と間違えることが数回あったけれど、ここ数ヶ月は悠介とも恵斗とも呼ばれず、「いらっしゃい」と言われては大体聞いたことのある世間話をするだけで、特に息子の話をされたことはなかった。どこかで、俺が息子だと気づいていたからなんだろうか。もうよく分からなかったし、子供の存在さえ認知できなくなっていた老人の言動に固執するのも嫌だった。

もう終わったんだ。そう思うと、終わるということが内包する深遠なものに気づかされた気がした。終われば、もう誰に文句を言われることもない、生きること生活すること働くこと人間関係の煩わしさもなく、毎月金を振り込む必要もなく、誰に何を言われるか、自分が何をどれだけ分かっていないのか、怯えながら生きる必要もない。

家族席ではなく後ろの席についた妹は、もう疲れた、頭が痛い、薬を飲みたいから水を買ってきてと彼氏に喚いていて、恥ずかしいと思うけれど、どこか自分は別の世界に生きていて無関係という気もした。バーチャルな世界にいるように、現実味がない。五十を過ぎた頃から、ふらりと訪れたこのバーチャル感、現実味のなさが、高齢男性が所構わず威張り散らしてキレ散らかせる所以なのではないだろうかと、私は考えてきた。彼らにとって、全ての人はCPUなのかもしれない。つまり自分は、この世に存在していない方が良いのだろうという確信により自死に向かいつつあるが、同時にこの世の誰の視線も別にどうでもいいという現実味のなさによって自死を回避している状態、なのかもしれない。

水が水がと喚く妹の向こうに恵斗が見えて、私は少しだけ心が凪《な》ぐのを感じたけれど、恵斗は私の前まで来ると少し思案するような表情を見せたあと、「香典、母から預かってきたんで」と親指で受付の方を指さした。中学に入った頃から強まり続けていたよそよそしさが、ここに極まっていた。会うのはいつぶりだろう。高校の入学祝いで焼肉に連れて行ったのが最後だったか、いやそれから一度か二度は会っていた気もするけれど、記憶が曖昧で明言するのは憚られた。ずっと既読無視をしていたＬＩＮＥが蘇る。

「なあ木戸悠介。お前には何があるんだ？　お前は何になろうとして、そんな無様な姿を晒し続けてるんだ？　俺にはさっぱり分からない。お前は一体何者で、お前はどうして生きてるんだ？」

　このＬＩＮＥを受け取った時、私にもさっぱり分からなかった。自分に何があって、何になろうとして、何者で、どうして生きているのか、言葉を喪失したように何も出てこなかった。「なんだろうね」そこまで打って、消して、ＬＩＮＥを落とした。恵斗の疑問は尤《もっと》もだった。偉そうな顔をして、生き恥を晒して、恵斗からしたら父親の性的な内容も含む暴露が周知の事実となってしまったわけだ。ＬＩＮＥを読み、そう思った瞬間、あの告発は初めて自分にとって現実になったような気もした。あれはどこか現実味のない、やはりバーチャルな世界で起こったことで、木戸悠介という名前にも、叢雲編集長という肩書きにも、橋山美津の元カレという設定にも、どこかリアリティがなくて、自分のことという気がしなかったのだ。

「ありがとな。わざわざ」

「頼まれて来ただけだから」

「最近、どうなんだ？　志望校とか、学部とか決まってきた？」

「あんたは」

「うん？」

「あんたはどうなの？」

「どうって」

「休職してるんでしょ」

「本当は今月から復職するはずだったんだ。おばあちゃんの危篤でそれどころじゃなくなっちゃったんだけど、いつまでも休んではいられないからね」

「そうなんだ」

恵斗は呟くように言い捨てると手持ち無沙汰な様子で俺の前から去りかけて、思い出したように立ち止まる。

「もう退職してもいいんじゃないの。あんたが金払えなくなったら、奨学金もらえるとこ入るから、別に俺のことは気にしなくていいよ」

「そんなわけにはいかないよ。離婚する時にも、大学卒業まで養育費を払い続けるって約束したんだから」

「友梨奈さん言ってたよ。あんたが橋山美津をねじ込まなかったら、その枠に入った候補者が受賞して、その人の人生は全く違うものになっていたかもって。最も必然性が求められる場に、恣意を持ち込んだ木戸さんの罪は重い、って。高給もらってそんなことしてんなら、辞めた方がいいよ」

思いがけない名前に怯みながら、友梨奈さんて、長岡友梨奈のことか？　どこのインタビューで話してたんだ？　と聞いたけれど、恵斗は答えずじっと俺の目を見ていた。恵斗の目を見ながら、告発文に何を書かれていたか思い出す。最近は記憶力も弱くなった。恵斗はそんなことないんだろう。あの告発を、一字一句違わず記憶しているかもしれない。自分の老いも、告発された事実も内容も、もうそんなに恥ずかしくない。

「何か、ないのか?」

漠然とした問いに虚をつかれ、え、と掠れた声が出て、軽く咳き込んだ。なんの話……と言いかけた瞬間恵斗は踵を返して、やっぱり後ろの席に向かった。家族席には、ほとんど名前もうろ覚えの親戚数人しか座らなかった。

結局弔問客には、母親の知り合いよりも自分の知り合いの方が多かった。長岡友梨奈まで弔問に訪れたのを見て驚いたが、恵斗の言葉が頭から離れず、当たり障りのない挨拶しかできなかった。母は昔から、人付き合いが下手な人だった。正直な人で、空気を読めず、井戸端会議に参加できず町内会でも除け者にされていた。死を前にして、母もホッとしていたのかもしれない。ようやく自分も上がり。そんな気持ちでいたのかもしれない。エンゼルケアを終えた母に会わせてもらった時、建前だけ繕われたハリボテ感も拭えないまま、枯れ果てた木のようになった手足を撫で、小枝のような指を撫で、カサカサになった頬に触れた。手から腕にかけて縦に皺が走っていて、この手が自分の頭や頬を撫でていた時のことを想像した。母の手はクリームパンのようにふっくらとして、腕も太くはないがふわりとした印象があった。萎み、萎《しお》れて、縮んで、乾燥した朝鮮人参のように細く硬くなったその手と、その印象は重ならなかった。母は自分の中で別物になった。自分が子供だった頃と、自分が社会人になった頃、そして今。全くの別物になった。あの介護施設でどんどん萎み衰えていく母は最終形態で、それまでの形態とは全く別物だった。だから母の死は、全然悲しくなかった。

あの葬式からだ。自分はこの世にいない方がいいのだという思いと、別に自分も社会もどうなってても構わないんだからいてもいいのだという投げやりさのバランスが、確実にいない方がいい、という急流に飲み込まれ始めたのは。ラフロイグの三杯目を注ぎ、舐めるのではなく喉を焼くように液体を喉奥に押し込んでいく。

今自分は社会のことなど何も考えていない。文学の行く先や哲学的苦悩、遠い国の戦争もどうでもいい。子供が何人死のうと自分には全くリアリティのある情報として把握できない。憂うことなど何もない。人生の中で最高齢でありながら最もアッパラパーな時間を生きている。もう何も、自分を煩わせることはないのだ。世界も社会も世の中も周囲の環境もどうでもいい。自分は正義など求めていない。正しさも、誠実さも、崇高さも、切実さも、高尚さも、何も求めていない。

いかに世界の悲惨な話をスルーして、いかに残りの人生を消化して、いかにあらゆる支払いを終え、いかに自分の老後を快適なものにしていくか。これがポジティブな方向の自分のハイライトだ。そしてそんなハイライトはない方がいい。

「何か、ないのか?」

恵斗の言葉は、何だったのだろう。答えはもちろん「何もない」でしかない。自分には何もない。SDGs的に言っても、自分は消えている方がいい。こんな存在が酸素を消費していることや、ゴミを出したり水を汚したりしていることは、世界にとって申し訳ないことだ。私は消えている方がいい。圧倒的に無駄な存在だ。無駄すぎる。

ラフロイグの四杯目を注ぐ。段々手足の感覚がふわふわしてきた。持っている瓶が、本当にそこにあるのかどうか断言できない。五年前、大学時代から愛読していた作家のアラン・ルローが自殺幇助で亡くなったニュースを読んだ時に感じた運命的なものを、他の誰も理解できないだろう。あの、この世界に生きることの苦しみを最大限心身を使って背負い、あらゆる方向からシニカルに、クリティカルに、真摯に、コミカルに、ユーモラスに、ドラスティックに描き続けたあの作家が最後に幇助を受け自死したこと、それはフランスでも日本でも当然のようにドラマティックに報道され、有識者がこぞって自殺幇助について語り始めた瞬間でもあった。私はそこに感動や感銘があったわけではなかったけれど、自分が向かうべき場所は彼のいる場所だと感じるようになっていた。ずっと自分はここに紐づけられていたのだと感じる。自分は自ら死に向かう方向に紐づけられていた、定義づけられていた、ハンダゴテで押し付けられていた、そんな確信があって、久しぶりに湧き上がった、何かに紐づけられている感覚が自分をホッとさせてもくれた。

もはや、死ぬこと以外考えられない。死ぬことに、全力で体が向かっている。自分はようやくここに、何の意志もなく、何のカタルシスもなく、何の盛り上がりもなく、何の思想もなく向かうのだ。自分の中に、十数年ぶりに勇ましさを感じた瞬間だった。私は死に向かう。死に。ここまできて思う。何年も前から感じていたことだけれど、改めて思う。文学は何も救わなかった。私は文学に見捨てられた。いや、正確には、文学に救われるにはある種のピュアさを保ち続ける必要があり、私はそれを保ち続けることができなかったから、捨てられたのだ。

すでに二百錠シートから押し出しておいた睡眠薬を小皿から鷲摑みにして、スナック菓子を頬張るように口に入れる。三回ほど繰り返して、最後は皿を口まで持っていき流し込んだ。ぽりぽりと嚙み砕き苦い味をラフロイグで流す。苦味とラフロイグが混ざり合う。秋松葉介のウィスキーが睡眠薬と混ざり合う味が最後は嫌だと思って、慌てて棚を漁るといつ買ったのかも分からないチョコレートを見つけて思い切り口に詰め込む。すでに固結びで結びつけておいた二本のネクタイとフェイスタオルを手に取ると、カウンターに手をついて立ち上がり、ネクタイの端を廊下側のドアノブに固結びで括り付け、先を寝室の中に通してドアを閉じた。部屋は暗く、ベッドライトだけ灯す。ドアノブの上部にネクタイを引っ掛け、すぐ先に輪っかを作るように結ぶと、フェイスタオルをかませた輪っかに首を通した。痛みがあると反射的に逃れてしまうとネットに書いてあったから、痛みなく静かに窒息するためだ。まだ体重をかけず、しゃがんだ状態でぴったりとドアに背中をつけ、意識が遠のくのを待つ。こんな状態で意識が遠のくことなんてあるんだろうかと思っていたけれど、お酒をしっかり飲んだせいかもう薬が効き始めているのか分からないけれど、すでに目が回り始めていた。自分の存在が害となってしまうこの世界から、母のところへ、父のところへ、若い頃から可愛がってくれた秋松葉介のところへ、授賞式のスピーチで私に感謝の意を表明してくれた若津陽二郎のところへ、そしてアラン・ルローのところへ行くのだ。そう思った瞬間安堵の涙が流れた。足を投げ出し体重を投げ出す。首にGがかかる。ネクタイによる痛みはないけれど、首が反った痛みが走る。ありがとう。あんなに長い時間を文学に費やし文学の繁栄と未来を憂えて生きていた男は、そんな陳腐な感謝と共に目を閉じた。

痛い。とにかく痛かった。この痛みから逃れられるのなら、何でも差し出します。そんな痛みが、顔面右側に走っていた。ビリビリとした電気のような痛みと同時に、骨が折れているような、内側から響く痛みもあった。顎のあたりにも棒を押し当てられているような硬い痛みがある。もしもここに救急車呼びますかと言ってくれる人がいたら、呼んでくださいと迷いなく答えただろう。

目を開けているのに視界は激しく濁りほぼ何も見えず、その上最小メリーゴーランドに乗っているようにぐるんぐるん目が回る。とてつもない吐き気とレードルで脳みそをゴリゴリ掻き回されているような頭痛。手足の痺れ。手を伸ばしてスマホを探すが、どこにもなさそうだった。咳をすると、ちゃぽ、げぽ、と口から臭い液体が飛び出した。口から出たものの温かさを、そして臭気を感じる。どうやら自分は確実に、死に損ねたようだ。そう思った瞬間白く濁った視界が真っ暗になったように感じられた。どうやって死のうかばかり考えていた。もう、どうやって生きるかに軌道修正することはできない。それでも今はとにかく、痛いほどに渇いた喉と吐き気と頭痛、身体中を包むむわっとした湿気と火照り、下半身を走り回る痒みをなんとかしなければ、再び死に向かうこともできないだろうという確信があった。

最初に目が覚めてからどれくらい経ったか分からない。何度か起きあがろうとしては諦めを繰り返し、所々で意識を失ったようだった。グルグル回っていた視界がとうとう定まり始め、部屋の形が見えてくる。今は明け方だろうか。遮光カーテンのせいで何も感じ取れない。手を伸ばすと床の液体に触れた。アメーバのように体がぼたぼたと床にこぼれ落ちそうな感覚に、細胞一つ一つが毛羽立つような焦りに身体中が戦慄く。このままここで、自殺未遂からの餓死でもいいのではと一瞬思ったけれど、とにかく喉と顔の痛みをどうにかしないことには、どんなことも不可能に感じられた。

時間をかけて上半身を起こし、ドアを開け、寝室を出ると、洗面所に向かって這っていく。洗面台に届かず、風呂場に到着すると水道から水を出し、顔に浴びながら水を飲んだ。生き返るようだった。ということは、多少は死ねたと言えるのだろうか。水が湯になっても、頭のてっぺんを差し出し浴び続ける。服は膨れ、重みを増し、アンモニア臭が沸き立つ。自分は倒れている間に、いや首を吊っている時にかもしれないが、失禁したようだった。下半身の痒みは自分の尿にかぶれたのだろう。寝室は尿と吐瀉物の海になっているに違いなく、這ってきた廊下も汚れているのかもしれなかった。少しずつ明瞭になってきた視界の中に鏡が映り込み、顔の右半分がぷくりと赤く腫れ上がっているのが見える。ネクタイが外れた瞬間、意識を失ったまま倒れて床に打ちつけたのだろう。むしろ歯が折れたりしていないことに、感心する。そして失望する。行けなかった。父のところへ、母のところへ、私を慕ってくれた男性作家たちのところへ、アラン・ルローのところへ。

呆然と湯を浴び続けていたけれど、立ち上がれるようになったのを確認すると服を全て脱ぎ全身を洗った。体を拭き、そのバスタオルを持ったまま寝室に行く。尿はほとんど服が吸い取ったのか水溜りというほどには残っていなかったものの、むっとする湿気の中に、濃厚な公衆便所の臭いがした。吐瀉物は酒とチョコレートで、緩い便のようだ。乾いておらずまだぬるぬると光っている。バスタオルで念入りに拭きながら、右の中指と人差し指が痛むことに気づいた。爪の真ん中辺りに折れたような線が入っていて、酩酊したままあまりの痒みに狂い出しそうになりながら尻や太ももをズボンの上から掻きむしっていた時に折れたのだろうと気づく。バスタオルをゴミ袋に詰めると、フローリング用洗剤を吹きかけて布巾で拭き上げた。自殺未遂をして、自殺未遂の後片付けをしている自分に少しウケそうになったけれど、別にウケなかった。元々入っていた洗濯物の上にびしょびしょの服を入れて洗濯機を回すと、リビングに戻った。時計は正午を表示していて、リビングはあまりにもいつも通りで、自分の自殺未遂はすぐそこの寝室で起こったことなのに、どこか異空間で起こった出来事のようだった。首を吊ってから九時間程度しか経っていないという事実が信じられず、一日プラス九時間ではないかと疑ったが、やはり九時間だった。冷蔵庫の中のビールを取り出すとキッチンペーパーを巻いて右頬に当てた。

「練炭だったかな」

ソファに腰掛けると間抜けな言葉を呟き、目を閉じた。風呂場で大量の水を流し込んだ胃が疼いた。昨日はこれから死ぬのだという思いの中で全く食欲が湧かず何も食べなかったから、ほぼ一日チョコレートしか食べていない、いやチョコレートも吐いたから何も食べていないと言える。激しい食欲に戦慄くものの、冷蔵庫には何もなかったはずだと思い出し、何かデリバリーでもしようかとスマホを探す。自分はスマホを介した文明的なものに抵抗があり、店の社員でもバイトでもない奴が運んできた食べ物は気持ち悪いという思いから頑なにウーバーイーツを入れてこなかったが、空腹のあまりもうなんでもいいという投げやりな気分になっていた。カツ丼、天丼、カツカレーでもいいかもしれない。ここ数年揚げ物を受け付けなくなってきたけれど、今日なら食べれるだろうという確信があった。しかし食べ物のことでいっぱいになった頭でカウンターに置きっぱなしにしていたスマホを手に取った瞬間、異変に気がついた。異様な数の着信が入っていた。自分が自殺未遂をしたことが、どこかから漏れたのだろうか。いやだとしたら、さすがに電話ではなく家に押しかけてくるのではないだろうか。自殺すると聞いて心配だけど、駆けつけるほど心配ではない人が複数いたということだろうか。いやしかし誰かに気取られるなんてあり得なくないか。どこか混乱というよりは、嘲笑するような思いで履歴を開くと、会社からが圧倒的に多く、個別に同僚たちや、本部長や取締役などの役員たちからも電話が入っていた。一番最初に入っていた編集部からの留守電の再生ボタンを押すと、自分の休職中、部長代理を任されている次長からだった。

「もしもし、岡薗です。報道などですでにお耳に入っているかと思いますが、長岡友梨奈さんが亡くなりました。報道陣からも数件取材依頼が来ています。五松くんに連絡がつかず、新田さんはあまり長岡さんと親交がないということなので、木戸さんに対応を頼めればと思ったんですが、とにかく留守電を聞いたら電話ください」

食欲以外何もない空っぽな頭には何が何だか受け止めきれず、なにも考えられないままウーバーイーツをインストールした。クレジットカードを登録しなければならないということで、カードを探しスキャンなんてできるのかと驚きながら登録して、すぐに配達してくれる店を吟味する。CoCo壱で5辛の手仕込とんかつカレーを注文すると、ついでにこの店やこの店でもピックアップできますよと薦められ、思わず別の店も覗き、食欲に任せて評価の高かったラーメン屋でまぜそばも注文してしまう。ご注文の商品を作り始めましたの表示を見るとホッとして、Twitterを開くとまず最初にうちではない出版社が長岡友梨奈の追悼ツイートをしているのが目に入った。

何か劇中に放り込まれたように現実味がなかった。九時間タイムワープしただけで、長岡友梨奈が死んだ世界線に来てしまった。もしくは、元の世界とよく似たパラレルワールドに来てしまった。そんな感じだった。

「もしもし乃木です。方々から連絡が来ていると思うんですが、長岡さんが亡くなりました。『ゴーストレイト』が遺作になるのかという問い合わせがきているのですが、どう答えれば良いでしょうか。五松さんは体調不良でもう一週間以上休んでいて、ずっと電話してるんですが連絡がつきません。ちなみに、私は長岡さんが会った最後の編集者かもしれなくて、モアノベルスのインスタに長岡さんと飲んでいる画像をアップしてしまったため、取材依頼がきてるんですが、受けて良いかも相談したいです。長岡さんがそういうことを望むタイプかどうか、ということだけでも教えてもらえたら助かります。またお電話します」

Twitter で検索すると、「作家・長岡友梨奈、事故死」というニュースに一万いいねがついていた。訃報にいいね、って、Twitter が流行り始めた頃には感じていたことが、今は普通のことになっているのが薄ら寒い事実として、改めてリアルにのしかかる。記事をタップすると自動的にニュース映像が流れ始めた。

「『あさきよる』などで知られる、作家の長岡友梨奈さんの死亡が確認されました。長岡さんは二十八日未明、都内の病院に搬送され、翌二十九日午前一時頃、死亡が確認されたということです。死因は明らかになっていませんが、路上で長岡さんが男性と言い争いをしていた、という証言が複数あり、事件や事故に巻き込まれた可能性があるということです」

長岡さんの代表作は『あさきよる』じゃなくて『ビューワー』だろう。Twitter 上にはそれ以上の情報はなく、以前五松くんに見せた長岡さんの暴行動画がリツイート数を伸ばしていて、「えなに作家て世界一大人しい人種じゃないん?」とか、「これやって死んだなら自業自得すぎるwww」などとコメントが連なっていた。

ピンポンに反応してウーバーの配達員から袋を受け取った私は、固く結ばれた袋をもどかしく解きながらリビングに戻った。ローテーブルでまぜそばとカレーを両方開け、次々箸とスプーンを伸ばしていく。腹が満たされていくにつれ、脂汗が滲むような快楽がもたらされ、手が止まらなかった。気づくと唸っていた。自分は、唸りながらまぜそばとカレーを貪っていた。獣のようだ。アラン・ルローと同じように自殺幇助を受けたいと思いながら自殺を図った深夜の自分が嘘のように、自分の体が生に向かっているのを感じた。食べるという行為はあまりにも、動的だ。食べているだけで自分の中にエネルギーが蓄えられ、気持ちとは裏腹に自分を潑剌とした存在に作り替えてしまう。むしゃむしゃと、ぐちゃぐちゃとエネルギー源を咀嚼しながら、少しずつ自分のあらゆる部分に熱が行き届いていくのが分かる。自分は限りなく死に近いところにいた。ほとんど熱量を発さない存在、生き物というよりも機械のような存在になっていたのだ。そうして静かに死んでいくはずだったのだ。それなのに。私ではなく長岡友梨奈が死んだ。

理解した瞬間唐突な混乱に見舞われ、竜巻に飲まれたかの如く取り乱していくのが分かった。もうこの身体から何も発していなかった、あれほどまでに死に近いところにいた私ではなく、あんなにも潑剌と男の股間を蹴り上げていた長岡さんが死んだのだ。

もりもりと咀嚼しながら、私は涙を流していた。絶えず咀嚼しながら、肩を震わせ声を上げて泣いた。何が起こっているのかわからなかった。人生とは、一体なんなのだ。こんなことがあっていいのだろうか。私はなぜ生き残ってしまったのか。長岡さんはなぜ死んでしまったのか。自分の中にとてつもない途方もない、入道雲のようなものが伸び続けていた。私の中で何かが、膨張し続けていた。死にたい、死にたい、死ななければ、一刻も早くこの世から消え去らなくては。

ずっと持ち続けていたこの焦燥が、初めて薄らいでいた。そしてその薄らぎから見えてきたのは、どうして長岡友梨奈が死ななければならなかったのかという細胞一つ一つがバラバラになりそうなほどの怒りと憤りと、それらと同時に反射的にこの体内から湧き上がる生命力だった。自分は今までともではない。この勢いに任せてはならない。自分に言い聞かせながら、カレーの最後一口を食べ切った。まぜそばとカツカレーを食べきった私は無敵だった。長岡友梨奈に対する不名誉な噂や謂れのない中傷などが起こらないよう情報をコントロールし、最大限遺族やファンを裏切らない形で送り出さなければならない、という使命感でいっぱいになり、吐きそうにすらなっていた。そしてこの役割を終えたら改めて、仕切り直して、私は死に向かうのだ。

怒濤の勢いで電話を返し、長岡友梨奈逝去に対する創言社の追悼文を書き上げ社内の人たちと共有し、各社の長岡友梨奈担当の編集者たちを取りまとめるため、Googleでやり方を検索しながら生まれて初めてグループラインを作り、葬式までは遺族との連絡係を一本化しようと決まり、誰が適任か話し合った。それなりに歴の長い担当たちが牽制し合う中、担当ではないけれど最後に会った編集者として一応グループに入れていた乃木さんが「私が請け負っても良いでしょうか」と申し出た。本来であれば私がやるべきだったのかもしれず、そろそろ手を挙げなければと思い始めたところだったため拍子抜けしたが、彼女の自信のある態度に、何かしら使命感があるのだろうと納得し、私も同意した。作家の遺族とのやりとりは、未発表作品や遺作の掲載権を取れる可能性もあるため重要だ。モアノベルスに載ることになったとしても、結果的に創言社が取れるなら言うことない。担当でもない乃木さんがハイエナのように現れたことに、納得のいかない編集者もいただろうが、こういう時はがめつい肉食動物が勝つのだ。「ＳＮＳなどで長岡さんに対する中傷が流れているようです。取材等を受ける際は長岡さんの名誉を傷つけないよう、それぞれ配慮してください」と締め括ると、皆から賛同と感謝の言葉が入った。次長の岡薗さんには、明日は長岡さん関連の対応のため出社しますと連絡し、明日会社で打ち合わせをしましょうと乃木さんにメッセージを送った。

最近の現場に疎くなっているのは自覚していたけれど、長岡さんの担当には二十代の若い人も多く、動揺している様子の人もいた。娘さんはどんな思いでいるのだろうと、考えずにはいられなかった。恵斗の五つくらい上だっただろうか、まだまだ二十代前半か半ばのはずだ。五十代で体験する母の死と、二十代で体験する母の死は、全く違うだろう。それに、長いこと介護施設に入所し認知症を患ってきた母と、昨日まで元気に生きていた長岡さんの死も、全く違うだろう。

私が最後に会ったのは、創言社に取材を受けにきていた時だ。あの時、長岡さんは橋山美津が私に会いにきたと、忠告してくれたのだ。詳しく内容を聞いたわけではありませんが、と前置きをして、美津が過去のことで燻《くすぶ》っていると教えてくれた。彼女は中立であるという立場を明確に表明していたけれど、どこか私に寄り添ってくれていた気がするのは、私が彼女の訃報を聞いたばかりという理由だけではない。橋山美津の告発文を読んだ時、気づいたのだ。この文章には長岡さんの手が入っている、と。もちろん証明のしようはない。でも長岡さんの匂いがした。長岡さんが書いた文章には独特の匂いがあって、あの告発文を読んだ時、それが香ったとしか言いようがない。そしてその時思ったのだ。私は長岡さんに守られたのだと。最低な内容ではあった。しかしどこかで、あの告発文に彼女が文学性を持たせてくれたことによって、自分の名誉が保たれた思いがした。橋山美津がどんな文章を書き、長岡友梨奈がどこまで赤を入れ、橋山美津がどれだけ赤を受け入れたのかは分からない。それは、長いこと編集をやり、百人以上の作家を担当してきた自分だからこそ、分からないことでもあった。こっちの赤を全て受け入れる人もいれば、反論してくる人、無視する人もいて、拒絶してもっといいものに修正する人もいれば、怒って原稿を引き上げると言う人もいた。そしてそれは、作家と編集者の組み合わせによっても変わり、また同じ作家と編集者の組み合わせだったとしても、関係性や互いの立ち位置の違い、それぞれの作品への思い入れの強さによっても変わるのだ。少なくとも私からの赤と、長岡友梨奈からの赤に対して、橋山美津は受け入れる受け入れないの基準が違っていたはずで、これは絶対に長岡さんの文章だと分かる箇所は数箇所あったものの、それ以外は全く計り知れなかった。でもあの告発文は、明らかに橋山美津からは決して出てこないであろうエッセンスに染まっていた。私は自分が告発される告発文を読みながら、傷つきながら、どこか感動してもいた。同時に、起こっていることがどんなことなのか、分からなくなるような撹乱を感じた。でもそれは決して不誠実な撹乱ではなかったと言い切れる。そもそも人生とは常に撹乱の中にあり、その中で何を決定的なものとしていいのか分からないのだという諦めに似たあの達観を得られたことで、私は何かを諦め、何かを受け入れ、何かを切り捨てることができたように思う。それが私があの告発に、決定的なまでには打ちひしがれなかった理由だ。もっとちゃんと担当していればよかった。もちろん長岡さんとは常に真剣に仕事はしていた。でも私情を持ち込み苦手意識を抱き、途中から敬遠し、まだ外れなくていい段階で担当を譲ったのは事実だった。自分が情けなかった。文学インポという言葉すら呑み込んで、むしろそれを題材にしてくれと、捨て身で仕事をすればよかった。

私は回復したのかもしれない。方々に連絡をとり、長岡友梨奈で検索し続けてソファで眠り、目覚めた瞬間に思った。まぜそばとカツカレーを取り込んだ私の体は、信じられないほど暖かかった。脈打ち、次の食料を求めてすらいた。この使命を果たすために、自分は死に損ねたのかもしれないとも感じた。

久しぶりの割に、そんなに久しぶりな気もしなかった。これも全て、自分の精神状態がそう感じさせているのだろうか。という疑問も、人と言葉を交わす内に薄れていった。何かスイッチが切り替わったように、私は社会に適応できなくなり、そしてまたスイッチが切り替わったように、私はまた社会に適応できるようになった。できなくなった理由は神経衰弱で、できるようになった理由はおそらく長岡友梨奈の死だ。これはいわゆる躁状態なのかもしれない、という自覚もあった。「でも自分はそうせざるを得なかった」。自殺未遂後の私の全ての行動はその言葉に裏打ちされていた。


「木戸さん、お久しぶりです」

「おはよう乃木さん」

「顔、大丈夫ですか?」

「ああ、昨日家の中で転んじゃって。ただの打撲なんで大丈夫です」

会社に来てからもう何人もの人に顔の腫れを心配された。転んじゃってと言い訳している内、本当に転んだような気がし始めていた。むしろ昨日自殺未遂をしたことが、自分でも信じられなかった。

「ちょっと、二階に行きましょうか」

打ち合わせスペースのある二階に行くと、しばし長岡さんとの思い出話をした後、それで、と乃木さんは切り出した。

「実は私、長岡さんと二回しか飲んだことないんです。でも、お互いすごく通じるものがあるというか、実際、最後に会った時長岡さんに言われたんです。乃木さんに担当してもらいたいって。次の作品は、乃木さんに担当してもらってモアノベルスに載せたいって。もしかしたら五松さんが嫌だっただけなのかもしれないですけど、そのために新作を書き始めているとも言っていました」

「え、本当に？　どうしてそんなに仲良くなったの？　きっかけは？」

「西村小夏さんとのトークイベントの時にやけに気に入られて、仕事抜きで飲みませんかって誘われて、普通に飲みに行ったんです。画像インスタに載せてもいいですかって、ちょっと意地汚いことはしちゃったんですけど、フランクにいいよいいよって言ってくれて。それで実は、飲みに行った時に、遺言じゃないんですけど、それっぽいことを言われて……」

「え、え、ちょっと待って。長岡さん自殺じゃないよね？」

「あ、もちろんです。そういうことじゃなくて、もし私が死んだら、という話をしてたっていうことです。実は長岡さんは離婚調停中で、もう何年も前から旦那さんとは別居していて、今はパートナーと一緒に住んでるから、もし死んでも旦那には接触しないでほしいと言われてたんです。デリケートなことなので、内々にそれぞれの出版社の担当に伝えました。もちろん死亡届とかは旦那さんがやらなきゃいけないんですけど、死後のことは遺言書を作って全部弁護士に頼んであるらしくて、遺産は全て娘に残して、著作権は全てパートナーに委ねるって。だから、いま私がやりとりしている長岡さんのご遺族は、パートナーなんです」

「でもさ、それって……。やっぱりどこかで予期してたってことなんじゃないの？　普通、四十代半ばで離婚調停してたって、遺言書なんて作らないよね？　自分が死ぬなんて、普通まだ思わないよね？　何か持病を抱えてるみたいなこともなかったんでしょ？」

「多分、ないと思います。でもなんていうか、もう配慮するのはやめた、みたいなことも言っていて、あ、それは、この世の中の不条理さに甘んじてきた自分自身の生き方を見直した、という文脈での話だったんですけど。自分には義務があるって、酔っ払ってですけど、けっこう強い口調で言ってました。あ、それで、ムエタイを始めたとも仰ってて」

「ムエタイ？」

「はい。週二で通ってるって」

ポカンとして、二の句を継げない。スポーツとかやってますかと聞くと「いや全く」と聞いた側を嘲笑するような態度で答えるような人だったはずだ。でもムエタイをやっていたのだとしたら、あの暴行動画にも説明がつく。

「つまり、長岡さんは何ていうか、少しおかしくなってたのかな」

「いや、まともでしたよ。話し方も、話す内容も。まあでも、圧倒的なまともは、狂気と紙一重ですからね。正しく狂ってることに私は好感を持ちましたけど、彼女は自分が周囲の穏健派と対立していることに自覚的でした。娘さんとも決裂して、今は完全に連絡を絶たれてると話してました」

さっきから長岡さんの印象を覆す情報ばかりが出てきて、頭が追いついていなかった。これは昔、部下と作家との飲み会に行くとよく経験した感覚だった。普段部下が自分と飲みにいく時には決して見せない、気を許した態度を作家や歳の近い同僚の前では露わにしていて、こんな人だったんだと驚くような瞬間だ。結局私という存在が、長岡さんの顔を、部下たちの顔を限定させていたということなのだろう。

「あ、そういえば五松さんとは、木戸さんも連絡がつかないんですよね？」

「ああ、電話もＬＩＮＥもしたけど、応答ないね。ちょっと前にうちを訪ねてきたことがあったんだけど、その時から少し変で」

「五松さんて、元々ちょっとムラのある人でしたよね」

「そうだね。まあ、僕が少し変っていうのも、変な感じなんだけど」

乃木さんは一瞬迷うような表情を見せた後にふふっと笑った。まあですね、と答えて、でも木戸さんがいてくれて良かったですと続ける。

「長岡さん、小説誌で連載、って意気込んでたのに、こんなことになって残念です。もし遺作がもらえたら、うちじゃなくて叢雲に載せてください。もしこのまま五松さんが戻ってこなかったら、新田さんと木戸さんが共同で原稿を見るのがいいんじゃないかと思います」

「いや、乃木さんと仕事したいって書かれた原稿を叢雲がもらうわけにはいかないよ。それは、モアに掲載するべきだと思うよ」

「そうでしょうか」

乃木さんは表情を硬くして、唇を強く結んだ。

「この人とは長い付き合いになるなって、思ったんです。直感で、多分私たちは馬が合うって。

そういう出会いって少ないから、嬉しかったんです。つい一昨日まで、次はあのバーに誘おうとか、考えてたんです。もちろん私の思いは、長いこと付き合ってきた担当の方達とは比べ物にならないでしょうけど」

彼女のどことなく演技っぽい態度に乗り切れず、この後は五松くんのことも含めて叢雲編集長の片山さんと打ち合わせをするんだったと時間が気になり始めた頃、私のスマホと乃木さんのスマホが同時に鳴った。長岡グループだ、と乃木さんが言って、死んで初めてそんなグループができたことになんとなく申し訳なさを感じながら私もＬＩＮＥを開く。

「三十分前に投稿された動画です。信憑性は高いのではないかと思います」

光明社の柄本さんはそんなメッセージと一緒に動画を送ってきていた。乃木さんが流し始めたようだったから、自分も動画をタップすると、ブラウザで TikTok が開いた。「長岡友梨奈さんは私を庇って死にました」というタイトルと、泣き腫らしたような女の子の顔にギョッとする。首筋の辺りがざわざわして、ゾッとする。なぜだろう。昨日の長岡さんの暴行動画に連なっていた悪意あるツイートにも感じたことだけれど、人の死が関わる事柄に関して、人の死が関わっていない時と同じようなテンションで語られるのを見ている時、いつもゾッとする。死者への敬意などという仰々しいことではなく、死者、つまり全ての機能が停止した遺体に向かって、彼らは同じ言葉を吐けるのだろうかという恐ろしさだ。

「え、これ……」

言いかけてすぐに、乃木さんに手で制された。

「私は父親に虐待されていました。身体的な暴力も、言葉の暴力もありました。友梨奈さんは同じジムに通っていて、ずっと私に良くしてくれていました。虐待のことは話していませんでしたが、友梨奈さんは何となく分かっていたんだと思います。家に帰りたくなくて駅前をうろうろしてて結局父に見つかって、髪を摑んで無理矢理連れて帰ろうとする父と揉み合っていた時、偶然通りかかった友梨奈さんが仲裁に入ってくれたんです。二人は揉み合いになって、殴り合いになって、父が振り払って友梨奈さんが車道に投げ出されたところに、車が突っ込んできたんです。父は今も取り調べ中で、私は取り調べを終えて祖母に引き取られたところです。Xで友梨奈さんが誹謗中傷されているのを見て、耐えられなくて投稿しました。私は全部見てました。友梨奈さんを殺したのは私の父です。友梨奈さんは私を助けようとして死んだんです」

必死に訴えかける女の子は、まだ中学生くらいに見えた。

「え、いや、まじか……」

「え、乃木さんこれ、えっと、本当だと思う?」

「ジムって、ムエタイのことですよ。長岡さんジムに中学生の女の子がいるって話してました。多分これは……恐らく事実です」

「じゃあ、殺人てこと?」

「まあ、少なくとも傷害致死にはなるんじゃないでしょうか」

「え、そんなこと、あり得るかな。ちょっと信じ難いんだけど」

「……木戸さん」

「はい」

「これは、祭り上げられますよ。長岡さんは、死後最も話題になります」

乃木さんの目の色が変わっていた。その変化を怖いとは思わなかったものの、どこか乗り切れない気分で、他のSNSに転載されているか確認していく乃木さんを眺めていた。長岡さんが若い女の子を庇って死んだ。そんなことがあるんだろうかという疑心が、頭の中をぐるぐるしていた。認知が歪んでいくのを感じた。自分には、世界がどういうものなのか、やっぱり摑めない。もやもやと自分の体の周辺に、不安が充満し始めていた。

その日の夜、長岡さんのご遺族より、通夜も葬式も執り行わず、二、三週間以内に関係者のみを招きお別れの会を開催しますと連絡がありました、と乃木さんからLINEが入った。恐らく、通夜も葬式も執り行わないというのは長岡さんの意向なのだろう。それでもその知らせは、形骸化したセレモニーによってきっと自分は何かしら一区切りつけられるだろうと、どこかで浅はかな予想をしていたという事実をまざまざと私に突きつけた。

乃木さんの言葉通り、長岡友梨奈は人生の中で、いや人生が終わって初めて、かつてない注目を浴びることとなった。創言社から出ていた著作にはほぼ全て重版がかかり、生前の長岡さんについて話を聞きたいと取材が殺到した。しかも、その波を後押しするような投稿が相次いだ。

初めに長岡グループの一人、光明社の柄本さんが「長岡友梨奈さんは私が参加したパーティでセクハラに遭った時、助けてくれました。詳細は言えませんが、私も長岡さんの行動に救われた一人です。勇気ある女性の死に、涙が止まりません」とツイートして、当たり前にバズった。その次に西村小夏がツイートした。「長岡さんは私がスランプで小説が書けなくなっていた時、編集者を通じてお手紙をくれたことがありました。内容は私の心にしまっておきますが、彼女の言葉に小説家としてだけではなく、読者としても、一個人としても救われました。ようやく同じフィールドに戻って来れたのに、これからたくさん小説の話ができると思っていたのに、悲しくて仕方ありません。私は全ての児童虐待、全ての暴力、全ての戦争に反対します」。そのツイートには数万のいいねがつき、数百万インプレッションがついた。

そして更には、娘が大学の教員にレイプされ自殺したという母親が動画を投稿した。自分の娘が性暴力の被害に遭い自殺を図った時、娘の友人の母親であった長岡友梨奈さんが弁護士を紹介してくれ、連帯を表明してくれたというのだ。この事件についてはチラホラとSNSで目にしてきて、その内容の痛ましさ、立場と権力を使って犯行に及んだ犯人の悪質さに驚き、自分はこれに比べたら大したことない、自由恋愛だったのだからと自己正当化のために注視してきた事件でもあった。その事件に長岡さんが一枚嚙んでいたというのは初めて知った事実で、彼女の娘がその大学に入学していたことも、私は知らなかった。

「レイプされた娘が自殺して、性暴力と戦おうと共に立ち上がってくれた長岡さんが男の暴力で殺された。この世界はおかしい。一体何人の女が死んだら世界は変わるのか」

彼女の訴えはショート動画に作り替えられ、広く拡散された。地が波打つように、憎しみが加速していた。世界中の人が娘を虐待した父親を、レイプした男を、セクハラした男を、暴力を憎んでいた。長岡さんの本を出版していたアメリカやフランス、韓国、台湾の出版社までもが連帯を表明し、英語圏でも長岡友梨奈の悲劇的な死が報道された。そしてそれと同時に、ノットオールメン論法を使った反論や、暴力を振るう女もいる、女たちの連帯は男と女の溝を深めることになる、というお門違いなツイートや、ミソジニーを丸出しにして彼らの連帯を揶揄する言論までもが飛び交った。

長岡フィーバーに沸くというよりは、何となく引いている雰囲気が社内に漂い始めた頃、五松くんの動画がネット上に投下された。

「中に出していい?」「だめ。今危ないから」「いいじゃん。ピルの金出すから」「一万するよ」「いいよ出すよ」「でも……」

からの五松くんの喘ぎ声で終了する動画だった。陰部にはモザイクがかかっていたものの、五松くんの顔はしっかり映っていて、「こいつと完全一致」と五松くんがテレビに出た時のスクショが貼られていた。そしてさらに、「中出し五松、長岡友梨奈さんの担当だったらしいwww」とヨミモノオンラインの記事のスクショが貼られ、「元女子大生に告発された元編集長も長岡友梨奈を担当してたってまじか、、出版業界どこまで腐ってるん」と自分にも飛び火した。

今ネット上で起こっていることは、当然の流れと言えた。とある女性が、子供に暴力を振るう男を咎め、死に至った。その女性は方々で苦しむ人たちに手を差し伸べていて、感謝されていた。その女性の死が悼まれ、これまで搾取されてきた人々が抱えてきた不満が爆発し、うねりが生じている。当然だし、分かりやすい流れだ。それでも私には違和感があった。私には、長岡友梨奈が世間でヒーロー扱いされるような人間には思えないのだ。もちろんやっていたことそれぞれは「長岡さんがしそうなこと」に感じる。しかしその行為一つ一つが繋がって星座のように見えてくる長岡さん像は、「何か違う」と感じるのだ。表層をなぞって作られた像はハリボテのようで、全く生身の長岡さんの匂いがしない。彼女はそんな女じゃない。この女は世界平和を望みながら世界が滅亡する小説を嬉々として執筆する女だ。皆もっと長岡友梨奈の小説を読むべきだ。彼女は戦争反対と言いながら戦争で散り散りになる肉体を描写して自らの残虐性を慰撫している女だ。性加害に涙を流しながら、身を切り裂くような快楽を享受しながらレイプシーンを書く女だ。あの女は現実と小説内に故意に乖離と矛盾を生じさせ、両方を自分にとって都合のいい世界に構築していた女だ。自分だけは知っている。あの女は、書きたいという欲望に魂を売った女で、本当は物語にしか生きていない女で、現実を生きる人々を見下ろしている女で、聖人君子のような女では決してない。

そう思っていたけれど、世間のフィーバーに揉まれるうち、自分の知っている彼女の姿こそ幻だったのかもしれないとも思い始めていた。あまりに最近の彼女の情報が少なかった。あるいは、彼女は変化したのかもしれなかった。時代の流れの中で、少しずつかつての自分を手放していたのかもしれない。

世間のそれと激しい乖離が生じたことに混乱し、記憶の欠片を拾い集めるように私は長岡さんとのメールのやりとりを見返した。ここ数年はほとんどなく、あっても事務的なやりとりばかりだったけれど、七年前のメールに自分がすっかり忘れていた話が残っていて、その予知的な内容に思わず手を止めた。七年前ということは、橋山美津とも別れた後で、いずれ来るであろう編集長という大役にどんな志を持って挑めば良いのか悩んでいた頃で、ということは長岡さんの担当を外れる直前でもあった。打ち合わせか、会食をした後に送ったメールへの返信だったのだろうが、どんな会だったのかは全く記憶になかった。

木戸さま

今日話題に上った吉住さんの話の時にふと感じたことがありました。

お気を悪くしないでもらいたいのですが、私は吉住さんと木戸さんに、どこか似たものを感じてきました。

彼のセクハラ気質や社内政治好きなところなど、そういう共通点ではありません。

私は吉住さんと木戸さんを見ていると、社会の生き物だと感じるのです。

戦後の経済成長の中で、男性たちは社会と共に生き、社会と共に育ってきました。

そして今、新陳代謝の激しい日本で、吉住さんや木戸さんのような、かつての時代を象徴する存在が、社会とともに死につつあるのではないかと感じたんです。

社会はずっと緩やかに死に向かっていましたが、ここ数年でその速度を一気に早めています。

きっと戦後日本を支えてきたこれまでの社会が一度完全に潰える過渡期に、私たちはいま直面しているのです。

男女雇用機会均等法が施行されて以来、女性たちも社会と連動しながら生きてきましたが、女性は男性ほど社会と同化しませんでした。

男女の賃金格差にも明確に表れていますが、女性は社会に優遇されておらず、ただの労働力とみなされいいように使われてきたため、女性は利害関係抜きには社会と関わってこなかった。

だからこそ同化を免れたのでしょう。（もちろん名誉男性的な女性など例外はいます）

男性もいいように使われていたのは同じですが、彼らの最大限のパフォーマンスを引き出すため、社会は男性たちに幻想を見せていました。

自分は社会の重要な一員、大切な家族、社会の重大な構成員であるという幻想です。吉住さん、木戸さんの世代はおそらく、その旧社会を体現した最後の構成員になるのではないかと私は感じています。最後の構成員たちも幻想が幻想であったことに気づき、その母体である旧社会の死を感じ取りつつある、今はそういう時なのではないかと。この過渡期を木戸さんがどう生きていくのか、私は楽しみなのです。木戸さんはどうやって現社会と折り合いをつけていくのか。それとも拒絶してドン・キホーテさながら幻の旧社会を生き続けるのか。それとも旧社会と共に死にゆくのか。それがいま、自分にとって一番ホットなトピックなのです。ぜひまたお話を聞かせてください。

長岡さんは普段は事務的なメールを送るのに、たまにこうして、妙に興奮して自分の考えを叩きつけるようなメールを送ってくる人だった。このメールを受け取った時、私は長岡さんの言っている意味がよく分からなかったのだろう。刺さらなかったどころか、まだ三十代だった長岡さんに時代遅れなおっさんと馬鹿にされているような気がして、腹を立てた気がする。遡ってみると、自分はそのメールに、少々頓珍漢な返事を送っていて、長岡さんからの返信は来ていなかった。

自分は社会の産物で、社会と共に滅びるはずだった。今、改めてそう思う。七年前の自分は、ずっと意欲的だった。まだ、世界を変えようと思っていた。そこまで思っていや違うと気づく。

あの時私はすでに鬱に陥りかけていたのだ。はっきりと覚えている。橋山美津と付き合い始めてしばらくした頃、激しい虚脱感に襲われることが増え、自分が鬱状態にあることを自覚し始めたのだ。漠然とした鬱で、何かがきっかけだったわけではない。ただ植物が水をあげても栄養剤をあげても枯れゆくように、私も静かに生気を喪失し続けていた。

　セックスが減ったのもそのせいだった。付き合い始めた頃はさほど問題なかったのに、目に見えて勃起力が衰えていったのだ。それでも通院して治療をしようとか、バイアグラを飲んで頑張ろうという気力もなかった。誰しも衰えゆく身体を持っているのだと、鬱に、老いになされるがままになっていた。改めてこのメールを読んで思うのは、私は社会と共に死に始めていたということだ。それまで何かあれば自分を仲間とし擁護し救ってくれた社会が、もう私を救わないものになり変わりつつあることを感じ取り、権力や影響力も会社内などの小さい村の中でしか作用せず、つまり自分は世界、あるいは社会を変えようと思っていたけれど、その社会自体がかつての影響力、権力を喪失し限りなく矮小化し、得体の知れないものに変化しつつあるのだという、根本からひっくり返されじわじわと真綿で首を絞められるような確信の中で鬱になり、鬱になったことで逆に、私は社会から追放され個に戻ったのかもしれない。そうして還った個には、何もなかった。恵斗に言われた通り、何にもなかった。ただの老いたおっさんだった。元妻や息子、母親や妹に金を送り続ける、金はあるがセックスはできない老いた身体だった。何もなくてもガンガン生きれる奴はいくらでもいるのだ。そういう奴らは腐るほどいる。そして自分がそういう人間になれなかったのは、文学のせいなのかもしれなかった。文学は人の心にブラックホールを作る、歪みとも言えるかもしれないし、暗闇とも言えるかもしれない。そしてそれが作られることによって、人は耐え難き苦しみの中を生き抜くことができたりする。文学とはそういうものだ。しかしそれによって死に追いやられることもある。文学に触れずに生きていたら、私はこの旧社会と心中などせず、時代の終焉や変革など我関せずで、老害として堂々と生き続けられたのかもしれないのだ。

自分は新しい顔を見せ始めた社会から転げ落ち、個としての存在の意味のなさに緩やかな自死を始めていた。そして自死がとうとう肉体に辿り着いて、あの自殺未遂となったのだ。長岡さんに会いたかった。自分は旧時代と共に死ぬこともできず、何もなさに絶望して自死し続けているんですと、酒を酌み交わしながら自嘲的に話して笑われたかった。そして彼女は言うのだ。人間なんてみんな死に損ないですよと。そんな自分の想像に飲み込まれ、取り込まれ、現実から綺麗さっぱり消失してしまいたかった。

最初の離婚の時にぼんやりと感じたのが最後だった寂しいという感情が、二十年以上ぶりに訪れた。改めて、私はこんなにも寂しくない人間だったのかと思う。自分はこんなにも寂しくなくて、寂しくないほどに虚しい人間だったのかと思う。寂しいを封殺され社会にいいように飼い慣らされた五十男が、今ようやく、寂しくなったのだと思った。誰かに話したかった。誰かに。

もう延々音沙汰のない五松くんが最初に思い浮かんで、きっと出ないだろうと思い直す。一緒に長岡さんの話ができるかもしれないと、乃木さんが次に浮かぶけれど、寂しいなどと話そうものならセクハラになるかもしれないため却下した。例えば、じゃあ長岡さんの他社の担当はと思うけれど、二十代三十代の若い人が多く、そんな人たちが五十男に寂しいんですと吐露されるなどホラーに違いない。ふと、線の細い若々しさの塊のような、恵斗が思い浮かぶ。母の葬式の時、恵斗はなぜか長岡さんの話をしていた。どこかで繋がりがあったのか、人づてに何かを聞いたのかは分からない。でも長岡さんのことを認識していた。あれは何だったのだろう。疑問と共に、スマホを手に取りＬＩＮＥを開く。

「ちょっと前に長岡さんが亡くなったの、知ってる？　この間恵斗が長岡さんの話をしてたのを思い出して」

そこまで打って指を止め、全て選択して消去する。

「会いたい。恵斗と話したいよ」

会って、何を話したいんだ。自分には何もないのに。疑問を無視するように送信した。この画面が恵斗と繋がる唯一の場所なのだと思うと、空恐ろしくなってぽいとソファに投げ出した。自分が五十半ばにして初めて発揮したセンシティブが滑稽で、くすりと鼻で笑った。外が真っ暗になった窓ガラスに半笑いの自分が映って、途端に訳がわからなくなる。自分はなぜ笑っているのだろう。なぜ服を着て、ソファに座って、ビールを片手に、笑っているのだろう。訳がわからなくなるが、疑問の意味もよく分からない。これは何か、認知症の一種なのだろうか。グッと唇の両端を引き上げて、こんな顔をしたのはいつぶりだろうというほどの大きな笑顔を作ってみる。輪郭の弛んだブルドッグのような顔が、奇妙に歪んで笑っている。走馬灯のようにこれまでの人生の節々がぐるぐると蘇る。文学に目覚め岩波文庫の赤帯を読破しようという無謀な挑戦を始めた中学生、初めて彼女ができた高校生、受験を前にしてテンションが嚙み合わなくなり終わった最初の恋愛、第一志望の大学に受かった瞬間、大学デビューで遊び呆けた大学生活、初めての二股、初めての修羅場、バイト先の先輩にされた逆レイプ、就活がうまくいかず院に行くか悩んだ日々、弱小出版社で妥協して終わった就活、モラハラの横行する会社でもがき苦しんだ日々、眠れないほど忙しい日々、それを支えた文芸編集者になる夢、短い空き時間に読み耽った叢雲をはじめとする文芸誌、もはや小説の中にしか居場所のなかった数年間、それを支えてくれた最初の妻、妻の不倫、相手に気持ちを残したままの離婚、初めての転職、初めての週刊誌、初めての文芸編集部への異動、理想と現実、作家と編集者の息子というサラブレッドでありコネ入社同僚への嫌悪、彼を持ち上げる作家への殺意、一人目の妻にあげたマンションの支払い完了、二度目の結婚、二度目の転職、初めての子供、叢雲への配属、天にものぼる心地、理想と現実、自信の喪失、根拠のなさ、二人目の妻との育児を巡る不和、二度目の離婚、ヤレそうな女とはとりあえずヤル生活、その中で事故的に付き合った数人の女たち、無気力、無気力、無気力、ED、今に至る、朽ちるためだけの不毛な日々。

スマホがブルンと震えて飛び上がるようにしてLINEを開くと、友達登録すると五パーセント引きになりますよと言われて、普段は入れないのだけれど外国人店員が当然入れるだろうという態度で教えてきたから仕方なく友達登録した、近所の牛丼屋の新商品の広告で、恵斗に送ったメッセージには既読もついていなかった。スマホをもう一度ソファに落とし、窓を見つめたまま勢いこんで立ち上がる。自分を見つめたまま、雄叫びをあげた。ウォー、とも、グオー、ともつかない汚い雄叫びの後には、焼けたように痛む喉だけが残った。今、自分が何を感じているのか全く分からなかった。さっきまでの寂しいが、もう霧の奥に隠れ、怒りなのか何なのか、とにかくもやもやしたものだけが渦巻いていた。一人で朝まで飲みたい気分だった。どこに行こうという思考もなしに、スマホと財布だけ持って外に出ると、鍵もかけずに大通りに飛び出してタクシーを拾った。どこまでと聞かれ、無思考のまま新宿までと言う。歌舞伎町の方にと。

自分が何をしにきたのか分からない歌舞伎町を徘徊して、ピンサロやファッションヘルスへの勧誘に何度も心が動いたものの、足を止めることができなかった。どうせ勃起もしないのだ。勃ったとしても、萎えてしまうのだ。せめてガールズバーにでもと思ったけれど、ロクに話もできないうるさい音楽をかける店内を思うと憂鬱だった。じゃ文壇バーにでもと思ったけれど、常連客の面々を思い浮かべるとうんざりした。それに、ママはもちろん、他にも長岡さんの話を振ってくる客がいるだろうと思うと、足を向ける気にはならなかった。

結局歌舞伎町に自分の居場所はなく、靖国通りをうろつきながらふと思いついて検索する。長岡さんが住んでいたのは確か西新宿で、自宅近くで車に轢かれたはずだったと。ニュースを検索してみると、西新宿の路上でトラブルに巻き込まれ、と報道されていて、長岡友梨奈　献花　などで検索していくと、大体の場所が特定できた。スマホや近年増え続ける便利なアプリに抗い続けてきたつもりだったけれど、こんなことですっかりスマホやアプリに取り込まれる自分も滑稽だった。

酔っ払いが騒いだり、終電のために走っていく町並みを通り抜けていく。歌舞伎町からずっとお店の喧騒、熱気と活気と歓声、といったものに当てられていて、それだけで自分も飲みすぎたような気分になっていた。少しだけ静かな通りになったなと思ってから五百メートルも行かないところに、現場はあった。電柱の周囲に花や酒が供えられていて、私は何となく怯む。自分は自分が長岡友梨奈の事故現場に赴き何をしたいのか、自分でも分かっていなかった。死を悼むなら、お別れの会を待てばいいのだ。何となく自分の行為は熱狂的なファンのようで、そんなことをしている自分に戸惑っていた。足が止まりかけた瞬間、少し先の路地から制服姿の少女が出てきて私は完全に足を止めた。いわゆる仏花ではなく、華やかなミニブーケを持っていて、それを供えるのかとこっちが怯んでいる内に、彼女はしゃがみ込むと電柱の脇にブーケを立てかけ、手を合わせた。一瞬もしかしてと思ったけれど、TikTokで父親を糾弾した少女とは違うようだった。迷いのない彼女の姿を見て、私もようやく足を踏み出す。

「おじさんもお供え？」

少し離れたところで立ち止まり、彼女が立ち去るのを待っていると、少女は立ち上がって私に声をかけた。立ち上がって初めて、金髪のロングヘアの毛先がまピンクに染められていることに気づく。

「あ、うん」

「お先に」

途中のコンビニで何かお供物をと思ったけれど、さすがに花は売っておらず、場所柄か置いてあったスパークリングワインのハーフボトルを電柱の脇に置く。ここで長岡さんが死んだのだと思うと、何を思っていいのかすら分からなかった。道半ばで、いや、不本意に、いや、そういうことでもないのかもしれない。私には長岡さんの気持ちは分からない。彼女が自分の人生にどのくらい満足していたかとか、何を達成したかったかとか、そんなのは誰にも分からないのだ。そのわからなさに、私は蝕まれていた。

いま改めて振り返ると、新しいことに出会えるのは、三十代までだった。四十半ばを過ぎると、新しいものはほとんどなくなった。あっても、これまでの経験と比較できる内容で、本当に新しいものには出会えなくなった。全ての体験は体系化され、体感するものではなくどこかに分類されるものとなった。何かを享受した時「あれに似てる」「あれの系譜」「誰々と誰々の影響を感じる」などと経験済みの何かに当てはめて分かった気になるのが楽しかったのは三十代までで、それから先はもう、「当てはめられるが感想がない」という思考停止状態に陥った。あれは、自分が思考する生き物として終わった瞬間だったのだろう。思えば思考停止に陥ったのは、今の長岡さんと同じくらいの歳だったはずだ。そう考えると、私たちは同じ享年と思ってもいいのかもしれない。

そんなことを考えている内、自分は自分より若い作家の死という新しい体験に直面していて、その分類できない死というものに興奮しているのかもしれないという憂鬱な可能性に気づく。

「おじさん、長岡さんのファンなの？」

ガードレールに体を預けていた少女が急に声をかけてきて、少し怯える。若い個体の前にいるだけで、自分は相手にとって害悪なのではないかという、被害妄想を抱いてしまう。

「まあ、そうかな」

「私最近読み始めたばっかりで。何これおもろってなって読んでるところだったからガチショックで。長岡さんが書いたものこれから全部読むよって言いにきたんだ」

「僕は、全部読んでるよ」

「ガチ？　何がおすすめ？」

「評価が高いのは『あさきよる』だけど、僕が一番好きなのは『ビューワー』。マニアックなファンには『アガリクス'94』をお勧めしてるかな」

「ガチか。私アガリクスで好きになったの。じゃ次は『ビューワー』読むね」

「アガリクスで好きになったの？　珍しいね。他にどんな作家が好きなの？」

「や、私全然本読まないんだ。理系だし。絵がない本ほぼ読んでこなかった」

「へえ。じゃあなんで長岡さんの本を読んだの？　いや、僕編集者だからちょっと気になって」

「彼氏が持ってたから。編集者なんだ。もしかして長岡さんの担当？」

「いや。自分は弱小出版社だから」

そかそか、と笑って彼女はじゃ私帰るねと手を振った。うんじゃあ、と答えながら、なぜ自分が長岡さんの担当であった事実を隠し、普段は「私」の呼称が自然と「僕」になっていたのか顧みる。会社も手柄も発行部数も実売も社内の立ち位置も何も関係なく、ただ一人で小説を読んでいたあの頃の自分に戻りたかったのかもしれないと思いついて、そのどうしようもなさに息を吐く。一時間そこで立ったりガードレールに座ったりしてたけれど、他に献花にくる人はおらず、私はまたタクシーに乗って一人帰宅した。


お別れの会は、ホールで執り行われることになった。近しい関係者のみの小規模な会となります。SNSなどでの拡散はお控えください。グループラインに知らせが届いた翌週、私はこの間着たばかりの喪服に袖を通した。長岡さんとはなんの縁もゆかりもなさそうな、都心に近い以外なんの特徴もない町のホールだった。なんとなく、数年前から死にそうだった作家が死んでその辺のホールでお別れの会が執り行われるのと、この間まで明確な意思を持って生きていた長岡さんが死んでその辺のホールでお別れの会が執り行われることには大きな差があるような気がして、会う前から長岡さんの彼氏に苦手意識を持っていた。自分も申し出たけれど、すでに会を手伝いたいと手を上げていた若い編集者が数人いたようで、手伝いは不要ですと乃木さんには言われていた。

しかし会場が近づくにつれ人数が増えていき、不安に駆られていく。歩道橋を歩いている途中、「コトノハ」の前々編集長の二瓶さんを見つけて声を掛けると、ご愁傷様ですと言われ、自分も同じ言葉を返す。

「結構人が多いですけど、これって記者とかですかね?」

「そうみたいだね。大々的にではないけど、情報が漏れたみたいで、週刊誌とかネットニュースの記者が集まってるみたい。報道陣の参加はお断りしますって言ってたけど、名刺持ってない人もいるだろうに、どうやって選別するんだろうね」

「そうなんですか。創言社の人も受付手伝ってるんで大丈夫だと思うんですけど、私も手伝いに入ろうかな」

「それがいいと思うよ。死んでからの長岡さんの消費のされ方は、危ないと思う。木戸くんだったら分かるだろうけど、故人の意思が反映されてないよ」

ようやく自分と同意見の人に出会えた喜びで体が温かくなったけど、受付がザルになっているんじゃないかという不安で、すでに足を早めていた。

「同意見です。ちょっと心配なんで受付見てきますね」

若手でなんとかしますと言われて、どうして納得してしまったのだろう。後悔の中、二瓶さんに会釈をして歩道橋を降り切ったところで、女の人がぐいっと目の前に現れて声を上げそうになる。

「ニューストピックの平井と申します。叢雲元編集長の木戸さんですよね？　この度はご愁傷様です。長岡さんの死に関して、少しだけお話聞かせてもらえないでしょうか」

まだ二十代半ばくらいだろうか。幼さの残る彼女を見ながら、あと五年ほどで社会に出るであろう恵斗のことを思う。週刊誌時代は、地獄だった。もしかしたら、この女性にも他に志しているものがあるのかもしれない。絵本を作りたいです、好きな作家がいます、漫画編集部に行きたいです、そういう夢を持って就活をし、入社してくる若者たちを何人も面接し、育ててきた。でもこの十年、育ち切った自分がこんな人間であることに、申し訳なさを感じてばかりだった。

すみません、私からは何も言えません。消え入りそうな声で言うと、彼女の脇をすり抜けた。

「長岡さんはあなたが告発されたことについて、なにか仰っていましたか？」

振り返らなかったけれど、最後に見た彼女の挑戦的な視線が脳に焼きついていた。

「坂本芳雄さんは組織的にあなたたちのような権力者に女性を斡旋していたんですか？」

背中に質問がぶつけられる。権力者？　誰のことだ。ジャーナリズムという言葉に溺れやがって。正義感に溺れやがって。強い憤りが言葉になって、もしかしたら口から溢れていたかもと焦って口を閉じると、会場の入り口付近で西村小夏がボイスレコーダーを向けられているのが見えて苛立ちが加速する。

「長岡さんは私たちのような弱者にも耳を傾けてくれる人でした。そして、弱者たちの声を拡声器で表明するように、社会に発信してくれる人でした。私は長岡さんの小説に、長岡さん自身に、何度救われたかわかりません」

なんだその判子で押したような言葉は。なんだその誰でも考えつきそうな言葉は。取材を止めた方がいいのか迷ったけれど、話を聞いている記者に見覚えがあって、しばらく考えた後に関東新聞の文化部の真山さんだと気づいて、見逃すことにした。あ、木戸さん、と真山さんに声をかけられて、振り向きざまに一瞬会釈をした。声をかけないで欲しいという気持ちは真山さんに伝わったようで、止められることはなかった。

受付には乃木さんと「コトノハ」担当の栗山という男性がいた。取材陣が多いことに何か対策はしているのか聞くと、ほとんどの方に名刺をいただいてるんですが、ちょっと判断に迷う方もいて、と思った通りの言葉が返ってきた。

「喪主、ていうか、長岡さんの彼氏は何て言ってるの？」

「基本的に取材とファンは断ってくださいって。ていうか、親族と近しい友人や作家と、編集者以外には知らせてないみたいで……。私もリストをもらったんですけど、どこから漏れたのかさっぱり分からなくて。まあ親族に関してはどういう人なのか分からないですけど……」

「じゃあ、その知らせを持ってる人だけ入れるってことにはできないの？」

「でも、わざわざ来てくれた方を無下に帰すのもどうかと思って。とりあえず今のところ、文芸ゴロで有名な本間さんと、週刊誌編集者二人だけ帰ってもらいました。あ、あと夫だけは絶対に通さないでくれって。名前と画像をもらってるので、とりあえずこれだけ共有しますね」

グループラインで届いたのは三枚の画像と名前だけのメッセージで、まるで凶悪犯罪者のように扱われている男の顔をしみじみと眺める。会社で乃木さんと話した時に聞いた言葉が蘇る。

「長岡さん、旦那さんにひどいことをされていたようなんです。はっきりとは言わなかったんですけど、DVとか、性的な加害もあったのかも。あの男が死ぬまで弛《たゆ》まず呪い続けるって断言してました」。夫婦間で性的な加害って……と思っている自分もいたし、自分はもう彼氏と暮らしてるんだろ？　と思っている自分もいた。でも遺産を渡さない、著作権を渡さない、喪主をやらせない、自分の死に一切関わらせない、という内容を遺言にしたためていたのだと思うと、そこまで憎まれる男はやはりそれなりのことをしたのだろうと腑に落ちる自分もいた。

「やっぱり基準がブレるとよくないから、知らせを受け取ってる人だけにした方がよくないかな？」

「木戸さんの言い分も分かるんですけど、さっき浜辺由美子さんもきたんですよ？　木戸さん、浜辺さん追い返せますか？」

いや、それはできないよ。と怯む。ここまで、乃木さんの中で逡巡があったのだろうとは分かったし、自分だって同じ判断をしただろうとも分かる。それにしたって、そんな険のある言い方をしなくてもと思ってしまう。

「分かった。じゃあ基準は多少緩めつつ、何か故人に対して不利益なことを言う可能性のある人は全て排除する方向でいこう」

そんなの判断できないけど、という前提で言うと、乃木さんと栗山くんは頷いた。だから嫌なのだ。公的なものはしがらみで結局なあなあになってしまう。それが嫌で近親者のみでと望んでいたのだろうにと思うけれど、ある程度割りきらないと、残された人間のセンシティブな思いも報われないのだ。

取材の方はお断りしていますとホール側が大々的に看板を出してくれたこともあり、強引な取材などはなく、長岡さんの夫も現れず、無事に会は始まった。訪れる客もほとんどいなくなったため乃木さんに続いて見にいくとアナウンサーのような司会が進行していて面食らう。祭壇は一面の花で飾り立てられており、少し前に見たどこかの取材時の写真を遺影に使っていて、ちょうど喪主の挨拶中だった。途切れ途切れでありながらテンプレートのような挨拶しか口にしない彼に、頑なさを感じる。少し前、母の喪主を務めた自分もそうだった。改めてスピーチをと考えると、何一つ言葉が浮かばず、ネットで拾った定型文をいい具合に切り貼りしたのだ。

その後は長岡さんの従姉妹が一人と、友人が一人、作家の山梨苗子がスピーチをした。それぞれが長岡さんとの思い出や交わした言葉について話していて、長岡さんにも普通の人間関係があったのだと当然のことに気づく。

「長岡さんは常に自分が今何を伝えるべきか、考え続けてきた真摯な作家でした。彼女のように捨て身になれない私のような作家は、まだまだこの世で戦い続けなければ死ねないようです。あまりにも惜しい死ですが、長岡さん、そっちで私のことを待っていてください」

山梨さんのスピーチに、会場内の啜り泣きが加速した。自分にはピンとこない。そもそも、彼女は本当に捨て身だったのだろうか。世間と自分の長岡さんの死に対する認識の乖離が、ここに来てピークに達している気がした。自分は長岡さんの死によって死の淵から生還したような気がしていたけれど、それが完全な自己満足であることを突きつけられている気がした。スピーチが終わると、生き急いでいるかのような速度で献花のお時間となりますと司会者が告げる。正味一時間程度で会は終了してしまいそうで、心の準備ができない。一番後ろの席から、数列前に座っていた乃木さんの隣に移動する。

「すみません乃木さん、献花の後はもう閉会ですか？」

「そうみたいです。そもそも遺言には通夜と葬儀はなし、とのみ書かれていたようで、この会は親族やご友人を説得するための形だけの会だという話でした。でも通夜葬式なしで、会もこんなに簡素だと、こっちの気持ちが追いつかないですよね」

参列者は、どう見積もっても百人程度で、献花もさほど時間がかからずに終わってしまいそうだった。私は突き動かされるように献花台に向かい、白い薔薇を一本手に取り台に手向け手を合わせる。正直、既視感のある遺影だけが飾られた祭壇に向かって思うことは何もなかった。長岡さんの死を伝えるニュースも、誰かの長岡さんへの言葉も、この会も、全て表層だけで、中身あるものには思えなかった。

献花台から離れると、会場の端っこに所在なげに立っていた長岡さんの彼氏のところにまっすぐ向かった。

「横山一哉さん、ですよね。初めまして、創言社の木戸と申します。この度はご愁傷様でした」

「お話はよく聞いています。本日はありがとうございます」

「長岡さんが亡くなってから、長岡さんのことがずっと頭から離れなくて。長岡さんは亡くなる前、どんな様子でしたか？　ムエタイやってたって聞いたんですけど、それってどんな、どんなあれに突き動かされてたんでしょう」

横山さんは腫れているのであろう目元を少しだけ丸く歪めた。

「善良な人が被害を受けていたら助けたいって、言ってました。悪人を排除したいって」

「じゃあやっぱり、その排除作業の一環で、殺されたってことなんでしょうか？」

「いや、どうなんでしょう」

うーんと首を捻り、しばらく沈黙した後に横山さんは口を開く。

「彼女はどこかで、もう生きるのを諦めていた気がするんです」

「それは、長岡さんの死は緩やかな自殺だったということですか？」

「そんなことは彼女は一言も言っていなかったんですけど、明らかに何ていうか、顧みないというか、なんて言ったらいいのかな……」

「なんでもいいんです。教えてください。横山さんの印象でも、言葉でも」

「多分、彼女がなりふり構わなくなったのは、代田美優莉さんという方が亡くなってからです。もちろん、坂本芳雄さんとか、一緒に授業を受け持っていた湯沢さんが告発されたことも関係していたのかもしれないですけど」

「代田さんて、長岡さんがお母さんに弁護士を紹介してたっていう、性被害で自殺された方ですよね？」

坂本芳雄や湯沢さんの二人に私の名前を並べなかったのは、この育ちの良さそうな横山さんの気遣いだろうか。

「そうです。代田さんが亡くなってから、乖離性がなくなったというか。ちょっと分かりにくい話なんですけど、彼女は何かに傷ついて泣いたあと、まあくだらない話だけどね、って笑い飛ばしたりする、二重人格っぽいところがあったんです。多分、色んな視点を持ってたってことだと思うんですけど。でもそれが、代田さんの死以降なくなって、人格が統一されてしまったんです。変な話なんですけど、自分には人格が統一されたことが逆に奇妙で、心配だったんです。それ以降、わざと娘さんに嫌われるような喧嘩をふっかけたり、道端とかライブとかで、何か嫌がらせをされたりぶつかられたりすると一切理性がきかない状態になって、喧嘩をしたり暴力を振るうことが増えて。多分、自分でリミッターを外してたんだと思うんです。前の彼女はそんなんじゃなかったし。感情の抑制がきかなくなる病気とかも疑ったんですけど、人間ドックとかでは引っ掛からなかったし。きっと自傷みたいなものだったんだと思います」

「確かに長岡さんは、何かについて議論している時、全く違う次元から意見を言うことがよくありました。物事を立体的に見ようとしているというか。一つの立場からしか物事を見つめないことを、罪深いことと思っているようにも見えました。でも最終的に、その罪深さに自分自身が嵌まり込んだ、ということなんでしょうか」

「よく分からないんですけどね」

笑いながら困ったように言う横山さんが可哀想で、何かこの人にできることはないだろうかという焦燥に駆られる。

「この世界には生きる意味がないっていうニュアンスのことを、言ってたんです。この世が悲惨なことになりすぎて、相対的にこの世に生きる意味が小さくなってしまって、自分も含めて、今は多くの人が無敵の人だって。俺との生活は大切じゃないのかって聞いたら、大切だけどこんな世界でまともに生きられないみたいなことを言ってました」

横山さんが話しながら静かに涙を流し始めて、私は言葉に詰まる。こんな時どうしたらいいのか、五十代になっても分からない。

「何してんの」

低い声にハッとして振り返ると、恵斗がいた。え、と呟くと、恵斗は私の脇をすり抜けて横山さんの背中をさすった。

「一哉さん、座ってください」

「恵斗、なんで?」

「よく来れたね。自分の存在が長岡さんを苦しめてた可能性とか考えないの? あんたを告発した女の人、長岡さんに相談してたんだよ?」

そんな苦しみまで想像しないといけないのだろうか。そんなことまで想像して配慮しないと、この時代は生きられないのだろうか。私は一体何をしたのだろう。私は多くの人から憎まれ、嫌われているのに、その罪状が分からない。もちろん何で告発されたのかは分かっている。私は一人の作家志望の女子大生の夢につけ込み、搾取した。そういうことだ。でも私は彼女に何かを強要したことはないし、彼女のことが好きだったし、本気で小説のアドバイスをしたし、そうして推敲を重ねた小説はそれなりのものに仕上がった。文化的素養を身につける機会になればと思って、彼女を演劇や映画、バレエにも連れて行った。彼女を喜ばせたくて、会食で使って良かったレストランに連れて行きご飯を食べさせた。毎回領収書をもらってはいたが、全てを経費で落としていたわけではなく、自費で払った時もあった。彼女を傷つけた代償なのは分かっている。でも私だって傷ついていた。睡眠時間を削って赤入れをした原稿を検討もなく「こんな直しできない」だの、「読めてないんじゃないの」と罵倒され、セックスも嫌々という感じになっていき、いつしか自分はEDになった。そしてセックスがなくなれば、私の身体に飽きたのかと責められた。確かに自分は彼女を傷つけたのだろう。彼女の告発が嘘だなどとは思わない。でも私も傷ついていたのだ。でも私はそんなことを告発しなかったし、同僚にも話さなかったし、飲み屋でさえも話さなかった。中年男性が傷つくことは、世間的に恥ずかしいことだからだ。傷ついた中年男性は、目も当てられないほど悍ましい存在だからだ。中年男性は、誰からも慰めてもらえないからだ。何をしても「自業自得」と笑われるからだ。同類の中年男性には慰めてもらえるかもしれないが、そんなことをするよりは「傷ついていない自分」を装った方が楽だからだ。そうして私は感情のない男になり、何一つ反論もせず、静かに死のうとしていたのだ。そんな男にどうして恵斗は、「よく来れたね」などと軽蔑の目を向けられるのだろう。信じられない心地で、横山さんに椅子を勧める恵斗を見つめる。

「一哉さん、先週から突発性難聴なって、立ってられないこともあるくらいだから、無理させないであげて」

恵斗の声に優しさが滲んでいた。優しさの行く先は自分ではないのに、自分は嫌われているのに、彼の優しさに救われる思いがした。

「またお話できたら嬉しいです。乃木が連絡を取っていると聞きました。今度一緒に伺わせてください」

言い終える前に、恵斗が入り口を顎で示した。頭を下げると、すでに献花を終え入り口の方で待っていた乃木さんの元にまっすぐ歩く。

「横山さんと話されました?」

「はい。でも、息子に牽制されました」

「息子さん、長岡さんが亡くなってから、何度か横山さんのところを訪ねていたようです。私も一昨日、長岡さんのご自宅に伺った時に鉢合わせて、木戸さんの息子だって聞いてびっくりしたんです」

「言ってくれればいいのに」

「息子さんに言われたんです。お父さんと同僚だと話したら、僕のことは言わないでくださいって」

乃木さんの申し訳なさそうな言葉に、そうですか、と若干の羞恥を覚えつつ答える。

「彼、横山さんていくつなんですか？　随分若く見えるけど」

「二十八だそうです」

「へえ。どこで長岡さんと知り合ったの？」

「大学で知り合ったそうです」

「大学生の時にってこと？　じゃあもう、長いこと付き合ってたってこと？」

「八年以上の付き合いだったって、言ってました」

「それって、十代の時から付き合ってたってこと？」

言いながら、ざわざわしてくる。何歳の時からかは聞いてないですけど、十九とか、二十歳だったんでしょうね、という乃木さんは、あなたの言いたいことは分かりますよと言いたげな表情で、私は口を噤む。私が橋山美津と付き合い始めたのは、彼女が二十一の時だった。もちろん私は立場を利用したが、長岡さんが立場を利用していなかったと証明することができるだろうか。しかも、私は独身だったが、長岡さんは当時から今に至るまで既婚者だ。

「彼の方からアプローチしたみたいですよ」

「でも……」

「分かってますよ。言いたいことは」

乃木さんはそれ以上言わず、流れ作業のように献花をしては捌けていく人々を眺め続ける。未成年ではない。罪には問われない。それでも私は告発された。悪魔のような編集者に自分と自分の小説がぞんざいな扱いをされたと、告発された。長岡さんは、うまくやっただけだ。彼に憎まれず、八年間仲良くやってきた。でももし酷い別れ方をして憎まれていれば、彼女も私と同じように告発をされたかもしれないのだ。自分は鬱に陥り始めていたタイミングで、彼女を思いやる余裕がなかった。もし長岡さんにも鬱や更年期障害の症状が出て、彼を思いやれず別れていたら。長岡さんも十年後に告発されていたかもしれない。今はこうしてヒーロー扱いされて美談になっているが、彼女が若い男と不倫していたことが公になったら、皆掌を返して非難するのではないだろうか。今はそこまでではなくとも、きっと十年後には、そこまでの年齢差の相手と恋愛関係になること、そして不倫に、今よりずっと強い批判が起こるはずだ。そして長岡さん自身も、自分の罪が許されなくなる時がくることを予期していたのではないだろうか。自分が蔑まれる日、糾弾される日がくることを。

「週刊誌が書くかもしれないですよ」

「彼氏がこの会を主催したことですか?」

「それが、不倫相手であることも」

「大丈夫です。彼女は旦那さんからレイプされてました。横山さんに確認しました。証拠もあるそうです。旦那さんのＤＶと性加害に苦しんでいた人妻を、大学生彼氏が救った。こういう話は誰もが欲していています。性被害に遭っていた人を叩くことは、今の時代絶対にできませんからね」

なるほど。乃木さんがこういう人だから、長岡さんは彼女を味方につけたかったのかもしれない。でもそれは、今の時代は、でしかない。時代は唐突に人を裏切り、蹴落としていくのだ。それを見越して、長岡さんは逃げ切ったのかもしれない。もちろん無意識的に、あるいは、そういうこともあるかもしれない、程度の感覚で、そろそろ現実から足を洗うかなと、切り上げたのかもしれない。最後に一発、人を煙に巻くような事件を起こして。

自分がどういう感情なのか分からないまま、会は終了した。蜘蛛の子を散らすように皆が散り散りになっていく中、各社の長岡さんの担当たちで飲みにいきますけど木戸さんはどうされますかと乃木さんに聞かれて、断った。トイレに行って戻ってくると、もう祭壇はバラされ始めていて、これは自殺未遂をした私を騙すための壮大なドッキリだったんじゃないかという気がしてならない。あまりにも全てがハリボテな気がした。

会場を出て最寄り駅に向かう途中、もしかしてと一瞬思って、いやまさかと思って、でもいやきっとそうだと頭の中で逡巡しながら近づいていくと、行く手にある歩道橋の手前に立っているのが喪服を着た橋山美津だと確信する。

「久しぶり」

「お久しぶりです」

「来てたんだね」

「中には入れなそうだったんで、ずっと歩道橋から会場見てました」

付き合っていた頃と同じように美津と呼ぶか、さん付けにするか迷ったのちに、橋山さんと言いかけるものの痰が絡んで咳き込んだ。

「死ぬのはあなただと思ってた」

橋山美津は迷いない口調で言う。

「私も、死ぬのは自分だと思ってたよ」

「でもあなたに死なれたら困る。あなたが死んだら私が告発したせいだって、私が叩かれて死に追いやられるから。告発してから、そういう人がたくさん湧いた。お前のせいで一人の男が命を絶つかもしれないんだぞって何度も言われた。それで、もしあなたが自殺して私が責められて自殺したら、今度は後追い自殺って言われる。皆私のことを勘違いするために生まれてきたみたいな反応しかしない。こんな世の中に向けて告発したのが間違いだった」

「傷つけたことは悪かった。こんなこと言っても何にもならないけど、悪気はなかった」

「告発後に私が自殺してたら、同じこと言えた？」

言えただろう。そう思ったけれど、そう口にするのは憚られた。

「死ぬなよ。絶対に」

橋山美津は黙ったままの私を睨みつけて言う。

「死ぬ自由はあんたじゃなくて私に与えられているべき、私に与えられ続けるべき」

「そう、なのかもね」

納得がいかないまま、それでもそう答える以外の選択肢は私にはなく、頷きながらじゃあと歩道橋に足を踏み出した。まだ何か言いたげだった橋山美津ももう何も言わなかった。いつもそうだった。彼女は何か言いたげで、何も言わないのだ。それが付き合い始めはブルドッグのように可愛くて、別れる頃にはブルドッグのようにブサイクだった。

歩道橋の中程まできたところで、何かに驚くような悲鳴に似た声が上がって、何だと思って振り返ると、さっきの場所に残っていた橋山美津と、西村小夏が向き合い、互いの腕を摑み合うような格好で何か話していた。なんであの二人がと目を離せなくなったが、しばらくして二人が感極まったように抱き合ったのを見て、訳が分からなくなって出どころ不明な怒りと共に踵を返した。私はまた死に向かっている気がした。自殺を思うと、あのすえたような酒とチョコレートの混ざった臭いが蘇る。死ぬ自由を剝奪された俺が、それを無視して自殺しますよーっと、これまで演じたことのない三枚目の役を与えられたような気分で、頭の中で戯《おど》ける。何を考えているんだか分からなくなって、歩道橋を降りる足を大きく左右に広げる。ガニ股で階段を降り切ると、まるで重力がないように、手応えなく地面に着地した。

14 リコ

今日どうする？　いっしょ行く？　ＬＩＮＥにはすぐ既読がつき、ごめん今日一哉さんとこ行くわ、と返信がきた。おけ、と返しながら、私は荷物をまとめてカズマを探しに行く。高校だけなのに二十七クラスあるマンモス校じゃ人一人探すのが大仕事すぎる。

「あっ臼田ー。カズマどこ？」

「授業終わってすぐいなくなったよ。講堂じゃね？」

えー一緒行こうって言ってたのにーと文句を言いながら今どこスタンプを送ると、「先講堂きてるよ。リコの席もとってるから早くきて」と入った。今日は慶仙大学の説明会で、昨日までは恵斗も行こうかなと言っていたのに、最近こういうぶっちが多い。友梨奈さんが亡くなってから、彼氏の一哉さんのことをずっと手伝ってるからだ。一哉さんが遺作のことで悩んでるから話聞きに行くとか、編集者と打ち合わせするって言うから俺も行くとか言い出して、お別れの会の翌日、一哉さんが突発性難聴の治療のために入院してからは、二日に一回はお見舞いに行っている。友梨奈さんが亡くなったことを知った時、恵斗は私のところにやって来て大泣きした。何度か友梨奈さんちに行っては留守で、ようやく一哉さんと会えた時は二人で泣き明かしたらしい。私は友梨奈さんに一度会っただけで、それも書店から駅までの道を一緒に疾走するっていう謎い行動を共にしただけで、でもだからこそなんか特別な人って感じがして、恵斗に先に泣かれた時には慰めなきゃ守らなきゃって思いが先行して涙は出なかったけど、一人でニュースを見てたら泣けてきた。知ってる人が死ぬのは初めてだった。

パパが外科医だからか、現実で死を体験してなくても、どこかで死がうっすらと感じられるような環境で育ってきた気がする。誰かが死にかけるとパパがいなくなる。誰かが立て続けに死にかけると、パパは何日も帰ってこない。小さい頃、そんな風に単純化して物事を考えていたせいかもしれない。ママはちょっと潔癖症が酷いだけで普通の専業主婦だけど、潔癖症が酷いってまあそれなりに大変なことで、酷い時は一日三回とか掃除機をかけてたし、ルンバを導入してからはルンバ二回掃除機一回になってちょっと落ち着いたなと思ってたけど、今度は空いた時間でクイックルワイパーウェットをかけるようになった。たまに家に遊びに来る友達は掃除機の音がするたび、リコママガチヤバ、と漏らす。なんとなく過労過労のパパも、神経超過敏潔癖上等のママも、割と早めに死んじゃいそうだなって思ってたのも、死がうっすらと感じられてた原因の一つかもしれない。

「あっカズマー。もー先行くなら言ってよー」

「ごめごめ。矢野っちに提出物あったから、職員室行くついでに来ちゃった。あれ恵斗は？」

「あ、来ないってー。今日も友梨奈さんの彼氏のお見舞い」

「そかそか。ヤヤママの彼氏大丈夫かなー」

「あね、そのヤヤって子はどうなの？　友梨奈さんのことでショック受けてないの」

「それは全然分からないんだよね。恵斗も一緒の時にお母さんと喧嘩したみたいで、それ以来恵斗にも連絡返してくれないみたいで。めちゃいい子だったんだけどね。大学行けてんのかなー」

「あ、カズマそれチェリボム？」

分かる？　と言ってカズマはオレンジピンクに染まる上唇と下唇をパッと合わせた。チェリボムは今人気の韓国発の色付きリップクリームで、この間誕プレで私があげたものだ。これめちゃ潤うし発色神だしまじ神。とカズマは煌めくような笑顔を見せた。カズマはここ半年くらいでグッと可愛くなった。ウルフを伸ばしてぱやぱやではあるけどセミロングになったことと、最近ミナマホあたりとつるんでメイクのテクニックを身につけてるからだろう。直接聞いてないから分からないけど、最近高円寺住みの彼氏ができたらしいという噂もあった。なに高円寺って、なんで情報高円寺だけなん？　ってみんなウケてたし興味津々だったけど、それは受験まで一年と迫って割とほとんどの子が勉強ガチり始めた中でのオアシスみたいな話題で、多分軽い現実逃避でもあった。

「カズマは大体決まってきた？　進路」

「うーん、文科系の学部にしようとは思ってるけど、大学は全然絞ってない。リコは？」

「医学部？」

「まそっか」

「でもさ私学年一位だけど、医学部志望する人たちの中では落ちこぼれになると思うんだよね。私そういうレベルしょ」

「なんかウザいけどまあそういうレベルかも」

「だからやっぱやめよっかなーと思って」

「医学部を？」

「医学部を」

「えガチ？　リコなんか夢とかあんの？」

「ラッパーなろうかなって」

「ラッパー？　ラッパーって、え、リリック叩きつける系のやつ？」

「リリック叩きつけ、お前の母ちゃんヤク漬け、マグロの醬油漬け、飽きもせず公家」

「え、リコすご。え、そんな能力あったの？」

「や、なんかこないだフィメールラッパーの映画見て、いいなって。それ系のフェスとかでポコラに会えるかもしんないし。てかなんでもいいから私世界最強になりたいんだよね。ラッパーの何に惹かれたかといえば強そうなところだし」

「世界最強？　えそれってeスポーツとかサバゲーとか、プロレスとかでもいいってこと？」

「それはちょっと自己イメージと違うかも。でも何かの最強になりたい」

「リコはすでに結構強いと思うよ。ゴールド&ピンクヘアのハイパーキラキラガールだし」

「違くて。もっともっと強くなりたいんだよ」

「それって、友梨奈さんが死んだことと関係あるの？」

「あるっちゃあるかもだけど、ないっちゃないっていうか。まあ元々思ってたことが、友梨奈さんの死でぴかーんってした感じかな」

　ぴかーん……とカズマが肩を竦める。私にもよく分からないけど、恵斗が話していた、レイプされて自殺してしまった女子大生の話、就活の一環で出会った二十以上も年上のおじにいいように食われた女子大生の話とか、父親に暴力を振るわれていた女子中学生の話とか、それだけじゃなくてこの間駅で盗撮されて追いかけたけど結局犯人に逃げられたニイナとか、彼氏に殴られたって泣いてたヒナとか、そういう友達を見てると辛くて、そういう存在から最もかけ離れた存在になりたいと思うし、そういう女の子たちを守りたいとも思う。もちろん前提として命を守りたい。でも医者じゃないのかもって思うのは、私が医学部受験ていうどう考えてもベリーハードな道から逃げたいだけかもっていう可能性も捨てきれない。

「リコは医者になるもんだと思ってたから、なんか違和感。ま見た目的には医者よりラッパーの方が合ってるけど」

「人の体切り裂いたりカテーテル入れたりするより、トゥワークして悪い人罵ったり煽ったりしてたいな。億万長者の可能性もなくないし。あ、hot bit の新曲MV見た？　まじ死ぬ」

「僕は洋楽聞かないの。でもリコが推すならちらっと聞いてみるわ」

「聞いてよまじ死ぬから」

「いや死にたくないし」

　話し足りない内に、説明会が始まってしまった。メモを取りながら真剣に話を聴く生徒たちの中で、自分だけが真面目に進路のことを考えてないんじゃないかって気がするけど、実は八割くらいの人は私側なんじゃないかって気もする。それでも隣のカズマを見るとちゃんと要点をまとめてメモを取っていて、もう四の五の言ってられないんだよなーとため息をつきながら、在学生のスピーチを聴く。大学のいいところばっかり話してて、何だか宗教みたいと思ったら笑えてきて、ニヤニヤしてたらカズマに小突かれた。中学が合わなくてわざわざ私立から高入して、最初はノー勉で入れる高校、ってイキってたけど、今は自分がこの学校を卒業することが信じられない。私は永遠に高校生でいたいし、いられる気がしている。それもこれも、恵斗がいたからだ。恵斗がいなかったら、中学の頃と同じように突っ張ってあなたたちと私は違うって皆に線を引いたまま終わってたかもしれない。そういう突っ張り方で、自分を守ってたのかもしれない。でももう一年したら、私はここから追放される。そしてここから追放されたら、とうとう社会人生活を送ることを本格的に考えなきゃいけない。そんな覚悟の決まらない子供のまま、私は医者になったりラッパーになったりするんだろうか。

おーす。やって来た恵斗は私を見つけると手を挙げ、いつものソイラテを買ってから向かいに座った。

「これ一応、パンフと資料。まー恵斗は慶仙はないよね？」

「うーん、ゼロではないけどまあないかなー」

「てか推薦でしょ？」

「や、わかんない」

「は？　スポーツ推薦やめんの？」

「やめようかなって。スポーツ推薦だと、大学生活スポーツ一色になっちゃうし」

「でもそのためにやってきたんじゃないの？」

「ま、なんていうかもう、うんざりしちゃったってことかな。俺の人生に、もうスポーツに捧げる時間はないってこと。体育会系売りにして営業に配属されても削られてくだけだし」

「スポーツ推薦イコール営業てわけじゃないしょ。てかじゃ、これからは何に時間使うの」

「まだ分かんないけど、とりあえず勉強かな」

ふうんと頷いてスマホを見るとBeRealの通知が来ていて、慌てて「撮るよ」と手を掲げ、恵斗と自分のツーショをインカメで撮り、外カメで二人のカップを撮った。インストールした時には自分がこんなにハマるとは思ってなかったけど、もう百日連続アップを達成している自分が怖い。インカメの恵斗は盛れてなくて、撮り直す？　と画像を見せながら聞くと「いい」と肩を上げた。

「一哉さん、どうだった？」

「少し良くなってきたみたいだけど、難聴がどこまで改善するかは分かんないみたい。突発性難聴は最初の治療が肝心なんだけど、お別れの会の準備で入院遅れたから。もっと俺が手伝いに行けば良かった」

「私だったらだけど」

「うん」

「恵斗が死んでショックで難聴なったら、恵斗につけられた最後の傷みたいな気がして、ただ単に最悪なものって思わないかも。それがあることで、少し嬉しくなる時がいつか来るかも。不謹慎かもしれないけど」

そっかと恵斗は複雑そうな顔で言う。

「やっぱ言っとく。はっきり一個、目標があるんだよね」

「何の」

「大学。国公立に行きたい。それで、バイトもして父親からの仕送りやめてもらう。あの人の金で学校行ってるって思うとほんと辛いんだ。学校も勉強も死ねって思っちゃう。前向きに勉強したいし大学も通いたいから、あの人と自分を繋ぐ金って縁を切りたい」

「そっか。いいじゃん」

「いいかな?」

「自立ニキ、闘志バキバキ、父にマキビシ、くたばれ豚ニキ」

縦ノリで言うと、恵斗は笑ってラテを吹き出しそうになって「彼氏の父親に豚ニキって」と言いながらナプキンで口元を拭う。

「そういうバイブスなんでしょ?」

「まあ、そういうバイブスだね」

目を合わせたまま拳を突き出すと、恵斗もそこに拳をぶつけた。

「思ったことは何でも言ってよ。リコはガチでなんも軽蔑しないから。言いたくないならいいんだけどさ」

「自分でもまだ迷いがあって、色々考えがまとまんなくてさ。あ、軽蔑で思い出した。友梨奈さんの担当を脅してた人、捕まったって」

「担当って、あの中出しの人?」

「うん。それで多分犯人のアカウントの逮捕前最後のツイートがバズっててさ」

恵斗は言いながらスマホで何度か検索した後画面を見せる。「性欲のある男はクズ。性欲のない男はゴミ。これ真理」。このアカウントが犯人のものと特定されているせいか、元々フォロワーが多かったのかは知らないけどまあまあバズってて、ンコチおかわりというアカウント名にクスッと笑ったけど、何これと顔を歪める。

「性欲のある男は別にクズじゃないし、性欲のない男はゴミじゃないよ。私はそんなこと思ったことない。それにそう思うのは、別に私に経験が足りないからじゃない」

恵斗が少し驚いたような顔をして、私は逆に驚く。

「恵斗に性欲があってもなくても恵斗は私の大切な人だし、恵斗が男でも女でもどっちでもなくても人でさえなくても、絶対にクズじゃないしゴミでもない」

「俺はなんか、このツイートに傷ついてもないしおもろってなっただけだけど、リコがそう言ってくれると、なんか嬉しいな」

少し泣きそうな顔で、恵斗は私の隣を指差す。そっち行ってもいい？と言いながら答える前に隣に座る。恵斗が甘えたい時はいつもこうで、有無を言わさず体を寄せる。腕が触れ合って、暖かいと思った瞬間、肩に頭が載せられた。

「一哉さんはそういう人をなくしたんだよね」

恵斗の声が震えていた。もたれかかられた方とは反対の腕で恵斗を抱き寄せる。しばらく一哉さんに会うのをやめた方がいいんじゃない？　お別れの会が終わってから、ずっと思っていることだ。でも私はそれを口にしない。そんなのは自分で決めることだし、なんか保守的な感じがするし、それで恵斗が壊れたなら、私が直してやんぜと思う。私がいるから大丈夫、あんたはやりたいことなんでもやってきな。そんな気分だ。さっきまで大学のこと受験のことを考えてもやもやしてたけど、今は一気に無敵メンタルだった。それで急に、全力疾走してた友梨奈さんのことが頭に蘇る。友梨奈さんも、無敵メンタルだったのかも。この全能感の中で死んでいったのかも。だとしたら、それって別に悲しいことじゃないのかも。　勝手に一人で腑に落ちると、抱き寄せていた手で恵斗の肩をトントンする。

「私が世界最強ラッパーになってさ、恵斗のこと守ってあげるよ」

何それとクスクス笑う恵斗を腕の中に感じながら、私は店の外を見つめる。私は誰にも負けない。誰にでも勝てるだろうと思った。この最強感を、皆に分け与えたかった。自分を責めないで塞がないで口を閉じないでもっと自分を信じて立ち上がらなくてもいいでも崩れ落ちないでと、誰にともなく、いやこの世界に生きる全ての人に叫びたい気分だった。やっぱりラッパーだなと、諦めるみたいに心が決まった。

初出
「文學界」二〇二二年九月号〜二〇二三年九月号、
二〇二三年十二月号〜二〇二四年七月号

単行本化にあたり加筆・修正を行いました。

金原ひとみ（かねはら・ひとみ）

一九八三年、東京都生まれ。二〇〇三年に『蛇にピアス』ですばる文学賞を受賞しデビュー。〇四年に同作で芥川賞受賞。一〇年『TRIP TRAP』で織田作之助賞、一二年『マザーズ』でBunkamuraドゥマゴ文学賞、二〇年『アタラクシア』で渡辺淳一文学賞、二一年『アンソーシャル ディスタンス』で谷崎潤一郎賞、二二年『ミーツ・ザ・ワールド』で柴田錬三郎賞を受賞。近著に『腹を空かせた勇者ども』『ハジケテマザレ』『ナチュラルボーンチキン』など。

YABUNONAKA —ヤブノナカ—

二〇二五年四月 十日 第一刷発行
二〇二五年七月二十日 第三刷発行

著 者 金原《かねはら》ひとみ
発行者 花田朋子
発行所 株式会社 文藝春秋
〒一〇二-八〇〇八
東京都千代田区紀尾井町三番二三号
電話 〇三-三二六五-一二一一
印刷所 大日本印刷
製本所 大口製本
DTP ローヤル企画

ISBN978-4-16-391968-3